PASCAL ENGMAN &
JOHANNES SELÅKER

SOMMER SONNEN WENDE

Kriminalroman

Aus dem Schwedischen
von Ulla Ackermann

Ullstein

Besuchen Sie uns im Internet:
www.ullstein.de

Wir verpflichten uns zu Nachhaltigkeit

- Klimaneutrales Produkt
- Papiere aus nachhaltiger Waldwirtschaft und anderen kontrollierten Quellen
- ullstein.de/nachhaltigkeit

MIX
Papier
FSC FSC® C083411

Deutsche Erstausgabe im Ullstein Paperback
1. Auflage Juli 2023

Die schwedische Originalausgabe erschien 2022 unter dem Titel
Till minne av en mördare bei Bokförlaget Forum, Stockholm.
Satz: LVD GmbH, Berlin
Gesetzt aus der Albertina MT Pro
Druck und Bindearbeiten: CPI books GmbH, Leck
ISBN 978-3-86493-239-7

Für unseren Freund Anders. Du fehlst uns.

PROLOG

Stupni Do, Bosnien-Herzegowina, Oktober 1993

Von den skelettartigen Häusern stieg Rauch auf. Aus einem von ihnen ragte ein Rohr, und Wasser sprudelte heraus, bildete auf dem Boden eine dunkle Pfütze. Tomas Wolf wandte sich ab. Die schwedischen Sisu-Kampffahrzeuge sehen in der grünen Talsohle wie gestrandete Wale aus, schoss es ihm durch den Kopf. Der Himmel über dem Dorf war grau und schwer, die Luft rau und kalt.

Mit zusammengekniffenen Augen sah er zum Waldrand hinüber, ließ den Blick weiter nach oben und über die bewaldete Hügelkette schweifen, die von milchigem Nebel eingehüllt war.

Die schwedischen UN-Soldaten inspizierten die Ruinen eines Ortes, der bis vor Kurzem das Zuhause von Menschen gewesen war. Jedes Gebäude war zerstört. Wo sind die Bewohner?, dachte Tomas. Hatten sie fliehen können?

Hinter ihm erklang ein Hupen. Weitere Sisu-Militärtrucks schlossen sich an. Ein Versuch, wie Tomas wusste, eventuelle Überlebende dazu zu bewegen, aus ihren Verstecken zu kommen.

Jemand rief, er habe einen Kieferknochen gefunden. Das Fernsehteam, das die schwedische Truppe begleitete, eilte in die Richtung.

Tomas bewegte sich wachsam auf die geöffnete braune Kellertür eines Steinhauses zu, löste die Stabtaschenlampe von seinem Gürtel und ging hinein. Ein Geruch nach Feuchtigkeit und Erde umgab ihn. Er leuchtete umher. Holzregale an den Wänden. Säcke mit Kartoffeln auf dem Boden. Als sich in einer Ecke etwas bewegte, fuhr er erschrocken zusammen. Eine orange Katze huschte fauchend an seinem rechten Fuß vorbei und verschwand ins Freie.

Tomas atmete erleichtert auf, dann sah er sich weiter im Keller um, ließ den Strahl der Taschenlampe über Wände und Boden gleiten, bis dieser auf etwas Weißes fiel, fast fluoreszierend auf dem erdigen Untergrund.

Vor Entsetzen ließ er die Lampe fallen. Bückte sich, tastete über die festgestampfte Erde, hob die Taschenlampe auf und richtete sie auf die Stelle. Der Lichtkegel fiel auf einen nackten Fuß. Die Zehennägel waren rot lackiert. Mit zitternder Hand ließ Tomas den Strahl weiter nach oben wandern. Vor einem Regal lagen drei tote Frauen auf dem Rücken. Sie hielten sich an den Händen. Einschusslöcher in den Köpfen. Die Kehlen durchtrennt. Tomas drehte sich um, stolperte nach draußen, sackte auf dem Treppenabsatz zusammen und sog keuchend die kalte Luft ein. Ein Stück entfernt lag ein platter schwarz-weißer Fußball im Morast. Daneben ein kleiner Kinderstiefel.

»Was zum Teufel haben sie getan?«, flüsterte er.

Er hatte schon früher tote Menschen gesehen. Sowohl hier in Bosnien als auch zu Hause in Schweden, wo er als Kriminalkommissar bei der Stockholmer Mordkommission arbeitete. Aber das hier, das war etwas anderes. Er hatte es bereits gewusst, als er das gespenstische Dorf betreten hatte, doch der Anblick der drei getöteten Frauen führte ihm die Erkenntnis mit voller Wucht vor Augen. An diesem Ort hatte der Hass alles ausgelöscht. Alles, was seinen Weg gekreuzt hatte. Und niemand würde auch nur den Versuch unternehmen, die Täter ausfindig zu machen. Kein Blaulicht, kein Sirenengeheul. Es würde keine Tatortuntersuchung geben. Keine Obduktionen. Keine Bürokratie. Im Krieg waren tote Menschen ein Fakt, der nicht infrage gestellt wurde. Man hob Gräber aus, und die Toten wurden bestattet, wurden zu Erinnerungen.

Ein Soldat kam auf ihn zu, half ihm auf die Füße. Tomas wies auf den Kellereingang, versuchte wiederzugeben, was er gesehen hatte. Der Mann, den Tomas auf ungefähr fünfundzwanzig schätzte, mit leuchtend blauen Augen und Bürstenschnitt, hörte mit finsterer Miene zu.

Als Tomas verstummte, deutete der andere auf eine weitere Häuserruine.

»Hinter dem Haus da liegt ein Junge. Höchstens acht, neun Jahre alt. Er wurde totgetreten. Verstehst du? Sein kleiner Körper ist von lehmigen Stiefelabdrücken erwachsener Männer übersät.«

Als Tomas keine Antwort gab, nickte der Mann ihm kurz zu, klopfte ihm aufmunternd auf die Schulter und verschwand in Richtung der Sisu-Fahrzeuge. Damit seine Beine nicht wieder nachgaben, stützte sich Tomas am Treppengeländer ab und versuchte, sich zu sammeln. Der Nebel über den Bergen begann, sich ein wenig zu lichten.

Der Angriff der Kroaten auf das Dorf hatte Samstagmorgen begonnen, heute war Dienstag. Er versuchte, sich die Szenen auszumalen, die sich hier abgespielt hatten. Es gelang ihm nicht.

Ich will nach Hause zu meinen Kindern, dachte er. Ich möchte nicht noch mehr bewaffneten Männern mit Kerben in ihren Kalaschnikows begegnen, die damit markieren, wie viele Menschen sie getötet haben.

Er klopfte die Knie seiner khakifarbenen Felduniform ab, dann folgte er einem unebenen Schotterweg und stieg über einen niedrigen Zaun in einen verwilderten Garten, in dem schlafende, dürre Obstbäume aufragten. Die Hintertür hing schief in den Angeln. Im Haus war es ebenso kalt wie draußen.

»Hallo? Ist hier jemand?«

Auf dem Vorhof, neben einem Haufen Gerümpel, stand ein weißer, verrosteter Lada. Der Wagen war auf einem provisorischen Gestell aufgebockt, und die Reifen fehlten.

Tomas nestelte eine Zigarette hervor, zündete sie mit zitternden Händen an und klemmte sie in den Mundwinkel. Mit den Händen stützte er sich am Dach des Ladas ab, beugte sich zum Seitenfenster und sah hinein.

Durch den weißen Tabakqualm konnte er einen gelben Spülhandschuh erkennen, wie eine Flamme leuchtete er in der grauen Umgebung auf. Er ließ seinen Blick aufwärtswandern und schaute geradewegs in zwei weit geöffnete braune Augen. Die Zigarette fiel ihm aus dem Mund und wurde vom Morast verschluckt. Die Frau lebte. Ein paar Sekunden betrachteten sie einander stumm, dann legte Tomas die Hand auf den Griff der Tür, zog sie auf und beugte sich ins Wageninnere. Die Frau schien etwa fünfundzwanzig Jahre alt zu sein und hatte dunkelbraune, gelockte Haare, die ihr bis auf die Schultern fielen. Sie kauerte auf der Rückbank unter einer grauen Wolldecke und zitterte vor Kälte.

»I'm Tomas«, sagte er sanft. »I'm here to help you.«

Er machte langsame, behutsame Bewegungen. Er wollte sie nicht erschrecken. Mit aufgerissenen Augen sah sie auf seine Hand, die er ihr entgegenstreckte. Doch anstatt sie zu nehmen, tat sie etwas, das ihn verblüffte. Bevor sie seine Hand ergriff und zögernd drückte, streifte sie den Spülhandschuh von ihrer rechten Hand.

»Azra«, sagte sie.

Ihre Hand war klein und kalt und roch schwach nach Gummi.

TEIL I

Montag, 6. Juni 1994

1

Tomas Wolf starrte in die Augen seiner Frau Klara. Sie erwartete eine Antwort. Auf der Hornsgatan hupte ein Lkw, und der Missklang durchschnitt die warme Frühsommerluft.

»Ich habe dich gefragt, wo das Geld geblieben ist«, wiederholte sie.

Er wandte den Blick ab, betrachtete das Schaufenster der Bankfiliale, aus der sie gerade gekommen waren. Vor dem Geldautomaten links vom Eingang hatte sich eine kleine Schlange gebildet. Sein Mund war wie ausgetrocknet. Er fuhr sich mit der Zunge über die Lippen, griff sich an den Krawattenknoten und lockerte ihn. Lächerlich, dass er sich in Schale geworfen hatte. Braunes Jackett, dunkelroter Schlips. Unter dem weißen Hemd rann ihm der Schweiß. Tomas zog eine Zigarette aus der Brusttasche und schob sie zwischen die Lippen. Ehe er sie anzünden konnte, riss Klara sie ihm aus dem Mund, warf sie auf den Boden und zertrat sie.

»Würdest du mir das verflucht noch mal erklären?«

»Ich bringe das in Ordnung. Komm.«

Er nahm sie sanft beim Arm und führte sie zum Auto, wo ihre beiden Kinder Alexander und Ebba warteten. Heute war der erste Sommerferientag. Klara hatte Urlaub, und Tomas hatte sich freigenommen, um den Tag mit seiner Familie zu verbringen. Der himmelblaue Volvo 240 stand in der Swedenborgsgatan im Schatten. Vor einer Konditorei stieg ihm der Duft frisch gebackener Zimtschnecken in die Nase. Drinnen saßen weißhaarige Senioren mit krummen Rücken über ihr Gebäck gebeugt.

Klara schien sich ein wenig beruhigt zu haben, resigniert lief sie neben ihm her. Ein Stück vom Auto entfernt blieb sie stehen und sah ihn an. Ihr Blick war eher bittend als wütend. Die Enttäuschung in ihren Augen weckte sein schlechtes Gewissen.

»Sag mir die Wahrheit, Liebling. Ich werde nicht sauer. Hast du das Geld deinen Brüdern gegeben? Steckst du wegen ihnen in Schwierigkeiten?«

Er schüttelte leicht den Kopf. Wellen von Scham durchfluteten ihn. Er konnte es ihr nicht sagen. Es war unmöglich.

»Nein.«

»Wie sollen wir das Haus kaufen?«

»Ich sagte doch, ich werde das regeln.«

»Und wie? Wir brauchen fünfundzwanzigtausend Kronen. Du verdienst dreiundzwanzigtausend, und uns bleiben weniger als zwei Monate, bevor der Makler sich nach anderen Käufern umsieht.«

Tomas antwortete nicht, ging zum Auto und öffnete die Fahrertür. Bevor er sich hinters Lenkrad setzte, zog er das Jackett aus, faltete es hastig zusammen und legte es zwischen Ebba und Alexander auf die Rückbank.

Sie hatten die Seitenfenster nach unten gekurbelt, trotzdem waren die Gesichter der Kinder gerötet und glänzten vor Schweiß. Tomas ließ den Motor an und drehte das Gebläse auf die höchste Stufe. Die Luft, die herausströmte, war warm und muffig.

»Kommst du?«, fragte er Klara, die noch auf dem Bürgersteig stand.

Sie zog die Beifahrertür auf und stieg ein.

Tomas lenkte den Wagen vom Bordstein weg und fädelte sich in die vormittägliche Rushhour auf der Hornsgatan ein. Klara hielt den Blick von ihm abgewandt. Ebba begann laut zu plärren. Der sechsjährige Alexander, der Ältere der beiden, trat und boxte von hinten gegen den Fahrersitz. Schnelle, rhythmische Schläge.

»Lässt du das bitte?«, sagte Tomas.

Die Tritte und Schläge hörten auf.

Sie hielten an einer roten Ampel, hinter einem roten Bus. Grauschwarze Dieselschwaden drangen ins Wageninnere. Tomas nahm seine rechte Hand vom Schaltknüppel, legte sie auf Klaras linke und drückte sie sanft. Sie zog sie mit einem Ruck weg und verschränkte die Arme vor der Brust.

Die Ampel sprang um, und der Bus fuhr mit einem Ächzen los. Ebbas Gebrüll erfüllte das Auto. Langsam krochen sie die Hornsgatan entlang. Die stickige Luft im Auto war schwer und massiv und schien dem Körper keinerlei Sauerstoff zuzuführen. Tomas atmete durch den Mund, seine Beine kribbelten. Eine Handbreit vor ihnen drängelte sich ein grüner Volvo in den Verkehr. Tomas bremste abrupt, unterdrückte einen Fluch. An der Kreuzung Ecke Ringvägen mussten sie an der nächsten roten Ampel halten. Er konnte den Nacken des Fahrers des grünen Volvo sehen. Der Sechsjährige fing wieder an, mit den Füßen gegen den Vordersitz zu treten. Nicht mit der gleichen Vehemenz wie eben, dafür fester, entschlossener. Tomas nahm sein Jackett von der Rückbank, legte es auf seine Oberschenkel, rieb seine schweißnassen Hände trocken und tastete nach seinen Zigaretten. Fand sie.

»Du rauchst verdammt noch mal nicht im Auto«, sagte Klara.

Stumm wischte er sich mit dem Hemdsärmel den Schweiß von der Stirn und schob sich eine Zigarette zwischen die Lippen. Ebba heulte immer lauter. Tomas steckte die Prince an, schloss die Augen und ließ den Rauch durch die Nase entweichen. Vor seinen Augen flimmerte es, seine Finger waren krampfhaft geschlossen. Die Ampel sprang um. Die Rücklichter des grünen Volvo entfernten sich. Er versuchte, sich daran zu erinnern, wie er seine Füße stellen musste, damit der Wagen losfuhr, und starrte mit leerem Blick auf den Tacho. Hinter ihm begann es zu hupen. Zuerst nur eine einzelne Hupe, doch das Hupen schwoll rasch an, steigerte sich zu einem hallenden dissonanten Orchester.

Alexander trat fest gegen seinen Sitz.

»Wieso fährst du nicht los, Papa?«, fragte er.

Klara sah ihn an.

Ein weiterer harter Tritt.

Ich muss hier weg. Ich muss raus aus diesem Auto. Sofort. Sonst sterbe ich.

Tomas stieß die Tür auf. Stieg aus. Klara streckte sich über den Fahrersitz und rief ihm etwas nach. Unschlüssig blieb er vor der Kühlerhaube stehen. Er schwankte, fühlte sich, als hätte ihm jemand einen Schlag versetzt. Sein Blickfeld verschwamm. Er blinzelte hektisch. Passanten blieben stehen, beobachteten neugierig, was sich da abspielte. Kurz entschlossen drehte er sich um und überquerte die Mittellinie in Richtung Zinkensdamm. Ein Auto machte im letzten Moment eine Vollbremsung, um ihn nicht zu überfahren. Klara rief etwas Unverständliches, aber er ging weiter.

2

Vera Berg hatte ihren Freund Jonny Möller zuletzt vor sieben Tagen gesehen. Am vergangenen Sonntag war er losgezogen, um Bier zu kaufen, und seitdem nicht mehr aufgetaucht.

Jetzt hockte Jonnys sechsjähriger Sohn Sigge in der Dreizimmerwohnung in der Ystadsgatan in Malmö am Küchentisch und starrte sie an.

»Muss ich dann ganz allein hierbleiben, wenn du wegziehst?«

Auf dem Boden lag Veras schwarze Reisetasche wie eine Mauer zwischen ihnen. Der physische Beweis des Vertrauensbruchs, den sie in Kürze an dem Jungen begehen würde.

»Ich würde dich niemals alleine lassen, Großer.«

In zwei Stunden musste sie sich ins Auto setzen und nach Stockholm fahren. Dort wartete eine neue Wohnung auf sie. Ein neuer Job als überregionale Journalistin in der Hauptstadtredaktion der *Kvällsposten*. Eines der anspruchsvollsten Ressorts der Zeitung.

Vera stand auf, ging einen Schritt auf Sigge zu und wollte ihm über den Kopf streicheln, aber er wich ihr aus.

»Doch, das wirst du. Das weiß ich«, sagte er. »Alle lassen mich allein. Erst Mama. Dann Papa. Und jetzt du.«

Vera wusste, wie es sich anfühlte, wenn die ganze Familie sich von einem abkehrte. Darum hatte sie ihre Abreise um eine Woche verschoben, darauf gewartet, dass Jonny zurückkam, aber er war nicht aufgetaucht. Und am Freitag hatte ihre neue Chefin gedroht, die Stelle zurückzuziehen, wenn Vera nicht Montagnachmittag auf der Matte stünde.

»Papa kommt bestimmt bald, Kumpel.«

Vera glaubte ihren Worten selbst nicht mehr, aber was sollte sie sagen? Der Junge hatte recht. Sein Vater schien sich nicht mehr für ihn zu interessieren. Seine Mutter war tot, und Vera musste die Chance ergreifen, die die *Kvällsposten* ihr bot.

»Du bist nicht mal meine Mama«, sagte Sigge jetzt. »Ich bin dir egal.«

Das stimmte nicht. Die ganze Woche hatte sie versucht, Jonny zu finden, und, als das gescheitert war, sich den Kopf nach einer anderen Lösung zermartert. Um nicht das tun zu müssen, wozu sie nun gezwungen war.

»Du bist der wichtigste kleine Mann in meinem Leben. Ich weiß, dass ich nicht deine Mama bin, aber du bist trotzdem wie ein Sohn für mich.«

Der Junge entspannte sich, und Vera streckte die Hand aus. Diesmal ließ Sigge zu, dass sie ihm durch die zerzausten braunen Haare fuhr. Seine grünen Augen sahen sie an.

Dann sprang er auf und lief ins Wohnzimmer. Ein paar

Sekunden später drang die Titelmelodie von *Mio, mein* Mio aus dem Fernseher.

Vera versuchte, die Wut zurückzudrängen, die in ihr aufstieg.

Wer tat so etwas seinem eigenen Kind an?

Meine Eltern, dachte sie. Und das wusste Jonny.

Der Scheißkerl.

Darum hatte er sich aus dem Staub gemacht. Das war seine Art, sie zu kontrollieren. Jonny war der einzige Mensch, der ihr Geheimnis kannte. Das Schreckliche, das vor zwölf Jahren geschehen war. Was Vincent zugestoßen war. Warum ihre Eltern sie nicht mehr als ihre Tochter ansahen. Und jetzt verwandte er dieses Wissen gegen sie.

Er wusste, dass sie Sigge niemals im Stich lassen würde.

Am liebsten hätte sie mit der Faust ein Loch in einen der Küchenschränke geschlagen. Doch dann würde Sigge angerannt kommen. Voller Angst, dass ihr etwas passiert war.

Vera spürte, wie ihre Gedanken sich verdüsterten. Sie rief sich die unzähligen Male in Erinnerung, in denen Jonny nicht nach Hause gekommen war. In Polizeigewahrsam gesessen hatte. Nach Deutschland gefahren war, um Speed nach Schweden zu schmuggeln. Oder ein Kneipenbier zu einem Drei-Tage-Besäufnis im Clubheim des South Sides MC hatte ausarten lassen.

Vera verfluchte sich selbst dafür, dass sie ihre Sachen nicht schon viel früher gepackt hatte. Dann wäre dieser Schlamassel nie passiert. Jonny hatte geahnt, dass etwas im Busch war. Dass sie Schluss machen wollte. Also hatte er sich verpisst, in der Gewissheit, dass sie mit Sigge noch da wäre, wenn er zurückkam.

Sie fuhr mit der Hand über den abgenutzten Kiefernholztisch. Hier hatten sie es in der ersten Nacht getrieben, auf dem Küchentisch, während die Party im Wohnzimmer lautstark weitergegangen war. Hinterher hatte sie rote Schrammen am Hintern gehabt. Hautabschürfungen von der Tischplatte. Der Sex war ein Machtkampf gewesen, aggressive Versuche, den anderen zu unterwerfen.

Vielleicht hätte sie Jonny schon längst verlassen, würde sie nicht in seiner Schuld stehen. Sie waren vor vier Jahren zusammengekommen, und in den ersten zwei Jahren hatte Jonny für sie gesorgt. Er hatte ihr ein Zuhause gegeben, als sie keine Bleibe mehr gehabt hatte. Er hatte ihren Studienkredit getilgt. Ohne ihn hätte sie ihr Journalistik-Studium nicht abschließen können.

Es war, als würden zwei Jonnys existieren, die permanent im Kampf miteinander lagen.

Im letzten Jahr hatte leider der falsche Jonny gesiegt.

Ihr Handy klingelte. Am anderen Ende war der Polizist Casper Seger, Veras beste Quelle in ihrem Job als Kriminalreporterin.

»Bitte, sag mir, dass du ihn gefunden hast«, sagte sie. »Ich weiß nicht, was ich tun soll.«

Trotz ihrer Scheißwut auf Jonny machte sie sich Sorgen. Was ihre Wut nur verstärkte. Sie griff nach einem Messer und rammte es in die Tischplatte. Mitten durch die Anmeldebestätigung von Sigges Schwimmkurs.

Das Hallenbad hieß Aqua-cool, was für ein dämlicher Name.

»Jonny wurde nicht festgenommen«, erwiderte Casper. »Aber ich glaube, ich weiß, wo er stecken könnte. Ich habe es von einem Kollegen, der einen V-Mann in Jonnys Umfeld hat.«

»Und?«

»Ein paar kleinere Bikerklubs halten ein gemeinsames Treffen ab. Offenbar wollen sie sich zusammentun. Ein Netzwerk bilden, um den Hells Angels ihre Macht zu beweisen und als Affiliate-Clubs gemeinsam unter das HA-Banner aufgenommen zu werden.«

»Na wunderbar. Ich bin also dabei, einem Hells Angel den Laufpass zu geben. Wo findet dieses Treffen statt?«

»Ja, das ist das weniger Positive. Jonny ist in Deutschland. Sie wollen Reviere abstecken und untereinander aufteilen. Wird verflucht lange dauern, bei den ganzen Alphahähnen, die ihre Brustfedern aufplustern.«

»Scheiße.«

»Ja.«

»Was mache ich mit dem Jungen, Casper?«

»Gibt es nicht irgendeinen Verwandten, zu dem du ihn bringen kannst?«

»Nein.«

»Dann hast du nur zwei Möglichkeiten, und die eine könnte als Kindesentführung ausgelegt werden. Vera, ich weiß, was du tun möchtest. Aber du kannst ihn nicht mitnehmen. Nicht, solange Jonny auf freiem Fuß ist. Schlimmstenfalls könntest du dafür ins Gefängnis wandern.«

»Ich weiß.«

Vera beendete das Gespräch und ging hinaus in den Flur. Sand knirschte unter ihren Füßen, Schuhe lagen wild durcheinandergeworfen auf dem Boden. Ihr Blick fiel auf den Verkehrsleitkegel, den Jonny im Suff mit nach Hause geschleppt hatte. Daneben stand das Telefontischchen. Vera schlug die Gelben Seiten auf, blätterte zum Buchstaben J, riss die Nummer des Jugendamtes heraus, steckte den Zettel in die Hosentasche und ging zurück in die Küche.

Sie wollte es nicht tun, aber ihr blieb keine andere Wahl. Sie konnte Sigge nicht weiter in den Auswüchsen von Jonnys Chaos leben lassen.

Auf dem Küchentisch lag ein Kochbuch mit einem Brandfleck in der Größe eines Kochtopfs auf dem Umschlag. Eine Erinnerung an den Tag, als Jonny, zugedröhnt mit Speed, Sigge erlaubt hatte, alleine Popcorn zu machen, und das Öl Feuer gefangen hatte.

Vera war in dem Moment nach Hause gekommen, als die Flammen aus dem Topf emporgeschlagen waren.

Szenen aus dem letzten desaströsen Jahr zogen vor ihrem inneren Auge vorbei. Die seltenen Male, in denen Jonny mit Sigge alleine gewesen war, hatten in einem Fiasko geendet. Er war betrunken bei Elternabenden aufgekreuzt und zugedröhnt

Auto gefahren, mit Sigge nicht angeschnallt auf der Rückbank. Im März hatte Vera den Jungen einmal in einem Bordell abgeholt, wo Jonny ihn geparkt hatte, weil er einen Babysitter brauchte. Jedes Mal hatte sie alles stehen und liegengelassen und war gesprungen.

Der Zettel in ihrer Hosentasche war eine miserable Lösung. Aber es war die einzige Karte, die sie spielen konnte.

»Sigge!«, rief sie.

»Ja?«

»Ich dachte, wir fahren in ein Abenteuercamp.«

Fußgetrappel im Wohnzimmer. Sigge erschien im Türrahmen. Mit kugelrunden Augen.

»Ist das wahr?«

»Du musst vielleicht eine Nacht da schlafen. Bis Papa kommt. Pack schnell deinen Rucksack mit deinem Lieblingsspielzeug.«

»Und Papa kommt wirklich?«

»Ehrenwort.«

Sigge sah Vera skeptisch an. Dann ging er seinen Rucksack packen. Nicht ahnend, dass sein Leben von heute an nie mehr so sein würde wie vorher.

3

Tomas stand im Laubengang vor ihrer Dreizimmerwohnung. Die Hitze war unverändert, aber der Verkehr auf der Hornsgatan hatte ein wenig nachgelassen. Er betrachtete das Türschild, auf dem *Wolf* stand.

Da steht unser Name, wir gehören zusammen, aber wir sind schon lange keine Familie mehr. Und das ist ganz allein meine Schuld.

Durch das Fenster neben der Wohnungstür sah er, dass Klara in der Küche Mittagessen kochte. Er schob den Schlüssel ins Schloss. Es roch nach gebratenen Zwiebeln. Tomas zog die Schuhe aus, hörte, dass im Wohnzimmer der Fernseher lief. Er ging in die Küche. Klara hielt mitten in der Bewegung inne, drehte sich langsam zu ihm um, ein Bündel Spaghetti in der Hand.

»Du musst dich um Hilfe bemühen«, sagte sie. »So geht es nicht mehr weiter.«

Sie sah ihn besorgt an. Die Hackfleischsoße köchelte blubbernd auf dem Herd.

»Was war los?«, fragte sie.

»Ich weiß es nicht«, flüsterte er. »Es tut mir leid. Wie geht es den Kindern?«

»Sie sind okay.«

»Konntest du das Auto nach Hause fahren?«

Klara nickte fast unmerklich, nahm den Deckel von einem Topf, gab die Spaghetti hinein und drückte sie mit einem Plastiklöffel ins Wasser. Er liebte sie. Und er wusste, dass sein Verhalten absolut inakzeptabel gewesen war. Man ließ seine Familie nicht allein auf einer Kreuzung im Auto zurück.

»Ich treibe das Geld auf. Mein Bruder schuldet mir noch was.«

Tomas trat einen Schritt auf Klara zu, legte die Arme um ihre Taille, drückte sie an sich und meinte zu spüren, wie sie sich in seiner Umarmung entspannte.

Im Fenster hinter dem Küchentisch hing ein Weihnachtsstern. Seit Monaten versprach er ihr, den Stern und die ganze übrige Weihnachtsdekoration, die noch überall in der Wohnung verteilt war, abzunehmen. Er würde es heute Abend tun. Wenn er von Kristian nach Hause gekommen war.

»Das Auto steht auf der anderen Straßenseite vor dem Geschäft für Anglerbedarf«, sagte Klara und löste sich von ihm.

Sie begann, die Hackfleischsoße umzurühren. Tomas betrachtete ihren Rücken. Er sollte den Tisch decken, irgendeinen Beitrag leisten.

»Ich bringe das in Ordnung. Wir werden unser Haus bekommen. Hörst du, was ich sage? Ich verspreche es dir.«

Klara antwortete nicht.

Im Auto stellte Tomas prüfend die Füße auf die Pedale und strich mit den Händen über Schaltknüppel und Lenkrad. Er atmete tief ein und erinnerte sich wieder daran, wie man Auto fuhr. Er wendete, und an derselben Kreuzung, an der er heute Vormittag seine Familie im Stich gelassen hatte, bog er rechts ab. Am Sportplatz Zinkensdamm schielte er zum Fußballfeld hinüber und sah im gleichen Moment das Gesicht eines toten Mädchens vor sich aufblitzen.

Jede Stadt war voll unsichtbarer Gräber. Stockholm bildete keine Ausnahme. Während seiner Laufbahn als Kriminalkommissar bei der Stockholmer Mordkommission waren die unsichtbaren Grabsteine immer zahlreicher geworden, und inzwischen ragten sie überall rings um ihn empor. Die aufgemalten Leichenumrisse verschwanden nie völlig, mochten die Straßen und Gehwege auch noch so gründlich abgespritzt und gereinigt worden sein. Auf einer Bank neben dem Fußballfeld war im Dezember 1992 ein junges Mädchen mit Raureif in den Haaren gefunden worden – erstochen. Einen Kilometer entfernt, am Liljeholmskajen, hatten sie ein paar Monate später einen erschossenen Drogendealer aus dem Wasser gefischt. Und erst im April hatten ein paar Jugendliche im Tantolunden die zerstückelte Leiche eines Junkies entdeckt, verteilt auf vier schwarze Müllsäcke.

Stockholm war voll von Mordopfern, an die sich nur ein paar wenige Menschen erinnerten: Angehörige, Polizeiermittler und Täter.

Tomas wünschte, er könnte vergessen, doch das war unmöglich. Er konnte ihre Gesichter und ihre anklagenden, unbelebten Blicke nicht verdrängen.

Er drehte das Autoradio lauter.

Als er eine halbe Stunde später einen Umweg über Sigtuna nahm, um das Zusammentreffen mit seinem Bruder hinauszuzögern, passierte er ein Filmset. Ein fahrbarer Kamerakran ragte in die Höhe. In einem Ring aus Filmleuten machte er zwei

Schauspieler aus. Langsam fuhr er am Set vorbei und weiter in Richtung des schäbigen Stockholmer Vororts Märsta.

Als er in einem Gewerbegebiet, einen knappen Kilometer vom Haus seines Bruders entfernt, eine Polizeiabsperrung entdeckte, hielt er an und parkte in zweiter Reihe. Ein junger uniformierter Kollege, der ihn wohl für einen schaulustigen Bürger hielt, winkte abwehrend mit der Hand, hielt jedoch inne, als Tomas seinen Dienstausweis aus der Innentasche seiner Jacke zog.

»Tomas Wolf, Mordkommission Stockholm.«

Hinter dem Rücken des Beamten lag eine junge Frau auf der Straße. Ein Team der Spurensicherung fotografierte und platzierte Messstäbe. Ihre Silhouetten warfen längliche schwarze Schatten auf den Asphalt. Tomas bückte sich unter der Absperrung hindurch.

»Sie wurde eben erst gefunden, liegt aber vermutlich schon seit heute Nacht hier«, informierte ihn ein anderer Beamter. »Sie lag unter einer Plane. Erdrosselt.«

Tomas schirmte die Augen mit der Hand ab.

»Wer ist sie?«

»Ich weiß es nicht. Aber wir nehmen an, dass sie in der Flüchtlingsunterkunft gewohnt hat.« Der Mann deutete auf ein längliches, dreistöckiges rotes Ziegelsteingebäude.

Tomas' Kehle schnürte sich zusammen, sein Atem flachte ab, und sein Mund war mit einem Mal wie ausgetrocknet.

»Wollen Sie sich die Frau nicht ansehen?«, fragte der Beamte.

Tomas schüttelte heftig den Kopf. Er brachte es nicht fertig, dem Fotoalbum der Toten, das er mit sich herumtrug, ein weiteres Bild hinzuzufügen. Nicht noch ein Gesicht eines ermordeten Menschen.

»Ich muss weiter«, sagte er und hob das Absperrband an.

4

Es war bereits elf Uhr, als Vera den Kofferraum ihres hellblauen Saab 900 aufschloss, der in der Ystadsgatan parkte. Sie musste los, wenn sie vor achtzehn Uhr in Stockholm sein wollte. Sie hatte einen Termin mit ihrer neuen Chefin.

Am Himmel hingen tiefe schwarze Wolken, die jeden Moment auf sie hinabzufallen schienen. Von einem benachbarten Balkon zog Cannabisgeruch herüber. Sigge stand neben dem Auto und trampelte ungeduldig mit den Füßen wie ein Hund, der vor die Tür musste, voller Freude, endlich ins Abenteuercamp zu fahren.

Die Kofferraumklappe klemmte wie üblich. Mit einem kräftigen Ruck riss Vera sie schließlich auf.

»Verdammt, Jonny«, schimpfte sie.

Sigge stand wie ein geölter Blitz neben ihr.

»Deine Tasche passt da nicht mehr rein«, stellte er fest. »Warum liegt das alles in deinem Auto?«

»Weil dein Vater ein lumpiger Dieb ist«, erwiderte Vera.

Vor ein paar Wochen war Jonny spätnachts nach Hause gekommen, stinkwütend, und hatte in der Küche unter lautstarkem Schrankgeklapper nach einer Flasche Wodka gesucht. Irgendwann hatte sie ihn dazu gebracht, sich zu beruhigen und zu erzählen, was passiert war.

South Side MC hatte einen Tipp über eine Lastwagenladung Heimelektronik bekommen, die auf dem Weg ins Malmöer Expert-Lager war. Jonny und seine Kumpel hatten eine Straßenblockade errichtet, den Lastwagen mit vorgehaltenen Pistolen gekapert und waren zu einer Lagerhalle gefahren, um die Beute dort umzuladen.

Doch der Tippgeber war falsch informiert gewesen. Der Lastwagen hatte kein Expert-Lager angesteuert, sondern einen Supermarkt. Und nun lagen an die hundert Konserven in Veras

Kofferraum. Oliven, Mais und Thunfisch. Sowie die eine oder andere Dose Katzenfutter.

Sigge begann, die Dosen zu inspizieren.

»Willst du Mais oder Oliven?«, fragte Vera. »Oder Whiskas?«

»Oliven«, antwortete Sigge und kicherte. »Ich bin doch keine Katze.«

Vera warf ihm eine Dose zu.

»Und jetzt ab mit dir ins Auto.«

Zehn Minuten später fuhr Vera im Malmöer Stadtteil Värnhem auf einen Parkplatz. Vor ihnen ragte ein enormer Verwaltungswolkenkratzer auf, der aussah, als wolle er den Bürgern den Himmel stehlen.

Auf der Rückbank warf Sigge eine Olive in die Luft und versuchte, sie mit dem Mund aufzufangen, doch sie prallte an seiner Wange ab und landete auf dem Sitz.

»Wir sind da«, sagte Vera.

Sie hatte noch nicht entschieden, wie sie Sigge erklären sollte, dass sie ihn angelogen hatte.

»Komm.« Sie stieg aus dem Auto. »Und nimm deinen Rucksack mit.«

Sigge blickte sich um, dann stieg er zögernd aus. Langsam gingen sie auf den Backsteinbau zu. Hand in Hand.

»Ju-gen-d-amt«, buchstabierte Sigge sich durch ein Informationsschild. »Was ist das, Vera?«

»Ein Ort, an dem man Hilfe bekommt.«

»Brauchen wir Hilfe?«

Vera hatte keine Ahnung, was sie antworten sollte. Es dauerte einen Moment, bis Sigge aufging, dass etwas nicht stimmte.

»Hier gibt es kein Abenteuercamp«, sagte er.

»Nein«, gab Vera zu.

Sigges Griff um ihre Hand wurde fester. Er begann, sich zu sträuben.

»Willst du mich allein lassen?«

Tränen kullerten über seine Wangen. Er hatte verstanden, ohne es verstehen zu können.

»Du darfst mich nicht allein lassen.«

»Du bleibst ein bisschen bei einer netten Tante. Bis Papa zurückkommt.«

Vera dachte an ihre eigene Mutter. Sie hatten sich seit über zehn Jahren nicht gesehen. Sie rief Vera ein, zwei Mal im Jahr an, versteckte sich dabei aber in der Speisekammer und sprach im Flüsterton, damit Veras Vater von dem Telefonat nichts mitbekam.

Es gab keinen schlimmeren Verrat, als ein Kind im Stich zu lassen. Wie würde Sigge dadurch geprägt werden?

Bilder aus der Höllennacht vor zwölf Jahren stiegen aus ihrer Erinnerung auf. Als Vera Sigges verzerrtes Gesicht sah, sah sie gleichzeitig das Gesicht ihres kleinen Bruders vor sich. Vincent, der Junge, der nie hatte erwachsen werden dürfen. Ihretwegen.

»Ich will nicht!«, schrie Sigge.

»Es geht nicht anders«, sagte Vera. »Es ist die beste Lösung. Für dich.«

Aber es fühlte sich nicht wie die beste Lösung an. Sie nestelte den Zettel mit der Telefonnummer des Jugendamtes aus der Hosentasche und zog den widerspenstigen Sechsjährigen hinter sich her.

»Du hast gesagt, dass ich dein Sohn bin«, schrie Sigge. »Du hast gelogen!«

Sie erreichten den Eingang. Sigge setzte sich im Protest auf den Boden. Wiederholte immer wieder, dass sie ihn nicht allein lassen dürfte.

Vera ging vor ihm in die Hocke. Umarmte ihn fest. Spürte die Wärme seines schmächtigen Körpers. Roch den klebrigen Olivensud auf seiner Wange.

»Ich werde dich vermissen, Siggis. Aber ich kann dich nicht mitnehmen. Dann holt mich die Polizei.«

Der Junge klammerte sich an ihr fest. Die dünnen Ärmchen

weigerten sich, sie loszulassen. Sein Rücken zuckte krampfhaft.

Sie war in Sigges Leben getreten, als er erst zwei Jahre alt gewesen war. Jetzt, vier Jahre später, wurde Vera mit einem Mal klar, warum sie so lange bei Jonny geblieben war. Wegen Sigge.

»Du musst mich loslassen«, sagte sie.

Behutsam löste sie die Finger des Jungen, drängte die Tränen zurück.

»Wir sehen uns ganz bald wieder. Ehrenwort.«

Dann wählte sie mit zitternden Händen die Nummer des Jugendamtes.

Um halb zwölf am Montagvormittag fuhr Vera auf die E22 und drückte das Gaspedal durch. Die Skyline von Malmö wurde im Rückspiegel kleiner und kleiner, bis sie schließlich ganz verschwunden war.

Sie fuhr schnell, damit sie es sich nicht anders überlegte.

Durch das heruntergekurbelte Seitenfenster wehte der Geruch von Schwefel. Über Schonen braute sich ein Unwetter zusammen. Ein Sturm, möglicherweise ein Gewitter. Wie ein Vorgeschmack auf die Hölle, die über sie hereinbrechen würde, wenn Jonny entdeckte, was sie getan hatte.

5

Schwarzer Tabakdunst stieg aus dem Mund der Redaktionsleiterin Anita Alsén, die in ihrem Eckbüro in der Stockholmer Redaktion der *Kvällsposten* saß.

Die Tür stand offen, doch Vera besaß genug Verstand, nicht geradewegs hineinzumarschieren. Vorsichtig klopfte sie an den Türrahmen. Ohne aufzublicken, hob Anita abwehrend die Hand und drückte anschließend ihre Zigarette aus. Jetzt war kein geeigneter Moment.

Vera blickte sich in der chaotischen, aber weitläufigen Jahrhundertwendewohnung um, die ab sofort ihr Arbeitsplatz war. In einem großen Salon auf der anderen Flurseite standen Telefone für eingehende Tipps keine Sekunde lang still. In Anitas Büro lief ein Fernsehapparat mit CNN-Bildern des Bosnienkrieges. Ein Waffenstillstand bahnte sich an. Vielleicht würde das Töten endlich ein Ende haben.

Ein Stück entfernt entdeckte sie den jungen Volontär, der sich als Per Svensson vorgestellt hatte, als sie die Redaktion vor ein paar Minuten betreten hatte. Er hatte die Tagesausgaben der Konkurrenz vor sich und verglich Aufmacher und Seite eins. Vera war klar, dass er zu entscheiden versuchte, wer das tägliche Zeitungsrennen um die besten Schlagzeilen heute für sich entschieden hatte. Jeden Tag begann ein neuer Wettstreit um die Gunst der Leser. Aufmacher und Seite eins waren die einzigen Instrumente, um die Entscheidung der Käufer an Zeitungskiosken und in Tankstellen landesweit zu beeinflussen.

Vera merkte, dass sie sich unter ihren neuen Kollegen fehl am Platze fühlte. Sie hatte sich mal wieder zu warm angezogen. Ihre Lederjacke spannte an den Schultern, und das weiße T-Shirt war ein wenig zu durchsichtig. Auf ihrer Stirn bildeten sich Schweißperlen. Der Sturm, der sich heute Vormittag über Südschweden angekündigt hatte, war nicht bis nach Stockholm gezogen. Obwohl der Juni gerade erst begonnen hatte, war es schwül und hochsommerlich warm.

Leif M. Ivarsson, der erste Reporter der Zeitung, schlurfte grußlos an ihr vorbei in Richtung Küche. Er wurde vom Volontär gestoppt, der verzweifelt um Ivarssons Anerkennung buhlte.

»Die Konkurrenz ist heute verdammt auf Zack, aber deine Story über Palme schießt mit Abstand den Vogel ab.«

Leif M. Ivarsson murmelte etwas Unverständliches und warf Vera einen ausdruckslosen Blick zu.

»Hallo«, sagte sie in einem Versuch, das Eis zu brechen.

Ivarsson war im Feld ein ungehobelter Rüpel. Ihre Wege hatten sich schon gekreuzt.

Er sah sie desinteressiert an. Sein Hosengürtel saß ihm wie ein Kabelbinder um die Taille, und unter dem Hemd wölbte sich sein Schmerbauch.

»Ist das hier etwa ein verfluchter Kindergarten?«, blaffte er und wies mit dem Kopf auf Sigge, ohne ihn auch nur eines Blickes zu würdigen. Vera legte Sigge instinktiv die Hand auf den Kopf.

Sie hatte es nicht fertiggebracht, Sigge beim Jugendamt abzugeben. Sie hatte mit dem klobigen Mobiltelefon in der Hand vor dem Gebäude gestanden und die Jugendamtsmitarbeiterin fragen hören, wie sie behilflich sein könnte. Da hatte sie den Jungen an die Hand genommen und war ohne etwas zu sagen zurück zum Auto gegangen.

Vor einer halben Stunde hatten sie die Bauhauswohnung in der Pilgatan bezogen, die die Zeitung ihr fürs Erste zur Verfügung stellte und die nur einen Steinwurf von der Redaktion am Kungsholmstorg entfernt lag. Gemeinsam hatten sie Veras Reisetasche, die ihr gesamtes Leben enthielt, und Sigges kleinen Rucksack mit ein wenig Wechselkleidung und ein paar Spielsachen hinaufgetragen.

»Keine Ahnung«, antwortete sie.

Es gab nur eine Art, Leuten von Ivarssons Kaliber zu begegnen. Man musste härter zuschlagen als sie.

»Ist das hier etwa ein verfluchtes Diätcamp?«

Leif M. Ivarsson blickte sie verblüfft an und lief vor Wut rot an. Offenbar hatte er nicht mit einem Konter gerechnet.

»Denn dann solltest du dein Geld zurückverlangen«, fuhr Vera fort.

Sigge kicherte.

»Jetzt!«, rief Anita Alsén und winkte Vera in ihr Büro, ehe Ivarsson zu einer Erwiderung ansetzen konnte.

Vera schloss die Tür hinter sich und nahm in einem abgewetzten Sessel Platz, Sigge hibbelte in ihrem Rücken unruhig herum.

»Hier, Siggis.« Sie zog sein Jo-Jo aus der Hosentasche.

Anita Alsén zündete sich eine neue Zigarette an und nahm drei hastige Züge. Es gab Kohlekraftwerke, die weniger Rauch ausstießen.

»Wir wissen beide, warum du hier bist«, sagte sie und räusperte sich.

Es klang wie die stotternde Fehlzündung eines Traktors, der sein Tagewerk beginnen wollte.

»Du hattest ein verdammt gutes Jahr. Ich meine, wie viele Journalisten können von sich behaupten, ein Mordrätsel aufgedeckt zu haben?«

Anita Alsén meinte den Mord am Trabrennprofi Eric Einarsson, bei dem Vera den Täter entlarvt hatte – einzig und allein dank Jonnys kriminellem Netzwerk.

Der Mörder hatte bei Jonnys Bikerklub Geld leihen wollen, um seine Spielschulden bei Einarsson zu begleichen. Nachdem er Einarsson stattdessen umgebracht hatte, hatte er South Side MC dazu bringen wollen, Tatwaffe sowie Leiche zu entsorgen. In einem schwachen Moment hatte Jonny seine Gangsterehre in den Wind geschlagen und ihr das Versteck der Tatwaffe verraten. Schon am folgenden Abend hatte der größte Scoop ihres Lebens Seite eins der *Kvällsposten* geschmückt und ihre Enthüllung in der Folge zu Festnahme und Gefängnisstrafe geführt.

»Aber das sind Schlagzeilen von gestern«, fuhr Anita Alsén fort. »Ein alter Hut. Du bist hier, um neue Schlagzeilen zu produzieren. Ich will dich an der Spitze der Titelseiten-Charts sehen.«

»Klar.«

Anita zog heftig an ihrer Zigarette und blickte auf ihre scheckigen Hände. Gelb vom Nikotin, schwarz von der Druckerschwärze.

»Und dann wäre da noch … diese andere Sache. Dein Redaktionsleiter in Malmö hat mich natürlich davon in Kenntnis gesetzt.«

Anita hatte einen schärferen Tonfall angeschlagen, und Vera wusste, worauf das Gespräch nun zusteuerte. Es ging um den Vorfall im Winter, der sie fast den Job gekostet hätte.

»Ich weiß, dass du offiziell verwarnt wurdest. Die meisten kriegen nur eine Chance bei dieser Zeitung. Du hast schon zwei bekommen. Das bedeutet, keine weiteren Fehltritte mehr. Haben wir uns verstanden?«

»Ja.«

Anita richtete den Blick auf Sigge, als bemerke sie ihn erst jetzt.

»Der sieht nicht aus, als wäre er gestern geschlüpft. Beim Einstellungsgespräch hast du keine Kinder erwähnt?«

»Er ist nicht mein Kind«, sagte Vera rasch und bereute die Bemerkung im selben Moment, in dem sie ihr über die Lippen kam. Es klang so hart.

»Arbeitest du nebenbei etwa als Kindermädchen?«

»Nein, also ...«

Anita hob abwehrend die Hand.

»Wie schön, meinen Glückwunsch«, murmelte sie. »Ich stelle dir jetzt unseren Nachrichtenredakteur vor.«

»Warte kurz hier«, sagte Vera zu Sigge.

Anita ging ihr voran durch die feudale Etage. Eine Handvoll Reporter, die Vera nur von ihren Verfasserfotos kannte, hatten sich um einen ovalen Tisch versammelt und schienen Recherchematerial durchzugehen. In der Mitte des großen Salons stand ein Newsdesk, und in einem an der Wand befestigten Fernseher lief eine US-Nachrichtensendung. Leif M. Ivarsson hockte in einer Ecke und pellte ein Ei.

»Anders Enbacka«, stellte der Nachrichtenredakteur sich vor und nickte Vera flüchtig zu.

Enbacka war ein generischer Klon aller Männer, die Vera seit ihrer Ankunft in Stockholm gesehen hatte. Mittelscheitel, auftragendes Sakko, T-Shirt, gut aussehend, aber nicht so gut aussehend, wie er sich selbst fand. Über seiner Stuhllehne hing ein Troyer.

»Vera Berg.«

Anita Alsén ging zurück in ihr Büro.

»Setz dich, wohin du willst. Nur nicht auf Ivarssons Platz. Dann wirst du hier nicht alt.«

Vera trat an einen freien Schreibtisch am Fenster, blickte auf den Kungsholmstorget hinunter und zog ihre Lederjacke aus. Sie registrierte Enbackas Blick, der ungeniert über ihren Körper wanderte und auf ihren Brüsten verharrte.

»Aber eingewöhnen kannst du dich später«, fuhr er in dem Moment fort, als Vera sich auf den ramponierten Schreibtischstuhl setzen wollte. »Du fährst nach Märsta. Ein mutmaßlicher Mord. Eine junge Frau.«

Er sprach in kurzem Stakkato, als wäre jeder Satz ein Befehl.

»Jetzt?«

Sie hatte nicht damit gerechnet, gleich am ersten Tag zu einem Job geschickt zu werden. Sie konnte Sigge nicht an einen Tatort mitnehmen. Ob er für ein paar Stunden in der Redaktion bleiben konnte?

»Ja, morgen wird sie kaum noch daliegen«, entgegnete Enbacka. »Ein Fotograf ist schon unterwegs. Ich hätte ihn ja gebeten, auf dich zu warten, aber … er ist nicht gerade der Typ, den man mit einer Frau ins Auto setzt.«

»Ich habe einen eigenen Wagen.«

Plötzlich hallte aus Anita Alséns Eckbüro auf der anderen Seite der Etage ein zorniger Aufschrei.

»Kann jemand *diesen Zwerg* aus meinem Zimmer holen?«

Vera schloss für eine Sekunde die Augen.

»Sigge!«, rief sie, griff nach ihrer Lederjacke und einem Notizblock und ging mit schnellen Schritten zu der Tür, die hinaus ins Treppenhaus führte. »Komm, wir machen einen Ausflug.«

6

»Ich bin hier.«

Durch das geöffnete Garagentor entdeckte Tomas den Hinterkopf des kahl rasierten Schädels seines Bruders Kristian. Die Garage, die als Freizeitraum eingerichtet war, sah aus wie bei seinem letzten Besuch. Durchgesessene Sofas und ein flacher Couchtisch. An der Wand über einem Fernsehapparat war eine große schwedische Fahne festgenagelt, und direkt daneben hing eine Dartscheibe, die das Gesicht des ermordeten Ministerpräsidenten Olof Palme zeigte. Kristian kniete vor einem Getränkekühlschrank und bestückte ihn mit Bierdosen.

»Willst du eins?«, fragte er mit dem Rücken zu Tomas.

»Ich bleibe nicht lange.«

»Wie üblich. Was machst du hier?«

Kristian schloss die Kühlschranktür und streckte den Rücken durch, sodass Tomas die schwarze Swastika auf seinem Oberarm sah. Er war dabei gewesen, als Kristian sie sich Anfang der Achtzigerjahre in Västerås hatte stechen lassen.

»Ich brauche die zwanzigtausend, die du mir schuldest.«

Kristian griff nach einer grünen Bomberjacke, die über einer Sofalehne hing, zog sie über sein weißes Muskelshirt, fläzte sich aufs Sofa und legte die Füße hoch. Die schwarzen Springerstiefel sahen für den instabilen Tisch viel zu schwer aus.

Als sein Bruder nicht antwortete, fuhr Tomas fort.

»Ich habe dir das Geld geliehen, damit du dieses Haus renovieren kannst, erinnerst du dich? Stattdessen hast du es benutzt, um nach Jugoslawien zu fahren und unschuldige Menschen zu ermorden. Das Geld will ich jetzt zurück.«

»Jude. Du redest wie ein verdammter Wucherjude. Weißt du das?«

Kristian stand auf, ging zur Stereoanlage, kramte in einem CD-Stapel, griff eine Hülle heraus und schob die CD in den Player.

»Hast du vor zu feiern?«, fragte Tomas.

»Hast du vergessen, welcher Tag heute ist, kleiner Bruder?«

Tomas antwortete nicht. Kristian streckte sich nach einer geöffneten Bierdose, legte den Kopf in den Nacken und nahm ein paar große Schlucke.

»Heute ist der sechste Juni. Der Nationalfeiertag dieses Landes. Dieser Tag hatte einmal eine Bedeutung für dich. Für mich und für uns andere, die bis heute für Schwedens Selbstständigkeit kämpfen, hat er immer noch eine Bedeutung. Also ja, ich habe vor zu feiern.«

»Gib mir einfach das Geld, dann haue ich ab. Ich will keinen Streit.«

Sie betrachteten einander schweigend. Kristian hob die Bierdose wieder zum Mund, trank sie aus und warf sie zur Seite.

»Ich hab es nicht hier. Ich kann es zum Ende der Woche besorgen. Du kriegst dein Scheißgeld.«

Tomas nagelte ihn mit dem Blick fest.

»Versprochen?«

»Versprochen.«

Tomas wandte sich zum Gehen, er wollte nicht hier sein, wenn die anderen aufkreuzten. Er ertrug keine einzige Minute ihres aggressiven Besäufnisses, ihrer Hasstiraden, ihrer Rufe nach dem Blut der Politiker und Ausländer.

»Bleib doch noch«, sagte Kristian. »Wir haben uns seit ewigen Zeiten nicht mehr gesehen.«

»Ich muss nach Hause zu Klara und den Kindern.«

»Wie geht es ihnen?«

»Gut.«

Tomas ließ sich trotzdem aufs Sofa sinken. Auf dem Couchtisch lagen ein paar Ausgaben von *Blut & Ehre* und ein Stapel *Sturm*.

»Du fehlst mir«, fuhr Kristian fort. »Weißt du das? Ich denke jeden Tag an dich. Wir sollten uns nicht entzweien, nur weil wir unterschiedlicher Gesinnungen sind. Wir sind trotz allem Brüder. Mutter würde sich freuen, wenn wir sie mal zusammen in Hallstahammar besuchen kämen. Du kannst Klara und die Kinder mitnehmen.«

»Ich dachte, meine Kollegen und ich sollten in einer Reihe an die Wand gestellt und mit einem Genickschuss hingerichtet werden, weil wir mit den Sozen paktieren. So ging jedenfalls der letzte Kampfgesang, den ihr angestimmt habt.«

»Auch nach dem Endsieg werden wir Polizisten brauchen. Ich lege ein gutes Wort für dich ein.«

»Kommt Peter?«

Peter war ihr jüngerer Bruder. Er war zweiundzwanzig und wohnte noch zu Hause bei ihrer Mutter in Hallstahammar.

»Er wollte in die Innenstadt zum Kungsträdgården und Kanaken klatschen. Aber er pennt heute hier.«

Kristian lächelte. Tomas erwiderte es nicht.

»Ihr müsst raus aus diesem Milieu«, sagte er. »Du bist fünfunddreißig, du musst diesen Dreck hinter dir lassen.«

Tomas bereute seine Worte im selben Moment, in dem er sie aussprach. Das würde nur böses Blut geben. Für Peter bestand möglicherweise noch Hoffnung, er konnte noch immer etwas aus seinem Leben machen. Aber Kristian war hoffnungslos verloren.

»Hier in der Nähe wurde eine tote Frau gefunden«, sagte er rasch, um das Thema zu wechseln.

»Ich hab davon gehört. Irgendeine Kanakenschlampe. Typisch Schwarzfüße, die Stimmung am Nationalfeiertag trüben zu wollen.« Kristian lachte, ging zur Stereoanlage und drehte die Musik lauter.

»Diese neue Band ist gut«, sagte er. »Pluton Svea, sie kommen aus Eskilstuna.«

Tomas stand auf. Er streckte seine Hand aus, und Kristian ergriff sie.

»Du kriegst dein Geld«, sagte er.

Tomas tankte an der Statoil-Tankstelle unweit von Kristians Haus. Aß eine Wurst, trank wässrigen Kaffee und blieb mit geöffneter Tür im Auto auf dem Parkplatz sitzen, bis er Horden von Skinheads in Bomberjacken durch den lauen Frühsommerabend zu Kristians Haus ziehen sah. Als er die heiseren und angetrunkenen Stimmen hörte, verspürte er eine vage, wehmütige Sehnsucht nach Kameradschaft.

In einem anderen, früheren Leben war er einer von ihnen gewesen.

Es war bereits acht Uhr abends, als er zurück nach Stockholm fuhr. Im Radio berichtete eine ernste Nachrichtensprecherstimme von Ausschreitungen in der Stockholmer Innenstadt. Demonstrationszüge. Kämpfe zwischen Skinheads und jugendlichen Immigranten. Es gab Meldungen von Körperverletzungen, Trunkenheit und Aufruhr.

Sein kleiner Bruder war irgendwo da draußen, Teil der Gewalt. Es war seine Verantwortung, ihn zu beschützen, ihn zur Vernunft zu bringen. Sie hatten nie einen Vater gehabt, keiner von ihnen. Die Männer ihrer Mutter blieben nie lange. Als er Norrtull erreichte, hatte sich die Dämmerung auf Stockholm herabgesenkt. Er hielt am Wenner-Gren-Center vor einer roten Ampel und sah zur Ynglingsgatan 5 hinüber, wo John Ausonius, der Lasermann, gewohnt hatte.

Die anbrechende Dunkelheit veränderte die Stadt. Sie kam ihm kalt und hart vor. Die Straßen der Vasastan waren wie leer gefegt, die normalen Bürger blieben zu Hause.

Anstatt den Klaratunnel nach Södermalm zu nehmen, fuhr er geradeaus weiter und bog am Sergels torg nach links in die Hamngatan ein. Er sah blinkende Blaulichter und Einsatzbusse der Polizei, die am Rand des Kungsträdgården parkten. Tomas bog in die Regeringsgatan und stellte den Volvo ab. Als er ausstieg, hörte er Rufe und Schreie zwischen den Häuserfassaden widerhallen, spürte die aufgeladene Atmosphäre in der Luft. Peter war hier, irgendwo inmitten des Chaos. Ein Dutzend Polizeibeamte eilte im Laufschritt an ihm vorbei, mit weißen Schutzhelmen auf dem Kopf und gezückten Schlagstöcken. Rasch vergewisserte er sich, dass sein Dienstausweis in der Innentasche steckte.

Der Fackelzug marschierte vom Nybroplan heran. Die schwedischen Fahnen hingen im windstillen Abend schlaff herab.

Judenschweine! Judenschweine!

Tomas blieb stehen, lehnte sich an einen der Pfeiler unter dem Sverigehuset.

Sieg Heil! Sieg Heil!

Rechte Arme reckten sich in den Nachthimmel empor.

Er zündete sich eine Zigarette an. Der Fackelzug bog in den Kungsträdgården ein. Tomas kniff die Augen zusammen, konnte Peter nirgends in der Menge entdecken. Die Entfernung war zu groß. Aus dieser Distanz sah ein Skinhead wie der andere aus.

Was sollte er überhaupt tun, wenn er Peter entdeckte? Sich durch Polizei und Gegendemonstranten drängen, in die Reihen des Fackelzugs hinein, und ihn wegzerren? Er würde zu Boden genietet werden, bevor er auch nur am Ziel ankäme. Tomas warf die Zigarette weg, zündete sich eine neue an und ging zurück zum Auto. Peter war verloren. Jedenfalls für heute Abend.

Seine Gedanken kehrten zu Klara zurück. Zu der Enttäuschung in ihren Augen. Er aschte, setzte sich hinters Steuer und wendete. Auf Höhe der Glassäule des Sergels torg parkte ein Polizei-Einsatzbus vor einem der Reisebüros am Sveavägen.

Vor dem Schaufenster standen einige Skinheads. Nach vorn gebeugt, die Handflächen auf der Scheibe, die Beine weit auseinander. Wie oft hatte er selbst so dagestanden? Ein paar Beamte führten bei den Männern eine Leibesvisitation durch. Als Tomas seinen kleinen Bruder in der Reihe entdeckte, fuhr er rechts ran. Er ließ den Zündschlüssel stecken, beugte sich zum Handschuhfach, nahm die Handschellen heraus und schob sie in die Tasche. Dann stieg er aus und ging zum Einsatzleiter, der ihm vage bekannt war. Er hieß Gunarsson und gehörte zu den harten Hunden beim Einsatzkommando Norrmalm. Gunarsson hob grüßend die Hand, worauf Tomas seinen Dienstausweis stecken ließ.

»Was haben sie angestellt?«, erkundigte er sich.

»Sie haben auf dem Sergels torg einen Schwarzen zusammengeschlagen«, antwortete Gunarsson.

»Schlimm?«

»Nicht so schlimm, wie sie es vorgehabt hatten.«

Ein paar der Skinheads drehten die Köpfe in ihre Richtung. Tomas senkte die Stimme.

»Der da ist mein Bruder«, sagte er und deutete mit dem Kopf auf Peters Rücken.

Gunarssons Blick glitt für einen Moment zur Seite.

»Dann nimm dein Brüderchen mit nach Hause.«

Tomas ging zu Peter, der ihn mit verbissener Miene musterte. Die anderen Skinheads begannen, untereinander zu murmeln. Gunarsson fuhr sie an, das Maul zu halten.

Peter grinste und torkelte auf Tomas zu. Sein kahl rasierter Schädel glänzte vor Schweiß, seine Augen waren vom Alkohol gerötet, das T-Shirt unter seiner geöffneten Bomberjacke wies Blutflecken auf.

»Hände auf den Rücken«, sagte Tomas.

»Willst du mich verarschen, Mann?«

Tomas drehte Peter grob um, drückte ihn gegen das Schaufenster und legte ihm Handschellen an.

»Was soll das?«

Tomas packte seinen Bruder am Arm und zerrte ihn mit sich zum Volvo, wo er die Tür aufriss und ihn auf den Beifahrersitz stieß.

»Mieser Verräter!«, schrie Peter, als Tomas die Tür zuschlug und auf die Fahrerseite ging.

Die Stimme seines Bruders wurde von der Scheibe gedämpft, sie klang weit entfernt und fremd, als käme sie aus einer anderen Zeit.

7

Gespenster geisterten kreuz und quer durch das Zentrum von Märsta. Säufer, Junkies, Sozialfälle. Alle mit dem gleichen leeren Blick. Menschen, die niemand sah, die niemand sehen wollte.

Vera lenkte ihren Saab 900 auf den Parkplatz des Polizeireviers und stieg aus. Im Seitenspiegel zog sie den Lippenstift nach, den sie vor ihrem Antrittsbesuch in der Redaktion der *Kvällsposten* aufgelegt hatte.

Sie kam sich immer ein wenig albern vor, wenn sie sich schminkte, als versuche sie, eine andere, eine mehr männerfixierte Version ihrer selbst zu sein.

Sie nahm eine Olivendose für Sigge aus dem Kofferraum.

»Hast du Lust, etwas für mich zu malen? Wir brauchen ein paar Bilder für die Wände unserer neuen Wohnung.«

»Was für ein Bild willst du haben?«

»Mal etwas, was du supertoll findest.«

»Okay.«

Obwohl hinter einigen Fenstern noch Licht brannte, war das Polizeirevier Märsta bereits geschlossen. Vera konnte keinen anderen Journalisten entdecken, also ging sie davon aus, dass ihre Kollegen vom *Aftonbladet* und vom *Expressen* am Tatort waren, mit besorgten Anwohnern sprachen und die Polizeiabsperrung fotografierten. Ihre einzige Chance auf eine exklusive Neuigkeit war, die Polizeibeamten zu bezirzen und sie zum Plaudern zu bringen. Mit ein bisschen Glück bekam sie mit, ob ein Verdächtiger zum Verhör gebracht wurde. Am Tatort konnte sie später auf dem Heimweg vorbeifahren, wenn Sigge schlief.

Vera blickte sich um und entdeckte zwei uniformierte Polizisten, die zu einem Streifenwagen gingen. Rasch zog sie sich mit den Fingern einen unordentlichen Seitenscheitel, kontrollierte ihr Spiegelbild in einer Fensterscheibe und steckte ihr T-Shirt in den hohen Jeansbund. Sie sah gut aus, das wusste sie, und Männer hielten mit einer Bestätigung auch nicht lange hinter dem Berg. Aber erst als sie Jonny begegnet war, hatte sie sich zum ersten Mal von einem Mann richtig wahrgenommen, sich nicht mehr auf ihren Körper reduziert gefühlt.

Vera hastete zu den beiden Polizisten, die den Streifenwagen erreicht hatten.

»Vera Berg, *Kvällsposten*«, sagte sie.

»Tut uns leid, kein Kommentar«, erwiderte einer der beiden, ohne sich vorzustellen. »Sie müssen sich an unseren Vorgesetzten wenden.«

Vera wagte einen Schuss ins Blaue. Der Täter stammte fast immer aus dem Umfeld des Opfers.

»Aber ihr habt den Ehemann festgenommen. Steht er unter Tatverdacht?«

Der Polizist erstarrte.

»Das ist nur ein Verhör«, sagte er rasch. »Rein informativ. Aber Sie dürfen mich nicht zitieren.«

»Ist er noch auf dem Revier?«

Der Polizist zog lächelnd eine Augenbraue in die Höhe. Er hatte ihren Bluff durchschaut. Wenn sie gewusst hätte, dass der Ehemann aufs Revier gebracht worden war, hätte sie auch wissen müssen, ob er sich noch immer dort befand oder nicht.

»An Ihrer Stelle würde ich noch eine Weile hierbleiben. Das könnte sich auszahlen.«

Dreißig Minuten später wankte ein Mann aus dem Polizeirevier. Als wüsste er nicht, wohin, blieb er auf dem Gehweg stehen. Vera ging vorsichtig zu ihm und stellte sich vor. Der Blick des Mannes war gläsern. Seine Augen waren gerötet und verweint.

»Schwedisch nix gut«, sagte er.

»English?«

»English okay.«

Der Mann hieß Elvedin Alihodzic und war Mitte dreißig. Er

hatte schwarze Haare, schmale Schultern und war vor Trauer buchstäblich gebeugt. Er trug verwaschene Jeans und ein zu großes T-Shirt mit Dallas-Motiv, das vermutlich von einer Kleiderausgabestelle für Flüchtlinge stammte. Seine Frau Nadija und er seien erst vor einem Jahr nach Schweden gekommen, erzählte er.

»Meine Angst war, sie im Krieg zu verlieren«, sagte er. »Nicht hier.«

Er verstummte.

»Sie haben geglaubt, ich hätte sie ermordet. Ich.«

Er begann zu weinen. Ihm schien es unbegreiflich, dass die Polizei einen solchen Verdacht hegen konnte. Wie sollte er dazu fähig sein, seine Frau umzubringen? Er, der sie so sehr liebte. Er, der nachts durch verminte Wälder geflohen war, um in einem kroatischen Flüchtlingslager wieder mit ihr vereint zu sein.

Vera gab Elvedin ein wenig Zeit, sich zu sammeln, ehe sie das Interview fortsetzte.

»Erzählen Sie, was heute passiert ist.«

»Ich putze nachts in einem Industriegebäude hier in der Nähe. Ich habe vor Kurzem meine Arbeitserlaubnis bekommen. Als ich heute Morgen mit dem Fahrrad nach Hause gefahren bin, habe ich unterwegs Brot gekauft. Nadija liebt frisch gebackenes Brot. Das können wir uns eigentlich nicht leisten, aber ich wollte sie überraschen. Als ich angekommen bin, standen zwei Streifenwagen vor dem Flüchtlingswohnheim. Danach erinnere ich mich an nichts mehr.«

»Wissen Sie, was Ihrer Frau zugestoßen ist?«

»Nein. Die Polizei hat mir nichts gesagt. Nur, dass sie tot ist. Dass sie ermordet wurde.«

Vera bat Elvedin um ein Foto von Nadija. Er zog ein abgegriffenes Lederportemonnaie aus seiner Hosentasche, nahm ein vergilbtes Schwarz-Weiß-Foto heraus und betrachtete es. Seine Hand zitterte. Es schien ihm schwerzufallen, es herzugeben.

»Sie bekommen das Foto zurück«, versicherte Vera. »Versprochen.«

Elvedin blinzelte sie an, überließ ihr aber schließlich das Foto.

Vera wollte gerade nach Sigge sehen, als die Schranke des Polizeiparkplatzes in die Höhe ging. Schnell hastete sie zur Ausfahrt und hielt einen zivilen Streifenwagen auf, der vom Gelände rollte.

Der Polizeibeamte kurbelte das Seitenfenster herunter, und Vera stellte sich vor. Der Mann zögerte einen Moment, schien zu überlegen, ob er mit ihr reden sollte oder nicht. Dann grinste er, lehnte sich aus dem Fenster und platzierte einen muskulösen Unterarm auf der Autotür.

»Jerker Wretström«, sagte er. »Ich leite die Ermittlung. Setzen die Zeitungsfritzen inzwischen Bräute auf Mordfälle an?«

»Offensichtlich. Haben Sie was dagegen?«

Der Polizist musterte sie, als wäre sie ein Stück Fleisch.

»Nein. Im Gegenteil.«

»Steht der Ehemann noch unter Verdacht?«

»Nein, wir haben ihn laufen lassen. Armer Teufel. War bei der Arbeit, als es passiert ist. Sein Alibi ist wasserdicht.«

»Warum wird der Fall als Mord eingestuft?«

»Tja, erstens wurde die Frau erdrosselt und zweitens vergewaltigt.«

»Woher wisst ihr, dass sie vergewaltigt wurde? Es können doch noch keine rechtsmedizinischen Befunde vorliegen?«

»Ihr Slip fehlte.«

»Ihr Slip fehlte?«

Dieses Detail ließ sie an eine Vergewaltigung in Malmö denken, über die sie im Frühjahr berichtet hatte. Sie hatte das Opfer interviewt, eine junge Frau namens Mersiha Selimovic. Sie hatte gesagt, der Täter habe sie gewürgt, bis sie bewusstlos geworden sei, und anschließend ihren Slip mitgenommen.

Der Fall war zu einer der vielen Storys geworden, die einige

Tage in der Presse für Wirbel sorgen, um dann aus dem Gedächtnis zu verschwinden, einzig das Opfer erinnert sich weiter. Soweit Vera wusste, war der Täter nicht gefasst worden. Jetzt hatte ihr Gehirn, auf der Jagd nach einem Scoop, die beiden Fälle automatisch miteinander verknüpft. Aber weder ein fehlender Slip noch ein Täter, der sein Opfer strangulierte, konnte bei einem Sexualdelikt als individuelles Tatmerkmal herangezogen werden, das war ihr klar. Die Übereinstimmungen mussten nicht zwangsläufig etwas bedeuten.

»Warum seid ihr sicher, dass sie einen Slip anhatte, als sie aus dem Haus ging?«

»Warum, trägst du etwa keinen?«

Wretström grinste anzüglich. Sein Atem wurde schwerer.

Doch dann wurde er schlagartig ernst, als hätte er sich dabei ertappt, zu viel gesagt zu haben.

»Das hast du nicht von mir, okay? Nenn mich Quelle oder was auch immer. Aber dass sie einen Slip anhatte, steht außer Frage. Sie war Muslimin. Mich wundert eher, dass sie keinen Keuschheitsgürtel getragen hat.«

Ehe er losfuhr, bat Vera Wretström noch um seine Visitenkarte. So schmierig er auch war, er könnte eine gute Quelle abgeben. Die notgeilsten Säcke waren oft die nützlichsten Idioten.

Zurück am Saab, las sie die Visitenkarte durch. Wretström war Kriminaloberkommissar. Ein so ranghoher Polizeiinformant war der reinste Glücksgriff. Noch dazu am ersten Tag im neuen Job.

Als sie die Fahrertür öffnete, hockte Sigge vorne auf dem Beifahrersitz, spielte mit einem grünen Bagger und transportierte auf dem Sitz Plastikbaumstämme hin und her. Der Filzstiftkasten lag neben ihm, aber das Bild, das er gemalt hatte, war auf die Matte im Fußraum gerutscht.

»Hey, Goldschatz. Tut mir leid, dass es so lange gedauert hat. Hast du schön gespielt?«

Sigge zuckte mit den Schultern.

»Willst du mein Bild sehen?«

»Na klar.«

Bevor Vera dazu kam, das Bild aufzuheben, klingelte ihr Mobiltelefon. Eine Nummer mit der Vorwahl 040. Malmö.

»Wo bist du?«, fragte die Stimme am anderen Ende. »Und wo ist Sigge?«

Jonny. Vera ohrfeigte sich dafür, den Anruf angenommen zu haben. Aber die Nummer hatte ihr nichts gesagt. Jonny musste aus dem Clubheim oder von einem Kumpel aus anrufen.

Sie signalisierte Sigge, leise zu sein. Jonny durfte nicht erfahren, dass der Junge bei ihr war.

»Ich kann so nicht weitermachen«, sagte sie. »Es ist aus.«

»Ich habe gefragt, wo Sigge ist.«

»Ich habe ihn dem Jugendamt übergeben.«

Jonny schwieg eine Weile. Vera hielt den Atem an und schielte aus dem Augenwinkel zu Sigge hinüber. Verstand er, dass es um ihn ging? Aber er war in sein Spiel versunken und untermalte es mit dramatischen Geräuschen, als sein aufgeschichteter Baumstammstapel einstürzte. Rasch legte sie den Zeigefinger auf die Lippen.

»Wie kannst du das machen? Nach allem, was ich für dich getan habe?«

Jonny klang niedergeschlagen. Doch sie hörte auch, dass er Drogen genommen hatte. Er war heiser. Seine Nase verstopft. Dies war nicht der Jonny, in den sie sich verliebt hatte.

»Was hätte ich machen sollen? Du lebst dein eigenes Leben. Ohne uns.«

»Ich habe dir alles gegeben, was ich hatte. Die Infos für deine Scoops. Meine Kumpel, die in der *Kvällsposten* ausgepackt haben. Und jetzt nimmst du mir mein Kind weg. Ohne mich bist du ein verfluchtes Nichts.«

Seine Niedergeschlagenheit hatte sich in Wut verwandelt. Er zischte die Worte zwischen zusammengepressten Lippen hervor. Vermutlich hatte er Speed eingeworfen.

»Du musst Sigge nach Hause holen. Du kannst meinen Sohn nicht den Jugendamt-Fuzzis überlassen.«

»Da hat er es besser, das ist dir doch selbst klar.«

Jonny schien nicht zuzuhören.

»Du schuldest mir dreißig Mille. Ich habe deinen scheiß Studienkredit bezahlt, erinnerst du dich?«

Als Vera nicht antwortete, brüllte er.

»Ich will mein Geld zurück! Entweder ist man für mich, oder man ist gegen mich. Das ist ein verfluchter Unterschied.«

Ein starker Druck legte sich auf Veras Brust, strahlte in die Arme aus. Sie hatte das Gefühl, einen Herzinfarkt zu bekommen. Wie sollte sie es schaffen, Sigge zu beschützen?

»Von heute an solltest du dich bei jedem Schritt lieber zweimal umsehen«, fuhr Jonny fort. »Ich kenne ein paar Jungs in Stockholm, die liebend gern einen Job für mich erledigen. Sie können jederzeit vor deiner Tür auftauchen, und dann …«

Vera legte auf. Ihre Hand zitterte.

»Wer war das?«, wollte Sigge wissen.

»Nur eine alte Freundin. Ihr geht es nicht so gut. Darf ich jetzt dein Bild sehen?«

Sigge gab ihr das Blatt. Es war ein wenig zerknittert und hatte in einer Ecke einen Schmutzfleck. Er hatte sich selbst gemalt. Hand in Hand mit seinem Vater, vor dem Shoppingcenter Triangeln in Malmö.

8

Tomas kurbelte das Seitenfenster herunter, um den penetranten Alkoholgestank aus dem Wageninneren zu vertreiben. Er versuchte, das besoffene Gefasel auszublenden, das aus dem Mund seines kleinen Bruders kam.

»Ich will in den Krieg. Wie du. Wie Kristian. Ich will nach Jugoslawien und Menschen abknallen.«

Tomas betrachtete das Profil seines Bruders.

»Du hast keine Ahnung, wovon du redest. Du hast keine Ahnung, was Krieg ist, was er mit Menschen macht.«

Peter fuhr fort.

»Ich will Muslimhuren vergewaltigen. Ich will meinen Schwanz in sie rammen, wie die Kanaken es bei unseren Frauen machen.«

Tomas' Finger schlossen sich so fest um das Lenkrad, dass seine Knöchel weiß hervortraten, während Peter weiter darüber schwadronierte, dass er sich denen anschließen würde, die die Muslime auf dem Balkan auslöschen wollten.

Er begann ein Kampflied zu grölen. Marschierende Stiefel, Blut, das fließen würde, weiße Helden, jüdische Halsabschneider.

Sie fuhren an Slussen vorbei, und Tomas parkte in der Gamla Lundagatan.

»Wo wollen wir hin?«, fragte Peter.

Tomas starrte mit leerem Blick auf die Hausfassade vor der Motorhaube.

»Bist du taub, oder was? Was sollen wir hier?«

Tomas stieg aus, zerrte Peter aus dem Auto und stieß ihn vor sich her durch die engen Gassen in Richtung der Klippen von Skinnarviksberget. Die Hände mit Handschellen auf den Rücken gefesselt, stolperte Peter unbeholfen voran.

»Mach mich los. Wo bringst du mich hin, verfluchte Scheiße?«

Tomas packte Peter fester an seiner Bomberjacke. Er erkannte sich selbst in seinem Bruder wieder. In seinen beiden Brüdern. Nicht nur im Aussehen, sondern auch im Hass, in dem Verlangen nach Gewalt. In seinen dunkelsten Momenten gestand er sich ein, dass er seine Familie deswegen für den Krieg in Bosnien verlassen hatte. Für die Gewalt. Das Abenteuer. Aber nichts war so gewesen, wie er es sich vorgestellt hatte.

Die Fenster der denkmalgeschützten Holzhäuser aus dem 19. Jahrhundert, hinter denen die gut betuchten Schöngeister und Künstler der Stadt schliefen, waren dunkel. Sie erreichten den Aussichtsplatz. Unter ihnen breitete sich der Riddarfjärden aus, über dem Wasser thronte die Silhouette von Kungsholmen. Mit dreiundfünfzig Metern über dem Meeresspiegel war dies der höchste Punkt in der Stockholmer Innenstadt.

»Was machen wir hier?«

Peters Stimme klang verunsichert, der kurze Spaziergang schien dem Selbstvertrauen seines Bruders einen argen Dämpfer versetzt zu haben. Der Aussichtsplatz war menschenleer. Es war windig. Tomas stieß Peter auf eine Bank.

»Du musst die Bewegung verlassen, aufhören, solche kranken Reden zu schwingen. Du hast keine Ahnung, worum es in diesem Krieg geht, was da unten vor sich geht. Ich habe es gesehen. Es ist nicht so, wie man es sich vorstellt, wenn man zu Hause im sicheren Schweden hockt und mit den Kumpels große Töne spuckt.«

Peter blinzelte ihn verständnislos an.

»Ich habe tote Frauen, tote Kinder gesehen. In einem Dorf, das Stupni Do heißt, habe ich in einem Kartoffelkeller drei tote Frauen gefunden. Mit durchtrennten Kehlen und Einschusslöchern in den Köpfen. Als wir die Leichen abtransportiert haben, ist einer der drei Frauen eine Handgranate aus der Achselhöhle gefallen. Kapierst du? Sie haben eine tote Frau als Minenfalle missbraucht.«

Peter fuhr sich mit der Zunge über die Lippen.

»Begreifst du die Machtlosigkeit einer Frau, die vergewaltigt wird, die keine Kontrolle über ihren Körper hat, wenn ein lachender, fremder Mann Gegenstände in sie einführt?«

Peter legte den Kopf in den Nacken und stöhnte.

»Hör auf. Du redest wie ein scheiß Soze. So geht es im Krieg nun mal zu.«

Tomas trat so dicht an Peter heran, dass ihre Nasen sich fast berührten.

»Du hast keine Ahnung, was Krieg ist!«, brüllte er. »Du hast keine Ahnung, was Krieg mit einem Menschen macht.«

Peter erwiderte seinen zornigen Blick.

»Früher warst du nicht so ein Weichei. Ich habe Geschichten darüber gehört, wie fanatisch du warst. Du warst einer der Ersten, und jetzt bist du ein verfluchter Judenlakai. Muslimhuren sind wertlos, warum regst du dich so auf? Du hast mir nicht vorzuschreiben, was ich …«

Tomas' Stirn traf auf die Nase seines Bruders und verursachte einen dumpfen, knackenden Laut. Peters Kopf wurde nach hinten geschleudert. Er brüllte vor Schmerz auf. Tomas betrachtete ihn, spürte, wie die alte Lust zu verletzen in ihm aufflammte, in seinem Körper pulsierte. Aus Peters Nase floss Blut, tropfte auf sein weißes T-Shirt und versickerte im Baumwollstoff. Er hörte auf zu brüllen, senkte den Kopf und wimmerte leise. Tomas wartete ab.

Mit einem Mal hob Peter den Kopf und begann zu lachen. Blut rann über seine Zähne und färbte sie rot.

»Ich werde nach Bosnien fahren und jedem einzelnen Moslemweib in dieser verfluchten Bananenrepublik die Kehle aufschlitzen. Du kannst mich nicht daran hindern.«

Tomas riss ihn auf die Füße. Zerrte ihn an den Klippenvorsprung. Peter wehrte sich, trat mit den Füßen um sich. Vorne an der Kante hielt Tomas mit der rechten Hand die Kette der Handschellen gepackt und stieß Peter mit der linken Hand zwischen die Schulterblätter. Peters Schultergelenke knackten, er hing fast waagerecht über dem Abgrund. Er brüllte panisch, der Schrei aus seiner Kehle vermischte sich mit den fernen Geräuschen der Innenstadt.

»Du willst wissen, was Krieg ist?«, sagte Tomas. »Das hier ist Krieg. An Gewalt gekettet zu sein. Krieg ist Machtlosigkeit. Jemandem ausgeliefert zu sein, jemandem, der stärker ist. Krieg hört niemals auf, Peter, er tobt in dir weiter, selbst dann, wenn du glaubst, ihm entronnen zu sein.«

Er verstummte. Peters panische Schreie durchschnitten weiter die Nacht.

Nach einer halben Minute zog Tomas ihn zurück. Peter sackte keuchend auf dem Klippenvorsprung zusammen. Tomas bückte sich zu ihm hinunter, schloss die Handschellen auf, steckte sie in die Hosentasche und ging zum Auto.

9

Um ein Uhr morgens parkte Vera vor der Redaktion am Kungsholmstorget. Orange Streifen schimmerten wie Pinselstriche am Himmel und verliehen der Stockholmer Nacht etwas Träumerisches. Sigge schlief auf der Rückbank. Schon als Vera am Polizeirevier losgefahren war, um am Tatort mit Zeugen und beunruhigten Anwohnern zu sprechen, waren ihm die Augen zugefallen. Sie deckte ihn mit ihrer Lederjacke zu, dann stieg sie aus und vergewisserte sich, dass die Autotüren sicher verriegelt waren.

In der Redaktion stieß sie auf Anita Alsén, die am Newsdesk saß und letzte Texte an die Zentrale in Malmö schickte.

Am hinteren Ende der Etage stand die Tür zum Büro der Bildredaktion einen Spalt weit offen. Vera konnte einen Fernsehbildschirm erkennen, auf dem ein stumm geschalteter Porno lief. Die Nachtsendungen von TV 1000 gehörten in schwedischen Zeitungsredaktionen zum Standardentertainment.

Vera dachte an Liza, eine Redakteurin, die im vergangenen Jahr versucht hatte, in der Malmöer Redaktion ein Pornoverbot durchzusetzen. Sie hatte einige Kolleginnen überredet, eine dementsprechende Petition zu unterschreiben, und war damit zum Betriebsrat gegangen. Am nächsten Tag hatten Mitglieder des Betriebsrats Lizas Gesicht auf eine Seite aus einem Pornomagazin geklebt und die Collage unter allgemeinem Jubel an die Tür des Chefredakteurs gepinnt. Veras Name hatte nicht auf der Petition gestanden. Sie hatte sich geschämt, als die ganze Redaktion über Liza gelacht hatte, aber trotzdem keinen Finger gerührt, um ihr beizuspringen.

Im Büro der Bildredaktion goss sich einer der Fotografen ein Pausenbier ein und fläzte sich in einem Sessel, während das Fotomaterial des Abends über das Telenetz nach Malmö gesendet wurde. Entrückt betrachtete er die Nahaufnahme eines weiblichen Genitals, das in einer Schnelligkeit penetriert wurde, die Vera an einen Schlagbohrer denken ließ.

»Ich habe eine Seite für den Mord geblockt«, sagte Anita Alsén. »Vier Spalten. Hast du ein paar gute Details?«

»Ziemlich«, erwiderte Vera. »Wenn der verantwortliche Herausgeber einverstanden ist, können wir den Namen und ein Foto des Opfers bringen. Die Frau wurde erdrosselt. Und ihr Slip fehlt.«

»Sehr gut. Also war es eine Vergewaltigung?«

»Ja, oder zumindest können wir es zwischen den Zeilen durchblicken lassen. Die Polizei hat noch keine Bestätigung.«

»Gute Arbeit, Vera.«

Vera atmete auf. Das war der Neuanfang, den sie brauchte. Ihr erster Tag war besser verlaufen als erwartet.

»Das Ganze ist ungemein bewegend«, fuhr sie fort. »Der Ehemann und das Opfer sind erst vor einem Jahr als Flüchtlinge nach Schweden gekommen. Wie furchtbar, vor einem Krieg zu fliehen, um dann im sicheren Schweden ermordet zu werden.«

Anita Alsén griff nach einer Zigarette und zündete sie an.

»Das Opfer ist also Immigrantin?«

»Ja.«

Die Redaktionsleiterin seufzte matt.

»Seit dem Lasermann sind die Leute es leid, von ermordeten Immigranten zu lesen.«

Vera nickte. Mit einem Mal hatte sie das Gefühl, Anita enttäuscht zu haben.

»Tja, in dem Fall genügt eine Spalte«, fuhr Anita fort. »Denk dran, den fehlenden Slip zu erwähnen.«

Vera setzte sich an ihren Schreibtisch und blickte aus dem Fenster zu ihrem Auto, wo Sigge schlief. In der Ferne heulte eine Sirene. Unten auf der Straße balgten sich zwei Vögel. Sie schrieb eintausendzweihundert Zeichen am Tandy-Computer, schickte den Artikel nach Malmö und versuchte, nicht daran zu denken, was Jonny tun würde, wenn er dahinterkam, dass sie Sigge mitgenommen hatte.

Mittwoch, 8. Juni 1994

10

Der Zug geriet stark ins Schwanken, und Micael Bratt hätte fast das Gleichgewicht verloren. Im letzten Moment konnte er sich an einem Fenster abstützen. Fluchend setzte er seinen Weg ins Bordbistro fort und spürte die Blicke der Mitreisenden auf sich. An manchen Tagen gingen sie ihm gewaltig auf den Sack, diese glotzäugigen Armleuchter, die ihn begafften, wo auch immer er sich in diesem Land blicken ließ. Aber heute war er bester Laune.

In der Hand hielt er eine Plastiktüte mit einer Flasche Wein, der heutigen Ausgabe des *Expressen* und seinem aktuellen Drehbuch. Die Dreharbeiten in Falun begannen erst in drei Tagen. Was hieß: drei Tage Saufen und Halligalli. Heute Abend würde er irgendeine lokale Schönheit aufreißen und im Stadthotel, wo sein Agent ein Zimmer für ihn reserviert hatte, ordentlich die Sau rauslassen.

Er betrat den Durchgang zwischen zwei Wagenteilen. Das Rauschen des Zugs steigerte sich zu einem ohrenbetäubenden Donnern, bis er die Tür des Bistro-Wagens aufdrückte und der Lärm verklang. Vor der Essensausgabe standen vier Personen Schlange, ein paar weitere saßen an den Tischen verteilt. Es roch nach aufgewärmten Mikrowellenessen und Eiersandwiches.

Draußen vor dem Fenster zog Dalarna vorbei.

Eine junge Frau, die einen kleinen Rotzbengel an der Hand

hielt und an ihren Platz zurückwollte, riss bei seinem Anblick die Augen auf.

»Sind Sie nicht Micael Bratt?«, fragte sie in breitem Dalarna-Dialekt.

»Korrekt, Herzchen.«

Er strubbelte dem Bengel durch die Haare.

»Was führt Sie nach Dalarna?«, fragte die Frau weiter.

»Ich bin auf dem Weg zu einem Dreh.«

Sie himmelte ihn an.

»Würden Sie mir ein Autogramm geben? Natürlich nur, wenn es Ihnen keine Umstände macht.«

»Das kriegen wir hin«, sagte Micael und zwinkerte ihr zu.

Sie war attraktiv. Keine Hau-mich-vom-Hocker-Granate, er hatte weiß Gott schönere Frauen gehabt, aber für einen Abend taugte sie.

»Wie heißen Sie?«

»Veronica.«

»Ja, meinen Namen kennen Sie ja bereits«, sagte er und streckte ihr die Hand hin.

»Ja, den kenne ich.«

Er nahm eine Serviette von ihrem Tablett und griff nach dem Stift, den sie ihm hinhielt.

»Und wo wohnt ihr?«, fragte er, wie um einen kleinen Small Talk zu halten, während er seine Unterschrift kritzelte.

»In Falun«, antwortete sie.

Micael musterte sie von oben bis unten, drehte die Serviette um und schrieb den Namen des Hotels und seine Zimmernummer auf die Rückseite.

»Komm heute Abend um acht vorbei, wenn du ein bisschen Spaß haben willst«, raunte er leise.

Dann schenkte er ihr ein Lächeln, gab ihr Serviette und Stift und rückte in der Schlange weiter vor.

Als er an der Reihe war, bestellte er eine Kartoffelpfanne, setzte sich anschließend an einen Fenstertisch, nahm die halb volle Weinflasche aus der Plastiktüte und goss sich einen Pappbecher voll. Eigentlich war der Verzehr von Alkohol an Bord des Zuges verboten, aber wer würde ihn schon zurechtweisen? Dann zog er das zusammengerollte Drehbuch aus der Tüte. *Die Jagd* stand auf der ersten Seite. Garantiert irgendeine grottenschlechte Kriminalgeschichte, dachte er, aber die Produktionsgesellschaft zahlte gut, und der Drehplan in Falun war so gestaffelt, dass er sich nicht würde totarbeiten müssen.

Viele seiner Schauspielerkollegen waren wählerisch, rümpften über Spielfilme geringschätzig die Nase, aber er tat das nicht. Er hatte seine Hundejahre hinter sich. Mit seinen sechsundvierzig Jahren hatte er es nicht mehr nötig, auf Kleinbühnen zu stehen, Shakespeare herunterzuleiern und sich in schlecht belüfteten Kellerspelunken zum Hanswurst zu machen. Er war ein wahrer Künstler, da konnten die Rezensenten in ihren Käseblättern gerne schreiben, er verkaufe sich unter Wert. Sie waren neidisch, nichts weiter. Das übliche schwedische Neidertum. Er war reich, an Erfolg ebenso wie an Geld. Laut einer Umfrage, die irgendeine Zeitschrift letzte Woche durchgeführt hatte, war er der Mann, mit dem die meisten schwedischen Frauen gerne eine Affäre hätten.

Er blätterte das Drehbuch durch. Es war Müll. Seine Rollenfigur war, genau wie er geahnt hatte, ein raubeiniger Bulle mit einer Schwäche für Frauen und Alkohol. Er ackerte einige Seiten der holprigen Dialoge durch, verlor jedoch rasch das Interesse, rollte das Drehbuch wieder zusammen und konzentrierte sich stattdessen aufs Trinken und die vor dem Fenster vorbeiziehende Landschaft. Hin und wieder stocherte er mit der Gabel auf seinem Teller herum, aß aber nichts. Der Alkohol stieg ihm allmählich zu Kopf.

Schließlich stand er auf und stopfte das Drehbuch zurück in die Plastiktüte. Die leere Weinflasche ließ er auf dem Tisch stehen. Die Leute vor der Essensausgabe gafften ihn ungeniert an.

Micael ging durch das Bordbistro zurück in Richtung Erste-

Klasse-Abteil. Als er an dem Tisch eines jungen Pärchens vorbeikam, das einen Kaffee trank, schwankte der Zug erneut. Diesmal verlor er das Gleichgewicht und fiel auf den Typen, der den Kaffee über seine hellblauen Schlabberjeans schüttete. Fluchend stieß er Micael von sich.

»Fass mich nicht an, du Affe!«, blaffte Micael.

Der Typ blickte ihn verblüfft an.

»Sie haben mich angerempelt. Eigentlich sollten Sie sich entschuldigen, wie jeder zivilisierte Mensch.«

Micael maß ihn verächtlich.

»Du armes, verbittertes Würstchen. Du tust mir leid, wie du hier sitzt, unzufrieden, arm und hässlich. Fahr zur Hölle.«

Vor sich hinmurmelnd, schwankte er weiter durch die Wagenabteile. Zurück an seinem Platz, lehnte er sich im Sitz zurück. Die Geräusche um ihn herum erstarben, alles wurde still. Im nächsten Moment fuhr er zusammen, schlug die Augen auf. Der Schaffner sah ihn mit einem dämlichen Grinsen an.

»Wir sind in Falun.«

11

Das Stockholmer Dezernat für Kapitalverbrechen lag im sechsten Stock des Polizeipräsidium Kungsholmen. Die etwa fünfzig Mitarbeiter befassten sich mit den Mord-, Raub- und Gewaltverbrechen in der Stadt.

Nach dem morgendlichen Briefing und dem Überblick über alle laufenden und neuen Fälle blieben die Kollegen, die mit größeren Ermittlungen befasst waren, für separate Besprechungen zurück.

Tomas gehörte nicht dazu. Aktuell arbeitete er an einer Kneipenschlägerei im Bruder Tuck. Mit einer Ausgabe des *Expressen,* die ein Foto von Ministerpräsident Carl Bildt schmückte, setzte er sich in den Pausenraum. Klara war mit den Kindern nach Rättvik gefahren, in das Landhaus ihrer Eltern. Er fragte sich, ob sie wollte, dass er sie am Wochenende besuchte, oder ob sie lieber mit den Kindern allein blieb.

Sie war ziemlich einsilbig gewesen, seit er mit leeren Händen von Kristian zurückgekommen war. Er verstand sie. Und er fragte sich, was sie sagen würde, wenn sie von seinen Nachforschungen erführe.

Tomas schlug die Zeitung auf, kam aber nur dazu, ein paar Zeilen zu lesen, bevor er unterbrochen wurde.

»Wolf, hast du eine Ahnung, wo Johansson steckt?«

Vor ihm stand der Chef der Stockholmer Mordkommission, Gunnar Borssén, ein groß gewachsener Mann in den Sechzigern mit leuchtend blauen Augen, die von einer rechteckigen Brille umrahmt wurden, und grauem, kurz geschnittenem Haar.

»Er ist unterwegs und observiert«, erwiderte Tomas mechanisch, obwohl er keinen Dunst hatte, wo sich Lars Johansson befand.

»Sag Zingo … ich meine Johansson, dass ich mit ihm reden will, wenn du ihn siehst«, murmelte Borssén.

»Mache ich«, versprach er.

Borssén entfernte sich. Tomas widmete sich wieder der Zeitung. Lars Johansson wurde unter den Kollegen nur Zingo genannt, in Erinnerung an eine Festnahme, als er Ende der Siebziger beim Diebstahldezernat in Västerås gearbeitet hatte. Er hatte sich in einem Keller gegen einen messerbewaffneten Einbrecher verteidigt und ihn mit einer Glasflasche der Marke Zingo k. o. geschlagen. Als er später nach Stockholm zog, zog sein Spitzname mit.

Ein Kollege, der zwei Tische entfernt saß und in einem Comicheft las, lachte.

»Zingo muss sich bald eine Brille zulegen. So oft, wie er unterwegs ist und observiert, müssen seine Augen schon viereckig sein.«

Tomas wurde wütend. Auf Zingo, dem zuliebe er hatte lügen müssen, und auf den Kollegen.

Er nahm seinen Kaffee und die Zeitung, ging in sein Büro, machte die Tür zu und setzte sich an seinen Schreibtisch. Er war es leid, Zingo zu decken, der wahrscheinlich zu Hause in Lilla Essingen verkatert im Bett lag. Aber Zingo war der einzige Mensch auf der Welt, den Tomas als Freund bezeichnete. Es war Zingo gewesen, der ihn unter seine Fittiche genommen, der ihn dazu gebracht hatte, Polizist zu werden, und ihm nach der Ausbildung zu einer Anstellung bei der Mordkommission verholfen hatte. Solche Dinge bedeuteten etwas. Tomas rief ihn an, aber es ging niemand ans Telefon.

Seine Gedanken schweiften zu seinem Bruder Kristian, der sich noch nicht wegen des Geldes gemeldet hatte. Tomas drückte die Gabel nach unten und wählte die Festnetznummer seines Bruders. Es tutete in der Leitung, ohne dass jemand abnahm.

»Idioten«, murmelte er.

Draußen auf dem Flur erklangen Stimmen und Lachen.

Er wollte Klara nicht am Wochenende gegenübertreten, ohne ihr zu sagen, dass er das Geldproblem gelöst hatte. Sie verdiente es nicht, noch einmal enttäuscht zu werden. Wütend griff er wieder zum Hörer und wählte Kristians Nummer aufs Neue. Zu seiner Verwunderung meldete sich nach dem zweiten Klingeln eine männliche Stimme. Aber es war nicht Kristians.

»Mit wem spreche ich?«, fragte Tomas.

»Mit Kriminalkommissar Fredrik Jansson von der Polizei Märsta.«

Tomas hielt den Atem an, erwog aufzulegen, doch Neugier und Sorge gewannen die Oberhand. Kristian war trotz allem sein Bruder.

»Was ist passiert? Warum sind Sie in Kristians Haus?«, fragte er.

»Wer sind Sie?«

»Mein Name ist Tomas Wolf. Ich bin Kristians Bruder.«

Der Kriminalkommissar zögerte, als überlege er, was er sagen durfte und was nicht.

»Wir führen eine Hausdurchsuchung bei ihm durch.«

Tomas stöhnte auf.

»Was hat er angestellt?«

»Ihr Bruder wurde in Gewahrsam genommen. Er steht unter Mordverdacht.«

12

»Sigge, komm jetzt!«, rief Vera und schloss die Wohnungstür auf.

Sigge wollte sich partout nicht vom Fernseher losreißen. Er war mit Schuhen zurück ins Wohnzimmer geschlichen und hatte die Turtles-Videokassette in den Rekorder geschoben, die Vera ihm auf einem Flohmarkt in Malmö gekauft hatte.

»Manno«, maulte er, als Vera ihn holen kam.

Mit seiner Jurassic-Park-Baseballkappe auf dem Kopf saß er da und machte den Eindruck, als sei soeben alles Leben aus seinem sechsjährigen Körper gewichen.

»Los jetzt, hoch mit dir.«

Draußen im Treppenhaus stießen sie auf eine ältere Dame mit rosa Papilloten in ihren knallroten Haaren, die versuchte, eine prall gefüllte Mülltüte in den Einwurf des Müllschachts zu zwängen. In der Tüte klirrte es. Der Hals einer leeren Rotweinflasche ragte daraus hervor.

»Ach, hallo.« Die Frau ließ die Tüte in der runden Schachtöffnung stecken und wandte sich Vera zu. »Sind Sie das, die zu nachtschlafender Zeit im Haus ein und aus geht?«

»Gut möglich.« Vera stieg die Treppe hinunter.

»Und der Junge? Was machen Sie mit dem Jungen?«

Vera seufzte innerlich, blieb jedoch stehen. Instinktiv wollte sie sich verteidigen, auch wenn sie nicht die geringste Lust hatte, ihr Leben vor einer neugierigen Nachbarin zu rechtfertigen. Aber sie durfte kein Misstrauen wecken. Immerhin hatte sie Sigge gewissermaßen entführt.

»Fürs Erste nehme ich ihn mit zur Arbeit. Ich habe keine andere Möglichkeit. Sein Vater …«

Verstohlen blickte Vera auf Sigge, der hinter ihr stand und die Nachbarin schüchtern musterte.

»… sein Vater kann sich momentan nicht um ihn kümmern.«

»Aha. Das habe ich mir gedacht.«

Die Frau lächelte breit.

»Ich heiße Birgitta«, fuhr sie fort, als Vera das Lächeln nicht erwiderte. »Ich bin den ganzen Tag zu Hause. Ich gehe nicht mal raus auf den Balkon, um zu rauchen. Ich meine, die Dunstabzugshaube reicht völlig aus.«

»Okay.« Vera nahm Sigge bei der Hand und ging diskret ein paar Stufen weiter nach unten zur Eingangstür.

»Ich weiß, wie das Leben als alleinerziehende Mutter ist«, fuhr Birgitta jetzt im ernsten Ton fort. »Das wollte ich damit sagen. Geben Sie Bescheid, wenn ich behilflich sein kann. Jederzeit.«

Vera hielt mitten in der Bewegung inne.

»Behilflich? Wie meinen Sie das?«

»Ich bin keine üble Babysitterin, wenn ich das von mir selbst behaupten darf.«

Wie um eine rechtschaffene Figur zu machen, knotete sie den Gürtel ihres rosa Morgenrocks fester. Dann richtete sie ihren Blick auf Sigge.

»Hast du schon mal ›Mensch ärgere Dich nicht‹ gespielt?«

Sigge schüttelte den Kopf.

»Na, wenn das so ist … Wie wär's, wenn du heute bei mir bleibst, solange deine Mama arbeitet? Wir spielen ein paar Runden und essen zusammen Abendbrot. Hast du schon mal was aus dem Wok gegessen?«

»Nein.«

»Dann ist es an der Zeit.«

Vera überlegte. Konnte sie Sigge wirklich bei einer Frau lassen, der sie nur einmal im Treppenhaus begegnet war?

»Und Sie«, fuhr Birgitta mit einem Blick auf Vera fort, »Sie bleiben auf einen Grog, wenn Sie den Jungen abholen.«

Die Nachbarin gab in dem gräulich-tristen Treppenhaus eine kuriose Erscheinung ab, aber sie würde Sigge vermutlich ein besseres Umfeld bieten, als wenn er mit ihr zu irgendwelchen Tatorten fuhr.

»Willst du heute bei Birgitta bleiben, solange ich arbeite, Sigge?« Vera sah ihn prüfend an, um herauszufinden, was er von dem Vorschlag hielt.

»Darf ich das Turtles-Video mitnehmen?«

Vera nickte.

»Wunderbar, dann ist das geregelt«, sagte Birgitta. »Wenn du nicht auf den Kopf gefallen bist, bringe ich dir vielleicht auch das Pokerspielen bei.«

13

In der Einfahrt von Kristians Haus parkten zwei Streifenwagen und ein ziviler silberfarbener Saab. Die Haustür stand sperrangelweit offen. Hinter den Fenstern bewegten sich Polizeibeamte. Wenn Kristian das Geld, das er ihm schuldete, zu Hause aufbewahrt hatte, war es verloren, wahrscheinlich für immer, dachte Tomas resigniert.

Er klingelte, bevor er den Flur entlangging und in der Wohnzimmertür stehen blieb. Es roch nach Bier und Zigarettenrauch. Das Chaos deutete darauf hin, dass Kristian seit Montag durchgefeiert hatte.

Ein uniformierter Beamter warf ihm einen feindseligen Blick zu, und Tomas zückte seinen Dienstausweis.

»Ich suche Kriminalkommissar Fredrik Jansson.«

»Entschuldigung, ich dachte, Sie wären ein neugieriger Nachbar.«

Der Beamte zeigte in Richtung Garage.

Als Tomas die Garage betrat, zum zweiten Mal in dieser

Woche, fiel sein Blick auf einen Mann, der die Sofaritzen und die Fläche unter den Polstern untersuchte.

»Sind Sie Fredrik Jansson?«, fragte er.

Der Mann richtete sich auf und kam auf ihn zu. Am Telefon hatte Tomas aus irgendeinem Grund einen älteren Mann vor sich gesehen, doch Jansson und er schienen etwa im gleichen Alter zu sein.

»Ja?«

»Wir haben telefoniert. Vor ungefähr einer Stunde. Ich bin Kristians Bruder und arbeite als Kriminalkommissar bei der Stockholmer Mordkommission. Ich bin sehr überrascht, dass die Polizei Märsta bei Hausdurchsuchungen ans Telefon geht.«

Auf Fredrik Janssons Stirn erschien eine steile Falte. Er blickte zu der großen Schwedenfahne an der Wand, dann wieder zu Tomas.

»Ich möchte nur wissen, was Kristian zur Last gelegt wird«, fuhr Tomas fort.

»Am Montag wurde nicht weit von hier die Asylbewerberin Nadija Alihodzic ermordet aufgefunden.«

Tomas schwieg. Die Frau, die hinter der Absperrung gelegen hatte, als er zu Kristian gefahren war.

»Zuerst hatten wir den Ehemann in Verdacht«, führte Jansson weiter aus, »aber wir konnten ihn ausschließen. Armer Kerl, er ist am Boden zerstört. Ihr Bruder ist gestern sturzbesoffen vor dem Polizeirevier aufgekreuzt und hat gegrölt, er hätte die Kanakenhure abgemurkst, seine Worte, nicht meine. Und wie Sie sicher wissen, ist Ihr Bruder bei uns kein Unbekannter. Er kann auch kein Alibi vorweisen.«

Tomas rief sich die Frau in Erinnerung, die am Montag auf der Straße gelegen hatte. Ihr Name war Nadija, und der Mann, der verdächtigt wurde, sie ermordet zu haben, war sein eigener Bruder.

Ihm wurde speiübel, und eine bodenlose Traurigkeit ergriff

von ihm Besitz. Er bezweifelte nicht, dass Kristian fähig war, einen Mord zu begehen.

»Wo ist mein Bruder jetzt?«

»In einer Arrestzelle des Polizeireviers.«

»Hat er gestanden?«

Fredrik Jansson schüttelte den Kopf.

»Er sagt kein Wort.«

Jansson heftete den Blick auf einen Punkt hinter Tomas. Tomas wandte sich um. Der uniformierte Beamte, den er eben im Haus getroffen hatte, kam auf sie zu.

»Wir haben fast fünfundzwanzigtausend Kronen gefunden«, meldete er. »In einer Tüte hinter der Badewanne.«

Tomas' Resignation verstärkte sich.

»Keinen Slip?«, fragte Jansson.

Der Polizeibeamte schüttelte den Kopf.

»Keinen, auf den die Beschreibung passt.«

»Sucht weiter«, wies Jansson ihn an.

Der Polizeibeamte wandte sich um und kehrte ins Haus zurück.

Tomas musterte Janssons finstere Miene.

»Ein Slip?«, fragte er. »Wurde die Frau vergewaltigt?«

Jansson nickte.

»Ja, und sie hatte keine Unterwäsche an. Wir haben jeden Mülleimer in der Umgebung überprüft, konnten aber nichts finden. Wir gehen zunehmend davon aus, dass der Täter den Slip mitgenommen haben könnte.«

14

In der Zinken Bar flogen die Fetzen. Ein Vater-Tochter-Gespann lag sich lautstark in den Haaren. Vera verfolgte das Drama, das sich am Tresen abspielte, aus der ersten Reihe.

»Ich weiß, was du vorhast!«, schrie der Vater. »Du willst nach

Lidingö und Sachen klamüsern. Du bist genau wie deine verdammte Mutter!«

An der Decke schwebte eine dicke Wolke aus Tabakqualm. Trotz des frühen Nachmittags war die Kneipe rappelvoll. Hier ging man hin, wenn man nirgendwo anders hinkonnte. Ein Zuhause für den Teil der Arbeiterklasse, der nicht arbeitete.

»Ich klamüsere keine scheiß Sachen«, keifte die Tochter.

»Klamüsern« war wohl eine kreative Umschreibung für Klauen, vermutete Vera.

Die Zinken Bar lag auf Södermalm, an der Kreuzung Ringvägen Ecke Hornsgatan, und war bekannt für ihre kriminelle Klientel. Jonny hatte ihr die Kneipe vor gut einem Jahr während eines Stockholm-Wochenendes gezeigt.

Für Kriminalreporter gab es zweierlei Wege, an Exklusivinformationen zu kommen. Durch Polizeiquellen und durch Tipps von Kriminellen. Deshalb saß Vera eine Stunde vor Schichtbeginn hier und hatte ein Bier vor sich stehen. In Stockholm fing sie wieder bei null an und musste Kontakte zu Menschen knüpfen, die sich an den Rändern der Gesellschaft bewegten. Ihr Handy unterbrach ihre Grübelei. Im ersten Moment dachte sie, es sei Jonny, doch die Nummer auf dem Display sah aus wie eine offizielle Behördendurchwahl.

»Hallo?«, meldete sie sich.

»Wretström«, sagte ein Mann am anderen Ende.

Vera brauchte einen Moment, den Namen einzuordnen. Der schmierige Kommissar von Montag.

»Ich hab was für dich«, sagte er. »Aber das kostet.«

Ihr Puls stieg, und ein mulmiges Gefühl stellte sich ein. Tippgeberhonorare hätten sie in Malmö fast ihren Job gekostet. Das Thema Anita gegenüber anzuschneiden, wäre nicht leicht. Aber ihr blieb keine andere Wahl. Ein Journalist ohne Quellen war bei einer Abendzeitung ein Niemand.

»Okay«, stimmte sie zu. »Du kannst fünftausend kriegen.«

»Ich will zehn.«

»Ich werde sehen, was sich machen lässt.«

»Wir haben in Zusammenhang mit dem Mord eine Person festgenommen«, sagte Wretström. »Einen ortsansässigen Neonazi. Kristian Wolf. Ein bekannter Gewaltverbrecher. Wir haben heute Morgen sein Haus durchsucht. Du kannst die Adresse kriegen. Es ist bestimmt noch ein bisschen Polizeiabsperrband da, das ihr knipsen könnt.«

»Habt ihr noch mehr?«

»Nein, derzeit nicht. Aber unter uns: Ich denke, die Sache ist im Sack. Der Mord wurde an einem Asylantenheim verübt. Der Typ ist Neonazi und hat vor dem Revier stinkbesoffen damit geprahlt, die Kanakenhure abgemurkst zu haben. Den Fall haben wir gelöst, ehe die Woche rum ist.«

»Und er hat kein Alibi?«

»Nein. Ich sollte losgehen und Lotto spielen.«

Vera kritzelte Kristian Wolfs Adresse auf einen Kassenzettel und beendete das Gespräch. Dann wählte sie die Nummer der Stockholmer *Kvällsposten*-Redaktion.

»Enbacka.«

Vera atmete auf. Das musste bedeuten, dass Anita heute freihatte. Was hieß, dass sie vielleicht darum herumkam, ausgerechnet sie um ein Tippgeberhonorar bitten zu müssen.

»Ich habe eine Story. Du hast von dem Mord in Märsta gehört?«

»Ja.«

»Die Polizei hat einen bekannten Neonazi festgenommen und sein Haus durchsucht. Er hat den Mord im Suff gestanden. Du kannst einen Fotografen losschicken, um das Haus zu fotografieren.«

»Neonazi ist gut. Glatzen machen den Leuten eine Heidenangst. Das treibt die Auflage in die Höhe. Bleib an der Sache dran, ich schicke einen Fotoheini los.«

»Eine Sache noch«, sagte Vera.

Jetzt oder nie.

»Mein Informant will Geld. Fünftausend.«

»Das musst du mit Anita besprechen. So was geht über sie. Sie traut niemandem.«

Vera legte auf, trank einen großen Schluck Bier und winkte dem Mann hinter der Bar zu, dass sie bezahlen wollte. Im gleichen Moment meldete sich ihr Unterbewusstsein. Irgendetwas, das Wretström gesagt hatte, war dort hängen geblieben.

Die Flüchtlingsunterkunft. Eine weitere Übereinstimmung mit dem Fall in Malmö, neben dem fehlenden Slip und dem Fakt, dass die Frau erdrosselt worden war. Mersiha Selimovic hatte auch in einer Flüchtlingsunterkunft gewohnt, und auch sie war vor dem Krieg in Bosnien geflohen. Hatten sie es mit einem Serienvergewaltiger und Mörder zu tun, der es auf Asylbewerberinnen abgesehen hatte und als Trophäen ihre Slips sammelte?

Aber das Gehirn sieht, was es sehen will, dachte Vera. Jagt man einer Titelstory mit Scheuklappen vor den Augen nach, macht man sich schnell zum Narren, übersieht Schwachstellen und zieht haltlose Schlussfolgerungen.

Außerdem gab es etliche Faktoren, in denen sich die Überfälle unterschieden. Sie waren in verschiedenen Ecken des Landes verübt worden. Und Mersiha Selimovic hatte überlebt. Asylbewerberinnen waren zudem sozial ausgegrenzt und lebten in Risikogebieten, sodass ihre Gefährdung, einem Gewaltverbrechen zum Opfer zu fallen, höher war. Die Übereinstimmungen konnten ebenso gut reiner Zufall sein.

Der Mann hinter der Bar brachte die Rechnung, und Vera legte vier Zehn-Kronen-Münzen auf den Tisch. Lohnte es sich, den Informationen, die ihr in den Schoß gefallen waren, weiter nachzugehen? Gut möglich, dass sie in einer Sackgasse endeten. Aber meistens waren es die Journalisten, die jedem Tipp nachgingen, egal, wie absurd er klang, denen die größten Scoops gelangen.

Und was kostete es sie schon, die Parallelen weiterzuverfolgen? Nichts, außer Zeit. In der Pilgatan hatte sie einige Kopien aus der Voruntersuchung im Fall Mersiha Selimovic. Das Material hätte sie in einer Stunde durchgesehen.

Vera stand auf. Über die Parallelen konnte sie morgen weiter nachdenken. Jetzt musste sie mit den konkreten Fakten weitermachen, die sie hatte. Und das war Kristian Wolf.

In der Tür stieß sie mit einem dicken Kerl in Lederweste zusammen, und einen Moment später war sie von drei Bikertypen umringt. Als sie zwischen ihnen hindurchschlüpfen wollte, fasste einer der Männer sie am Arm und lotste sie diskret in Richtung Toiletten. Sie wollte schreien, bekam aber keinen Ton heraus.

Jonny, dachte sie. Verfluchter Jonny.

Im Toilettenraum presste der Fette sie gegen eine Kabinenwand. Hundert Gedanken rasten ihr durch den Kopf, doch sie bekam keinen einzigen zu fassen, starrte blindlings auf die Gesichtstätowierungen des Mannes. Hinter ihm tauchte ein zweiter groß gewachsener und durchtrainierter Lederwesten-Typ auf. Er nahm seine Sonnenbrille ab und lächelte Vera breit an.

Alle drei hatten das gleiche Emblem auf der Weste. Odin MC, darunter das Bild des einäugigen Asengottes, auf dessen Schultern zwei Raben hockten. Vera hatte noch nie von diesem Club gehört.

»Hey, Süße«, sagte der lächelnde Typ, strich ihr über die Wange und verharrte mit dem Finger auf ihrem Mund.

Vera wollte ihm ins Gesicht spucken, doch der Fette drückte ihren Hals wie eine Schraubzwinge zusammen. Der dritte Typ bewachte die Tür. Sie saß in der Falle.

»Jonny sagt, du schuldest uns dreißig Mille«, fuhr der Typ mit einem Lächeln fort. »Plus zwei Mille Zinsen pro Woche.«

Veras Zunge fühlte sich trocken und pelzig an. Sie bekam kaum genug Luft, um sprechen zu können.

»So eine große Summe kann ich nicht auftreiben«, stieß sie mühsam hervor.

»Und ob du das kannst«, erwiderte der lächelnde Typ. »Du

kannst in Raten zahlen. Wir wissen, dass du deine Methoden hast. Du musst nur zur Bank gehen.«

Nein. Nicht das wieder.

Jonny hatte die Zeitung immer »die Bank« genannt. Wenn sie knapp bei Kasse gewesen waren, hatte er sie dazu gebracht, bei der Zeitung um Tippgeberhonorare für Informationen zu bitten, die frei erfunden gewesen waren. Sie hatte sich widerwillig darauf eingelassen, weil sie keinen anderen Ausweg gesehen hatte. Aber sie hatte die ganze Zeit gewusst, dass dieses Spiel nicht ewig gut gehen würde. Und das war es auch nicht. In ihrem Inneren hörte sie Anitas Stimme: *Die meisten kriegen nur eine Chance in dieser Zeitung. Du hast schon zwei bekommen.*

»Freitag kommen wir wieder. Dann ist die erste Rate fällig.«

Der Fette ließ ihren Hals los, packte sie stattdessen bei den Haaren, griff mit der anderen Hand unter ihr T-Shirt und umfasste grob ihre Brust.

»Kein BH«, sagte er zu den anderen und schob zum Beweis Veras T-Shirt hoch.

Dann riss er so fest an ihren Haaren, dass ihr Nacken sich nach hinten bog.

»Schaut euch das an, Jungs. Was für Prachttitten.«

Der lächelnde Typ legte sanft eine Hand auf ihre Brust, streichelte die Brustwarze mit dem Daumen. Die zärtliche Berührung machte den Übergriff noch erniedrigender.

»Dir ist doch klar, dass es nicht lustig für dich wird, wenn du uns enttäuschst?«, fragte er, bevor er seine Hand wegnahm.

Vera, deren Nacken vom Griff des Fetten unverändert nach hinten gebogen wurde, nickte, so gut es ging. Der Fette ließ sie unvermittelt los, ihre Beine gaben nach, und sie sackte zu Boden.

Erst als die Männer den Toilettenraum verlassen hatten, stand sie auf. Sie blickte in den Spiegel. Betrachtete die roten Male an ihrem Hals. Sie konnte noch immer die Hände der Männer auf ihrem Körper spüren.

Jonny würde Sigge nie wiedersehen. Niemals.

15

Drei Männer in ledernen Motorradklub-Westen kamen aus der Zinken Bar. Tomas wartete, bis sie verschwunden waren, dann ging er hinein. Dicker Zigarettendunst hing über den Tischen. Das Stimmengewirr vermischte sich mit dröhnenden Rockklängen, die aus den Lautsprechern wummerten. Zingo saß an einem Tisch direkt vor dem Tresen, einen halb leeren Bierkrug vor sich. Ein voller zweiter stand daneben. Tomas zog einen Stuhl unter dem Tisch hervor und setzte sich. Wie üblich trug sein Gegenüber eines seiner kurzärmeligen, geblümten Hawaiihemden. Tomas griff nach seinen Zigaretten, hielt sie Zingo hin, der eine herausnahm, dann schob er sich selbst eine zwischen die Lippen.

»Unsere Jungs sind heute geflogen«, sagte Zingo und zündete die Zigarette an.

»Welche Jungs?«

Tomas griff nach dem Feuerzeug und steckte seine Zigarette ebenfalls an.

»Unsere Nationalmannschaft. Sie fliegen heute in die USA. Aber wahrscheinlich sind sie bald wieder zu Hause. Mit Ravelli im Tor haben sie keine Chance, bis ins Finale zu kommen. Der Kerl ist ein größeres Fiasko als … ja, was auch immer.«

Tomas hatte keine Ahnung von Fußball, und die Erfolgschancen der schwedischen Nationalmannschaft in der bevorstehenden WM interessierten ihn auch nicht sonderlich.

Zingo nahm einen tiefen Zug von seiner Zigarette, während Tomas sich auf dem Stuhl zurücklehnte.

»Wie geht es dir?«, fragte er.

»Bestens.«

Tomas beugte sich vor und aschte in einen übervollen Aschenbecher. Zingo reckte einen Zeigefinger in die Luft.

»Der Lasermann-Fall«, sagte er. »Das war ein Fiasko, und was für eins. Vielleicht sogar ein größeres Fiasko als Ravelli. Na ja, wir werden ja sehen, wie es läuft.«

»Die Kollegen fragen nach dir. Borssén wird allmählich misstrauisch. Ich sage natürlich, dass du ermittelst. Wir haben ja die Schlägerei im Bruder Tuck, aber …«

Zingo stützte die Ellenbogen auf den Tisch und lehnte sich ein Stück vor.

»Mach dir keine Sorgen um mich. Ich komme bald wieder zur Arbeit. Ich muss ein paar Dinge regeln.«

»Was für Dinge?«

»Kümmer dich lieber um deine Familie als um mich. Klara und die Kinder brauchen dich.«

Zingo stand auf, der Stuhl schabte über den Boden. Er griff nach seinem Bierkrug und kippte den Rest hinunter. Dann zeigte er auf den vollen Krug vor Tomas.

»Der geht auf mich. Du siehst aus, als würdest du ihn dringender brauchen als ich.«

»Wo willst du hin?«

»Ich sagte doch, ein paar Dinge regeln. Besser, ich mache es sofort.«

Zingo hob die Hand zu einem schlaffen Gruß an die Stirn und verließ die Bar.

Eine Stunde später hatte Tomas vier weitere Biere getrunken. Er fühlte sich missmutig und betrunken. So wird mein Leben aussehen, wenn Klara mich verlässt, dachte er düster. Er bewunderte Zingo, er würde sogar so weit gehen, zu sagen, dass er ihn liebte, aber er wollte nicht wie Zingo werden. Er wollte sich um seine Familie kümmern, den Kindern ein guter Vater und Klara ein guter Ehemann sein, ihnen die Geborgenheit geben, die seine Brüder und er vermisst hatten. Aber er schaffte es nicht, sosehr er es auch versuchte. In Bosnien hatte er sie betrogen. Mit Azra, der Frau, die Stupni Do überlebt hatte. Er hatte noch nie eine derart heftige Leidenschaft für einen anderen Menschen empfunden. Vielleicht hatte der Krieg, der um sie herum tobte, bewirkt, dass sich keiner von ihnen hatte wehren können. Die letzte Information, die er von Azra hatte, war, dass sie nach Deutschland geflüchtet war.

Die Scham machte ihm schwer zu schaffen. Er wusste, dass er Azra vergessen, bei seiner Familie sein sollte. Aber es war, als seien die Gedanken an Azra das Einzige, was ihn davor bewahrte, in einen Abgrund zu stürzen und komplett wahnsinnig zu werden. Deswegen versuchte er noch immer, in Erfahrung zu bringen, wo Azra sich befand. Das, was er durchgemacht hatte, konnte er mit niemand anderem teilen.

Er liebte Klara auch. Nicht auf die gleiche Weise, aber er wollte, dass sie glücklich war. Sie verdiente es, nach allem, was sie für ihn getan hatte.

Er winkte dem Mann hinter dem Tresen zu, deutete auf seinen leeren Bierkrug und erhielt ein bestätigendes Nicken. Ein Typ mit einer umgedrehten Baseballkappe auf dem Kopf und einem Goldohrring verhökerte offenbar Drogen. Mindestens zwei Kunden waren ihm zur Toilette gefolgt, um die Zahlungsmodalitäten zu regeln. Tomas hatte keinen Nerv, sich darum zu kümmern. Draußen auf der Straße fuhr unter Sirenengeheul ein Streifenwagen vorbei.

Als das Geräusch verklungen war, brach an einem der Fenstertische ein Tumult aus. Zwei Männer beschimpften sich wüst und gingen aufeinander los. Der eine zog dem anderen eine Flasche über den Kopf. Kneipengäste eilten herbei, um die beiden Streithähne auseinanderzubringen.

Tomas saß wie angewurzelt auf seinem Stuhl. Sein Körper bebte. Er legte seine rechte Hand auf die Brust, sein Herz pochte wie wild, trommelnde Panikschläge gegen das Brustbein. Er stand auf, stolperte in Richtung Toiletten, riss wahllos eine Kabinentür auf, woraufhin ein Fluch erklang, riss die nächste Tür auf, schloss ab und sank auf dem Toilettendeckel zusammen. Wie ein Schiffbrüchiger, der soeben auf einer verlassenen Insel an Land gespült worden war, schlang er die Arme um sich und versuchte, sich auf die Atemtechnik zu besinnen, die er immer anwandte, um sich zu beruhigen.

Nach ein paar Minuten zeigte sie Wirkung.

Tomas blieb sitzen, hörte, wie die Tür des Toilettenraums einige Male auf- und zuging, hörte die Geräuschkulisse des Schankraums, Stimmen, entferntes Gelächter. Es stank nach Pisse und Erbrochenem.

Schließlich rappelte er sich hoch und stieß die Tür auf. An dem versifften Waschbecken stand der Dealer. Er hatte seine Baseballkappe abgenommen, fuhr sich mit der Hand durch die Haare und musterte sein Spiegelbild.

»Hast du ein paar Pillen?«, fragte Tomas.

Der Typ betrachtete ihn im Spiegel.

»Was willst du haben?«

»Keine Ahnung. Irgendwas, was mir hilft zu schlafen.«

Der Typ begann, in seinem Rucksack auf dem Boden herumzukramen, richtete sich schließlich wieder auf und gab ihm einen Blister.

»Was ist das?«

»Ist das wichtig?«

Tomas musterte den Typen schweigend.

»Was willst du dafür haben?«

»Einen Hunderter für den ganzen Streifen.«

Tomas nahm sein Portemonnaie aus der Gesäßtasche und gab ihm einen Hundertkronenschein.

Dann verließ er die Toilette und ging zurück zu seinem Tisch, wo ein frisches Bier auf ihn wartete. Die beiden Streithähne waren verschwunden. Tomas ging an den Tresen und bat darum zu bezahlen. Er wollte Klara anrufen, ihre Stimme hören. Er würde Azra vergessen, er musste Azra vergessen. Er trug Verantwortung, für seine Kinder, für Klara. Er war nicht wie sein Vater oder die Väter seiner Brüder. Er ließ niemanden im Stich. Er wusste, was mit Kindern passierte, vor allem mit Jungs, deren Väter sich aus dem Staub machten. Er schielte zu dem Münzapparat an der Wand des Schankraums, beschloss jedoch, von einer Telefonzelle aus anzurufen, damit Klara nicht merkte, dass er in der Kneipe saß. Er wollte nicht noch mehr Risse, noch mehr Streit provozieren.

Rasch rechnete er im Kopf nach. Wenn er seinen Urlaub sausen ließ, Überstunden machte, auch am Wochenende, könnte er die fehlende Summe für die Anzahlung des Hauskaufs zusammenbekommen. Das würde er tun. Für Klara. Für Alexander und Ebba. Vielleicht auch für sich selbst – um zu beweisen, dass er nicht war wie sein Erzeuger. Er kümmerte sich um seine Familie, tat alles für sie.

Tomas trat auf die Straße hinaus, auf der anderen Seite des Ringvägen gab es eine Telefonzelle. Er schob ein paar Münzen in den Schlitz und wählte die Nummer des Landhauses.

»Ich bin's«, sagte er, als Klara sich meldete.

»Hallo.«

Auf die Begrüßung folgte ein langes Schweigen.

»Wie geht es euch?«, erkundigte er sich.

»Gut.«

Tomas hörte Alexander und Ebba im Hintergrund toben. Der vertraute Lärm beruhigte ihn.

»Sind die Kinder noch wach?«, fragte er.

»Ja, wir sitzen auf dem Sofa und gucken einen Film. Warte, Alexander will mit dir sprechen.«

Vor dem Haus knatterte ein Mofa vorbei, das Motorengeräusch ertränkte Alexanders Stimme.

»Papa? Hallo?«

»Hey, mein Großer. Wie geht's dir?«

»Gut. Ich hab heute geangelt.«

Tomas sah seinen Sohn vor sich, auf dem Steg des Sees. Wie seine Arme mit der zu langen Angelrute kämpften. Die Augen fest auf den Schwimmer gerichtet. Es war ein schöner Anblick.

»Haben die Fische angebissen?«

»Nein, kein einziger.«

»Vielleicht beißen sie morgen. Ich komme Freitag. Dann fangen wir bestimmt was. Wir können das Netz auslegen, und wenn wir Glück haben, fangen wir so viele Fische, dass wir das ganze Wochenende davon satt werden.«

Drei Jugendliche schlenderten auf dem Gehweg in Richtung Hornstull vorbei. Einer der drei fuhr mit der Hand an der Scheibe der Telefonzelle entlang.

»Papa?«

»Ja?«

»Du fehlst mir.«

»Und du fehlst mir, mein Großer. Pass auf Mama und Ebba auf. Wir sehen uns am Freitag.«

»Okay. Tschüss, Papa.«

Klara kam zurück an den Hörer. Tomas hörte ihre Atemzüge. Die Distanz zwischen ihnen schien mit Händen greifbar zu sein. Mit einem Mal verspürte er den Wunsch, es ihr zu erzählen. Sich die ganze Geschichte von der Seele zu reden. Sie um Verzeihung, um eine zweite Chance zu bitten, Besserung zu geloben. Dazu bin ich zu feige, dachte er. Das schaffe ich nicht.

»Die Einwanderungsbehörde hat angerufen und nach dir gefragt«, sagte sie.

»Bei euch in Dalarna?«

»Nein, zu Hause. Bevor wir gefahren sind.«

Tomas schwieg.

»Hast du gehört?«, fragte Klara.

»Ja, die Einwanderungsbehörde hat angerufen. Was wollten sie?«

Er bemühte sich, seine Stimme fest klingen zu lassen.

»Sie haben gesagt, dass Azra Osmanovic in Schweden ist.«

»Okay«, antwortete er so gelassen, wie er konnte. »Dann weiß ich Bescheid. Danke.«

Klara räusperte sich.

»Wer ist das?«

Sie gab sich Mühe, ihre Frage desinteressiert, beiläufig klingen zu lassen, aber Tomas hörte den Argwohn in ihrer Stimme. Er schluckte, versuchte seine Gedanken zu sortieren, seine Sinne zu schärfen.

»Sie hängt mit einer Ermittlung zusammen«, sagte er.

»Mit was für einer Ermittlung?«

Tomas spürte, wie ihm das Blut in die Wangen schoss, und war froh, dass Klara ihn nicht sehen konnte.

»Das darf ich dir nicht sagen. Geheimhaltungspflicht.«

Klara schwieg. Tomas war klar, dass sie sich damit nicht zufriedengab.

»Aber der Name klingt bosnisch.«

»Schweden ist voll von Bosniern. Sie verüben auch Straftaten. Das weißt du. Du arbeitest beim Sozialdienst. Du solltest am besten wissen, wie schlimm ihre Lage ist.«

»Ja, das stimmt.«

Im Hintergrund rief Ebba, dass sie den Film weitergucken wollte.

»Sehen wir uns am Freitag?«, fragte Klara.

»Ich weiß nicht, ob ich mich loseisen kann. Ich melde mich.«

Klara murmelte ein rasches Tschüss und legte auf. Tomas blieb eine geraume Weile mit dem Hörer in der Hand stehen, bevor er ihn langsam einhängte.

Donnerstag, 9. Juni 1994

16

Als Vera in der Redaktion der *Kvällsposten* eintraf, lag auf ihrem Schreibtisch eine umgekippte Kaffeetasse. Zeitungsseiten waren in der Lache zu einer matschigen braunen Papierpampe aufgeweicht.

Leif M. Ivarsson saß in einer Ecke und betrachtete sie triumphierend. Es bestand kein Zweifel, auf wessen Konto diese Aktion ging.

»Besser, du wischst das auf«, sagte er höhnisch grinsend. »Bevor auf dem Holz Flecken entstehen, die nicht wieder weggehen.«

Das Fenster stand auf Kipp, und ein lauer Nachmittagswind verteilte den säuerlichen Kaffeegeruch im ganzen Raum. Vera hatte keinen Nerv, sich über diese Provokation aufzuregen, und bedachte Ivarsson lediglich mit einem kühlen Blick. Dann bat sie Sigge, sich hinzusetzen. Es hatte ihm gestern bei Birgitta gefallen, aber sie wollte ihn nicht zwei Tage hintereinander bei ihr lassen. Ab und zu konnte sie ihn mit zur Arbeit nehmen. Mit Birgitta als Rückhalt konnte sie den Gedanken ans Jugendamt allerdings fürs Erste beiseiteschieben.

»Ich muss zu einer Besprechung, Großer. Aber du kannst solange ein Bild für mich malen, einverstanden?«

»Ich habe keine Lust zu malen. Hier ist es langweilig. Ich vermisse Papa.«

Verlegen blickte Vera sich um. Ivarssons überhebliches Grinsen bestätigte, dass er Sigges Worte gehört hatte.

»Du könntest doch eine Kröte malen«, schlug sie vor. »Dahinten in der Ecke hockt eine, die du als Vorbild nehmen kannst.«

Sigge kicherte, traute sich aber nicht, unter seiner Jurassic-Park-Baseballkappe hervorzuschauen.

Draußen vor dem Fenster erwachte der Kungsholmstorget zum Leben. An den Bänken fand der übliche Schichtwechsel statt. Obdachlose klaubten ihre Habseligkeiten zusammen und machten sich in Richtung Schatten auf, wurden von Rentnern und regulären Arbeitslosen abgelöst.

Vera ging den Flur hinunter und klopfte an Anita Alséns Tür.

»Komm rein«, sagte ihre Chefin, die sich mit der Glut ihrer Zigarette gerade die nächste ansteckte.

Vera nahm auf dem Besucherstuhl Platz. Das Sitzleder klebte an ihren nackten Oberschenkeln. Sie trug einen kurzen Jeansrock und eine weite Bluse, die sie nachlässig in den Bund gestopft hatte. Egal, was sie morgens anzog, in der Redaktion hatte sie grundsätzlich das Gefühl, die falsche Kleiderwahl getroffen zu haben.

Sie nahm all ihren Mut zusammen. Die Worte, die gleich ihren Mund verlassen würden, sträubten sich. Aber sie hatte keine Wahl.

Das Erlebnis in der Toilette der Zinken Bar zog an ihrem inneren Auge vorbei. Sie spürte den Klammergriff des Fetten um ihren Hals. Die dreckigen Hände des anderen Typen auf ihrer Brust. Sie musste ihnen das Geld geben, damit sie aus ihrem Leben verschwanden. Ihrem und Sigges.

»Ich brauchen einen Gelben«, sagte sie schließlich.

»Gelbe« waren bei der *Kvällsposten* die Antragsformulare zur Auszahlung von Tippgeberhonoraren, die nicht zurückverfolgt werden konnten. Um die Anonymität der Quelle zu gewährleisten, war die Summe für den Empfänger steuerfrei. Stattdessen führte die Zeitung einen Pauschalbetrag ans Finanzamt ab, ohne die Identität des Informanten preiszugeben. Aus diesem Grund waren »Gelbe« ein beliebtes Betrugswerkzeug. Es gab Reporter, die den Kauf ihres Eigenheims mit vermeintlichen Honorarzahlungen an frei erfundene Quellen finanziert hatten.

Anita sah Vera prüfend an.

»Ich würde nicht noch mal alles aufs Spiel setzen«, versicherte Vera rasch.

»Wer ist die Quelle?«

Anita zog an ihrer Zigarette und ließ Vera nicht aus den Augen.

»Ein Polizist. Es geht um den Mord in Märsta, unsere heutige Titelstory. Er könnte in der Zukunft ein nützlicher Informant sein.«

»Wie viel will er?«

Vera hatte lange darüber nachgedacht, welche Summe sie nennen sollte. Pokerte sie zu hoch, würde Anita den Braten riechen. Aber wenn sie um die zehntausend Kronen bat, die Jerker Wretström forderte, und ihn dann auf fünftausend runterhandelte, blieben ihr fünftausend, um die Zinsen und eine erste Rate ihrer Schulden bei den Rockern zu tilgen.

»Zehntausend. So sichern wir uns seine Loyalität«, sagte sie.

Anita stand auf, ging zu dem maßgefertigten Wandregal und schob eine Verkleidung zur Seite, hinter der ein Safe zum Vorschein kam.

»Denk dran, was ich gesagt habe, Vera«, sagte sie. »Das ist deine letzte Chance.«

Anita händigte ihr ein gelbes Antragsformular aus und legte zehntausend Kronen auf den Schreibtisch.

»Glaub mir, das vergesse ich nicht«, erwiderte Vera.

Im Auto rief Vera Wretström an und vereinbarte mit ihm einen Ort für die Geldübergabe. Die Klimaanlage lieferte sich mit der Hitze im Wageninneren einen Boxkampf und verlor durch technisches Knockout, als Vera das Seitenfenster herunterkurbelte und den Fahrtwind der E4 hereinließ.

Sigge rutschte unruhig auf der Rückbank hin und her. Vera ging auf, dass der Anschnallgurt, der auf seiner Haut scheuerte, glühend heiß sein musste. Um ihn aufzumuntern, schob sie seine Lieblingskassette in den Kassettenrekorder des Autoradios.

Vierzig Minuten später parkte sie im verschlafenen Stockholmer Vorort Rosersberg an einer verwaisten Schule. Wretström feierte Überstunden ab und war mit seinen Töchtern auf den Spielplatz gegangen. In hellen Shorts mit großen Außentaschen und einem roten Streifenshirt hockte er auf einer Schaukel. Er sieht aus wie ein Kind, dachte Vera. Wie ein Kind, dessen Mutter seine Kleidung im Versandkatalog bestellt.

Sie legte Lippenstift auf, öffnete den obersten Blusenknopf und stieg aus. Als Sigge Wretströms Töchter auf der Schaukel entdeckte, hellte sich seine Miene auf. Die Mädchen waren etwa im gleichen Alter wie er.

»Darf ich mit ihnen spielen? Bitte!«

»Ein andermal, Siggis«, sagte Vera.

Die Schultern des Sechsjährigen sackten enttäuscht nach unten.

Vera kam sich billig vor, als sie mit aufgeknöpfter Bluse auf den Kommissar zuging. Sie dachte an Leif M. Ivarsson. Der Mistkerl musste sich nicht die Blöße geben, einen Polizisten anzuflirten. Er brauchte nur mit Geldscheinen zu wedeln und ein bisschen über Fußball zu quatschen. Er musste nicht mit halb aus der Hose hängendem Schwanz dastehen, um Informationen zu erhalten.

Sie war es leid, im Job permanent schauspielern zu müssen. Als Journalistin traf man immer auf Widerstand, in der Redaktion ebenso wie draußen im Feld. In jeder sozialen Situation musste man seine Persönlichkeit oder sein Aussehen anpassen, um Männern zu gefallen. Sich unterwürfig geben. Gefügig. Manchmal aggressiv. Sonst hatte man keine Chance.

Vera setzte sich Wretström gegenüber auf die Umrandung eines grünen Sandkastens. Seine Augen schossen hinter der schmalen Sonnenbrille wie Flipperkugeln hin und her, versuchten gierig einen Blick zwischen ihre nackten Beine zu werfen.

»Ich hab dein Geld. Aber erst musst du mich auf den neusten Stand bringen«, begann sie.

»Der Fall ist kniffliger, als wir im ersten Moment gedacht haben. Der Typ sitzt in Gewahrsam, aber es gibt nichts, was ihn mit dem Tatort oder dem Opfer in Verbindung bringt. Abgesehen von seinem Geständnis im Suff. Und das hat er widerrufen. Behauptet, es wäre nur eine Provokation gewesen. Und die Hausdurchsuchung war ergebnislos.«

»Was wisst ihr über ihn?«

»Er ist gewalttätig, war als Söldner der Serben im Balkankrieg. Hat aller Wahrscheinlichkeit nach getötet, auch wenn er es nicht zugibt. Übrigens, ich hab was für dich.«

Wretström zog seine Brieftasche hervor, nahm ein Foto heraus und gab es ihr. Sie betrachtete die Aufnahme. Ein Skinhead mit leerem Blick. Kristian Wolf.

»Du kannst das Foto mitnehmen«, sagte Wretström.

»Habt ihr die Bestätigung, dass das Opfer vergewaltigt wurde?«, fragte Vera.

»Ja. Der Rechtsmediziner hat es gestern bestätigt.«

»Und der Slip? Habt ihr ihn gefunden?«

»Nein, wie gesagt, die Hausdurchsuchung war ein Fehlschlag.«

»Aber ihr wisst, dass sie einen Slip anhatte, als sie die Flüchtlingsunterkunft verlassen hat?«

»Ja, der Ehemann ist sich ganz sicher. Typisch Muslim. Man kann über sie sagen, was man will, aber ihre Frauen haben sie im Griff.«

Vera zog in Erwägung, Wretström zu bitten, nachzuprüfen, ob Kristian Wolf im Frühjahr in Malmö gewesen war. Vielleicht hatte er dort gewohnt? Was, wenn es doch noch eine weitere

Übereinstimmung mit dem Überfall auf Mersiha Selimovic im März gab?

Andererseits, wenn sie zu viel verriet, riskierte sie ihren eigenen Scoop. Sobald die Polizei den Parallelen zwischen den Fällen nachzugehen begann, war ihre Chance auf eine Exklusivstory dahin. Dann würde die Spur wenig später in allen Medien breitgetreten werden.

»Apropos«, sagte Wretström. »Du schuldest mir noch eine Antwort auf meine Frage.«

Er grinste sie an.

»Welche Frage?«

Wretströms Gesicht bekam etwas Jungenhaftes.

»Ob du einen Slip anhast, wenn du aus dem Haus gehst?«

Wretströms Töchter sprangen laut lachend hinter ihm von den Schaukeln und liefen fröhlich in Richtung Basketballplatz davon. Ihre nackten Füße trommelten über heißen Asphalt. Arme Mädchen, dachte Vera. Dass sie mit so einem Vater aufwachsen müssen.

»Nicht, wenn es so heiß ist wie heute«, log sie und sah ihm geradewegs in die Augen.

Eine Schweißperle löste sich von seiner Stirn und rann langsam in seine Augenbraue. Er schien den Atem anzuhalten.

Vera nahm einen Umschlag aus ihrer Handtasche. Wretströms dämliche Frage hatte ihr eine ausgezeichnete Verhandlungsposition verschafft.

»Du kannst fünftausend kriegen«, sagte sie.

»Wir haben zehn ausgemacht«, widersprach Wretström.

»Aber jetzt bist du obendrein in den Genuss meiner Gesellschaft gekommen«, lächelte Vera. »Und wenn du ein braver Junge bist, darfst du mich öfter treffen. Was dir auf Dauer gesehen mehr Geld einbringt. Vorausgesetzt, du gibst mir weiter, was ich brauche.«

Wretström lachte und nahm den Umschlag entgegen.

Zurück im Auto, wurde Vera von einem bockigen Sigge begrüßt.

»Nie darf ich was machen«, maulte er. »Ich hab das Gefühl, ich wohne in diesem blöden Auto.«

»Entschuldige, Großer. Aber weißt du was? Wenn ich heute Abend mit der Arbeit fertig bin, machen wir was Spannendes.«

Sigge sah sie skeptisch an, versuchte herauszufinden, ob sie ihn wieder hinters Licht führte wie neulich, als sie behauptet hatte, sie würden in ein Abenteuercamp fahren.

»Und was?«

»Wir fahren mit dem Nachtzug. Nach Malmö.«

Sigge strahlte, und Vera fuhr auf die E4 Richtung Stockholm. Das Passfoto, das Wretström ihr gegeben hatte, steckte sicher verwahrt in der Tasche ihres Jeansrocks.

Wenn Mersiha Selimovic Kristian Wolf als den Mann identifizierte, der sie überfallen hatte, würde sie bald einen Serienvergewaltiger überführt haben, der in mindestens zwei Städten zugeschlagen hatte. Die Jagd nach dem Täter besaß das Potenzial, die Topstory des Sommers zu werden.

Wenn es ihr gelang, sie als Erste zu bringen, würde ihr Lapsus mit den Tippgeberhonoraren bald vergessen sein.

Vera schaltete einen Gang höher, griff nach einem Taschentuch und wischte sich den Lippenstift ab, wie um sich von Wretströms lüsternen Blicken zu befreien.

Freitag, 10. Juni 1994

17

Am frühen Freitagmorgen stiegen Vera und Sigge im Malmöer Hauptbahnhof aus dem Zug. Das hohe Gewölbedach konservierte die kalten Nachttemperaturen. Erst ganz allmählich wärmte eine blasse Morgensonne die Stahlkonstruktionen auf.

»Ich bin müde«, quengelte Sigge.

Er trug blaue Jeans, dazu einen gelben Pullover und seine schwarze Jurassic-Park-Kappe. Der Sechsjährige hatte versucht, die ganze Nacht wach zu bleiben. Er hatte auf Veras Schoß gelegen und die vor dem Fenster vorbeiziehende Landschaft im Auge behalten, weil er, wie er verkündete, die Sonne zuerst unter- und dann wieder aufgehen sehen wollte, aber schon um ein Uhr waren leise Schnarchlaute aus seinem Mund gekommen.

»Du wirst ganz schnell wach. Komm, wir suchen uns ein Taxi.«

Als sie auf den Bahnhofsvorplatz hinauskamen, fröstelte Vera, obwohl es in der Sonne bereits warm war. Die offene Fläche missfiel ihr. Misstrauisch musterte sie jede Person, die sich ihnen näherte. Die ganze Nacht über hatte sie ein diffuses Gefühl von Angst verspürt. Sie waren zurück in der Stadt, in der Jonny lebte. Er konnte jederzeit überall auftauchen. Ihr zerebrales Alarmsystem war jeden Moment bereit anzuspringen.

»Was willst du frühstücken?«

»Falafel«, sagte Sigge.

»Ich glaube, das Orient House hat schon geöffnet.«

Zwei Stunden später zerrte Vera einen gereizten Sechsjährigen durch das Malmöer Wohnviertel Rosengård.

»Das ist kein bisschen spannend«, murrte Sigge.

»Bald kannst du spielen.«

Inmitten einer Asphaltwüste wuchsen lange Hochhausreihen aus dem Boden. Triste Betonfassaden strebten im Schatten des segelähnlichen Gebäudes, das vor ihnen aufragte, der Sonne entgegen. Im Volksmund »Chinesische Mauer« genannt, erstreckte sich die Betonburg einen halben Kilometer in die Breite und neun Stockwerke in die Höhe. Es war ein grotesker Bauklotz. Wie quadratische Käfige reihten sich die Wohnungen, deren Bewohner von der Kommune dort hineingepfercht worden waren, um sie irgendwo unterzubringen, aneinander.

Nach dem Falafelfrühstück hatte Vera die Flüchtlingsunterkunft aufgesucht, in der Mersiha Selimovic im Frühjahr gewohnt hatte, dort aber die Auskunft erhalten, dass Mersiha inzwischen in eine eigene Wohnung in Rosengård, genauer in eine Wohnung in der Chinesischen Mauer, gezogen war.

Als Vera und Sigge auf Mersiha Selimovic' Hauseingang zugingen, stürmten ein paar Kinder aus der Tür und schwärmten über den asphaltierten Vorplatz. Sigges Miene hellte sich schlagartig auf.

»Willst du mit den Kindern spielen?«, fragte Vera.

»Ja, darf ich?«

»Aber bleib hier vorne auf dem Platz, damit ich dich vom Balkon aus sehen kann.«

Als das nächste Kind aus dem Haus kam, nutzte Vera die Gelegenheit, hineinzuschlüpfen. Im Treppenhaus roch es nach altem Bratfett. Auf der Tafel mit den Mietparteien suchte sie Mersiha Selimovic' Namen. Quer durch das Glas verlief ein

Sprung. An die Wand daneben hatte jemand einen Penis gemalt.

Vera fand Mersihas Wohnung und begann den Treppenaufstieg. Außer Atem kam sie schließlich im siebten Stock an. Das schwarze T-Shirt klebte ihr am Rücken, als sie an der Wohnungstür klingelte. Die Fahrt hierher war ein Schuss ins Blaue gewesen. Wenn Mersiha Selimovic Kristian Wolf nicht als Täter identifizierte, würde Anita an die Decke gehen und ihr vorwerfen, Ressourcen der Zeitung für Kriminalfälle aus dem Fenster zu werfen, die für die Leser Schnee von gestern waren.

Mersiha kam augenblicklich zur Tür. Sie sah fast genauso aus, wie Vera sie in Erinnerung hatte – halblange, dunkle Haare und ein locker sitzendes Kleid –, aber sie war nicht mehr so blass und ausgezehrt wie bei ihrer letzten Begegnung.

»Hallo … Vera. Das war doch Ihr Name?«

»Hallo, Mersiha. Darf ich kurz reinkommen?«

»Natürlich, gewiss doch. Kommen Sie rein.«

»Wie gut Sie Schwedisch sprechen.«

Mersiha lächelte verlegen, trat zur Seite und ließ Vera herein. Die Wohnung war eng und spärlich möbliert. Die Raufasertapeten waren verblichen und rissig. Ein Überbleibsel aus den Siebzigern, als der Gebäudekomplex gebaut worden war. An den Wänden hingen Bilder in zusammengewürfelten Rahmen, die vermutlich vom Flohmarkt stammten. Vera ging zu einer Zeichnung, auf der eine zerstörte Steinbrücke zu sehen war.

»Stari most«, sagte Mersiha.

»Was ist das?«

»Eine Brücke in meiner Heimatstadt Mostar. Über vierhundert Jahre hat sie den bosnischen und den kroatischen Teil der Stadt miteinander verbunden. Muslime und Christen. Bis vor einem Jahr. Da wurde sie gesprengt.«

Mersiha schien nach Worten zu suchen. Vera kam die Geschichte vage bekannt vor. Hatte sie davon in den Fernsehnachrichten gehört?

»Wir waren die Stadt in Jugoslawien, in der die meisten interreligiösen Ehen zwischen Christen und Muslimen geschlossen wurden. Das war sehr gut. Jetzt haben wir nicht einmal mehr eine Brücke, die unsere beiden Völker vereint.«

Mersiha schüttelte den Kopf und fuhr mit härterer Stimme fort.

»Ich weiß nicht, ob sie wirklich so aussieht. Ich bin geflohen, bevor die Brücke gesprengt wurde. Ich habe sie gemalt, wie ich sie mir vorstelle.«

Mersiha kochte Wasser und machte ihnen in der engen Küche zwei Tassen Pulverkaffee, die sie mit Zucker und einer Dose Kaffeeweißer auf den Balkontisch stellte.

Vera blickte auf die Betonsiedlung herab. Tief unter ihr spielte Sigge mit ein paar Kindern Fangen. Ihr fröhliches Lachen klang nicht bis in den siebten Stock hinauf, trotzdem konnte Vera fast spüren, wie Sigges Herz in seiner Brust vibrierte, wie er von dem Gerenne außer Atem kam und wie aufgekratzt er war, neue Freunde gefunden zu haben.

»Haben die Ermittlungen seit unserem Interview etwas Neues ergeben?«, fragte sie.

Mersiha rührte einen gehäuften Löffel des Milchpulvers in ihre Tasse. Der Kaffee veränderte seine Farbe von Schwarz zu Hellbraun.

»Nein. Die Polizei hat nichts gesagt.«

Vera nahm einen Umschlag aus ihrer Handtasche.

»Ich würde Ihnen gerne ein Foto zeigen.«

Sie reichte Mersiha Kristian Wolfs Passbild.

»Ich habe keine Beweise. Aber es könnte sein, dass der Täter mehrere Frauen vergewaltigt hat. Erkennen Sie diesen Mann?«

Gespannt beobachtete Vera Mersihas grüne Augen in der Hoffnung, ein Zeichen des Wiedererkennens in ihnen zu entdecken. Doch Mersiha warf nur einen flüchtigen Blick auf das Foto und gab es ihr zurück.

»Nein.«

»Weil Sie sich nicht an das Aussehen des Mannes erinnern?«
»Nein. Er ist es nicht.«
Sämtliche Energie wich aus Veras Körper.
Die Zugfahrt nach Malmö war ein Wagnis gewesen, aber als sie den Entschluss gestern Abend gefasst hatte, hatte sie noch auf ganzer Linie gewinnen können. Jetzt war sie geschlagen. Sie wünschte sich inständig, sie könnte sich von hier wegbeamen.
Es war, als würde der ganze Stress der vergangenen Woche urplötzlich geballt über sie hereinbrechen. Der Umzug, Jonny, die Motorradrocker. Sie konnte sich nicht dagegen wehren, musste sich beherrschen, nicht aufzuspringen und davonzulaufen.
»Warten Sie kurz.« Mersiha stand auf und ging in die Wohnung.
Vera hörte, wie sie in einer Schublade kramte. Als sie wieder auf den Balkon hinauskam, hielt sie einen Papierbogen in der Hand.
»Hier«, sagte sie.
Vera nahm ihr das Blatt ab und betrachtete es. Eine Bleistiftzeichnung eines Männergesichts.
»Das ist er«, sagte Mersiha.
Veras Puls schlug schneller, während sie den Mann betrachtete.
»Ich habe ihn ein paar Tage danach gezeichnet, um nicht zu vergessen, wie er aussah. Aber das war nach unserem Gespräch. Sonst hätte ich Ihnen das Bild schon damals gezeigt.«
»Hat die Polizei die Zeichnung gesehen?«
»Ja, aber es hat sie nicht interessiert. Ich habe gesagt, dass ich in Sarajevo auf die Kunsthochschule gegangen bin. Aber mein Schwedisch war damals so schlecht, dass ich nicht weiß, ob sie mich verstanden haben. Jedenfalls haben sie sich nicht weiter damit befasst und die Zeichnung hiergelassen.«
»Das ist ein Scherz, oder?«
Vera studierte das Bild erneut.

»War er dick?«, fragte sie.

»Nein.«

»Dem Gesicht nach zu urteilen, könnte man das denken.«

»Ich weiß nicht, wie ich es beschreiben soll. Sein Gesicht war irgendwie aufgedunsen, und sehr bleich. Er sah aus, als hätte er eine Maske auf, aber das hatte er nicht. Vielleicht war er krank.«

Vera begegnete Mersihas Blick. Sie spürten beide, dass etwas Entscheidendes geschehen war.

»Das hier ist sehr gut, Mersiha«, sagte sie.

Vielleicht war die Fahrt nach Malmö doch nicht völlig umsonst gewesen. Kristian Wolf hatte sein Geständnis im Märsta-Mord widerrufen, und es gab keinerlei technische Beweise. Die Gemeinsamkeiten zwischen den beiden Fällen bestanden nach wie vor. Konnte der Mann, den Mersiha gezeichnet hatte, beide Taten begangen haben?

»Sie können die Zeichnung mitnehmen«, sagte Mersiha.

18

Tomas fuhr von der Autobahn ab und passierte die Ortseinfahrt von Hallstahammar. Eine schwere graue Wolkendecke hing am Himmel. Die düstere Binnenlandschaft von Västmanland war genauso trostlos, wie er sie aus seiner Jugend in Erinnerung hatte.

Von einer Sachbearbeiterin der Einwanderungsbehörde hatte er die völlig unwahrscheinliche Auskunft erhalten, dass Azra in der Flüchtlingsunterkunft in seinem Heimatort wohnte, nur eine gute Autostunde von Stockholm entfernt.

Gestern hatte er den ganzen Tag lang mit sich selbst gerungen und am Ende beschlossen, nach Hallstahammar zu fahren, aber nicht mit Azra zu sprechen. Sie zu sehen, musste genügen. Danach würde er zurückfahren und nie wieder an sie denken.

Von Zeit zu Zeit tauchten auf den öden, vertrauten Straßen

bekannte Gesichter aus seiner Kindheit und Jugend auf, wie lebendige Geister. Seit damals war die Einwohnerzahl von Hallstahammar geschrumpft. In der Blütezeit der Stadt, Anfang der Siebzigerjahre, hatte der Industriestandort knapp vierzehntausend Einwohner gehabt. Heute waren es fast dreitausend weniger.

Tomas bremste, hielt Ausschau nach einem Parkplatz. Er manövrierte den Volvo schließlich auf den Gehweg, von wo aus er den Eingang der Flüchtlingsunterkunft im Blick hatte, und schaltete den Motor aus. Das Radio ließ er an, drehte es aber leiser.

In Eslöv ist gestern Nacht eine Flüchtlingsunterkunft abgebrannt. Die Bewohner wurden in ein Schulgebäude evakuiert. Die Polizei geht davon aus, dass der Brand vorsätzlich gelegt wurde.

Tomas kurbelte das Fenster herunter. Die Luft war warm und schwül.

Zum Sport. Noch zehn Tage bis zum WM-Auftaktmatch der schwedischen Nationalmannschaft. Gegner ist Kamerun, eine Fußballnation, die sich vor vier Jahren bei der WM in Italien in die Herzen der Welt gespielt hat. Damals wurde die Mannschaft von Kapitän Roger Milla angeführt. Milla, der inzwischen zweiundvierzig Jahre alt ist, wird auch …

Tomas schaltete das Radio aus.

Wäre er in Hallstahammar geblieben, wäre es nicht ausgeschlossen, dass seine Brüder und er das Gebäude vor ihm in Brand gesteckt hätten, das wusste er. Sie hätten es ganz bestimmt in Erwägung gezogen. Stattdessen war er inzwischen seit fast zehn Jahren Polizist. Das hatte er Zingo zu verdanken, weil er in Zingo am Ende so etwas wie einen Vater gefunden hatte. Als Tomas nach sechs Monaten in Bosnien nach Hause gekommen war, hatten die Kinder ihn kaum wiedererkannt. Sein schlimmster Albtraum war, dass Alexander und Ebba wie er und seine Brüder werden könnten.

Klara ist die Einzige, die das verhindern kann, dachte er. Ich bin verloren. Ich mache denselben Fehler, den Männer seit jeher begehen.

Er zündete sich eine Zigarette an, rauchte mit dem Arm auf die Kante des heruntergelassenen Fensters gestützt und blies den Rauch nach draußen, damit er sich nicht in den Plüschbezügen festsetzte. Dunkelhaarige Menschen, Kinder und Erwachsene, kamen aus der Flüchtlingsunterkunft oder gingen hinein, doch Azra war nirgends zu sehen.

Eine Stunde verstrich.

Tomas rief die wenigen, aber deutlichen Erinnerungen wach, die Azra und er gemeinsam hatten. So wie die meisten seiner Erinnerungen von Reisen stammten, weil fernab der altbekannten Kulissen der Heimat die Sinne geschärft sind, leuchteten die Stunden mit Azra in funkelnden Farben vor einem dunkelgrauen Hintergrund. Weil um sie herum Krieg und Hoffnungslosigkeit geherrscht hatten? Hatte der sie umgebende Tod sie lebendiger gemacht? Sie waren gezwungen gewesen, ihre gemeinsamen Stunden auszumalen. Laut zu schreien, um nicht die Stille der Toten zu hören. Würden sie in Frieden und Sicherheit dasselbe empfinden – Leid und Gewalt Hunderte Meilen entfernt?

Ich sollte sofort von hier verschwinden, dachte Tomas. Bevor ich die kostbarsten Erinnerungen beflecke, die ich habe.

In dem Moment, als er die Hand auf den Schaltknüppel legte, bog Azra in Begleitung eines Mannes um die Ecke des Gebäudes. Tomas beugte sich vor. Starrte. Azra war genauso schön und voller Leben, wie er sie in Erinnerung hatte. Die dunkelbraunen Haare fielen ihr über die Schultern, dick und ungezähmt. Sie ging kerzengerade, wodurch sie größer wirkte, als sie war. Sie hielt eine Einkaufstüte in der Hand. Es war surreal, sie hier, auf den Straßen seiner Kindheit, zu sehen. Er wollte die Tür aufreißen, auf sie zulaufen und ihren Namen rufen. Stattdessen klammerte er sich krampfhaft am Lenkrad fest. Azra und ihr Begleiter verschwanden in der Flüchtlingsunterkunft, und Tomas lehnte den Kopf an die Nackenstütze und starrte an die Wagendecke.

Erst da begann er, über den Mann nachzudenken. Von ihrem angestammten Platz hinter dem Brustbein breitete sich die Eifersucht in ihm aus, verkrampfte seine Glieder.

Nach einer Weile ließ er den Motor an, schaltete in den ersten Gang, fand den Schleifpunkt der Kupplung und fuhr langsam davon. Vielleicht ist es so am besten, dachte er. So werde ich nicht an den Rand des Abgrunds gelockt.

So konnte er versuchen, seine Familie zu kitten und sie von ganzem Herzen zu lieben, erneut. Und anfangen würde er bei Peter, der noch zu Hause bei ihrer Mutter wohnte, nur ein paar Minuten entfernt.

19

Micael Bratt drängte sich mit Ellbogeneinsatz an die Spitze der Schlange, die vor dem Empfangstresen des Hotels wartete.

»Ist Post für mich da?«, fragte er.

Der junge Rezeptionist in einem zu großen Jackett wandte sich zu ihm um. Micael trommelte mit den Fingern ungeduldig auf den Tresen, drehte den Kopf nach rechts und blickte sehnsüchtig zu der lauten Hotelbar. Der erste Drehtag, und er hatte die Schnauze schon voll, von seiner Rolle, seinen Mit-Schauspielern, von Falun. Heute Abend würde er sich ordentlich die Kante geben. Der Rezeptionist übergab ihm mit zitternder Hand einen Stapel Briefe, Micael nahm sie und ging in Richtung Fahrstuhl davon.

Doch dann machte er noch einmal kehrt.

»Wo geht man hin, wenn man sich in diesem Kuhdorf ein bisschen amüsieren möchte? Welches ist der beste Nachtclub in diesem Kaff?«, fragte er.

»Das Garbo.«

»Wo liegt das?«

»Am Hälsingtorget.«

Auf seinem Zimmer machte Micael es sich auf dem Bett bequem und ging zerstreut die Post durch, die ihm von Stockholm nachgesandt worden war. Ein paar Rechnungen, seine Tochter Viktoria hatte geschrieben. Er las die ersten Zeilen, dann legte er den Brief aus der Hand. Fanpost. Autogrammjäger aus ganz Schweden. Willkürlich öffnete er einen der Umschläge. Der Fanbrief kam von einer Frau, der er offenbar im März in Malmö begegnet war, einer Jeanette Erixon. Sie bedankte sich für den gemeinsamen Abend, fragte, ob er an einem neuerlichen Treffen interessiert sei, und bot an, später im Sommer nach Stockholm zu kommen. In dem Umschlag steckte, neben einem adressierten und frankierten Rückumschlag, ein Foto von ihr. Micael betrachtete das Gesicht, ohne die Frau auch nur ansatzweise wiederzuerkennen. Er grinste. Sie war hübsch, verdammt hübsch.

Klar werde ich noch mal ein bisschen Spaß mit dir haben, dachte er. Es ist doch ein Jammer, gar eine Schande, dass ich mich nicht an das erste Mal erinnern kann.

Er streckte sich nach Stift und Papier auf dem Nachttisch.

Jeanette, ich lade dich zu meinem nächsten Dreh ein.

Darunter schrieb er seine Telefonnummer.

Dann faltete er das Blatt zusammen, schob die kurze Nachricht in den mitgeschickten Rückumschlag und wollte die Lasche gerade mit der Zunge anfeuchten, als er mitten in der Bewegung erstarrte. Erinnerungen blitzten auf. Er verzog das Gesicht, schüttelte den Kopf.

»Scheiße, nein.«

Mühsam rappelte er sich vom Bett auf, ging ins Bad, drehte den Wasserhahn auf, befeuchtete den Zeigefinger, fuhr damit über den Klebestreifen und verschloss das Kuvert. Dann warf er einen Blick auf seine Armbanduhr, eine Rolex, die er von seinem Agenten bekommen hatte. Erst halb sechs. Er beschloss, noch ein Stündchen zu schlafen, bevor er runter in die Bar und später in diesen Nachtclub gehen würde.

Als er das Rückensteak aufgegessen hatte, das er an der Hotelbar bestellt hatte, legte Micael das Besteck beiseite. An der Bar herrschte großes Gedränge. Man hatte ihm einen Tisch ein Stück vom Tresen entfernt zugewiesen, wo er jetzt mit einem Bier vor sich saß. Er genoss das Alleinsein. Mit den Jahren waren seine Saufkumpane immer weniger geworden. Allein fühlte er sich am wohlsten, auf jedweder Ebene des Lebens. Hin und wieder gab es Frauen, mit denen er es ein paar Tage, seltene Male Wochen, aushielt, bevor er ihnen den Laufpass gab.

Immer wieder wanderten neugierige Blicke zu ihm herüber. Micael ignorierte sie. Als er einen der Komparsen vom heutigen Dreh entdeckte, stieg Wut in ihm auf. Er hatte ausdrücklich angeordnet, dass die Komparsen nicht im selben Hotel untergebracht werden sollten wie er. Sonst würde er keine Ruhe haben. Morgen würde er seinen Agenten Bengt J. Lindwall anrufen. Bengt musste diesen Schlamassel beheben. Der Komparse glotzte ihn von der Bar aus ungeniert an. Micael erinnerte sich vage daran, ihn auf der Schauspielschule gesehen zu haben. Einer dieser gescheiterten Kleindarsteller, die für ein paar Sekunden TV-Präsenz durchs ganze Land tingelten. Bedauernswerter Teufel, dachte Micael und wandte den Blick ab, damit der pathetische Loser nicht auf die Idee kam, an seinen Tisch zu kommen und mit ihm zu plaudern.

Er dachte an die Frau, die er im Zug getroffen hatte, Veronica. Wie erwartet hatte sie Mittwochabend um acht Uhr an seine Zimmertür geklopft. Sie hatten einen Drink in der Hotelbar genommen, doch anstatt hinterher hoch auf Micaels Zimmer zu gehen, hatte sie vorgeschlagen, dass sie zu ihr nach Hause gingen. Ihre Unverblümtheit hatte ihm wider Willen imponiert. Dass sie nicht wie die anderen Gänse war, sondern selbstsicher und intelligent und unterhaltsam. Eine alleinstehende, aber starke Frau, die es unter anderen Umständen weit hätte bringen können. Er hatte einen sehr netten Abend gehabt, viel gelacht. Aus irgendeinem Grund hatte es ihn enttäuscht, dass sie nicht verheiratet war. Es reizte ihn, diesen Hausfrauen eine bleibende Erinnerung zu verschaffen, zu wissen, dass diese Stunden, die für ihn bedeutungslos waren, auf ewig wie ein brennendes Geheimnis in ihren eingefahrenen Leben aufglimmen würden.

Veronica arbeitete als Kindergärtnerin und war alleinerziehende Mutter eines neunjährigen Sohnes, den er im Zug gesehen hatte. Die schäbige kleine Wohnung, in einem der Außenbezirke der Stadt, hatte ihn an seine eigene Kindheit mit einer alleinerziehenden Mutter in Gustavsberg erinnert. Der Sohn hatte geschlafen, als sie nach Hause gekommen waren, im Schein eines großen Aquariums mit großen schimmernden Fischschatten. Die Dreizimmerwohnung war unordentlich gewesen, aber nicht unsauber. Veronica hatte ihn in ihr Schlafzimmer gezogen, ihm einen letzten Whisky serviert, und dann hatten sie miteinander geschlafen. Bei Tagesanbruch war er zu Fuß zurück ins Hotel gegangen, begleitet vom Gezwitscher der Vögel und mit einem Lächeln auf den Lippen.

Micael beschloss, einen Ortswechsel vorzunehmen, bevor es Zeit für den Nachtclub wurde. Er wollte seine Ruhe haben.

»Schreiben Sie das auf mein Zimmer«, wies er eine vorbeieilende Kellnerin an.

Dann wischte er sich den Mund mit der Stoffserviette ab, warf sie auf seinen Teller, stand auf und ging durch die Lobby hinaus auf die Straße. Der Abend war hell und warm. Er wandte sich in Richtung Fluss und schlenderte die mit Kopfsteinen gepflasterte Gasse zum Faluån hinunter.

20

Das Schloss der Eingangstür zum Haus seiner Mutter war kaputt, also zog Tomas die Tür auf, betrat das Treppenhaus und stieg die Stufen hinauf in den ersten Stock. Aus der Wohnung drang laute Rockmusik, übertönt von einer brüllenden Männerstimme. Wahrscheinlich ein Freund seiner Mutter. Tomas klingelte, hörte aber keinen Ton. Er hämmerte einige Male gegen die Tür, dann drückte er die Klinke nach unten und ging hinein. Die Musik wurde lauter, und ein vertrauter, abgestandener Geruch schlug ihm entgegen. Vor der Garderobe lag ein heruntergefallener Kleiderbügel auf dem Fußboden.

»Hallo?«, rief er, aber seine Stimme ging in der Musik unter.

Tomas ging den engen Flur entlang. Im Wohnzimmer hockte ein Mann mit nacktem Oberkörper auf dem Sofa, die langen braunen Haare zum Pferdeschwanz zurückgebunden. Tomas trat zur Stereoanlage und schaltete sie aus. Der Mann sprang auf die Füße.

»Wer zum Teufel bist du?«, fragte er und glotzte Tomas an.

Sein Gesicht war rötlich aufgedunsen, sein Blick gläsern vom Alkohol. Der schwabbelige gebräunte Oberkörper glänzte vor Schweiß. Stumm ging Tomas zum Schlafzimmer seiner Mutter und sah hinein. Es war leer. Das Bett war ungemacht, das Laken schmuddelig und verdreht, sodass die gelbe Matratze zu sehen war.

»Wo ist sie?«

»Wer zum Teufel bist du?«, brüllte der Mann. »Was willst du hier?«

Es war, als ob die Zeit stillgestanden hätte. Tomas war wieder vierzehn Jahre alt. Alles, was er hinter sich gelassen hatte, war hier, in dieser versifften, trostlosen Wohnung. Er musste hier raus.

»Was ist hier los? Warum …?«

Die Stimme seiner Mutter.

Durch die geöffnete Küchentür sah er ihre gebeugte Silhouette im schwachen Gegenlicht des Fensters. In seiner Kindheit hatte sie immer gesagt, er sei von ihren Söhnen derjenige, der ihr am meisten ähnelte. Er hatte nie gewusst, ob sie es liebevoll oder abschätzig meinte.

»Tomas?«

Sie kam einen Schritt auf ihn zu, hielt dann aber inne. Ihr rechtes Auge wurde von einem frischen Veilchen eingerahmt. Ältere, verblasste Blutergüsse in variierenden Farben und Formen zeichneten sich auf ihren Armen und Oberschenkeln ab.

Tomas blickte den Mann an und ging auf ihn zu. Dessen große, teigige Hände waren mit Schürfwunden übersät. In seinem Kopf hörte Tomas das Geräusch, mit dem sie den Körper seiner Mutter trafen, ihre erstickten Schmerzensschreie. Er wusste, dass sie unterschiedliche Schmerzenslaute von sich gab, je nachdem, ob die Männer mit flacher Hand oder geballter Faust zuschlugen. Und ob sie nüchtern oder vom Alkohol betäubt war. Die dumpfen Schläge, mit denen Fäuste die Weichteile seiner Mutter malträtierten, hallten in seinem Kopf wider.

Alles kam zurück. Peters verängstigte Augen, die unter dem Bett hervorschauten, wo er sich immer versteckt hatte. Tomas, der ihn ins Bett gehoben und sich neben ihn gelegt hatte, in die kalte Pisse, und ihn in den Arm genommen hatte. Kristian auf dem Rücken in seiner Koje, mit angeknipster Leselampe, die Kiefer aufeinandergepresst, die Musik, die aus den Kopfhörern seines geklauten Walkmans wummerte, während er ein Comicheft gelesen hatte.

»Du verdammtes Schwein!«

»Nein, Tomas. Nein.«

Die Stimme seiner Mutter hinter ihm klang flehentlich. Aber es war zu spät. Tomas befand sich längst in einer Vorwärtsbewegung.

Er schwang seine rechte Hand in einem geraden Haken und traf den Mann über der Augenbraue. Der Mann fiel rücklings zu Boden. Seine Augenbraue war aufgeplatzt, und Blut strömte über seine Wange. Tomas schlug erneut zu, auf die Nase. Sie brach unter seiner Faust. Seine Mutter schrie gellend. Tomas bückte sich, packte den Mann am Pferdeschwanz und zerrte ihn über den Wohnzimmerfußboden. Der Typ wimmerte hilflos.

Seine Mutter lief ihm nach.

»Nein, das darfst du nicht, Tomas. Lass ihn los. Tu ihm nicht weh.«

Tomas trat den Kleiderbügel beiseite und riss die Wohnungstür auf. Er packte den Mann abermals bei den Haaren und zerrte ihn über die Schwelle hinaus ins Treppenhaus. Die Schreie seiner Mutter hallten von den Betonwänden wider. Tomas ließ den Mann los, der mit offenem Mund liegen blieb und mit leerem Blick zur Decke starrte, und zog die Wohnungstür mit einem Knall zu und schloss sie ab. Seine Mutter versuchte, sich an ihm vorbeizudrängen, aber er umarmte sie und hielt sie fest. Sie widersetzte sich und wollte an ihm vorbei. Tomas schloss die Augen und hielt sanft dagegen.

Am Ende gab sie auf.

Sie sank auf einen Jackenhaufen, den Rücken an die Flurwand gelehnt, vergrub das Gesicht in den Händen und schluchzte. Tomas ging vor ihr in die Hocke. Seine rechte Hand pochte schmerzhaft. Seine Mutter kramte in einer der Jacken, fummelte fahrig eine Schachtel Zigaretten hervor und steckte sich eine an. Tomas streckte die Hand aus, seine Mutter reichte die Zigarette an ihn weiter und zündete sich eine neue an.

»Wo ist Peter?«, fragte Tomas.

»Ich habe ihn seit Tagen nicht gesehen. Du weißt, wie er ist. Wie ihr drei seid. Ihr kommt und geht, und ich erfahre nie etwas.«

Die Klinke der Wohnungstür wurde vergeblich nach unten gedrückt. Tomas war klar, dass der Mann auf die Beine gekommen war. Mit angespanntem Körper wartete er, bis sich Schritte entfernten und unten im Erdgeschoss die Eingangstür geöffnet wurde und mit einem vernehmlichen Knall zuschlug. Er sah seine Mutter an.

»Ich liebe dich, Mama. Deshalb habe ich getan, was ich getan habe. Ich halte den Gedanken nicht aus, dass die Typen dich schlagen. Dass es geschieht. Deine Hilflosigkeit.«

Sie nickte langsam. Blies den Rauch aus. Seine Mutter hatte

nie gesagt, dass sie einen ihrer Söhne liebte. Aber Tomas war überzeugt, dass sie es tat, auf ihre Art. Ihm wurde bewusst, dass sie älter aussah als fünfzig. Bei Kristians Geburt war sie erst sechzehn gewesen.

Ihm kam der Gedanke, dass die Frauen der Arbeiterklasse alterten, ohne jemals jung gewesen zu sein.

»Ich bin einsam«, sagte sie.

Tomas nickte.

»So wie ich dich kenne, wirst du es nicht lange bleiben. Ich würde mich freuen, wenn du die Kinder und mich mal für ein Wochenende in Stockholm besuchen kommen würdest. Die Kinder würden sich auch freuen. Sie mögen ihre Oma.«

Seine Mutter lächelte dünn.

»Aber Klara mag mich nicht. Sie verachtet mich.«

Tomas antwortete nicht.

Sie rauchten ihre Zigaretten auf, dann stützte sich Tomas auf dem Fußboden ab und stand auf. Er gab seiner Mutter die Hand und half ihr hoch. Bevor er die Wohnungstür aufschloss und hinaus ins Treppenhaus ging, umarmte er sie. Durch die Kleidung spürte er ihre Rippen an seinem Bauch.

»Wir sehen uns, Mama. Ruf an, wenn etwas ist.«

Sie winkte abwesend mit ihrer Zigarettenhand.

21

Es ging auf die Mittagszeit zu, als Vera an die Tür von Casper Segers Reihenhaus in Oxie klopfte. Er öffnete in Jeans, weißem T-Shirt und mit einem Geschirrhandtuch in der Hand.

»Schön, euch zu sehen«, sagte er, hob Sigge hoch, strubbelte ihm durch die Haare und setzte ihn mit seinen kräftigen, braun gebrannten Armen wieder ab.

»Sofia ist oben in ihrem Zimmer. Du kannst zu ihr hochgehen.«

Casper und Vera kannten sich durch Jonny. Casper hatte im Tod von Sigges Mutter ermittelt und der schwedischen Bahn gründlich auf den Zahn gefühlt, die es versäumt hatte, die defekte Bahnschranke zu überprüfen, die Sigges Mutter das Leben gekostet hatte. Doch am Ende war es zu keiner Anklageerhebung gekommen.

Casper war in Malmö Veras bester Polizeiinformant gewesen, und mit der Zeit hatte sich zwischen ihnen eine Art Freundschaft entwickelt.

Sigge polterte die Treppe hoch ins Obergeschoss.

»Ich weiß nicht, was ich mit ihm machen soll«, sagte Vera.

»Komm rein, dann reden wir.«

Casper ging Vera voraus in den Garten des Hauses, und sie setzten sich im Schatten einer verblühten Fliederhecke auf die Terrasse. Er nahm zwei Bierflaschen aus einer Kühltasche und stellte sie auf den Terrassentisch, auf dem eine gelb gemusterte Wachstuchtischdecke lag.

»Schön hast du's hier«, sagte Vera.

Casper machte eine ausholende Bewegung Richtung Garten.

»Ich weiß nicht. Ich habe diesen schwedischen Ausdruck ›zwischen Kirsche und Flieder‹ nie verstanden. Sie blühen für fünfzehn Minuten, wenn man bei der Arbeit ist. Hat man endlich Urlaub, sind sie welk. Und dann sitzt man hier und wird daran erinnert, dass der Sommer bald vorbei ist. Das ist traurig.«

Vera lächelte mitfühlend.

»Aber die Wachstuchtischdecke ist hübsch«, scherzte sie.

»Sie ist scheußlich. Was ist nur aus uns geworden?« Casper lachte und schob ihr die Akte zu, die auf dem Tisch lag.

»Hier ist das, worum du gebeten hast.«

Vera nahm die braune Mappe in die Hand. Es war die Fallakte zu Mersihas Vergewaltigung.

»Sie ist dünn«, sagte Casper.

Er schüttelte den Kopf und fuhr fort.

»Die Ermittlung, meine ich. Verdammt dünn. Es treibt einem die Schamesröte ins Gesicht, wenn man die Akte durchblättert. Wenn ich es nicht besser wüsste, würde ich glauben, die Kollegen wollten den Dreckskerl davonkommen lassen. Aber es ist, wie es ist. Die Chefs setzen Prioritäten, und wir ordnen uns der Obrigkeit unter.«

»Kann ich die Akte mitnehmen?«

»Klar.«

Vera trank einen Schluck Bier.

»Ich habe momentan kein Geld, um dich zu bezahlen«, sagte sie.

»Darüber wollte ich mit dir reden«, erwiderte Casper.

Seine Miene nahm einen gequälten Zug an.

»Die Zeitung hat mich angerufen, um die Auszahlungen zu überprüfen, die du an mich veranlasst hast. Irgendjemand aus der Buchhaltung. Ich weiß nicht mehr, wie die Frau hieß. Angeblich wollte sie ausrechnen, welchen Betrag sie ans Finanzamt abführen muss. Sie meinte, es sei eine ganz normale Revision, ich hatte aber eher den Eindruck, dass es eine interne Ermittlung war.«

Vera schluckte krampfhaft. Die Kohlensäure wollte nicht ihre Kehle hinunter.

»Wann war das?«

»Vor ein paar Wochen.«

Gerüchte über Reporter, die ihre Zeitungen als private Geldautomaten benutzten, kursierten seit Jahren. Casper hatte sicher davon gehört. Aber es war etwas ganz anderes, wenn er erfuhr, dass Vera zu den Journalisten gehörte, die ihre Informanten um Honorare prellten. Dann würde er den Respekt vor ihr verlieren.

»Was hast du gesagt?«

»Dass alles korrekt wäre, natürlich«, sagte Casper.

Er lächelte.

»Dann habe ich zum Taschenrechner gegriffen und ausgerechnet, um wie viel du mich übervorteilt hast. Und da wurde mir klar, dass ich nur ungefähr die Hälfte von dem Betrag bekommen habe, den du bei der Zeitung angegeben hast. Ihr blättert für Tipps wirklich eine ordentliche Stange Geld hin. Hätte ich das gewusst, müsste ich meinen Terrassentisch nicht mit diesem scheußlichen Fetzen schützen.« Casper klopfte auf die Wachstuchtischdecke.

»Oder in Oxie wohnen«, fuhr er fort.

Vera senkte den Blick, spürte, wie die Röte ihren Hals und ihre Wangen hinaufstieg. Obwohl sie ihn hintergangen hatte, hatte Casper gelogen, um ihre Haut zu retten.

»Danke«, murmelte sie.

Casper trank sein Bier aus und griff sich eine neue Flasche aus der Kühltasche.

»Und dann hat Jonny angerufen«, fuhr er fort.

Er öffnete die Flasche mit der Kante seiner Kautabakdose.

»Ich hab ihm gesagt, ich hätte nichts von dir gehört. Aber Jonny ist nicht der Typ, dem man grundlos Lügenmärchen auftischt. Was sage ich, wenn er wieder fragt?«

»Sag ihm, du wüsstest nicht, wo ich bin. Dass ich dir nicht erzählt habe, wo ich wohne. Und das habe ich auch nicht.«

»Es war richtig von dir, den Jungen mitzunehmen«, sagte Casper.

Vera sah ihn verblüfft an. Casper gehörte zu den Polizisten, die Vertrauen in den Staat und seine Institutionen hatten.

»Als du angerufen hast, habe ich das Gegenteil gesagt, ich weiß. Aber ich habe darüber nachgedacht. Ich habe gesehen, was mit Kindern passiert, die in die Mühlen des Systems geraten. Jedes zweite scheint entweder im Gefängnis oder auf der Straße zu landen. Sofern sie sich nicht vorher das Leben nehmen.«

»Was soll ich deiner Meinung nach tun?«

»Jonny wird in den Knast wandern. Es ist nur eine Frage der Zeit, bis wir ihn wegen irgendwas drankriegen. Dann hast du deine Chance. Wenn du das Jugendamt informierst, wird keiner seine Story glauben. Wenn er behauptet, du hättest den Jungen entführt, sagst du, du hättest Sigge beschützen wollen, als Jonny auf Drogen war. Du bist die einzige feste Bezugsperson des Jungen. Die Sache wird sich regeln lassen.«

Vera fiel Cornelia Bergman ein, die beim Jugendamt in Rosengård arbeitete. Sie hatte die Sozialarbeiterin einmal wegen eines Artikels interviewt, und sie hatten einen guten Draht zueinander aufgebaut. Vielleicht konnte Cornelia Bergman ihr helfen, wenn es so weit war.

»Aber sollte Sigge nicht bei seinem Vater sein? Ich habe das Gefühl, ihm diese Chance zu nehmen.«

»Manche Menschen sollten nicht Eltern werden. Jonny gehörte vielleicht nicht immer dazu. Aber so, wie es jetzt um ihn steht, ist er nicht geeignet. Das weißt du.«

»Aber wie geeignet bin ich?«

»Vera, glaub mir, du müsstest es schon auf ganzer Linie verbocken, um auch nur in die Nähe des Chaos zu kommen, in dem Sigge aufwachsen würde, wenn er bei Jonny bliebe.«

Vera schwieg.

»Hast du Sigge gefragt, was er möchte?«

Vera sah Casper zögernd an.

»Es ist doch klar, dass er bei seinem Vater sein will.«

»Ich denke, du solltest ihn selbst fragen.«

Eine Stunde später verließen Vera und Sigge die Reihenhaussiedlung in einem Taxi, fuhren an Rosengård und Jägersro vorbei und durch Värnhem hindurch.

Am Nobelvägen hielt das Taxi an einer Kreuzung. Hier waren sie am Montag zweimal vorbeigekommen, zuerst auf dem Weg zum Jugendamt und dann mit Kurs auf ihr neues Leben.

Das Taxameter tickte. Im Radio lief ein Song von E-Type. Vera blickte in Richtung Möllevången. Das Backsteinhaus in der Ystadsgatan, das bis Sonntag ihr Zuhause gewesen war, lag nur ein paar Minuten entfernt. Es kam ihr vor wie ein anderes Leben.

Als der Taxifahrer wieder anfuhr, drehte sie sich zu Sigge.

»Vermisst du Papa?«, fragte sie.

»Ja.«

»Möchtest du gerne bei ihm wohnen?«

»Nein.«

»Warum nicht?«

»Ich vermisse ihn nur, wenn er weg ist. Wenn er zu Hause ist, ist er immer böse auf mich. Dann wünsche ich mir, dass er wieder weggeht, damit du und ich alleine sind.«

Vera legte den Arm um ihn.

»Papa liebt dich, das weiß ich. Es geht ihm gerade nicht so gut.«

In diesem Moment hielt das Taxi vor dem Hauptbahnhof. Ein steter Strom von Pendlern und Junkies bewegte sich über den Vorplatz.

Vera blickte sich gründlich um, ehe sie ausstiegen, und hastete dann mit schnellen Schritten in die Bahnhofshalle, den Arm die ganze Zeit fest um Sigges Schultern gelegt.

22

Nach acht Gin Tonic in einer kleinen Kaschemme mit Blick auf den Faluån schwankte Micael mit ordentlicher Schlagseite in Richtung Garbo. Er fühlte sich rastlos, wollte so schnell wie möglich eine Frau aufreißen und sie mit auf sein Hotelzimmer nehmen. Ihr Aussehen war nebensächlich. Morgen früh würde er sich sowieso an keine Sekunde des Abends erinnern. Die Schlange vor dem Eingang des Nachtclubs ignorierend, ging er direkt hinein, und als er sah, dass es im Garbo von jungen Frauen wimmelte, von denen ihm etliche wiedererkennende Blicke zuwarfen, hellte sich seine Laune augenblicklich auf.

Er bestellte den nächsten Gin Tonic an der Bar und lehnte sich dann mit Blick auf die Tanzfläche an den Tresen. Ein besoffener Typ torkelte auf ihn zu, zog den Ärmel seines Sweatshirts hoch und bat ihn um ein Autogramm. Micael kritzelte seinen Namen, und der Typ kehrte schwankend zu seinen Kumpels zurück.

In einer der Sitznischen am Rand der Tanzfläche entdeckte Micael eine dunkelhaarige Schönheit. Sie war um die zwanzig, trug einen weißen Minirock und ein schwarzes Top. Er beschloss, dass sie seine heutige Eroberung sein würde. Sie saß mit einer Blondine zusammen, die ebenfalls nicht übel aussah. Auf dem Tisch zwischen ihnen stand eine Flasche Wein. Micael kippte seinen Gin Tonic hinunter und orderte einen neuen. Dann fuhr er sich mit der Hand durch die Haare und entschied, dass die Zeit gekommen war. Doch während er sich mit alkoholvernebeltem Schädel einen Weg zum Tisch bahnte, ließ ihn eine laute Stimme den Kopf drehen. Ein Typ stieß seine Freundin grob auf eine Ledercouch.

»Was soll das, Mattias?«, schrie sie.

Der Typ schien vollkommen weggetreten zu sein.

Ein Türsteher kam angerannt, packte den Typen und zerrte ihn in Richtung Ausgang.

Als die Situation sich beruhigt hatte, war die dunkelhaarige Schönheit verschwunden, die Blondine saß noch am Tisch und nippte an ihrem Weinglas. Micael sah sich um und entdeckte weiter hinten die Rückenansicht der Dunkelhaarigen, die im Gewühl verschwand. Er ging ihr schwankend nach und holte sie an den Toiletten ein.

»Hey«, sagte er.

Sie fuhr herum, musterte ihn.

»Hallo«, erwiderte sie.

Micael grinste, konzentrierte sich auf ihr Gesicht.

»Heilige Scheiße, wie schön du bist. Wie heißt du?«

»Carmen.«

Er ergriff linkisch ihre Hand, führte sie an seine Lippen und küsste ihren Handrücken.

»Gestatten, Micael Bratt. Du hast mich vielleicht schon mal im Fernsehen gesehen?«

»Mm.«

Sie zog ihre Hand weg und trat einen Schritt zurück. Eine Kabinentür ging auf, zwei Mädchen kamen heraus.

»Eine Toilette ist frei geworden. Nett, Sie getroffen zu haben«, sagte sie und drehte sich um.

In Micael keimte Wut auf. Er hatte keinen Nerv für eine unverschämte Kleinstadttussi, die Schwer-zu-haben mit ihm spielte. Klar wollte sie ihn. Jede wollte ihn. Als sie die Tür der Toilettenkabine zuzog, schob er rasch seinen Fuß dazwischen.

»Was soll das?«, rief sie.

Er drängte sie in die Kabine, legte eine Hand auf seinen Schritt, öffnete den Reißverschluss und holte seinen Schwanz heraus.

»Blas mir einen, Herzchen, dann hast du was, womit du vor deinen Freundinnen angeben kannst«, sagte er.

Die Ohrfeige war so gepfeffert, dass er zur Seite taumelte. Um ein Haar hätte er das Gleichgewicht verloren, konnte sich aber gerade noch am Waschbecken festhalten. Micael fuhr sich über die Wange, während er ihr verblüfft nachblickte, als sie sich an ihm vorbeidrängte und den Raum verließ. Ohne sich darum zu scheren, die Kabinentür zu schließen, stellte er sich über die Kloschüssel und pinkelte.

»Du verschwindest jetzt von hier«, sagte eine Männerstimme hinter ihm.

Micael sah über die Schulter. Ein Rausschmeißer war in der Tür zur Toilette aufgetaucht. Hinter ihm stand diese Carmen. Betont langsam zog Micael seine Hose hoch, drehte sich um und musterte sein Spiegelbild. An der Stelle, wo Carmens Handfläche ihn getroffen hatte, war seine Wange gerötet.

»Zieh Leine«, sagte er. »Sonst rufe ich deinen Chef an, und du stehst morgen früh ohne Job da, kapiert?«

Der Rausschmeißer musterte ihn gelassen mit vor der Brust verschränkten Armen.

»Das Risiko gehe ich ein.«

»Weißt du, wer ich bin, du kümmerliches Stück Scheiße? Ich kann diesen Laden kaufen.«

Micael hob die Hände, um sie am schwarzen Sweatshirt des Mannes abzutrocknen.

Im nächsten Moment wurde er mit dem Gesicht gegen die Wand gepresst, und seine Arme wurden nach hinten gebogen. Er brüllte, versuchte sich umzudrehen, um einen Schlag zu landen, aber der Rausschmeißer drückte seine Arme immer weiter nach oben. Der Schmerz strahlte bis ins Schultergelenk aus. Micael heulte auf. Ein zweiter Rausschmeißer erschien auf der Bildfläche, und gemeinsam schleppten sie ihn zum Ausgang und beförderten ihn hinaus auf die Straße.

»Zieh Leine«, sagte einer der beiden.

»Morgen früh bist du arbeitslos, das garantier ich dir«, keuchte Micael. »Du hässliches, fettes Schwein.«

Ein paar Stunden später lag Micael in seinem Hotelzimmer auf dem Bett. Unruhig wälzte er sich hin und her, wusste nicht, ob er träumte oder wach war. Er hatte einen sauren Geschmack im Mund, den altbekannten Geschmack von Erbrochenem. Seine Tochter Viktoria geisterte durch seine Gedanken, wie immer, wenn er zu viel getrunken hatte. Er streckte sich nach dem Telefonhörer, um jemanden anzurufen, wen auch immer, um nicht an sie denken zu müssen.

Das Fenster stand offen, die weiße Gardine flatterte im Wind.

Er hörte Vogelgezwitscher, und irgendwo, weiter entfernt in der hellen Juninacht, erklangen gedämpfte Explosionen, wie von einem Feuerwerk.

Samstag, 11. Juni 1994

23

Tomas wurde aus dem Schlaf gerissen, weil das Bett wackelte. Er schlug die Augen auf, suchte nach einem Punkt, an dem er Blick und Gegenwart festmachen konnte. Im ersten Moment empfand er ein Gefühl, das Panik glich. Er hatte keine Ahnung, wo er sich befand. Oder was er am gestrigen Tag gemacht hatte.

»Mama sagt, du musst aufstehen.«

Hyperventilierend starrte er Ebba mit weit geöffneten Augen an.

Tomas blinzelte einige Male. Der Klang von Ebbas Stimme begann der Wirklichkeit Formen zu verleihen, ihr Konturen und Zusammenhang zu geben. Er war im Sommerhaus, in Rättvik. Was er gestern gemacht hatte, wusste er nicht mehr. Er erinnerte sich an Azra, an den Mann an ihrer Seite, an seinen Besuch bei seiner Mutter in Hallstahammar. Danach war alles schwarz.

»Ich wusste nicht, dass du kommst. Mama auch nicht, aber ich freu mich mega doll.«

Ebba hockte sich rittlings auf seinen Bauch.

»Tomas«, hörte er Klaras Stimme. »Komm bitte in die Küche.«

Sie klang aufgewühlt. Irgendetwas war passiert. Sein erster Gedanke war, dass sie die Wahrheit über Azra herausgefunden hatte. Tomas hob Ebba von seinem Bauch und setzte sich auf. Als er die Bettdecke zur Seite schlug, rutschte ein Tablettenstreifen auf den Fußboden, die Pillen, die er in der Zinken Bar gekauft hatte. Wie viele hatte er genommen? Er konnte sich nicht mal daran erinnern, wann er die erste geschluckt hatte. Rasch schob er den Streifen in sein Portemonnaie, das auf dem Nachttisch lag, lächelte Ebba verkrampft an und warf sie sich wie einen Sack über die Schulter, was seine Tochter wie immer mit einem begeisterten Jauchzen quittierte.

»Es ist etwas Furchtbares passiert«, sagte Klara, als er sich in die Küchentür stellte.

Tomas musterte sie schlaftrunken.

»Was?«

Sie deutete mit dem Kopf auf Ebba, die noch über seiner Schulter hing.

Tomas setzte sie ab und bat sie, im Garten spielen zu gehen.

»In Falun«, fuhr Klara fort, als Ebba verschwunden war. »Mehrere Menschen wurden erschossen.«

Die Bodendielen knarrten unter seinen nackten Füßen, als er zu dem kleinen Küchentisch ging. Draußen vor dem Fenster schimmerte der spiegelblanke See. Zwischen zwei Birken am Ufer hing eine Hängematte. Tomas zog einen Stuhl unter dem Tisch hervor, setzte sich und drehte das Radio auf der Fensterbank lauter. Klara setzte sich ihm gegenüber. Ein sichtlich bewegter Nachrichtensprecher berichtete, dass bei einer Massenschießerei in Falun in der vergangenen Nacht mehrere Menschen ums Leben gekommen seien. Das Ausmaß des Massakers sei noch unklar, doch die Zahl der Toten könnte im Tagesverlauf weiter ansteigen.

Klara schlug die Hände vors Gesicht.

»Was passiert mit diesem Land?«, stöhnte sie. »Sie haben in der ganzen Stadt Leichen gefunden.«

Sie kam um den Tisch herum, setzte sich auf seinen Schoß und umklammerte ihn. Er spürte ihre warme Haut, genoss ihre Nähe, so nah waren sie sich seit Monaten nicht mehr gewesen.

»Falun ist nur ein paar Meilen von hier entfernt«, sagte er.

Klara schlang die Arme um seinen Hals. »Fahr hin«, flüsterte sie. »Deine Kollegen brauchen jede Hilfe, die sie kriegen können. Du hörst es ja selbst, es herrscht vollständiges Chaos. Oder ruf an und erkundige dich, ob du irgendetwas tun kannst.«

Tomas sah ein, dass sie recht hatte.

»Aber was ist mit euch?«

»Wir kommen klar. Das hier ist wichtiger. Sie suchen immer noch nach weiteren Toten.«

Sie drückte ihn fest an sich, eine Träne lief über ihre Wange und fiel auf seine Schulter. Dann löste sie sich von ihm.

Tomas ging zu dem Telefon auf der Kiefernkommode, steckte den Zeigefinger in die Wählscheibe und überlegte einen Moment. Im Faluner Polizeirevier standen die Leitungen vermutlich keine Sekunde still, da würde er nicht durchkommen. Außerdem hatten sie garantiert Verstärkung aus den umliegenden Ortschaften angefordert.

Tomas wählte die Nummer der Telefonzentrale der Stockholmer Polizei und bat darum, zum Kripo-Bereitschaftsdienst durchgestellt zu werden. Ein hellwacher und dankbarer Vorgesetzter erteilte ihm sogleich die Anweisung, nach Falun zu fahren. Er versprach, die Kollegen zu informieren, die sich ihrerseits mit weiteren Instruktionen direkt per Autotelefon bei ihm melden würden.

Zehn Minuten später ging Tomas über den Rasen zu seinem Volvo. Trotz der frühen Uhrzeit war die Luft warm. An einem Hinterreifen des Wagens lag ein Fußball. Als Tomas ihn aufhob und zum Haus warf, um ihn im Zurücksetzen nicht zu überfahren, musste er unwillkürlich an den lehmverschmierten platten Fußball in Stupni Do denken. Klara stand am Küchenfenster und sah ihn an. Er hob die Hand, und sie winkte zurück.

Dann stieg er ins Auto und fuhr Richtung Falun.

24

Tomas hielt an der Statoil-Tankstelle am Ortsrand von Falun, ging in den Shop und fragte die junge Frau hinter der Kasse nach einem Straßenplan. Im Hintergrund lief ein Radio. Sie sah ihn verständnislos an.

»Einen Stadtplan.«

Abwesend deutete sie zum Eingang. Tomas machte ein paar Schritte in die gezeigte Richtung und entdeckte einen Korb mit Touristenfaltplänen, auf denen das Gemeindewappen von Falun und ein Dalarna-Pferd abgebildet waren. Er ging zurück zur Kasse und legte einen Faltplan auf den Tresen.

»Und noch zwei Schachteln Prince. Die roten«, sagte er.

Die junge Frau nickte, nahm zwei Schachteln aus dem Regal, und Tomas zahlte. Als er im Auto den Stadtplan auf dem Lenkrad ausbreitete, merkte er, dass er nur eine Schachtel bezahlt hatte.

Er lokalisierte die Tankstelle und suchte von diesem Punkt ausgehend die Straße, an der er sich einfinden sollte. Einer von zahlreichen Orten in Falun, an denen man in den frühen Morgenstunden Todesopfer gefunden hatte. Er fuhr in die Stadt hinein. Es wimmelte von Rettungswagen und Streifenwagen. Die Radionachrichten waren nach wie vor unzusammenhängend, und dem Beamten, der ihn in die Yxhammargatan bestellt hatte, war nicht sonderlich viel zu entlocken gewesen.

Ein überwältigendes Gefühl von Unwirklichkeit überkam ihn, während er durch die für gewöhnlich beschaulichen Straßen fuhr, die jetzt wie gesetzloses Territorium wirkten.

Tomas folgte dem Verlauf der Nybrogatan und warf zwischendurch immer wieder einen Blick auf den Stadtplan. Als er die Yxhammargatan erreichte, bog er links ab. Im selben Moment sah er das Absperrband vor dem kleinen Parkplatz, der von einer niedrigen grünen Hecke begrenzt wurde, und fuhr rechts ran. Ein junger Polizeibediensteter musterte ihn wachsam. Tomas kurbelte das Fenster herunter, winkte den Mann zu sich und zeigte ihm seinen Dienstausweis.

»Sind Sie alleine hier?«, fragte er.

Der junge Mann war blass, Schweißperlen glänzten auf seiner glatten Stirn.

»Ja.«

Er fuhr sich mit dem Uniformärmel über das Gesicht.

»Wo sind die anderen?«

»Ich weiß nicht genau.«

»Wie heißen Sie?«

»Linus. Linus Åkesson.«

»In Ordnung. Ich stelle kurz den Wagen ab. Dann geben Sie mir einen Lagebericht.«

Tomas setzte in eine freie Parklücke und stieg aus.

»Sie liegt dort drüben«, sagte der junge Polizist und wies in die Richtung.

Tomas folgte ihm mit zögernden Schritten.

Auf dem Grünstreifen vor der Hecke lag eine dunkelhaarige Frau auf dem Rücken. Ihr weißer Rock war bis über die Oberschenkel hochgeschoben. Neben ihr lag eine kleine rote Handtasche.

Aber es gab kein Blut. Der Körper der jungen Frau wies keine Schussverletzungen auf.

»Ich dachte, die Opfer wären erschossen worden?«, fragte Tomas.

»Diese Frau nicht«, antwortete Åkesson.

Tomas ging neben der Toten in die Hocke, betrachtete die Blutergüsse an ihrem Hals. Sie musste erdrosselt worden sein. Als er den Kopf hob, fiel sein Blick auf ein zweistöckiges Mietshaus. Die komplette Längsseite ging auf den Parkplatz hinaus. Vielleicht hatten die Anwohner etwas gesehen? Die Auffindesituation verwirrte ihn. Warum hatte die Frau keine Schussverletzungen?

»Haben Sie etwas angefasst?«

Linus Åkesson schüttelte hastig den Kopf. Tomas kramte in seinen Taschen vergeblich nach einem Stift, um den Inhalt der Handtasche zu untersuchen, ohne ihn zu berühren.

»Könnten Sie mir bitte einen Stift und ein Paar Handschuhe holen?«

Tomas richtete sich auf. Gegenüber des zweistöckigen Mietshauses, auf der anderen Seite des Parkplatzes, lag ein zweites, etwas höheres Gebäude.

»Ich nehme an, dass noch niemand mit den Anwohnern gesprochen hat?«, sagte er, als Åkesson zurückkam.

Der Kollege schüttelte den Kopf.

»Dafür müssen wir einen Dolmetscher kommen lassen.«

»Wieso?«

»Das ist eine Flüchtlingsunterkunft«, erklärte Åkesson und deutete auf das höhere Gebäude.

»Wo wurden die anderen Opfer gefunden?«

»Ich bin nicht sicher. Die Lage ist ziemlich verworren. Aber ich glaube, an verschiedenen Stellen im Stadtpark.«

»Ist das weit von hier?«

»Ein gutes Stück.«

»Und alle Opfer wurden erschossen?«

»Ja. Mit einer Automatikwaffe, sagen die Kollegen.«

Tomas kratzte sich an der Wange. Irgendetwas stimmte nicht. Ein Auto fuhr langsam am Parkplatz vorbei. Eine Frau betrachtete die Szene durch das heruntergelassene Seitenfenster mit offenem Mund.

Tomas richtete seine Aufmerksamkeit wieder auf Linus Åkesson.

»Ist es korrekt, dass der Täter gefasst wurde?«, fragte er.

Åkesson nickte.

»Sie haben ihn angeschossen, die Kollegen, meine ich. Aber er lebt.«

Tomas streifte die Handschuhe über, die Åkesson ihm gegeben hatte. Dann führte er den Stift unter die Riemen der Handtasche, hob sie hoch und griff mit der rechten Hand hinein. Er zog ein Portemonnaie heraus und klappte es vorsichtig auf. Dem Ausweis zufolge hieß die Frau Carmen Diaz und war zweiundzwanzig Jahre alt. Tomas verglich das Ausweisfoto mit dem leblosen Gesicht am Boden. Es war eindeutig dieselbe Person.

Er kniete sich neben die Tote auf den Asphalt und suchte, ohne sie anzufassen, ihre Hände nach Abwehrverletzungen ab. Auf ihren Fingerspitzen entdeckte er etwas, jedoch nicht das, was er erwartet hatte. Wenn sich jemand bei einem Überfall zur Wehr setzte, blieben oft Hautzellen, manchmal Blut unter den Fingernägeln zurück. Unter Carmen Diaz' langen, lackierten Fingernägeln schien stattdessen eine weiße Masse zu haften. Tomas blinzelte, versuchte zu verstehen, was das sein könnte.

»Wissen Sie, wann jemand von der Spurensicherung herkommen kann?«, fragte er.

»Ich habe keine Ahnung«, antwortete der junge Kollege resigniert. »Nicht die leiseste Ahnung.«

Tomas lächelte flüchtig.

»Die Lage ist ein einziges Chaos«, sagte er. »Aber bisher haben Sie Ihren Job tadellos gemacht.«

Mit gerunzelter Stirn blickte er auf die Flüchtlingsunterkunft. Ihm kam ein Gedanke.

Er beugte sich vor, hob mit dem Stift den Rock der Frau an und schaute darunter.

Sie trug keinen Slip.

TEIL II

Montag, 13. Juni 1994

1

Der Mann auf der Zeichnung starrte Vera vom Küchentisch der Dreizimmerwohnung an. Zwei dunkle Augen. Ein aufgedunsenes Gesicht. Ein potenzieller Serienvergewaltiger.

Wer bist du?

In der Nacht war ein heftiger Wolkenbruch auf Stockholm niedergegangen. Vera war davon aufgewacht, dass Sigge zu ihr ins Bett gekrochen kam, aus Angst vor dem Donner, der weiter im Süden der Stadt krachte. Aneinandergekuschelt hatten sie die Sekunden zwischen Blitz und Donner gezählt. Einundzwanzig. Zweiundzwanzig. Dreiund … Knall. Als sie feststellten, dass das Gewitter sich von ihnen entfernte, hatte Sigges Angst sich gelegt, und er war in ihrem Arm eingeschlafen. Die Gefahr war weit weg.

»Ich hoffe, der Blitz schlägt nicht in die Globen-Arena ein«, hatte er noch gemurmelt, bevor ihm die Augen zugefallen waren.

Jetzt wehte frische Morgenluft durch das Fenster, reingewaschen nach der Entladung des Gewitters. Die Pilgatan lag ruhig da. Lediglich kleine Regenpfützen erinnerten noch an die nächtliche Dramatik. Sigge saß im Wohnzimmer und schaute eine Kindersendung.

Vera trank einen Schluck schwarzen Kaffee. Die Kücheneinrichtung mit einer kleinen Essecke und vier Stühlen stammte noch aus den Vierzigerjahren. Auf dem zerkratzten Kiefernholztisch, der die Spuren durchzechter Nächte früherer Mieter trug, Brandflecken von ausgedrückten Zigarettenkippen, Wasserränder von Bierlachen, hatte sie das Recherchematerial ausgebreitet, das sie zu den beiden Überfällen zusammengetragen hatte.

Mersihas Zeichnung lag neben Kristian Wolfs Ausweisbild.

Als sie und der schlafende Sigge am frühen Samstagmorgen im Nachtzug aus Malmö gesessen hatten, hatte Anita Alsén auf ihrem Handy angerufen und verlangt, dass sie auf der Stelle nach Falun fuhr, und war alles andere als erfreut gewesen, dass Vera im Zug saß und erst in einigen Stunden mit dem Auto von Stockholm nach Falun aufbrechen konnte. Der schlimmste Massenmord in der schwedischen Geschichte hatte sich ereignet, und die überregionale Reporterin der *Kvällsposten* war nicht verfügbar. Dafür brachte ihre Chefin keinerlei Verständnis auf. Sie hatte Leif M. Ivarsson nach Falun geschickt und Vera zum Redaktionsdienst verdonnert, die vom Schreibtisch aus am laufenden Band Artikel über den Amoklauf produzieren sollte.

Vera war genauso wütend auf sich selbst wie Anita auf sie. Sie hatte die Sensationsstory des Sommers verpasst, und jetzt lief ihr der Vollidiot Ivarsson vor Ort den Rang ab. Es würde sein Sommer werden. Aber heute hatte sie frei und wollte so viel Zeit wie möglich mit der Suche nach weiteren Parallelen zwischen Mersiha Selimovic' Vergewaltigung und dem Mord an Nadija Alihodzic verbringen.

Es klingelte an der Tür. Ohne darauf zu warten, dass jemand öffnete, rauschte Birgitta in einem violettfarbenen Kleid in die Küche.

»Guten Morgen, guten Morgen«, zwitscherte sie gut gelaunt.

»Was verschafft uns die Ehre?«, erwiderte Vera zögernd und zog ihren Bademantel enger um sich.

»Ich bin auf dem Weg in die Markthalle und könnte ein paar

starke Arme gebrauchen. Ist es in Ordnung, wenn ich mir den Jungen ausleihe?«

»Ja!«, jubelte Sigge aus dem Wohnzimmer.

Vera lächelte.

»Natürlich kann er mitkommen. Aber Birgitta?«

»Ja?«

»Hast du wirklich vor, mit Lockenwicklern im Haar aus dem Haus zu gehen?«

»Oh ja! Für die Lümmel hinter der Fischtheke werfe ich mich doch nicht in Schale. Heute ist mein Bridge-Abend. Man muss Prioritäten setzen. Außerdem halte ich mir so die Verehrer vom Hals.«

»Schon klar.«

»Wunderbar, dann gehen wir!«, befahl Birgitta mit lauter Stimme, woraufhin Sigge in aller Eile den Fernseher ausschaltete und angerannt kam.

Als die Wohnungstür hinter den beiden zugefallen war, ging Vera zurück an die Arbeit und rekapitulierte die Parallelen zwischen den Fällen, die sie bereits entdeckt hatte.

Beide Frauen waren bosnische Flüchtlinge. Und dunkelhaarig. Die Taten hatten in unmittelbarer Nähe von Flüchtlingsunterkünften stattgefunden. Beide Opfer waren sexuellen Übergriffen ausgesetzt gewesen, und der Täter hatte ihre Slips mitgenommen.

Vera ging zu dem entscheidenden Unterschied zwischen den Fällen über: Mersiha Selimovic hatte überlebt. Sie schrieb eine Frage neben die Übereinstimmungen.

Hätte Mersiha sterben sollen?

Dann begann sie, Hypothesen über den Täter zu bilden.

Der Mann ist Rassist oder Nazi.

Er wählt seine Opfer aus.

Nadija Alihodzic und Mersiha Selimovic waren von normaler Körperkraft gewesen. Nicht sonderlich alt. Zumindest Mersiha hatte sich anfangs heftig gewehrt, das wusste Vera.

Er ist stark.

Jemanden zu erdrosseln erfordert Zeit, spann sie den Gedanken weiter. Der Täter muss währenddessen Zeit zum Nachdenken haben.

Er hat keine Angst davor zu töten.

Etliche dieser Punkte trafen auf Kristian Wolf zu. Wretström hatte gesagt, dass Wolf Söldner gewesen war. Er hatte ganz sicher schon früher gemordet, und sie erinnerte sich, einen Artikel gelesen zu haben, dem zufolge Söldner auf dem Balkan für sexuelle Übergriffe bekannt gewesen waren.

Kristian Wolf passte ins Profil. Er hatte aufseiten der Serben gekämpft. Beide Opfer gehörten dem muslimischen Glauben an. Wolf *müsste* der Täter sein. Also warum glich er nicht dem Mann auf der Zeichnung?

Vera fiel ein, dass Mersiha gesagt hatte, der Mann hätte aufgedunsen ausgesehen, als hätte er eine Maske getragen. Obwohl er keine Maske aufgehabt hatte. Was hieß das eigentlich?

Ihr kam ein schwindelerregender Gedanke.

Wie viele weitere Opfer gibt es?, notierte sie.

Vera schlug die Polizeiakte auf. Sie hatte sie während der Zugfahrt gelesen und sich über die mangelhafte Qualität gewundert. Die Zusammenfassung von Mersiha Selimovic' Vernehmung beschränkte sich lediglich auf ein paar dürftige Zeilen. Man hatte sich nicht die Mühe gemacht, einen Dolmetscher hinzuzuziehen.

Aber immerhin umfasste die Fallakte einige Seiten, die Vera nun akribisch und in Gänze durchging. Im Bericht der Spurensicherung stieß sie auf ein Detail, das sie aufhorchen ließ und das ihr neu war.

Weiße Substanz (klebrig) auf Jacke, Oberkörper und Gesicht.

Elektrisiert überflog sie den Bericht, ob entschlüsselt worden war, worum es sich bei dieser Substanz handelte. Doch nirgendwo stand eine Notiz über eine weitergehende Analyse. Es gab lediglich eine Aufnahme von Mersihas Jacke, auf der ein weißer, klebriger Fleck zu sehen war. Vera verspürte eine Mischung aus Spannung und Wut. Unfassbar, dass die Polizei diese weiße Substanz nicht näher untersucht hatte. Sie könnte der Schlüssel sein. Mersihas Zeichnung und die weiße Substanz waren eine heiße Spur.

Sie wählte Jerker Wretströms Nummer und hielt den Atem an, während es in der Leitung klingelte. Wenn er bestätigte, dass auf Nadija Alihodzic' Oberkörper eine ähnliche Substanz sichergestellt worden war, könnte das der entscheidende Hinweis sein, um einen Artikel über die Übereinstimmungen in den beiden Fällen zu veröffentlichen.

»Hey, Süße. Ich wollte dich gerade anrufen«, meldete sich Wretström.

»Ach so?«

»Wir mussten Wolf laufen lassen.«

»Das ist ein Witz?«

»Nein. Die Beweislage genügt dem Staatsanwalt nicht. Und ich kann es ihm nicht verdenken. Wir haben nichts in der Hand. Was kann ich für dich tun?«

Das war fast noch besser. Falls zwischen den beiden Fällen ein Zusammenhang bestand und die Polizei den Verdächtigen auf freien Fuß gesetzt hatte, war das erst recht eine Meldung mit Nachrichtenwert. Sie sah die Schlagzeile vor sich:

Polizei ließ Neonazi laufen – er ist der Serienvergewaltiger.

»Ich habe eine kurze Frage«, sagte sie.

Sie wollte Wretström ihre Theorie über einen möglichen Zusammenhang zwischen den Fällen nicht verraten und wählte ihre Worte mit Bedacht.

»Einer meiner Informanten sagt, dass auf Nadija Alihodzic' Kleidung oder auf ihrem Körper eine klebrige weiße Substanz sichergestellt wurde.«

Wretström lachte.

»Du meinst Sperma? Ich habe wirklich nichts gegen eine Braut, die Interesse an Körperflüssigkeiten hat, aber …«

Vera war das Spiel leid.

»Es soll kein Sperma sein«, fiel sie Wretström ins Wort.

»Ach, schade«, erwiderte er. »Nein, so was haben wir nicht gefunden. Auch kein Sperma. Unser Mann ist vielleicht nicht zum Schuss gekommen.«

»Und die Analyse ihrer Kleidung ist abgeschlossen?«

»Ja.«

Vera beendete das Gespräch und schlug frustriert mit der Hand auf den Tisch, auf die Täterskizze, die Mersiha Selimovic ihr überlassen hatte. Der Kaffee schwappte über und verteilte sich auf ihren Aufzeichnungen. Ohne diese weiße Substanz hatte sie nichts als eine Reihe von Indizien. Nichts Handfestes, worauf sie einen Artikel stützen könnte.

Ich werde dich finden, du Dreckskerl, dachte sie und blickte in die schwarzen Augen, die wie zwei leere dunkle Höhlen wirkten.

Sie wusste, dass die beiden Fälle zusammengehörten. Sie konnte es nur noch nicht beweisen.

2

Der Blick des Leiters der Faluner Mordkommission, Sven Fredriksson, flackerte während des Gesprächs mit Tomas ununterbrochen hin und her, als glaubte er, die Antwort auf das Unfassbare, was in seiner Stadt geschehen war, verberge sich irgendwo im Raum. Tomas fragte sich, wie lange es wohl dauerte, bis Falun, bis ganz Schweden, sich von diesem Ereignis erholt haben würden.

Der Massenmord lag erst zwei Tage zurück, und das Land stand noch immer unter Schock, doch seit dem Ausnahmezustand, der bei seiner Ankunft geherrscht hatte, war einiges Licht ins Dunkel der Tat gekommen.

Der Täter, ein Leutnant namens Mattias Flink, lag, nachdem

ihn Polizeibeamte mit Schüssen außer Gefecht gesetzt hatten, mit Schussverletzungen in der Hüfte im Lazarettkrankenhaus Falun. Er würde überleben. Flink hatte sieben Menschen getötet und drei weitere mit seinem AK-5-Sturmgewehr schwer verletzt. Das Motiv war noch unklar.

Tomas räusperte sich.

»Wie gesagt, Flink kann Carmen Diaz unmöglich ermordet haben. Das Zeitfenster stimmt nicht überein.«

Fredriksson wischte sich den Schweiß von der Stirn, drückte seine Zigarette in einem überquellenden Aschenbecher aus, der zwischen ausgebreiteten Tageszeitungen auf seinem Schreibtisch stand, erhob sich und riss das Bürofenster auf, vor dem die schwedische Fahne schlaff auf Halbmast hing. Dann setzte er sich wieder hin und strich sich über seinen breiten Walrossschnauzbart.

»Du denkst also, wir könnten es hier in unserem beschaulichen Falun mit zwei Mördern zu tun haben, die in derselben Nacht zugeschlagen haben?«

Mit einem Mal sah Fredriksson noch müder aus. Er zog eine Schreibtischschublade auf, nahm eine Schachtel Marlboro heraus, schüttelte sie, grunzte missmutig und zerknüllte sie. Tomas hielt ihm seine Zigaretten hin. Fredriksson fummelte mit seinen großen Pranken eine heraus und schob sie sich zwischen die Lippen.

»Ich habe nicht genügend Leute«, sagte er. »Jeder verfügbare Beamte muss sich um den Dreckskerl Flink kümmern. Wie du weißt, ist das Ganze ein einziges Chaos. Könntest du hierbleiben und die andere Ermittlung übernehmen? Nur für ein paar Tage. Bis wir klarsehen.«

Tomas dachte an den Überstundenzuschlag und nickte.

»Ich habe nichts dagegen.«

»Gut. Ich kümmere mich um den notwendigen Papierkram.«

Fredriksson kramte unter den Zeitungen auf seinem Schreibtisch ein weißes Feuerzeug hervor und zündete seine Zigarette an. Dann griff er zum Telefon und presste den Hörer ans Ohr. Tomas wartete.

»Sag Rapp, dass er in mein Büro kommen soll«, wies Fredriksson jemanden an und legte auf.

Tomas steckte sich ebenfalls eine Zigarette an, und sie rauchten schweigend, während sie warteten. Kurz darauf klopfte es an die Tür. Tomas rückte mit seinem Stuhl beiseite, damit der Kollege, den Fredriksson als Kriminalkommissar Karl Rapp vorstellte, vor dem Schreibtisch neben ihm Platz fand. Er gab Rapp die Hand. Er war in den Vierzigern und sprach, wie Fredriksson, breiten Dalarna-Dialekt.

»Tomas kommt von der Stockholmer Mordkommission und unterstützt uns im Fall der ermordeten Frau, die auf dem Parkplatz in der Yxhammargatan gefunden wurde«, erläuterte Fredriksson. »Es sind so viele Namen. Hieß sie Carmen?«

»Ja, Carmen Diaz«, bestätigte Tomas.

Fredriksson schnitt eine Grimasse und lockerte seinen Krawattenknoten.

»Tomas wird eine Weile hierbleiben und die Ermittlung leiten. Rapp, du fungierst vorerst als passiver Ermittlungsleiter. Sobald wir die Flink-Sache geklärt haben, übernimmst du das Ruder, aber bis es so weit ist, genügt es, dass du dich auf dem Laufenden hältst. Tomas, kannst du uns auf den aktuellen Stand bringen?«

Tomas nickte und wandte sich an Rapp.

»Carmen Diaz gehört nicht zu Flinks Opfern. Sie wurde von einem anderen Täter erdrosselt und davor vermutlich vergewaltigt.«

»Vergewaltigt?«, wiederholte Rapp.

»Jedenfalls glaube ich das. Sie wird im Lauf des Tages obduziert. Aber ihr Slip war weg.«

»Was zum Teufel passiert mit dieser Stadt?«, stieß Rapp frustriert hervor.

Tomas blätterte in seinem Notizbuch und fasste weiter zusammen, was er bisher herausgefunden hatte.

»Carmen Diaz war, wie auch Mattias Flink, in der Mordnacht im Nachtclub Garbo. Sie wohnte im Östra Tillingvägen, ist aber offensichtlich nicht dort angekommen. Ich glaube, dass sie am Fundort ermordet wurde, aber eine Bestätigung steht noch aus. Ich habe mit einem Kollegen von der Ordnungspolizei in dem Wohnhaus und der Flüchtlingsunterkunft, die an den Parkplatz grenzen, erste Anwohnerbefragungen durchgeführt. Aber niemand will in der Nacht auf Sonntag Schreie gehört oder etwas Auffälliges gesehen haben.«

Er aschte seine Zigarette ab. Rapp und Fredriksson hörten aufmerksam zu.

»Ich konnte nur mäßige Abwehrverletzungen feststellen. Das Interessanteste ist eine weiße Masse oder ein Pulver unter ihren Fingernägeln. Vielleicht ist es Koks oder irgendein anderes Rauschmittel. Genaues muss eine Analyse zeigen. Wenn ich nachher mit Carmen Diaz' Eltern gesprochen habe, werde ich versuchen, die Person oder die Personen ausfindig zu machen, mit denen sie im Nachtclub war.«

Als Tomas geendet hatte, entstand ein Schweigen. Fredrikssons Telefon begann zu klingeln, doch er ließ es läuten, ohne sich darum zu scheren.

»Vor uns liegt eine Menge Arbeit«, sagte Tomas. »Gibt es niemanden, der mir helfen könnte?«

Fredriksson schüttelte den Kopf.

»Dann schlage ich vor, dass ihr meinen Chef in Stockholm anruft und fragt, ob er jemanden erübrigen kann.«

Fredriksson musterte ihn.

»Denkst du an jemand Bestimmten?«

»Es gibt einen Kollegen in der Mordkommission. Lars Johansson. Er ist gut. Frag Borssén, ob er ihn herschicken kann.«

Nach der Besprechung ging Tomas in das kleine fensterlose Büro, das man ihm gestern zugeteilt hatte. Die Regale an den Wänden waren leer, in der Mitte stand ein Schreibtisch mit

Telefon und Schreibmaschine, neben der Tür ein Abfalleimer ohne Tüte. Wie eine Farce.

Er sah auf die Uhr. Viertel nach zwölf. Um zwei sollte er mit Carmen Diaz' Eltern sprechen. Ihm graute vor der Begegnung. Er würde ein Haus in Trauer betreten. Aber andererseits war ganz Falun in Trauer. Tomas griff nach seiner Jacke, die über der Stuhllehne hing, und vergewisserte sich, dass der Stadtplan in der Innentasche steckte. Er hatte vor, zu Fuß zu Carmen Diaz' Eltern zu gehen. Doch gerade, als er die Tür hinter sich zuziehen wollte, klingelte das Telefon. Er ging zum Schreibtisch und nahm den Hörer ab.

»Ein Kristian Wolf möchte Sie sprechen«, sagte eine Sekretärin.

Tomas runzelte die Stirn.

»Stellen Sie ihn durch.«

Es dauerte einen Moment, bis Kristians Stimme in der Leitung erklang.

»Sieg Heil«, grüßte er.

Tomas schielte zur geöffneten Bürotür. Auf dem Flur lief ein Beamter vorbei. Er senkte die Stimme.

»Haben sie dich laufen lassen?«

»Logisch.«

»Was ist mit meinem Geld? Hast du es?«

»Darum wirst du deine Kollegen bitten müssen. Ich krieg die Kohle nicht zurück. Ich hab ein paar Schwierigkeiten, nachzuweisen, woher ich sie habe.«

Tomas seufzte.

»Warum haben sie dich laufen lassen?«

Kristian gluckste.

»Das erklärt sich doch von selbst? Ich ficke keine Kanakenschlampen.«

Tomas schielte abermals zur Tür hinüber.

»Was meinst du?«

»Die Kümmeltürkin wurde vergewaltigt.«

»Nadija.«

»Was hast du gesagt?«

»Ihr Name war Nadija.«

Kristian erwiderte irgendwas, aber Tomas brachte es nicht fertig zuzuhören.

»... wahrscheinlich war es irgendein Nachbar, der sich nicht beherrschen konnte. Du weißt ja, wie die sind.«

»Die Nachbarn?«

»Ja, sie hat doch in der Flüchtlingsunterkunft gewohnt.«

Tomas runzelte die Stirn. Er dachte an die Substanz unter Carmen Diaz' Fingernägeln.

»Kristian. Ich brauche eine Antwort von dir. Als die Polizei dich wegen Nadija vernommen hat, haben sie dich nach einer weißen Substanz gefragt?«

»Eine weiße Substanz?«, wiederholte sein Bruder.

»Ja, eine klebrige Masse.«

»Warum hätten sie?«

»Beantworte einfach meine Frage.«

Tomas hörte, wie ein Wasserhahn aufgedreht wurde, dann sagte Kristian: »Nein, das haben sie nicht.«

3

Micael Bratt schlug die Augen auf und starrte eine Weile an die Zimmerdecke. Sein Schädel hämmerte, sein Mund war trocken. Er hustete einige Male, registrierte, dass er nackt war und rücklings auf einem Sofa lag. Als er neben sich einen blonden Haarschopf entdeckte, erinnerte er sich daran, dass er sich in seiner Garderobe des Königlichen Dramatischen Theaters befand. Er gehörte zu den wenigen Schauspielern, die im Haus dauerhaft eine Garderobe nutzen durften, auch dann, wenn sie nicht an einer Inszenierung mitwirkten.

Er schob den Kopf der Frau zur Seite. Als er den Arm unter ihr wegzog, murmelte sie im Schlaf vor sich hin. Micael stand auf, blieb mitten im Raum stehen, kratzte sich das Brusthaar und betrachtete ihr Gesicht. Er hustete erneut. Wer war die Frau? Er musste ihr gestern begegnet sein, als er mit ein paar Kollegen durch die Kneipen gezogen war. Er wusste noch, dass sie im Riche gesessen hatten, aber der restliche Verlauf des Abends lag im Dunkeln. Er rüttelte sie unsanft. Sie schlug die Augen auf und lächelte ihn verschlafen an.

»Du musst gehen«, sagte er.

Ihr Lächeln erlosch.

»Hast du gehört? Zieh dich an und verdufte.«

Er drehte sich um und schloss die Tür auf, öffnete sie einen Spalt weit.

Die Frau stand auf, raffte nackt und benommen ihre Klamotten zusammen und kleidete sich rasch an. Als sie angezogen war, wies er auf die Tür, und sie verschwand. Micael atmete auf, griff nach einer halb vollen Rotweinflasche, die vor dem Schminktisch auf dem Boden stand, trank ein paar Schlucke, wischte sich den Mund ab und räusperte sich. Erst jetzt sah er, dass es halb zwei am Nachmittag war.

Er hatte noch keine Informationen erhalten, wie es nach den abgebrochenen Dreharbeiten zu *Die Jagd* weitergehen sollte. Aber er vermisste den Dreh nicht. Sein Agent Bengt J. Lindwall hatte ihm versichert, dass seine Gage trotzdem gezahlt werden würde. Im Großen und Ganzen war es schön, zurück in Stockholm zu sein, auch wenn Mattias Flinks Amoklauf ihn erschüttert hatte.

Er dehnte den Nacken und massierte seine Schläfen, aber die Kopfschmerzen wollten nicht nachlassen. Als es an der Tür klopfte, schrak er zusammen. In der Annahme, die Frau sei zurückgekommen, sprang er wütend auf und riss die Tür auf.

»Was zum Teufel …?«

Vor der Schwelle stand eine der Empfangsdamen. Sie starrte ihn verängstigt an.

»Jemand möchte Sie sprechen«, sagte sie. »Am Telefon.«

»Ich nehme an, Sie haben gefragt, wer mich zu sprechen wünscht?«

Sie nickte eifrig.

»Ihr Agent.«

»Ich komme gleich«, sagte Micael und schlug ihr die Tür vor der Nase zu.

Er hoffte, dass es nicht doch irgendwelche Probleme mit seiner Gage gab, dann würde er der Produktionsfirma die Hölle heißmachen. Micael drehte sich um, entdeckte seine Jeans auf dem Tisch, an dem er vor den Vorstellungen immer geschminkt wurde, schlüpfte hinein und fuhr mit den Armen in sein Hemd, ohne es zuzuknöpfen. Die Schuhe nahm er in die Hand.

Im Büro mit dem Telefon stellte er sie auf einen Papierstapel auf dem Schreibtisch und griff nach dem Hörer.

»Ja?«, blaffte er.

»Wie geht es dir?«, erkundigte sich sein Agent Bengt J. Lindwall mit sanfter Stimme.

»Zum Kotzen.«

Gereizt wedelte er mit der Hand und verscheuchte die Rezeptionistin, die sich hastig entfernte und ihn in Frieden ließ.

»Dann werde ich dir etwas erzählen, was deine Laune ganz bestimmt heben wird.«

Sein Agent machte eine Kunstpause, um die Spannung zu steigern. Micael weigerte sich, ihm die Genugtuung zu geben, zu fragen, worum es ging. Stattdessen hockte er sich auf den Schreibtisch, wartete ab und wischte zerstreut an einem weißen Fleck Theaterschminke auf seinem Hosenbein herum.

»Ein Broadway-Produzent hat mich angerufen. Du stehst auf der Shortlist für die Hauptrolle in *Hammer.*«

»Heilige Scheiße!«, entfuhr es Micael.

Seine Kopfschmerzen ließen ein wenig nach.

»Du und zwei Konkurrenten. Amerikaner, nehme ich an. Ich habe mir die Freiheit genommen zu sagen, du wärst interessiert. In zwei Wochen fliegst du in die USA.«

»Gut.«

Micael nahm eine Sonnenbrille vom Schreibtisch und spielte damit herum.

»Also, stoß dir heute noch mal ordentlich die Hörner ab. Lass dich volllaufen und vögele dich durch die Betten. Dann fangen wir mit den Vorbereitungen an.«

»Wie ist das Wetter?«

»Jetzt gerade? Warst du noch nicht draußen?«, wollte Bengt J. Lindwall wissen.

»Dann würde ich wohl kaum fragen.«

»Strahlender Sonnenschein.«

Micael legte den Hörer auf, setzte die Sonnenbrille auf und nahm seine Schuhe in die Hand. Dann verließ er das Büro und ging in Richtung Personaleingang. Hinter der Sonnenbrille blinzelte er ins gleißende Licht und beschloss, im Riche einen Katerdrink zu sich zu nehmen. Die Pflastersteine unter seinen nackten Fußsohlen fühlten sich warm und behaglich an.

Ein Stück entfernt sprang eine Frau von einer Bank auf und eilte auf ihn zu. Im ersten Moment hielt er sie für eine Autogrammjägerin, doch dann sah er, dass sie einen Fotografen im Schlepptau hatte. Als sie näher kam, erkannte er sie wieder. Eine Journalistin vom *Aftonbladet*.

Er blieb stehen und starrte sie an. Was zum Henker wollte sie?

Eine Sekunde später hielt sie ihm ein Aufnahmegerät unter die Nase, während der Fotograf ein Blitzlichtgewitter abschoss.

»Sie werden der Vergewaltigung bezichtigt«, sagte die Frau.

4

Die Sonne brannte auf ein windstilles Falun. Während Tomas mit dem Stadtplan in der Hand zu Rosa und Carlos Diaz' Wohnung ging, kam er nicht umhin, sich die Parallelen zwischen Nadija Alihodzic und Carmen Diaz vor Augen zu führen. Beide

Frauen hatten schwarze Haare und waren ohne Slip aufgefunden worden. Nadija Alihodzic war zweifellos vergewaltigt worden, ob das auch für Carmen Diaz galt, blieb abzuwarten. Beide waren unweit von Flüchtlingsunterkünften gefunden worden.

Weiter war Tomas mit seinen Überlegungen nicht gekommen, als ihm auffiel, dass er sich am Rand des Parks befand, in dem Mattias Flink vor gut achtundvierzig Stunden seinen Amoklauf begonnen hatte. Lkws hatten Kies herbeigekarrt, um die Blutlachen zu überdecken. Die aufgeschütteten Stellen bedeckte ein Meer aus Blumen, die trauernde Faluner dort niedergelegt hatten. Tomas' Herzschlag beschleunigte sich. Er machte kehrt, umrundete den Park, studierte den Stadtplan und nahm einen anderen Weg. Ein paar Minuten später hatte er das Wohnhaus erreicht, doch bevor er hineinging, glich er den Straßennamen mit der Adresse in seinem Notizbuch ab. Das Haus lag nur einen Steinwurf von Carmen Diaz' Fundort entfernt.

Tomas stieg die Stufen hinauf und klingelte. Sein Puls beruhigte sich langsam, während er wartete.

Rosa Diaz, eine kleine Mittfünfzigerin mit dunklen, gelockten Haaren, öffnete. Ihre Augen waren geschwollen und verweint. Tomas stellte sich vor, erklärte sein Anliegen und wurde in ein abgedunkeltes Wohnzimmer geführt. Er nahm in einem Sessel Platz, während Rosa Diaz in einem ebenso dunklen Nebenzimmer verschwand. Er hörte sie im Flüsterton mit jemandem reden. Tomas nahm an, dass die Eltern Spanisch miteinander sprachen, war aber nicht sicher.

Neben dem Fernseher hing ein Schwarz-Weiß-Porträt einer lächelnden jungen Frau mit einer Zahnlücke zwischen den Schneidezähnen. Tomas starrte in Carmen Diaz' funkelnde Augen und erinnerte sich an ihren unbelebten Blick, als sie tot auf dem Grünstreifen des Parkplatzes gelegen hatte. Aus irgendeinem Grund musste er an Azra denken.

Rosa Diaz kam zurück ins Wohnzimmer, gefolgt von einem Mann, der der Vater der Toten sein musste.

»Wie ich Ihrer Frau schon sagte, mein Name ist Tomas Wolf, und ich ermittle im Tod Ihrer Tochter Carmen«, stellte Tomas sich kurz vor und erhielt ein kaum wahrnehmbares Nicken als Antwort.

Rosa Diaz, die sich auf das Sofa gesetzt hatte, ergriff die Hand ihres Mannes und zog ihn neben sich.

»Dieser Teufel hat die Todesstrafe verdient«, stieß Carlos Diaz hervor. »Ich würde ihn liebend gern eigenhändig erschießen, so wie er meine Tochter erschossen hat.«

Seine Frau legte ihm beruhigend eine Hand auf den Arm.

Im ersten Moment konnte Tomas Carlos Diaz' Worte nicht recht einordnen, doch dann begriff er, dass die Eltern noch immer glaubten, Carmen wäre eines von Mattias Flinks Opfern. Niemand hatte sie über die näheren Todesumstände ihrer Tochter in Kenntnis gesetzt.

»Ich muss Ihnen sagen, dass wir hundertprozentig sicher sind, dass Mattias Flink nicht der Mörder Ihrer Tochter ist.«

Rosa und Carlos Diaz beugten sich in einer synchronen Bewegung vor.

»Wie meinen Sie das?«, fragte Rosa Diaz.

»Wir suchen einen anderen Täter. Flink kann Ihre Tochter nicht getötet haben. Ihre Tochter wurde auch nicht erschossen wie die anderen Opfer.«

Tomas fasste sich ein Herz und berichtete so ruhig er konnte, wie Carmen ums Leben gekommen war. Er sah, dass die Eltern die Tragweite seiner Worte zu begreifen begannen. Bis gerade eben hatten sie zumindest geglaubt, der Täter würde seine rechtmäßige Strafe bekommen, doch nun mussten sie sich dem Gedanken stellen, dass der Mörder ihrer Tochter immer noch frei herumlief.

Nachdem er ihnen einen Moment Zeit gelassen hatte, sich zu sammeln, fuhr er fort.

»Damit wir den Verantwortlichen fassen können, muss ich Ihnen ein paar Fragen stellen. Ich brauche ein klareres Bild, was für ein Mensch Carmen war. Welche Freunde sie hatte, wie ihre letzten Wochen aussahen.«

Rosa und Carlos Diaz betrachteten ihn skeptisch.

»Sind Sie ganz sicher, dass es nicht Flink war?«

Tomas nickte.

»Ganz sicher.«

Carlos Diaz sah ihn aus zusammengekniffenen Augen an.

»Aber im Radio haben sie gesagt, dass sie erschossen wurde.«

Tomas bemühte sich um einen ruhigen Tonfall, als er antwortete.

»Die Medien müssen etwas durcheinandergebracht haben. Ihre Tochter wurde erdrosselt. Vermutlich hat die Presse sie automatisch mit den anderen Opfern in Verbindung gebracht. Was angesichts der Umstände nicht verwunderlich ist.«

Tomas holte Stift und Notizbuch hervor, legte ein Aufnahmegerät auf den Couchtisch und schaltete es ein.

»Ihre Tochter hat eine Ausbildung zur Krankenschwester gemacht?«, begann er.

In der folgenden Stunde stellte er die Fragen, die er und seine Kollegen immer stellten, wenn eine junge Frau ermordet worden war. Wie sah ihr soziales Umfeld aus? Hatte sie einen Freund? Einen Ex-Freund? Wann hatten sie zuletzt mit ihr gesprochen? Schien bei diesem Gespräch alles in Ordnung gewesen zu sein? Hatte sie in der letzten Zeit verängstigt oder besorgt gewirkt?

Während des Gesprächs fühlte Tomas sich seltsam abwesend, als ob jemand anders die Fragen an die am Boden zerstörten Eltern hervorpresste. Es war, als habe er nicht die Kraft, in der Gegenwart ihrer Trauer zu bleiben. Er hatte Mühe, sich auf ihre Antworten zu konzentrieren. Vielleicht weil er diese Fragen schon viel zu oft gestellt hatte. Vielleicht konnte jeder Polizeibeamte nur eine gewisse Anzahl Mordopfer verkraften, ehe er oder sie begann, sie auf Distanz zu halten. Um zu überleben. Um durchzuhalten.

Der Krieg, Mattias Flink, der Blutdurst und der Hass meiner

Brüder, dachte er. All der Tod und all das Gerede über Tod in meinem Umfeld haben mich abstumpfen lassen.

Als Tomas die trauernden Eltern verließ, hatte er das Gefühl, ein etwas klareres Bild von Carmen Diaz bekommen zu haben, ohne dabei jedoch der Antwort auf die Frage näher gekommen zu sein, wer sie ermordet hatte. Aber immerhin hatten ihm die Eltern den Namen der Freundin genannt, mit der Carmen im Garbo gewesen war.

Ihre Adresse samt Telefonnummer hatte er in seinem Notizbuch notiert. Sie hieß Emma Blom und wohnte nur einen kurzen Fußmarsch entfernt.

Von einer Telefonzelle aus rief er bei Zingo zu Hause an. Seine helle Jeansjacke hatte unter den Armen dunkle Halbmonde bekommen. Er klemmte sich den Hörer zwischen Schulter und Wange, griff sich, während es in der Leitung zwischen Falun und Stockholm tutete, ins Kreuz und merkte, dass auch sein Rücken nass geschwitzt war. Als er gerade auflegen wollte, nahm Zingo ab.

»Ich bin's, Tomas.«

»Grüß dich.«

»Hat Borssén mit dir geredet? Dass du nach Falun kommen sollst, um mich bei einer Mordermittlung zu unterstützen?«

»Ja, ich war gerade auf dem Weg zum Auto, als du angerufen hast.«

Tomas hatte den Verdacht, dass Zingo log. Er warf einen Blick auf seine Armbanduhr. Wenn Zingo jetzt losfuhr, wäre er in drei Stunden hier.

»Dann sehen wir uns später«, sagte er.

»Das tun wir.«

Tomas legte auf und verließ die Telefonzelle. Neben ihm verlief eine Wildrosenhecke. Vereinzelt fuhren ein paar Autos vorbei. Ihm fiel die weiße Substanz ein und dass er deshalb mit der Polizei Märsta sprechen musste. Er ging zurück in die Telefonzelle, rief in der Zentrale des Stockholmer Polizeipräsidiums an und ließ sich die Nummer des Polizeireviers Märsta geben. Als sich dort ein Kommissar Jerker Wretström meldete, erklärte er, wer er war und dass er Informationen über den Mordfall Nadija Alihodzic benötigte. Doch der Kollege weigerte sich, am Telefon Informationen weiterzugeben. Tomas legte auf, fluchte wütend und ging weiter zu Emma Bloms Wohnung.

Dort angekommen, klingelte er an der Tür, doch nichts rührte sich. Er klingelte ein zweites Mal. In der Wohnung blieb es still. Tomas hob die Klappe des Briefeinwurfs an. Kein Laut war zu hören. Er spähte hinein, sah einen braunen Teppichläufer und die Ferse eines Joggingschuhs.

Er legte die Hand auf die Klinke und drückte sie langsam nach unten.

Die Tür war unverschlossen.

Irgendetwas veranlasste ihn, nach der Waffe zu greifen, die er von der Polizei Falun bekommen hatte, weil seine eigene sicher verwahrt in der Waffenkammer des Polizeipräsidiums Kungsholmen lag. Seine Hand zitterte, als sie sich um den Griff schloss. Es gelang ihm nicht, die Sig Sauer aus dem Holster zu ziehen. Es war, als hätte seine Armmuskeln eine Art Lähmung erfasst. Leise in sich hineinfluchend, ließ er die Pistole im Holster stecken und betrat die Wohnung.

5

Micael hatte sich im Riche an seinen angestammten Tisch gesetzt, sich ein Bier bringen lassen und die Speisekarte aufgeschlagen. Ihm gegenüber saß die Journalistin und musterte ihn ungeduldig. Zwischen ihnen, neben dem Salzstreuer, lag ein Aufnahmegerät. Micael rief den Kellner zu sich und bestellte Fleischbällchen, ehe er die Journalistin gelassen anblickte.

»Sie heißen Karin Lennartsson, habe ich recht?«, fragte er und sah ihr an, dass sie sich geschmeichelt fühlte.

Sie nickte.

»Hören Sie zu, Karin, ich habe niemanden vergewaltigt. Männer wie ich kommen so auf ihre Kosten.«

Er machte sich keine Sorgen, er war verärgert, weil er gestört worden war. Aber er beschloss, trotz allem höflich zu bleiben. Er musste sich nicht noch eine Journalistin zum Feind machen.

»Vermutlich ist es eine Frau, die ich abgewiesen habe und die deshalb sauer auf mich ist«, sagte er.

Karin Lennartsson griff nach ihrer Handtasche, stellte sie auf den Tisch, öffnete sie und reichte ihm das Foto einer rothaarigen Frau.

»Ist sie das?«

Karin Lennartsson nickte.

Micael musterte das Bild teilnahmslos und gab es zurück.

»Ich habe die Frau nie gesehen«, sagte er und trank sein Bier aus. »Außerdem stehe ich nicht auf Rothaarige.«

Karin Lennartsson hielt ihm die Kopie einer Polizeianzeige hin. Als er keine Anstalten machte, danach zu greifen, legte sie das Blatt auf den Tisch.

»Was wollen Sie mir damit sagen?« Micael wies mit dem Kopf auf das Dokument.

»Dass die Frau Anzeige gegen Sie erstattet hat.«

Micael rief dem Kellner zu, ihm noch ein Bier zu bringen.

»Man kann anzeigen, wen man will, das wissen Sie. Ich kann Sie wegen Diebstahls anzeigen, und dann muss die Polizei der Anzeige nachgehen. Aber das bedeutet nicht, dass Sie etwas gestohlen haben, stimmt's?«

Eine Kellnerin eilte mit seinem Bier herbei. Micael rieb sich die Augen.

»Sie sind der Frau nie begegnet. Da sind Sie sich sicher?«

Karin Lennartsson warf einen Blick auf das Aufnahmegerät. Ihm war klar, dass sie kontrollierte, ob es eingeschaltet war.

»Ich bin mir hundertprozentig sicher«, sagte er.

Er sah die Veränderung in ihrer Miene, sie bekam etwas Triumphierendes. Erneut kramte sie in ihrer Handtasche und zog eine Klarsichthülle heraus. Darin steckte ein weiteres Bild. Sie hielt es ihm hin. Diesmal beugte er sich vor. Als er das Motiv erkannte, zuckte er zusammen. Er und die Rothaarige, Seite an Seite, nackt in seinem Bett in seiner Wohnung in der Timmermansgatan. Er nahm das Foto in die Hand und hielt es ins Licht. Es gab keinen Zweifel. Der Mann war er.

»Das Bild wurde bei Ihnen zu Hause aufgenommen, oder nicht?«, sagte Karin Lennartsson.

Er ließ das Foto sinken und erwiderte ihren Blick, legte das Bild auf den Tisch.

»Soll ich mich etwa an jede Tussi erinnern, mit der ich ins Bett gestiegen bin? Ja, okay, ich scheine ihr begegnet zu sein. Aber wie zum Teufel konstruieren Sie daraus eine Vergewaltigung?«

Micael klopfte mit dem Zeigefinger auf das Foto, spürte, wie die Wut in ihm zu kochen begann.

»Sieht das aus, als würde ich sie zu irgendwas zwingen?«

Karin Lennartsson erwiderte nichts. Er trank einen Schluck Bier und stellte das Glas demonstrativ auf dem Foto ab.

Die Kellnerin war mit dem Fleischbällchenteller auf dem Weg zu seinem Tisch.

»Und wenn ihr vorhabt, dieses Bild zu veröffentlichen, werde ich dich und dein scheiß Käseblatt vor Gericht zerren. Verschwinde von hier, du dumme Gans, und lass mich in Ruhe essen.«

Die Kellnerin stellte den Teller vor ihn hin und entfernte sich rasch. Micael hob die Hand und schnippte mit den Fingern vor Karin Lennartssons Gesicht.

»Verdufte, bevor mir der Appetit vergeht«, sagte er, wedelte mit der Stoffserviette und stopfte sie sich in den Halsausschnitt.

Die Journalistin kam auf die Füße und sammelte ihre Sachen zusammen. Sie hob sein Bierglas hoch, griff nach dem Foto, drehte sich um und ging Richtung Ausgang.

Micael spießte ein Fleischbällchen auf die Gabel und tunkte

es in die Soße. Während er kaute, schüttelte er den Kopf. Gut, er soff zu viel und vergaß Dinge – der letzte Abend in Falun war ein einziger Nebelschleier –, aber er hatte niemanden vergewaltigt.

6

»Hallo? Ist jemand zu Hause?«

Tomas blieb im dunklen Wohnzimmer stehen. Die Jalousien waren heruntergelassen. Die Balkontür stand einen Spalt weit offen und schickte einen dünnen Streifen Licht ins Zimmer. Draußen auf der Straße fuhr ein Auto vorbei. Er ging zu einer Tür, von der er annahm, dass sie ins Schlafzimmer führte, stieß sie auf und ließ seinen Blick durch den Raum schweifen. Im Bett zeichnete sich die Kontur einer Gestalt ab. Er trat näher heran und registrierte erleichtert, dass die Frau schlief. Ihr Brustkorb hob und senkte sich unter der dünnen Zudecke.

Tomas blieb neben ihr stehen und überlegte, was er tun sollte. Auf dem Nachttisch stand eine Leselampe. Er knipste sie an und berührte die Frau vorsichtig an der Schulter, um sie zu wecken.

Sie schlug die Augen auf, betrachtete ihn einen Moment mit geöffnetem Mund, dann spannten sich ihre Halssehnen an, und sie schrie. Tomas wich ein paar Schritte zurück und hob beschwichtigend die Hände.

»Haben Sie keine Angst, ich bin Polizist«, sagte er.

Der Schrei verstummte abrupt. Sie musterten einander abwartend. Die Federung des Bettes quietschte, als die Frau sich aufsetzte und die dünne Decke vor den Oberkörper hielt.

»Wie kommen Sie hier rein?«, fragte sie.

»Ich habe geklingelt«, antwortete Tomas. »Aber Sie müssen tief geschlafen haben. Die Tür war offen. Ich möchte mit Ihnen über Carmen Diaz sprechen.«

Sie bedachte ihn mit einem düsteren, fragenden Blick. Einen Moment lang glaubte Tomas, vor der falschen Person zu stehen.

Oder aber Emma Blom, sollte sie es doch sein, hatte vergessen, dass ihre Freundin tot war.

Doch dann schienen sie die Ereignisse der vergangenen zwei Tage wieder einzuholen. Sie schloss für einige Sekunden die Augen.

»Können Sie eine Kanne Kaffee kochen, während ich mich anziehe?«, fragte sie.

Emma Bloms Augen waren noch immer verschlafen, und ihre blonden Locken fielen ihr wirr auf die Schultern, als sie sich einige Minuten später an den kleinen Küchentisch setzte. Sie hatte sich ein langes dunkelblaues T-Shirt übergezogen. Ihre braun gebrannten Beine waren nackt, ihre Füße steckten in grauen Wollsocken. Tomas fragte sich, ob sie trotz der stickigen Luft fror. Zwischen ihnen standen zwei Kaffeetassen auf dem Tisch. Nachdem er die Kaffeemaschine angestellt hatte, hatte er die Wohnzimmerjalousien hochgezogen, was ihm aus irgendeinem Grund das Gefühl gegeben hatte, alt zu sein. Aber er hatte das Halbdunkel in der Wohnung nicht ausgehalten.

Als Tomas, der das Gespräch aufzeichnete, Datum und Uhrzeit nannte, zuckte Emma Blom zusammen.

»Ist es wirklich schon so spät?«

»Ja.«

Tomas räusperte sich, schielte sehnsüchtig nach einer Schachtel Zigaretten und einem Feuerzeug, die hinter Emma Blom auf der Fensterbank lagen. Nachdem er einleitend erklärt hatte, dass Mattias Flink nicht der Mörder ihrer Freundin war, konnte er endlich die Fragen stellen, auf die er Antworten haben wollte.

»Sie und Carmen waren Freitagabend zusammen im Garbo. Um wie viel Uhr haben Sie sich getrennt?«

»Gegen halb eins, glaube ich. Genau weiß ich es nicht mehr. Wir waren ziemlich betrunken.«

»Aber Sie erinnern sich an den Abend?«

Emma Blom zuckte mit den Achseln.

»Einigermaßen. Aber manche Teile sind komplett dunkel.«

»Aber als Carmen und Sie sich getrennt haben, hatte Carmen vor, nach Hause zu gehen?«

»Was hätte sie sonst machen sollen?«

»Vielleicht wollte sie sich noch mit jemandem treffen?«

Emma Blom schüttelte den Kopf.

»Wissen Sie, ob Carmen einen Freund hatte? Oder einen Ex-Freund, mit dem es womöglich Differenzen gab?«

»Nein.«

Tomas hatte keine andere Antwort erwartet. Auch Carmen Diaz' Eltern hatten gesagt, dass ihre Tochter keinen festen Freund gehabt hatte.

»Fällt Ihnen jemand ein, der Carmen etwas antun wollte? Jemand aus ihrem Bekanntenkreis, mit dem sie Streit hatte?«

»Sind Sie sicher, dass Carmen nicht von Mattias Flink getötet wurde?«

»Ja«, antwortete Tomas geduldig.

Er warf einen Blick in sein Notizbuch. Bisher hatte er noch nichts aufgeschrieben.

»Jetzt, wo Sie es erwähnen … Es gibt da eine Sache.«

Tomas hob den Kopf. Emma Blom langte hinter sich, griff nach Zigarettenschachtel und Feuerzeug und schüttelte eine Zigarette aus der Packung.

»Vor ungefähr zwei Wochen hatte Carmen einen Streit mit Jörgen Waltz. Ich habe nicht weiter darüber nachgedacht, weil ich sicher war, Flink hätte sie ermordet.«

Sie zündete die Zigarette an.

»Wer ist Jörgen Waltz?«, fragte Tomas.

»Sie kommen nicht von hier, oder?« Emma Blom zog an der Zigarette.

Er schüttelte den Kopf.

»Wenn Sie von hier wären, wüssten Sie, wer er ist. Jörgen Waltz ist ein Widerling. Wohnt alleine in einer Hütte außerhalb der Stadt. Er hat vor zwei Jahren ein Mädchen vergewaltigt. Jeder weiß, dass er es war, aber er wurde freigesprochen.«

Emma Blom lachte heiser und schüttelte den Kopf, wie um die Schlupflöcher des Rechtsstaats zu bekräftigen.

»Was ist zwischen ihnen vorgefallen? Zwischen diesem Waltz und Carmen, meine ich.«

Emma winkelte die Beine an, das T-Shirt spannte sich über ihren Knien.

»Sie sind mit dem Auto zusammengestoßen, unten am Bahnhof. Nichts Ernstes. Nur ein Kratzer. Carmen musste ihren Wagen nicht mal in die Werkstatt bringen. Aber sie ist aus dem Auto gesprungen und hat Waltz angeschrien. Er ist ausgerastet und hat sie gegen die Tür gedrückt.«

»Hat sie Anzeige erstattet?«

»Das wollte sie nicht. Sie hat Angst gekriegt. Sie hatte nicht gesehen, dass Waltz in dem anderen Wagen saß. Hätte sie es gesehen, hätte sie sich nicht getraut, ihn derart anzublaffen.«

Tomas beugte sich vor, schrieb *Jörgen Waltz* in sein Notizbuch und unterstrich den Namen.

Dann deutete er fragend auf die Zigaretten. Emma Blom nickte und schob die Schachtel über den Tisch.

»Hat Carmen hinterher noch mal von ihm gehört?«

Emma stand auf, nahm einen Teller aus einem Küchenschrank, bedeckte ihn mit Wasser und stellte ihn auf den Tisch.

»Soweit ich weiß, nicht.«

»War er Freitagabend im Garbo?«

Tomas zündete die Zigarette an und nahm einen tiefen Zug. Durch das geöffnete Küchenfenster wehte Essensduft herein.

»Wenn, dann habe ich ihn nicht gesehen, und …«

Emma verstummte unvermittelt. Tomas wartete ab.

»Aber da gab es einen anderen Vorfall«, sagte sie zögernd. »Im Garbo.«

Tomas richtete sich auf.

»Sie ist mit einem Mann aneinandergeraten. An den Toiletten.

Das Ganze klang total absurd, im ersten Moment habe ich gedacht, sie macht einen Witz. Wissen Sie, wer Micael Bratt ist?«

»Der Schauspieler?«

Emma Blom nickte.

»Carmen hat gesagt, er hätte sie in eine Kabine gedrängt und seinen Schwanz rausgeholt.«

»Wie ging es weiter?«

»Carmen hat den Türsteher geholt, der ihn rausgeworfen hat. Er ist draußen vor dem Club geblieben und hat rumgebrüllt.«

»Und Sie sind sicher, dass es *der* Micael Bratt war?«

»Ja, ich habe selbst gesehen, wie die Türsteher ihn an die Luft gesetzt haben. Er dreht hier in der Gegend einen Film, *Die Jagd* oder so ähnlich. Das stand jedenfalls in der Zeitung. Und irgendwann letzte Woche habe ich ihn im Spirituosenladen gesehen.«

Tomas klemmte sich die Zigarette zwischen die Lippen und notierte *Micael Bratt* neben Jörgen Waltz. Auch diesen Namen unterstrich er.

Ihm fiel der fehlende Slip ein.

»Ich habe eine Frage, die etwas sonderbar klingt«, sagte er.

»Fragen Sie.«

»Wissen Sie, ob Carmen einen Slip anhatte?«

Emma Blom runzelte die Stirn.

»Warum hätte sie keinen anhaben sollen?«

Tomas ignorierte die Gegenfrage.

»Ich muss Sie bitten, die Frage zu beantworten«, sagte er.

»Ja, sie hatte einen Slip an. Einen Stringtanga. Wir haben uns vorher hier bei mir umgezogen. Sie hat sich meinen Rock ausgeliehen. Ich habe noch ihre Jeans. Wollen Sie die haben?«

»Nein, die können Sie behalten. Darf ich kurz telefonieren?«

»Das Telefon steht auf der Kommode im Flur.«

Tomas rief in der Telefonzentrale des Polizeireviers Falun an, bat darum, mit Karl Rapp zu sprechen, und fasste das Gespräch mit Emma Blom für ihn zusammen. Rapp hörte ohne Unterbrechung zu. Als Tomas von Carmen Diaz' Konfrontation mit Jörgen Waltz erzählte, wurde sein Kollege hellhörig.

»Jörgen Waltz, sagtest du?«

Tomas spähte zur Küche, wo Emma gedankenverloren vor sich hin starrte und ihre Kaffeetasse in den Händen drehte. Er senkte die Stimme.

»Ja, du weißt also, wer das ist?«

»Lass es mich so ausdrücken. Wenn wir Flink nicht so schnell geschnappt hätten, wäre Jörgen Waltz der Erste, den wir zur Vernehmung geholt hätten. Ich glaube, du hast deinen Täter.«

»Weißt du, wo er wohnt?«

»Jeder Mensch in Falun weiß, wo Waltz wohnt. Wir fahren zusammen hin und reden mit ihm.«

7

Sie verließen Falun durch die nördliche Ausfahrt. Rapp saß mit versteinerter Miene am Steuer seines Saab und hielt das Lenkrad in einem festen Zehn-vor-Zwei-Griff. Als Tomas zu ihm ins Auto gestiegen war, lag auf dem Beifahrersitz eine Polizeiakte mit Informationen über Waltz. Er war Jahrgang 1952 und als Jugendlicher wiederholt wegen Körperverletzung verurteilt worden. In den letzten zehn Jahren hatte er sich diesbezüglich nichts mehr zuschulden kommen lassen. Bis auf eine Ausnahme waren alle Opfer Frauen. Außerdem war Waltz vor fünf Jahren wegen sexueller Belästigung verurteilt worden, nachdem er sich in einem Park öffentlich entblößt hatte. Die Vergewaltigung, die Emma Blom erwähnt hatte, war ebenfalls vermerkt. Der Fall war vor Gericht gekommen, hatte aber mit einem Freispruch geendet. Waltz arbeitete als Lkw-Fahrer für eine Spedition mit Sitz in Mora.

»Hast du schon mal darüber nachgedacht, den Polizeiberuf an den Nagel zu hängen?«, fragte Rapp.

Tomas blickte von seiner Lektüre auf.

»Ich glaube nicht, dass ich für einen anderen Beruf geeignet bin«, antwortete er wahrheitsgetreu.

»Bis Samstag habe ich oft mit dem Gedanken gespielt. Mich fortgeträumt. Es mag seltsam klingen, aber wenn Dinge wie diese geschehen, erinnert man sich daran, warum man einmal Polizist werden wollte und warum wir gebraucht werden.«

»Da ist was Wahres dran«, pflichtete Tomas ihm bei.

»Eigentlich haben wir seit dem Freispruch nur darauf gewartet, dass so etwas passiert«, fuhr Rapp fort. Tomas war klar, dass er jetzt von Jörgen Waltz sprach.

Zehn Minuten später fuhren sie von der Bundesstraße 69 ab, und Tomas legte die Akte aus der Hand. Der Saab schaukelte über eine stillgelegte Bahntrasse, dann tauchten sie in dichten Tannen- und Fichtenwald ein. Schottersteine spritzten unregelmäßig gegen den Unterboden. Der Weg wurde zunehmend schmaler, schlängelte sich durch den Wald. Das letzte Stück war kaum noch als Weg zu bezeichnen. Es waren eher zwei Reifenspuren, denen sie folgten. Schließlich hielten sie auf einem zugewucherten Grundstück vor einer roten, baufälligen Holzhütte. Schlingpflanzen rankten über das Dach und kletterten an den Außenwänden empor. An dem Tag, an dem Jörgen Waltz stirbt oder von hier wegzieht, wird die Natur die Hütte erobern und sie dem Wald einverleiben, dachte Tomas.

Sie stiegen aus und gingen sich wachsam umsehend auf die Hütte zu. Es stand kein Fahrzeug auf dem Grundstück. Rapp hämmerte an die Vordertür, während Tomas durch ein verdrecktes Fenster spähte. In dem dunklen Raum konnte er die Umrisse eines Sofas und eines niedrigen Couchtisches ausmachen, aber kein Anzeichen, dass jemand zu Hause war.

»Ich denke, wir gehen rein«, sagte Rapp leise. »Ich habe nicht vor, den Dreckskerl ein zweites Mal davonkommen zu lassen.«

Tomas nickte. Wenn sie warteten, riskierten sie, dass Waltz Beweismaterial vernichtete oder verschwinden ließ.

»Wir müssen uns vorsichtig umsehen, damit niemand merkt, dass wir hier waren«, sagte er.

Rapp legte die Hand auf die Klinke und drückte sie nach unten. Die Tür ging auf.

Die Hütte bestand aus zwei Räumen, die sie in einem verbissenen Schweigen systematisch durchsuchten. Ein muffiger Schimmelgeruch hing in der Luft. In der Mitte des Wohnzimmers stand ein Eimer mit trübem grünem Wasser. Tomas nahm an, dass er dazu diente, Regenwasser einzufangen, das durch das Dach drang. Im Schlafzimmer lag ein ansehnlicher Stapel Pornohefte auf dem Nachttisch.

Die Wände waren kahl. Nirgends gab es ein Foto von Jörgen Waltz oder einer anderen Person. Als würden auch Waltz' Verwandte, Verstorbene wie Lebende, seinen Anblick nicht ertragen.

»Was für ein Saustall«, murmelte Rapp.

Im Wohnzimmer, neben dem ausgeschalteten Fernseher, stand ein modernes Tastentelefon, das in der altertümlichen Hütte fehlplatziert wirkte. Tomas drückte die Wahlwiederholung, ein Trick, den er von Zingo gelernt hatte. Neben dem Telefon lag ein Zettel mit mehreren Nummern. Die Schrift war kindlich und ungelenk.

»Wie kann man so leben? Wie zum Teufel hält man das aus?«, rief Rapp, der das Schlafzimmer näher in Augenschein nahm.

Tomas aktivierte die Lautsprecherfunktion des Telefons und legte den Hörer daneben. Anstelle des Freizeichens erklang eine Warteschleifenmelodie.

»Du wirst gleich mit einem unserer megageilen Girls verbunden, bleib dran«, hauchte eine verführerische Frauenstimme.

Irgendeine Sex-Hotline. Er legte auf und machte sich auf die Suche nach dem Badezimmer. Er wollte nachsehen, ob er dort etwas fand, das mit der weißen Masse unter Carmen Diaz' Fingernägeln übereinstimmen konnte. Im Bad stank es nach eingetrocknetem Urin und Exkrementen. Tomas hielt den Atem an, während er einen Schrank öffnete und zwischen verrosteten

Nassrasierern und leeren Klopapierrollen kramte, die in einem wilden Durcheinander in den Regalen lagen. Aber unter den wenigen Hygieneprodukten gab es nichts, das der weißen Substanz ähnelte.

Er verließ das Bad und ging in die kleine Küche.

»Siehst du irgendwo einen Wäschekorb?«, rief er Rapp zu.

»Hier liegt ein Berg dreckiger Klamotten.«

»Sieh sie dir an.«

»Wonach suchen wir?«

»Irgendwas, was die weiße Masse erklärt, die Carmen Diaz unter den Fingernägeln hatte.«

Tomas hielt inne. Wenn Carmen Diaz' Mörder ihren Slip mitgenommen hatte, musste er ihn als eine Art Trophäe betrachtet haben. Wenn Jörgen Waltz wirklich der Mann war, den sie suchten, war es nicht ausgeschlossen, dass der Slip sich hier irgendwo befand.

»Und einen Slip. Einen Stringtanga.«

»Alles klar«, rief Rapp zurück. Offenbar hatte er begriffen, worauf Tomas hinauswollte.

Eine halbe Stunde später hatten sie keinen der Gegenstände, nach denen sie suchten, gefunden. Tomas begann, die Geduld zu verlieren, und beschloss, wenigstens herauszufinden, wo Jörgen Waltz steckte.

»Wie lautet die Vorwahl von Mora?«, fragte er.

»0250«, antwortete Rapp.

Tomas ging zurück zum Telefon und überflog den Zettel mit den Nummern. Eine davon begann mit 0250. Er beugte sich vor, um die restlichen Zahlen zu entziffern, wählte und hielt den Hörer ans Ohr. Rapp stand währenddessen mit verschränkten Armen in der Wohnzimmertür und betrachtete ihn.

»Spedition Persson, Sie sprechen mit Anneli«, meldete sich eine Frauenstimme.

Tomas kam ohne Umschweife zur Sache, sagte, dass er Polizist sei und den Aufenthaltsort von einem ihrer Fahrer benötige.

»Jörgen ist krankgeschrieben«, sagte die Frau. »Ich nehme an, dass er zu Hause ist.«

»Seit wann ist er krankgeschrieben?«

»Da muss ich nachsehen, Moment … seit Montag. Ist etwas passiert?«

Tomas ignorierte die Frage.

»Können Sie sehen, wo er davor war?«

»Davor?«

»Ja. Am Freitag.«

Er wartete, während die Frau mit Papier raschelte. Wahrscheinlich blätterte sie in einem Ordner.

»Am Freitag hat er eine Tour von Trelleborg nach Orsa beendet.«

»Das heißt, er war Freitagabend in Dalarna?«

»Ja.«

»Um wie viel Uhr ist er angekommen?«

»Ankunftszeit in Orsa war 19:30 Uhr.«

Also konnte Waltz bequem wieder in Falun gewesen sein, bevor Carmen Diaz das Garbo nach Mitternacht verlassen hat, dachte Tomas. Er wollte sich gerade für die Auskunft bedanken und das Gespräch beenden, als ihm noch etwas einfiel.

»Können Sie noch weiter zurückgehen?«

»Das hängt davon ab, wie …«

»Zum Tag vorm Nationalfeiertag«, unterbrach er die Frau. »Zum fünften Juni. Wo war Waltz am fünften Juni?«

Eine Weile waren nur die Atemzüge der Frau zu hören.

»Da war er in Stockholm.«

Tomas schwieg.

»Er hat dort übernachtet, sehe ich, bevor er am sechsten Juni weiter nach Sundsvall gefahren ist«, fuhr die Frau am anderen Ende der Leitung fort.

»Gibt es ein bestimmtes Hotel oder eine Pension, in der Ihre Fahrer übernachten?«, fragte Tomas.

»Ja. Campingplatz Rosersberg.«

Tomas rief sich eine Karte von Stockholm vor Augen. Rosersberg lag zwischen Upplands Väsby und Märsta. Er bedankte sich für die Hilfe und legte auf. Rapp musterte ihn nachdenklich.

»Worum ging es zum Schluss? Warum hast du nach dem fünften Juni gefragt?«

Tomas brauchte frische Luft. Er ging nach draußen und blieb vor der Hütte stehen. Hinter ihm zog Rapp die Vordertür zu.

»Am fünften Juni wurde in Stockholm ein Mord verübt, der Ähnlichkeiten mit dem Mord an Carmen Diaz aufweist.«

Rapp sah ihn verblüfft an.

»Inwiefern?«

»Die Frau war jung, Ausländerin. Ihr Slip fehlte. Und sie wurde in der Nähe einer Flüchtlingsunterkunft gefunden.«

»Eine weiße Substanz?«

Tomas schüttelte langsam den Kopf.

»Nein, die gab es nicht. Jedenfalls nicht, soweit ich weiß. Ich bin nicht mit dem Fall befasst. Der Mord wurde in Märsta verübt, nicht weit von Rosersberg, wo Jörgen Waltz übernachtet hat. Mein Zuständigkeitsbezirk ist die Stockholmer Innenstadt. Ich bin rein zufällig am Tatort vorbeigefahren.«

Rapp drehte sich um. Sein Blick verweilte auf der Hütte. Er öffnete den Mund, als wollte er etwas sagen, blieb aber stumm. Sie gingen zum Saab.

»Wir müssen die Kollegen in Märsta anrufen«, sagte Rapp. »Und alle Kollegen im Revier anweisen, nach Waltz Ausschau zu halten. Und wir müssen mit Fredriksson reden. Wir brauchen Instruktionen, wie wir weiter vorgehen sollen. Ob wir für die Fahndung nach Waltz ein paar Beamte abstellen können. Wie lange bleibst du hier?«

»Ich weiß es nicht.«

Rapp schloss den Wagen auf. Die Türverriegelung klickte.

»Wie hältst du es aus, als Polizist in Stockholm zu arbeiten?«, fragte er.

»Auch in Stockholm muss es Polizisten geben«, antwortete Tomas.

Dienstag, 14. Juni 1994

8

Vera aß in der ausgestorbenen *Kvällsposten*-Redaktion am Schreibtisch ein paar Pommes. Aus der Fotoredaktion zogen säuerliche Bierschwaden herüber. Ein Fenster stand auf Kipp, und die Zugluft trug Mülleimergestank durch die leere Bürofläche.

Die übrige Belegschaft war in Falun, um über Mattias Flink zu berichten. Der Amoklauf dominierte noch immer die landesweiten Schlagzeilen, und die *Kvällsposten* hatte in einem Hotel vor Ort eine provisorische Redaktion eingerichtet, von wo aus Anders Enbacka die Berichterstattung leitete.

Anita Alsén kam erst zur Abendschicht, sodass Vera Sigge kurz entschlossen in die Redaktion mitgenommen hatte.

»Wow!«, platzte der Sechsjährige in diesem Moment heraus.

Er saß mit seinem Happy Meal, das aktuell eine Aristocats-Figur enthielt, an Leif M. Ivarssons Schreibtisch.

»Ich hab den Beiwagen gekriegt. Guck mal, Vera. Mit drei Katzen. Drei!«

»Hast du jetzt alle Katzen zusammen?«

»Nein, aber alle, die ich haben will.«

Ihr Handy klingelte.

»Vera Berg, *Kvällsposten*«, meldete sie sich.

»Casper hier. Ich hab überprüft, worum du mich gebeten hast.«

»Das ging schnell.«

»Ja, und wie mir scheint, trifft *schnell* auf die komplette Ermittlung zu«, fuhr Casper Seger fort. »Diese weiße Substanz wurde nicht näher analysiert. Ehrlich gesagt glaube ich, dass sich seit März niemand mehr damit befasst hat.«

»Das ist absurd.«

»Wem sagst du das. Ich forsche weiter nach und melde mich wieder.«

Vera kaute einen Bissen ihres lauwarmen Hamburgers.

Vor ihr lag die heutige Ausgabe des *Aftonbladet*, dessen Aufmacher verkündete, dass ein bekannter schwedischer Schauspieler der Vergewaltigung bezichtigt wurde. Zum ersten Mal seit dem Amoklauf in Falun hatte eine Schlagzeile Mattias Flink von Seite eins verdrängt. Sie schlug den Artikel auf. Der Schauspieler wurde darin nicht namentlich genannt, doch sie wusste, dass es um Micael Bratt ging. Dass Bratt ein Schwein war, war in der Branche allgemein bekannt.

Ihr fiel eine Story ein, die sie einmal über ihn gehört hatte. Bratt war mit einer jungen Frau zu ihr nach Hause gegangen. Nach dem Sex war die Frau eingeschlafen, Bratt hatte sich volllaufen lassen. Am nächsten Morgen war der Hund der Frau verschwunden. Sie hatte überall nach ihm gesucht, geglaubt, der kleine Pudel sei ausgebüxt. Irgendwann hatte sie sich resigniert aufs Sofa gesetzt, wo ihr ein Fellbüschel auffiel, das darunter hervorlugte. Der Schwanz des Hundes. Als sie sich zu ihrem Vierbeiner hinunterbeugte, stellte sie fest, dass das Tier tot war. Bratt hatte sich im Suff auf den winzigen Hund gesetzt und war eingeschlafen. Als er sein Missgeschick bemerkte, hatte er den Hund mit einem Fußtritt unters Sofa befördert, sich zu der Frau ins Bett gelegt und seine Morgenerektion an sie gedrückt, als sei nichts geschehen.

Vera schüttelte den Kopf über die bizarre Story und begann, den Artikel des *Aftonbladet* zu lesen. Die *Kvällsposten* musste über die Berichterstattung der Konkurrenz auf dem Laufenden sein.

Der Artikel stammte von Karin Lennartsson, einer Journalistin, die, wie Vera widerwillig anerkannte, Biss besaß. Lennartsson hatte die anonyme Frau, die behauptete, von Bratt vergewaltigt worden zu sein, interviewt. Die Frau gab an, mit Bratt liiert gewesen zu sein, ihn jedoch am Abend des 2. Juni zu Hause aufgesucht zu haben, um die Beziehung zu beenden. Woraufhin es zu der Vergewaltigung gekommen sei. Als Vera sich das Datum notierte, um bei der Polizei die Strafanzeige anzufordern, klingelte das Redaktionstelefon.

»*Kvällsposten*«, meldete sie sich.

In der Leitung blieb es einen Moment still. Dann sagte eine vertraute Stimme mit südschwedischem Dialekt: »Macht es dich immer noch an, es auf dem Schreibtisch des Chefredakteurs zu treiben?«

Jonny.

Scheiße.

Unten auf der Straße ertönte ein lang gezogenes Hupen – das leicht verzögert durch den Hörer drang. Wie ein Echo. Vera schoss das Blut in die Schläfen. Jonny musste draußen auf der Straße stehen, vor der Redaktion.

Sie erhob sich und ging, die Telefonschnur hinter sich herziehend, ans Fenster. Vorsichtig schob sie die Gardine zur Seite und spähte hinaus.

Jonny stand vor dem Haus und rauchte. Ein Stück entfernt entdeckte sie drei Männer in Lederwesten. Die Typen aus der Zinken Bar. Ihre Knie wurden weich.

»Lass mich rein«, sagte Jonny.

Vera wich vom Fenster zurück und drehte sich zu Sigge, der mit dem Hamburger in der Hand seine Aristocats-Figur in Augenschein nahm. Vera knallte den Hörer auf die Gabel. Gott sei Dank hatte er während ihres Gesprächs mit Jonny keinen Ton von sich gegeben.

»Komm mit, Großer«, sagte sie.

»Ich hab noch nicht aufgegessen.«

Das Telefon schellte erneut. Jedes Klingeln trieb Veras Puls weiter in die Höhe.

»Du kommst jetzt mit«, befahl sie.

Sie hörte selbst, wie hart ihre Stimme klang, aber darauf konnte sie keine Rücksicht nehmen. Jonny und die Bikertypen konnten jeden Moment in die Redaktion kommen.

Vera zerrte Sigge in den Flur hinaus.

»Du tust mir weh«, protestierte er.

Panisch sah sie sich nach einem Versteck für ihn um, während sie sich das Gehirn nach einer Erklärung zermarterte, Sigge den Ernst der Lage begreiflich zu machen, ohne ihm die Wahrheit sagen zu müssen.

»Das am Telefon war die Feuerwehr«, flunkerte sie. »Sie müssen in der Redaktion eine Brandübung durchführen. Sie haben gesagt, dass wir uns verstecken sollen. Du darfst keinen Mucks von dir geben. Versprichst du mir das?«

Vera riss eine Tür nach der anderen auf, bis sie ein kleines Kabuff entdeckte.

»Versteck dich hier drin. Und komm nicht raus, ganz egal, wer dich ruft. Ich komme dich bald holen.«

Sigge sah sie ängstlich an, als er in den engen Raum kroch und sich zwischen alten *Kvällsposten*-Ausgaben zusammenkauerte.

»Okay?«

»Okay.«

»Alles wird gut.«

Vera zog die Tür fest zu, schloss die Augen und traf eine Entscheidung. Sie hatte keine Wahl. Sie musste Jonny gegenübertreten. Er und die Bikertypen durften auf gar keinen Fall in die Redaktion kommen und Sigge finden.

Sie ging ins Treppenhaus hinaus, schlich auf zitternden Beinen die Wendeltreppe hinunter und geriet auf dem Weg zur Eingangstür zweimal ins Stolpern. Unten angekommen, atmete sie tief durch und drückte die Klinke nach unten.

Doch kaum hatte sie einen Schritt hinaus auf die Straße gemacht, packten sie zwei Hände an den Schultern. Vera versuchte sich loszureißen, trat wild mit den Füßen um sich.

Es war der Typ aus der Zinken Bar. Der mit den Tattoos im Gesicht.

Immerhin gelang es Vera, im Handgemenge die Eingangstür zuzuziehen. Das beruhigte sie ein wenig. Jetzt, wo die Typen sie hatten, würden sie sich wohl kaum die Mühe machen, in die Redaktion hochzugehen. Solange die Biker mit ihr beschäftigt waren, war Sigge in Sicherheit.

Der Mann drückte sie an die Hauswand. Die grobe Putzfassade scheuerte schmerzhaft in ihrem Rücken. Seine Hände auf ihrem Körper widerten sie an.

»Sie trägt immer noch keinen BH. Überzeug dich selbst.«

Jonny kam mit der Zigarette in der Hand auf sie zu. Er taumelte etwas, schien high zu sein.

Vera warf ihm einen flehentlichen Blick zu. Doch das war nicht der Jonny, in den sie sich verliebt hatte.

»Komm mir nicht mit irgendeiner Tränendrüsenstory«, sagte er. »Du bist nicht mehr mein Problem. Du hast mich verlassen und mir mein Kind weggenommen. Dafür wirst du bezahlen.«

9

Tomas stand am Fundort von Carmen Diaz' Leiche. Er war den Weg abgelaufen, den sie in der Mordnacht aller Wahrscheinlichkeit nach genommen hatte – vom Nachtclub bis zu dieser unansehnlichen Straßenkreuzung, wo ihr Leben geendet hatte. Er hatte für die Strecke sechseinhalb Minuten gebraucht.

Tomas blickte sich um, versuchte, den Tathergang zu rekonstruieren. Der Mörder war ihr vermutlich gefolgt. Wo hatte er sie gesehen? Warum hatte er ausgerechnet diesen Ort gewählt? An einem hellen Sommerabend, mit zahlreichen Nachtschwärmern. Der Täter war ein Risiko eingegangen, auch wenn eine am Boden liegende Person von der Hecke des Parkplatzes verdeckt wurde und von der Straße aus nicht zu sehen war.

Auf dem kleinen Parkplatz standen zwei Autos. Wenn Jörgen Waltz ihr Täter war, hatte er wahrscheinlich ein Fahrzeug benutzt, um in die Stadt zu kommen und vom Tatort zu verschwinden. Wo hatte er das Fahrzeug abgestellt? Und war er nach dem Mord direkt nach Hause gefahren und anschließend untergetaucht?

Die Faluner Polizei schien davon überzeugt zu sein, dass Waltz die Tat begangen hatte. Und zweifellos gab es Indizien, die dafürsprachen. Waltz' Auseinandersetzung mit Carmen Diaz sowie die Tatsache, dass er zum Zeitpunkt der Morde in der Nähe von Falun und Märsta gewesen war. Aber Tomas wollte andere Möglichkeiten nicht ausschließen. Sollte Waltz sich doch als falsche Spur entpuppen, hätten sie einen fatalen Ermittlungsfehler begangen. Deshalb würde er heute Nachmittag im Garbo vorbeischauen und mit dem Türsteher sprechen, der diesen Schauspieler Micael Bratt auf die Straße gesetzt hatte, und bei der Gelegenheit in Erfahrung bringen, ob auch Jörgen Waltz am fraglichen Abend im Club gewesen war. Doch zuerst wollte er ins Stadthotel, wo der Schauspieler gewohnt hatte.

Bevor er sich auf den Weg machte, warf er einen Blick auf seine Armbanduhr. Zingo war immer noch nicht aufgetaucht und hatte sich auch nicht gemeldet. Allmählich gab er die Hoffnung auf, Hilfe von ihm zu bekommen.

Am Empfang des Hotels stand eine junge Frau mit Zahnspange. Tomas zeigte seinen Dienstausweis und erklärte, man habe ihm gesagt, an der Rezeption läge eine Liste der Telefongespräche für ihn bereit, die Micael Bratt von seinem Zimmer aus geführt hatte. Die Hotelangestellte griff unter den Tresen und reichte ihm einen Ausdruck. Er dankte ihr und wollte sich gerade zum Gehen wenden, als sie ihn ansprach.

»Wissen Sie, wann Herr Bratt zurückkommt?«

Tomas runzelte die Stirn.

»Warum sollte er zurückkommen?«, fragte er.

»Das Zimmer ist bis Mittsommer bezahlt. Wir wissen nicht recht, wie wir damit verfahren sollen. Herr Bratt war seit Samstag nicht mehr hier.«

Tomas legte die Hände auf den Tresen.

»Er hat nicht ausgecheckt?«

»Nein.«

»Und seitdem ist das Zimmer von niemandem mehr betreten worden?«

Die junge Frau nickte.

»Er hat ein Bitte-nicht-stören-Schild an die Tür gehängt.«

Als Tomas erfahren hatte, dass die Dreharbeiten eingestellt worden waren, war er davon ausgegangen, Bratts Buchung sei von der Produktionsfirma storniert worden.

»Ich würde gern einen Blick in das Zimmer werfen«, sagte er.

Als die Rezeptionistin zögerte, lag ihm die Bemerkung auf der Zunge, dass er in einem Mordfall ermittelte. Doch er durfte nicht riskieren, dass die Hotelangestellte die Presse informierte und herumerzählte, die Polizei verdächtige einen der berühmtesten Schauspieler des Landes, mit dem Amoklauf in Verbindung zu stehen. Er wandte sich zum Fahrstuhl.

»Was ist? Kommen Sie?«, forderte er sie auf.

Die junge Frau griff nach einem Zimmerschlüssel und folgte ihm.

Wie sie gesagt hatte, hing an der Klinke von Bratts Zimmertür ein gelbes Bitte-nicht-stören-Schild. Die Rezeptionistin schloss die Tür auf und trat zur Seite. Im Zimmer herrschte eine Unordnung, als hätte Bratt es überstürzt verlassen. Tomas zögerte. Fünf Türen entfernt stand ein Putzwagen auf dem Flur. Er ging hin, nahm sich ein Paar Gummihandschuhe und streifte es über.

Dann betrat er Bratts Zimmer und tastete nach dem Lichtschalter.

»Links neben der Tür«, kam ihm die Rezeptionistin zu Hilfe.

Als Tomas das Deckenlicht anschaltete, offenbarte sich das Ausmaß des Chaos. Die Vorhänge waren zugezogen, das Bett war zerwühlt. Über einer Stehlampe hing ein achtlos hingeworfenes Hemd. In einem Sessel lag eine zusammengeknüllte Chinohose, auf dem Teppichboden eine umgekippte Flasche Gordon's Gin, und unter der Heizung am Fenster fanden sich Boxershorts.

»Hatten Sie am Freitag Dienst?«, fragte Tomas, ohne sich umzudrehen.

»Ja, im Restaurant.«

»Haben Sie Bratt da gesehen?«

»Ja, er hat an einem meiner Tische gegessen. Ein Rückensteak.«

»Erinnern Sie sich daran, was er anhatte?«

Die Antwort ließ einen Moment auf sich warten.

»Eine beige Hose und ein weißes Hemd.«

Tomas wandte sich lächelnd um.

»Sie haben ein gutes Gedächtnis«, lobte er.

Als sie erfreut zurücklächelte, blitzte ihre Zahnspange auf.

Vorsichtig hob er die Chinohose hoch.

»War es diese Hose?«

»Ich glaube schon.«

Tomas hielt die Hose musternd ins Licht. An den Knien befanden sich deutliche Erd- und Grasflecken. Er bat die Rezeptionistin, aus dem Putzwagen eine Plastiktüte zu holen. Als sie damit zurückkehrte, schob er Hose und Hemd hinein. Dann ging er ins Bad. Die Badewanne hatte einen Schmutzrand, die Toilette war verdreckt. Es stank beißend nach Urin. Naserümpfend betätigte er die Spülung. Die weißen Fußbodenkacheln und das WC wiesen Spuren von Erbrochenem auf. Es stand außer Zweifel, dass Micael Bratt in der Nacht auf Samstag erheblich einen über den Durst getrunken hatte.

Tomas musterte sein Gesicht im Badezimmerspiegel.

Ein Gefühl von Unwirklichkeit befiel ihn. Micael Bratt war

ein hitzköpfiger Saufbold und einer der berühmtesten Schauspieler Schwedens, aber war er fähig, eine Frau zu vergewaltigen und zu ermorden? Die Zeit in der bosnischen Hölle und seine Jahre als Polizist hatten ihn gelehrt, dass die meisten Männer, egal, woher sie kamen und was sie erlebt hatten, dazu imstande waren. Vor allem, wenn ihre Opfer Frauen waren und sie sich einbildeten, ausreichend starke Motive zu haben. Eifersucht, Wut, Hass. Glaubte Micael Bratt einen Grund zu haben, der einen derart brutalen Mord rechtfertigte? Vielleicht, wenn man den Grad der Trunkenheit berücksichtigte, in dem er sich offenbar befunden hatte.

Bratt war mit Carmen Diaz aneinandergeraten. Er war erwiesenermaßen betrunken gewesen. Und die Kleidung, die er am Tatabend getragen hatte, wies Flecken auf, die entstanden sein konnten, als er Carmen Diaz auf dem Grünstreifen am Rand des Parkplatzes vergewaltigt hatte. Er konnte nach seinem Rausschmiss draußen vor dem Garbo auf sie gewartet haben und ihr gefolgt sein. Falls sie ebenfalls angetrunken gewesen war, was die Aussage ihrer Freundin nahelegte, hatte sie ihren Verfolger vermutlich nicht bemerkt.

Tomas' Blick fiel auf den Mülleimer, in dem etliche Briefumschläge und Papierseiten lagen. Er nahm die Briefe vorsichtig heraus und reihte sie auf dem Rand des Waschbeckens auf. Die meisten stammten von Fans, die um ein Autogramm baten. Ein paar von Frauen, die sich mit Bratt treffen wollten. In einem Umschlag steckte ein Foto einer dunkelhaarigen jungen Frau. Sie war ausgesprochen schön. Tomas' Gedanken schweiften unwillkürlich zu Azra. Er legte das Foto aus der Hand und stopfte die Briefe entschlossen zurück in den Mülleimer. Zeit, dachte er. Ich brauche Zeit, um sie zu vergessen. Irgendwann wird der Tag kommen, an dem ich mich nicht mehr an sie erinnere. So wie Menschen Kriege überleben, kann ich die Liebe überleben.

Er hob die Plastiktüte mit Bratts Kleidung auf, die er auf dem Fußboden abgestellt hatte, und ging zurück ins Zimmer.

»Ich würde Sie bitten, das Zimmer in den nächsten Tagen nicht zu reinigen«, sagte er. »Und wenn Sie es reinigen, möchte ich, dass Sie mich vorher informieren. Und ich möchte, dass Sie mich anrufen, falls Micael Bratt zurückkommt.«

Tomas ging hinaus in den Flur. Die Rezeptionistin zog die Zimmertür hinter ihnen zu und schloss ab. Eine Putzfrau kam mit dem Putzwagen vorbei, aus dem sie Handschuhe und Plastiktüte geholt hatten, und nickte ihnen grüßend zu.

»Steht Bratt wegen irgendetwas unter Verdacht?«, flüsterte die Rezeptionistin, als die Putzfrau außer Hörweite war.

»Nein. Und sollte ich in der Zeitung das Gegenteil lesen oder dass die Polizei im Hotel war, um sein Zimmer zu durchsuchen, dann weiß ich, dass Sie die Presse informiert haben. Also würde ich Ihnen dringend davon abraten«, erwiderte er, ohne große Hoffnung, dass seine Ermahnung sie daran hindern würde.

10

Der Mann mit dem Lächeln drückte seine Zigarette an der Hauswand aus und beugte sich dicht zu Vera. Er war bestimmt über eins neunzig. Kraftvolle Bizepse ragten aus seiner Lederweste heraus.

»Benimmst du dich jetzt?«, fragte er.

Ein Stück Glut löste sich von der Wand und fiel auf Veras Arm. Sie spürte einen brennenden Schmerz, bevor der Tabak zu Asche zerfiel und auf ihrer Haut verglomm.

»Ja.«

Eine Frau, die ihren Hund Gassi führte, entdeckte sie, wandte sich augenblicklich um und lief in die entgegengesetzte Richtung zum Wasser hinunter. Der Bikertyp musterte Vera. Jonny hielt sich im Hintergrund. Der Mann mit dem Lächeln war ganz offensichtlich der Anführer der Gruppe.

»Keine Spielchen mehr?«

»Nein.«

Vera spürte seinen abgestandenen Atem im Gesicht.

»Lass sie los«, befahl er seinem Kumpel.

Vera sank auf den Gehsteig. An den Schulterblättern war ihre Haut von dem groben Putz aufgeschürft.

Die Typen werden nicht lange bleiben, dachte sie. Ich muss nur noch ein bisschen durchhalten. Solange Sigge oben in der Redaktion in Sicherheit ist, wird alles gut.

»Ich brauche neue Kippen«, sagte Jonny.

»Oben an der Ecke ist ein Kiosk«, erwiderte sie.

Ohne ein Wort ging Jonny in die Richtung, in die Vera deutete, und sie folgte ihm. Die drei Bikertypen blieben bis zum Tabakladen auf Höhe der Hantverkargatan dicht hinter ihnen. Auch als Jonny mit den Zigaretten herauskam und sich zu Vera drehte, ließen sie sie nicht aus den Augen. Die entgegenkommenden Passanten schlugen einen weiten Bogen um das Trio oder wechselten rechtzeitig die Straßenseite. Vor dem Kiosk war das Schlagzeilenplakat des *Aftonbladet* aus dem Aufsteller gerutscht und schlug in den kräftigen Böen, die vom Norr Mälarstrand heraufwehten, laut hin und her. Jonny hatte noch immer kein Wort zu ihr gesagt.

»Warum bist du hier?«, fragte Vera schließlich.

Es schien, als hätte er erwartet, sie würde sich freuen, ihn zu sehen.

Seine schulterlangen blonden Haare waren zum Pferdeschwanz zurückgebunden, und seinen Bart hatte er abrasiert, wodurch er neben den grobschlächtigen Bikertypen wie ein Kind aussah.

»Du hast mir Sigge weggenommen«, sagte er.

»Du hast Sigge im Stich gelassen.«

»Wo ist er?«

»In der Obhut des Jugendamtes.«

»Dann musst du ihn zurückholen.«

»Das kann ich nicht.«

»Doch. Du kannst einen Brief schreiben. Dass du ihn mir weggenommen hast, weil du eifersüchtig warst, oder was dir sonst einfällt. Sag, du hättest gelogen, um dich an mir zu rächen.«

»Ihm geht es dort besser.«

Jonny begann auf und ab zu laufen und hieb mit der Faust gegen einen Laternenpfahl. Dann baute er sich vor ihr auf und drückte seine Stirn gegen ihre.

»Du schreibst diesen Brief. Sonst kommen diese Typen da drüben zu dir nach Hause. So lange, bis Sigge wieder bei mir ist. Und das wird nicht so glimpflich ablaufen wie eure Begegnung in der Kneipentoilette. Das garantiere ich dir. Die drei können verdammt ungemütlich werden.«

Das Traurige war, dass Vera wusste, dass Jonny übertrieb, vor den Bikertypen den harten Macker markieren wollte.

»Okay«, sagte sie.

»Bring den Brief mit, wenn du Freitag deine Schulden bei Pål bezahlst.«

Jonny zeigte auf den Mann mit dem unbehaglichen Lächeln.

»Okay«, wiederholte Vera. »Kann ich jetzt gehen?«

Der Typ, der offenbar Pål hieß, blickte sie amüsiert an.

»Wer ist dieser Leinwandfritze, über den die Klatschpresse schreibt?«, fragte er und deutete auf das Schlagzeilenplakat des *Aftonbladet*.

»Micael Bratt. Kann ich jetzt gehen?«

Pål sah sie irritiert an. In den fetten Typ mit den Gesichtstattoos kam mit einem Mal Bewegung.

»Bratt also«, sagte er. »Schuldet uns der Pisser nicht noch Kohle für die fünf Gramm?«

»Ja. Und für die Nutten«, bestätigte Pål.

»Kennt ihr ihn etwa?«, fragte Vera.

»Kennen ist zu viel gesagt. Wir beliefern seinen Agenten auf Värmdo mit Ware.«

Pål versuchte, seinen Stolz zu verbergen.

»Kokain?«

»Ja.«

Vera witterte ihre Chance. Wenn sie von den Bikertypen verwertbare Informationen erhielt, könnte sie bei der *Kvällsposten* ein Tippgeberhonorar einfordern und so einen Großteil ihrer Schulden bei ihnen begleichen. Vielleicht sogar zwei Raten auf einmal abstottern, damit sie diesen Widerlingen nicht öfter als nötig begegnen musste.

»Wisst ihr, wo Bratt jetzt ist?«

»Nein.«

»Wann habt ihr ihn zuletzt gesehen?«

Påls Augen wurden schmal.

»Warum bist du so verflucht neugierig?«

»Ich bin Journalistin. Berufskrankheit.« Vera lächelte.

Pål schien sich damit zufriedenzugeben. Das war einer der Vorteile, Frau zu sein. Männer unterschätzten einen. Jonny hingegen musterte sie aufmerksam. Er kannte sie trotz allem gut genug, um zu wissen, wenn sie etwas im Schilde führte.

»Am zweiten Juni.«

Vera zuckte zusammen. Das war das Datum, an dem laut *Aftonbladet* die Vergewaltigung stattgefunden hatte.

Jetzt sah sie nicht nur einen lukrativen Tippgeld-Regen vor sich, sondern obendrein einen starken Aufmacher, der den Enthüllungen der Konkurrenz den Rang ablaufen würde. Hatte Bratt womöglich ein Alibi für den Tatzeitpunkt?

»Warum bist du dir bei dem Datum so sicher?«, fragte sie.

»Wir kriegen unsere Lieferungen am Monatszweiten, und dann veranstalten wir im Clubheim immer eine kleine Party«, antwortete Pål und kratzte sich im Nacken.

Ein Bus fuhr an ihnen vorbei und hinterließ eine stickige Abgaswolke. In Påls Brustbehaarung glänzten Schweißperlen. Seinen nackten Oberkörper zu berühren, muss sich anfühlen, als ob man einen nassen Hund streichelt, dachte Vera.

»Und davor habt ihr Bratt fünf Gramm Koks geliefert? Erinnerst du dich noch an die Uhrzeit?«

»Geliefert? Nein, er ist abends ins Clubheim gekommen. Die Mädchen haben sich vor Begeisterung in die Höschen gepinkelt, weil ein Promi auf der Party aufgetaucht ist. Ich hatte schon Angst, der Fußboden könnte Feuchtigkeitsschäden kriegen.«

Vera spürte, wie ihr Adrenalin stieg. Wenn es für Påls Story einen Beweis gab, hätte Bratt ein hieb- und stichfestes Alibi. Warum hatte er dem *Aftonbladet* nicht gesagt, dass er an dem Abend auf einer Party gewesen war? Er musste so zugedröhnt gewesen sein, dass er sich nicht mehr daran erinnerte.

»Wie lange ist er geblieben?«

»Er ist bei uns versackt. Wobei, versackt ist gut. Er hat sich durch das Clubheim gevögelt. Es gibt sogar Fotos, wie er es einem der Mädchen auf dem Billardtisch besorgt. Du kannst die Fotos kaufen, wenn du willst.«

Vera musste sich zusammenreißen, um nicht bis über beide Ohren zu grinsen. Das würde ihr größter Scoop seit Langem werden. Ein Plan nahm in ihrem Kopf Gestalt an.

»Ich habe eine Idee«, sagte sie.

Wenn es ihr gelang, Bratt das Alibi zu verkaufen, könnte sie die Bikertypen ein für alle Mal loswerden. Sie würde Bratts Agenten aufsuchen, ihm erzählen, eine ihrer Quellen wäre im Besitz von Fotos, die Bratts Unschuld bewiesen, behaupten, die Quelle verlange für die Bilder siebenundzwanzigtausend Kronen und die Zahlung müsse über sie abgewickelt werden. Und sobald sie das Geld vom Agenten erhielt, konnte sie ihre Schulden bei den Bikertypen begleichen und ihre große Story schreiben.

»Wenn ihr mir die Fotos zeigt, kann ich euer Geld schneller auftreiben«, sagte sie und blickte Pål dabei fest in die Augen.

Pål musterte sie eine Weile schweigend, dann grinste er.

»Das können wir einrichten.«

Die Erleichterung, die Vera verspürte, senkte ihr Stresslevel nicht. Sigge hockte ganz allein in der Redaktion, versteckt in einem engen Kabuff.

»Du kriegst deinen Brief, Jonny«, sagte sie. »Und danach will ich dich nie wieder sehen.«

»Du wirst deine Meinung noch ändern. Ich habe alles für dich getan. Alles.«

»Du findest bestimmt eine andere, die deinen kümmerlichen kleinen Speedpimmel zu schätzen weiß«, sagte Vera.

Die Bikertypen wieherten roh.

Das machte Jonny noch wütender. Er warf seine Kippe auf den Boden.

»Jetzt lernst du mich kennen«, zischte er.

»Was willst du beweisen?«, fragte Vera. »Hol einfach deinen Schwanz raus, und wir messen nach.«

Jonny trat mit geballten Fäusten auf sie zu.

11

Der Mann, der ihn vor dem Garbo erwartete, sah aus wie der Prototyp eines Türstehers. Buzzcut, breites Kreuz und Hände wie Baggerschaufeln. Er war komplett in Schwarz gekleidet.

»Mats Lejon.«

»Tomas Wolf von der Stockholmer Mordkommission.«

»Man hat Beamte aus Stockholm hergeschickt?«

»Es hat sich so ergeben. Die Ermittlungen sind umfangreich«, sagte Tomas.

Lejon ging ihm voran ins Garbo. Sie passierten einen Kassentisch und durchquerten den Nachtclub bis zum Rand der Tanzfläche, wo Lejon mit dem Kopf auf eine Polstergruppe wies. Tomas ließ sich auf eine Couch sinken, der Türsteher nahm gegenüber von ihm Platz.

»Er war hier, Flink, meine ich. Er hatte eine Auseinandersetzung mit seiner Freundin. Genau hier, wo wir sitzen.«

Tomas nickte.

»Das habe ich gehört. Aber ich wollte Sie nach jemand anderem fragen, der an diesem Abend im Club gewesen ist. Nach dem Schauspieler Micael Bratt.«

Die Augen des Türstehers blitzten auf.

»Was ist mit dem Mistkerl?«

»Er soll vor die Tür gesetzt worden sein, weil er eine Frau belästigt hat.«

Tomas zog Carmen Diaz' Passfoto hervor und schob es über den Tisch. Lejon musterte es.

»Ich habe ihn selbst rausgeschmissen. Er hat die Frau auf der Toilette in eine Kabine gedrängt und versucht … ja, ich habe keine Ahnung, was er versucht hat. Die Frau kam zu mir, erzählte, was passiert war, und ich habe ihn aufgefordert zu gehen.«

Lejon wirkte plötzlich besorgt.

»Hat er mich angezeigt?«

Tomas schüttelte den Kopf.

»Wie hat er reagiert, als Sie ihn aufgefordert haben, zu gehen? Ist es übrigens okay, wenn ich rauche?«

»Natürlich. Einen Moment.«

Lejon stand auf, verschwand hinter dem Bartresen und kam mit einem glänzenden schwarzen Aschenbecher zurück. Tomas steckte sich eine Zigarette an und hielt Lejon die zerknautschte Schachtel hin. Der Türsteher schüttelte den Kopf.

»Ich habe aufgehört. Meine Mutter ist an Lungenkrebs gestorben.«

»Das tut mir leid.«

Lejon schnitt eine Grimasse, als bereite ihm die Erinnerung an seine verstorbene Mutter körperliche Schmerzen.

»Er hat angefangen, Stress zu machen, und hat sich an meinem T-Shirt abgetrocknet.«

»Sich abgetrocknet? Wie meinen Sie das?«

»Er stand noch in der Damentoilette, die Kronjuwelen an der frischen Luft, und hat sich die Hände gewaschen«, erklärte Lejon, indem er seine Hände aneinanderrieb.

»Mit entblößtem Penis?«

»Ja.«

Auf die Fortsetzung wartend, zog Tomas an seiner Zigarette.

»Und dann hat er sich an meinem T-Shirt abgetrocknet«, fuhr Lejon fort, hob die Handflächen und ließ sie zur Demonstration an seinem Oberkörper hinuntergleiten.

»Ich verstehe.«

»Da hatte ich genug. Ich hab ihm die Arme auf den Rücken gedreht und ihn rausgeworfen. Ich habe schon viel erlebt, aber so ein Verhalten akzeptiere ich nicht. Das tut man einfach nicht.«

»Wie ging es weiter?«

Er ist draußen auf der Straße stehen geblieben und hat gebrüllt, er würde den Club kaufen und mich feuern. Dann ist er abgezogen und hat sich auf eine Bank gesetzt.«

»Hier vor dem Club?«

»Ja.«

Tomas zeigte auf Carmen Diaz' Foto.

»Erinnern Sie sich daran, wann die Frau den Club verlassen hat?«

Lejon überlegte einen Augenblick, dann schüttelte er den Kopf.

»Bedaure. Das war eine ziemlich chaotische Nacht. Scheiße, allein der Gedanke daran macht einen krank.«

»Hat Bratt da noch draußen vor dem Club gesessen?«

»Als die Frau gegangen ist?«, fragte Lejon und beantwortete seine eigene Frage mit einem Nicken. »Ja, ich bin mir ziemlich sicher, dass er noch da war.«

Ein kurzes Schweigen entstand. Tomas zog ein Foto von Jörgen Waltz hervor und legte es vor Lejon auf den Tisch.

»Wissen Sie, wer das ist?«

»Das weiß jeder hier. Jörgen Waltz. Er ist mit meinem Bruder in dieselbe Klasse gegangen. Was ist mit ihm?«

»War er Freitagabend hier?«

»Nein, und ich hätte ihn auch nicht reingelassen. Nicht nach dem, was er letztes Jahr mit diesem Mädchen gemacht hat. Es ist mir scheißegal, ob es verboten ist, Leuten aus solchen Gründen den Zutritt zu verweigern. So jemanden will ich nicht im Club haben.«

Tomas lief zu Fuß zum Polizeirevier zurück und rekapitulierte seinen aktuellen Ermittlungsstand. Er hatte zwei potenzielle Täter. Zwei grundverschiedenere Männer konnte er sich nicht denken. Der eine lebte zwischen Bergen von Fanpost, die bewundernden Blicke der Öffentlichkeit auf sich gerichtet. Der andere hauste allein in einer abgelegenen Waldhütte mit Pornoheften als Gesellschaft und Telefonsex mit Frauen, die so taten, als geile der Klang seiner Stimme sie auf. Die beiden lebten auf demselben Planeten, aber in verschiedenen Welten. Tomas war überzeugt, dass einer von ihnen Carmen Diaz ermordet hatte. Nur wer?

Er machte an einer Telefonzelle halt und rief Klara an, die mit den Kindern noch immer in Rättvik war. Ein Klingeln nach dem anderen verhallte in der Leitung. Als er gerade auflegen wollte, wurde der Hörer abgenommen. Atemlos keuchte Klara ihren Namen, als sei sie zum Telefon gerannt. Sie klang fröhlich und aufgekratzt, doch als sie hörte, dass er es war, schlich sich Enttäuschung in ihre Stimme. Für einen kurzen Moment überlegte Tomas, ob Klara ihn betrog, und ertappte sich dabei, genau das zu hoffen, weil es seine eigene Schuld schmälern würde. Die Eifersucht, die in ihm aufstieg, galt nicht Klara, sondern Azra und dem Mann, in dessen Begleitung er sie gesehen hatte.

Azra habe ich verloren, aber meine Familie ist hier, und sie braucht mich, dachte er.

»Hallo, bist du noch dran?«, fragte er.

»Ja, ich bin noch da.«

Er wollte sagen: Ich liebe dich, Klara. Vielleicht nicht auf dieselbe Weise wie früher, aber du bist die Mutter meiner Kinder, und ohne dich wäre diese Familie verloren gewesen. Rette mich ein zweites Mal, bring mich auf die richtige Bahn, wie damals, als du mich von meinen Brüdern und all dem Hass weggeholt hast, den ich in mir getragen habe.

Stattdessen sagte er: »Geht es euch gut?«

»Ja. Wie ist es bei dir?«

»Gut«, erwiderte er einsilbig wie immer, wenn sie über seine Arbeit sprachen.

Früher hatte Klara ihn oft gefragt, wie er es aushielt, Polizist zu sein. Doch es war lange her, dass sie einander diese Art von Fragen gestellt hatten, Fragen, die wirklich etwas bedeuteten.

»Was macht ihr?«, erkundigte er sich.

»Wir spielen Fußball.«

»Fußball? Wie schön.«

Warum reden wir so miteinander? Warum führen wir uns auf wie zwei Fremde im Bus?

»Kommst du heute Abend zurück?«, fragte sie.

»Nein, ich bleibe wohl noch ein paar Tage. Hier gibt es einiges zu tun.«

Er wartete auf eine Reaktion, doch es kam keine.

»Genieß den Urlaub. Ich wollte nur hören, dass alles in Ordnung ist. Ich melde mich später noch mal«, sagte er.

»Mach das. Tschüss.«

Tomas blieb mit dem Hörer in der Hand stehen und blickte zu einem kleinen Tabakladen hinüber. Die Titelseiten der Boulevardzeitungen leuchteten ihm mit gelben Lettern entgegen. Eine Schlagzeile des *Aftonbladet* lautete:

JUNGE FRAU:
PUBLIKUMSLIEBLING
HAT MICH
VERGEWALTIGT

Hastig hängte er den Hörer ein, griff nach der Plastiktüte mit Micael Bratts Kleidung, überquerte die Straße und betrat den Kiosk. An der Kasse nahm er eine Ausgabe des *Aftonbladet* aus dem Zeitungsaufsteller und schlug den Artikel auf. Doch der Name des Schauspielers wurde nirgends genannt. Tomas überflog den Artikel ein zweites Mal, dann legte er die Zeitung zurück und eilte mit raschen Schritten zum Polizeirevier, um die Stockholmer Kollegen anzurufen und sich zu erkundigen, auf wen die Schlagzeile gemünzt war.

Seine Gedanken drifteten erneut zu Azra. Vielleicht hatte die Enttäuschung in Klaras Stimme seine Sehnsucht nach ihr geweckt. Seit er mit Klara zusammen war, fühlte er sich ihr unterlegen. Schämte sich für seine Familie, seine Herkunft, seine Brüder. In Azras Gegenwart hatte er nie Scham oder Unzulänglichkeit empfunden. Diesmal bekam er sie nicht aus dem Kopf, sosehr er sich auch bemühte, und sie war keine zwei Autostunden von ihm entfernt.

Ein letztes Mal, dann kann ich wieder Polizist sein, dachte er. Außerdem war sein Arbeitstag fast vorbei, und im Stockholmer Präsidium konnte er vom Autotelefon aus anrufen.

Anstatt ins Polizeirevier zu gehen, schlug er die Richtung zu seinem Volvo ein.

12

Schweißperlen traten auf Jonnys Stirn, seine Augen waren weit aufgerissen und blutunterlaufen.

»Sag das noch mal, du verfluchte Hure«, zischte er, dass ihr sein Speichel ins Gesicht sprühte.

Pål trat zu ihnen und schob einen Arm zwischen sie.

»Mach keine Dummheiten, Jonny«, sagte er. »Man demoliert keinen Geldautomaten, der Scheine ausspuckt.«

Jonnys Kiefer mahlte, aber er trat einen Schritt zurück und ließ Vera gehen. Sie bemühte sich, ruhig und gelassen zu wirken, als sie zurück zur Redaktion lief, obwohl sie am liebsten jetzt sofort, in diesem Augenblick, bei Sigge gewesen wäre.

Erst auf halbem Weg die Straße hinunter drehte sie sich um, um nachzusehen, ob die Bikertypen noch vor dem Kiosk standen, doch der Gehweg war leer. Vera beschleunigte ihre Schritte, begann zu rennen.

Zwei Minuten später riss sie außer Atem die Tür des Kabuffs auf und atmete erleichtert auf, als sie Sigge schlafend auf dem Fußboden vorfand.

Seine Haare klebten in der stickigen Luft des Raums feucht an der Stirn, und seine mit Sommersprossen gesprenkelte Haut glänzte im Schein der Glühbirne. Sie hob ihn hoch und drückte ihn fest an sich.

»Wie mutig du warst, Großer«, sagte sie, als Sigge sie verschlafen anblinzelte. »Die Feuerwehrübung hat reibungslos geklappt, weil du so super, super leise gewesen bist.«

Sie gingen zurück in die Redaktion. Vera setzte sich an ihren Schreibtisch und blickte auf den Kungsholmstorg hinaus. Eine Frau sonnte sich im Gras. Sie cremte sich mit Sonnenmilch ein und schien sich an den Blicken der Bauarbeiter, die von der anderen Straßenseite ungeniert zu ihr herüberstarrten, kein bisschen zu stören.

Sie wirkte so unversehrt, von nichts und niemandem ihrer Freiheit beraubt. Vera dachte an Mersiha Selimovic in Malmö und verspürte einen Anflug von schlechtem Gewissen. Würde Mersiha sich jemals wieder sicher fühlen? Sie hatte Mersihas Zeichnung mitgenommen, die sie vom Täter angefertigt hatte, und ihr versprochen, sich bald wieder zu melden. Sie hatte Mersiha Hoffnungen gemacht, den Schuldigen zu finden, doch dann war ihre Spur erkaltet.

Vera griff zum Telefonhörer und wählte Wretströms Nummer. Vielleicht hatte sich im Märsta-Fall etwas Neues ergeben.

Sie hatte kaum ihren Namen genannt, als Wretström ihr ins Wort fiel.

»Wegen dieser Kümmeltürkin klingelt in einer Tour das Telefon.«

»Was soll das heißen? Ist eine andere Zeitung auf die Story aufmerksam geworden?«

»Nein, ein Kollege hat sich nach ihr erkundigt.«

Vera setzte sich im Stuhl auf. Hatte ein Polizist dieselbe Schlussfolgerung gezogen wie sie, dass sie es mit einem Serienvergewaltiger zu tun haben könnten?

»Welcher Kollege?«

»Ein Kerl aus Falun. Tomas Wolf.«

»Wolf? Ist er mit diesem Skinhead verwandt, den ihr in der Sache vernommen habt?«

»Lustigerweise ja.«

»Was wollte er?«

»Keine Ahnung. Er hat von einem externen Anschluss aus angerufen, also habe ich ihn höflich darum gebeten, sich wieder zu melden, sobald ich seine Identität überprüfen kann. Aber ich gehe davon aus, dass er seinem Brüderchen Schützenhilfe leisten wollte.«

Vera sackte auf dem Stuhl zusammen. Ein Polizist, der sich nach seinem unter Mordverdacht stehenden Bruder erkundigte, war bestenfalls ethisch fragwürdig, keine Meldung mit Nachrichtenwert für die *Kvällsposten*. Nichts, was sie weiterbrachte.

»Gibt es irgendwelche anderen Neuigkeiten?«

»Nada.«

Vera beendete das Gespräch. Sie rief sich Kristian Wolfs Passbild vor Augen. Vieles sprach für ihn als Täter. Er hatte den Mord gestanden. Er war Skinhead. Er hatte mit großer Wahrscheinlichkeit schon früher getötet und im Bosnienkrieg als Söldner aufseiten der Serben gekämpft. Und das Opfer, Nadija Alihodzic, war eine bosnische Muslimin, die vor dem Krieg in ihrer Heimat nach Schweden geflüchtet war.

Konnte der Anruf seines Polizisten-Bruders doch etwas bedeuten?

Vera kritzelte eine Notiz auf einen Post-it-Zettel und klebte ihn in die Mitte des Schreibtisches.

Tomas Wolf überprüfen!

Dann griff sie zum Hörer und wählte die Nummer von Micael Bratts Agenten.

13

Tomas parkte vor der Flüchtlingsunterkunft in Hallstahammar, schaltete den Motor aus, öffnete die Tür und hastete zum Eingang, er befürchtete, es sich sonst anders zu überlegen oder zur Vernunft zu kommen. Eine Frau saß hinter einem hölzernen Empfangstresen. Sie trug eine Brille und las eine Ausgabe des *Expressen*.

»Ich möchte zu Azra Osmanovic«, sagte er.

Die Frau faltete die Zeitung sorgfältig zusammen und legte sie vor sich auf den Tresen.

»Ich darf nicht …«

Tomas war drauf und dran, seinen Dienstausweis zu zücken, als er Azra am anderen Ende des Flurs entdeckte. Sie trug ein rotes Kleid mit weißen Punkten. Azra hatte ihn ebenfalls bemerkt. Sie blieb stehen, und Tomas ging auf sie zu. Als sie nur noch einen Meter voneinander entfernt waren, trat sie rasch einen Schritt vor und umarmte ihn fest. Mit geschlossenen Augen sog er ihren Duft ein. Ihre Haut war warm, und sie roch leicht nach Weichspüler.

»Du bist hier«, flüsterte sie auf Englisch.

»Ich bin hier.«

Eine ihrer Locken kitzelte ihn in der Nase, aber er wollte sich nicht rühren, aus Angst, Azra könnte sich auflösen wie eine Brausetablette. Er strich über ihren Rücken, wie um sich zu vergewissern, dass sie Wirklichkeit war.

Als er eine fremde Stimme hörte, öffnete er die Augen. Eine Frau mit Kinderwagen versuchte, in dem schmalen Gang an ihnen vorbeizukommen. Sie traten zur Seite und ließen sie durch.

»Komm«, sagte er. »Wir machen einen Ausflug.«

»Wo fahren wir hin?«, fragte Azra.

»Irgendwohin, wo wir nicht im Weg sind.«

Obwohl es Abend war, waren die grauen Klippen noch behaglich warm. Über ihnen färbte die untergehende Sonne den Himmel rot. Azra saß neben ihm. Unter ihnen breitete sich der Galtensee aus, wie ein Fenster in die Landschaft Västmanlands.

Dieses eine Mal bin ich hier, nur hier und an keinem anderen Ort, dachte Tomas.

»Woher kennst du diesen Platz?«, fragte Azra, ohne ihn anzusehen.

»Hallstahammar ist meine Heimatstadt«, antwortete er. »Es ist kein großartiger Ort, aber es ist der Ort, den ich Zuhause nenne.«

»Wie hast du mich gefunden?«

Er erklärte, dass er unter Verletzung sämtlicher Dienstvorschriften seine Arbeitskontakte genutzt hatte, um sie ausfindig zu machen. Als er geendet hatte, schwiegen sie beide eine Weile. Stille herrschte in ihnen und um sie herum.

»Ich habe noch immer deinen Zettel«, sagte Azra schließlich. »Er hat mir geholfen.«

In einem Café, im Berliner Hauptbahnhof vor ihrem Abschied, hatte er ihr ein paar nützliche schwedische Sätze aufgeschrieben.

»Das ist gut.«

»Du hattest recht. Schwedisch ist eine schwierige Sprache. Schwieriger, als ich es mir vorgestellt habe. Aber viele eurer Wörter ähneln dem Englischen, und hier spricht jeder Englisch.«

»Freust du dich, dass ich gekommen bin?«, fragte er und fürchtete sich vor ihrer Antwort.

Sie drehte sich zu ihm. Lächelte flüchtig. Ihr dunkelbraunes

Haar fiel ihr über die Schultern. Das rote Kleid war zu lang. Azra hatte es an den Knöcheln umgenäht, damit es nicht über den Boden schleifte. Er nahm an, dass sie es von irgendeiner Wohltätigkeitsorganisation bekommen hatte.

»Ja, aber das ist nicht das, was wir vereinbart haben. Du hättest nicht … aber es ist unwichtig. Jetzt bist du hier. Darauf kommt es an. Seit wann weißt du, dass ich hier bin?«

Tomas zuckte mit den Schultern. Azra streckte die Hand aus, berührte seine leicht.

»Ich habe dich hier schon einmal gesehen«, gestand er.

Er hatte nicht vorgehabt, es zu sagen, aber es ihr zu verschweigen, käme einer Lüge gleich. Er hatte nicht die Kraft, weitere Beziehungen mit Unwahrheiten in ein falsches Licht zu rücken. Bis zu einem gewissen Grad musste er aufrichtig sein, zumindest ein Stück weit.

Azra sah ihn erstaunt an.

»Wann?«

»Vor ein paar Tagen.«

Sie runzelte die Stirn.

»Ich …«, begann er, verstummte jedoch und blickte auf die sich kräuselnde Oberfläche des Sees. »Du warst mit einem Mann zusammen. Ich glaube, ich war eifersüchtig. Und ich hatte Angst. Angst davor, was es bedeutet. Angst davor, was er dir bedeutet.«

»Und jetzt?«

Tomas zuckte abermals mit den Schultern.

»Ich habe immer noch eine scheiß Angst.«

Azras Miene wurde sanft.

»Er ist nur ein Freund. Er hat auch alles verloren. Er ist genauso allein wie ich.«

Azras Hand, die ihn eben nur gestreift hatte, verschränkte sich mit seiner.

»Das scheint deine Angst nicht zu lindern«, stellte sie fest.

Tomas schluckte und blickte auf seine Hände. Seine Arme

und seine Handrücken hatten Farbe bekommen, seit er in Falun war. Die normalerweise blonden Härchen waren fast weiß.

»Jetzt bist du es, um die ich Angst habe.«

Sein Herz pochte gegen seine Rippen. Ruhig, methodisch. Er wollte für den Rest seines verbleibenden Lebens hier sitzen. Gleichzeitig quälten ihn Gewissensbisse. Er ließ seine Familie im Stich. Seine Frau und seine Kinder. Was, wenn sie ihn jetzt hier sähen? Was würden Alexander und Ebba denken? Heute. In zehn Jahren. Er sah Azra an und probierte einen anderen Gedanken aus: Wäre es besser gewesen, sie wären sich nie begegnet? Wenn er nie den gelben Spülhandschuh auf der Rückbank des verrosteten Lada auf dem Hof in den Ruinen von Stupni Do gesehen hätte? Wenn Azra nie diesen Brief geschrieben und an sein Camp geschickt hätte, in dem sie ihm dafür dankte, sie gerettet zu haben. *Du warst das erste freundliche Gesicht, das ich seit Monaten gesehen hatte,* lautete eine Zeile. Und in seinem nächsten Urlaub war er zu ihr gefahren.

»Erinnerst du dich an das Haus und diese Nacht?«, fragte sie plötzlich ernst.

»Jeden Tag«, antwortete er ebenso ernst.

Während nur wenige Kilometer von ihnen entfernt der Krieg wütete, hatten sie in der Dunkelheit der eisigen Winterlandschaft einen Spaziergang gemacht, bis zu einer verlassenen zweistöckigen Hausruine, deren Außenmauern größtenteils weggesprengt waren. An der Fassade neben der Vordertür hatten sich in unterschiedlicher Höhe vier rötliche Flecken befunden. Vier Menschen, vermutlich eine Familie, war an die Wand gestellt und exekutiert worden. Niemand hatte Blut und Gehirnsubstanz weggewischt. Sie waren in das auf einer Anhöhe gelegene Haus hineingegangen, in ein Bett der fremden Menschen gekrochen und hatten einander weinend umarmt, während Artilleriegeschütze gedonnert hatten und ein tödliches Feuerwerk aus Leuchtspurmunition den dunklen Himmel erleuchtete. Dann hatten sie miteinander geschlafen, in den Trümmern des Hauses der ausgelöschten Familie, während um sie herum Krieg und Gewalt tobten.

Hinterher hatten sie sich keuchend aneinandergeklammert, eingehüllt in dicke Decken, die sie in den verlassenen Räumen gefunden hatten.

Tomas hatte noch nie auf diese Weise mit jemandem geschlafen. Vielleicht waren ihre Körper so durchtränkt gewesen von Krieg und Tod und Einsamkeit, dass die warme, liebevolle Berührung eines anderen Menschen sie in einem Begehren hatte explodieren lassen, wie er es nie zuvor empfunden hatte. Es hatte an Wahnsinn gegrenzt. Wie kann es falsch sein, mit jemandem auf diese Weise Liebe zu machen, hatte er gedacht und sich an Azras warmen Leib gepresst.

Später hatte er sich daran erinnert wie an eine außerkörperliche Erfahrung. Ganz anders als der Sex mit Klara. Wenn er mit Klara schlief, war er sich seiner selbst und seines eigenen Ichs permanent bewusst. Seiner Bewegungen. Ihrer Bewegungen. Bei Azra war er zu einem Tier geworden: zu einem biologischen Cluster aus Zellen mit dem einzigen Ziel, zu leben und sich zu vermehren. Ohne Bewusstsein und ohne Interesse am eigenen Ich. Etwas anderes hatte nicht existiert. Vielleicht weil es in der Welt um sie herum nur Leben oder Tod gegeben hatte. Vielleicht konnte man die Finsternis nur gemeinsam mit einem Menschen verjagen, der in derselben Schattenzone lebte. Der rohe Paarungsakt war eine Flucht aus der Hölle gewesen, die es bedeutete, die degenerierte Anordnung von Atomen zu sein, zu der ein Mensch im Krieg wird.

Sie hatten den Akt in dem zerfallenden Land wieder und wieder wiederholt, ohne dass er deshalb Gewissensbisse verspürt hatte. Aber jetzt? Hier? In einem Land, das seit fast zweihundert Jahren keinen Krieg mehr geführt hatte. Konnte er hier, in Schweden, auf einem von Klippen umgebenen Grasflecken oberhalb der spiegelblanken Wasserfläche des Galtensees, unter einem rosafarbenen Himmel, seine Frau und seine Kinder verraten und trotzdem im Einklang mit sich selbst sein? Er wusste es nicht. Er wusste nur so viel: Wenn er es zuließ, wäre seine Familie verloren.

Er stand an einer Wegscheide.

Er konnte das tun, was sich richtig anfühlte, oder das, was richtig war.

Aber er hatte keine Ahnung, was was war.

Er schloss die Augen und küsste Azra, während die Dämmerung über Västmanland hereinbrach.

Mittwoch, 15. Juni 1994

14

Es war fast zehn Uhr vormittags, als Tomas die Zufahrtsstraßen von Stockholm erreichte, trotzdem waren die Fahrbahnen noch komplett verstopft. Nachdem er in Azras Armen aufgewacht war und sie zur Flüchtlingsunterkunft zurückgebracht hatte, hatte er einen Anruf von Rapp erhalten, der ihm mitteilte, dass sie nun intern Kollegen für den Fall Carmen Diaz abstellen konnten und seine Anwesenheit nicht mehr erforderlich war. Tomas war daraufhin mit einem Gefühl der Nutzlosigkeit von Hallstahammar nach Falun zurückgekehrt. Er hatte seine Tasche aus der Pension geholt, in der er übernachtet hatte, im Polizeirevier die Tüte mit Micael Bratts Kleidung sowie alle anderen ermittlungsrelevanten Fundstücke abgeliefert, sein Kabuff von Büro ausgeräumt und war Richtung Stockholm gefahren. Rapp hatte sich auf dem Parkplatz von ihm verabschiedet und versprochen, ihn über den Stand der Ermittlung auf dem Laufenden zu halten.

Jetzt stand er im Schatten der heruntergekommenen Mietskasernen des Järvafältet im Stau. Als Tomas das Seitenfenster herunterkurbelte und sich eine Zigarette ansteckte, klingelte das Autotelefon.

Er klemmte die Zigarette zwischen die Lippen und nahm ab.

»Wolf.«

In der Leitung knisterte es, aber Zingos Stimme war gut zu hören.

»Wo bist du?«, fragte sein älterer Kollege.

»In Rinkeby. Was gibt's?«

Er war sauer auf Zingo, weil der ihn in Falun alleingelassen hatte. Andererseits war es nicht das erste Mal, dass Zingo nicht Wort hielt, es überraschte ihn nicht.

»Ich hab gehört, dass du nach dem Schauspieler gefragt hast, dem eine Vergewaltigung vorgeworfen wird?«

Die Stunden mit Azra hatten ihn die gestrige Schlagzeile vollkommen vergessen lassen.

»Weißt du, wer es ist?«

»Und ob. Micael Bratt.«

Die Zigarette fiel aus Tomas' Mund und landete zwischen seinen Oberschenkeln auf dem Bezug. Fluchend tastete er über den Sitz. Hinter ihm hupte ein Auto.

»Hallo?«, fragte Zingo.

»Warte kurz.«

Tomas bekam die Zigarette zu fassen und stellte fest, dass sie ein Loch in den Plüschstoff gebrannt hatte.

»Ich muss mit Borssén sprechen«, fuhr er fort, als er die Situation unter Kontrolle bekommen hatte.

Im selben Moment fuhr das Auto vor ihm weiter.

»Weißt du, ob er im Haus ist?«

»Ich habe ihn heute Morgen gesehen. Mit einer blonden Perücke, Nylonstrümpfen und High Heels«, witzelte Zingo.

»Was soll das heißen? Ist er im Haus oder nicht?«

Irritiert warf Tomas die Kippe aus dem Fenster und schaltete einen Gang höher.

»Er ist im Urlaub. Auf Mallorca, glaube ich. Ylva Zethraeus vertritt ihn so lange. Worum geht es?«

Tomas erwog, Zingo ins Vertrauen zu ziehen, doch er hatte keine Ahnung, an welchem Ende er anfangen sollte. Er hatte vorgehabt, seine Gedanken erst in aller Ruhe zu ordnen, bevor er mit Zingo oder Borssén darüber redete. Jetzt würde er stattdessen mit Ylva Zethraeus sprechen müssen, die er nur dem Namen nach kannte.

»Kannst du mir einen Gefallen tun?«, fragte er. »Am sechsten Juni wurde in Märsta eine ermordete Frau aufgefunden, eine Nadija Alihodzic. Ich brauche den Obduktionsbericht. Kannst du die Kollegen in Märsta anrufen und sie darum bitten?«

»Wenn du mir sagst, warum.«

»Später. Ich muss jetzt ins Präsidium. Bis dann.« Rasch, bevor Zingo protestieren konnte, beendete Tomas das Gespräch. Mit einem seltsamen Gefühl in der Brust legte er den Hörer auf.

Nach der Begegnung mit Azra stand er vor einer Entscheidung, als Mensch und als Polizist. Das Ausmaß konnte er derzeit nicht absehen. Aber so viel wusste er mit Sicherheit: Die Vorgehensweisen bei den Morden an Carmen Diaz und Nadija Alihodzic waren verblüffend ähnlich. Allein die Tatsache, dass beide Frauen in der Nähe von Flüchtlingsunterkünften ermordet worden waren, genügte, damit jeder Polizist hellhörig wurde. Und mit dem Lkw-Fahrer Jörgen Waltz hatte er obendrein einen potenziellen Täter, der sich nachweislich in der Nähe beider Tatorte aufgehalten hatte. Ob auch Micael Bratt Gelegenheit gehabt hatte, den Mord an Nadija Alihodzic zu begehen, blieb noch zu ermitteln.

Eines der vielen Probleme der schwedischen Polizei bestand in ihrer Dezentralisierung, dachte Tomas, während er durch Solna fuhr. Die eine Hand wusste nicht, was die andere tat. Wäre er nicht nach Falun geschickt worden, wären die Übereinstimmungen zwischen den beiden Fällen vermutlich monatelang unentdeckt geblieben, wenn sie überhaupt entdeckt worden wären.

Als Tomas den Volvo in der Hornsgatan abgestellt hatte und die Wohnungstür aufschloss, drangen die Stimmen der Kinder durch das geöffnete Fenster. Er hatte keine Ahnung gehabt, dass sie aus Rättvik zurückgekommen waren. Er ging hinein. Alexander und Ebba stürmten ihm jubelnd entgegen.

»Was macht ihr denn schon hier, meine Mäuse?«, fragte er und umarmte sie. Danach nahm er Alexander huckepack und Ebba auf den Arm.

»Ich will ein Fußballtrikot, Papa!«, verkündete Alexander.

»Ein Fußballtrikot?«

»Ja, von unserer Nationalmannschaft. Für das Spiel gegen Kamerun.«

»Klar kriegst du für die WM ein Trikot. Willst du auch eins, Ebba?«

Seine Tochter nickte strahlend.

Mit den Kindern, die wie Klammeräffchen an ihm klebten, ging Tomas ins Schlafzimmer, wo Klara Ebbas und Alexanders Taschen auspackte. Auf der Fensterbank stand ein ausgeschalteter Lichterbogen, wie als Manifest seiner Unfähigkeit als Ehemann.

»Hallo«, sagte er.

Klara drehte sich um und lächelte mechanisch. Azras nackter Körper blitzte vor ihm auf, rasch verscheuchte er das Bild.

»Ich wusste nicht, dass ihr schon zurück seid«, sagte er.

»Die Kinder wollten nicht mehr in Rättvik bleiben. Sie wollten zurück in die Stadt. Zu dir.«

Tomas ging in die Knie, setzte Alexander und Ebba ab und bat darum, allein mit ihrer Mutter reden zu dürfen. Die Kinder rannten ins Wohnzimmer, und Tomas schloss behutsam die Tür hinter ihnen.

»Geht es dir gut?«, fragte er.

Klara hatte dunkle Ringe unter den Augen, ihr Haar war fettig und strähnig. Tomas verspürte Zärtlichkeit für sie und Bewunderung für den Kraftakt, den sie bewältigte, damit die Familie funktionierte.

»Ich bin nur ein bisschen müde«, sagte sie.

Ohne Vorwarnung stiegen ihr Tränen in die Augen. Sie blinzelte, fuhr sich mit den Händen über die Wangen.

»Was ist los?«

Er trat einen Schritt auf sie zu.

»Ich fühle mich einsam, Tomas. Ich fühle mich so verdammt einsam. Willst du das hier wirklich? Willst du das Haus kaufen? Willst du mit mir zusammenleben? Mit uns?«

Klara deutete in Richtung Wohnzimmer.

Tomas starrte sie an.

»Ja. Natürlich will ich mit dir zusammenleben«, hörte er sich antworten.

Warum tue ich ihr das an?, dachte er. Ihr und den Kindern. Was bin ich nur für ein Mensch?

»Das ist, was dein Mund sagt, Tomas. Aber dein Verhalten, dein Blick sagen etwas vollkommen anderes. Das Problem ist nicht, dass du oft weg bist. Das Problem ist, dass du ganz woanders bist. Selbst dann, wenn du mit uns zusammen bist.«

Klara klang nicht vorwurfsvoll, nicht wütend. Eher resigniert. Er hasste sich dafür, diesen Tonfall in ihre Stimme gebracht zu haben.

Doch bevor er etwas antworten konnte, ertönte im Wohnzimmer lautes Geheul. Klara hob abwehrend die Hände und drängte sich an ihm vorbei aus dem Zimmer. Tomas sank aufs Bett und starrte auf den Lichterbogen.

Nach einer Weile erhob er sich, ging zum Fenster, nahm die Weihnachtsdekoration von der Fensterbank, zog das Kabel aus der Steckdose und wickelte es auf.

15

Gedankenverloren drehte Micael Bratt das Whiskyglas, das er auf seinem Oberschenkel balancierte, während er hinaus aufs Wasser blickte. Bengt J. Lindwall, seit zehn Jahren sein Agent, saß in einem hellen Sommeranzug nehmen ihm, seine übliche Garderobe auf Värmdö, wo sein Sommerhaus lag.

Als Bengt seine Sitzhaltung änderte, protestierten die Bretter der Holzveranda unter seinem Gewicht.

»Ich will ehrlich zu dir sein, Micke. Ich mache mir Sorgen. Den Amerikanern wird das gar nicht gefallen. Das sind schwerwiegende Anschuldigungen, und du wurdest bei einer Lüge ertappt. Das geht aus diesem Zeitungsartikel eindeutig hervor. Du behauptest, der Frau nie begegnet zu sein, und zwei Sekunden später hält dir diese Journalistin ein Foto unter die Nase: von dir und dieser Frau, bei dir zu Hause, in deinem Bett.«

Micael antwortete nicht, blickte weiter gedankenverloren auf die Stockholmer Schärenlandschaft, wo Segelboote zwischen den Inseln kreuzten. Bengt wedelte mit der Hand vor seinem Gesicht.

»Hörst du mir zu? Wir müssen diese Geschichte vor deinem Flug nach New York aus der Welt schaffen. So etwas dürfen wir nicht im Gepäck haben. Haben sie sich bei dir gemeldet?«

Micael drehte den Kopf.

»Die Bullen?«

»Ja.«

»Nein, haben sie nicht.«

»Du solltest dich mit ihnen in Verbindung setzen. Dich kooperativ zeigen. Ihnen sagen, dass du deinen Namen reinwaschen willst.«

»Ja, vielleicht«, murmelte Micael abwesend.

Bengt hob den Arm und nippte an seinem Whisky. Seine goldene Rolex funkelte im Sonnenlicht. Micael war besorgt. Besorgter, als er es sich nach außen hin anmerken lassen wollte.

»Unser Ziel ist Hollywood. Das habe ich dir damals versprochen, als du die Papiere unterzeichnet hast. Daran ändert sich nichts, Micke. Wir gehen nach Hollywood, etwas anderes steht nicht zur Debatte. Du kriegst deinen Stern auf dem ›Walk of Fame‹. Aber diese Situation muss bereinigt werden. Der Weg nach Hollywood führt über den Broadway.«

Micael seufzte und trank einen Schluck Whisky.

»Das Problem ist, dass ich mich nicht daran erinnere, dieser Frau begegnet zu sein. Was bedeutet, dass ich mich nicht verteidigen kann. Sie behauptet, ich hätte sie am zweiten Juni vergewaltigt. Aber ich weiß nicht mehr, was ich an dem Tag gemacht habe, ich weiß nicht mal, ob ich überhaupt in Stockholm war. Meine Erinnerung ist komplett schwarz. Das Foto muss nicht bei dieser Gelegenheit entstanden sein. Es kann genauso gut schon früher gemacht worden sein.«

Er trank einen weiteren Schluck.

»Denk mal darüber nach. Wir vögeln irgendwann im Frühjahr. Ich rufe sie nicht zurück. Sie wird sauer und erinnert sich an dieses Foto. Vielleicht hat es eine Freundin von ihr gemacht, die an diesem Abend mit dabei gewesen ist. Sie denkt sich die Vergewaltigung aus und verkauft die Story ans *Aftonbladet*, das die Geschichte mit Haut und Haaren schluckt.«

Bengt nickte abwesend.

»Ja, gut möglich.«

In den letzten Tagen hatte Micael eine Unruhe erfasst, ein Druck auf der Brust, der nicht verschwinden wollte.

»Glaubst du, dass das mit dieser anderen Sache zusammenhängt?«, fragte er.

Die Worte rutschten unvermittelt aus ihm heraus. Bengt sah ihn an.

»Mit der Vergiftung?«

Micael nickte langsam.

»Das ist vier Jahre her«, erwiderte Bengt. »Du musst das hinter dir lassen. Glaubst du, die Frau vergiftet dich, wartet dann vier Jahre und saugt sich dann aus den Fingern, du hättest sie vergewaltigt? Das sind zwei voneinander völlig unabhängige Ereignisse. Sie haben nichts miteinander zu tun. Diesen Brief damals hat irgendein Verrückter geschickt.«

Micael schnitt eine Grimasse.

»Das wissen wir nicht. Die Polizei hat den Absender nie ermittelt.«

Die Magenschmerzen, die Angst, das Krankenhauspersonal. Das besorgte und liebevolle Gesicht seiner Mutter. Viktoria, die an seinem Bett gesessen und seine Hand gehalten hatte. Damals hatte er sich geschworen, sich zu ändern, ein guter Vater zu werden, die verlorenen Jahre nachzuholen. Doch dann war ihm das Leben in die Quere gekommen.

Er holte einige Male tief Luft, um sich zu beruhigen.

»Jedes Mal, wenn ich einen Brief kriege, denke ich daran«, murmelte er.

»Was hast du gesagt?«

Micael schüttelte den Kopf. Er blickte auf die friedliche Idylle des Schärengartens, versuchte, sich von dieser Ruhe anstecken zu lassen, doch die Angst kribbelte weiter unter seiner Haut.

»Nichts.«

16

Im Vergnügungspark Gröna Lund schien die Luft förmlich zu kleben von Popcorn- und Zuckerwattegeruch. Vera hastete hinter Sigge her, der mit einer Olivendose in der Hand zu den Karussells rannte. Sie hatte ein McDonalds-Menü als Mittagessen vorgeschlagen, aber Oliven waren ihm lieber gewesen.

Während Sigges Rücken im Besuchergedränge Slalomkurven beschrieb, wurde Vera bewusst, dass es ihr gelungen war, nicht mehr an Micael Bratt zu denken. Der Frust, den sie gespürt hatte, als sie Sigge vor einer Stunde bei Birgitta abgeholt hatte, ohne den Schauspieler zuvor erreicht zu haben, war wie weggeblasen.

Sie hatte sich den Rest des Tages freigenommen, um mit Sigge in den Vergnügungspark zu gehen. Sie hatten eine geschlagene Stunde an der Kasse angestanden, doch zu guter Letzt hatte sie ihm das Armband für beliebig viele Fahrten in allen Attraktionen umgebunden. Sie hatte lange gezögert, hierherzukommen, unsicher, ob sie es ertragen würde. Doch Sigges leuchtende

Augen, als er die Werbeplakate in der Stadt entdeckt hatte, hatten den Ausschlag gegeben, und sie wollte ihm so gern ein besonderes Erlebnis bieten.

»Sigge«, rief sie. »Warte. Willst du nicht mit dem Autoscooter fahren?«

Sigge blieb augenblicklich stehen und drehte sich zu ihr um. Er war noch mit keinem der Fahrgeschäfte gefahren. Er hatte die Schiffsschaukel und das Riesenrad eingehend betrachtet, sich jedoch dagegen entschieden. Jetzt blickte er nachdenklich zum Autoscooter. Ließ sich Zeit.

»Nee. Ich will erst sehen, was am besten ist, bevor ich mich entscheide.«

»Du weißt, dass du so oft fahren darfst, wie du willst, oder?«

»Ja.«

Sigge flitzte wieder durch die Menge davon, und Vera versuchte, so gut es ging mit ihm Schritt zu halten. Sein gelbes Schwedentrikot hüpfte zehn Meter vor ihr auf und ab.

Doch ihre Beine waren schwer wie Blei. Jeder Schritt erinnerte sie an den Tag vor zwölf Jahren, als das Schreckliche geschehen war. Hier, in Gröna Lund, hatte alles angefangen. Die Nacht, die ihr Leben verändert hatte. Ihre Familie zerrüttet hatte. Überall sah sie Spuren der Tragödie.

»Ich hab mich entschieden!«, rief Sigge und schoss wie ein geölter Blitz auf die Geisterbahn zu. Als Vera ihn einholte, stand er ein Stück abseits von der Schlange und blickte mit großen Augen auf das schaurige Gebäude, auf dessen vorderer Balustrade gerade ein Gespenst erschien.

»Traust du dich rein?«, fragte Vera.

»Ich weiß nicht.«

»Du kannst meine Hand halten.«

Als sie sich gerade ans Ende der Schlange stellen wollten, klingelte Veras Handy. Sie drückte Sigge ein paar Kronen in die Hand und erlaubte ihm, Süßigkeiten zu kaufen, dann ging sie ans Telefon.

»Vera Berg, *Kvällsposten*«, meldete sie sich.

»Kommst du?«

Beim Klang von Anita Alséns Stimme stieg augenblicklich Frust in ihr auf. Es fiel ihr schwer, Worte zu finden.

»Kommen?«

»Ja. In die Redaktion.«

Eigentlich war sie nicht überrascht. Die Zeitung besaß die Fähigkeit, das Leben ihrer Mitarbeiter in Beschlag zu nehmen, zu erwarten, dass sie rund um die Uhr zur Verfügung standen.

»Worum geht's?«, fragte sie.

»Carl-Erik Björkegren. Klingt der Name bekannt?«

Anita wusste sehr wohl, dass Vera der Name des Finanzmannes, der seit gestern als vermisst galt, geläufig war. Es gab niemanden in ganz Schweden, der seinen Namen nicht kannte. Björkegrens Verschwinden bestimmte die landesweiten Schlagzeilen, und sowohl Kanal 1 als auch TV 4 hatten den Tag über in Dauerschleife darüber berichtet.

»Ja.«

»Wir haben einen glaubwürdigen Tipp reinbekommen. Björkegren hätte am zweiten Juni eine Konferenz in Stockholm besuchen sollen. Also einen Tag nachdem er zuletzt gesehen wurde. Das ist die letzte Spur von ihm. Machst du eine Story darüber? Interviewst die Beteiligten und das ganze Pipapo?«

Veras Magen verkrampfte sich. Sie wusste, dass sie nicht Nein sagen konnte. Reportagen wie diese waren ihr Job als überregionale Reporterin.

»Bis wann willst du den Artikel?«

»Sagen wir in drei Stunden.«

In diesem Moment erschien Sigge mit Zuckerwatte, die größer war als sein Oberkörper. Er zupfte einen weißen Fetzen heraus und drückte ihn sich über die Oberlippe.

»Guck mal, ich hab einen Bart«, strahlte er.

Die Olivendose schien er weggeworfen zu haben. Vera lächelte ihn an. Sie durfte ihn nicht enttäuschen. Nicht noch einmal. Sie hatte ihm einen ganzen Nachmittag im Vergnügungspark versprochen. Und sie hatte sich extra dafür freigenommen.

»Ich kann nicht«, sagte sie zu Anita. »Ich bin mit Sigge in Gröna Lund. Kann ich den Artikel heute Nacht schreiben?«

Anita brach in ein erstauntes Lachen aus.

»Es gibt doch Babysitter? Ich brauche den Artikel jetzt.«

»Es tut mir leid, aber ich habe es ihm versprochen.«

Aus der Redaktion am Kungsholmstorg drang ein tiefer Seufzer durch die Leitung. Vermutlich ließ er die dünnen Wände der Jahrhundertwendewohnung erzittern.

»Hör mir zu, Vera. Man trifft im Leben unterschiedliche Entscheidungen. Ich habe mein Leben so strukturiert, dass ich viel arbeiten kann. Ivarsson hat dieselbe Entscheidung getroffen. Wenn du Erfolg haben willst, musst du das auch tun. Sonst … kann es schwierig werden. Ich finde eine andere Lösung für den Artikel. Aber ich hoffe, dass du dir Gedanken darüber machst, wie deine Zukunft aussehen soll.«

Ihre Chefin beendete das Gespräch, bevor Vera etwas erwidern konnte. Sie blieb mit dem Telefon in der Hand stehen. Ihr war klar, dass das Konsequenzen haben würde.

»War das Papa?«, fragte Sigge.

»Wie kommst du darauf?«

»Du siehst traurig aus.«

»Nein, Großer. Ich musste nur an einen alten Freund denken. Was ist, traust du dich in die Geisterbahn?«

Sigge druckste herum.

»Nein.«

»Du musst nicht, wenn du nicht willst.«

Der Junge wirkte plötzlich bedrückt.

»Ist irgendwas, Siggis?«

»Als ich mal mit Papa im Vergnügungspark war, haben seine Freunde mich erschreckt, und …«

Sigge verstummte. Vera sah, dass er sich schämte. Sie ging vor ihm in die Hocke.

»Was ist passiert?«

»Ich habe mir in die Hose gemacht. Und alle haben mich ausgelacht. Ich habe mich nicht getraut, es Papa zu sagen. Es hat ganz doll gejuckt. Und als ich nach Hause gekommen bin, habe ich die Hose weggeworfen, obwohl sie neu war.«

Vera nahm ihn in die Arme.

»Das ist okay, Großer. Papas Freunde sind dumm.«

»Bist du böse auf mich?«

»Nein, Goldschatz. Jeder hat Geheimnisse. Jeder hat ein Recht auf Geheimnisse.«

»Du auch?«

»Ja.«

Vera überlegte einen Moment.

»Komm, dann zeige ich dir was. Mein Geheimnis. Ich habe dir doch von meinem kleinen Bruder Vincent erzählt?«

Sigge nickte.

Ein paar Minuten später standen sie vor dem Lachkabinett. Vera schluckte schwer, als sie das schiefe Gebäude betrachtete.

»Und du weißt noch, dass ich gesagt habe, dass Vincent im Himmel ist?«

»Ja.«

»Am Abend, bevor er gestorben ist, waren wir hier. Er hat sich da drin übergeben. Willst du reingehen?«

Sigge machte plötzlich ein ängstliches Gesicht.

»Ich will mich nicht übergeben.«

»Vincent war damals betrunken, Goldschatz. Du nicht.«

Vera ließ Sigge vorgehen, dann erklomm sie die beweglichen Treppenstufen, die asynchron hoch und runter gingen, während die Erinnerungen an den Abend in ihr aufstiegen, der ihr Leben von Grund auf verändert hatte. Als sie die Hängebrücke erreichten, schnürte sich ihr Magen zusammen.

»Hier war es«, sagte sie und blieb stehen.

Sie musste sich am Geländer festhalten, um nicht das Gleichgewicht zu verlieren.

»Was?«

»Hier hat Vincent sich übergeben.«

Die Brücke schwankte leicht, und Sigge lachte. Als sie jedoch heftig zu schaukeln begann, stolperte er und ließ seine Zuckerwatte fallen. Sein fröhliches Lachen wich einer enttäuschten Miene.

»Das macht nichts. Du kriegst eine neue«, versprach Vera, und Sigge entspannte sich.

»Warum ist Vincent gestorben«, fragte er dann.

Vera wusste nicht, was sie darauf antworten sollte. Sie sah sich um, während die Brücke schwankte, als suche sie nach unsichtbaren Spuren ihres kleinen Bruders. Er hatte von der Brücke gekotzt, betrunken von einer Mischung aus Birnencognac und selbst gebranntem Schnaps. Die Sicherheitsbeamten des Parks hatten sie beide hochkant rausgeworfen, und daraufhin war das Schreckliche geschehen und hatte ihre Welt aus den Angeln gerissen.

»Ich weiß es nicht, Großer, es war ein Unfall. Aber ich hätte es nicht so weit kommen lassen dürfen.«

Sie hatte irgendwo gelesen, dass man sich seinen Traumata stellen sollte. Damit die posttraumatischen Symptome abklingen konnten. Aber diese Theorie erschien ihr in diesem Moment alles andere als glaubwürdig. Bilder, die sie nicht sehen wollte, wirbelten in ihrem Kopf umher. Sie schloss die Augen. Doch es half nichts, davon wurde ihr nur schwindelig.

Hinter ihnen erklang ein vernehmlicher Seufzer. Am Anfang der Hängebrücke stand eine korpulente Familie, und die Mutter verdrehte demonstrativ die Augen in ihre Richtung, weil sie ihnen den Weg versperrten.

»Haut ab, wir unterhalten uns!«, rief Sigge.

Vera konnte ein Grinsen nicht unterdrücken und legte Sigge den Arm um die Schultern. Die Mutter musste sich mit ihren Sprösslingen an ihnen vorbeidrängen.

»Bist du traurig?«, fragte Sigge.

»Ein bisschen. Aber ich bin froh, dass du hier bei mir bist.«

Sie zerzauste ihm die Haare und genoss es, dass er sich an sie schmiegte. Um nicht zu weinen, kniff sie die Augen zusammen, doch dadurch sah sie Vincents leblosen Körper nur umso deutlicher vor sich. Das viele Blut. Wie sie sich auf ihn gelegt hatte, als würde ihn das wieder lebendig machen.

»Waren deine Eltern sehr traurig?«, fragte Sigge.

»Ja.«

Seit Vincent gestorben war, hatte sie nicht mehr mit ihrem Vater geredet. Ein geschlagenes Jahr lang hatte er durch sie hindurchgesehen, obwohl sie im selben Haus gelebt hatten, war aufgestanden, wenn sie sich an den Tisch gesetzt hatte. Am Ende hatte er sie gebeten auszuziehen.

»Treffen wir sie darum nie?«

»Ich glaube schon. Menschen, die traurig sind, versuchen manchmal jemanden zu finden, dem sie die Schuld geben können.«

»Machst du das auch?«

»Ja. Aber ich gebe nur mir allein die Schuld. Komm jetzt, Goldschatz.«

Sie gingen weiter Richtung Ausgang. Am Fliegenden Teppich nahm Vera Sigge auf den Schoß und umarmte ihn fest, während der Teppich sie durch die Lüfte davontrug.

Als sie wieder unten auf dem Platz standen, klingelte abermals ihr Handy. Auf dem Display stand die Nummer der *Kvällsposten*-Redaktion.

»Was ist jetzt wieder?«, blaffte sie.

»Tut mir leid, dass ich störe«, erwiderte Per Svensson, der Volontär. »Aber du hast mich darum gebeten anzurufen.«

»Tut mir leid. Ich dachte, es wäre jemand anders.«

»Kein Problem. Ich glaube, ich weiß, wo Bratts Agent sein könnte.«

Vera hatte den ganzen Vormittag über versucht, Bengt J. Lindwall zu erreichen. Sie hatte ihn mehrmals vergeblich angerufen und sogar an die Wohnungstür seiner feudalen Wohnung in Östermalm geklopft. Bei der aktuellen Berichterstattung über seinen Schützling wäre es nicht verwunderlich, wenn er die Stadt verlassen hätte und nicht ans Telefon ginge. Aber sie musste ihn ausfindig machen. Am Ende hatte sie Sigge abholen müssen und Per Svensson gebeten, in Erfahrung zu bringen, wo Lindwall stecken könnte.

»Er besitzt ein Sommerhaus in den Schären, nicht weit von Stockholm. Ich habe die Info vom Katasteramt. Das Haus liegt draußen auf Värmdö.«

Per Svensson nannte ihr die Adresse, Vera machte sich eine geistige Notiz. Als sie das Gespräch beendet hatte, merkte sie, dass Sigge mit düsterer Miene und herunterhängenden Schultern neben ihr stand.

»Was ist los, Großer?«

»Müssen wir jetzt gehen? Musst du wieder arbeiten?«

Einen Moment lang war Vera versucht, Ja zu sagen. Aber heute war Sigge wichtiger als die Arbeit. Lindwall würde morgen bestimmt noch immer in seinem Sommerhaus sein. Allerdings hatte sie vor, sobald Sigge schlief, Birgitta zu bitten, auf ihn aufzupassen, damit sie diesem Polizisten Tomas Wolf einen Besuch abstatten konnte. Sie wollte wissen, ob er dieselben Schlussfolgerungen gezogen hatte wie sie oder ob er nur seinen Bruder aus der Untersuchungshaft hatte holen wollen.

»Nein, der Spaß geht erst richtig los. Wir fahren jetzt mit der Achterbahn.«

Vera griff nach Sigges Hand und zog ihn mit sich, konnte jedoch den Impuls nicht unterdrücken, den Kopf zum Ausgang des Parks zu drehen. Als ihr Blick auf ein Mädchen und einen Jungen im Teenageralter fiel, die eine Zigarette rauchten, wallten erneut die Erinnerungen in ihr auf. Vincent und sie waren von den Sicherheitsbeamten zum Ausgang eskortiert worden. Dann war sie auf ihren Roller gestiegen, Vincent hatte sich dicht hinter sie gesetzt, und kurze Zeit später war nichts mehr gewesen wie zuvor. Was dann passierte, war ihre Schuld gewesen. Eine Stunde später hatte Vincent leblos vor ihr gelegen.

Vera drückte Sigge im Gehen fest an sich, als wollte sie ihn vor ihrer eigenen Vergangenheit schützen.

17

Nach dem Abendessen erledigte Tomas den Abwasch. Er machte die Küchentür zu, bearbeitete die Teller mit der Spülbürste, stellte sie hochkant in das graue Abtropfgestell und begann mit den Gläsern.

Durch die dünne Rigipswand drangen die Stimmen seiner Familie zu ihm herüber. Klara lachte laut über etwas, das Ebba gesagt hatte, und Tomas musste unwillkürlich lächeln. Doch Klaras Lachen brach abrupt ab, als das Telefon läutete. Ein paar Sekunden später ging die Tür auf, und sie steckte den Kopf in die Küche.

»Für dich«, sagte sie.

Tomas wischte seine Hände an den Jeans ab und ging an den Apparat im Flur. Es war Zingo.

»Ich hab den Obduktionsbericht vor mir liegen und wollte ihn dir gerade zufaxen«, sagte der.

»Danke.«

»Doch dann hat mich die Neugier gepackt«, fuhr Zingo fort. »Und ich habe mich gefragt, wieso du dich dafür interessierst. Also habe ich mich ein bisschen umgehört und erfahren, dass dein Bruder im Mordfall dieser Nadija Alihodzic vernommen worden ist. Willst du den Bericht deshalb? Du weißt sicher, dass das nicht ganz koscher ist.«

Tomas zog an der Telefonschnur und setzte sich an den Küchentisch. Sie sollten sich schnurlose Telefone zulegen, aber die waren so teuer.

»Das ist nicht der Grund«, erwiderte er. »Wenn du wie vereinbart nach Falun gekommen wärst, hättest du auch gemerkt, dass die beiden Morde Ähnlichkeiten aufweisen.«

»Ach so?«

»Ja. Aber ich will erst den Obduktionsbericht lesen, bevor ich näher darauf eingehe.«

»Ich warte mit Spannung.«

»Aber eins kann ich schon jetzt sagen. Der Gedanke ist mir heute gekommen. Wenn jemand in diesem Land ungestört morden will, tut er gut daran, seine Opfer auf unterschiedliche Polizeibezirke zu verteilen. Aber mehr dazu später.«

Sie beendeten das Gespräch, und Tomas ging ins Schlafzimmer, wo das Faxgerät bereits Seiten ausspuckte.

Er knipste die Schreibtischlampe an und begann zu lesen, musste aber bald enttäuscht feststellen, dass in dem Obduktionsbericht keine weiße Substanz erwähnt wurde. Er verschloss den Bericht im Waffentresor, der hinten im Kleiderschrank stand, und ging ins Wohnzimmer.

Für die Kinder war es Schlafenszeit, und Klara scheuchte sie ins Bad, um ihnen die Zähne zu putzen. Tomas schaltete den Fernseher ein. Kanal 1 informierte ihn, dass für die brütende Hitzewelle noch kein Ende in Sicht war. Es versprach, ein rekordverdächtiger Sommer zu werden. Auf den Wetterbericht folgte die Sportschau, wo Tommy Svensson, der Trainer der schwedischen Nationalmannschaft, in einem sonnigen San Diego ein Interview gab. Bis zum Auftaktmatch gegen Kamerun waren es noch fünf Tage, und Tomas beschloss, gleich morgen mit Alexander und Ebba ins Sportgeschäft am Ringvägen zu fahren und ihnen die versprochenen Trikots zu kaufen. Die Türklingel riss ihn aus seinen Gedanken. Hastig stand er auf, doch im Flur stieß er auf Klara, die ihm zuvorgekommen war.

»Eine Frau will mit dir sprechen«, sagte sie.

Tomas wurde schwindelig. Konnte es Azra sein? Doch die Frau, die er über Klaras Schulter hinweg entdeckte, hatte er noch nie gesehen.

Er ging zur Tür.

»Ja?«

»Mein Name ist Vera Berg. Ich bin Journalistin bei der *Kvällsposten*, und ich muss mit Ihnen reden.«

»Worüber?«

»Über einen Vergewaltigungsfall.«

Wut flammte in ihm auf.

»Wenden Sie sich an die Pressestelle der Polizei. Sie können nicht einfach bei mir zu Hause aufkreuzen«, blaffte er und wollte die Wohnungstür schließen.

Doch die Frau trat einen Schritt vor und hielt sie fest.

»Nur einen Moment. Ich möchte, dass Sie das hier lesen.«

Sie nahm einen dünnen Papierstapel aus ihrer Handtasche. Tomas konnte eine gewisse Neugier nicht verhehlen.

»Wenn es nicht lange dauert.«

Er deutete auf die weißen Gartenmöbel im Laubengang vor der Wohnung, und sie setzten sich.

Die Frau reichte ihm die Dokumente. Eine Anzeigenaufnahme der Malmöer Polizei zu einer Vergewaltigung im März dieses Jahres.

Er sah sie an.

»Warum kommen Sie damit zu mir? Die Ermittlungen der Malmöer Kollegen fallen nicht in meine Zuständigkeit.«

»Ich habe gehört, dass Sie Erkundigungen eingeholt haben. Im Mordfall Nadija Alihodzic in Märsta.«

Die Journalistin kramte eine Schachtel Zigaretten und ein Feuerzeug aus ihrer Handtasche.

»In dem Ihr Bruder von der Polizei vernommen wurde«, fuhr sie ungerührt fort und blies den Rauch aus.

Tomas warf ihr einen gereizten Blick zu, dann vertiefte er sich wieder in die Dokumente.

Sein Puls begann, schneller zu schlagen. Die Ähnlichkeiten zwischen der Anzeigenstellerin, Carmen Diaz und Nadija Alihodzic waren deutlich. Sowohl was ihr Alter als auch ihr äußeres Erscheinungsbild betraf. Die Anzeigenstellerin hieß Mersiha Selimovic und war auf dem Weg zu der Flüchtlingsunterkunft, in der sie wohnte, überfallen worden.

Tomas' Hände wurden feucht, und er presste die Fingerspitzen gegen die Handinnenseite. Flüchtig blickte er zu Vera Berg, er wollte ihr nicht zeigen, wie elektrisiert er war, dann las er weiter.

Das Anzeigenprotokoll war gelinde gesagt mangelhaft. Die Vernehmungen, die mit Mersiha Selimovic geführt worden waren, schienen in aller Eile und ohne großes Engagement stattgefunden zu haben. Obwohl sie nur gebrochen Schwedisch sprach, war kein Dolmetscher hinzugezogen worden.

Ganz hinten gab es Fotos ihrer Kleidung. Tomas' Herz pochte schneller, als er die dunkelblaue Jacke betrachtete, die sie am Tatabend getragen hatte. Auf dem Kleidungsstück war ein deutlicher weißer Fleck. Prüfend hielt er die Aufnahme in den gelben Schein der Außenbeleuchtung. Dann blätterte er einige Seiten zurück, um nachzusehen, ob die Substanz näher analysiert worden war. Das war sie nicht.

Tomas holte tief Luft, um einen kühlen Kopf zu bewahren. Er wollte sich auf keinen Fall anmerken lassen, wie alarmiert er war. Die Journalistin durfte es nicht merken. Er legte das Anzeigenprotokoll auf den Tisch.

»Warum kommen Sie damit zu mir?«, fragte er.

»Wie ich bereits sagte. Weil Sie, genau wie ich, Erkundigungen im Mordfall Nadija Alihodzic eingeholt haben«, erwiderte Vera Berg.

Er drehte sich um und blickte durch das Küchenfenster. Klara saß mit einer Tasse vor sich am Küchentisch und betrachtete ihn. Als ihre Blicke sich trafen, wandte sie das Gesicht ab.

»Woher wissen Sie das?«

Die Journalistin nahm einen letzten, hastigen Zug von ihrer Zigarette und drückte sie im Aschenbecher auf dem Tisch aus.

»Ich habe meine Quellen.«

Sie maßen einander mit Blicken. Auf der Hornsgatan raste ein Auto vorbei, das Getriebe jaulte. Tomas fuhr zusammen und krümmte sich. Urplötzlich hatte er keine Ahnung, wo er sich befand oder wer die Frau vor ihm war.

»Ist alles in Ordnung?«, fragte sie.

Er richtete sich auf und blickte sich um, auf der Suche nach etwas, das ihm Halt gab, das bekannt war, vertraut.

»Hallo?«

Die fremde Frau auf der anderen Tischseite beugte sich vor und musterte ihn. Verzweifelt versuchte er, sich daran zu erinnern, wer sie war. Seine Hände zitterten. Er umklammerte die Tischkante, damit das Zittern aufhörte.

Langsam kehrte seine Erinnerung zurück. Sein Atem ging so schwer, als ob seine Lungen sich zum ersten Mal seit Minuten mit Sauerstoff füllten. Tomas kniff die Augen zu und sammelte sich, dann sah er die Frau wieder an. Vera Berg. So hieß sie.

»Mir geht es gut«, presste er hervor.

Er stand auf. Vera Berg ebenfalls. Sie riss eine Seite aus ihrem Notizbuch und schrieb ihren Namen und ihre Telefonnummer darauf.

»Ich sehe eine Verbindung zwischen dem Überfall in Malmö und dem Mord in Märsta«, sagte sie. »Ich denke, Ihnen geht es genauso. Vielleicht gibt es noch weitere Fälle. Behalten Sie die Unterlagen, ich habe Kopien.«

Tomas sah ihr nach, während sie den Laubengang entlangging und im Treppenhaus verschwand. Dann trat er an die Balkonbrüstung. Sein Körper fühlte sich matt an, seine Hände zitterten immer noch leicht. Er hörte, wie unter ihm die Haustür geöffnet wurde.

Auf der Hornsgatan herrschte nur schwacher Verkehr. Ein Mann ging mit einem Schäferhund an der Leine den Bürgersteig entlang. Hund und Herrchen blieben vor dem Geschäft für Anglerbedarf stehen. Der Mann betrachtete das Schaufenster. Hoch oben am Himmel schwebten zwei gelbe Luftballons.

Morgen würde er mit Zingo sprechen. Sie mussten gemeinsam entscheiden, wie sie weiter vorgehen sollten. Jetzt ging es nicht mehr um zwei Taten, die vom selben Täter begangen worden zu sein schienen, sondern um drei. In ganz Schweden, in weit auseinanderliegenden Polizeibezirken. Es gab ein Muster, eine Methodik, die ihm Angst machte.

Wo hatte sich Jörgen Waltz zum Zeitpunkt des Überfalls auf Mersiha Selimovic befunden, und wo war er jetzt? Hatte die Faluner Polizei ihn inzwischen in Gewahrsam genommen?

Als er zurück in die Wohnung ging, war die Küche leer. Klara war ins Bett gegangen. In der Spüle schwammen Gläser und Tassen in schmutzig brauner Seifenlauge.

Donnerstag, 16. Juni 1994

18

Tannennadeln knirschten unter Veras weißen Nike-Turnschuhen, als sie auf Värmdö aus ihrem Saab 900 stieg. Frischer Harzduft stieg vom trockenen Boden auf und umfing sie. Sie blickte sich um. Zwei Autos standen im Schatten einiger Kiefern. Ein Pfad führte vom Parkplatz zum Haus. Hier draußen hielt sich Micael Bratts Agent Bengt J. Lindwall also aller Wahrscheinlichkeit nach versteckt. Im Schritttempo fahrend und über eine Straßenkarte gebeugt, hatte sie nach der unscheinbaren Einfahrt gesucht. Eine winzige Schneise im Tannenwald, neben der Landstraße. Aber jetzt war sie am Ziel, und wenn Lindwall sich ihren Vorschlag anhörte, war sie davon überzeugt, dass er anbiss. Sie konnte seinem der Vergewaltigung bezichtigtem Klienten ein Alibi verschaffen. Alles, was Bratt tun musste, war zu bezahlen.

Vera ging den Pfad zum Haus hinauf. Es dauerte nicht lange, und sie war von dichtem Tannenwald umgeben, kein Sonnenstrahl drang durch die Äste. Ein Kiefernspalier bildete einen kühlen Tunnel, der nach fünfzehn Metern abrupt an einem Felsplateau endete. Jenseits der Lichtung sah sie das Schärenhaus, das oben auf den Klippen zu balancieren schien. Ein ausgewachsener Platzregen müsste genügen, um das graue Holzhaus über die Klippen ins Meer zu spülen.

In dem Moment, als Vera auf die Klippen kletterte, ging die

Vordertür auf, und Micael Bratt kam ihr, mit einer Reisetasche in der Hand, entgegen. Was machte er hier? Rasch wich sie einen Schritt zurück, doch dann wurde ihr klar, dass Bratts Anwesenheit ihr in die Karten spielte. Den Schauspieler würde sie schneller von ihren Argumenten überzeugen als einen gewieften Agenten.

»Wer zum Teufel sind Sie?«, blaffte Bratt, als er sie entdeckte.

»Vera Berg.«

Sie zögerte, ehe sie fortfuhr.

»Von der *Kvällsposten.*«

Bratt funkelte sie zornig an. Er trug eine helle Leinenhose und ein weißes Hemd. Vera kam der Gedanke, dass sein Erscheinungsbild sämtlichen physikalischen Gesetzen zuwiderlief. Wie konnte ein Säufer wie Bratt in so guter Form sein?

»Kein Kommentar. Verschwinden Sie von hier, bevor ich die Polizei rufe.«

Er machte einen Schritt auf sie zu, wie um sein Revier zu markieren.

»Sie sollen verschwinden, habe ich gesagt.«

Vera lächelte.

»Ich bin nicht hier, um einen Kommentar von Ihnen zu erhalten. Ich bin hier, weil ich Ihnen ein Alibi geben kann«, sagte sie gelassen.

Irgendetwas schien sich in Bratt zu lösen. Er stellte seine Tasche ab.

»Was haben Sie gesagt?«

»Sie haben eine Vergewaltigungsklage am Hals und sich mit Ihren haltlosen Ausflüchten in der Presse gewaltig in die Nesseln gesetzt. Niemand glaubt Ihnen. Aber ich weiß, dass Sie unschuldig sind. Jedenfalls, was diese Vergewaltigung betrifft. Und ich kann es beweisen.«

Bratt sah sie skeptisch an.

»Überzeugen Sie sich selbst«, sagte sie.

Vera nahm den grünen Fujifilm-Umschlag aus ihrer Handtasche, den Jonnys Kompagnons gestern Nacht in ihren Briefkasten gesteckt hatten, und zog das Foto von der wilden Party heraus, die Bratt am zweiten Juni im Clubheim der Motorradrocker gefeiert hatte. Es zeigte eine nackte Frau, vermutlich eine Stripperin, die sich über den Billardtisch beugte, während Bratt sich mit heruntergelassener Hose, die Boxershorts unten auf den Knöcheln, von hinten an ihr Gesäß presste. Das Gesicht verzerrt und verschwitzt.

»Kommt Ihnen das bekannt vor?«

Bratt trat einige Schritte auf sie zu und musterte die Aufnahme. Die Sonne spiegelte sich auf dem glänzenden Fotopapier. Er schirmte seine Augen mit der Hand ab und blinzelte.

»Sie scheinen mit einer Art Paarungsakt beschäftigt zu sein. Sie sehen aus wie zwei Köter«, sagte Vera.

Sie drehte das Foto um.

»Aber wo Sie Ihren Schwanz haben, ist unwichtig. Das Wichtige ist der Datumstempel hier unten in der Ecke. Dieses Foto wurde am zweiten Juni um elf Uhr abends im Clubheim des Odin MC aufgenommen. Zur selben Zeit, als dem Artikel im *Aftonbladet* zufolge die Vergewaltigung stattgefunden haben soll. Was bedeutet, dass Sie unschuldig sind.«

Bratt sah sie verblüfft an. Als könnte er das Ereignis nicht mit seiner Erinnerung in Einklang bringen.

»Ich sehe, wo das Foto gemacht wurde«, sagte er. »Ich war Dutzende Male in diesem Clubheim. Aber an … diese Situation kann ich mich nicht erinnern. Die ganze Woche ist ein einziger verfluchter Nebel.«

»Aber ich habe Zeugen, die sich daran erinnern. Und ich kann einen Artikel darüber veröffentlichen, das ganze Land wissen lassen, dass Sie unschuldig sind.«

»Und dafür wollen Sie von mir eine Gegenleistung, nehme ich an? Wie alle anderen verfluchten Parasiten?«

»Ich möchte nur ein paar Zitate. Aber meine Quelle möchte Geld. Eine Summe, die ich nicht aufbringen kann.«

»Wie viel?«

»Fünfzigtausend.«

Bratt lachte laut auf und fuhr sich dann mit der Hand durch die Haare.

»Das ist Erpressung«, sagte er.

»Nicht von meiner Seite. Aber ich brauche die Fotos, um den Artikel schreiben zu können. Ohne die Fotos haben Sie kein Alibi. Und an Geld mangelt es Ihnen doch wohl kaum.«

Bratt griff nach dem Umschlag mit den Fotos, doch Vera zog rasch ihre Hand weg.

»Fünfzigtausend?«, fragte Bratt.

»Ja, und der Artikel steht morgen in der Zeitung.«

»Sie wissen, dass meine Antwort nur Ja lauten kann«, sagte Bratt. Dann drehte er sich um, ging zurück zum Haus und rief nach seinem Agenten.

»Bringst du eine Flasche Pils raus und begrüßt diese Zeitungstante? Ich glaube, was sie zu sagen hat, wird dir gefallen.«

Dreißig Minuten später kehrte Vera mit den Interviewaufzeichnungen in der Hand zum Auto zurück. Bengt J. Lindwall war ein Schleimbolzen, aber er hatte nicht einmal verlangt, dass Bratts Name im Artikel ungenannt blieb. Sie sah die morgige Schlagzeile schon vor sich.

MICAEL BRATT
unschuldig verleumdet
OPFER EINER VERGEWALTIGUNGSLÜGE
Dieses Foto enttarnt den Bluff

Es war Viertel vor eins. Sie hatte exakt zwei Stunden Zeit, den Artikel zu schreiben, bevor sie Sigge bei Birgitta abholen musste.

Als sie den Zündschlüssel umdrehte, dachte sie an die Unterredung mit Tomas Wolf. Sie war sicher, dass er dieselbe Verbindung zwischen den Frauen sah wie sie. Aber stocherte er aus den gleichen Gründen auch im Mordfall Nadija Alihodzic, oder tat er es seinem Bruder zuliebe?

Das Lenkrad war glühend heiß, und im Wageninneren roch es penetrant nach Kunststoff, als sie auf die Landstraße bog und den ersten Gang einlegte. Im Radio wurde gemeldet, dass der schwedische Umweltminister aus Protest gegen die Zustimmung der Regierung zum Bau der Öresundbrücke sein Amt niedergelegt hatte.

Die Welt wird kleiner, dachte Vera und fühlte sich seltsam beschwingt, auch wenn sie nicht genau sagen konnte, weshalb.

19

Nachdem Tomas sein mitgebrachtes Mittagessen verzehrt hatte, ging er den Flur hinunter zu Zingos Büro. Genau wie er vermutet hatte, war sein Kollege nicht dort. Er holte sich einen Kaffee und nahm die Tasse mit in sein Zimmer. Als er seinen Anrufbeantworter abhörte, fand er eine Nachricht von Rapp vor. Tomas griff zum Hörer und wählte die Nummer, die Rapp ihm aufs Band gesprochen hatte.

»Gut, dass du anrufst«, meldete sich sein Faluner Kollege mit seinem singenden Dalarna-Dialekt. »Seit du weg bist, haben wir etliche Fragezeichen geklärt.«

»Konntet ihr Jörgen Waltz zum Verhör holen?«

»Leider nein. Aber die Fahndung nach ihm läuft auf Hochtouren.«

Tomas setzte sich und wartete ab.

»Zuallererst«, fuhr Rapp fort, »konnten wir Carmen Diaz' Todeszeitpunkt eingrenzen. Sie wurde zwischen halb eins und halb zwei in der Nacht ermordet. Wie du schon von Anfang an gesagt hast, hat Flink nichts damit zu tun.«

Tomas trank einen Schluck Kaffee.

»Habt ihr die Substanz unter ihren Fingernägeln analysiert?«

Er hörte, wie Rapp in Unterlagen blätterte, und wartete.

»Richtig, das wolltest du ja wissen. Hier steht, es ist irgendeine Art Theaterschminke.«

Auf Tomas' Armen richteten sich die Härchen auf. Er sah Micael Bratts Gesicht vor sich. Der Schauspieler hatte am fraglichen Tag in Falun einen Film gedreht.

»Habt ihr auf Bratts Kleidung aus dem Hotelzimmer irgendwelche Spuren sichergestellt?«, fragte er.

»Die Antwort steht leider noch aus. Wie du sicher verstehst, sind wir zeitlich noch immer im Rückstand.«

Tomas trank noch einen Schluck Kaffee.

»Irgendwas anderes?«, fragte er.

»Woran denkst du?«

»Die Nummern, die Bratt in der Nacht auf Samstag von seinem Hotelzimmer aus angerufen hat. Wie weit seid ihr da?«

»Privatpersonen, drei Stück. Wir haben mit allen drei gesprochen. Zwei sind bei seinem Anruf nicht ans Telefon gegangen, und die dritte Frau, eine Johanna Wester, hat nach wenigen Sekunden aufgelegt. Woraufhin Bratt wieder angerufen hat, aber da ist sie nicht mehr drangegangen. Offenbar hat er beim ersten Gespräch irgendetwas gelallt, was sie als Drohung aufgefasst hat.«

»Ich verstehe«, sagte Tomas. »Danke, dass du angerufen hast. Halte mich gerne weiter auf dem Laufenden.«

Er legte auf.

Eine halbe Stunde später fuhr er in Marieberg an der russischen Botschaft vorbei. Auf der anderen Seite der Gjörwellsgatan streckte sich das *Dagens Nyheter*-Gebäude dem wolkenlosen blauen Himmel entgegen. Er parkte auf Lilla Essingen vor der Videothek, griff nach den Dokumenten, die er Zingo lesen lassen wollte, und stieg die Treppe hoch zur Wohnung seines Kollegen. Er klingelte an der Tür, die, zu seiner Verblüffung, umgehend geöffnet wurde.

»Was verschafft mir die Ehre?«

Zingo stand voll angezogen im Flur. Sein heutiges Hawaiihemd war in Rot und Weiß gehalten, und seine Beine steckten in hellen, abgeschnittenen Jeansshorts. Seine Haare waren feucht, und er roch stark nach Rasierwasser.

»Bist du auf dem Weg ins Präsidium?«

»Nein, zum Bahnhof. Ich fahre nach Västerås, um mich mit meiner Tochter zu treffen.«

Zingo blickte auf die Mappe, die Tomas in der Hand hielt.

»Was hast du da?«

»Ich hätte gerne, dass du dir das ansiehst.«

Zingo schielte hastig auf seine Armbanduhr.

»Ich lese es im Auto, wenn du mich zum Bahnhof bringst. Dann kannst du mir zum Abschied winken.«

Im Bahnhof ergatterten sie in der Nähe der Anzeigetafel in der Wartehalle einen freien Tisch. Tomas organisierte ihnen Kaffee, während Zingo seine Lektüre beendete. Als Tomas mit zwei Bechern in der Hand an den Tisch zurückkehrte, hatte Zingo die Akte beiseitegelegt und studierte die Menschenmenge. Tomas stellte einen Kaffee vor ihn hin, und sie zündeten sich jeder eine Zigarette an.

»Was denkst du?«

Zingo nahm einen Zug und musterte ihn.

»Dass du es mit ein und demselben Täter zu tun hast, aber dass weder Micael Bratt noch Jörgen Waltz auf die vage Beschreibung zutreffen, die Mersiha Selimovic den Malmöer Kollegen geben konnte. Und da hast du dein Problem.«

»Sie könnte verwirrt gewesen sein.«

Zingo nickte.

»Könnte sie. Vermutlich war sie es. Auch wenn ich glaube, dass der Fehler genauso gut bei den Idioten liegen kann, die sie vernommen haben.«

Ein spindeldürrer Fixer kam an ihren Tisch und hielt ihnen

die geöffneten Handflächen hin. Zingo gab ihm eine Münze. Der Mann nuschelte zwischen schlaffen Wangen ein Danke hervor und schlurfte mit halb heruntergerutschter Hose davon.

»Armer Teufel«, murmelte Zingo abwesend und blickte ihm nach.

Tomas aschte seine Zigarette ab.

»Was soll ich deiner Meinung nach tun?«, fragte er.

»Als Erstes solltest du mehr über diese Frau aus Malmö herausfinden. Mach sie ausfindig, zeig ihr Fotos von Micael Bratt und Jörgen Waltz. Auch wenn diese Armleuchter von Ermittler die Substanz auf ihrer Jacke nicht zur Analyse ins Labor geschickt haben, wird die Jacke noch irgendwo im Keller des Polizeireviers liegen. Noch ist es nicht zu spät. Und du musst mehr über diesen Lkw-Fahrer, diesen Waltz, in Erfahrung bringen. Ruf die Spedition an, für die er arbeitet, und frag, wo er am Tag des Überfalls in Malmö gewesen ist.«

Tomas runzelte die Stirn.

»Die Theaterschminke deutet wohl eher auf Micael Bratt hin?«

»Ja, natürlich. Aber wenn ich eins gelernt habe, dann, dass wir Ermittler Zirkusjongleure sind. Wir müssen mehrere Bälle gleichzeitig in der Luft halten. Und wenn deine Hände nicht ausreichen, musst du die Füße dazunehmen. Bratt musst du ebenfalls durchleuchten. Auch wenn er angesichts dieser Vergewaltigungssache vermutlich untergetaucht ist. Finde heraus, wo er war, als die Frau in Malmö vergewaltigt wurde.«

Tomas nickte.

»Alle drei Frauen waren dunkelhaarig«, sagte er. »Die Zeitpunkte der Überfälle stimmen überein. Unser Täter arbeitet nachts. Und alle Überfälle sind in der Nähe von Flüchtlingsunterkünften verübt worden. Carmen Diaz ist zwar nicht als Flüchtling nach Schweden gekommen, sondern hier geboren, aber sie sah ausländisch aus. Könnte das das Motiv sein? Ausländerhass? Mal wieder. Ein neuer Lasermann, der Frauen vergewaltigt und tötet?«

»Für solche Schlussfolgerungen ist es noch zu früh«, wandte Zingo ein.

Er zündete sich eine neue Zigarette an und trank seinen Kaffee aus.

»Aber eine Sache macht mir Sorgen, ganz gleich, welches Motiv dieser Verrückte hat«, fuhr er fort, als er den Becher auf den Tisch stellte.

»Was?«

Tomas aschte und wartete darauf, dass Zingo weitersprach.

»Nein, es sind zwei Sachen. Auch wenn sie zusammengehören. Der Täter scheint umfassende Kenntnisse über den Aufbau des schwedischen Polizeiapparats zu besitzen. Die Übereinstimmungen zwischen den Fällen wären niemals entdeckt worden, wenn du nicht in Falun und Märsta gewesen wärst. Und dann kommt diese Reportertussi mit dem Überfall in Malmö um die Ecke.«

»Glaubst du, dass …?«

»Wenn weder Micael Bratt noch Jörgen Waltz unser Täter ist, dann müssen wir anfangen, in unseren eigenen Reihen zu suchen. Es gibt, wie du weißt, reichlich Polizisten mit rechtsextremistischen Ansichten, wie es so schön heißt. Außerdem müssen wir zeitlich länger zurückgehen und die Computer nach ähnlichen Fällen durchforsten.«

Tomas drückte seine Zigarette aus, erwog, sich eine neue anzustecken, ließ es dann aber bleiben.

»Und was ist die zweite Sache?«, fragte er.

»Dass dir diese Ermittlung im selben Moment entzogen wird, in dem du jemandem davon erzählst. Und weil die Ermittlungen in die Zuständigkeit von drei verschiedenen Polizeibezirken fallen, wird die Reichskriminalpolizei angetrampelt kommen wie eine Herde Affen und einen Riesenkrach schlagen, bis das Ganze an die Presse dringt.«

Tomas sah ein, dass Zingo recht hatte.

»Wie kann ich das verhindern?«

Zingos Blick ging von der Anzeigetafel mit den Abfahrtszeiten der Züge zu seiner Armbanduhr.

»Schreib einen Bericht. Dann reden wir morgen gemeinsam mit Ylva Zethraeus.«

»Bist du dann zurück?«

»Ich fahre nach Västerås, nicht nach Kambodscha.«

Zingo machte Anstalten, sich zu erheben, sank jedoch wieder zurück auf den Stuhl.

»Gute Arbeit. Verdammt gute Arbeit. Du hattest Glück, aber Glück verdient man.«

Tomas nickte. Vor seinem inneren Auge sah er einen zehn Jahre jüngeren Zingo, der ihm in einem Vernehmungsraum des Polizeireviers in Västerås gegenübersaß. Hörte den Hass in seiner eigenen Stimme. *Du kriegst kein Wort aus mir raus, du scheiß Zionistenlakai.* Sah Zingos geduldiges Lächeln.

Er spürte, wie sich seine Kehle zuschnürte.

»Das habe ich dir zu verdanken«, sagte er. »Manchmal frage ich mich, wo ich jetzt wäre. Ohne dich und ohne Klara.«

»Du bist nicht unseretwegen Polizist geworden, sondern wegen dieser Frauen«, erwiderte Zingo und klopfte mit dem Finger auf die beiden Ermittlungsakten.

»Ich wäre nie Polizist geworden, wenn du nach meinem Freispruch in dieser Körperverletzungssache nicht zu mir gekommen wärst und mich überzeugt hättest. Du hast gesagt, du glaubst, ich könnte ein guter Polizist werden. Das war das erste Mal in meinem Leben, dass jemand an mich geglaubt hat.«

Zingo gluckste.

»Habe ich das gesagt? Daran erinnere ich mich nicht.«

Tomas wandte den Blick ab. Er fand es seltsam, dass Zingo sich nicht daran erinnerte. Für ihn war es einer der entscheidendsten Augenblicke seines Lebens gewesen. Genauso entscheidend wie der Moment, in dem er Klara getroffen hatte. Er kam sich lächerlich vor.

Zingo begann zu lachen.

»Was ist so komisch?«, blaffte Tomas mürrisch.

»Das habe ich damals nur so dahingesagt. Ich hatte keine Ahnung, ob du ein guter Polizist sein würdest oder nicht. Ich hielt das für eine bessere Alternative, als wenn du weiter durch die Stadt gezogen wärst und Leute zusammengeschlagen hättest.«

Sie standen auf und gingen nebeneinanderher durch das dichte Gedränge. Der Zug stand schon am Gleis. Sie gaben sich die Hand und sahen sich in die Augen. Dann drehte Zingo sich um und stieg ein. Tomas wartete, bis auch das letzte Wagenabteil außer Sichtweite war, dann lief er langsam zurück zu seinem Auto.

Freitag, 17. Juni 1994

20

Tomas lief mit seinem getippten dreiseitigen Bericht in der Hand rastlos im verwaisten Pausenraum des Präsidiums auf und ab. Zingo war immer noch nicht da, und inzwischen war es zwei Minuten vor neun. Dreißig Sekunden, ehe es Zeit wurde, an Ylva Zethraeus' Tür zu klopfen, tauchte er auf. Er trug dieselben Sachen wie gestern, als sie sich am Hauptbahnhof verabschiedet hatten, und schien die Nacht mit Trinken statt mit Schlafen zugebracht zu haben, was Tomas signalisierte, dass das Treffen mit seiner Tochter nicht gut verlaufen war.

Sie fuhren mit dem Aufzug hoch in den sechsten Stock.

Die Tür des Büros, das man der kommissarischen Leiterin der Stockholmer Mordkommission zugewiesen hatte, stand offen. Tomas klopfte an den Türrahmen, bevor sie hineingingen und auf den Besucherstühlen vor dem Schreibtisch Platz nahmen.

»Sie sind Tomas, richtig?«, fragte Ylva Zethraeus, ohne den Blick von den Unterlagen zu heben, die sie gerade unterzeichnete.

»Ja, Tomas Wolf.«

Ylva Zethraeus legte den Stift aus der Hand und musterte ihn. Sie war in den Fünfzigern, hatte graublaue Augen und einen durchdringenden Blick. Ihr aschblondes Haar war zu einem straffen Knoten zurückgebunden. Sie deutete auf den Bericht, den Tomas in der Hand hielt, nahm die Seiten mit gerunzelter

Stirn entgegen, kramte aus einer Schreibtischschublade eine Lesebrille hervor und setzte sie auf. Dann schob sie Tomas und Zingo den Aschenbecher zu, der zwischen ihnen auf dem Tisch stand.

Tomas griff nach seinen Zigaretten. Ehe er sich eine anzündete, hielt er Zingo die Schachtel auffordernd hin.

»Draußen. Rauchen Sie bitte draußen auf dem Flur«, sagte Ylva Zethraeus abwesend, ohne von Tomas' Bericht aufzusehen.

Tomas und Zingo standen gehorsam auf und gingen mit dem Aschenbecher hinaus auf den Flur. Von Zeit zu Zeit hörten sie ihre Vorgesetzte leise vor sich hin murmeln. Es dauerte genau eine Zigarettenlänge, bis sie sie wieder hineinrief. Tomas und Zingo nahmen abermals vor dem Schreibtisch Platz, während sie aufstand und das Fenster in ihrem Rücken öffnete.

Tomas wartete gespannt.

»Das ist äußerst besorgniserregend«, begann sie und legte die Lesebrille zurück in die Schreibtischschublade. »Ich glaube, dass Sie mit Ihren Schlussfolgerungen richtigliegen und wir es mit demselben Täter zu tun haben. Die Kollegen in Falun konnten diesen Waltz also nicht ausfindig machen?«

»Nein. Noch nicht.«

»Wir müssen hoffen, dass er unser Mann ist. Zwei ermordete Frauen. Und es hätten drei sein können, wenn er in Malmö nicht unterbrochen worden wäre. Es ist furchtbar. Was passiert nur mit diesem Land?«

Weder Zingo noch Tomas hatten darauf eine Antwort. Durch das geöffnete Fenster flog eine Wespe herein.

»Ich fahre nachher zu Micael Bratt«, sagte Tomas.

»Das ist gut. Wir dürfen die Theaterschminke nicht aus den Augen verlieren und müssen mehreren Hinweisen gleichzeitig nachgehen. Haben Sie die heutige Ausgabe der *Kvällsposten* gelesen?«

Tomas und Zingo schüttelten den Kopf.

Ylva Zethraeus griff zum Telefonhörer.

»Könnten Sie mir bitte die *Kvällsposten* bringen?«, sagte sie und legte auf.

Mit einer Handbewegung verscheuchte sie die Wespe, die jetzt über ihrem Schreibtisch schwebte.

Eine Sekretärin erschien und händigte ihr die Zeitung aus. Ylva Zethraeus gab ihr Tomas' Bericht.

»Machen Sie davon bitte eine Kopie, danke.«

Dann schlug sie die Zeitung auf und breitete sie vor Tomas und Zingo auf dem Schreibtisch aus, die sich vorbeugten und den Artikel überflogen. Er entzog dem Vergewaltigungsvorwurf gegen Micael Bratt jede Grundlage. Den Recherchen der *Kvällsposten* zufolge hatte er am vermeintlichen Tatabend im Vereinslokal eines Motorradrockerklubs eine wilde Party gefeiert. Fotos, auf denen die Gesichter der übrigen Beteiligten geschwärzt waren, untermauerten diese Story.

»Diese Geschichte wird immer seltsamer«, sagte Zingo. »Aber nichts davon schließt aus, dass Micael Bratt nicht unser Täter sein könnte.«

»Nein, das tut es nicht«, stimmte Ylva Zethraeus zu.

Tomas deutete auf das Verfasserfoto am Ende des Artikels.

»Das ist sie«, sagte er. »Das ist diese Journalistin, die bei mir zu Hause aufgetaucht ist, Vera Berg.«

»Du musst noch mal mit ihr reden«, sagte Zingo. »Sie scheint einiges über Micael Bratt zu wissen. Ich schlage vor, dass du mit ihr sprichst, bevor du zu Bratt fährst.«

Tomas nickte. Erneut hörte er die hasserfüllte Stimme seines kleinen Bruders, der davon schwafelte, Musliminnen zu vergewaltigen. Peters panisches Gebrüll, die Angst in seinen Augen, als er ihn am Skinnarviksberget über den Klippenvorsprung gehalten hatte. Angst war Hass. Hass war Angst. Er dachte an die unzähligen Vergewaltigungen in Bosnien. Im Grunde waren es nicht die Frauen, die man verletzen und erniedrigen wollte, sondern deren Männer. Die Frauen waren lediglich ein Werkzeug.

»Ich weiß, dass wir noch ganz am Anfang stehen«, sagte er. »Wir können jahrelang nach Berührungspunkten und Übereinstimmungen zwischen den Opfern suchen. Aber ich bin davon überzeugt, dass ihre einzige Gemeinsamkeit ihr Aussehen ist. In den Augen des Täters sind sie nicht schwedisch. Und darum vergewaltigt und tötet er sie.«

Zingo und Ylva Zethraeus betrachteten ihn schweigend, nachdem er geendet hatte. Tomas fragte sich, ob Ylva Zethraeus seinen Hintergrund kannte.

»Ein Trittbrettfahrer?«, fragte sie, und Tomas war klar, dass sie den Lasermann meinte.

»Ja, etwas in der Art. Die Vorgehensweise des Täters weist eine gewisse Methodik auf. Er schlägt in der Nähe von Flüchtlingsunterkünften zu. Er mordet nachts. Er erdrosselt seine Opfer. All das sagt etwas über ihn aus.«

Stille trat ein. Zingo machte Anstalten, nach seinen Zigaretten zu greifen, zog seine Hand jedoch wieder zurück und warf Ylva Zethraeus einen fragenden Blick zu. Sie nickte. Erleichtert steckte er sich eine Zigarette an.

»Ich will ehrlich zu Ihnen sein«, sagte Ylva.

Sie lehnte sich auf ihrem Stuhl zurück und verschränkte die Hände über dem Bauch.

»Es ist möglich, dass dieser Mann schon früher gemordet hat, ohne dass uns die Parallelen bewusst sind. Angenommen, keiner unserer derzeit zwei Verdächtigen erweist sich als Täter. Wie Sie richtig gesagt haben, weist die Wahl der Opfer eine erschreckende Ähnlichkeit mit der Opferwahl des Lasermannes auf. Dies könnte eine langwierige und hässliche Ermittlung werden. Sie muss von Anfang an gründlich geführt werden. Ich will keine undichten Stellen, ich will kein Spektakel. Ich will keine Pressekonferenzen und keine volksparteiische Kulturministerin, die *We Shall Overcome* anstimmt. Verstehen Sie, worauf ich hinauswill?«

Tomas schielte aus dem Augenwinkel zu Zingo, der Ylva Zethraeus durch den Zigarettenrauch hindurch ausdruckslos ansah.

Sie stützte die Arme auf den Schreibtisch und beugte sich vor. »Sie beide werden sich mit dem Fall befassen. Parallel zu den Ermittlungen der anderen Polizeibezirke. Ich werde persönlich die zuständigen Kollegen in Falun, Märsta und Malmö anrufen und dafür sorgen, dass sie Ihnen sämtliche Informationen zur Verfügung stellen. Aber es ist besser, wenn wir das im kleinen Kreis halten. Und vor allem müssen wir bis auf Weiteres die Polizeichefs außen vor lassen, damit keine Revierpinkeleien aufkommen, wenn Sie diesen Ausdruck entschuldigen.«

Zingo und Tomas nickten zustimmend.

Die Wespe landete auf Zingos braun gebranntem Arm. Er erstarrte.

»Was machen wir mit Vera Berg?«, fragte Tomas und deutete auf die Zeitung.

»Fühlen Sie ihr auf den Zahn. Finden Sie heraus, was sie weiß, was sie vorhat. Wenn ich es richtig verstanden habe, weiß sie von Märsta und Malmö, aber nicht von Falun?«

»So habe ich sie jedenfalls interpretiert. Und ich habe ihr natürlich nichts von Falun gesagt. Ich rufe sie sofort an.«

»Gut. Vielleicht können wir einen Deal mit ihr aushandeln. Sprechen Sie mit ihr, und dann sehen wir weiter.« Ylva Zethraeus schlug die Handflächen auf den Tisch.

Die Wespe flog von Zingos Arm auf.

Tomas und Zingo begriffen, dass die Unterredung hiermit beendet war.

21

Draußen vor dem Fenster bewegte sich der Schatten eines Menschen über den Kungsholmstorg. Der Straßenpreis von Heroin hatte sich seit Ende der Achtziger halbiert. Fast täglich wurden in Stockholm auf Parkbänken und unter Brücken tote Junkies entdeckt, die sich den goldenen Schuss gesetzt hatten. Der Mann auf dem Kungsholmstorg sank auf eine Bank, wurde eins mit ihr.

In der Redaktion der *Kvällsposten* schob Vera den Rucksack mit dem Geld unter ihren Schreibtisch. Heute Morgen in aller Frühe war ein Bote von Micael Bratts Agent in einem Taxi in der Pilgatan vorgefahren. Sie hatte die Scheine gezählt, die zweiunddreißigtausend, die sie den Motorradrockern schuldete, in den Rucksack gepackt und beschlossen, die restliche Summe für Sigge zurückzulegen. Wo auch immer der Junge im Leben landete, sie würde auf jeden Fall dafür sorgen, genug Geld zur Verfügung zu haben, um ihn von dort wegzuholen, sollte es nötig sein.

»Vera, kommst du bitte zu mir?«, ertönte Anita Alséns Stimme aus ihrem Eckbüro.

Vera stand auf und ging am Newsdesk vorbei, wo die heutigen Tagesschlagzeilen hingen. Sie versuchte, ein Lächeln zu unterdrücken. Ihre Story über Micael Bratt war der Aufmacher der Titelseite. Sie fühlte sich wie ein Schulmädchen, das eine gute Note bekommen hatte und jetzt von seiner Lehrerin gelobt werden würde. Doch das Leben einer Boulevardzeitungsreporterin wurde permanent von Angst überschattet. Tag für Tag litt man aufs Neue unter dem Gefühl, austauschbar zu sein. Nicht genug zu leisten. An Tagen wie heute, wenn man glaubte, nichts und niemand könnte einen von seiner Position verdrängen, galt es, aus dem Erfolg neue Energie zu schöpfen. Für all die Tage, an denen man nur ein gewöhnlicher, farbloser Schreiberling war.

An Tagen, an denen ihre Story es auf die Titelseite geschafft hatte, empfand Vera ein besonders intensives Gefühl der Genugtuung. Sie wusste, dass ihr Vater die *Kvällsposten* täglich las und dass ihr Foto ihn an seine Tochter erinnerte, die er vor über zehn Jahren aus dem Haus geworfen hatte. Ihr lächelndes Gesicht bewies, dass sie es auch ohne ihn zu etwas gebracht hatte.

Leif M. Ivarsson stand auf dem Flur und paffte eine Zigarette.

Die Knöpfe seines Hemds führten einen aussichtslosen Kampf gegen seinen enormen Schmerbauch, und der Gelbton des Oberteils kontrastierte mit seinem krebsroten Teint.

»Wie gesund und braun gebrannt du aussiehst, Leffe. Du gehörst zu den Typen, die keine Sonnencreme brauchen«, sagte Vera.

Zu ihrem Erstaunen lachte Ivarsson. Begann er etwa, sie zu respektieren?

Vera trat in die Tür von Anita Alséns Büro und betrachtete ihre Chefin einen Augenblick, ehe sie an den Rahmen klopfte. Die Redaktionsleiterin verschmolz förmlich mit ihrem Sessel hinter dem Schreibtisch. Es war kaum zu erkennen, wo ihr Kleid endete und der Stuhl begann.

»Setz dich«, sagte sie und schüttelte eine Zigarette aus einem Päckchen Prince.

Vor ihr auf dem Schreibtisch lag Veras Artikel über Micael Bratt. Vera lächelte.

»Du wolltest mich sprechen?«

Anita legte ihre Zigarette im Aschenbecher ab und griff nach einem ausgedruckten Formular.

»Ich möchte, dass du dir das hier ansiehst.«

Ihre Chefin reichte ihr das Dokument, und Vera bekam ein flaues Gefühl im Magen. Die Luft in ihren Lungen schien zu gefrieren.

»Fällt dir eine Unstimmigkeit auf?«

Auf dem karierten Blatt, das Vera vor sich hatte, waren Auszahlungen von Tippgeberhonoraren nebst Artikel aufgelistet, für den sie geleistet worden waren. In einer Zeile hatte jemand, vermutlich Anita, eine Auszahlung mit einem roten Filzstift korrigiert, die Zahl 10 000 durchgestrichen und sie durch eine 5000 ersetzt. Die Korrektur betraf den Tipp im Märsta-Mord.

»Angesichts deiner Vorgeschichte habe ich mir erlaubt, die Auszahlung mit der Quelle abzugleichen«, sagte Anita.

Sie durchbohrte Vera mit ihrem Blick.

»Ich habe dem Mann, heißt er Wretström?, nichts von meiner internen Revision gesagt, sondern ihm vorgegaukelt, ich bräuchte die exakte Summe, die er von uns bekommen hat, um den Pauschalbetrag mit dem korrekten Steuersatz ans Finanzamt abführen zu können. Und du kannst dir meine Überraschung vorstellen, als ich erfahren habe, dass dieser Polizist nicht wie vereinbart zehntausend Kronen von dir bekommen hat, sondern nur fünf. Wo sind die restlichen fünftausend abgeblieben, die ich dir gegeben habe?«

Vera suchte verzweifelt nach einer Erklärung. Sie konnte lügen, behaupten, Wretström auf fünftausend runtergehandelt zu haben, und Anita die Summe mit dem Geld zurückzahlen, das in dem Rucksack unter ihrem Schreibtisch lag. Aber Anita würde den Bluff durchschauen und fragen, warum sie das Geld acht Tage lang zurückbehalten hatte.

»Ich habe noch einen Polizisten an der Hand«, stieß sie hervor. »Tomas Wolf.«

»Den ehemaligen Nazi?«

Die eiskalte Luft wollte nicht aus ihren Lungen weichen.

»Kennst du ihn?«

»Nein. Aber ich erinnere mich an seinen Namen aus einer Story über Polizisten mit einer Vergangenheit in der White-Supremacy-Bewegung.«

»Habt ihr ihn darin namentlich genannt?«

»Nein, er ist anonym geblieben. In seinem Fall war es sehr lange her, ein Dummejungenstreich, könnte man sagen.«

»Okay. Er ist jedenfalls aus dem Nichts aufgetaucht. Und weil ich mit Wretström keine feste Summe für seinen Tipp ausgehandelt hatte, habe ich die Gelegenheit genutzt, Wolf als weitere Quelle zu sichern. Er hat Wretström wegen des Märsta-Falls angerufen und scheint etwas Größerem auf der Spur zu sein. Ich bin noch nicht so weit gekommen, aber ich glaube, sein Tipp könnte sich am Ende bezahlt machen.«

Anita Alsén musterte sie skeptisch.

»Wie du sicher verstehst, werde ich das überprüfen.«

»Natürlich.«

»Erinnerst du dich, was ich dir an deinem ersten Tag gesagt habe? Du hast schon zwei Chancen gehabt und kannst nicht erwarten, eine dritte zu bekommen. Wenn ich feststelle, dass du mich angelogen hast, ist es vorbei, das ist dir klar, oder?«

Vera kämpfte gegen den Impuls an, alles zu gestehen.

»Ich sage die Wahrheit«, sagte sie.

»Ich möchte dir glauben, Vera. Du bist eine gute Journalistin. Und zwischen dir und den Suffköpfen da draußen gibt es einen entscheidenden Unterschied.«

Anita deutete flüchtig in Richtung Bürofläche.

»Weißt du, was ich meine?«

»Nein.«

»Der Schwanz. Du hast keinen Schwengel, der dir zwischen den Beinen baumelt, ständig dazwischenfunkt, dir ein Bein stellt und deinen Verstand vernebelt. Das schätze ich. Auch wenn du lernen musst, deiner Arbeit mehr Priorität einzuräumen als dem Knirps, den du mit dir rumschleppst.«

Anita schlug wieder die Zeitung auf.

»Und solange diese Zeitung deinen Lohn bezahlt, wirst du arbeiten müssen.«

Sie klopfte nachdrücklich auf das verpixelte Foto von Micael Bratt.

»Das mit Bratt war ein verdammt guter Coup. Aber jetzt müssen wir aufpassen, damit uns die Feministinnen nicht aufs Dach steigen. Es ist eine Sache, ihn von einer Vergewaltigung reinzuwaschen, die er nicht begangen hat. Aber wenn wir eine Frau unreflektiert der Vergewaltigungslüge bezichtigen, kann das böse Konsequenzen nach sich ziehen. Dann dauert es nicht lange, und die Feministinnen stehen hier auf der Matte und fordern meinen Abgang. Wir müssen uns den Rücken freihalten, die eine Hand Streicheleinheiten austeilen lassen, während die andere gezielt zum Schlag ausholt, wenn du verstehst, was ich meine?«

Vera nickte. Anita hatte das Wesen des Boulevardjournalismus auf den Punkt gebracht. Man startete für jemanden eine Unterstützungskampagne, nur um ihn gleich darauf wieder zu diskreditieren. Und dann begann man dasselbe Spiel von Neuem.

»Ich will einen handfesten Artikel, aus dem deutlich hervorgeht, was für ein Schwein Bratt ist. Wir werden kritische Fragen stellen, keinen Rückzieher machen, wenn es unangenehm wird. Wir werden jede einzelne Person aus seinem Umfeld anrufen. Seine Mutter, seine Kollegen von der Schauspielschule. Jede Tussi, mit der er im Bett war und die er wie Dreck behandelt hat. Produzenten und Theaterintendanten. Jede Maskenbildnerin, über die er rübergerutscht ist und die er zu einer Abtreibung gezwungen hat.«

»Ich kümmere mich darum.«

Vera stand auf und wandte sich zum Gehen, drehte sich in der Tür jedoch noch einmal um.

»Anita?«

»Ja.«

»Wann, denkst du, ist deine Revision abgeschlossen?«

»Es wird nicht lange dauern.«

Vera kehrte zurück an ihren Schreibtisch und blieb dort sitzen, kraftlos. War dies das Ende ihrer Karriere? Das Ende von allem, wofür sie gekämpft hatte?

Vom Newsdesk starrte sie die heutige Titelseite an wie eine höhnische Erinnerung an den unbändigen Stolz, der sie noch vor fünfzehn Minuten erfüllt hatte.

Was würde ihr Vater denken, wenn ihr Name von heute auf morgen aus der Zeitung verschwand? Würde er glauben, sie sei gestorben? Beginnen, sich Sorgen zu machen? Oder schlicht annehmen, dass man sie gefeuert hatte, so wertlos, wie sie war.

Das blinkende rote Lämpchen ihres Anrufbeantworters verkündete, dass jemand eine Nachricht hinterlassen hatte. Vera drückte auf den Knopf, und das Gerät spielte die erste Nachricht ab.

»Tomas Wolf hier«, sagte die Stimme auf dem Band. »Ich muss mit Ihnen sprechen, am besten noch heute. Rufen Sie mich an, sobald Sie meine Nachricht gehört haben.«

Vera richtete sich auf, spürte, wie ein wenig ihrer Energie zurückkehrte. Wollte Tomas Wolf mit ihr über die Parallelen in den Überfällen in Märsta und Malmö reden? Sie notierte die Telefonnummern, die er genannt hatte, und zog den Rucksack unter dem Schreibtisch hervor.

Vielleicht war Tomas Wolf ihre Rettung. Wenn sie ihn dazu überreden konnte, fünftausend Kronen für einen Tipp anzunehmen, worüber auch immer, wäre Anitas Revision aus der Welt.

Leif M. Ivarsson hatte die Füße auf seinen Schreibtisch gelegt und drückte sich eine Tube Streichkäse in den Mund. Er schmatzte genüsslich und lächelte sie an. Hatte sie diese Überprüfung Ivarsson zu verdanken? Versuchte er, sie aus der Zeitung zu vertreiben?

Sie blickte auf den Kungsholmstorg hinunter. Der Junkie war von der Bank gefallen und lag mit einem Gürtel um den Oberarm auf der Erde. Unmöglich zu sagen, ob er tot war oder so lebendig, wie ein Mensch sein konnte.

Vera stand auf, um sich auf den Weg zu machen. Den Zettel mit Tomas Wolfs Telefonnummern steckte sie in die Tasche. Sie würde ihn später anrufen. Heute musste sie in Micael Bratts Leben herumstochern und einen so guten Artikel schreiben, dass die *Kvällsposten* sie unmöglich rauswerfen konnte. Und sie musste ihre Schulden bei den Motorradrockern begleichen.

22

Tomas hinterließ eine Nachricht auf Vera Bergs Anrufbeantworter und legte den Hörer des Autotelefons auf. Aus dem Augenwinkel sah er zu Zingo, der neben ihm auf dem Beifahrersitz saß, während sie in einem zivilen Streifenwagen zu Micael

Bratts Wohnung fuhren. Um sicherzugehen, dass der Schauspieler zu Hause war, hatte Zingo ihn vorhin angerufen, jedoch aufgelegt, als er sich gemeldet hatte.

Die Wohnung lag in der Timmermansgatan. Tomas parkte am Mariatorget. Beim Anblick der Bankfiliale, in der er zusammen mit Klara gewesen war, packte ihn das schlechte Gewissen. Plötzlich verspürte er den brennenden Drang, Zingo davon zu erzählen. Sich alles von der Seele zu reden. Die Begegnung mit Azra, den geplatzten Hauskauf, seine ständigen Gewissensbisse. Und ihn um Rat zu bitten. Aber er schwieg, als sie in die Timmermansgatan einbogen und vor dem Haus mit der Nummer 24 stehen blieben. Es war ein cremefarbenes, fünfstöckiges Gründerzeithaus. An die Fassade hatte jemand mit schwarzer Farbe *Hammarby* gesprayt. Am Ende der Straße lag eine Videothek. Zwei uniformierte Politessen liefen an ihnen vorbei.

Aus irgendeinem Grund war er nervös. Vielleicht weil Micael Bratt prominent war. Aber Berühmtheit gab ihm nicht mehr Freiheiten als anderen Bürgern. Auch Prominente begingen Verbrechen, sogar Morde. Erst gestern hatte er von einem US-amerikanischen Football-Star namens O. J. Simpson gelesen, der verdächtigt wurde, seine Frau und deren Freund in Los Angeles umgebracht zu haben.

»Das ist deine Show. Du gibst den Takt vor«, sagte Zingo, als sie das Treppenhaus betraten.

»Und was machst du?«

»Im Takt mitwippen.«

Unterwegs hatte sich Tomas die Fragen zurechtgelegt, auf die er Antworten haben wollte. Im Fahrstuhl rief er sie sich nochmals in Erinnerung. Sie stiegen aus, schlossen die Gittertür des Aufzugs und klingelten an der Wohnungstür mit dem Namensschild *Bratt*. Niemand öffnete. Zingo wies mit dem Kopf auf die Tür, und Tomas klingelte ein zweites Mal. Schritte erklangen, und kurz darauf wurde die Tür einen Spalt weit geöffnet. Micael Bratt blinzelte sie an.

»Was seid ihr für Wichte?«

Seine Stimme hallte durchs Treppenhaus. Bevor Tomas etwas erwidern konnte, fuhr er fort:

»Wenn ihr Zeitungsfritzen seid, könnt ihr verduften.«

Tomas musterte ihn gelassen.

»Sind wir nicht. Wir sind von der Mordkommission und möchten mit Ihnen sprechen.«

Micael Bratt stieß die Tür auf und trat einen Schritt hinaus. Er trug einen Bademantel, der nicht zugeknotet war und den Blick auf seine Brustbehaarung freigab.

»Wieso? Mein Anwalt hat gerade angerufen und gesagt, ihr hättet diese Vergewaltigungsstory abgeschrieben. Die Tussi hat sich das alles nur ausgedacht, wollte wohl berühmt werden.«

»Dürfen wir reinkommen?«

Bratt blieb stehen, versperrte ihnen den Weg und schien zu überlegen.

»Wenn es schnell geht.«

Tomas machte einen Schritt auf Bratt zu. Sie waren gleich groß. Der Schauspieler hatte eine leichte Fahne.

»Das entscheiden nicht Sie«, sagte er.

Sie maßen einander mit dem Blick. Tomas gab nicht nach. Am Ende drehte Micael Bratt sich um und ging ihnen voraus zurück in die Wohnung. Ohne ein Wort lief er eine dunkle, geräumige Diele hinunter, bog rechts um eine Ecke und verschwand. Tomas und Zingo zogen ihre Schuhe aus, dann folgten sie ihm. Die Wohnung schien riesig zu sein. Die Deckenhöhe war beeindruckend, und das Echtholzparkett knarrte unter Tomas' Strümpfen.

Micael Bratt hatte sich an einem großen Küchentisch niedergelassen, mit dem Rücken zum Fenster. Tomas und Zingo setzten sich ihm gegenüber. Am Kühlschrank hingen so viele Zeitungsartikel und Fotos von und über Micael Bratt, dass das Gerät darunter verschwand. An einer Stirnwand hing ein Filmplakat mit Bratts Konterfei. Tomas fiel ein, dass er den Film zusammen mit Klara vor zwei Jahren im Sommer im Kino gesehen hatte. Waren sie damals ineinander verliebt gewesen? Er erinnerte sich nicht. Er wusste nur noch, dass ihm der Film gefallen hatte, während Klara ihn schrecklich gefunden hatte.

Er legte ein Aufnahmegerät auf den Küchentisch und schlug sein Notizbuch auf.

»Sagt Ihnen der Name Carmen Diaz etwas?«, begann er.

Bratt schüttelte den Kopf und verschränkte die Arme vor der Brust.

»Nein, ich kenne die Frau nicht«, antwortete er und starrte demonstrativ zum Spülbecken.

»Sie kannten sie nicht. Carmen Diaz ist tot.«

Zum ersten Mal, seit sie in der Küche saßen, blickte Bratt ihn an. Tomas schob ihm Carmen Diaz' Foto zu. Der Schauspieler musterte es eine Weile, ohne die geringste Gefühlsregung zu zeigen.

»Sie wurde in der Nacht auf den elften Juni tot in Falun aufgefunden.«

Bratt öffnete den Mund, um etwas zu sagen, aber Tomas hob die Hand als Zeichen, dass er nicht unterbrochen werden wollte.

»Am selben Abend haben Sie Carmen Diaz im Nachtclub Garbo in eine Toilettenkabine gedrängt und ihr gegen ihren Willen Ihren Penis gezeigt. Sie reagierte entsetzt, bekam Angst und hat einen Türsteher gerufen, der Sie vor die Tür gesetzt hat. Danach sind Sie draußen vor dem Club geblieben und haben herumgebrüllt. Ich habe Zeugen, die sagen, dass Sie noch dort waren, als Carmen Diaz den Club verlassen hat. Danach hat Sie jedoch niemand mehr gesehen.«

Stille breitete sich aus.

»Was wollen Sie damit sagen?« Micael Bratt schien erregt zu sein, auch wenn er sein Bestes tat, es zu verbergen.

»Ich schildere Ihnen nur die faktischen Ereignisse des Abends«, erwiderte Tomas. »Der Rest liegt bei Ihnen. Sie könnten zum Beispiel die Frage beantworten, ob Sie zugeben, Carmen Diaz am fraglichen Abend im Garbo begegnet zu sein.«

Bratt starrte auf seine Hände.

»Ich habe an dem Abend viel getrunken. Ich weiß nicht mal, ob ich im Garbo gewesen bin. Wenn Leute das bezeugen, stimmt es sicher. Aber ich habe niemanden umgebracht.«

Tomas wartete ab, ob Bratt noch etwas sagen würde, doch der Schauspieler blieb stumm.

»Am nächsten Tag sind Sie aus Falun abgereist, obwohl Ihr Hotelzimmer bis Mittsommer bezahlt war«, fuhr Tomas fort. »Warum?«

Micael Bratt sprang auf und stieß seinen Stuhl zurück. Die abrupte Bewegung ließ Tomas und Zingo zusammenfahren, doch als Bratt zur Spüle ging, nach einem Glas griff und den Wasserhahn aufdrehte, entspannten sie sich. Bratt ließ das Glas bis zum Rand volllaufen, trank es gierig aus, stellte es ab und kehrte auf seinen Platz zurück.

»Weil die Dreharbeiten wegen des Amoklaufs abgebrochen wurden«, sagte er. Er schien sich ein wenig gefasst zu haben.

»Wie haben Sie die Stadt verlassen?«

»Mit einem Taxi.«

»Von Falun bis Stockholm?«

»Ja.«

»Hatten Sie kein Auto vor Ort?«

»Nein, ich besitze einen Wagen, aber ich benutze ihn so gut wie nie. Ich bin mit dem Zug nach Falun gefahren.«

Tomas, dessen volle Konzentration auf das Gespräch mit Bratt gerichtet gewesen war, roch plötzlich Zigarettenrauch. Als er den Kopf drehte, sah er, dass Zingo sich eine filterlose Chesterfield angezündet hatte.

»Was haben Sie gemacht, nachdem die Türsteher Sie auf die Straße gesetzt haben?«, fragte er.

Bratt zuckte mit den Schultern.

»Ich erinnere mich nicht.«

»Das klingt seltsam.«

»Ich war besoffen. Glauben Sie, was Sie wollen, aber ich muss niemanden vergewaltigen, um auf meine Kosten zu kommen. Ich kriege täglich kiloweise Fanpost von Frauen, die mir anbieten, die Beine breit zu machen. Aber ohne einen Anwalt rede ich kein Wort mehr mit euch.«

Zingo begann zu lachen, ohne dass Tomas verstand, weshalb.

»Kapiert ihr? Ohne meinen Anwalt sage ich kein weiteres Wort.« Micael Bratts Blick ging zwischen ihnen hin und her.

Zingos Stuhl schabte über das Parkett, als er aufstand, zum Kühlschrank ging und die Zeitungsartikel studierte.

»Sie sind ganz schön selbstverliebt, habe ich recht?«, fragte er und zupfte sich ein paar Tabakkrümel von der Zungenspitze. »Sie werden wohl bald noch mehr Platz benötigen«, fuhr er dann ungerührt fort. »Ich denke, in der nächsten Zeit werden reichlich neue Zeitungsartikel über Sie erscheinen. Sie sollten sich einen größeren Kühlschrank zulegen.«

Tomas begegnete Bratts Blick.

»Wo waren Sie in der Nacht vom fünften auf den sechsten Juni?«

»Wenn ihr mit mir reden wollt, müsst ihr meinen Anwalt kontaktieren«, entgegnete Bratt mit zitternder Stimme.

»Das sagten Sie bereits«, erwiderte Tomas.

Ohne Bratt aus den Augen zu lassen, erhob er sich.

»Wir melden uns«, sagte er.

Zingo ging zur Spüle und aschte in Bratts Wasserglas, dann folgte er Tomas hinaus in die Diele.

Sie zogen ihre Schuhe an und fuhren schweigend mit dem Fahrstuhl nach unten. Tomas hielt die schwere Eingangstür auf.

»Wann hat sich der Überfall in Malmö ereignet?«, fragte Zingo.

»Am sechsten März.«

Zingo schnippte seine Kippe weg.

»Warum fragst du?«, wollte Tomas wissen.

»Am Kühlschrank hing die Rezension einer Theateraufführung. Unser Freund da oben hat nach einem Auftritt im Malmöer Stadttheater ausgezeichnete Kritiken bekommen.«

Tomas blieb stehen und starrte ihn an.

»Wann?«

»Die Rezension war auf den siebten März datiert«, sagte Zingo gelassen. »Die Überschrift lautete: ›Gut, besser, Bratt – Premierenerfolg für Filmstar‹.«

Tomas blickte zu Bratts Wohnungsfenstern hoch.

»Auf dem Foto war er mit weißer Schminke zugekleistert, wie ein Ureinwohner aus der Südsee«, fuhr Zingo fort. »Ich denke, wir sollten den Kollegen in Malmö Feuer unterm Hintern machen, damit sie die Jacke auftreiben, die Mersiha Selimovic an dem Abend getragen hat, und wir Gewissheit darüber kriegen, ob es sich bei dieser weißen Substanz ebenfalls um Theaterschminke handelt.«

23

Veras Schuhsohlen klebten an eingetrockneten Bierpfützen. Ein süß-säuerlicher Geruch stieg vom Boden auf, wurde in der stickigen Luft zunehmend stärker und ergab, vermengt mit Tabakqualm, den charakteristischen Kneipenmief der Zinken Bar. Sie hatte sich ein großes Bier bestellt, doch der Gestank im Raum verursachte ihr Übelkeit. Sie hatte das Gefühl, einen Cocktail aus sämtlichen Bieren zu trinken, die im Lauf der Jahrzehnte in der Kneipe verschüttet worden waren.

Es war kurz nach halb zehn, und der Lärmpegel schwoll immer weiter an. Ein blonder Typ mit Pferdeschwanz zirkulierte durch den Schankraum, nahm Bestellungen entgegen, die der Barkeeper hinter dem Tresen nicht auf der Karte stehen hatte, verschwand und kehrte kurz darauf mit kleinen Tütchen zurück, die gegen zusammengerollte Geldscheine den Besitzer wechselten.

Vera schob ihr Bierglas beiseite und betrachtete das Recherchematerial, das vor ihr auf dem Tisch lag. Sie hatte sich heute in umgekehrter Chronologie durch Micael Bratts Leben gearbeitet, mit Personen aus seinem Umfeld gesprochen, Schauspielerkollegen, Verflossenen und Freunden. Doch das Bild, das sich herauskristallisiert hatte, lieferte ihr nicht die geringste Antwort auf die Frage, wer Bratt eigentlich war, abgesehen vom bereits etablierten Mythos eines männlichen Genies, das seine Dämonen mit Alkohol und Frauen bekämpfte. Dass Bratt früher in der linken Szene aktiv gewesen war, war das einzige Detail, das hervorstach.

Inzwischen war sie bei Bratts Zeit auf der Schauspielschule in den Siebzigerjahren angelangt. Vielleicht würde sie hier auf einen Zipfel seines wahren Ichs stoßen. Am Vormittag hatte sie das Mikrofilmarchiv der Königlichen Bibliothek aufgesucht und ausgewählte Zeitungsartikel kopiert, die sie jetzt gründlich durchging. Der Artikel, der vor ihr lag, war am 7. April 1974 in der *Dagens Nyheter* erschienen und kommentierte die abschließende Inszenierung des Abschlussjahrgangs, in der Bratt die männliche Hauptrolle bekleidet hatte. Seine Angebetete war von einer Mia Gustavsson gespielt worden. Der Verfasser des Artikels schwärmte davon, wie die Anziehung zwischen den beiden förmlich *Funken geschlagen* habe. Wahrscheinlich eine Umschreibung dafür, dass sie sich am liebsten die Kleider vom Leib gerissen hätten, dachte Vera und notierte sich den Namen der Frau.

Ein Schwarz-Weiß-Foto über dem Artikel zeigte sieben Schüler des Abschlussjahrgangs, die nebeneinander auf der Bühne standen. Vera las die Bildunterschrift.

Die Abschlussinszenierung der Schauspielschule. Von links: Göran Thorell, Lisa Hammarström, Peter Ström, Micael Bratt, Mia Gustavsson, Stig Hoffsten, Sonja Wijk.

Eine Riege verlorener Träume, dachte Vera, während sie die Gesichter musterte. Außer Bratt kannte sie nur eine Person,

Göran Thorell, der nach wie vor als Schauspieler aktiv war. Sie spürte die erwartungsvolle Spannung, die zum Zeitpunkt, als das Foto entstanden war, in den sieben Schauspielschülern gekribbelt haben musste, die Sehnsüchte und Hoffnungen, was das Leben für sie bereithielt, und die dann allesamt zerplatzt waren, als sie beim Arbeitsamt vorstellig wurden und einsehen mussten, dass sie nicht einmal für die einfachsten Berufe qualifiziert waren.

Mit einem Mal hatte Vera das Gefühl, beobachtet zu werden. Seit sie hier saß, hatten mehrere Männer versucht, sie an ihren Tisch herüberzubitten. Sie seufzte resigniert und blickte auf, bereit, die nächste Offerte abzulehnen, aber sie sah niemanden.

Sie wandte sich wieder dem Artikel zu, doch das Gefühl, dass jemand sie ansah, wollte sich nicht legen. Als sie zur Eingangstür blickte, entdeckte sie zwei Typen in Lederwesten, die die Bar betraten. Der Fette und der Mann mit dem Lächeln.

»Pål!«, rief sie und hob die Hand.

Sie hörte selbst, wie exaltiert sie klang. Der Anblick der Motorradrocker des Odin MC löste ein seltsames Gefühl der Erleichterung in ihr aus. So ersparte sie sich die nächste besoffene Anmache, konnte endlich ihre Schulden bezahlen, und sie wäre Jonny los, der jederzeit spitzkriegen könnte, dass Sigge bei ihr in Stockholm war.

Vera griff nach dem Rucksack mit dem Geld, den sie unter den Tisch gestellt hatte.

»Alles da«, sagte sie, als die beiden Rocker an ihren Tisch kamen. »Die komplette Summe und der Brief für Jonny.«

Sie hatte Namen und Telefonnummer einer erfundenen Jugendamtsmitarbeiterin aufgeschrieben, die angeblich wusste, wo Sigge war. Die Nummer gehörte zu ihrem alten *Kvällsposten*-Handy, für das sie eine Weiterleitung zur Rufnummer der Wohnung in der Pilgatan eingerichtet hatte, wo jedoch kein Telefon angeschlossen war. Jonny würde am anderen Ende nichts als ein

Freizeichen hören, und das würde ihn für einige Wochen ausbremsen.

»Zähl nach«, wies Pål den Fetten an, der daraufhin in Richtung Toiletten davonschlurfte. Drei Minuten später kam er zurück und flüsterte Pål etwas ins Ohr.

Vera sah, wie Påls Miene sich veränderte, als hätte er eine plötzliche Eingebung und versuchte zu entscheiden, ob er ihr folgen sollte oder nicht.

»Dann kommen wir nächste Woche wieder«, beschloss er schließlich und grinste breit. »Am Donnerstag, ich denke, die Zeit genügt.«

In Veras Kopf begann es zu rauschen, das Gefühl der Machtlosigkeit machte ihre Arme schwer.

»Ich war euch zweiunddreißigtausend plus Zinsen schuldig. Die Summe liegt im Rucksack. Also sind meine Schulden damit beglichen.«

Pål nahm ein Foto von Micael Bratt vom Tisch und schwenkte es in der Luft.

»Ich meine, mich an eine Titelstory über diesen Mann zu erinnern, die du uns zu verdanken hast.«

Er deutete auf den Rucksack.

»Aber ich sehe in dieser Tasche kein Zeichen deiner Dankbarkeit. Eine kleine Erkenntlichkeit für den Tipp wäre durchaus angebracht.«

Vera begriff, dass sie einen Fehler gemacht hatte. Diese Sorte krimineller Parasiten wusste genau, wie stark sie ihre Opfer unter Druck setzen konnte. Sie hatten ihr Leben lang trainiert, den Punkt auszuloten, bis wohin ein Mensch zu gehen imstande war.

Hätte sie ihre Schulden in wöchentlichen Raten abgestottert, hätte Pål sich nach wenigen Wochen mit ein paar fiktiven zusätzlich draufgepackten Zinsen zufriedengegeben. Aber indem sie ihre Schulden auf einmal beglichen hatte, hatte sie bewiesen, dass sie problemlos größere Summen auftreiben konnte. Jetzt würde er sie als seinen persönlichen Geldautomaten betrachten, bis er sie vollständig ausgenommen hatte.

»Du schuldest uns zehntausend Kronen für den Tipp und zweitausend dafür, dass du unsere Zeit verschwendet hast.«

»Ich habe euch alles gegeben, was ich habe.«

Pål neigte den Kopf zur Seite und legte eine Hand an ihre Wange.

»Nichts turnt mich mehr an als eine verzweifelte Braut.«

Der Fettwanst lachte derb.

»Wir sehen uns nächsten Donnerstag, Süße«, sagte Pål.

Dann drehte er sich um und machte dem blonden Dealer ein Zeichen, mit vor die Tür zu kommen. Also steckte Pål hinter dem Drogenhandel in der Kneipe.

Der Typ mit den Gesichtstätowierungen blieb zurück.

»Was willst du?«, fragte Vera.

Falls der Typ vorhatte, sie wieder zu begrapschen, würde sie dem Impuls nicht widerstehen, ihm in die Eier zu treten. Die Ereignisse trieben sie an den Rand ihrer Grenzen.

Der Fette trat an ihren Tisch, nahm einen großen Schluck von ihrem Bier und kippte den Rest auf ihr Recherchematerial.

»Was soll der Mist?«, rief sie dem Typen nach, der bereits auf dem Weg zum Ausgang war.

Rasch klaubte sie die Unterlagen vom Tisch. Mersihas Zeichnung durfte keinen Schaden nehmen. Sie blätterte die Seiten durch, doch dann fiel ihr ein, dass sie die Zeichnung in den Küchenschrank gelegt hatte, in dem sie das Geld versteckte.

Während sie versuchte, ihr Recherchematerial zu retten, klingelte ihr Handy. Sie griff nach dem klebrigen Gerät.

»Ich komme direkt zur Sache«, sagte die Person am anderen Ende.

Es war Anita Alsén. Veras Magen verkrampfte sich in Erwartung dessen, was nun folgen würde.

»Ich habe mit Malmö gesprochen. Der Chefredakteur hat beschlossen, dich bis zum Abschluss der Revision mit sofortiger

Wirkung zu suspendieren. Solange bekommst du natürlich kein Gehalt, aber ich habe dafür gesorgt, dass du in der Wohnung bleiben kannst.«

»Gibt es nichts, was ich tun kann?«

»Ich habe für dich gekämpft, das kannst du mir glauben. Aber unser lieber Chefredakteur Ivar Glans ist nicht gerade dafür bekannt, bei Fehlern ein Auge zuzudrücken. Vor allem nicht bei Frauen. Die Buchhaltung wird sämtliche Auszahlungen, die für Tippgeberhonorare geleistet worden sind, überprüfen. Wenn es noch weitere Unregelmäßigkeiten gibt, solltest du jetzt reinen Tisch machen. Später ist es dafür zu spät.«

»Es gibt keine«, erwiderte Vera.

Sie blickte auf die durchweichten Unterlagen, die auf dem Tisch festklebten.

»Darf ich wenigstens den Artikel über Micael Bratt fertig schreiben?«

»Tut mir leid, den übernimmt Ivarsson.«

In der Leitung wurde es still. Vera griff nach der Liste mit den Namen der Schüler aus Bratts Abschlussklasse, knüllte den durchweichten Fetzen zusammen und ließ ihn zu Boden fallen.

»Die Überprüfung wird ein paar Wochen dauern, vielleicht einen Monat. Ich melde mich, sobald ich mehr weiß.«

Vera blieb mit dem Telefon in der Hand sitzen, während ihr unablässig der eine Gedanke durch den Hinterkopf schwirrte.

Was stimmt nicht mit mir, warum mache ich immer alles kaputt?

Sie versuchte, den Gedanken zu verscheuchen, aber es ging nicht, er war zu tief in ihr verwurzelt. *Du vernichtest jeden, der dir in die Quere kommt,* hatte ihr Vater ihr vorgeworfen. *Du hast diese Familie zerstört.* Seitdem hatten sie sich nicht mehr gesehen.

Er hatte recht, dachte Vera. Deswegen hatten Jonny und sie so gut zueinandergepasst. Zwei gescheiterte Versager, die alles kaputt machten.

Um nicht den Boden unter den Füßen zu verlieren, begann sie

zu rechnen. Diese Taktik benutzte sie häufig, wenn etwas den Bach runterging: Lösungen suchen. Wenn sie das restliche Geld von Bratt nahm, das sie eigentlich auf ein Sparkonto für Sigge hatte einzahlen wollen, konnte sie die zwölftausend Kronen, die Pål nächsten Donnerstag haben wollte, bezahlen. Zusammen mit ihrem restlichen Monatsgehalt hätte sie danach noch dreizehntausend Kronen. Damit würden Sigge und sie eine Weile über die Runden kommen.

Sie sah vor sich, wie Sigge genau in diesem Moment in Birgittas Gästebett kroch. Mit geröteten Wangen, von der Hitze verschwitzt. In glücklicher Ungewissheit, wie fragil seine Zukunft war. Dass er ihr, Vera, jederzeit genommen werden konnte.

Plötzlich kam ihr ein Gedanke. Sie nestelte den Zettel mit Tomas Wolfs Telefonnummern aus der Hosentasche. Er hatte ihr seine Dienstnummer und seine private Telefonnummer aufs Band gesprochen. Wenn sie mit ihrer Vermutung richtiglag und Wolf der Zusammenhang zwischen den beiden Fällen ebenfalls aufgefallen war, spielte es keine Rolle, wie die interne Überprüfung der *Kvällsposten* ausfiel. Einen Artikel, der eine derart hohe Auflage versprach, konnte die Zeitung nicht ablehnen.

Ein Funken Hoffnung in all der Schwärze.

24

Tomas saß allein und in Gedanken versunken auf dem Sofa im Wohnzimmer. Die Fenster standen weit offen. Er hasste es, bei Hitze zu schlafen, und die Stille, die in der Wohnung herrschte, bedrückte ihn. Als er nach Hause gekommen war, hatte ein Zettel auf dem Küchentisch gelegen, der ihn kurz und knapp wissen ließ, dass Klara mit den Kindern wieder nach Rättvik gefahren war und sie das Wochenende über dortbleiben würden. Auf der Sofalehne lag eine Stadium-Tüte mit den beiden Schwedentrikots, die er für Alexander und Ebba gekauft hatte. Mit dem

Namen Brolin auf dem Rücken, laut Auskunft des Verkäufers der beliebteste Spieler der Mannschaft.

In den Fernsehnachrichten berichtete ein Auslandskorrespondent, dass der Footballstar O. J. Simpson nun offiziell unter Doppelmordverdacht stand, nachdem die Polizei in der Nähe seines Hauses einen blutbefleckten Handschuh gefunden hatte. Tomas drehte den Ton leiser.

Nach dem Gespräch mit Micael Bratt hatte er den Rest des Tages am Telefon gehangen und versucht, so viel Material wie möglich über die Fälle zusammenzutragen, denen Zingo und er nachgingen. Die Malmöer Ermittlung im Vergewaltigungsfall Mersiha Selimovic war schlampiger geführt worden, als er es sich hatte vorstellen können. Nach seiner Bitte, Mersiha Selimovic' Jacke und Kleid zur Analyse ins Labor zu schicken, war er von einer Person zur nächsten durchgestellt worden, um zu guter Letzt die Information zu erhalten, dass die Kleidungsstücke leider nicht auffindbar seien. Und der arbeitsscheue Kollege, der Mersiha Selimovic vernommen hatte, befand sich zurzeit im Urlaub. In ganz Südschweden hatte kein Polizeibeamter Zeit, zu ihr nach Rosengård zu fahren, wo sie inzwischen wohnte, um ihr Fotos von Micael Bratt und Jörgen Waltz zu zeigen und sie zu fragen, ob sie einen von ihnen als den Mann identifizieren konnte, der sie überfallen hatte.

Von seinem Faluner Kollegen Karl Rapp hatte er hingegen zwei wichtige Neuigkeiten erhalten. Zum einen, dass weder auf Bratts Hose noch auf dessen Hemd Spuren von Carmen Diaz sichergestellt worden waren. Weder Fasern ihrer Kleidung, die sie am Tatabend getragen hatte, noch Haare von ihr. Bei den grünen Flecken auf Bratts Hose handelte es sich, wie er vermutet hatte, um Grasflecken. Doch das bewies leider gar nichts. So besoffen, wie Bratt in der Tatnacht gewesen war, konnte er sehr gut auf irgendeinem Rasen ausgerutscht sein. Und der Lkw-Fahrer Jörgen Waltz war immer noch nicht aufgetaucht und weiterhin krankgeschrieben.

Als das Telefon läutete, schrak er hoch, stand vom Sofa auf und nahm den Hörer ab.

»Ich habe Ihre Nachricht bekommen. Haben Sie Zeit, sich mit mir zu treffen?«

Es war diese Journalistin, Vera Berg.

»Jetzt?«

»Ja, jetzt. Ich bin in der Zinken Bar.«

Tomas zögerte. Eigentlich hatte er keine Lust, sich mit ihr zu treffen. Er war müde. Aber möglicherweise hatte sie Informationen, die die Ermittlungen voranbrachten.

»Ich komme«, sagte er. »Aber diese Unterredung ist inoffiziell. Verstanden?«

Eine halbe Stunde später betrat Tomas die Zinken Bar. Vera Berg saß am selben Tisch, an dem Zingo und er vor gut einer Woche gesessen hatten. Wie jeden Freitagabend war die Kneipe gerammelt voll, und obwohl die Fenster zur Straße hin offen standen, war die Luft im Gastraum stickig und verbraucht. Augenblicklich bereute er, sich auf diesen Treffpunkt eingelassen zu haben.

Als er den zweiten Stuhl unter dem Tisch hervorzog und sich zu ihr setzte, merkte er, dass die Journalistin aufgewühlt war. Sie strahlte ganz und gar nicht mehr das Selbstvertrauen aus wie zwei Abende zuvor, als sie bei ihm zu Hause aufgetaucht war.

»Sie hatten recht«, begann er. »Zwischen dem Überfall in Malmö und dem Mord in Märsta besteht ein deutlicher Zusammenhang.«

Sie sah ihn abwartend an.

»Aber ich wäre Ihnen dankbar, wenn Sie vorerst noch nicht darüber schreiben würden.«

Vera Berg griff nach ihrem halb leeren Bierglas und nahm einen Schluck.

»Warum nicht?«

Tomas sah sie gelassen an.

»Weil es möglich ist, dass da draußen ein Täter herumläuft,

der bereit ist, wieder zuzuschlagen. Möglicherweise gibt es weitere Fälle, weitere Frauen.«

Gedankenverloren drehte sie das Glas in den Händen.

»Habt ihr einen Verdächtigen?«, fragte sie.

»Darauf darf ich nicht antworten. Aus ermittlungstaktischen Gründen.«

Vera Berg lächelte flüchtig. Sie war unmöglich zu lesen. Er hatte keine Ahnung, was in ihrem Kopf vorging.

»Angenommen, ich behalte die Story für mich. Welche Gegenleistung können Sie mir bieten?«, erwiderte sie.

Bevor Tomas dazu kam, zu antworten, stieß jemand von hinten gegen seine Lehne. Ohne sich umzudrehen, rückte er mit seinem Stuhl dichter an den Tisch heran. Die Kante schnitt ihm in den Bauch, als er sich vorbeugte.

»Hören Sie zu«, sagte er und rief sich in Erinnerung, Carmen Diaz nicht zur Sprache zu bringen. »Eine Frau wurde überfallen, eine andere ermordet. Und Ihre erste Frage ist, was dabei für Sie und Ihre Karriere rausspringt?«

»Ich habe nichts von meiner verfluchten Karriere gesagt«, zischte sie.

»Nein, aber das ist es, was Ihre Frage impliziert.«

Ihre Augen funkelten vor Wut.

»Vielleicht sollte ich einen Artikel darüber schreiben, wie schlampig im Malmö-Fall ermittelt wurde.«

»Tun Sie das. Aber machen Sie es erst, wenn ich den Täter geschnappt habe. Vorausgesetzt, es ist dieselbe Person.«

Vera Berg hob ihr Bierglas an den Mund, stellte es jedoch wieder auf den Tisch.

»Und das ist nicht die einzige Ermittlung, die eine Überprüfung erfordert«, sagte sie.

Tomas wartete auf die Fortsetzung. Vera Berg griff nach ihrer Handtasche, zog eine Zigarette hervor und zündete sie an.

»Mersiha Selimovic und Nadija Alihodzic waren Migrantinnen. Warum wurden ausgerechnet sie überfallen? Könnte ein rechtsextremistisches Motiv dahinterstecken? Ich glaube, dass zumindest die Polizei Märsta diesen Gedanken verfolgt. Nicht zuletzt, als Ihr Bruder verhaftet wurde. Ist es nicht ein wenig sonderbar, dass Sie in einem Mord ermitteln, in dem Ihr Bruder zu den Verdächtigen zählt?«

Tomas öffnete den Mund, um etwas zu erwidern, doch Vera Berg hob die Hand.

»Ich bin noch nicht fertig«, sagte sie und blies den Rauch aus.

Tomas lehnte sich zurück und versuchte, unberührt auszusehen, während sich in seinem Inneren Kälte ausbreitete.

»Und nicht zuletzt wegen Ihrer eigenen Vergangenheit in dem Milieu, das wir Journalisten als White-Supremacy-Bewegung bezeichnen.«

Die Kälte stieg in seine Brust. Er brauchte etwas zu trinken und blickte zum Tresen hinüber, wo enormer Andrang herrschte.

»Wir wissen nichts über das Motiv des Täters«, sagte er und hörte selbst, wie dünn es klang.

Tomas räusperte sich, versuchte, Ordnung in seine Gedanken zu bringen.

»Meine persönliche Vergangenheit hat nichts damit zu tun. Ich habe das hinter mir gelassen. Ich kann nichts zu meiner Verteidigung vorbringen. Ich war jung. Dumm. Ich lebe jeden Tag mit dem Wissen, was für ein ausgemachter Vollidiot ich gewesen bin und was für abscheuliche Ansichten ich vertreten habe. Aber das macht mich nicht zu einem schlechteren Polizisten. Ganz besonders nicht in dieser Ermittlung, sollte der Täter, wie Sie selbst sagen, rechtsextremistische Motive haben.«

Vera Berg wies mit dem Kopf auf ihr Bierglas.

»Nehmen Sie einen Schluck. Sie sehen durstig aus.«

Er tat es. Das Bier war lauwarm und schmeckte schal. Er stellte das Glas ab.

»Vermuten Sie den Täter in der rechtsextremistischen Szene?«, fragte sie.

»Ich muss wissen, was Sie vorhaben«, erwiderte Tomas.

Vera Berg lächelte.

»Vorerst nichts. Aber wenn Sie jemanden festnehmen, will ich es als Erste erfahren. Und mit ausreichend Vorlauf. Ich will die Story als Einzige bringen können.«

»Okay«, stimmte Tomas erleichtert zu. »Danke.«

Sie musterten einander abwartend. Tomas meinte zu sehen, dass Vera Berg über irgendetwas nachdachte. Er hob fragend die Augenbrauen.

»Die Ermittlung in Malmö ist unter aller Kritik«, sagte sie. »Es gibt eine Zeichnung vom Täter, der Mersiha Selimovic vergewaltigt hat.«

Tomas beugte sich vor.

»Eine Zeichnung? Davon stand nichts in der Akte.«

Vera Berg verdrehte die Augen.

»Die Polizei hat die Zeichnung nicht. Vermutlich hat sie sie nicht einmal gesehen. Die Zeichnung stammt von Mersiha, aber Ihre Kollegen haben sich nicht dafür interessiert. Oder sie haben nicht verstanden, was Mersiha gesagt hat. Sie ist Künstlerin. Ich würde meinen, die Zeichnung ist ziemlich lebensecht.«

Tomas starrte sie an.

»Wo ist diese Zeichnung?«

Vera Berg griff nach ihrem Bierglas und trank es aus.

»Bei mir zu Hause.«

»Darf ich die Zeichnung sehen?«

»Wenn Sie das Taxi bezahlen.«

Hinter Vera Bergs Kopf entdeckte Tomas den Dealer, von dem er vor fast zwei Wochen die Pillen gekauft hatte. Der Typ ging in Richtung Herrentoilette.

»Ich gehe nur kurz zur Toilette«, sagte er. »Wir treffen uns draußen.«

Ein paar Minuten später war es ihnen gelungen, ein Taxi anzuhalten. Der schwarze Lederbezug knarzte, als der Taxifahrer sich zu ihnen umdrehte und ihnen durch die Plexiglasscheibe einen fragenden Blick zuwarf.

»Pilgatan«, sagte Vera Berg.

Tomas war klar, was der Taxifahrer dachte: zwei Leute, die sich in einer Bar kennengelernt hatten und jetzt nach Hause wollten, um miteinander in die Kiste zu steigen. Er verspürte den Impuls, zu sagen, dass dem nicht so war, sank jedoch in den Sitz zurück. Schweigend fuhren sie durch die Stadt, umgeben vom hellen Sommerabend. Es war noch immer warm. Tomas kurbelte das Fenster herunter, und die Geräusche der Großstadt drangen zu ihnen herein. Er spürte den Luftzug an Hals und Stirn. In wenigen Minuten hätte er womöglich eine Zeichnung des Mannes, den sie suchten. Er stand vor einem Durchbruch. Eine Sekunde lang spürte er etwas, das er für Glück hielt.

Auf der Centralbron überholte sie ein Streifenwagen mit heulender Sirene. Ein Stück vor ihnen parkten bereits Einsatzfahrzeuge. Zwei Wagen der Polizei und ein Rettungswagen. Auf der rechten Fahrbahn stand ein demolierter schwarzer Mazda. Ein Mann lag mit der Wange auf dem Lenkrad, blutüberströmt und bewusstlos.

»Armer Teufel«, murmelte der Taxifahrer.

Tomas presste den Kiefer zusammen.

Das Taxi bog in Richtung Kungsholmen ab. Ein paar Minuten später hielten sie vor einem fünfstöckigen Bauhausgebäude mit oranger Fassade. Vera Berg stieg aus. Tomas zückte sein Portemonnaie und bezahlte.

Sie gingen ins Haus, und Tomas folgte Vera Berg die Treppe hinauf. In ihrem Stockwerk blieb sie ruckartig stehen. Tomas trat neben sie, um zu sehen, was los war.

»Hier wohne ich«, flüsterte sie und deutete auf eine Wohnungstür. Sie war nur angelehnt.

25

»Und Sie sind sicher, dass Sie abgeschlossen haben?«, zischte Tomas.

Vera Berg nickte.

»Warten Sie hier.«

Leise ging Tomas zur Tür und horchte. In der Wohnung war es still. Vorsichtig stieß er die Tür auf, darauf gefasst, sich zu verteidigen. Er ballte die Hände zu Fäusten, hielt sie in Brusthöhe, zum Zuschlagen bereit.

Aus dem Treppenhaus fiel Licht in den Flur. Er machte zwei Kinderschuhe aus, Jacken, die an der Garderobe hingen. Die Bodendielen knarrten unter seinen Füßen, als er weiter in die Wohnung hineinging. Eine Bewegung hinter ihm ließ ihn herumschnellen. Es war Vera Berg. Im Wohnzimmer war das Sofa umgekippt. Die Polster waren herausgerissen worden und lagen auf dem Fußboden. Papiere und Dokumente waren über das Fischgrätenparkett verstreut. Tomas ging ins Schlafzimmer, wo sich ihm ein ähnliches Bild bot. Die Anspannung fiel von ihm ab. Die Person oder die Personen, die sich Zutritt verschafft hatten, waren nicht mehr da.

Er ging zurück ins Wohnzimmer, wo Vera Berg die Verwüstung verwirrt und mit verständnislosem Blick betrachtete. Unvermittelt drehte sie sich um und rannte aus dem Zimmer.

»Wo wollen Sie hin?«, rief er.

Ohne zu antworten, stürzte sie ins Treppenhaus. Ihre Schritte hallten über die Steinfliesen, dann hämmerte sie an eine Tür. Tomas lief ihr nach. Als er ins Treppenhaus kam, wurde die Tür von einer älteren Frau geöffnet. Er konnte nur Bruchstücke ihrer im Flüsterton geführten Unterhaltung verstehen.

Er ging zurück in die Wohnung und wartete. Stellte das Sofa wieder richtig hin, hob die Polster vom Boden auf, verteilte sie und setzte sich. Nach einer Weile kam Vera Berg zurück.

»Was haben Sie gemacht?«

»Mein Sohn Sigge ist bei meiner Nachbarin«, sagte sie. »Ich habe gefragt, ob er noch eine Weile bei ihr bleiben kann, bis ich das Chaos hier beseitigt habe. Ich möchte nicht, dass er mitkriegt, was passiert ist.«

Tomas nickte.

»Ich helfe Ihnen beim Aufräumen.«

Sie antwortete nicht.

»In diesem Stadtteil passieren häufig Einbrüche. Vor allem während der Sommermonate. Sie müssen keine Angst haben, dass es sich wiederholt. Aber Sie sollten den Schlüsseldienst rufen und ein besseres Türschloss einbauen lassen.«

»Ja«, stimmte sie abwesend zu.

»Ich sollte das vielleicht nicht sagen, weil ich Polizist bin. Aber eine Anzeige macht kaum Sinn. Wir haben nicht genug Ressourcen, um Wohnungseinbrüchen nachzugehen.«

Irgendetwas in Vera Bergs Miene erinnerte ihn an den ersten Eindruck, den sie auf ihn in der Zinken Bar gemacht hatte. Aufgewühlt. Verängstigt. Konnte das mit diesem Einbruch zusammenhängen?

Sie ging in die Küche. Tomas folgte ihr. Die Schränke über der Spüle waren geöffnet, die Küchenstühle umgeworfen. Vera Berg hob einen von ihnen auf, stellte ihn vor die Spüle, stieg darauf und tastete mit der Hand über das oberste Regal des Hängeschranks.

»Scheiße.«

Tomas musterte sie. Sie verheimlichte irgendetwas.

»Was ist los?«

»Das Geld ist weg. Meine ganzen verfluchten Ersparnisse.«

Sie fuhr mit den Händen über ihre Hosentaschen. Ihm war klar, dass sie nach Zigaretten suchte.

»Nehmen Sie eine von meinen.«

Er schüttelte zwei Zigaretten aus seiner Schachtel, zündete sie an und reichte eine an sie weiter.

»Danke.«

Tomas verstand, dass sie alleine sein wollte.

»Wenn Sie die Zeichnung holen, lasse ich Sie in Ruhe«, sagte er. »Ich mache eine Kopie und gebe sie Ihnen morgen zurück.«

Vera Berg blies den Rauch aus.

»Das wird schwierig. Ich habe die Zeichnung an derselben Stelle aufbewahrt wie das Geld.«

Ohne zu antworten, trat Tomas ans Küchenfenster und blickte in den begrünten Innenhof hinaus.

»Mersiha Selimovic hat bestimmt noch eine zweite Zeichnung«, sagte Vera Berg.

»Ja, ich werde mich mit ihr in Verbindung setzen.«

Er drehte sich um und musterte sie.

Er gelangte immer mehr zu der Überzeugung, dass dies kein gewöhnlicher Wohnungseinbruch gewesen war und dass Vera Berg wusste, wer ihn verübt hatte.

TEIL III

Samstag, 18. Juni 1994

1

Tomas parkte mit seinem Volvo in einer Reihenhaussiedlung in Hallstahammar am Straßenrand. Er hatte das Seitenfenster heruntergekurbelt, Hitze klebte auf seiner Haut, und Zigarettenrauch kratzte ihn im Hals.

Drei Jungs kurvten auf BMX-Rädern an ihm vorbei, warfen ihre Bikes vor einem der Häuser auf den Gehweg und liefen hinein. Tomas blickte ihnen einen Moment lang nach, dann griff er nach dem braunen Umschlag mit den zweitausend Kronen. Als er die Wagentür öffnete, klingelte das Autotelefon. Er sank zurück in den Sitz, schloss die Tür und nahm den Hörer ab.

»Wolf.«

»Hallo, hier ist Lisa.«

Vergeblich durchforstete er sein Gedächtnis nach einem Gesicht, dem er Stimme und Namen zuordnen konnte.

»Entschuldigung, mit wem spreche ich?«, fragte er.

»Mit Lisa Kruseman vom Stadthotel in Falun.«

Gesicht und Zahnspange der jungen Frau fielen ihm ein.

»Ach ja, richtig. Hallo. Ist etwas passiert?«

»Nein. Aber Sie hatten mich gebeten anzurufen, wenn wir das Zimmer für eine Neubelegung frei machen, und das tun wir jetzt.«

Tomas seufzte. Wenn Bratt ihr Täter war, gingen bei der Reinigung wichtige Beweise verloren. Doch derzeit konnte er die

Faluner Kollegen nicht bitten, das Zimmer spurentechnisch zu untersuchen. Sie fahndeten auf Hochtouren nach Jörgen Waltz. Was gut war. Sie mussten Waltz finden. Sollte sich jedoch herausstellen, dass der Lkw-Fahrer nichts mit dem Tod von Carmen Diaz zu tun hatte, hätten sie einen fatalen Ermittlungsfehler begangen, der sich nicht rückgängig machen ließ.

»Die Produktionsfirma hat das Zimmer gestern storniert«, fuhr Lisa Kruseman fort. »Wir haben eine Neubelegung für den späten Nachmittag.«

Die drei Jungs schleppten zwei Hockeytore aus dem Haus und stellten sie auf der Straße auf.

»Hat Bratt sich wegen seiner Kleidung bei Ihnen gemeldet?«

»Nein, wir haben versucht, ihn anzurufen, ihn aber nicht erreicht.«

»Was haben Sie mit den Sachen vor?«

»Wir bewahren sie eine Woche lang auf. Erhebt der Gast innerhalb dieser Frist keinen Anspruch, werfen wir sie weg.«

Die drei Jungen schlüpften in Inliner, griffen nach ihren Hockeyschlägern und begannen, mit einem Tennisball zu spielen.

»Ich möchte, dass Sie etwas für mich tun, Lisa. Etwas Wichtiges. Hören Sie zu?«

»Ja.«

»Ich möchte, dass Sie sich Handschuhe überziehen, ein paar Plastiktüten mitnehmen, in das Zimmer gehen und mich von da aus anrufen.«

»Aber …«

»Es ist sehr wichtig«, insistierte Tomas.

»Gut. Einverstanden.«

Tomas warf die Kippe aus dem Fenster und verfolgte das Hockeymatch. Er versetzte sich ins Spiel hinein, fieberte mit, und ihm wurde bewusst, dass er seine Brüder vermisste. Was hätte aus ihnen werden können? Unter anderen Umständen, in einem anderen Leben. Sicher, es hatte glückliche Momente gegeben,

Lichtblicke in all der Schwärze. Doch am deutlichsten im Gedächtnis geblieben waren ihm die Männer, die bei ihnen aus und ein gegangen waren. Die Streitereien im Suff. Die rot verweinten Augen seiner Mutter. Peters Vater Klas, der am längsten geblieben war, aber am härtesten zugeschlagen hatte. Kristians Hass, den Peter und er geerbt hatten. Sein Griff um den Umschlag wurde fester. Zu seiner Erleichterung riss das Klingeln des Autotelefons ihn aus seinen Gedanken.

»Ich bin im Zimmer.«

»Tragen Sie Handschuhe?«

»Ja.«

»Gut. Wenn das Telefon über eine Lautsprecherfunktion verfügt, schalten Sie sie an und legen Sie den Hörer zur Seite. Ich möchte, dass Sie die Hände frei haben.«

Ein leises Scheppern ertönte, dann veränderte sich die Geräuschkulisse.

»Als Erstes möchte ich, dass Sie die Flasche aufheben, die auf dem Fußboden liegt. Vorsichtig. Mit Daumen und Zeigefinger. Halten Sie sie an den Rillen des Schraubverschlusses und stecken Sie sie in eine Plastiktüte.«

Er hörte, wie Lisa Kruseman durchs Zimmer ging.

»Okay, ist erledigt.«

»Gut. Legen Sie die Tüte vor die Zimmertür.«

Tomas schloss die Augen, visualisierte Zimmer und Micael Bratt. Der Schauspieler war ins Hotel zurückgekehrt, hatte ein paar Telefonate geführt und sich dann schlafen gelegt. Wenn irgendwo Fasern oder Haare von Carmen Diaz vorhanden waren, dann in der Bettwäsche.

»Ziehen Sie Laken, Zudecke und Kopfkissen ab, falten Sie das Bettzeug nach innen zusammen, damit nichts herausfallen kann, und stecken es in eine neue Tüte.«

»Aber …«

»Wenn nicht alles in eine Tüte passt, teilen Sie die Bettwäsche auf. Laken und Kopfkissenbezug in eine Tüte, die Zudecke in eine zweite. Wichtig ist, dass Sie vorsichtig sind und das Bettzeug nach innen falten.«

Lisa Kruseman raschelte mit der Bettwäsche. Tomas legte den Hörer aus der Hand, zündete sich eine neue Zigarette an und wandte seine Aufmerksamkeit wieder dem Hockeymatch zu. Einer der Jungs war den anderen beiden deutlich überlegen und kreiste in Achten um sie herum. Als er gefoult wurde und zu Boden stürzte, kam er gleich wieder auf die Beine, raste zum Kontrahenten, der ihn zu Fall gebracht hatte, und rempelte ihn grob an.

»Hallo?«

Tomas griff wieder zum Hörer.

»Was soll ich als Nächstes machen?«

»Haben Sie die Tüten fest verknotet?«

»Ja.«

»Gut. Sie machen das sehr gut. Gehen Sie zum Kleiderschrank, machen Sie ihn auf und sagen Sie mir, was Sie sehen.«

Lisa Krusemans Stimme kam jetzt von der anderen Seite des Zimmers.

»Auf den Kleiderbügeln hängen ein paar Hemden. Zwei Sakkos, eine Jeans.«

»Steckt etwas in den Taschen?«

Die Jungs hatten ihren Streit beigelegt, das Match lief weiter.

»In einem Sakko steckt eine Quittung. In den Jeans sind …«

»Leeren Sie die Taschen und stecken Sie den Inhalt in eine Tüte.«

Lisa Kruseman befolgte seine Anweisungen.

»Verwahren Sie die Tüten in einem abschließbaren Raum. Ich schicke im Lauf der Woche jemanden vorbei, der sie abholt. Vielen Dank, Sie waren eine große Hilfe.«

Tomas machte Anstalten aufzulegen.

»Soll ich nicht noch im Nachttisch nachsehen?«

»Sehr gut. Den hätte ich fast vergessen.«

Lisa Kruseman zog eine Schublade auf.

»Hier ist nichts.«

»Sehen Sie auch in dem anderen Nachttisch nach.«

»Schon dabei«, rief sie. »Nein, die Schublade ist auch leer. Aber …«

Sie verstummte.

»Was ist los, Lisa?«

»In der Ritze zwischen Wand und Nachttisch liegt etwas.«

»Was ist es?«

Das Nachttischchen schabte über den Fußboden, als Lisa Kruseman es von der Wand abrückte.

»Ein Slip.«

Tomas zuckte zusammen, aschte durchs Seitenfenster und fuhr sich mit der Zunge über die Lippen.

»Sind Sie noch da?«, rief Lisa Kruseman.

»Ist es ein Stringtanga?«

»Ja. Ein schwarzer.«

Tomas war sich sicher, dass Carmen Diaz' Freundin ausgesagt hatte, Carmen hätte einen Stringtanga getragen. Aber hatte er sie nach der Farbe gefragt? Er erinnerte sich nicht.

»Legen Sie den Slip in eine separate Tüte. Vorsichtig. Äußerst vorsichtig. Ich komme heute Nachmittag vorbei und hole alles ab.«

»Sagten Sie nicht, im Lauf der Woche?«

»Ich habe meine Meinung geändert.«

Nachdem Tomas das Gespräch beendet hatte, griff er nach dem Geldumschlag und stieg aus dem Auto. Die Jungen unterbrachen ihr Match, als er ihr provisorisches Spielfeld überquerte, und nahmen es hinter ihm wieder auf. Tomas blieb an der Grundstücksgrenze stehen. Er konnte in die Küche sehen, wo eine dunkelhaarige Frau mit einem ungefähr zehn Jahre alten Jungen sprach, der am Küchentisch saß und über irgendetwas lachte. Unvermittelt drehte die Frau den Kopf zum Fenster, und ihre Blicke trafen sich. Sie starrten sich an. Dann kam Tomas zur Besinnung, schob den Umschlag in den Briefkasten und hastete zurück zum Volvo. Als er hinters Lenkrad rutschte, kam die Frau aus der Haustür und trat in den kleinen Vorgarten. Tomas drehte den Zündschlüssel um und fuhr davon. Im Rückspiegel sah er, wie die Frau neben dem Briefkasten stand und ihm nachblickte.

2

Vera leerte ihr Portemonnaie auf dem Küchentisch aus. Ein Fünfhundertkronenschein, zwei Hunderter und ein paar Fünfkronenmünzen waren alles, was sie hatte. Ihr letzter Kontoauszug zeigte, dass sie nur noch zweitausenddreihundert Kronen besaß, und am Freitag würde die Motorradgang ihre zwölftausend Kronen eintreiben.

Sie war sich hundertprozentig sicher, dass Jonny hinter dem Einbruch steckte. Wahrscheinlich hatte der Idiot Mersihas Skizze für wertvoll gehalten und geglaubt, er könnte sie verticken.

Innerlich verfluchte sie sich dafür, zugelassen zu haben, dass Tomas Wolf ihr Gespräch in der Zinken Bar in die Länge gezogen hatte. Vielleicht hätten sie den Einbruch verhindert, wenn sie früher aufgebrochen wären.

»Ich hab Hunger!«, rief Sigge aus dem Wohnzimmer.

»Lauf runter zum Auto und hol ein paar Konserven, Großer.«

Mit Take-away-Mahlzeiten war ab heute Schluss. Für solchen Luxus reichte ihr Geld nicht mehr. Die Reste von Jonnys missglücktem Raubüberfall würden sie über Wasser halten, bis sie ihre Finanzen wieder im Griff hatte.

Sigge verschwand barfuß im Treppenhaus. Vera machte sich nicht die Mühe, ihn zu bitten, er solle sich Schuhe anziehen. Sie wusste, wie sehr er es liebte, den heißen Asphalt unter seinen bloßen Füßen zu spüren, zu testen, wie lange er aushielt, ohne sich zu verbrennen.

Vera griff nach ihrem Handy und wählte Mersiha Selimovic'

Nummer in Malmö. Die Verbindung kam nicht zustande. Sie rief in der Flüchtlingsunterkunft an, in der Mersiha vor ihrem Umzug in eine eigene Wohnung gelebt hatte.

Vera hatte beschlossen, ihre Suspendierung dafür zu nutzen, den Täter zu finden, der Mersiha und Nadija überfallen hatte. Das war ihre einzige Chance, ihren Job zurückzubekommen. Sie musste mit einer Story aufwarten, die die *Kvällsposten* unmöglich ablehnen konnte.

Während es in der Leitung klingelte, überlegte sie, welchen Spitznamen sie dem Täter geben könnte. Der Slipmörder?

»Kim Malm«, meldete sich der Leiter der Flüchtlingsunterkunft.

»Hallo, Kim. Vera Berg hier. Vielen Dank für Ihre Hilfe neulich. Ich habe Mersiha gefunden.«

»Wie schön. Was kann ich für Sie tun?«

»Dasselbe wie beim letzten Mal. Ich muss Mersiha erreichen, aber ihr Telefon ist ausgeschaltet. Hat jemand von Ihnen kürzlich mit ihr gesprochen?«

»Das kann ich nicht aus dem Stegreif beantworten. Aber es gibt hier eine Frau, mit der sie sich regelmäßig trifft. Ich erkundige mich und rufe Sie später zurück.«

Nachdem sie aufgelegt hatte, sah Vera sich bestimmt zum hundertsten Mal an diesem Vormittag in der Küche um. Sie war bis in die Puppen aufgeblieben, um das Chaos des Einbruchs zu beseitigen. Trotzdem meinte sie, überall unsichtbare Spuren von Jonnys Wüterei zu sehen. Als wäre ihr Zuhause beschmutzt worden.

Sie strich mit den Fingern über die Systemkamera der *Kvällsposten*, als Sigge mit dem Arm voller Konservendosen in die Küche gepoltert kam. Die Kamera war gut und gerne zehntausend Kronen wert. Seltsam, dass sie nicht gestohlen worden war.

»Ich hab zwei Minuten auf dem Asphalt gestanden und mich keinen Millimeter vom Fleck bewegt«, verkündete Sigge stolz.

»Wow. Aber sei vorsichtig, damit du dich nicht verbrennst.«

»Es tut ein bisschen weh. Aber ich glaub, man gewöhnt sich dran.«

»Da bin ich mir nicht so sicher.«

Sigge reihte Thunfisch und Mais auf dem Küchentisch auf. Vera stellte Brot und Butter dazu.

»Ich muss gleich weg und ein bisschen arbeiten. Aber Birgitta ist den ganzen Tag zu Hause. Du kannst bei ihr bleiben.«

Vera musterte ihr Gesicht im Flurspiegel. Dunkle Augenringe erinnerten an den nächtlichen Vorfall, und ihre Lippen waren spröde und rissig. Sie schlüpfte in weiße Jeans. Der Slip schien durch, aber sie hatte keinen Nerv, sich umzuziehen, und behielt auch das schwarze T-Shirt an, in dem sie heute Nacht geschlafen hatte.

»Ich bin bald wieder da«, versprach sie und küsste Sigge zum Abschied auf die Stirn.

Dreißig Minuten später stieg sie im Stockholmer Vorort Bromma vor dem Clubheim des Odin MC aus dem Saab. Ein an die Fassade des heruntergekommenen Ziegelsteingebäudes gesprühter Thorshammer war das einzige Zeichen, das die Existenz des Bikerklubs verriet.

Die Fenster zur Straße waren mit Beton und Bewehrungsstahl verkleidet. Die Vordertür war zugemauert und das Grundstück von einem hohen Zaun umgeben. Sie hatte keinen blassen Schimmer, wie sie jemanden im Inneren des Gebäudes auf sich aufmerksam machen sollte.

Sie ging zum Tor im Zaun, aber wie erwartet war es abgeschlossen. Ein Schild verkündete, dass das Grundstück videoüberwacht wurde. Sie klopfte ans Tor, doch das Geräusch ging im Getöse eines am Flughafen Bromma startenden Flugzeugs unter.

Suchend blickte sie sich nach etwas um, auf das sie steigen konnte, um über den Zaun zu sehen. Als sie nichts fand, kletterte sie kurzerhand auf die Motorhaube des Saab. Zwischen allerhand Schrott standen auf dem Grundstück mindestens ein Dutzend Harley-Davidsons. Es war also jemand zu Hause.

Sie sprang von der Motorhaube, klaubte eine Handvoll Kieselsteine vom Boden auf und warf sie in der Hoffnung auf eine Reaktion aufs Grundstück. Als ein Stein scheppernd auf Metall traf, wusste sie, dass sie Kontakt hergestellt hatte.

»Was zum Teufel soll das?«, brüllte eine raue Männerstimme.

Vera konnte ihren Besitzer nicht sehen.

»Ich suche Pål.«

»Hältst du mich etwa für einen scheiß Empfangsheini?«

»Sag ihm, dass es um Jonny Möller geht und dass ich Vera heiße.«

Ein paar Minuten später glitt das Tor auf, und sie wurde eingelassen. Der Mann, der vor ihr stand, war fast zwei Meter groß und nur mit Unterhose und Unterhemd bekleidet. Seine Haare waren lang und strähnig, über seine linke Gesichtshälfte verlief eine lange Narbe, und unter seiner Nase klebte eingetrocknetes Blut.

»Hier lang.«

Vera folgte dem Hünen über den Schrottplatz zur Rückseite, wo zwei Grillroste auf alten Ölfässern einen provisorischen Grill bildeten. Schweißperlen glänzten auf den nackten Schultern des Mannes. Er verschwand in einer offen stehenden Tür, und Vera folgte ihm.

Im Raum war es schummrig, und der abrupte Wechsel vom grellen Sonnenlicht ließ sie blinzeln. Drinnen war es noch wärmer als draußen. Der saure Geruch von ungewaschenen Körpern und ausgeschwitztem Alkohol schlug ihr wie eine unsichtbare Mauer entgegen. Sie atmete durch den Mund, um den aufsteigenden Brechreiz zurückzudrängen.

In der anderen Raumhälfte zeichneten sich die Umrisse eines Bartresens und eines Billardtischs ab, vermutlich jener Billardtisch, auf dem Micael Bratt die Stripperin gevögelt hatte.

Je mehr sich ihre Augen an die Dunkelheit gewöhnten, desto

mehr Gestalten nahm sie wahr. Hinter einem Flipperautomaten hockte ein Typ, der im Schlaf eine Bierdose umklammerte.

»Wir hatten gestern Abend eine kleine Party«, sagte der Mann mit der Narbe.

Auf einer Sofagruppe lagen zwei halb nackte Frauen mit hervorstehenden Silikonbrüsten. Neben ihnen schnarchte ein Mann in Lederweste und Boxershorts.

Vera ging langsam weiter. Als sie das Trio passierte, fiel ihr Blick auf einen Strap-on-Dildo auf dem Fußboden.

Der Hüne mit der Narbe sah, dass sie das Sexspielzeug entdeckt hatte, und hob matt die Hand.

»Wie gesagt, wir haben eine kleine Party gefeiert.«

Er wies sie an, sich auf einen Barhocker zu setzen und zu warten. Auf dem Tresen stand ein Teller mit weißem Pulver.

Kurz darauf ging hinter der Bar eine Tür auf, und Pål kam heraus. Er trug ein enges schwarzes T-Shirt und schwarze Jeans. Seine Augen waren blutunterlaufen.

»Was zum Teufel willst du hier?«

»Ich suche Jonny. Er geht nicht ans Telefon, wenn ich anrufe«, log Vera.

Sie wollte Jonny in die Augen sehen, wenn sie ihn wegen des Einbruchs zur Rede stellte. Sie wusste, dass er ihr nichts vormachen konnte.

»Ich glaube, es ist besser, wenn ich mich da raushalte«, sagte Pål.

»Es geht um seinen Sohn. Das Jugendamt hat angerufen«, erwiderte Vera und staunte, wie leicht ihr die Worte über die Lippen kamen.

»Okay.«

Pål holte eine Flasche Bier unter dem Tresen hervor, hebelte den Kronkorken mit den Zähnen auf und spuckte ihn aus.

»Es ist nach zwölf«, sagte er wie zur Erklärung, dann dachte er einen Moment lang nach.

»Jonny hat eine Braut am Start. Sie sind irgendwann heute Nacht zu ihr nach Hause gegangen.«

»Wie heißt sie?«

»Stacey … oder … ja, du verstehst. Wir kontrollieren die Ausweise, und damit hat sich die Sache.«

»Wo finde ich diesen Schwiegermuttertraum?«

Pål knipste einen Schalter an, und mit einem Mal erstrahlte der Raum in gleißendem Licht wie ein Operationssaal.

»Sprich mit Lucy, die mit den Titten da drüben. Die beiden haben eine Weile zusammengewohnt.«

Vera ging zu der Sofagruppe und stieß die Frau mit der Schuhspitze an. Langsam kam Leben in sie. Ihre Mascara war verlaufen, und die mit Farbe zugekleisterten Wimpern hatten sich ineinander verklebt. Mühsam schlug sie die Augen auf.

»Wer zum Teufel bist du?«, krächzte sie mit rauer Stimme.

»Ich suche Stacey. Bist du mit ihr befreundet?«

Ein schmaler Streifen Schamhaar war alles, was den Körper der Frau bedeckte. Sie setzte sich breitbeinig auf und machte keine Anstalten, sich etwas überzuziehen.

Lucy registrierte Veras Blick.

»Du hast doch schon mal eine Möse gesehen?«

»Nicht viele in diesem Zustand. Kannst du mir helfen?«

Die Stripperin sah zu Pål hinüber, der nickte.

»Okay.«

»Wie lautet Staceys richtiger Name?«

»Anette Rydén. Was willst du von ihr?«

»Ich will ihr keinen Ärger machen. Ich suche nach ihrem Typen. Er ist ein alter Kumpel von mir, und sein Sohn steckt in Schwierigkeiten. Hast du ihre Adresse?«

»Sie wohnt im Kavallerivägen, Nummer vierzehn oder sechzehn. Irgendeine gerade Zahl. Ein Backsteinhaus am Marktplatz. Im Erdgeschoss ist ein Tabakladen.«

»Danke.«

Vor dem Clubheim spuckte Vera aus, um den Dreck loszuwerden, den sie eingeatmet hatte. Als ihr Handy klingelte, unterbrach sie ihre Entgiftungskur.

»Hier ist Kim Malm. Ich habe leider schlechte Neuigkeiten. Niemand hat Mersiha seit Anfang der Woche gesehen. Ihre Freundin weiß nicht, wo sie ist.«

Vera schloss die Augen. Sie dachte an ihre Notiz auf der Liste mit den Übereinstimmungen zwischen dem Übergriff auf Mersiha und dem Mord an Nadija.

Hätte Mersiha sterben sollen?

Das war nicht gut.

»Können Sie zu ihrer Wohnung fahren und bei ihr klingeln?«

Kim Malm seufzte vernehmlich und machte keine Anstalten, seinen Unwillen zu verbergen.

»Ich mache mir Sorgen um sie. Dann haben Sie etwas bei mir gut«, sagte Vera.

»In Ordnung.«

Vera bedankte sich und legte auf, aber ihre Sorge wuchs. Mersiha war die einzige Zeugin, die den Mörder identifizieren konnte. Drei Monate waren vergangen, ohne dass der Täter erneut zugeschlagen hatte. Was würde passieren, wenn sie ihm auf die Spur kamen? Jetzt, wo Tomas Wolf derselben Theorie nachging wie sie, hatte sie keine Kontrolle mehr darüber, wer alles mit der Ermittlung befasst war. Was, wenn der Täter von der Skizze wusste?

Sie schloss ihren Saab auf und stieg widerstrebend ein. Im Auto war es heiß wie in einem Backofen. Als sie zu Anette Rydéns Adresse in Rissne fuhr, tat sie es in dem Gefühl, dass jeden Moment alles schiefgehen konnte.

3

Während Tomas langsam die Straßen seiner Kindheit entlangfuhr, brannte das Bild der Frau im Reihenhaus auf seiner Netzhaut. Er zwang sich dazu, wieder Polizist zu sein. Vor dem Alkoholgeschäft in der Innenstadt fuhr er rechts ran, griff zum

Autotelefon, zog sein schwarzes Notizbuch hervor und suchte die Nummer von Carmen Diaz' Freundin Emma Blom heraus. Heute war Samstag, mit etwas Glück war sie zu Hause. Aber es klingelte in der Leitung, ohne dass Emma abnahm. Ein Anrufbeantworter sprang an. Tomas hinterließ eine Nachricht, dass sie ihn umgehend zurückrufen sollte, und sprach zur Sicherheit zweimal seine Autotelefonnummer aufs Band. Als er aufgelegt hatte, spielte er mit dem Gedanken, Zingo anzurufen und ihm von der Entdeckung in Bratts Hotelzimmer zu erzählen, entschied jedoch, damit bis nach der Klärung der Farbe von Carmen Diaz' Stringtanga zu warten.

Stattdessen fuhr er zur Flüchtlingsunterkunft und bog kurz darauf mit einer halben Stunde Verspätung auf den Parkplatz. Azra saß draußen vor dem Gebäude auf einer Bank. Als sie seinen Wagen sah, lief sie auf ihn zu und riss die Beifahrertür auf. Ihr Enthusiasmus war ansteckend. Alle Gedanken an die Frau im Reihenhaus, Micael Bratt und Carmen Diaz verschwanden aus seinem Kopf.

»Entschuldige, dass ich zu …«

Azra brachte ihn mit einem Kuss zum Schweigen. Es war lange her, dass Klara bei seinem Anblick so reagiert hatte.

»Jetzt bist du hier«, sagte Azra. »Komm, lass uns einen Spaziergang machen.«

Tomas zögerte. In Hallstahammar wusste so gut wie jeder, wer er war, und sie konnten vielen bekannten Gesichtern begegnen. Auch wenn die Leute keine Ahnung hatten, dass er inzwischen verheiratet war, würden Azra und er Blicke auf sich ziehen. Doch er wollte sie nicht enttäuschen. Und das würde er unweigerlich tun, sobald er ihr erzählte, dass er bloß eine Stunde bleiben konnte. Er beschloss, damit vorerst hinterm Berg zu halten, nahm seine zerkratzte Sonnenbrille aus dem Seitenfach der Tür und stieg aus. Sie liefen in Richtung Skantzsjön.

»Erinnerst du dich, was du mir im Winter erzählt hast?«, fragte Azra.

Tomas schüttelte den Kopf.

»Du hast behauptet, Schweden wäre ein kaltes Land. Kälter als der Balkan. Ich glaube, du hast gelogen. Ich schwitze.« Azra zupfte mit Daumen und Zeigefinger an ihrem Kleid, um ein bisschen Luft an ihre Haut zu lassen.

Tomas lachte und blickte in den hellblauen Himmel hinauf.

»Die Sommer sind normalerweise nicht so warm«, sagte er. »Das ist ein neuer Rekord. Normalerweise regnet es viel.«

Als sie das Brückengeländer erreichten, hakte sich Azra bei ihm ein. Unter ihnen glitzerte das bräunliche Wasser des Sees.

»Hier ist es schön«, sagte sie.

»Ich habe noch nie gehört, dass jemand Hallstahammar als schön bezeichnet«, erwiderte Tomas.

Ich bin ein Mensch im Wandel, dachte er. Ich laufe die Straßen entlang, vor denen ich mein Leben lang geflohen bin. Wer hätte gedacht, dass ich eines Tages über diese Brücke und die schlammigen Wassermassen gehe und denke, dies ist ein schöner Ort?

Sie bogen in die Skantzgatan ein, und als sie die Sporthalle umrundet hatten, durchschnitt der Skantzsjön die grüne Landschaft wie ein langer schmaler Silberstreif. Hand in Hand liefen sie den Wanderweg entlang. Ein Ruderboot glitt über den See, am Ufersaum flitzten Schatten winziger Fischchen durchs Wasser.

»Was sollen wir tun?«, fragte Tomas.

»Was meinst du?«

Er bekam einen Kloß im Hals.

»Mit uns. Wir können so nicht weitermachen.«

»Bist du glücklich mit ihr?«

»Das war ich einmal. Aber das gehört nicht hierher. Klara verdient es nicht, dass ich sie betrüge. Auch wenn ich sie nicht mehr auf dieselbe Weise liebe wie früher, kann ich sie nicht so behandeln. Ich bin glücklich mit dir. Glücklicher, als ich es je für möglich gehalten hätte. Aber das, was wir tun, ist falsch.«

»Bist du böse auf mich?«

Er blieb stehen und sah sie verblüfft an.

»Böse?«

Sie nickte.

»Ich kann dir nicht böse sein, weil ich dich liebe. Du hast mein Leben reicher gemacht. Das habe ich gerade begriffen, als wir über die Brücke gegangen sind. Du lässt mich diesen Ort, den ich früher verabscheut habe, mit anderen Augen sehen. Einfach nur, weil wir ihn gemeinsam sehen. Und auf dieselbe Weise hast du vor ein paar Monaten die Hölle auf Erden für mich erträglich gemacht.«

Tomas blickte für eine Weile hinaus auf den See, ehe er Azra wieder in die Augen sehen konnte.

»Meine Brüder und ich sind mit einer alleinerziehenden Mutter aufgewachsen. Ich weiß, was verlassen zu werden mit einem Menschen macht. Ich habe gesehen, wie es meine Mutter zugrunde gerichtet hat und was es mit mir und meinen Brüdern gemacht hat. Als meine Kinder geboren wurden, habe ich mir geschworen, sie niemals derselben Situation auszusetzen. So etwas lässt sich nie wieder reparieren. Davon erholt man sich nie. Das weiß ich, wenn ich meine Brüder ansehe oder meinem eigenen Blick im Spiegel begegne.«

Tomas sehnte sich nach einer Zigarette, stellte jedoch fest, dass er die Schachtel im Auto vergessen hatte.

»Und Klara, sie hat mich gerettet. Als ich nichts anderes als Hass kannte, hat sie mir Liebe geschenkt. Sie hat mir einen Sinn gegeben. Das … das bedeutet etwas. *Sie* bedeutet etwas.«

Azra nickte langsam.

»Du hast recht«, sagte sie. »Ich habe versucht, den Gedanken zu verdrängen, aber es ist nicht meine Entscheidung. Es ist deine. In einer Welt, in der mir alles genommen wurde, bliebst nur du übrig. Und jetzt stehen wir hier, an einem See in deiner Heimatstadt, am anderen Ende von Europa. Wie seltsam es auch klingt, du bist der einzige Mensch, der mir geblieben ist und der mich daran erinnert, wer ich bin.«

Als Azra verstummte, wusste er nicht, was er sagen sollte.

Sie strich ihm mit der Hand über die Wange, sah ihn fest an.

»Ich kann dir die Entscheidung nicht abnehmen. Ich weiß nur, dass du jetzt hier bist, aber morgen vielleicht nicht mehr. Lass uns nicht weiter darüber sprechen. Wir machen das, was uns der Krieg gelehrt hat. Wir verschieben es, genießen das, was wir jetzt, in diesem Augenblick, haben, statt darüber nachzudenken, was morgen sein könnte.«

Sie nahm wieder seine Hand und ging weiter. Schweigend liefen sie nebeneinanderher.

Mit einem Mal zog sie ihn zum Ufersaum hinunter. Tomas folgte ihr und spürte, wie seine Schuhe nass wurden. Sie lachten.

»Komm«, sagte Azra. »Wir baden.«

Azra watete hinaus in den See und zog ihn tiefer ins Wasser. Als nur noch Tomas stehen konnte, schlang Azra ihre Beine um seine Hüften und klammerte sich an ihn. Lachend küssten sie sich. Tomas ging in die Knie, und sie verschwanden unter der Wasseroberfläche. Die Welt um sie herum verdichtete sich, wurde dunkler, während sie sich weiter küssten.

Als ihnen die Luft ausging, schnellte Tomas in die Höhe, und sie tauchten prustend und mit Wasser in den Augen wieder an die Oberfläche.

Zurück am Ufer, streckten sie sich nebeneinander im Gras aus und ließen sich von der Sonne trocknen. Tomas zog Schuhe und T-Shirt aus und legte sie neben sich. Sein Blick fiel auf Azras nasses Kleid, er starrte auf ihren Bauch. Als sie seinen Blick bemerkte, legte sie scheu eine Hand auf die Wölbung.

»Wann?«, fragte er.

»In Berlin, glaube ich«, antwortete sie.

»Warum hast du nichts gesagt?«

Tomas wischte sich ein paar Wassertropfen von der Stirn.

»Weil ich möchte, dass du dich für mich entscheidest, weil du mich liebst. Nicht aus Pflichtgefühl oder weil ich dir leidtue.«

Azra schaute hinaus auf den See.

»Ich habe keine Familie, Tomas. Sie ist weg, ausgelöscht. Ich bin allein auf der Welt. Ich werde das Kind behalten. Egal, ob du mit mir zusammen sein willst oder nicht. Und ich werde dir keine Vorwürfe machen. Ganz gleich, wie du dich entscheidest. Ich kann verstehen, wenn du nach dieser Neuigkeit das Weite suchst.«

Tomas nickt langsam. Er wusste, dass Azra die Wahrheit sagte. Er rückte dicht zu ihr und nahm ihre Hand.

»Ich will mit dir zusammen sein, Azra. Nicht, weil du mein Kind erwartest, sondern weil ich dich liebe. Weil es die Schuldigkeit eines jeden Menschen ist, sein Leben auszukosten. Das habe ich von dir gelernt, im Krieg.«

Sie küssten sich. Keiner von ihnen bemerkte den Motorradfahrer mit Helm und heruntergeklapptem schwarzem Visier, der sie aus der Ferne beobachtete.

4

Vera schauderte beim Anblick der gleichförmigen Betonbauten, die sich in Rissne aneinanderreihten. Ein Labyrinth aus Anonymität. Hier blieb man, weil man aufgegeben hatte, nicht mehr die Kraft aufbrachte, um rauszukommen.

Nach kurzer Suche entdeckte sie den Tabakladen, über dem Anette Rydéns Wohnung liegen sollte. Eine Zeitungsschlagzeile verkündete, dass der Financier Carl-Erik Björkegren nach wie vor verschwunden war. Vielleicht hat er sich ins Ausland abgesetzt, dachte Vera und verzog das Gesicht. Die Schlagzeile erinnerte sie daran, kaltgestellt worden zu sein.

Sie parkte ihren Saab und ging zur Eingangstür. Eine Einwandererfamilie veranstaltete im Hof ein Grillfest und schmorte über offenem Feuer ein ganzes Lamm. Der Vater drehte den Spieß und pinselte das Fleisch mit einer Marinade ein, die die Flammen zischend emporschlagen ließ. Kinder jagten sich ge-

genseitig über den Rasen. Eine etwa sechzigjährige Nachbarin lehnte rauchend in einem Fenster und beobachtete die Familie mit Abscheu.

Die Tür zum Aufgang mit der Hausnummer sechzehn stand sperrangelweit offen, und Vera versuchte dort als Erstes ihr Glück. Die Tafel mit den Namen der Mietparteien teilte ihr mit, dass Anette Rydén im zweiten Stock wohnte. Zögernd stieg sie die Treppe hinauf. Obwohl die Trennung von ihr ausgegangen war, wusste sie nicht, ob sie schon bereit war, Jonny mit einer anderen zu sehen.

Sie klingelte an der Wohnungstür. Eine Minute verstrich. Nichts rührte sich. Vorsichtig drückte sie die Klinke nach unten. Die Tür war nicht abgeschlossen. Vera schob sie behutsam auf.

In der Wohnung war es still. Ein langer, schmaler Flur führte ins Wohnzimmer. Auf einem Ecksofa lag achtlos hingeworfene Kleidung. Der Fernseher lief ohne Ton. In der engen Küche stand ein Tablett mit gelblichem Pulver und zusammengerollten Geldscheinen. Vera nahm die zwei Hundertkronenscheine an sich. Als sie sich umdrehte, fiel ihr Blick auf eine geschlossene Zimmertür.

Das Schlafzimmer.

Sie atmete tief durch, drückte die Klinke herunter und ging hinein. Die Luft in dem dunklen Raum war stickig und heiß, vermengt mit dem Geruch von Körpern, die das Gift der Nacht ausschwitzten. Die Jalousien waren heruntergelassen, doch vom Wohnzimmer fiel ein wenig Licht herein.

Zwei Gestalten lagen auf dem Bett. Beide hatten im Schlaf die Decke abgestreift. Vera konnte zwei üppige Brüste erkennen.

Sie ging zu Jonnys Seite. Abgesehen von einem Kissen auf dem Gesicht war er nackt. Sie betrachtete seinen schlaksigen Körper. Seine Tattoos. Seine feingliedrigen Hände. Sein in der Wärme pulsierendes Glied. Anette Rydéns Arm auf seinem Bauch, unmittelbar unter dem Nabel. Vera bekam das Bild nicht zusammen. Sie hatte sich gegen Jonny entschieden. Trotzdem gehörte er zu ihr.

Zorn flammte in ihr auf. Sie nahm ein halb volles Whiskyglas mit einer ausgedrückten Zigarettenkippe vom Nachttisch, zog Jonny das Kissen weg und kippte es ihm ins Gesicht. Er schrak zusammen und fuhr prustend auf, als er den Fusel in den Mund bekam.

»Was zum Henker!«, brüllte er und versuchte fieberhaft, den Alkohol aus seinen Augen zu reiben. Dann entdeckte er Vera und verstummte. Eine jähe Röte schoss seinen Hals bis in die Wangen empor.

Er raffte die Decke über sich.

»Was machst du hier?«

Neben ihm rührte sich Anette Rydén. Mit großer Anstrengung schlug sie die Augen auf, offenbar bemüht, die Situation zu erfassen.

»Warst du gestern hier?«, fragte sie schließlich.

Zu Veras Ärger war sie hübsch.

»Ja. Die ganze Nacht. Ich glaube übrigens, du hast Scheidenpilz.«

Anette funkelte sie an.

»Komm mit, Jonny«, befahl Vera.

Sie setzte sich im Wohnzimmer aufs Sofa. Jonny schlurfte hinter ihr her, die Bettdecke um den Körper gewickelt, und hockte sich mit größtmöglichem Abstand neben sie. Beschämt.

»Wo ist das Geld?«, fragte Vera.

Jonny deutete hastig auf seine Nase, kratzte sich im Gesicht und starrte sie tumb an.

»Verflucht, Jonny. Was hast du mit der Schachtel gemacht?«

Er ließ die Hände sinken und sah sie an. Eindeutig verwirrt.

»Reiß dich zusammen. Die Schachtel. In der das Geld gelegen hat. Und die Zeichnung. Bitte, sag, dass du sie nicht weggeworfen hast.«

»Ich hab keinen Schimmer, wovon du redest.«

»Wie stoned bist du? Du erinnerst dich nicht an den Einbruch?«

»Bei dir wurde eingebrochen?«

Jonny schaute sie mit diesen verunsicherten Welpenaugen an, die das Erste gewesen waren, was ihr vor vier Jahren an ihm aufgefallen war. Sein Blick hatte sie dazu gebracht, in dieser Nacht mit zu ihm nach Hause zu gehen und bei ihm zu bleiben, jedes Mal, auch dann, wenn er es komplett verbockt hatte.

Er sagte die Wahrheit. Er war ein genauso schlechter Lügner wie Dieb.

»Du bist also nicht bei mir eingebrochen?«

»Nein.«

»Könnte es Pål gewesen sein?«

»Das glaube ich nicht. Ich hab jedenfalls nichts dergleichen gehört. Wann ist es passiert?«

»Gestern. Irgendwann am Abend.«

»Nein. Pål kann es nicht gewesen sein. Unsere Party ging schon mittags los. Er war die ganze Zeit da und sozusagen arbeitsunfähig.«

Vera stützte den Kopf in die Hände. Wie zum Henker sollte sie Pål am Samstag bezahlen? Sie hatte kaum genug Geld, um die Zinsen abzustottern.

»Jonny, was passiert, wenn Pål das Geld nicht bekommt?«

»Hast du von dem Typen gelesen, der letzte Woche in Tullinge in einem Graben gefunden wurde? Vater von zwei Kindern. Spielsüchtig. Er stand mit zehn Mille in der Kreide. Der arme Teufel kann vielleicht nie wieder normal gehen.«

Vera vergrub das Gesicht in den Händen. Dann loderte wieder Wut in ihr auf.

»Kapierst du, in was für eine Scheiße du mich reingeritten hast? Wie konntest du nur so leichtsinnig handeln?«

»Du hast mir Sigge weggenommen. Daran hättest du früher denken sollen. Er ist verdammt noch mal mein Sohn.«

Vera deutete zum Schlafzimmer.

»Ja, ich sehe, dass du wirklich Himmel und Hölle in Bewegung setzt, um deinen Sohn zurückzubekommen. Deine Tittentussi da schiebt im Austausch für Sigge sicher eine Nummer mit dem nächstbesten Jugendamtsmitarbeiter.«

Jonnys Blick flackerte.

»Ich hab übrigens diese Sozialtante angerufen, von der du mir die Nummer gegeben hast. Sie geht nicht ans Telefon.«

Vera lächelte mitleidig. Sie hatte Jonny richtig eingeschätzt. Er durchblickte nicht, dass die Nummer nicht existierte.

»Ich habe auch versucht, sie zu erreichen«, log sie. »Sie ist keine große Hilfe.«

Jonny kratzte sich im Gesicht.

»Kannst du mir nicht helfen?«, fragte Vera.

»Du hast mich verlassen. Wenn ich für dich bürge, liege ich in einem Graben, wenn du das Geld nicht auftreibst. Warum sollte ich das tun? Wir sind nicht mehr zusammen.«

Jonny war eine Doppelnatur. Es bestand kein Zweifel, dass ihm noch immer etwas an ihr lag. Aber er wusste, dass sie ihre Probleme alleine löste. Warum also sollte er sich einmischen, sich opfern?

Er war ein verdammter Parasit, genau wie Pål. Aber sie war sich fast sicher, dass er Pål um die Ecke bringen würde, sollte er sich bei ihr irgendwelche Freiheiten herausnehmen.

Vera stand auf.

»An deiner Stelle würde ich mir den Schwanz gründlich waschen«, sagte sie mit Blick zum Schlafzimmer.

Draußen vor dem Haus blieb sie stehen. Die Familie hatte sich zu Tisch begeben. Der Vater schnitt gerade das Lamm an und legte das erste Stück auf den Teller seiner Frau. Die Nachbarin am Fenster starrte sie an, als wären sie Tiere.

Veras Handy klingelte. Mit bleischwerem Arm nahm sie den Anruf entgegen.

»Kim Malm hier. Aber ich kann Ihnen nichts Neues sagen. Ich

stehe vor Mersihas Tür, sie macht nicht auf. Eine Nachbarin meinte, dass sie seit mehreren Tagen nicht zu Hause gewesen ist.«

»Können Sie erkennen, ob im Flur Post auf dem Boden liegt?«

»Moment.«

Der Briefeinwurf klapperte, als Kim Malm die Klappe anhob.

»Da liegen ein paar Briefe. Aber nicht sehr viele. Überwiegend Reklame. Schwer zu sagen, wie lange sie weg ist. Wir haben Monatsmitte. Rechnungen trudeln erst allmählich ein.«

»Sie haben recht, aber vielen Dank, dass Sie nachgesehen haben. Rufen Sie mich bitte an, wenn Sie etwas hören.«

»Natürlich.«

Vera ging zum Auto. Die bohrende Unruhe kehrte zurück. Warum hatte der Einbrecher die Zeichnung mitgenommen? Warum hatte er nicht bloß das Geld eingesteckt und die Zeichnung zurückgelassen?

Hatte er von der Zeichnung gewusst und war deshalb bei ihr eingebrochen?

Vera beschleunigte ihre Schritte. Sie wollte nach Hause zu Sigge.

5

Nachdem Tomas nach Falun gefahren war, um im Stadthotel die Tüten abzuholen, die Lisa Kruseman für ihn aufbewahrt hatte, verstaute er sie auf dem Beifahrersitz und kehrte nach Stockholm zurück. Noch herrschte auf den Straßen kein Urlaubsverkehr, aber nach Mittsommer, wenn die Industrieferien begannen, würden Wohnmobile und bis zum Dach beladene Familienkutschen die schwedischen Autobahnen verstopfen. Das Land würde ins Stocken geraten und genauso zähflüssig werden wie seine überfüllten Straßen.

In seinen Gedanken lief das unumgängliche Gespräch mit Klara ab. Ihm graute davor, aber seine Entscheidung stand fest, er würde sie verlassen. Und er würde so umsichtig vorgehen, wie er nur konnte, und alles tun, damit Klara und die Kinder es gut hätten. Doch in dem Moment, in dem er die Worte aussprach, geriete sein bisheriges Leben unwiderruflich aus den Fugen, ohne jede Möglichkeit, seine Familie wieder zu kitten. Und wie sollte er ihnen von Azra erzählen? Der Geburtstermin war im November. Das konnte er Klara kaum verheimlichen. Oder Alexander und Ebba, die ein Geschwisterchen bekamen.

Als er Falun hinter sich ließ, klingelte das Autotelefon. Es war Emma Blom. Den Hörer zwischen Schulter und Wange geklemmt, fuhr er auf die Autobahn und verspürte Erleichterung, wieder Polizist sein zu können. Hoffentlich bin ich in meinem Beruf besser als als Mensch, Ehemann und Vater, dachte er.

»Sie haben gesagt, Carmen hätte einen Slip getragen. Können Sie ihn mir genauer beschreiben?«, fragte er.

Emma Blom schwieg.

»Es ist wichtig«, fügte er hinzu, als ihm aufging, dass sie die Frage seltsam fand.

»Es war ein Stringtanga.«

»Welche Farbe hatte er?«

Er packte das Lenkrad fester, während Emma Blom zu überlegen schien.

»Schwarz.«

Tomas bedankte sich und legte auf. Wie er die Sache auch drehte und wendete, das war ein Durchbruch. Sie hatten in Micael Bratts Hotelzimmer einen Slip von gleicher Form und Farbe gefunden wie der, den Carmen Diaz getragen hatte. Wenn auch der Mord in Märsta auf Bratts Konto ging, könnten sie in seiner Wohnung in der Timmermangatan auf den entscheidenden Beweis stoßen.

Jedenfalls brauchten sie nicht zu befürchten, dass der Schauspieler einen Fluchtversuch unternahm, dachte er. Bratt war hierzulande bekannt wie ein bunter Hund. Selbst wenn er in einem winzigen norrländischen Kaff untertauchte, würden sie ihn finden. Etwas begann in Tomas zu arbeiten. Bratt war ein Despot, und er verabscheute Despoten. Vielleicht erinnerte ihn Bratts Art an die Männer, von denen sich seine Mutter angezogen fühlte, auch wenn sie weit weniger erfolgreich waren. Gut möglich, dass ihm das auf die Laune schlug. Vielleicht *wollte* er Bratt als Täter sehen. Aber vorgefasste Denkmuster waren für die Ermittlung fatal.

Er musste mit Zingo reden, ihm von dem Stringtanga erzählen und ihr weiteres Vorgehen besprechen. Außerdem musste er die Malmöer Kollegen bitten, Mersiha Selimovic Fotos von Micael Bratt und Jörgen Waltz vorzulegen.

Tomas fuhr rechts ran, schaltete die Warnblinkanlage an und wählte Zingos Festnetznummer. Niemand nahm ab. War Zingo auf der Trabrennbahn? Pferderennen waren Zingos große Leidenschaft, und es kursierte das Gerücht, dass sein Wettgeschick ihm Monat für Monat ein zusätzliches Gehalt bescherte. Tomas hatte ihn nie gefragt, ob an dem Gerücht etwas dran war.

Nach einigem Zögern zog er sein Notizbuch hervor und schlug Ylva Zethraeus' private Festnetznummer nach. Doch er erreichte nur den Anrufbeantworter. Auf gut Glück wählte er die Nummer der Zentrale der Stockholmer Mordkommission und wurde in ihr Büro durchgestellt. Nachdem er ihr von dem schwarzen Stringtanga in Bratts Hotelzimmer erzählt hatte, wurde es still in der Leitung. Tomas wartete. Ein Sattelschlepper donnerte vorbei, und der Luftzug ließ den Volvo schaukeln.

»Die Ermittlung wegen dieses Vergewaltigungsvorwurfs, über den das *Aftonbladet* berichtet hat, ist noch nicht eingestellt«, sagte Ylva Zethraeus. »Wir sind dabei, Bratts Alibi zu überprüfen.«

»Das Alibi, das dieser Bikerklub ihm gibt?«

»Ja.«

»Können wir den Vergewaltigungsvorwurf als Grund für eine Hausdurchsuchung nutzen?«

»Tja«, erwiderte Ylva Zethraeus. »Natürlich können wir diese

Vergewaltigungssache als Verdachtsmoment heranziehen. Die Geschichte wird ohnehin schon in der Presse breitgetreten. Wir müssen ihnen nicht aufs Brot schmieren, dass wir Bratt auch noch wegen einer anderen Sache im Visier haben.«

»Der Slip wurde noch nicht analysiert. Ich habe ihn hier im Auto«, sagte Tomas und schielte zu der Tüte auf dem Beifahrersitz.

»Lassen Sie mich kurz nachdenken. Wenn der Staatsanwalt den Vergewaltigungsvorwurf fallen lässt, gleitet uns die Chance einer Hausdurchsuchung aus den Händen. Das möchte ich vermeiden.«

Tomas gab Ylva Zethraeus die Nummer seines Autotelefons, und sie legten auf.

Leer vor sich hin starrend, blieb er am Straßenrand stehen, ließ Autos und Lkws an sich vorbeiziehen. Dann fällte er eine Entscheidung. Er würde es Klara sofort sagen. Vielleicht war die Gelegenheit günstig, jetzt, wo sie mit den Kindern auf dem Land war. Danach konnte er in ihre Wohnung in der Hornsgatan fahren.

Er fädelte sich in den Verkehr ein und machte sich auf den Weg nach Rättvik.

6

Die Holzplanken unter Tomas' nackten Fußsohlen waren rissig und feucht. Alexander und er standen nebeneinander auf dem Steg und hielten jeder eine Angelrute ins Wasser. Die rot-weißen Schwimmer schaukelten rhythmisch. Hinter ihnen drehten zwei Barsche ihre Runden in einem roten Plastikeimer. Momente wie diesen werde ich uns allen bald nehmen, dachte er.

Seine Augen wurden feucht, als er verstohlen Alexanders sonnengebräuntes Gesicht musterte.

Mein Sohn weiß es noch nicht, aber an diesen Tag wird er sich sein Leben lang erinnern. Dieser Tag wird ihn für den Rest seines Lebens prägen.

»Was ist los, Papa?«, fragte Alexander.

Tomas wischte sich das Gesicht an der Schulter ab.

»Nichts«, antwortete er und schüttelte den Kopf. »Wir müssen ganz leise sein, sonst verschrecken wir die Fische.«

Alexander nickte ernst und konzentrierte sich wieder auf seinen Schwimmer.

Hinter ihnen erklangen Schritte, und Tomas drehte sich um. Klara kam mit Ebba auf der Hüfte über den Rasen auf sie zu.

»Dein Autotelefon klingelt«, sagte sie.

Ihr Gesicht hatte Farbe bekommen. Auf ihrer Nase und ihren Wangen leuchteten Sommersprossen. Ihre Haare waren von der Sonne ausgebleicht und fast genauso weiß wie Ebbas.

»Danke, ich sehe gleich nach.«

Sie blickte in den Eimer.

»Ihr Angler müsst einen Zahn zulegen, wenn es zum Abendessen Barsch geben soll. Sonst gehen wir mit knurrenden Mägen ins Bett«, sagte sie und lächelte ihn an.

»Wir geloben Besserung«, erwiderte Tomas in bemüht scherzhaftem Ton und legte Alexander eine Hand auf die Schulter.

Als Klara mit Ebba wieder zum Haus hinaufging, legte er seine Angel auf den Steg.

»Schaffst du es, beide Schwimmer im Auge zu behalten?«, fragte er Alexander.

»Klar, Papa. Aber was ist, wenn die Fische gleichzeitig anbeißen? Was mache ich dann?«

»Das kriegst du hin«, versicherte Tomas. »Du bist ein Meisterangler. Ich gehe nur kurz zum Auto und sehe nach, wer angerufen hat.«

Er zerzauste Alexander die Haare, beugte sich vor und gab ihm einen unbeholfenen Kuss auf den Hinterkopf, bevor er die Böschung hinaufstieg. Als er die Fahrertür öffnete, wallte ihm Hitze entgegen. Er beugte sich ins Auto und griff nach dem Hörer. Ehe er dazu kam, den Anrufbeantworter abzuhören, begann das Telefon erneut zu klingeln.

»Wo zum Teufel stecken Sie? Ich versuche seit zwei Stunden, Sie zu erreichen«, blaffte Ylva Zethraeus. »Fahren Sie zu Micael Bratts Wohnung. Zwei Teams bereiten eine Hausdurchsuchung bei ihm vor. Die Beamten müssen ohne Sie anfangen.«

Unten auf dem Steg stieß Alexander ein Freudengeheul aus, warf seine Angel hin und griff nach Tomas'. Offenbar hatte ein Fisch angebissen.

»Können sie nicht noch etwas warten? Stockholm liegt nicht gerade um die Ecke.«

»Nein, ich kann nicht vier Beamte Däumchen drehend am Mariatorget positionieren, bis es Ihnen in den Kram passt, sie mit Ihrer Anwesenheit zu beehren.«

Tomas blieb mit dem Hörer in der Hand stehen und blickte auf Alexander, der mit der Angel kämpfte und versuchte, den zappelnden Fisch, dessen Schuppen im Sonnenlicht funkelten, aus dem Wasser zu ziehen.

Er drehte den Kopf und sah zum Haus, wo Klaras und Ebbas Stimmen durch das geöffnete Küchenfenster drangen. Schließlich beugte er sich ins Auto und legte den Hörer zurück auf die Gabel. Dann ging er mit schweren Schritten über den Rasen, um seiner Frau zu sagen, dass er nach Stockholm fahren musste.

Im Auto hörte er in den Radionachrichten, dass zwischen Borlänge und Avesta ein Unfall passiert war. Ein Holztransporter war mit einem Kleinbus zusammengestoßen, weswegen der Verkehr in südlicher Richtung komplett stillstand. An der Unfallstelle herrschte Chaos, mehrere Personen waren verletzt. Kurzerhand nahm er die nächste Abzweigung, um über Gävle auf die E4 zu kommen. Der Magen hing ihm in den Kniekehlen, doch er beschloss, nicht anzuhalten, bevor er in Stockholm war. Als er an Sandviken vorbeifuhr, rief Zingo an und informierte ihn, dass die Hausdurchsuchung von Bratts Wohnung begonnen hatte, der Schauspieler jedoch nicht zu Hause war. Eine Stunde später meldete er sich erneut.

»Wo bist du?«, erkundigte er sich, während Tomas das Radio leiser drehte und das Fenster herunterkurbelte, um besseren Empfang zu haben.

»Zwischen Tierp und Uppsala.«

»Gut. Du solltest dich schnellstens hier blicken lassen.«

Tomas hörte Zingo an, dass etwas Wichtiges geschehen war. Er warf einen Blick in den Seitenspiegel, scherte auf die linke Fahrbahn aus und überholte einen Überlandbus.

»Wir haben in einem Schrank einen Karton mit mindestens fünfzig Slips gefunden. Außerdem ein Tütchen, das vermutlich Kokain enthält. Der Staatsanwalt hat entschieden, Haftbefehl gegen Bratt zu erlassen.«

»Teufel auch.«

»Und nicht nur das«, fuhr Zingo fort. »Wir haben Theaterschminke sichergestellt, die mit der Substanz übereinstimmen könnte, die unter Carmen Diaz' Fingernägeln gefunden wurde.«

Tomas wechselte zurück auf die rechte Spur, behielt die hohe Geschwindigkeit jedoch bei.

»Aber es gibt ein großes Problem«, sagte Zingo.

»Und zwar?«

»Wir haben keinen Schimmer, wo der Mistkerl steckt.«

»Scheiße. Habt ihr überprüft, ob er ein Sommerhaus besitzt? Oder seinen Agenten angerufen? So jemanden wird er doch wohl haben?«

Zingo antwortete nicht. Tomas spürte, wie seine Besorgnis wuchs, während der Volvo über die E4 bretterte. Wenn Micael Bratt der Täter war und sich auf der Flucht befand, konnte er impulsiv und gewalttätig agieren.

»Oder seinen Wagen. Hat er nicht gesagt, er hat ein Auto? Schick jemanden los, der die Straßen um den Mariatorget absucht.«

Im Hintergrund erklang eine Stimme. Vermutlich einer der Beamten, die die Hausdurchsuchung durchführten.

»Wann?«, hörte er Zingo fragen.

Neues Gemurmel.

»Zeig her«, erklang wieder Zingos Stimme. »Warte kurz, Tomas.«

Tomas konzentrierte sich aufs Fahren. In der Ferne zeichneten sich die Türme des Doms von Uppsala ab.

»Tomas, wir haben gerade die Kopie einer Reiseverbindung gefunden. Bratt hat einen Flug nach New York gebucht. Heute. Mit SAS. Der Flieger geht um 20:35 Uhr von Arlanda.«

Tomas warf einen Blick auf seine Armbanduhr. Viertel vor acht. Er konnte es rechtzeitig zum Flughafen schaffen.

»Ich fahre hin.«

Die Tachonadel stieg auf 120 Stundenkilometer, und der Motor des Volvo protestierte lautstark.

7

Auf dem Rollfeld vor dem Panoramafenster parkte ein SAS-Airbus mit den Streifen der dänischen, norwegischen und schwedischen Flagge an der Unterseite. Micael Bratt hockte in einer Flughafenbar und trank ein Bier. Reisende glotzten ungeniert in seine Richtung. Für gewöhnlich genoss er die Aufmerksamkeit, obwohl er in Interviews stets darüber klagte, wie lästig Berühmtheit sein konnte. Das gehörte zum Spiel.

Im Grunde war er davon überzeugt, dass wenige schwedische Prominente unter ihrem Ruhm litten. Sie waren verwöhnt. Genau wie er selbst, aber er wusste wenigstens, was es hieß, echte Probleme zu haben. Probleme, wie sie seine Mutter und die Nachbarn in Gustavsberg ihr Leben lang zu bewältigen gehabt hatten. Nicht genügend Geld für die Miete zu haben oder seinen Kindern keine warme Mahlzeit auf den Tisch stellen zu können. Das waren echte Nöte. Nicht ein paar Shorts tragende Hinterwäldler, die auf dem Weg zu einer Woche Dauersaufen auf Kreta dämlich gafften. Trotzdem störten ihn die Blicke, und er freute sich auf die Anonymität in New York. Obwohl er wusste, dass er es nach ein paar Stunden vermissen würde, auf Schritt und Tritt erkannt zu werden. Er bestellte ein zweites Bier und vertiefte sich in die aufgeschlagene Ausgabe des *Expressen*, die vor ihm lag. Ministerpräsident Carl Bildt sprang für eine EU-Mitgliedschaft in die Bresche.

»Was weißt du schon von der Welt, du Brillenschlange«, murmelte er.

Er hatte noch keine Ahnung, wo er sein Kreuz im Herbst machen würde, und wie es schien, ging es den Sozialdemokraten nicht anders. Die Partei, der er in den vergangenen Jahren die Treue gehalten hatte, hielt morgen einen gesonderten Parteitag ab, um ihre Linie in dieser Frage zu klären. Natürlich wäre es bequem, sich auf Reisen einige Passformalitäten zu ersparen, aber er wollte immer noch das Gefühl haben, schwedisch zu sein. Die Welt wurde zunehmend undurchschaubarer. Die Sowjetunion war nicht mehr sowjetisch, sondern hieß jetzt Russland und wurde vom Trunkenbold Boris Jelzin regiert. Für eine Brücke zwischen Schweden und Dänemark sollten Milliarden verpulvert werden. Vor ein paar Wochen hatte er gehört, dass Schwule künftig eine sogenannte eingetragene Lebenspartnerschaft eingehen konnten, und wo man gerade dabei war, hatte man auch gleich einen Vatermonat eingeführt, der Väter dazu zwang, mindestens einen Monat mit ihrem Nachwuchs zu Hause zu bleiben.

Ja, die Welt wurde zusehends fremder und unverständlicher. Aber sosehr er sich auch dagegen sträubte, er konnte nichts dagegen tun.

Sein Bier kam. Micael nahm es ohne aufzublicken entgegen. Sein Kopf fühlte sich schwer an. Er schlug die Zeitung zu und sehnte sich nach seinem Bett im Ritz-Carlton. Eine Lautsprecherdurchsage forderte die Passagiere des SAS-Flugs nach New York auf, sich zum Gate zu begeben.

Micael trank das Bier in einem Zug zur Hälfte aus, legte einen

Hundertkronenschein auf den Tresen, griff nach seinem Handgepäck und stand auf. Er schob sich an den anderen Gästen der Bar vorbei und durchquerte das Terminal. An seinem Abfluggate hatte sich bereits eine lange Schlange gebildet. Als er mit der Hand über sein Sakko strich, um sich zu vergewissern, dass er das Ticket griffbereit hatte, ging ein Raunen durch die Menge, und er sah, dass ein paar Yuppies vorne in der Schlange auf einen Punkt hinter ihm starrten.

Micael schnellte herum und erblickte zwei uniformierte Beamte sowie einen dritten Mann, den er augenblicklich wiedererkannte. Es war einer der beiden Bullen, die vor ein paar Tagen in seiner Küche gesessen hatten. Ohne Zweifel bildete er das Ziel des Trios. Sein erster Impuls war zu fliehen, aber er blieb wie angewurzelt stehen.

»Ich muss Sie bitten, mit mir mitzukommen«, sagte der Beamte in Zivil, dessen Name Micael nicht einfiel.

Inzwischen waren sämtliche Blicke auf sie gerichtet. Die Leute flüsterten miteinander und rückten näher an sie heran, um zu verstehen, was gesagt wurde.

Micael schoss das Blut in die Wangen, Wut loderte in ihm auf.

»Was fällt Ihnen ein, mich derart zu kompromittieren?«, brüllte er.

Das Gemurmel um sie herum wurde lauter. Die zwei uniformierten Beamten hielten sich im Hintergrund, machten sich jedoch bereit, einzugreifen. Einer von ihnen legte die Hand auf den Schlagstock an seiner Hüfte.

»Sie sind verhaftet«, sagte der Bulle in Zivil. »Ich muss Sie bitten, mich zu begleiten.«

Micael hätte ihm am liebsten die Fresse poliert.

»Ich bin auf dem Weg nach New York, du kleiner, mickriger Hanswurst«, sagte er laut.

Er trat einen Schritt vor.

»Sie kommen mit mir mit«, erwiderte sein Gegenüber ruhig und legte ihm eine Hand auf den Arm. Micael schlug sie beiseite.

»Fassen Sie mich nicht an«, brüllte er. »Oder es wird Ihnen leidtun.«

Der Beamte zeigte sich unbeeindruckt. Seine Miene blieb gelassen.

»Ich bitte Sie zum letzten Mal, mich ohne Aufsehen zu begleiten. Danach werde ich nicht mehr so freundlich sein.«

Der Bulle starrte ihn unverwandt an. Micaels Wut verrauchte und wich einer tiefen Resignation.

Er blickte sich um. Dieser Vorfall würde Schlagzeilen produzieren, schon morgen würde die ganze Geschichte in der Boulevardpresse ausgeschlachtet werden. Vermutlich hatte irgendein Umstehender auch eine Kamera im Anschlag. Wenn er nicht mitkam, würde es nur noch schlimmer werden. Er sah die Schlagzeilen schon vor sich, und die würden den Amis ganz und gar nicht gefallen. Er hatte sich nichts vorzuwerfen, aber er musste sich zusammenreißen, wenn er seine Chance auf die Broadwayrolle nicht verspielen wollte.

Er starrte dem Bullen in die Augen.

»Ich komme mit«, zischte er. »Aber keine Handschellen, haben Sie verstanden?«

8

Tomas und Zingo saßen auf einer Seite des Vernehmungstischs, Micael Bratt auf der anderen. Zwischen ihnen lagen zwei Schachteln Zigaretten, Tomas' Prince und Zingos filterlose Chesterfields, daneben standen drei Pappbecher mit schwarzem Kaffee.

Als Bratt erfahren hatte, dass sein Anwalt in Göteborg war und nicht vor Sonntagnachmittag zurück sein würde, hatte er darum gebeten, seinen Agenten anrufen zu dürfen. Nach dem Gespräch hatte er sich aus heiterem Himmel bereit erklärt, ohne Rechtsbeistand vernommen zu werden. Angesichts der Tatsache, dass er bei ihrer letzten Unterhaltung kein Interesse an dieser Möglichkeit gezeigt hatte, ging Tomas davon aus, dass der Agent ihm geraten hatte, kooperativ zu sein. Womöglich hofften sie, dass die Angelegenheit schnell aus der Welt geräumt werden würde. Bratts Blick wanderte von einem zum anderen.

»Ihr macht euch verdammt lächerlich«, sagte er und lehnte sich auf seinem Stuhl zurück.

Tomas schaltete das Aufnahmegerät an, sprach die Personalien der Anwesenden aufs Band und nannte den Grund für die Vernehmung.

»Möchten Sie rauchen?«, fragte er Bratt im Anschluss und deutete auf die Zigarettenschachteln. Bratt griff zunächst nach den roten Prince, entschied sich dann aber für eine Chesterfield.

»Sie waren im März in Malmö«, fuhr Tomas fort. »Genauer gesagt am sechsten. Anlässlich einer Premiere im Malmöer Stadttheater. Was haben Sie nach der Vorstellung gemacht?« Bratt schien von der Frage überrascht, fing sich jedoch schnell.

»In Malmö? Ich bin in eine Bar gegangen und habe eine Tussi aufgerissen. Wir sind zusammen auf mein Hotelzimmer gegangen, wo ich sie durchgevögelt habe.«

Tomas zündete sich eine Zigarette an, um nicht Bratts höhnisches Grinsen sehen zu müssen.

»Wie hieß die Frau?«, fragte er.

Bratt schnaubte.

»Wenn einem die Frauen reihenweise zu Füßen liegen, ist es schwer, Namen auseinanderzuhalten.«

Tomas kratzte sich nachdenklich an der Schläfe. Er empfand eine starke Abneigung gegen den Mann mit den rot unterlaufenen Augen auf der anderen Tischseite.

»Dann interpretiere ich Ihre Aussage so, dass Sie kein Alibi vorweisen können.«

»Ich sagte doch gerade, dass ich …«

Tomas hob die Hand.

»Haben Sie sich gewaschen?«

»Wie meinen Sie das?«

»Haben Sie sich die Theaterschminke aus dem Gesicht gewaschen, als Sie nach der Premiere von der Bühne gegangen sind?«

Bratt funkelte sie der Reihe nach an, griff nach einem Kaffeebecher und trank einen Schluck.

»Ja, das mache ich immer.«

Tomas beschloss, zur Sache zu kommen. Vielleicht konnten sie die Frau, mit der Bratt in Malmö zusammen gewesen sein wollte, ausfindig machen. Vielleicht wäre es am einfachsten, er fuhr selbst nach Malmö, um mit Mersiha Selimovic zu sprechen. Die südschwedischen Kollegen hatten sich bisher nicht besonders kooperativ gezeigt. Wenn Mersiha Selimovic Micael Bratt identifizierte, hätten sie den Fall eingetütet.

»Sie bewahren eine große Menge Damenslips in Ihrer Wohnung auf«, fuhr er fort.

Bratt hieb mit der Faust auf den Tisch, dass Zigarettenschachteln und Kaffeebecher in die Höhe hüpften.

»Habt ihr etwa bei mir zu Hause rumgeschnüffelt? Wer hat euch die Erlaubnis dazu erteilt?«

»Ein Staatsanwalt«, erwiderte Tomas trocken. »Beantworten Sie die Frage. Warum bewahren Sie so viele Damenslips bei sich zu Hause auf?«

Bratt beugte sich vor und stützte die Ellbogen auf den Tisch.

»Ist das verboten?«

Tomas schüttelte den Kopf. Er fragte sich, wo sein Kollege Harry Karlsson steckte. Er hatte ihn gebeten, Bratts Agenten zu kontaktieren und in Erfahrung zu bringen, ob Bratt um den Nationalfeiertag herum in Stockholm gewesen war.

»Die Frauen lassen sie mir da, oder ich nehme sie mit, falls wir uns bei ihnen zu Hause vergnügt haben. Sitze ich deswegen hier, weil ich Damenslips geklaut habe?«

Tomas platzte allmählich der Kragen. Er lehnte sich zu Bratt hinüber.

»Nein, Sie sitzen hier, weil Sie nicht glaubhaft darlegen können, wo Sie am sechsten März waren, als eine Frau namens Mersiha Selimovic in Malmö überfallen und vergewaltigt wurde. Genauso wenig, wie Sie erklären können, wo Sie in der Nacht vom zehnten auf den elften Juni gewesen sind, als, wie Sie bereits wissen, in Falun eine junge Frau namens Carmen Diaz vergewaltigt und ermordet wurde. Die Frau, der Sie am selben Abend kurz zuvor begegnet und der gegenüber Sie übergriffig geworden sind. Ja, ganz genau. Den Schwanz vor einer Frau aus der Hose zu ziehen, die nicht darum gebeten hat, betrachte ich als Übergriff. Wissen Sie, was der gemeinsame Nenner zwischen den Fällen ist, Micael? Die Slips der Frauen fehlten. Carmen Diaz hat am Tatabend einen schwarzen Stringtanga getragen. Und wir haben einen schwarzen Stringtanga hinter dem Nachttisch Ihres Hotelzimmers gefunden.«

Bratt sank zurück auf seinen Stuhl. Er war bleich geworden.

»Ich habe weder jemanden ermordet noch vergewaltigt. Den Stringtanga habe ich von einer anderen Frau bekommen. Ihr Name war Veronica.«

Seine Stimme hatte sich verändert. Er klang mit einem Mal erschöpft. Tomas blickte ihm geradewegs in die Augen.

»Veronica? Haben Sie einen Nachnamen? Oder eine Telefonnummer?«

»Nein. Ich erinnere mich nicht. Aber sie hat in einem Kindergarten gearbeitet.«

»Ich glaube Ihnen nicht. Es gibt nämlich noch weitere Gemeinsamkeiten zwischen den Fällen. Wir haben Theaterschminke unter Carmen Diaz' Fingernägeln sichergestellt. Schminke, wie Sie sie bei der Arbeit verwenden. Auf Mersiha Selimovic' Jacke ist ein weißer Fleck, und wir haben allen Grund zu der Annahme, dass es sich dabei ebenfalls um Theaterschminke handelt.«

»Ich habe diese Frauen nicht angerührt«, protestierte Bratt. »Ich muss niemanden vergewaltigen. Kapiert ihr das nicht? Ich bin berühmt.«

Zingo nickte.

»Ich glaube, genau da liegt der Kick. Sie waren es leid, dass die Frauen sich Ihnen bereitwillig an den Hals werfen. Sie wollten die Grenzen ein bisschen ausdehnen, ein bisschen Gegenwehr bekommen. War es nicht so, Micael?«

Bratt schüttelte heftig den Kopf.

»Nein.«

Es klopfte an der Tür. Tomas schob den Stuhl zurück, stand auf und öffnete. Es war Harry Karlsson. Tomas trat in den Flur hinaus und schloss die Tür hinter sich.

»Was hat der Agent gesagt?«, fragte er.

»Bratt hat einen Brauerei-Werbespot gedreht.«

»Einen Brauerei-Werbespot?«

»Ja. Für Falcon.«

Tomas fiel das Filmset ein, an dem er vorbeigefahren war, kurz bevor er die Tatortabsperrung in Märsta entdeckt hatte.

»Und der Werbespot wurde in Sigtuna gedreht?«

Karlsson nickte überrascht.

»Woher weißt du das?«

Sonntag, 19. Juni 1994

9

Zwei Wespen schwirrten durch Ylva Zethraeus' Büro. Es war halb elf am Vormittag, kurz nach Mitternacht würde die schwedische Nationalmannschaft ihr Auftaktmatch gegen Kamerun bestreiten. Tomas und Ylva warteten darauf, dass das Telefon auf dem Schreibtisch klingelte. Noch am Samstagabend hatte sie von zu Hause aus die Malmöer Kollegen kontaktiert und mehr oder weniger angeordnet, dass sie Mersiha Selimovic in Rosengård aufsuchten und ihr ein Foto von Micael Bratt zeigten. Außerdem hatte sie umfassende Anstrengungen verlangt, um Mersihas verschwundene Jacke zu finden.

»Ein Wespennest«, sagte Ylva Zethraeus.

Tomas sah sie fragend an. Sie deutete mit dem Daumen auf das geöffnete Fenster in ihrem Rücken.

»Vor dem Fenster. Deshalb fliegen sie hier rein. Ich wollte den Hausmeister bitten, es zu entfernen, aber irgendwie tun mir die Tiere leid.«

Tomas nickte, ohne etwas zu erwidern. Ungeduldig blickte er aufs Telefon. Ylva Zethraeus lächelte.

»Wenn Sie wollen, können Sie eine Zigarette rauchen, während wir warten.«

Tomas stand auf, um hinaus in den Flur zu gehen, aber Ylva bat ihn sitzen zu bleiben.

»Sie sind an Ihrem freien Tag ins Präsidium gekommen. Dieses

Engagement muss belohnt werden. Aber erzählen Sie es niemandem. Sonst wollen alle hier rauchen. Wer weiß, vielleicht vertreibt der Rauch die Wespen?«

Tomas steckte sich eine Zigarette an.

»Haben Sie keine Familie?«, erkundigte sich Ylva Zethraeus.

»Doch. Meine Frau Klara und zwei Kinder. Alexander und Ebba.«

»Und trotzdem sind Sie hier?«

»Sie sind in Rättvik. Die Eltern meiner Frau haben da ein Haus, das wir nutzen dürfen.«

»Sie kommen von dort, oder?«

»Nein. Ich komme aus Västmanland. Hallstahammar.«

Er rutschte unbehaglich hin und her, unsicher, ob er eine Frage über ihr Privatleben stellen sollte. Vielleicht erwartete sie das. Vielleicht würde sie es übel nehmen. Ylva Zethraeus war schwer zu deuten. Es war schwierig, einen Zugang zu ihr zu finden.

Das Klingeln des Telefons rettete ihn. Aber Ylva machte keine Anstalten, abzunehmen. Zwei weitere Signale durchschnitten die Stille, ehe sie nach dem Hörer griff.

»Zethraeus«, meldete sie sich und schaltete die Lautsprecherfunktion ein.

»Ich habe gerade mit den Streifenbeamten gesprochen, die ich nach Rosengård geschickt habe. Die Frau war nicht zu Hause«, sagte eine Männerstimme mit südschwedischem Dialekt.

Sie beugten sich näher zum Telefon.

»Meinen Jungs zufolge sagen die Nachbarn, dass sie sie seit mindestens einer Woche nicht mehr gesehen haben.«

Tomas und Ylva wechselten einen raschen Blick.

»Hören Sie zu, hören Sie mir ganz genau zu«, sagte Ylva Zethraeus scharf. »Weisen Sie Ihre *Jungs* an, sich umgehend Zutritt zu der Wohnung zu verschaffen.«

»Aber …«

Ylva schnitt ihm das Wort ab.

»Die Frau wurde vergewaltigt. Und hätten Ihre Jungs, wie Sie sie nennen, nicht das desaströseste Anzeigenprotokoll zusammengeschustert, das ich in meinen sechsundzwanzig Jahren als Polizistin gesehen habe, säße der Täter längst hinter Schloss und Riegel. In den Krimis, die ich zum Vergnügen im Urlaub lese, wird weitaus professioneller ermittelt. Deshalb erwarte ich von Ihnen, dass Sie diesmal Ihre Arbeit tun, und zwar gründlich.«

Der Malmöer Kollege antwortete nicht.

»Haben wir uns verstanden?«, fragte Ylva Zethraeus.

»Ich sage ihnen, dass sie umdrehen sollen.«

»Großartig«, erwiderte Ylva trocken. »Aber bevor Sie das tun, hätte ich gerne gewusst, ob Sie die Jacke des Opfers mit dieser weißen Substanz gefunden haben.«

»Noch nicht, aber wir suchen weiter. Dafür haben wir etwas anderes gefunden, das vom Tatort stammt.«

»Und was?«

»Eine Linse.«

»Eine Linse?«, wiederholte Ylva Zethraeus.

»Eine Kontaktlinse. Wir glauben, dass sie vom Täter sein könnte.«

Ylva Zethraeus runzelte die Stirn und sah Tomas an. Er schüttelte den Kopf.

»In dem Bericht, den ihr uns geschickt habt, steht nichts von einer Kontaktlinse«, sagte Ylva.

»Sie wurde am Tatort sichergestellt, aber falsch katalogisiert … Ich … das wurde leider versäumt.«

»Wo befindet sich diese Kontaktlinse?«

»Hier. Auf meinem Schreibtisch.«

Ylva Zethraeus warf Tomas einen resignierten Blick zu und deutete aufs Telefon. Er beugte sich zum Mikrofon.

»Tomas Wolf hier«, stellte er sich vor. »Ich möchte, dass Sie die Kontaktlinse einem Optiker vorlegen und so viele Details wie möglich darüber in Erfahrung bringen.«

»Und was für Details?«

Ylva Zethraeus vergrub das Gesicht in den Händen.

»Den Hersteller«, sagte Tomas. »Die Stärke. Wo sie erhältlich ist. Jedes Merkmal, das uns helfen kann, den Träger dieser Linse ausfindig zu machen.«

Ylva Zethraeus ergriff wieder das Wort.

»Tomas ist einer meiner *Jungs*, und ich möchte, dass ihr genau das tut, was er sagt. Rufen Sie mich sofort an, sobald Sie wissen, wo sich Mersiha Selimovic aufhält.«

Sie legte auf. Tomas zündete sich eine neue Zigarette an, und sie blieben schweigend sitzen, jeder in seine eigenen Gedanken versunken. Zwei neue Wespen flogen durchs Fenster herein.

»Wenn Mersiha Selimovic tatsächlich verschwunden ist, haben wir ein Problem. Ein großes Problem«, sagte Ylva schließlich. »Teilen Sie meine Einschätzung, dass es das Klügste war, Bratt gehen zu lassen?«

Gestern Abend, nach der Vernehmung, hatten sie Bratt laufen lassen, ihm aber die strikte Auflage erteilt, Stockholm nicht ohne Ankündigung zu verlassen, und obendrein ein Observierungsteam auf ihn angesetzt, das ihn rund um die Uhr beschattete.

»Ja«, sagte er aufrichtig. »Der Stringtanga beweist derzeit gar nichts. Nicht solange Bratt behauptet, er gehöre einer Frau namens Veronica. Das Pulver, das wir bei ihm gefunden haben, war kein Kokain. Ihn aufgrund der jetzigen Beweislage in U-Haft zu nehmen, ist so gut wie unmöglich. Und selbst wenn es ausreicht, würden wir damit einen gewaltigen Medienrummel auslösen. Horden von Journalisten würden das Präsidium umlagern. Wir können nicht dasselbe Szenario heraufbeschwören wie beim Lasermann. Solche undichten Stellen zermürben eine Ermittlung von innen heraus.«

Ylva Zethraeus nickte langsam und musterte ihn.

»Was ist?«, fragte sie. »Sie wirken nachdenklich.«

Tomas nahm einen tiefen Zug und setzte sich aufrecht hin.

»Ich mache mir Sorgen um Mersiha Selimovic.«

Er stand auf, aschte durch das geöffnete Fenster, streckte den Kopf nach draußen und entdeckte das Wespennest.

»Ich auch. Aber das ist nicht alles. Raus mit der Sprache.«

»Ich habe das Gefühl, dass irgendetwas nicht stimmt. Und das sollte ich nicht haben. Alle Indizien sprechen für Micael Bratt. Der Slip. Seine Aufenthaltsorte. Die Theaterschminke. Sein Disput, oder wie auch immer man es bezeichnen soll, mit Carmen Diaz im Garbo. Trotzdem kann ich es nicht lassen, die ganze Zeit nach etwas anderem Ausschau zu halten. Nach etwas, das wir übersehen. Oder das wir sehen, aber nicht verstehen.«

Ylva Zethraeus deutete auf ihren Schreibtisch, auf dem eine Kopie von Bratts Vernehmungsprotokoll vom Vortag lag.

»Er liefert keine einzige plausible Antwort. Nicht eine einzige glaubwürdige Erklärung. Seine Aussage weist zu viele Ungereimtheiten auf.«

»Ich weiß. Aber seine Verblüffung angesichts meiner Anschuldigungen kam mir echt vor. Vielleicht lasse ich mich von seinem schauspielerischen Talent hinters Licht führen. Ich habe keine Ahnung. Aber ich fange an zu glauben, dass wir auf der falschen Fährte sind.«

Ylva Zethraeus bedeutete ihm, fortzufahren.

»Diese Kontaktlinse«, sagte Tomas. »Falls sie vom Täter stammt, spricht sie für Bratts Unschuld. Er trägt keine Brille. Auch keine Kontaktlinsen, soweit ich weiß. Aber sobald die Malmöer Kollegen Mersiha Selimovic finden und ihr ein Foto von Bratt zeigen, sind wir schlauer. Ich rufe Rapp in Falun an und frage ihn, ob er mir bei der Suche nach dieser Veronica helfen kann. Vielleicht …«

Er verstummte abrupt, als Ylvas Festnetztelefon klingelte. Sie nahm den Hörer ab, ohne ihn aus den Augen zu lassen. Ihre Miene verdüsterte sich, während sie der Meldung des Malmöer Kollegen zuhörte.

»Wenn sie verschwunden ist, müssen Sie sie eben finden. Das ist, was Polizeibeamte tun. Finden Sie sie«, blaffte sie und knallte den Hörer auf die Gabel.

10

Bengt J. Lindwalls Gesicht war genauso rot wie an dem Tag, als Vera ihn in seinem Sommerhaus auf Värmdö aufgesucht hatte. Seine Wangen hingen schlaff herab wie die Lefzen einer Bulldogge. Lindwall war ein Mann, der die Gicht wie einen funkelnden Orden an der Brust trug.

»Micael war viele Jahre lang mein Goldesel. Aber inzwischen kostet er mich einen Haufen Kohle«, schnaubte er. »Darum brauche ich Ihre Hilfe.«

Sie saßen in Lindwalls Bibliothek, ein Erkerzimmer in dessen Siebenzimmerwohnung auf Östermalm. Hohe Bogenfenster erstreckten sich bis zur Decke. Die dünnen Scheiben erzitterten, als unten auf der Banérgatan ein Müllwagen vorbeifuhr.

Lindwall streckte sich zu einem Globus, hob den Deckel ab und nahm eine Kristallkaraffe heraus. Er hielt Vera die Flasche hin.

»Nein, danke«, lehnte sie ab. »Wobei brauchen Sie meine Hilfe?«

Lindwall schenkte sich mehrere Zentimeter Whisky ein.

»Bei der gleichen Sache wie zuletzt. Wie ich am Telefon sagte, wurde Micael gestern Abend von der Polizei vernommen. Sie haben ihn zwar ziemlich schnell wieder laufen lassen, aber ich habe das Gefühl, dass diese Geschichte noch nicht ausgestanden ist. Ich möchte, dass Sie Beweise finden, die ihn entlasten.«

»Warum sollte ich einen solchen Auftrag annehmen?«

»Schätzchen. Sie glauben doch nicht, dass ich neulich auf Ihre Show reingefallen bin? Natürlich kann die *Kvällsposten* fünfzig Mille für einen Tipp lockermachen. Sie stecken wegen irgendetwas gewaltig in der Klemme und brauchen Geld. Ich mische mich da nicht ein, aber ich habe auch kein Problem damit, Profit aus Ihrer Situation zu schlagen.«

Vera sah ihn kalt an.

»Wenn das so ist, nehme ich an, dass Sie ein Angebot für mich haben.«

»Sie kriegen noch mal fünfzigtausend«, sagte Lindwall. »Zwanzig jetzt, dreißig bei Lieferung.«

»Erzählen Sie mir von dem Mord, der Micael angelastet wird«, erwiderte Vera.

Ihr blieb nichts anderes übrig, als Lindwalls Angebot anzunehmen. Sie brauchte Geld. Donnerstag erwartete Pål die nächste Ratenzahlung, und das war ganz bestimmt nicht die letzte Summe, die er von ihr fordern würde.

»Irgendeine Geschichte in Falun. Offenbar haben sie eine andere ermordete Frau gefunden, nachdem dieser Irre Flink mit einem Automatikgewehr durch die Gegend geballert hat. Micke hat da oben einen Film gedreht. *Die Jagd*. Ausgemachter Müll, wenn Sie mich fragen. Micke scheint mit der Frau am Abend des Mords aneinandergeraten zu sein. Hat in der Damentoilette mit seinem Schwengel vor ihr rumgewedelt und eine Abfuhr kassiert. Daraus konstruiert dieser Bulle irgendein Motiv.«

»Okay. Ist das alles, was die Polizei gegen ihn hat? Dass er mit dem Opfer aneinandergeraten ist?«

»Leider nein. Sie haben in seinem Hotelzimmer einen Slip sichergestellt, der dem Opfer gehört haben könnte. Die Frau wurde ohne Unterwäsche aufgefunden.«

Vera erstarrte.

»Ein Slip? Wer leitet den Fall?«

»Der Mann heißt Tomas Wolf, glaube ich.«

Veras Puls schnellte in die Höhe. Wolf hatte ihr nichts von einer Ermittlung in Falun gesagt. Warum verheimlichte er ihr das?

»Aber das Schlimmste ist, dass sie angefangen haben, Fragen über andere Fälle zu stellen«, fuhr Lindwall fort. »Über eine Vergewaltigung in Malmö, die im März verübt wurde, als Micke da in einem Theaterstück aufgetreten ist. Und über diesen Mord neulich in Märsta. Micke hat in der Nähe einen Werbespot für Falcon gedreht.«

Er hob die Hände.

»Das sieht nicht gut aus. Wenn die Brauerei das spitzkriegt, können wir die Gage vergessen. Langfristig hätte uns der Vertrag mehrere Millionen eingebracht. Und das ist erst der Anfang der Misere. Bald wird niemand mehr Micke engagieren.«

»Moment«, sagte Vera.

Irgendetwas von dem, was Lindwall gesagt hatte, ließ sie hellhörig werden.

»Sagten Sie, Micael hat in der Nähe von Märsta einen Film gedreht?«

»Was man heutzutage so Film nennt. Aber es war immerhin ein Werbefilm. Oder Geld für die Altersvorsorge, wie Micke solche Engagements nennt.«

Zwischen den Fällen existierte ein roter Faden, den Vera bisher übersehen hatte. Alle Übergriffe waren im Anschluss an Unterhaltungsproduktionen verübt worden – für Film, Theater und Werbeindustrie. Konnte das von Bedeutung sein?

»Warum sind Sie so sicher, dass Bratt unschuldig ist?«, fragte sie.

»Sicher kann ich natürlich nicht sein. Es steht außer Frage, dass es Situationen gegeben hat, in denen Mickes Verhalten Frauen gegenüber … als tadelnswert bezeichnet werden kann. Aber ich kann mir nicht vorstellen, dass er jemanden ermordet. Tief in seinem Innern ist er ein verängstigter kleiner Junge. Er vögelt durch die Gegend, um die Leere in seinem Herzen zu füllen, nicht, weil er Frauen hasst.«

Vera musterte den Agenten gründlich.

Angenommen, Bratt war wirklich unschuldig, konnte der Täter aus dem Umkreis des Kulturbetriebs kommen? Jemand, der mit Bratt an denselben Produktionen gearbeitet hatte? Vera merkte, dass sie kaum etwas über die Film- und Theaterwelt wusste.

»Was für Leute werden bei Dreharbeiten oder Theaterproduktionen beschäftigt?«, fragte sie.

»Wie meinen Sie das?«

»Können dieselben Leute bei Filmdreharbeiten und Theaterstücken mitwirken? Oder bei Werbespots?«

»Die Branche hat sich verändert. Die Schauspieler wechseln zunehmend zwischen den Genres hin und her. Früher war es verpönt, Filme zu drehen. Werbespots galten sogar als Karrierekiller. Aber Micke war ein Pionier auf dem Gebiet. Und darum fährt er heute mit dem Porsche zum Bühneneingang des Dramaten, während seine Kollegen von Gärdet zu Fuß laufen.«

»Was ist mit den anderen Mitarbeitern? Technikern, Maskenbildnern und dergleichen?«

»Nein. Möglicherweise ein Regisseur, doch da muss es schon jemand vom Kaliber eines Bergman sein. Ansonsten sind die Genres voneinander getrennt.«

»Ich kann verstehen, wenn Sie sich nicht aus dem Stegreif erinnern, aber wissen Sie noch, ob bei dem Falcon-Werbespot andere Schauspieler mitgewirkt haben?«

»Nein, vielleicht eine Handvoll Statisten. Aber Micke war als Solo-Schauspieler engagiert.«

Die Spur schien abrupt zu erkalten, hinterließ jedoch ein bohrendes Gefühl. Einen Gedanken, der ihr immer wieder entwischte.

Was übersehe ich?

Bengt J. Lindwall reichte ihr eine Mappe.

»Das habe ich von Micaels Anwalt bekommen.«

Vera schlug die Mappe auf und überflog nachlässig hingekritzelte Vernehmungsnotizen.

Bratt konnte mit sämtlichen Tatorten in Verbindung gebracht werden. So viel stand fest. Andererseits gab es Mersihas Zeichnung, die gegen ihn als Täter sprach. Sie ähnelte Bratt nicht. Was Tomas Wolf jedoch nicht wissen konnte, weil er die Zeichnung nicht gesehen hatte.

Irgendetwas übersehe ich.

Vera hielt mitten im Text inne. Der Vernehmungsleiter, vielleicht Tomas Wolf selbst, fragte Bratt, ob er sich an dem Abend, an dem Mersiha überfallen worden war, nach der Theatervorstellung in Malmö abgeschminkt hatte. Die Frage musste auf die weiße Substanz abzielen, die auf Mersihas Kleidung gefunden worden war.

Vera biss sich auf die Unterlippe. Sie dachte an die gestohlene Zeichnung. Hätte Wolf Mersihas Zeichnung gesehen, hätte er Bratt umgehend als Täter ausgeschlossen.

Ein Gedanke nahm in ihrem Kopf Gestalt an. Puzzleteile, die sich zusammenfügten, ohne dass sie verstand, wie. Die Person, die bei ihr eingebrochen war und die Zeichnung entwendet hatte, hatte gewusst, wonach sie suchte. Das war kein gewöhnlicher Einbruch gewesen.

Sie hatte Wertsachen in der Wohnung gehabt. Die Systemkamera auf dem Küchentisch. Schmuck im Badezimmerschrank. Trotzdem waren nur Mersihas Zeichnung und das Bargeld gestohlen worden, das danebengelegen hatte.

Ihr Herz hämmerte. Die Zeichnung war der Grund für den Einbruch gewesen. Jemand hatte gemerkt, dass sie in der Sache herumstocherte. Plötzlich stand der Gedanke deutlich vor ihr. Wenn sie herausfand, wer alles von der Zeichnung gewusst hatte, hätte sie eine Liste möglicher Täter.

Wer, außer Tomas Wolf, wusste, dass sie die Zeichnung aufbewahrt hatte?

Sie kramte in ihrem Gedächtnis. Es gab niemand anderen. Aber Wolf konnte die Skizze doch nicht gestohlen haben?

Vera schluckte krampfhaft.

Kurz nachdem sie ihm von der Zeichnung erzählt hatte, war er zur Toilette gegangen und erst nach einer ganzen Weile wieder zurückgekommen. Hatte er währenddessen jemanden angerufen? Seine Brüder vielleicht?

Was wusste sie eigentlich über Wolf? Er war als Jugendlicher in der White-Supremacy-Bewegung gewesen. Er hatte es als Jugendsünde abgetan. Aber wenn das stimmte, warum hatte er dann nicht mit seinem Bruder gebrochen, der noch immer ein Vollblut-Nazi war?

Vera schloss die Augen. Sie kam sich wie ein Idiot vor. Mersihas Worte hallten in ihrem Hinterkopf. Mersiha hatte das Gesicht des Täters als »aufgedunsen und bleich« beschrieben. Der Mann musste sein Gesicht mit Theaterschminke unkenntlicher gemacht haben.

Sie versuchte, sich die Zeichnung in Erinnerung zu rufen, aber das Bild entglitt ihr, die Konturen lösten sich auf und überlagerten sich mit Tomas Wolfs Gesicht.

Draußen vor dem Fenster senkte sich die Dämmerung auf die Jahrhundertwendefassaden. Auf einmal kam Leben in sie. Sie musste mit Kristian Wolf sprechen und mehr über Tomas in Erfahrung bringen.

»Ich nehme den Auftrag an«, sagte sie.

Lindwall, der gerade den letzten Schluck Whisky hatte trinken wollen, sah sie an.

»Darauf stoßen wir an.«

Ein paar Minuten später saß Vera in ihrem Saab, bereit, nach Märsta zu fahren. Sie würde Kristian Wolf überraschen.

Montag, 20. Juni 1994

11

Schwedens WM-Auftaktmatch gegen Kamerun fing in wenigen Minuten an. Tomas saß mit Alexander und Ebba, die einstimmig erklärt hatten, aufbleiben und das Spiel sehen zu wollen, auf dem Sofa. Aber beide waren in ihren Brolin-Trikots schon vor Mitternacht eingeschlafen.

Klara war in der Küche. Sie war aufgewühlt, das hatte er gleich gemerkt, als sie heute Mittag mit den Kindern aus Rättvik zurückgekommen war. Er hatte mehrmals gefragt, was los war, aber sie hatte nur den Kopf geschüttelt und behauptet, alles wäre in Ordnung. Vorsichtig stand er vom Sofa auf, stellte den Fernseher leiser und ging zu ihr. Zu seiner Überraschung stand eine halb leere Weinflasche auf dem Küchentisch.

»Hast du getrunken?«

Die Wanduhr über der Küchentür zeigte zwanzig Minuten nach eins. Tomas zog einen Stuhl unter dem Tisch hervor, setzte sich ihr gegenüber und griff nach ihrer Hand. Klara zog sie ruckartig weg.

»Fass mich nicht an.«

Sie war betrunken. Klara trank selten Alkohol. Und wenn, dann in Maßen.

»Ich mache mir Sorgen um dich«, sagte er. »Das sieht dir nicht ähnlich.«

Klara stand so abrupt auf, dass der Stuhl hinter ihr umkippte.

Sie ging zum Fenster und riss den Weihnachtsstern und das Lametta herunter, das sich in Spiralen um die Gardinenstange wand. Ihre Bewegungen waren lautlos, aber voller Zorn. Als sie die Weihnachtsdekoration entfernt hatte, raffte sie den Wust zusammen, öffnete den Schrank unter der Spüle und stopfte alles in den Mülleimer.

Ich kann sie verstehen, dachte Tomas. Sie trinkt, um durchzuhalten. Ich muss ihr von Azra erzählen, sonst tue ich dasselbe, was die Männer meiner Mutter getan haben. Aber mein Verhalten ist schlimmer. Meine Mutter war für diese Männer nur ein Putzlappen, ich aber liebe Klara.

Klara lehnte sich über den Tisch zu ihm herüber. Er senkte den Blick, brachte es nicht fertig, sie anzusehen.

»Es ist kein Hexenwerk«, zischte sie. »Siehst du? Man macht es einfach. Manche Dinge tut man einfach. Weil man erwachsen ist. Weil man zwei Kinder hat. Weil wir fast Juli haben, und im Juli hängt kein Weihnachtsschmuck mehr im Fenster. Kapierst du das?«

Er nickte.

»Es tut mir leid.«

Klara hob den Stuhl auf. Dann umfasste sie den Hals der Weinflasche und beugte sich näher zu ihm.

»Hast du eine andere Familie?«, stieß sie hervor.

Er starrte sie mit offenem Mund an.

»Was …?«

»Eine kleine Nazihure, die du damals geschwängert hast? Nimmst du deshalb Geld von unserem Konto?«

»Klara, beruhige dich. Die Kinder sind im Wohnzimmer.«

Sie beugte sich noch ein Stück dichter zu ihm.

»Ich habe mit unserem Bankberater gesprochen. Seit drei Jahren zweigst du jeden Monat zweitausend Kronen von deinem Gehalt ab. Was machst du damit?«

Tomas sah sie ausdruckslos an.

»Antworte, du Mistkerl«, sagte sie leise. »Ich will wissen, was du mit dem Geld gemacht hast, mit dem wir ein Haus für unsere Kinder kaufen wollten. Für diese Familie. Hast du mich die ganze Zeit betrogen?«

Klara sank zurück auf ihren Stuhl, vergrub das Gesicht in den Händen und weinte so hemmungslos, dass ihr Körper bebte. Tomas stand auf.

»Ich bin so verflucht dämlich«, schluchzte sie. »Ich hätte auf die Leute hören sollen, die mich vor dir gewarnt haben. Ich schäme mich so sehr. Mein Gott, wie ich mich schäme.«

Tomas umrundete den Tisch, ging neben ihr in die Hocke und griff nach ihrer Hand.

»Ich habe dich nicht betrogen, Klara. Nicht so. Ich schwöre es.«

Sie sah ihn an. Dann schlug sie ihn. Traf seine Wange und Stirn. Tomas vergrub das Gesicht in ihrem Schoß, klammerte sich an sie, während sie auf seinen Hinterkopf und Nacken einschlug.

»Ich habe dich nicht betrogen«, wiederholte er.

Die Schläge hielten an, und Tomas nahm sie hin, weil er wusste, dass Klara es brauchte und er es verdiente.

»Mauricio Ortega«, sagte er schließlich. »Das Geld war für Mauricio Ortega.«

Als die Schläge erlahmten, hob Tomas langsam den Kopf und sah in Klaras geschwollene, rot verweinte Augen.

»Was sagst du? Wer ist das?«

Sie starrte ihn verständnislos an.

»Der Mann, den ich 1983 zusammengeschlagen habe, bevor ich die Bewegung verlassen habe«, erklärte er.

Er stand auf und zog den Stuhl neben Klara unter dem Tisch hervor.

»Man hat dich nicht verurteilt«, wandte Klara ein. »Und du hast mir gesagt, du wärst es auch nicht gewesen.«

»Ich habe gelogen. Ich habe mich in Grund und Boden geschämt. Ich konnte es dir nicht erzählen.« Tomas setzte sich hin.

Er strich sich übers Kinn und sammelte seine Gedanken.

»Der Mann ist seitdem Invalide. Wir waren einmal in Hallstahammar, kurz nachdem wir Ebba bekommen hatten. Erinnerst du dich? Du bist mit den Kindern bei meiner Mutter geblieben, und ich bin einkaufen gegangen. Im Supermarkt habe ich ihn gesehen. Er saß im Rollstuhl. Ein sabbernder Tatterich. Weil ich … Weil ich ihn zusammengetreten habe, nachdem Kristian, der verfluchte Idiot, Ortegas schwangere Frau belästigt hat. Ortega hat seine Frau verteidigt. Er sagte, sie sollte weglaufen. Dann hat er Kristian einen Schlag verpasst, und ich habe ihn angegriffen. Ich habe immer wieder auf ihn eingeschlagen. Und als er am Boden lag, habe ich weiter auf ihn eingetreten.«

Tomas schluckte, spürte Klaras brennenden, entsetzten Blick. Er erinnerte sich an die kalte, dunkle Nacht. An das Blut, das Mauricio Ortegas Kopf und Stirn hinuntergelaufen und in den Schnee getropft war. An die herzzerreißenden Schreie seiner Frau. An das Sirenengeheul, während sie auf zugeschneiten Straßen geflohen waren. Er blickte auf seine Hände – auf die Hände, die ein Leben zerstört, eine Familie vernichtet hatten.

»Heute, elf Jahre später, fährt seine Frau ihn im Rollstuhl durch die Gegend. Der Anblick war furchtbar. Ich wusste nicht, was ich machen sollte, als ich sie gesehen habe. Ich konnte nicht aufhören, an sie zu denken, an den Sohn, der neben ihnen herlief.« Tomas räusperte sich.

Klara weinte lautlos.

»Am Ende habe ich zweitausend Kronen von unserem Konto abgehoben, ihre Adresse herausgefunden und das Geld in ihren Briefkasten gesteckt. Seitdem fahre ich einmal im Monat hin. Ich … verzeih mir, Klara. Aber ich wusste nicht, was ich tun sollte.«

Klara richtete sich langsam auf, wischte sich die Tränen aus dem Gesicht und nahm seine Hand.

»Du hast das Richtige getan«, flüsterte sie. »Ich bin stinkwütend auf dich. Und enttäuscht. Aber du hast das Richtige getan.«

In der Nachbarwohnung erklangen lauter Jubel und die sich überschlagenden Stimmen der TV-Kommentatoren. Aus dem Wohnzimmer rief Alexander verschlafen zu ihnen herüber, dass Schweden ein Tor geschossen hatte. Es war zweiundzwanzig Minuten vor zwei in der Frühe, am Montag, dem 20. Juni.

12

Aus der Mülltonne stieg säuerlicher Biergeruch auf. Einbruchspuren zierten die Eingangstür des gelben Reihenhauses, in dem Kristian Wolf wohnte. Über der Klinke saß ein Aufkleber mit dem Wahlspruch »Schweden muss schwedisch bleiben«.

Nach ihrem Gespräch mit Bengt J. Lindwall hatte Vera im Auto Kristian Wolfs Festnetznummer gewählt, um sicherzugehen, dass er zu Hause war. Wäre er ans Telefon gegangen, hätte sie aufgelegt. Aber Wolf hatte sich nicht gemeldet, und Vera hatte beschlossen, die halbstündige Fahrt nach Märsta auf gut Glück anzutreten.

Sie klingelte, der Ton hallte im Haus wider. Entfernt, wie aus einer anderen Welt.

Sie war zunehmend überzeugt, dass Tomas Wolf etwas verheimlichte. Möglicherweise lag die Antwort hier, in seiner Vergangenheit. Obwohl es ein warmer Abend war, bekam sie eine Gänsehaut, während sie wartete. Sie zog den Saum ihres Jeansrocks nach unten und versuchte, ihre nackten Beine ein wenig mehr zu bedecken.

Beging sie gerade eine Dummheit? Sie hatte keine Ahnung, wie nahe sich die Wolf-Brüder standen. Würde sie Tomas hier antreffen, hinter der Tür?

Unvermittelt glitt das Garagentor quietschend in die Höhe, und vor ihr stand der Mann, dessen Passfoto sie stundenlang angestarrt hatte.

»Ja?«, sagte Kristian Wolf fragend.

»Mein Name ist Vera Berg. Ich habe ein paar Fragen an Sie.«

Sie ging die Vordertreppe hinunter und trat zu ihm.

»Sind Sie Bulle?«

»Fast. Journalistin.«

Kristian Wolf machte Anstalten, das Garagentor zu schließen, aber Vera hob stoppend die Hand. Auf einer durchgesessenen Ledercouch hinter Wolf hockten vier Skinheads mit kahl rasierten Schädeln. In einem Fernseher lief das Spiel Schweden gegen Kamerun.

»Es geht um Ihren Bruder. Wenn Sie kooperativ sind, springt dabei auch ein bisschen Kohle für Sie raus«, sagte sie.

Kristian Wolf ließ das Garagentor los, trat aber nicht zur Seite.

»Steckt er in Schwierigkeiten?«

»Diese Frage sollen Sie mir beantworten.«

»Kommen Sie rein.«

Vera folgte ihm in die Garage und ließ sich in einen Sessel sinken. Über dem Fernseher hing eine Dartscheibe mit dem Gesicht Olof Palmes neben einer Schwedenfahne.

»Wir reden in der Halbzeitpause«, sagte Kristian Wolf.

»Okay.«

»Wir führen eins zu null. Das ist eine Meisterleistung. Kamerun spielt schließlich mit zwölf Mann.«

Vera sah ihn verständnislos an.

»Dahlin steht auf dem Platz.«

Die Typen auf der Couch begannen zu grölen. Einer von ihnen beugte sich vor und schlug Kristian auf den Rücken. Vera fühlte sich auf eine von Jonnys Partys mit all den Kleinkriminellen zurückversetzt. Eine eigenartige Ruhe erfasste sie. Hier wusste sie, wie sie agieren musste.

»Sie lachen nicht. Sind Sie Sozen-Braut, oder was?«, fragte Kristian Wolf.

»Wie soll ich lachen, wenn ich kein Bier bekomme?«, erwiderte sie grinsend.

Wolfs Miene hellte sich auf, und er deutete auf einen Kühlschrank.

»Bedienen Sie sich.«

Als der Schiedsrichter zur Halbzeit abpfiff, setzte Kristian Wolf sich neben Vera auf eine umgedrehte Bierkiste. Kamerun hatte vor einer Viertelstunde den Ausgleich erzielt. Auf der Couch hockten vier ketterauchende, hochgradig reizbare Skinheads.

»Das war die Schuld von diesem verfluchten Bjärred. Er hat den Ball zum Schwarzfuß gepasst«, murmelte einer von ihnen, der Biten genannt wurde.

»Das war glasklar Abseits«, rief Kristian. »Die Pfeife von Schiedsrichter muss Entwicklungshelfer sein.«

Er war eindeutig betrunken.

»Was ist mit Peter?«, wandte er sich dann an Vera.

»Peter? Es geht um Tomas.«

Kristians Miene versteinerte sich, aber er sagte nichts.

»Ich soll in dem Märsta-Mord recherchieren, in dem Sie vernommen wurden«, fuhr Vera fort. »Und ich finde es eigenartig, dass Ihr Bruder sich da einmischt.«

Kristian Wolf sah sie misstrauisch an.

»Um das klarzustellen. Ich glaube, dass Sie unschuldig sind. Genauso wie Ihr Bruder vermutlich. Aber ich muss wissen, ob Tomas etwas damit zu tun hatte, dass die Polizei Sie auf freien Fuß gesetzt hat.«

»Das glaube ich nicht.«

»Warum nicht?«

»Er ist aus allen Wolken gefallen, als die Bullen mich haben laufen lassen.«

»Hat er Ihren Kopf schon bei anderen Gelegenheiten aus der Schlinge gezogen?«

Kristian Wolf starrte zu Boden und kratzte sich nervös im Nacken.

»Er rührt keinen Finger. Seit Jahren nicht. Ich musste alleine klarkommen. Unseren kleinen Bruder hat er neulich sogar verdroschen.«

»Tomas hat Ihren jüngeren Bruder geschlagen?«

»Ja. Er hat ihn nach irgendeiner Sache am Nationalfeiertag aufgelesen, angefangen vom Krieg zu faseln und ist total durchgedreht.«

»Vertritt Tomas noch dieselben … Werte wie früher?«

»Er ist ein verfluchter Spießer geworden. Scheint vergessen zu haben, wo er herkommt. Den Kampf.«

Die zweite Halbzeit begann, aber Kristian Wolf schien sich nicht länger für das Spiel zu interessieren. Sie schwiegen.

»Sie glauben also nicht, dass Tomas Ihre Freilassung gedeichselt hat?«, hakte Vera schließlich nach.

»Nein. Ich bin unschuldig. Ich würde eine Muslimhure niemals anfassen.«

»Sie sind Nazi und haben als Söldner auf dem Balkan gekämpft. Aber Sie würden nie eine muslimische Frau anfassen?«

»Ich habe mich falsch ausgedrückt. Ich würde nie eine Muslimhure ficken. Töten ist etwas anderes. Jedenfalls im Krieg. Und diese Muslimin wurde vergewaltigt.«

»Was hat Tomas dazu gesagt, dass Sie auf dem Balkan gekämpft haben?«

Kristian Wolf sah sie an.

»Tja, er hat meine Fahrkarte bezahlt.«

Vera runzelte die Stirn. Was Kristian Wolf bis hierher gesagt hatte, entsprach dem Bild, das Tomas selbst von sich zeichnete. Ein normaler, rechtschaffener Polizist, der in der Nazibewegung gewesen war, aber mit ihr gebrochen hatte. Dass er seinen Bruder jedoch darin bestärkt hatte, aufseiten der Serben als Söldner zu kämpfen, wich eindeutig davon ab. Sie wollte gerade die nächste Frage stellen, als draußen ein lautes Poltern erklang. Kristian Wolf stand auf. Einen Moment später torkelte ein Mann mit Motorradhelm in die Garage, riss sich den Helm vom Kopf und warf ihn auf den Boden. Die Ähnlichkeit zu Tomas und

Kristian war unverkennbar. Das musste Peter, der dritte und jüngste Bruder sein. Er angelte eine Zigarette hervor und zündete sie an. Schwankte. Er war sichtlich erregt. Womöglich auch zugedröhnt.

»Peter, was ist los?«, fragte Kristian.

»Tomas. Ich hab ihn Samstag in Hallstahammar gesehen.«

Kristian zog seinen Bruder rüber zur Werkbank. Sie steckten die Köpfe zusammen und redeten, als befänden sie sich in einer abgeschotteten Blase.

»Was hast du gesehen?«, fragte Kristian.

Auf der Mattscheibe ging Kamerun in Führung. Was die Brüder sagten, ging im Gebrüll von der Couch unter. Vera konnte kein Wort verstehen.

»Ravelli, du verfluchter Hurensohn«, brüllte Biten. »Was hat der überhaupt auf dem Platz zu suchen? Der wackelt über den Rasen wie ein Parkinsonkranker.«

Durch den Lärmpegel schnappte Vera nur Bruchstücke der Unterhaltung zwischen Kristian und Peter auf, aber das wenige, was sie hörte, beunruhigte sie.

Satzfetzen, die ein völlig anderes Bild von Tomas Wolf ergaben.

»Es war Tomas … Ich hab es selbst gesehen … Jetzt ist er endgültig durchgedreht …«, sagte Peter.

Vera verstand nur Bruchstücke in den Atempausen des Gebrülls von der Couch.

»Er hat die Kanakenschlampe gefickt … kapierst du? Eine Muslimhure.«

Kristian Wolf packte seinen Bruder bei den Schultern.

»Die ganze Flüchtlingsunterkunft weiß davon … Das wird ein böses Ende nehmen … Wenn sie es rumerzählt, dann …«

Neuerliches Gebrüll von der Couch übertönte die Unterhaltung. Dann wurde es still.

»Da kommt er nicht mehr raus«, sagte Kristian. »Und dir hat er gepredigt, keine Muslimhuren zu vergewaltigen.«

Vera versuchte, aus der Bemerkung schlau zu werden. Was hatte sie da gehört? Es klang ganz danach, als wäre Tomas einer Frau gegenüber übergriffig geworden. Ernstlich übergriffig. Oder redeten sie davon, dass er ein Verhältnis mit einer Muslimin hatte?

»Kämpft, ihr verfluchten Mösen!«, brüllte Biten mit erhobener Faust.

Vera strengte sich an, der Unterhaltung zu folgen. Die Typen auf der Couch machten es unmöglich, zwei Sätze hintereinander zu verstehen. Wer war Tomas Wolf wirklich?

»Deswegen haben sie dich festgenommen«, sagte Peter jetzt.

Vera nahm an, dass er den Mord in Märsta meinte. Sie wünschte sich, die Glatzen würden endlich die Klappe halten.

»Was meinst du?«

»Die Kohle, die die Bullen einkassiert haben. Er hat sie bestimmt selbst genommen.«

»Verfluchte Scheiße«, sagte Kristian.

Die Unterhaltung verstummte. Vera sah zu den Brüdern hinüber. Vier Augen erwiderten ihren Blick. Sie schaute zu Boden, rutschte im Sessel hin und her.

»Es ist Zeit, dass Sie verschwinden«, sagte Kristian Wolf.

Röte schoss ihren Hals hinauf und stieg in ihre Wangen.

»Darf ich nur noch eine Frage stellen?«

Kristian Wolf machte einen Schritt auf sie zu.

»Jetzt ist kein geeigneter Moment.«

Vera stand auf und sah ihn bittend an.

»Raus.«

Als Vera aus der Garage trat, brach auf der Couch lauter Jubel aus. Schweden hatte den Ausgleich erzielt. Wie ein begeisterter TV-Kommentator verkündete, hieß der Torschütze Martin Dahlin.

»Der Bimbo hat ein Eigentor geschossen«, grölte einer der Glatzen.

Vera blieb in der Garageneinfahrt stehen. Die frische Luft

kühlte ihre Wangen. Sie hatte keine Ahnung, was das, was sie eben gehört hatte, bedeutete. Aber so viel wusste sie, sie konnte Tomas Wolf nicht mehr vertrauen.

13

Tomas saß im Büro am Schreibtisch. Sein Kopf schien nach dem Gespräch mit Klara Tonnen zu wiegen. Außerdem war er hinterher mit Alexander aufgeblieben, um den Rest der Partie Kamerun gegen Schweden zu gucken, die zwei zu zwei ausgegangen war. Er stand auf und öffnete das Fenster. Obwohl es erst neun Uhr morgens war, war es schon warm. Im Auto, auf dem Weg zum Präsidium, war er an badenden Menschen vorbeigefahren, während im Radio ein Nachrichtensprecher ein bevorstehendes Feuerverbot angekündigt hatte.

Tomas zündete sich eine Zigarette an, dann hörte er die auf dem Anrufbeantworter blinkende Nachricht ab.

Sie war von Rapp. Dem Faluner Kollegen war es gelungen, anhand von Bratts vagen Angaben die Kindergärtnerin ausfindig zu machen, mit der er in der Tatnacht angeblich zusammen gewesen sein wollte. Sie hieß Bastin mit Nachnamen.

Tomas schrieb die Telefonnummer auf, die Rapp genannt hatte. Während er die Nummer wählte, streifte er die Zigarette ab.

Eine helle Jungenstimme meldete sich, und Tomas bat darum, mit seiner Mutter zu sprechen. Es dauerte eine Weile, bis der Hörer wieder aufgenommen wurde.

»Hallo. Hier ist Tomas Wolf von der Stockholmer Mordkommission. Spreche ich mit Veronica Bastin?«

»Ja.«

»Haben Sie einen Moment Zeit? Ich hätte ein paar Fragen, die ich gerne klären würde.«

»Worum geht es?«

Tomas zog an seiner Zigarette.

»Um den Schauspieler Micael Bratt.«

Er hielt den Hörer ein Stück vom Ohr weg und blies den Rauch aus.

»Was ist mit ihm?«

Im Hintergrund hörte er Roxette »It must have been love« singen.

»Er gibt an, dass Sie … Sie sollen die Nacht vom zehnten auf den elften Juni gemeinsam verbracht haben.«

In der Leitung blieb es still. Tomas schloss die Augen. Er merkte, dass er auf ein Nein hoffte. Dass Veronica Bastin sagte, sie wäre Bratt nie begegnet.

»Das ist richtig.«

Tomas nickte enttäuscht, zog erneut an der Zigarette und betrachtete das Familienfoto auf seinem Schreibtisch. Er dachte an Alexanders schläfrige, aber glückselige Augen, als er ihn nach dem Spiel gegen Kamerun ins Bett gebracht hatte.

Dann zwang er sich zurück in die Wirklichkeit.

»Wir haben in seinem Hotelzimmer einen Slip gefunden. Er sagt, er sei von Ihnen und Sie hätten ihn ihm geschenkt.«

Eine neue Stille entstand. Tomas räusperte sich.

»Ich bin mir bewusst, dass die Frage sonderbar klingt. Aber ich versichere Ihnen, ich würde sie nicht stellen, wenn es nicht wichtig wäre.«

»Ja, ich habe ihm den Slip geschenkt«, bestätigte Veronica Bastin leise.

Micael Bratts Geschichte stimmte.

»Welche Farbe hatte der Slip?«, fragte Tomas tonlos und streifte die Zigarette ab.

»Er war schwarz.«

Mittwoch, 22. Juni 1994

14

»Sigge, läufst du vor und klingelst bei Birgitta?«

Sigge stürmte durch den Flur ins Treppenhaus, in dem es intensiv nach gebratenem Speck roch.

»Und frag sie, ob sie auch Frühstück für dich hat«, rief Vera und hastete hinter ihm aus der Wohnung.

Im selben Moment, als Sigge seinen Finger nach dem Klingelknopf ausstreckte, ging Birgittas Tür auf. Ihre Nachbarin erschien mit Lockenwicklern im Haar und in einem Negligé-ähnlichen Gewand. Hinter ihr waberte eine Wolke aus Bratfett.

»Ich will mich ja nicht einmischen«, sagte sie ohne jede Vorrede und sah Vera vorwurfsvoll an. Sigge schlüpfte an ihr vorbei und verschwand im Fernsehzimmer.

»Das würde ich auch nie von dir denken«, erwiderte Vera.

»Aber die Männer, die hier ein und aus gehen. Was soll der Junge denken?«

Vera ließ den Wohnungsschlüssel im Schloss stecken.

»Männer?«

»Ja, oder der Mann. Es ist nicht leicht, den Überblick zu behalten.«

Vera gab sich Mühe, ein Lächeln zu unterdrücken. Wurde Birgitta allmählich senil?

»Birgitta, von welchem Mann redest du, und wo geht er ein und aus?«

»Ich rede von dem Mann, der heute Nacht bei dir war. Ich bin ihm begegnet, als ich in den frühen Morgenstunden zum Müllschacht wollte. Nachts geht mir der Hausputz leichter von der Hand. Ich kam gerade im Nachthemd aus der Tür, als er aus deiner Wohnung gekommen ist. Ich bin rot geworden wie eine reife Tomate.«

Veras Lächeln erstarb. Sie erstarrte.

»Ein Mann ist aus meiner Wohnung gekommen?«

»Ja, und erzähl mir nicht, dass er bei der Telefongesellschaft arbeitet. Die Leitungen in diesem Haus sind tipptopp.«

Vera starrte auf den Schlüsselbund, der unverändert im Schloss hing. War heute Nacht jemand in ihrer Wohnung gewesen, während sie und Sigge geschlafen hatten?

»Wie sah der Mann aus?«

»Woher soll ich das wissen? Ich habe den Rückwärtsgang eingelegt und bin in meine Wohnung zurück, ohne das Würstchen auch nur anzusehen. Muss ich etwa in meinem eigenen Haus Männern in Unterwäsche in die Arme laufen?«

»Hast du eine Tätowierung oder dergleichen gesehen? Was für Schuhe hatte er an? Ist dir irgendetwas aufgefallen?«

»Ich habe nichts gesehen.«

Vera senkte die Stimme.

»Birgitta, ich war heute Nacht mit keinem Mann zusammen.«

Die Nachbarsfrau sah sie mit weit aufgerissenen Augen an.

»Was sagst du da?«

Vera rief nach Sigge und ging vor ihm in die Hocke.

»Es ist wichtig, dass du ganz genau nachdenkst«, sagte sie. »War die Wohnungstür eben abgeschlossen, als du rausgelaufen bist?«

Sigge wand sich hin und her.

»Nein.«

Vera schob ihn in Birgittas Wohnung und bat ihn, ein bisschen fernzusehen. Dann wandte sie sich an ihre Nachbarin.

»Schließ die Tür ab und lass niemanden herein.«

Ohne ein Wort wich Birgitta in den Flur zurück und schloss die Tür. Vera hörte, wie sie die Sicherheitskette vorlegte. Sie nahm ihre eigene Tür in Augenschein, konnte jedoch keine Einbruchspuren feststellen.

Sie zog ihr Handy aus der Handtasche, wählte die 90 000, behielt das Telefon in der Hand, drückte vorsichtig die Klinke nach unten und ging hinein.

Drei Minuten später hatte sie die Wohnung durchsucht. Es war niemand da. Alles sah exakt so aus wie immer. Trotzdem war ihr klar, dass sich etwas Entscheidendes verändert hatte.

Die Wohnung gehörte nicht mehr ihr.

Als sie sich mit weichen Knien in der Küche ein Glas Wasser eingoss, fiel ihr ein Detail auf, das herausstach. Ihre braune Recherchemappe, in der sie ihre gesammelten Materialien zu den Überfällen aufbewahrte, lag auf dem Küchentisch. Sie konnte sich nicht daran erinnern, ob sie schon gestern Abend da gelegen hatte. Mit in den Ohren dröhnendem Puls trat sie an den Küchentisch und schlug die Mappe auf.

Nichts schien zu fehlen.

Vera sank auf einen Stuhl. Sie hatte die Wohnungstür gestern Abend abgeschlossen, bevor Sigge und sie ins Bett gegangen waren. Ganz sicher. Nach dem Einbruch neulich hatte sie genau darauf geachtet.

Trotzdem war wieder jemand bei ihr eingebrochen. Diesmal ohne etwas zu stehlen oder Spuren zu hinterlassen.

Sie dachte an Tomas Wolf und seine Geheimnisse. Wozu war dieser Mann eigentlich imstande?

Es gab nur zwei Arten von Tätern, die in eine Wohnung eindringen konnten, ohne Spuren zu hinterlassen.

Ein sehr geschickter Einbrecher. Oder ein korrupter Polizist.

Donnerstag, 23. Juni 1994

15

Auf dem Weg in die Zinken Bar hatte Vera aus dem Autoradio erfahren, dass auf der anderen Seite der Årsta-Bucht eine stillgelegte Fabrik in Flammen stand. Der Brandrauch zog vom Liljeholmskajen über das Wasser, am Tantolunden vorbei und durch das geöffnete Fenster neben ihrem Tisch. Pål vom Odin MC ließ schon zehn Minuten auf sich warten.

Morgen war Mittsommerabend und die Bar so gut wie leer. In einem unbeholfenen Versuch, den Feiertag zu würdigen, hatte der Barmann die Eingangstür mit ein paar welken Birkenzweigen umkränzt, deren trockene Blätter den Fußabtreter schmückten.

Vera nippte an einer Cuba Cola, einem der wenigen alkoholfreien Getränke in der Zinken Bar. Sie saß an ihrem üblichen Tisch, mit Blick auf den Schotterparkplatz, wo ihr Saab stand. Sigge hockte auf der Rückbank und wartete. Nach dem Einbruch am Mittwoch wagte sie nicht, ihn aus den Augen zu lassen, nicht einmal in Birgittas Obhut.

Sie hatte ununterbrochen das Gefühl, beobachtet zu werden. Dass es da draußen jemanden gab, den sie übersah. Ein Gesicht in der Menge, das sie wiedererkennen sollte. Das ihr auf Schritt und Tritt folgte.

Das röhrende Geräusch eines herannahenden Motorrads riss sie aus ihren Gedanken. Einen Augenblick später bog Pål auf den Parkplatz und steuerte die Lücke neben ihrem Saab an.

Nein, nicht da. Er darf Sigge nicht sehen.

Doch Pål hatte seine Harley schon dicht neben ihrem Saab aufgebockt. Als er sich umdrehte und auf die Bar zustapfte, streckte Sigge den Kopf aus der Autotür und blickte Pål mit großen Augen nach. Trotz der Entfernung sah Vera, wie sein Gesicht aufleuchtete. Voller Hoffnung.

Die Einsicht traf sie wie ein Schock. Sigge musste Pål von früher kennen. Für ihn war dieser gefährliche, kriminelle Idiot ein Kumpel seines Papas. Ein Zeichen von Geborgenheit. Als Sigge aus dem Auto sprang, beugte sie sich wild winkend aus dem offenen Fenster, damit er wieder einstieg.

Doch es passierte das, was nicht passieren durfte. Sigge rannte Pål nach und rief ihm etwas hinterher.

Nein!

Vera sprang auf, um nach draußen zu laufen und Pål abzulenken.

Aber es war zu spät. Pål hatte sich bereits umgedreht und ging vor Sigge in die Hocke. Vera stand wie festgewachsen da und sah zu, wie er Sigge bei der Hand nahm und zusammen mit ihm in die Bar spazierte.

»Ich habe einen Freund getroffen«, sagte er. »Er vermisst seinen Vater.«

Vera stürzte zu Sigge, packte ihn bei den Schultern und schüttelte ihn.

»Du tust mir weh«, protestierte Sigge verängstigt.

»Was hast du gemacht?«

Veras Stimme klang scharf, obwohl sie flüsterte.

»Ich hab nur gefragt, ob er Papa kennt. Und er kennt ihn.«

Sie warf Pål einen finsteren Blick zu und hielt ihm den Stoffbeutel hin, in dem die zwölftausend Kronen lagen.

»Hier. Geh jetzt.«

Pål grinste sie überlegen an.

»Der Junge möchte seinen Vater treffen. Und wie der Zufall es will, weiß ich, wo er ist.«

»Hör auf, Pål. Es reicht. Zieh den Jungen nicht in die Sache rein.«

»Reinziehen? Er war von Anfang an ein Teil davon. Ich bin mir ziemlich sicher, dass es Jonny brennend interessiert, wo sein Sohn steckt.«

Pål wandte sich an den Barmann, der gelangweilt Gläser in die Halterungen über dem Tresen hängte.

»Kannst du mir ein Taxi rufen?«

»Klar.« Der Barmann streckte sich nach dem Telefon.

»Und hast du einen Platz, wo ich meine Maschine unterstellen kann?«

»Schieb sie in die Küche.«

Vera verfluchte ihre Unbedachtheit. Wie hatte sie glauben können, Sigge wäre bei ihr sicherer als bei Birgitta? Ihre Beine drohten unter ihr nachzugeben.

»Na, dann los«, verkündete Pål.

Er streckte Sigge seine Hand entgegen. Die Adern pulsierten auf seiner Stirn. Sein kahl rasierter Schädel glänzte vor Schweiß.

»Wir fahren zu deinem Papa.«

Vera schloss die Augen, suchte fieberhaft nach einem Ausweg, aber ihr Gehirn war wie gelähmt, lieferte keinerlei Antworten auf die Fragen, die sie stellte.

Als sie die Augen wieder aufschlug, sah sie, wie Sigge Påls Hand ergriff und mit ihm zum Ausgang ging.

16

Tomas konnte sich nicht erinnern, je einen heißeren Sommer erlebt zu haben. Die Hitze war überall: Sie kam von oben und stieg vom dunklen Asphalt und von den tristen Stockholmer Betonwüsten auf. Der Geruch von vergammelndem Müll und in der Luft hängenden Auspuffabgasen ließ ihn an Städte im Mittelmeerraum denken. Klara war mit den Kindern über Mittsommer nach Rättvik gefahren. Er saß mit nacktem Oberkörper vor ihrer Wohnung am Tisch im Laubengang und hatte sich ein provisorisches Büro eingerichtet, indem er das Telefon aus dem Flur in die Küche bugsiert und auf die Fensterbank gestellt hatte, damit er es vom Stuhl aus erreichen konnte.

Vor ihm lagen die bisherigen Ermittlungsergebnisse, die nach seiner und Zingos einhelliger Meinung in einer Sackgasse steckten. In erster Linie, weil Mersiha Selimovic, die den Täter identifizieren könnte, nach wie vor verschwunden war. Darüber hinaus hatten sie Nadija Alihodzic' Mann Elvedin sämtliche Damenslips gezeigt, die sie in Micael Bratts Wohnung sichergestellt hatten, doch er hatte keinen davon wiedererkannt. Auch die Theaterschminke, die sie bei Bratt zu Hause und in seiner Garderobe im Dramaten gefunden hatten, hatte nicht mit der Substanz unter Carmen Diaz' Fingernägeln übereingestimmt. Und eigentlich spielte das auch keine Rolle, dachte Tomas düster. Jeder Wald-und-Wiesen-Verteidiger würde anführen, dass Carmen Diaz damit in Kontakt gekommen war, als Bratt sich vor ihr am selben Abend im Nachtclub Garbo entblößt hatte.

Aber der herbste Rückschlag für die Hypothese, dass Bratt ihr Täter war, war zweifellos Veronica Bastins Bestätigung, dass sie Bratt ihren Stringtanga im Anschluss an die gemeinsame Nacht geschenkt hatte.

Tomas wischte sich den Schweiß von der Stirn und griff nach Jörgen Waltz' Passfoto. Die Faluner Kollegen hatten den Lkw-Fahrer noch immer nicht aufgegriffen. Und nach der Auskunft der Spedition, dass Waltz sich in der Nacht von Mersihas Selimovic' Überfall auf einer Fähre in Richtung Polen befunden hatte, hatte Tomas ihn aus dem Kreis der Verdächtigen so gut wie ausgeschlossen. Stattdessen hatten sie ihren Fokus auf Micael Bratt gerichtet. Zu vorschnell. Er suchte die Nummer der Spedition heraus und griff zum Telefon. Während es in der Leitung klingelte, hoffte er inständig, dass die Verwaltung noch nicht im Urlaub war.

Und er hatte Glück, jemand nahm den Hörer ab, und Tomas erkannte die Stimme der Mitarbeiterin wieder, mit der er gesprochen hatte, als er aus Waltz' Waldhütte angerufen hatte.

»Hier ist Tomas Wolf von der Stockholmer Polizei«, sagte er.

»Ach ja, hallo.«

»Ich wollte nur kurz hören, ob Jörgen Waltz noch immer krankgeschrieben ist oder ob er sich bei Ihnen gemeldet hat?«

»Nein, ich habe nicht mit ihm gesprochen. Er fällt immer noch aus. Wir mussten etliche Fahrten stornieren«, sagte die Frau bekümmert. »Wir leiden unter Personalmangel. Ganz besonders jetzt, während der Sommerzeit.«

Tomas seufzte schwer. Unten auf der Hornsgatan grölte ein Betrunkener.

»Aber Sie sind ganz sicher, dass Waltz sich am Abend des fünften März auf einer Fähre nach Polen befunden hat?«, fragte er und streckte sich nach seinem Wasserglas. Die Eiswürfel waren geschmolzen, aber das Wasser schmeckte kühl und erfrischend.

»Ich habe Ihnen doch schon gesagt, dass er das nicht war.«

Tomas presste den Hörer fester ans Ohr.

»Wie bitte?«

»Er *hätte* auf der Fähre sein sollen, aber das war er nicht. Ich hatte schon so ein Gefühl, dass die Tour nicht nach Plan verlaufen ist. Und einen Tag nach unserem Gespräch habe ich von einem Trelleborger Hotel die Rechnung für eine Übernachtung bekommen. Die Fähre konnte aus irgendeinem Grund nicht auslaufen, und Jörgen hat in Trelleborg übernachtet.«

»Warum haben Sie mich nicht angerufen und mich davon unterrichtet?«

»Das habe ich doch. Gut, nicht Sie. Ich hatte Ihre Telefonnummer nicht. Aber ich habe die Polizei in Falun informiert. Leiten Sie untereinander keine Informationen weiter?«

Tomas ignorierte die Frage.

»Sie sagen also, dass Jörgen Waltz vom fünften auf den sechsten März in Trelleborg übernachtet hat?«

»Ja, im Hotel Söderslätt.«

Tomas bedankte sich und legte auf. Er ging in die Wohnung, kramte eine Landkarte hervor, nahm sie mit nach draußen, breitete sie auf dem Tisch aus und studierte die südschwedische Provinz Schonen. Trelleborg lag schätzungsweise eine halbe Autostunde von Malmö, wo Mersiha Selimovic überfallen worden war, entfernt.

Er wählte die Durchwahl von Ylva Zethraeus' Büro. Sie nahm nach dem ersten Klingeln ab.

»Ich bin genauso sauer wie Sie«, sagte sie, nachdem er seinen Namen genannt hatte.

»Worüber?«, entgegnete er verblüfft.

»Dass es ihm gelungen ist, zwei Observierungsbeamte abzuschütteln.«

»Es tut mir leid, aber ich habe keine Ahnung, wovon Sie sprechen.«

»Micael Bratt. Er ist verschwunden. Er hat die Observierungsbeamten ausgetrickst. Vor einer halben Stunde im Riche.«

»Verflixt«, fluchte Tomas und hörte selbst, wie lahm es klang. »Aber deshalb rufe ich nicht an.«

Ylva Zethraeus hörte zu, ohne ihn zu unterbrechen.

Während er sie über die Neuigkeiten zu Jörgen Waltz ins Bild setzte, ging auf der anderen Seite der Hornsgatan eine Balkontür auf, und eine unbekleidete Frau in den Vierzigern schaute mit einer Bierdose in der Hand zu ihm herüber. Tomas wandte den Blick ab und fuhr mit seinem Bericht fort.

»Sie waren doch in Waltz' Haus. Was für ein Gefühl hatten Sie da?«, fragte Ylva Zethraeus, nachdem er geendet hatte.

»Dass er ein sehr einsamer Mensch ist. Ein Mann, der Schwierigkeiten hat, normale Beziehungen zu Frauen einzugehen, wenn Sie verstehen, was ich meine.«

»Ich verstehe genau, worauf Sie hinauswollen.«

Tomas hörte, wie jemand an Ylva Zethraeus' Tür klopfte und das Büro betrat. Sie bat die Person, Platz zu nehmen und zu warten.

»Ich möchte, dass Sie und Zingo nach Falun fahren und noch einmal in Waltz' Haus gehen. Ich rufe ... Wie heißt der Chef der Faluner Mordkommission doch gleich?«

»Fredriksson«, sagte Tomas.

»Richtig. Ich sage Fredriksson, wie die Dinge stehen. Dass wir Parallelen zu einem anderen Fall gezogen haben und unsere eigenen Beamten hochschicken. Er wird kaum Einwände erheben. Es ist Sommer, und er hat zu wenig Leute.«

»Ich rufe Zingo an. Morgen früh brechen wir auf.«

»Gut.«

Die Frau auf der gegenüberliegenden Seite stand noch immer draußen im Laubengang. Sie beugte sich weit über das Geländer und winkte jemandem unten auf der Straße zu. Tomas befürchtete, dass sie herunterfallen könnte, und ihm wurde bewusst, dass er sich fortsehnte. Schon bald wäre keine einzige vernünftige Menschenseele mehr in der Stadt. Stockholm würde sich in ein Tollhaus verwandeln, einzig und allein von Sonderlingen und angetrunkenen Krawallmachern bevölkert.

»Was unternehmen wir wegen Bratt?«, fragte er.

»Machen Sie sich keine Sorgen, ich kümmere mich darum. Ich setze jemanden auf ihn an, der ihn findet.«

Als sie aufgelegt hatten, erfasste Tomas eine Unruhe, die er nicht benennen konnte. Irgendetwas Großes und Entscheidendes rumorte im toten Winkel seines Bewusstseins.

17

Sigge lief Hand in Hand mit Pål vor Vera her, auf ein wartendes Taxi zu, das am Ringvägen hielt. Es war dumm von ihr gewesen, Sigge mit zur Zinken Bar zu nehmen. Idiotisch. Jetzt war ihr schlimmster Albtraum Wirklichkeit geworden.

Pål würde Sigge zu Jonny und dessen chaotischer Welt aus Drogen und Gewalt zurückbringen, und wäre der Junge erst da, gab es kein Zurück mehr. Jonny würde sie Sigge nie wiedersehen lassen.

Sie nahm ihr Handy aus der Handtasche, wählte die 90 000 und hörte, wie eine Stimme fragte, wie sie behilflich sein könne. Ihr Herz hämmerte. Schwindel befiel sie. Sie konnte nicht klar denken.

»Hallo?«, fragte der Mitarbeiter der Notrufzentrale am anderen Ende der Leitung.

Was sollte sie sagen?

Der sechsjährige Junge, den ich vor zwei Wochen entführt habe, wird zu seinem Vater zurückgebracht. Können Sie eingreifen?

Sie bekam kein Wort heraus.

»Hallo?«

Pål hatte das Taxi gleich erreicht. Die Lederweste spannte über seinem Kreuz. Sigge blickte lachend zu ihm auf. Sie musste ununterbrochen an Vincent denken. Vincent, der nicht hatte erwachsen werden dürfen. Es war, als sähe sie die schmale Gestalt ihres Bruders neben Pål herlaufen und verspürte dasselbe Schuldgefühl wie in der Nacht, als Vincent gestorben war.

Sie hatte keine Ahnung, woher sie die Kraft nahm, aber sie drückte das Gespräch weg und stürzte zum Taxi.

Sie hatte keinen Plan, sie handelte aus purer Verzweiflung.

»Wenn du Sigge mitnimmst, kannst du dein Geld vergessen!«, rief sie.

Pål ließ Sigges Hand los. Er drehte sich um, drauf und dran, etwas zu erwidern, als Vera ihm das Wort abschnitt.

»Das ist keine Drohung. Das ist Fakt. Dann habe ich nichts mehr, wofür ich kämpfen muss. Er bedeutet mir alles. Alles.«

Pål machte einen Schritt auf sie zu. Versuchte zu entscheiden, ob er ihr glauben sollte.

»Wie viel bedeutet er dir?«, fragte er.

»Alles, habe ich gesagt.«

»Wie viel bist du bereit, für alles zu bezahlen?«

»Alles. Verdoppele meine Schulden.«

»Das reicht nicht.«

»Fang damit an, fürs Erste«, flehte sie. »Wir werden später eine Einigung erzielen. Hauptsache, ich darf ihn jetzt mit nach Hause nehmen.«

Påls Augen verengten sich, während er den Vorschlag überdachte.

»Ich will Papa sehen«, sagte Sigge mit Nachdruck und blickte zwischen ihnen hin und her.

»Ich weiß, Großer«, erwiderte Vera. »Aber das ist gerade nicht so günstig.«

»Das sagst du immer«, rief Sigge mit vor Zorn sich überschlagender Stimme. »Du willst nicht, dass Papa und ich zusammen sind. Aber das kannst du gar nicht bestimmen, du bist nicht meine Mama.«

Als Vera in Sigges wütendes Gesicht blickte, wurde ihr bewusst, dass ihr nicht klar gewesen war, wie sehr er Jonny vermisste. Ein seltsames Gefühl, verletzt zu sein, ergriff von ihr Besitz. Sigge hatte ein eigenes Leben, Orte und Räume in seinem Inneren, zu denen er ihr keinen Zutritt gewährte.

»Ich glaube, ich habe mich geirrt«, sagte Pål.

Er hatte seine Entscheidung gefällt. Sigge sah ihn skeptisch an.

»Wie meinst du das?«

»Du wirst deinen Papa sehen. Aber er ist diese Woche in Malmö. Ich habe die Tage durcheinandergebracht.«

Sigge schien im ersten Moment protestieren zu wollen. Doch dann sank er in sich zusammen, als hätte man die Luft aus ihm herausgelassen.

»Papa will mich bestimmt gar nicht sehen«, murmelte er leise in Richtung Asphalt.

Vera wollte zu ihm und ihn trösten, aber Pål hielt sie mit einer Hand auf der Brust zurück. Hinter ihnen brüllte der Taxifahrer ein paar Unflätigkeiten und fuhr dann mit quietschenden Reifen davon.

»Die Sache ist noch nicht vorbei«, sagte Pål. »Das kostet dich eine Stange Geld. Du stehst bei uns jetzt so hoch in der Kreide, dass du bald unser Eigentum bist.«

»Sag nur Jonny nichts davon, okay?«

Pål hielt den Stoffbeutel mit dem Geld hoch.

»Du hast dir einen Monat Schweigen erkauft. Dann erzähl ich es ihm. Das heißt, solange wir keine andere Verwendung für dich finden.«

Lächelnd strich er ihr über den Mund, dann ging er in Richtung Kneipe davon, um seine Maschine aus der Küche zu holen. Vera fiel auf die Knie und schloss Sigge fest in die Arme, erschöpft und schweißgebadet. Sigge wehrte sich gegen ihre Umarmung, aber Vera ließ ihn nicht los.

Wie lange würde sie dieses Leben durchhalten?

Schließlich erlahmte Sigges Widerstand, und er schmiegte sich an sie.

So lange, wie es nötig ist, dachte sie. Hauptsache, dieser wunderbare kleine Hosenscheißer wächst weit entfernt vom Chaos seines Vaters auf.

Freitag, 24. Juni 1994

18

In der Hoffnung, dem zäh fließenden Mittsommer-Verkehrsstau zuvorzukommen, hatten Tomas und Zingo Stockholm um acht Uhr morgens hinter sich gelassen.

Draußen vor dem Fenster glitzerte der Runn-See. Trotz der frühen Uhrzeit war es bereits warm.

»Vielleicht verläuft dieses Mittsommerfest trotz allem friedlicher als gewöhnlich«, sagte Zingo, schraubte seine Thermoskanne auf und goss Kaffee in den Becher. Er hatte den Großteil der Fahrt geschlafen.

»Warum denkst du das?«

Zingo gähnte ausgiebig und rieb sich die Augen.

»Du lebst wirklich hinterm Mond. Wir spielen heute gegen die Sowjetunion. Gegen Russland, meine ich. Keine Ahnung, ob ich mich je daran gewöhnen werde, Russland zu sagen. Der Begriff liegt mir irgendwie nicht.«

»Au Backe«, sagte Tomas.

Er dachte an die unschlagbare sowjetische Eishockeymannschaft und fragte, ob die Fußballmannschaft ebenso gut war.

»Sind sie nicht, weit entfernt. Dieses Match gewinnen wir. Wir *müssen* es gewinnen, sonst treten wir im letzten Gruppenspiel gegen Brasilien an. Aber damit wir gewinnen, muss Ravelli aufhören, wie eine wild gewordene Vogelscheuche herumzuflattern.«

Tomas erinnerte sich, dass Ravelli der schwedische Torhüter war. Zingo trank seinen Kaffee und schaute auf die vorüberziehende Landschaft.

»Mir geht diese Kontaktlinse nicht aus dem Kopf, die die Malmöer Kollegen gefunden haben. Wissen wir, ob Waltz einen Sehfehler hat?«

»Er trägt auf keinem Foto eine Brille. Und ehrlich gesagt habe ich gestern vergessen, die Frau von der Spedition danach zu fragen. Das hätte ich machen müssen.«

Der See verschwand im Rückspiegel, und kurz darauf fuhren sie durch Falun und folgten dem Schotterweg zu Jörgen Waltz' Waldhütte. Am Ziel angelangt, beobachteten sie das verwahrloste rote Häuschen und das danebenliegende Gebäude aufmerksam, bevor sie aus dem Wagen stiegen.

Die Gardinen waren zugezogen. Tomas durchfuhr ein Schauer. Als er mit Rapp hier gewesen war, waren die Gardinen nicht geschlossen gewesen. Flüsternd gab er die Info an Zingo weiter und tastete nach seiner Sig Sauer, die im Schulterholster steckte. Ihm war aufgefallen, dass Zingo seine Dienstwaffe nicht mitgenommen hatte. Andererseits hatte er seinen Partner noch nie eine Waffe tragen sehen.

Vögel zwitscherten. Sonnenstrahlen funkelten durch das Laub der Baumkronen. Es roch nach Erde und Gras. Tomas suchte die hochstehende Rasenfläche nach Reifenspuren ab, konnte jedoch keine entdecken. Sein Puls beschleunigte sich. Wenn Jörgen Waltz im Haus war, musste er sie inzwischen bemerkt haben. Vielleicht schlief er. Vielleicht lag er in der dunklen Hütte auf der Lauer. Besaß Waltz einen Waffenschein? Vermutlich befanden sich Schusswaffen im Haus, in dieser Gegend war jeder bewaffnet – ob mit oder ohne Waffenschein. Tomas klopfte an. Wartete. Zingo deutete auf die Vordertür. Tomas legte die Hand auf die Klinke, ertastete den Puls des Hauses, dann öffnete er die Tür und ging hinein. Er blinzelte einige Male, um seine Augen an die Dunkelheit zu gewöhnen.

»Hallo?!«, rief er, während er sich vorsichtig vorwärts bewegte.

Um ihn herum nahmen die Möbel und Wände zunehmend schärfere Konturen an. Zingo ging in das kleine Schlafzimmer, Tomas blieb mitten im Wohnzimmer stehen.

Jemand war hier gewesen, da war er sicher. Langsam ging er in die Küche, wo sein Blick auf etliche große Kisten mit unetikettierten Flaschen fiel. Er nahm eine davon heraus und schraubte sie auf. Alkohol, stellte er fest. Selbst gebrannt. Als er die Flasche wieder zuschrauben wollte, erklang ein Schrei.

19

Ein schier endloses Klappern und Klirren erfüllte die Küche in Birgittas Sechszimmerwohnung, die für eine ganze Familie ausgestattet war, obwohl Birgitta allein lebte. Geschirr und Schüsseln wanderten im Akkord über die Arbeitsfläche. Die alte Nachbarin erledigte die Vorbereitungen für den Mittsommer-Schmaus wie am Fließband. Hering und gebeizter Lachs füllten die Schalen, ohne dass Vera auch nur die Chance gehabt hätte, ihre Hilfe anzubieten.

»Kann ich etwas tun?«

»Nimm den Aquavit aus dem Eisfach und schenk uns ein. Es ist fast zwölf.«

Sigge schlief im Gästezimmer. Er hatte sich die ganze Nacht unruhig hin und her gewälzt und war mit einer Miene wie sieben Tage Regenwetter aufgewacht. Aber seine Laune hatte sich schlagartig gebessert, als Birgitta geklingelt und sie zum Mittsommeressen eingeladen hatte. Ab da hatte er sich zusammengerissen, draußen auf dem Hof alleine Barfuß-Fußball gespielt und sich dabei den großen Zeh aufgerissen, worauf er mächtig stolz war.

»Ich sehe aus wie ein echter Fußballprofi«, hatte er zufrieden geurteilt und seinen lädierten Zeh gemustert, den Vera partout nicht hatte verpflastern dürfen.

Dann hatte der Schlafmangel der vergangenen Nacht die Oberhand gewonnen. Kaum lag er in Birgittas Gästebett, waren ihm die Augen zugefallen.

Lächelnd holte Vera den Schnaps aus dem Kühlschrank. Birgitta schob ihr zwei Gläser hin.

»Schenk ein«, befahl sie. »Und sei nicht knauserig.«

Vera gehorchte abwesend. Sigge ging ihr nicht aus dem Kopf. Seit der Begegnung mit Pål war ihre Gewissheit, ihn bei sich behalten zu wollen, gewachsen. Ebenso wie ihre Bedenken, ob es das Richtige wäre. Sie wollte sich um ihn kümmern, ihm eine schöne Kindheit ermöglichen und ihn beschützen. Aber ihr Leben war nicht sicher. Sigge war bei ihr nicht in Sicherheit.

»Was ist los mit dir?«, fragte Birgitta mit erhobenem Schnapsglas.

»Ach nichts, alles in Ordnung. Prost. Und ein frohes Mittsommerfest.«

Birgitta leerte ihr Glas in einem Zug und stellte es auf der Spüle ab.

»Doch. Irgendwas beschäftigt dich. Raus damit.«

Vera zögerte. Sie konnte Birgitta nicht die ganze Wahrheit sagen, gleichzeitig wünschte sie sich, jemanden um Rat zu fragen.

»Es ist nur … Gestern ist etwas vorgefallen, das … Ich glaube nicht, dass ich Sigge das Leben bieten kann, das er verdient. Mein Leben ist ein einziges Chaos, und ich kann nicht so für ihn da sein, wie er es braucht.«

Birgitta seufzte, als wäre Veras Kommentar unbegründet, nahezu albern. Sie bereute, das Thema angeschnitten zu haben.

»Du bist doch jetzt hier, oder nicht?«, erwiderte Birgitta.

»Ja, schon.«

»Und wo steckt der Vater?«

»Keine Ahnung.«

»Na siehst du. Du könntest jetzt in einer Kneipe hocken. Dich volllaufen lassen. Mit irgendeinem parfümierten Kerl flirten. Stattdessen sitzt du am Mittsommerabend zu Hause bei einer alten Vettel. Und das tust du für den Jungen.«

Demonstrativ schüttelte Birgitta die halb volle Aquavit-Flasche.

»Langsam trinken tust du obendrein.«

»Biggi«, lachte Vera.

Die Nachbarin maß sie mit einem verärgerten Blick.

»Nenn mich nie wieder Biggi.«

Sie füllte Veras Glas auf, das vom kalten Schnaps beschlug.

Teller kamen auf den Tisch. Das gute Porzellan mit Goldrand und feinem Blumenmuster. Vera angelte eine Zigarette aus Birgittas Schachtel, zündete sie an und nahm ein paar hastige Züge, während sie die Dunstabzugshaube anschaltete.

»Das reicht aber nicht«, sagte sie.

»Was?«

»Dass mir etwas an Sigge liegt.«

Vera nahm einen tiefen Zug und biss sich auf die Unterlippe.

»Ich denke darüber nach, ihn wegzugeben.«

»Was sagst du?«

Vera kippte ihren Aquavit hinunter. Sie war den Tränen nahe, drängte sie jedoch zurück.

»Ich kenne eine Mitarbeiterin beim Jugendamt in Malmö. Sie ist gut, glaube ich. Sie heißt Cornelia Bergman. Ich habe sie mal interviewt …«

Birgitta fiel ihr ins Wort.

»Wer hat dein Opfergewand geschneidert? Es kleidet dich ganz und gar nicht.«

Sie schüttelte den Kopf. Ihre Stimme war hart geworden. Sie klang wie eine enttäuschte Mutter.

»Nein, Vera. Du musst dich zusammenreißen. Ich habe nicht vor, mir diesen Unfug weiter anzuhören. Noch dazu an Mittsommer.«

Vera drückte ihre Zigarette aus. Wie aus dem Nichts waren die Gläser wieder aufgefüllt.

»Was soll ich deiner Meinung nach tun? Ich bekomme mein Leben nicht in den Griff. Ich habe nicht einmal einen Job. Und wenn ich einen hätte, könnte ich mich trotzdem nicht um Sigge kümmern. Meine Vorgesetzten diktieren meine Arbeitszeiten, wie es ihnen gerade in den Sinn kommt. Ich kann den Jungen nicht zu Tatorten oder Verkehrsunfällen mitnehmen. Er ist ein Kind. Er braucht ein stabiles Zuhause.«

Vera leerte ihr Glas. Birgitta schenkte ihr nach, nahm selbst einen ordentlichen Schluck direkt aus der Flasche und verzog das Gesicht, als hätte sie in eine saure Zitrone gebissen.

»Na bitte«, sagte sie, als sie den Schnaps heruntergeschluckt hatte. »Der Farbfilm ist wieder da.«

»Ich habe keine andere Lösung«, sagte Vera.

Sie zündete sich eine neue Zigarette an und wischte sich eine Träne aus dem Auge. Im selben Moment drang eine Stimme aus dem Flur und unterbrach ihre Unterhaltung.

»Du hast gesagt, dass du mich nie alleine lässt!«

Sigge stürmte in die Küche, das Gesicht vom Schlaf gerötet. Das T-Shirt klebte ihm an der Brust, seine Züge waren verzerrt, als hätte er einen Albtraum gehabt.

»Ich will nicht woandershin!«, schrie er.

20

Tomas ließ die Flasche fallen, die klirrend zerbrach, und stürzte ins Schlafzimmer.

Im Türrahmen blieb er wie angewurzelt stehen. Jörgen Waltz kniete, nur mit Boxershorts bekleidet, auf Zingo, der bewusstlos am Boden lag. Waltz drückte ihm die Kehle zu. Aus einer großen Wunde an Zingos Stirn strömte Blut und lief seine Wangen hinunter.

»Polizei! Lassen Sie ihn los!«, rief Tomas.

Er versuchte, seine Dienstwaffe aus dem Holster zu ziehen.

Jörgen Waltz drehte den Kopf, fuhr mit einer Gelenkigkeit, die Tomas überrumpelte, in die Höhe und warf sich auf ihn. Der Angriff kam zu schnell. Durch das Überraschungsmoment hatte er es nicht geschafft, seine Sig Sauer zu ziehen. Er taumelte rückwärts ins Wohnzimmer, einen unbändig brüllenden Jörgen Waltz auf sich. Sie krachten auf den niedrigen Couchtisch, der in der Mitte zerbrach. Tomas war mindestens zwanzig Kilo leichter als sein Gegner, und ihm war klar, dass er Waltz schnell unschädlich machen musste, wenn er nicht ernsthaft verletzt werden wollte.

Aber Waltz' enorme Leibesfülle auf seinem Körper schränkte seine Bewegungsfähigkeit ein. Er bekam keine Luft und verfiel zunehmend in Panik. Erneut versuchte er, an seine Waffe zu kommen, gab den Versuch jedoch auf. Stattdessen gelang es ihm, die Hand zu heben und Waltz einen Daumen ins Auge zu drücken, woraufhin der Lkw-Fahrer vor Schmerz aufbrüllte. Tomas stemmte seine linke Hand gegen Waltz' Kinn, presste es nach oben. Gleichzeitig ballte er die rechte Hand zur Faust und hieb auf Waltz' Kehlkopf ein. Waltz verstummte, dann begann er zu röcheln. Er griff sich an den Hals und keuchte, als sei er kurz vor dem Ersticken. Tomas stieß ihn von sich und stand mit wackligen Beinen auf. Benommen stützte er sich an der Sofakante ab. Erleichtert stellte er fest, dass Waltz keine Gefahr mehr darstellte. Er löste die Handschellen von seinem Gürtel, drehte Waltz um und fesselte ihm unsanft die Hände auf den Rücken.

Dann hastete er ins Schlafzimmer, um nach Zingo zu sehen.

Sein Kollege hatte sich aufgesetzt, den Rücken an die Bettkante gelehnt.

Mit halb geschlossenen Augen blickte er Tomas durch das Blut, das seine Stirn herunterrann, an.

»Bist du okay?«, fragte Tomas.

Zingo nickte. Vergeblich sah Tomas sich nach einem halbwegs sauberen Gegenstand um, mit dem er die Blutung stoppen könnte. Kurzerhand zog er sein Jeanshemd aus, das bei dem Handgemenge mit Waltz zwei Knöpfe eingebüßt hatte, rollte es zusammen und drückte es Zingo auf die Stirn.

»Halt fest«, wies er ihn an, platzierte Zingos Hand über der Wunde und kehrte ins Wohnzimmer zurück.

Jörgen Waltz lag noch da, wie er ihn zurückgelassen hatte. Tomas unterdrückte den Impuls, den am Boden liegenden Mann in die Seite zu treten. Stattdessen ging er neben Waltz in die Hocke, packte ihn bei seinen fettigen Haaren und zwang ihn, ihm in die Augen zu sehen. Waltz erinnerte ihn an ein verletztes und gefesseltes Tier.

»Du hättest fast meinen besten Freund umgebracht«, sagte er.

»Wer zum Teufel bist du?«, knurrte Waltz.

»Ich bin Polizist, du Dreckskerl.«

Tomas riss Waltz auf die Füße. Der Mann war wahrhaft ein Hüne. Er überragte Tomas' Körpergröße von einem Meter achtundachtzig fast um Haupteslänge.

»Wo bringt ihr mich hin? Ich habe nichts gemacht. Ihr seid verflucht noch mal bei mir eingebrochen.«

Tomas ignorierte ihn.

»Kommst du?«, rief er in Zingos Richtung.

Einen Moment später kam Zingo ins Wohnzimmer gewankt, das Jeanshemd an die Stirn gedrückt. Er blinzelte Waltz an, dann nahm er die Hand von der Stirn und betrachtete das blutige Hemd.

»Glück für dich, dass Tomas dazwischengegangen ist und dich gerettet hat«, sagte er.

Sie führten Waltz zum Auto, verfrachteten ihn auf den Rücksitz und schlugen die Tür zu. Dann lehnten sie sich an die Motorhaube, zündeten sich jeder eine Zigarette an und beratschlagten, wie sie die Situation handhaben sollten. Ab und zu warf Tomas einen Blick auf Jörgen Waltz, der einen unbeteiligten Eindruck machte und ausdruckslos vor sich hin starrte. Sie beschlossen, ihn nach Falun ins Polizeipräsidium zu bringen und ihn da zu vernehmen. Sie stiegen ein. Tomas suchte in seinen Taschen nach den Autoschlüsseln.

»Ich hab mich geirrt«, sagte Zingo.

»Wobei?«

»Mittsommer verläuft auch dieses Jahr ziemlich turbulent.«

21

Sigge nagelte sie mit dem Blick fest. Vera wurde siedend heiß. Ihre Zunge gehorchte ihr nicht. Wie sollte sie Sigge ihre Worte, sie wolle ihn weggeben, erklären?

»Nein, ich meinte nur … Ich weiß auch nicht«, stotterte sie.

»Dann laufe ich weg«, rief Sigge. »Zu Papa.«

Vera sank auf einen Stuhl. Sie sollte zu Sigge stürzen und ihn in die Arme nehmen. Aber sie fühlte sich mit einem Mal vollkommen kraftlos. Ein weiterer Beweis dafür, was für ein denkbar schlechter Mutterersatz sie war.

Birgitta stellte das Tafelsilber auf die Spüle und schaute Sigge durchdringend an.

»Lauschen ist nicht schön, junger Mann«, sagte sie. »Das solltest du wissen.«

Sigge sah sie an, zornig, aber mit einer Spur von Scham im Blick.

»Und darum haben wir das eben gesagt. Damit du das nicht wieder machst.«

Birgitta ging einen Schritt auf ihn zu.

»Glaubst du wirklich, wir würden dich weggeben?«, fuhr sie fort und strich ihm übers Haar.

Sigge wand sich hin und her, starrte zu Boden.

»Papa hat es gemacht.«

Birgitta nahm ihn in die Arme. Vera sah, dass ihm Tränen über die Wangen kullerten, bevor er sein Gesicht in Birgittas Bauch vergrub.

»Ja, aber dann ist es doch ein Glück, dass du Vera hast.«

Birgitta drehte sich zu ihr um und flüsterte leise:

»Ich habe nicht vor, so bald den Löffel abzugeben. Ich habe sicher noch zehn schöne Jahre vor mir. Solange ich lebe, musst du dir keine Sorgen machen. Der Junge bleibt bei dir. Und ich nehme ihn jedes Mal, wenn du es nicht schaffst.«

Sie machte eine ausholende Handbewegung.

»Betrachte meine Wohnung als Kinderhort.«

»Bist du sicher?« Vera wischte sich eine Träne aus den Augen.

»Genauso sicher, wie ich bin, dass du noch einen ordentlichen Schluck gebrauchen kannst.«

Eine Eieruhr begann zu klingeln und verkündete, dass Birgittas Ofengerichte, Fleischklößchen und Janssons Versuchung, fertig waren.

»Sigge«, bat Birgitta. »Holst du die Cocktailwürstchen aus dem Kühlschrank?«

Sigge löste sich aus ihrer Umarmung, das Gesicht vom Weinen verquollen.

»Danke«, sagte Vera.

Ihr kam ein Gedanke.

»Dein Kinderhort, ist der morgen schon geöffnet?«

»Du hast doch keine Arbeit, zu der du gehen musst«, erwiderte Birgitta, und ihre Augen verengten sich, als ob ihr soeben etwas aufging. »Willst du dich etwa mit einem Mann treffen?«

Vera lachte.

»Nein. Aber ich habe eine ziemlich gute Idee, wen ich ans Messer liefern muss, damit ich meine Arbeit zurückbekomme.«

22

Ranziger Gestank drang aus den Poren von Jörgen Waltz' verschwitztem Körper und breitete sich im Vernehmungsraum aus. Er sieht mehr wie ein Mörder und Vergewaltiger aus als jeder andere Verdächtige, der mir in meiner Laufbahn untergekommen ist, dachte Tomas. Waltz starrte ihn feindselig an. Zingo war im Krankenhaus, um seine Stirn nähen zu lassen. Tomas schaltete das Aufnahmegerät an und sprach die Personalien aufs Band.

»Sie verzichten also auf einen Anwalt?«, fragte er dann.

»Ich habe nichts gemacht, scheiß Bulle.«

Tomas nickte langsam.

»Wo waren Sie in der Nacht von Freitag, dem zehnten, auf Samstag, den elften Juni?«

Die Frage schien Waltz zu überraschen.

»In der Nacht von Finks Amoklauf?«

»Ja.«

»Darauf antworte ich nicht.«

»Waren Sie in Falun?«

»Nein.«

Waltz schwitzte stark. Unter den Ärmeln des grauen Baumwoll-T-Shirts, in das sie ihn gesteckt hatten, glänzten zwei große, feuchte Halbmonde.

»Aber Sie wollen nicht sagen, wo Sie sich aufgehalten haben?«

»Nein.«

Tomas schlug die Mappe auf, die vor ihm auf dem Tisch lag. Carmen Diaz' Augen schauten sie anklagend an.

»Erkennen Sie diese Frau wieder?«

»Nein.«

»Zeugenaussagen zufolge hatten Sie mit ihr vor dem Bahnhof einen Auffahrunfall. Sie sollen äußerst aggressiv und bedrohlich aufgetreten sein.«

Waltz senkte den Blick und betrachtete das Foto.

»Sitze ich darum hier? Wegen einem Auffahrunfall mit irgendeiner Tussi?«

»Sie geben den Auffahrunfall mit der Frau also zu?«

»Ja, aber das war eine Lappalie. Hätte sie mich nicht wie eine Furie beschimpft und rumgeschrien, als hätte ich sie mit dem Messer abgestochen, wäre ich einfach weitergefahren.«

»Danach haben Sie die Frau nicht wiedergesehen? Keinen Kontakt zu ihr aufgenommen?«

Waltz schüttelte den Kopf. Schweißperlen traten auf seine Stirn.

Tomas nahm ein zweites Foto aus der Mappe. Eine Aufnahme von Carmen Diaz' Leiche. Er legte es auf das erste Foto.

Waltz betrachtete es stumm.

»So haben wir sie in der Yxhammarsgatan gefunden. In der Nacht des Amoklaufs.«

Waltz fuhr sich mit der Zunge über die Lippen. Tomas schwieg, zündete sich eine Zigarette an und lehnte sich auf seinem Stuhl zurück.

»Ich war das nicht.«

»Die Frau wurde vergewaltigt. Sie haben schon einmal eine Frau vergewaltigt.«

»Ich wurde freigesprochen. Man konnte mir nichts nachwei...«

Tomas zuckte mit den Schultern.

»Aber Sie waren schuldig, ist es nicht so? Außerdem wurden Sie wegen sexueller Belästigung verurteilt. Sie mögen keine Frauen?«

»Ich habe nichts gegen Frauen.«

»Trotzdem geraten Sie immer wieder mit Frauen in Konflikt.«

Waltz schüttelte den Kopf.

»Ich habe Carmen Diaz nicht ermordet.«

Tomas zog an seiner Zigarette und stützte die Ellbogen auf den Tisch. Seine Miene verriet nicht, wie elektrisiert er war.

»Was haben Sie gesagt?«

»Ich habe Carmen Diaz nicht ...«

»Seltsam, dass Sie ihren Namen kennen. Gerade eben konnten Sie sich nicht einmal an sie erinnern.«

»Sie haben den Namen genannt ...«

Tomas hob kopfschüttelnd die Hand.

»Nein, ich habe ihren Namen nicht erwähnt. Möchten Sie, dass wir das Band zurücklaufen lassen und es überprüfen?«

Waltz schüttelte den Kopf. Tomas überlegte, wie er weiter vorgehen sollte. Er deutete auf das Wasserglas.

»Trinken Sie einen Schluck, Sie sehen dehydriert aus.«

Jörgen Waltz griff nach dem Glas und trank es aus.

Er war eindeutig nervös. Er hatte sich verplappert.

Tomas spürte, wie die Anspannung von ihm abfiel. Sie hatten den richtigen Mann. Er nahm zwei weitere Fotos aus der Mappe, achtete jedoch darauf, Waltz das Motiv nicht zu zeigen, und legte sie mit der Vorderseite nach unten auf den Tisch. Waltz schielte nervös darauf.

»Seit dem Mord an Carmen Diaz sind Sie krankgeschrieben. Es muss Ihnen sehr schlecht gehen. Immerhin sind seither zwei Wochen vergangen.«

Waltz antwortete nicht. Tomas lächelte. Er drückte seine Zigarette aus und legte die Hände auf die umgedrehten Fotos.

»Rechts oder links?«

»Was?«, grunzte Waltz.

»Rechts oder links.«

»Links.«

Tomas drehte das linke Foto um. Nadija Alihodzic lachte in die Kamera.

»Diese Frau wurde in der Nacht vom fünften auf den sechsten Juni vergewaltigt und ermordet. Sie kennen nicht zufällig auch ihren Namen?«

Waltz verzog keine Miene.

»Erraten Sie, wo ihre Leiche gefunden wurde?«

»Woher zum Teufel soll ich das wissen?«, blaffte Waltz.

»Ich bin nur neugierig. Erinnern Sie sich, wo Sie in der Nacht vom fünften auf den sechsten Juni waren?«

»Nein.«

»Nein wie: Sie wissen es nicht, oder nein wie: Sie wollen es nicht sagen?«

»Ich erinnere mich nicht.«

»Dann ist es ja ein Glück, dass ich Ihrer Erinnerung in diesem

Punkt auf die Sprünge helfen kann. Ich habe Ihnen die Frage nicht gestellt, weil ich eine Antwort brauche. Tatsache ist, dass ich weiß, wo Sie waren. Nadija Alihodzic, so heißt die Frau, wurde in Märsta vergewaltigt und getötet. Wo Sie sich zu dem Zeitpunkt aufgehalten haben.«

Tomas drehte das zweite Foto um.

»Diese Frau, Mersiha Selimovic, wurde in Malmö vergewaltigt. Aber da wurden Sie unterbrochen und sind geflüchtet. Die Frau hat überlebt. Dann sind Sie zurück nach Trelleborg gefahren und haben auf Ihre Fähre gewartet. Hatten Sie Angst, Mersiha Selimovic könnte Sie als Täter identifizieren? Haben Sie die anderen Frauen deswegen getötet? Um das Risiko zu verringern, erkannt zu werden?«

»Ich war nicht in Malmö.«

»Hören Sie auf«, sagte Tomas.

Er griff nach seinem Wasserglas, trank ein paar Schlucke und versuchte, Waltz' Gesichtsausdruck zu deuten. Er war ganz dicht dran. Vielleicht hätte er Waltz' Geständnis in der Tasche, bevor Zingo zurückkam. Diese Geschichte würde ein Ende haben, sie würden weitere Morde verhindern.

Er stellte das Glas ab.

»Kommen Sie, Jörgen. Ich weiß, dass Sie es waren. Legen Sie ein Geständnis ab. Warum haben Sie es getan? Hassen Sie Ausländer?«

»Ich habe nichts gegen Ausländer. Jedenfalls nicht gegen die, die sich anständig benehmen.«

»Warum haben Sie die Frauen dann ermordet?«

Waltz' Blick flackerte zwischen den Gesichtern der beiden Opfer hin und her. Schließlich hob er den Kopf und sah Tomas an.

»Ich habe diese Frauen nicht angerührt. Und ich kann es beweisen. Sie brauchen nur Ihre Kollegen in Trelleborg anzurufen und sie zu fragen.«

Eine halbe Stunde später war Tomas überzeugt, dass Waltz unschuldig war.

23

Tomas und Zingo kehrten über die nördlichen Zufahrtsstraßen nach Stockholm zurück und hielten am Sveaplan an einer roten Ampel. Während der gesamten Rückfahrt von Falun hatten sie kaum ein Wort gewechselt.

»Alkoholschmuggel«, murmelte Zingo, der einen Verband um den Kopf trug. »Der verfluchte Mistkerl ist Schmuggler, kein Mörder.«

»Sieht ganz danach aus«, sagte Tomas. »Die Kollegen behalten ihn da, bis sie seine Aussage überprüft haben. Aber ich bin mir sicher, dass er die Wahrheit gesagt hat. Ich rufe Rapp morgen an und erkundige mich, ob er mit der Polizei in Trelleborg sprechen konnte. Aber sie scheinen Waltz am fraglichen Abend die ganze Zeit überwacht zu haben.«

Zingo deutete auf die rote Ampel.

»Fahr. Hier ist weit und breit kein Auto zu sehen.«

Nach links und rechts schauend, bog Tomas auf den Sveavägen ein.

»Ich habe keine Ahnung, ob du heute Abend irgendwelche hochtrabenden Pläne hast, aber wie ich dich kenne, dürften sie eher armselig sein. Was hältst du davon, wenn wir uns bei mir zu Hause das Spiel anschauen und dabei Alkohol in unsere zerschundenen Eingeweide schmuggeln?«, fragte Zingo.

Tomas dachte an die leere Wohnung in der Hornsgatan. Ihm graute davor, den Abend alleine zu verbringen. Sein Blick wanderte über die menschenleeren Straßen. Die einzige Gestalt, die er entdeckte, war ein Junkie, der mit leerem Blick und eingefallenen Wangen am Sankt Eriksplan herumirrte.

Sie parkten vor Zingos Wohnung und gingen hoch in das düstere Dreizimmerappartement. Tomas rief von Zingos Anschluss aus in Rättvik an, um zu hören, wie es Klara und den Kindern ging, doch im Sommerhaus nahm niemand ab.

Zingo kochte Kartoffeln. Sie tischten ein paar Dosen Hering auf, nahmen die Kartoffeln mit raus auf den Balkon, und mit einem reichlichen Schnapsvorrat sowie etlichen Dosen Bier eingedeckt, machten sie es sich bequem und blickten hinaus auf die Stockholmer Schären.

»Schön hast du's hier«, sagte Tomas.

Zingo deutete mit der Hand aufs Wasser.

»Hier vorne siehst du Långholmen und Reimersholmen. Das Inselchen da hinten ist Grönland.« Er spießte einen Senfhering auf seine Gabel. »Wir machen Folgendes. Mein Schädel dröhnt sowieso schon. Du darfst eine Stunde über die Ermittlung reden. Und ich werde mit dir diskutieren, von Polizist zu Polizist. Aber danach kommt der Privatmann in mir zum Vorschein. Dann will ich saufen, wie es meine Vorväter getan haben, seit dem Tag, an dem Gustav Wasa die Dänen aus dem Land geworfen hat. Ich will mich volllaufen lassen und vergessen, wie ein normaler Bürger. Können wir uns darauf einigen?«

Tomas hob seine Bierdose und prostete Zingo stumm zu.

»Sind wir auf dem Holzweg?«, fragte er dann.

»Keine Ahnung. Aber es sieht ganz so aus.«

»Wir werden noch einmal bei null anfangen müssen«, konstatierte Tomas düster.

»Und es ist nicht das erste Mal, dass zwei Ermittler wieder am Anfang stehen. Das ist Teil unseres Jobs. Wir haben uns geirrt. Jörgen Waltz können wir im Grunde schon abschreiben. Micael Bratt, dieses aufgeblasene Arschloch, haben wir weiter am Wickel.«

»Mehr oder weniger. Er ist verschwunden.«

»Was nicht zu seinen Gunsten spricht. Aber dass er ein paar lahmärschige Beschatter abgeschüttelt hat, macht ihn nicht zum Mörder. Trotzdem werden wir ihn gründlich unter die Lupe nehmen, seinen Hintergrund und seine Frauengeschichten durchleuchten. Gleichzeitig müssen wir andere Spuren im Kopf behalten. Ganz zu Anfang haben wir in der Neonazi-Szene ermittelt, die Fährte aber links liegen lassen, als wir zwei andere Kandidaten hatten.«

»Sollen wir Ylva Zethraeus bitten, uns ein paar Beamte zuzuteilen? Ich weiß nicht, ob wir diesen Fall alleine bewältigen.«

Zingo goss sich einen Schnaps ein und sah Tomas fragend an, der den Kopf schüttelte. Er kippte das Glas hinunter, atmete genüsslich aus, stellte es auf den Tisch und wischte sich den Mund ab.

»Noch nicht. Vergiss nicht, dass in Märsta und Falun zwei parallele Ermittlungen laufen. Unsere Malmöer Kollegen lasse ich außen vor. Die Dänen können einem leidtun. Sie haben keine Ahnung, worauf sie sich mit dem Brückenbau zu unserem dysfunktionalsten Landstrich einlassen.«

Tomas blinzelte hinaus aufs Wasser, wo ein Segelboot auf die Västerbron zusteuerte.

»Glaubst du, dass er wieder zuschlägt?«

Zingo schob sich einen Dillzweig zwischen die Zähne und kaute darauf herum.

»Nicht, wenn Micael Bratt der Täter ist. Zumindest nicht jetzt. Das Wagnis geht er nicht ein. Aber wenn Bratt nicht unser Mann ist, ja, dann schlägt er ganz bestimmt wieder zu. Ich habe ältere Mordfälle mit ähnlichen Vorgehensweisen wie bei Carmen Diaz und Nadija Alihodzic überprüft. Aber es war kein Täterprofil darunter, das unserem Täter gleicht. Ich glaube, du hast dich früh an seine Fersen geheftet. Was gleichzeitig gut und schlecht ist.«

Stirnrunzelnd nippte Tomas an seinem Bier.

»Warum sollte das schlecht sein?«

»Wenn wir ausschließen, dass unser Mann aus diffusen politischen Motiven heraus tötet, dass er keinen pervertierten, persönlich motivierten ethnischen Ausmerzungs-Kreuzzug wie der Lasermann führt, sondern mordet, weil es ihm Vergnügen bereitet, weil der Wunsch zu töten in seiner Natur liegt, und obendrein berücksichtigen, was uns die Erfahrung über diese

Sorte Mörder lehrt, dann wird er noch sechs bis dreizehn weitere Morde verüben, bevor wir ihn schnappen.«

»Wie kommst du darauf?«

»Serienkiller ermorden im Durchschnitt acht bis fünfzehn Opfer, bevor sie gefasst werden. Nicht, weil sie ihre Mordserie nicht fortsetzen könnten, sondern weil sie zu dem Zeitpunkt so viele Spuren hinterlassen haben, dass wir nicht anders können, als sie zu schnappen.«

Zingo kaute weiter auf dem Dillzweig herum.

»Unsere südschwedischen Kollegen benötigen natürlich die doppelte Anzahl Opfer«, scherzte er.

Er stützte die Arme auf das Balkongeländer.

»Die Täter, die wir für gewöhnlich jagen, morden ein Mal«, fuhr er fort. »Und das Opfer stammt meistens aus dem persönlichen Umfeld. Der Mord ist nicht geplant, er geschieht im Affekt, und in der Regel ist Alkohol im Spiel. Die Motive für die Tat liegen klar auf der Hand, Auslöser, die wir nachvollziehen können, weil wir Menschen sind. Eifersucht, Geldstreitereien, Konflikte am Arbeitsplatz.«

Tomas drehte seine Bierdose in den Händen und wartete, dass Zingo weiterredete.

»Niemand tötet aus einem Vakuum heraus. Der Großteil der Täter besitzt eine gewalttätige Vorgeschichte. Ein weiteres verbindendes Phänomen ist die sogenannte mobile Phase, eine Besonderheit, die das FBI bei nahezu jedem Serienmörder feststellen konnte, den es näher analysiert hat. Ein oder zwei Jahre, bevor diese Männer – denn die überwiegende Mehrheit sind Männer – ihre Mordserie beginnen, gehen sie für mehrere Wochen oder gar Monate auf Reisen. Und fast alle Serienmörder sind das älteste von zwei oder drei Geschwistern.«

Zingo goss sich erneut einen Kurzen ein und kippte ihn herunter. Dann stand er auf und verschwand in der Wohnung. Diese Schilderung trifft erschreckend genau auf Kristian zu, dachte Tomas. Er ist das älteste von drei Geschwistern. Er ist als

Söldner auf Reisen gewesen, er besitzt eine gewalttätige Vorgeschichte und hat in Bosnien aller Wahrscheinlichkeit nach auch gemordet.

Zingo kam mit einem Buch zurück und legte es vor Tomas hin.

»Hier. Das schenke ich dir. Ich hab es mir im Versandhandel bestellt, als wir den Lasermann gejagt haben. Joel Norris ist Psychologe und gilt als weltweit führender Experte in Sachen Serienmörder.«

Tomas betrachtete den schwarzen Umschlag. Das Buch war das englische Original und hieß *Serial killers*.

Zingo schnappte sich eine Kartoffel aus dem Topf und aß sie wie einen Apfel mit der Hand.

»Das Attribut, das auf fast jeden Serienkiller zutrifft, ist Machtlosigkeit«, fuhr er fort. »Es sind Männer, denen es nicht gelungen ist, ihre Träume zu verwirklichen. Sie sind häufig intelligent, aber aus unterschiedlichen Gründen in ihren Berufen oder Beziehungen gescheitert. Jeder Mord ist ein Versuch der Rehabilitierung. Deshalb müssen wir uns fragen, wofür diese Frauen stehen. Sie symbolisieren für jeden Menschen etwas anderes.«

»Aber wer ist der Mann?«, stieß Tomas hervor.

»Wir haben darüber gesprochen, dass er Polizist sein könnte.«

Tomas sah Zingo an und schüttelte langsam den Kopf.

»Würde ein Polizist die Slips seiner Opfer als Trophäen behalten? Das ist ziemlich riskant.«

»Vielleicht. Aber du musst bedenken, dass Polizisten – Gott sei Dank – äußerst selten auch Mörder sind. Wenn er Bulle ist, tickt er nicht wie der Rest von uns.«

Tomas betrachtete Zingo nachdenklich. Jetzt verstand er, worauf sein älterer Kollege hinauswollte.

»Willst du deshalb, dass die Sache unter uns bleibt? Weil du glaubst, dass wir einen Kollegen suchen?«

»Ich bin nicht der Einzige, der so denkt. Ylva Zethraeus ist derselbe Verdacht gekommen.«

Tomas seufzte. Er spießte eine Kartoffel auf seine Gabel und dippte sie in Heringssud.

»Mersiha Selimovic in Malmö. Könnte der Täter spitzgekriegt haben, dass der Fall neu aufgerollt wurde?«

»Nur wenn er Polizist ist«, antwortete Zingo, ohne zu zögern.

Tomas schob sich die Kartoffel in den Mund, kaute und schluckte sie herunter.

»Angenommen, er ist Polizist«, sagte er dann. »Angenommen, er weiß von der Ermittlung, erfährt, dass wir Fragen stellen, und ahnt, dass wir anfangen, Verbindungen und Zusammenhänge herzustellen. Vielleicht hört er von der Zeichnung, die Mersiha Selimovic angefertigt hat. Er sucht sie auf und … ja, was macht er?«

»Er tötet sie«, spann Zingo den Gedanken weiter. »Diesmal versteckt er die Leiche. Der einzige Mensch, der ihn identifizieren kann, ist aus dem Weg geräumt. Dieses Mal tötet er nicht aus Vergnügen, sondern aus Notwendigkeit.«

Tomas wurde kalt. Der Wohnungseinbruch bei Vera Berg kam ihm in den Sinn.

»Vera Berg, diese Journalistin, die mich kontaktiert hat. Jemand ist bei ihr eingebrochen und hat die Skizze entwendet. Könnte der Täter sie gestohlen haben?«

»Die Frage lässt sich, wie du weißt, unmöglich beantworten.«

Nachdenklich strich Tomas über das Buch. Ihm fiel etwas ein, das er vor einigen Jahren in einer US-amerikanischen Polizeizeitschrift gelesen hatte.

»Eins weiß ich über Serienmörder. Den Erkenntnissen des FBI zufolge kehren sie nach den Morden immer direkt nach Hause zurück. Unser Täter hat in drei verschiedenen Städten zugeschlagen. Er kann kaum an allen drei Orten eine Wohnung besitzen. Folglich muss er im Hotel oder in einer Pension übernachtet haben, sofern er nach den Taten nicht im Auto geschlafen hat. Wir sollten uns von allen Hotels und Pensionen im Umkreis der Tatorte die Gästelisten besorgen und untereinander abgleichen. Vielleicht entdecken wir einen Namen, der sich wiederholt.«

»Gute Idee.« Zingo nickte anerkennend.

Tomas merkte, dass er lächelte. Keine Anerkennung bedeutete ihm mehr als Zingos.

Zingo warf einen Blick auf seine Armbanduhr.

»Aber jetzt, mein Freund, ist deine Stunde um. Jetzt lasse ich mich volllaufen. Prost, auf dein Wohl, aber halt ab jetzt in Gottes Namen deine Klappe.«

Das Spiel gegen Russland begann um halb zwei in der Nacht, just in dem Moment, als zwei der Halbliterflaschen Schnaps, die Zingo etliche Stunden zuvor aufgetischt hatte, geleert waren. Gemeinsam schleppten sie Zingos würfelförmigen Fernsehapparat hinaus auf den Balkon und stöhnten unisono laut auf, als Roger Ljung, der schwedische Linksaußen, nach nur drei Minuten einen Russen foulte und einen Elfmeter verursachte. Tomas ließ sich von der Spannung mitreißen, und kurz nach zwei bekamen sie Grund zum Jubeln, als Tomas Brolin mit einem Elfmeter ausglich. Um sie herum erklang Freudengebrüll. Leute streckten die Köpfe aus den Fenstern und schrien ihr Glück hinaus in die Mittsommernacht. Auf dem Essingeleden tönte die Hupe eines Sattelschleppers. Die Stadt, die früher am Tag ausgestorben und menschenleer gewirkt hatte, war mit einem Mal voll von Mittsommer feiernden Anwohnern.

Tomas realisierte es erst später, aber es war das erste Mal seit zwei Wochen, dass er mit seinen Gedanken nicht bei dem schattengleichen Täter war, den sie jagten und der irgendwo da draußen war. Irgendwo in dem Land, das ein Mittsommerfest feierte, das mit keinem vergleichbar war, das Tomas je erlebt hatte. Er ließ sich von der hartnäckigen Ackerei der schwedischen Spieler verzaubern, vom charismatischen Torhüter Ravelli, vom unermüdlichen Klas Ingesson und von Brolin, der Zingo zufolge aus der Sturmspitze ins Mittelfeld gerückt war, wo er sich überhaupt nicht wohlfühlte. Doch davon merkte Tomas nichts. Als Martin

Dahlin nach vorne hechtete und den Ball mit der Stirn zum zwei zu eins ins Tor nickte, sprangen Zingo und er in wildem Freudenjubel auf dem Balkon auf und ab.

Kurz darauf hatte Schweden Russland nach einem weiteren Kopfballtor von Martin Dahlin klar mit drei zu eins besiegt; und Tomas und Zingo waren fast genauso nass geschwitzt wie die Spieler auf den körnigen Fernsehbildern aus dem Pontiac Silverdome in Detroit.

»Diese Nacht ist magisch«, konstatierte Zingo, glücklich in den Sonnenaufgang blickend.

Als Tomas sich auf den Heimweg machte, war es fast vier Uhr morgens.

Er lief zu Fuß durch die Stadt, wo die Menschen in Wohnungen und auf Balkonen ein kollektives Mittsommerfest feierten. Mit schwedischen Fahnen geschmückte Autos hupten auf den Straßen, und vom Sieges- und Alkoholrausch beseelte Stockholmer zogen zu den Stegen, um ins kühle Nass des Mälaren zu springen.

Samstag, 25. Juni 1994

24

Als Vera im Vallstanäsvägen in Rosersberg vor dem weißen Ziegelsteinhaus aus dem Saab stieg, wehte ihr der Geruch von angebranntem Grillfleisch entgegen. Leichte Kopfschmerzen in der Stirngegend erinnerten sie an das gestrige Gelage, doch jetzt, um die Mittagszeit, war der schlimmste Kater ausgestanden.

An keinem anderen Tag steht Schweden so still wie am Mittsommertag, dachte sie. In der Siedlung war keine Menschenseele zu sehen. Vera ließ ihren Blick über perfekte Vorgärten schweifen, über hübsche Blumenbeete und Gartenmöbel, die nie benutzt wurden. Die Vorderseiten der Häuser waren reine Fassade, für die Augen der Nachbarn bestimmt. Das wahre Leben fand auf der Rückseite statt.

In der vergangenen Woche hatte sie versucht, ein Alibi für Micael Bratt zu finden, jedoch keinerlei Fortschritte erzielt. Jedes Mal war ein Hindernis aufgetaucht. Eine Person, an der sie nicht vorbeikam: Tomas Wolf.

Es würde nicht einfach werden, Wolf mit den drei Überfällen in Verbindung zu bringen, vor allem nicht ohne Mersihas Zeichnung. Als Polizist wusste er genau, wie man Spuren beseitigte. Sie musste jeden Strohhalm ergreifen, der sich ihr bot. Und aus diesem Grund stand sie jetzt vor Jerker Wretströms Haustür. Vielleicht wusste der Kommissar etwas über seinen Kollegen, das ihr weiterhalf.

Vera klopfte an. Nach einer gefühlten Minute erklangen Schritte im Flur.

»Hallo!«, begrüßte Wretström sie verblüfft.

Er trug eine tropfnasse hellblaue Badehose, und zu seinen Füßen bildete sich allmählich eine kleine Pfütze.

Er musterte sie in ihrem engen schwarzen Kleid von oben bis unten.

»Hast du fertig geglotzt?«, fragte sie.

»Komm rein«, murmelte er und trat zur Seite.

Sie gingen auf die Rückseite. Verwundert stellte Vera fest, wie ordentlich es in Wretströms Haus war. Sie bekam das Gefühl, dass er getrennt lebte. Anzeichen von Kindern waren unverkennbar, trotzdem schien etwas zu fehlen. Die Wohnräume waren klinisch rein, auf eine Art, die darauf hindeutete, dass ein Mensch entfernt, aber noch nicht durch einen neuen ersetzt worden war.

Vera deutete hinaus in den Garten.

»Hast du den Pool mit illegalen Tippgeberhonoraren bezahlt?«

Wretström lachte.

»Nicht, wenn das Finanzamt fragt.«

Er bedeutete Vera, auf einer Sonnenliege Platz zu nehmen, und fläzte sich auf die Liege daneben.

»Verstehe.«

Wretström nahm ein Bier aus einem mit Eis gefüllten Eimer und reichte es ihr.

»Bist du zum Baden gekommen?«, fragte er.

»Das hättest du wohl gerne.«

Wretström schluckte schwer.

»Du musst nur deine Sachen ausziehen. Ich hab nichts dagegen.«

Vera verdrehte die Augen.

»Es geht um einen Kollegen von dir. Tomas Wolf. Du erinnerst dich vielleicht …«

»Ich weiß, wer das ist. Er hat wegen des Mordes an Nadija Alihodzic angerufen.«

»Genau. Ich habe ein paar seltsame Dinge über ihn gehört. Unter anderem, dass er Bratt im Mordfall Nadija Alihodzic vernommen hat, obwohl du der leitende Ermittler bist.«

»Machst du Witze? Davon hat er mir kein Wort gesagt.«

Wretström setzte sich auf.

»Aber das klingt ganz nach ihm.«

»Wie meinst du das?«

Der Kommissar schien zu überlegen. Vera ließ ihm Zeit.

»Tomas Wolf ist ein Mann, über den in der Truppe geredet wird«, sagte er schließlich.

»Inwiefern?«

»Du weißt, dass er Neonazi war, oder?«

»Ja.«

»Es kursieren zahlreiche Geschichten aus seiner Zeit als Streifenpolizist. Er hat sich im Dienst mehr Vergehen zuschulden kommen lassen als die meisten anderen. Aber er scheint gegen alle Anschuldigungen immun zu sein. Ich weiß nicht, wie oft er wegen Körperverletzung von … ja, darf man Schwarze sagen … angezeigt worden ist. Aber die Opfer haben ihre Anzeige jedes Mal wieder zurückgezogen. Frag mich nicht, wieso. Und über seine Brüder brauchen wir gar nicht zu sprechen.«

»Bist du ihnen begegnet?«

»Nur Kristian. Aber wie gesagt, es wird geredet. Die Brüder sind das reinste Pack. Nazis durch und durch. Dumm wie sonst was. Aber versierte Gewaltverbrecher. Besonders der Älteste. Ich habe etliche Kollegen, die einen Wolf nach einer Kneipenschlägerei am Wickel hatten, aber jedes Mal ist Tomas aufgetaucht und hat die Handschellen aufgeschlossen. Es ist zum Kotzen.«

»Würdest du sagen, Tomas Wolf ist Rassist?«

»Ich kann es nicht leiden, Menschen in eine Schublade zu stecken, aber manchmal muss man bei dem Pack hart durchgreifen. Einige verstehen nur Gewalt. Und …«

Wretström zögerte.

»Was ich gesagt habe, ist bezeichnend genug. Sein Verhalten weist ein Muster auf. So weit kann ich gehen.«

»Kannst du mir ein Beispiel nennen, an dem Wolf eingeschritten ist, um seine Brüder rauszuboxen?«

Wretström dachte einen Augenblick nach.

»Ich habe erst kürzlich so was läuten hören. Lass mich kurz was überprüfen. Mach es dir so lange bequem.«

Wretström verschwand im Haus und kam erst nach einer geraumen Weile wieder zurück.

»Okay, ich hab mit einem Kollegen bei der Streife gesprochen. Du kannst leider nicht persönlich mit ihm reden, aber er hat mir Folgendes erzählt.«

Wretström konsultierte einen Zettel.

»Montag, 6. Juni. Nationalfeiertag. Krawalle im Kungsträdgården. Zwischen Nazis und Migranten. Peter Wolf, Tomas Wolfs kleiner Bruder, wird festgenommen, weil er einen Ausländer verdroschen hat. Unversehens erscheint Tomas auf der Bildfläche und nimmt ihn mit. Anzeige wird nicht erstattet.«

Wretström reichte ihr den Zettel. Kristian Wolf zufolge hatte Tomas sich geweigert, ihm zu helfen. Das passte nicht zusammen. Und hatte Kristian nicht erzählt, Tomas hätte den jüngeren Bruder Peter nach einem Streit im Kungsträdgården zusammengeschlagen? Das konnte dasselbe Ereignis sein. Sie wechselte das Thema.

»Bei der Hausdurchsuchung bei Kristian Wolf habt ihr doch eine große Summe Bargeld gefunden, oder?«

»Ja.«

»Jemand behauptet, Tomas Wolf hätte das Geld an sich genommen.«

Wretströms Gesicht nahm mit einem Mal einen wachsamen Ausdruck an.

»Nein … nein. Das Geld ist noch da.«

Vera musterte ihn, um festzustellen, ob er die Wahrheit sagte.

Es sah ganz danach aus. Sie rekapitulierte, was sie in den vergangenen Tagen herausgefunden hatte. Tomas Wolfs Brüder waren Neonazis und bekannte Gewaltverbrecher. Jedes Mal, wenn sie mit dem Gesetz in Konflikt gerieten, wedelte Wolf mit seinem Dienstausweis und boxte sie raus. Wie erst kürzlich seinen jüngeren Brüder. Wenn Wolf, wie er behauptete, der rechten Szene den Rücken gekehrt hatte, warum ließ er dann zu, dass seine Brüder weiter darin aktiv waren?

»Du hast von einem Muster gesprochen«, sagte sie.

»Ja.«

»Ich glaube, ich bin auf einige Dinge gestoßen, die dazu passen.«

Vera berichtete Wretström von den drei Überfallen, die allem Anschein nach vom selben Täter verübt worden waren. Dass Tomas Wolfs Name immer wieder in Verbindung mit diesen Delikten auftauchte. Dass er seinem Bruder Geld gegeben hatte, damit der sich auf dem Balkan als Söldner verdingen konnte. Von Peter Wolfs Andeutung, Tomas wäre gegenüber einer Bewohnerin einer Flüchtlingsunterkunft übergriffig geworden. Und von Mersiha Selimovic' Täterzeichnung, die aus ihrer Wohnung gestohlen worden war, kurz nachdem sie Wolf davon erzählt hatte.

»Siehst du, was ich sehe? Oder bin ich paranoid?«, fragte sie, als sie geendet hatte.

»Ich weiß nicht, ob ich diese Frage beantworten möchte.«

»Könnte Wolf entweder sich selbst oder seine Brüder schützen? Vielleicht ist der jüngere Bruder der Dreh- und Angelpunkt des Ganzen?«

Wretström blickte in den Garten hinaus, zögerte mit der Antwort.

Vera stellte weitere Gedanken auf den Prüfstein, sprudelte mit allem heraus, was ihr in den Sinn kam. Ihr Gehirn arbeitete auf Hochtouren.

»Ich meine, wenn Kristian Wolf es nicht war. Könnte er den Mord auf sich genommen haben, um seinen kleinen Bruder zu schützen? Vielleicht schützen sie ihn beide. Kristian durch sein falsches Geständnis, Tomas durch sein Eingreifen.«

Wretströms Stimme nahm eine ungewohnte Schärfe an.

»Das ist eine Möglichkeit. Eine andere, dass Tomas ganz allein dahintersteckt.«

»Glaubst du das?«

»Ich glaube gar nichts. Und ich habe nichts gesagt. Diese Unterhaltung hat nie stattgefunden. Ich habe nichts gehört. Denn hätte ich etwas gehört, müsste ich eingreifen, und dazu bin ich nicht bereit. Man beschuldigt keine Kollegen. Zumindest nicht, wenn man seinen Job behalten will.«

»Aber du glaubst, Tomas könnte in die Sache verwickelt sein?«

»Unter uns: Ich glaube nichts. Aber käme es mir im Dienst zu Ohren, würde ich hellhörig werden und mir Tomas Wolf vorknöpfen. Allerdings nicht, ohne mich vorher durch meinen Chef abzusichern. Heikle Angelegenheit.«

»Wirst du dich dahinterklemmen?«

»Keine Chance. Nicht aufgrund derart vager Indizien. Aber du kannst mich gerne auf dem Laufenden halten.«

Vera trank einen Schluck von ihrem Bier, das inzwischen warm geworden war. »Polizisten haben doch Dietriche, oder?«, fragte sie.

»Ja. Warum fragst du?«

»Es war jemand in meiner Wohnung. Zweimal. Beim ersten Mal wurden die Zeichnung und meine sämtlichen Ersparnisse gestohlen. Beim zweiten Mal wurde nichts entwendet.«

»Und du glaubst, es war Wolf?«

»Ich habe keine Ahnung. Aber er ist der Einzige, der wusste, dass ich die Zeichnung hatte.«

Vera kratzte sich am Hals. Auf ihrer Brust hatten sich Schweißperlen gebildet. Sie schwiegen eine Weile. Aus dem Augenwinkel sah sie, dass Wretström sie musterte.

»Was ist dir dieses Gespräch wert?«, fragte er.

»Ich habe kein Geld bei mir.«

»Dir scheint heiß zu sein. Warum kühlst du dich nicht im Pool ab?«

»Du meinst, ich soll mich als Bezahlung ausziehen?«

Wretström zuckte mit den Achseln.

»Das war nur ein Vorschlag.«

Vera fühlte sich erschöpft. Wie lange würde sie dieses Spiel noch durchhalten? Permanent wie ein Sexobjekt behandelt zu werden, das Mann versuchen wollte, ins Bett zu kriegen.

Für einen Moment erwog sie, aus dem Kleid zu schlüpfen und in den Pool zu springen. Es hinter sich zu bringen. Sie war es leid, ständig Forderungen zu erfüllen. In jemandes Schuld zu stehen.

Sie stand auf und streifte die Träger ihres Kleids ab.

»Siehst du, ich habe nichts drunter«, sagte sie.

Einen Arm über den Brüsten, zog sie das Kleid bis zum Nabel herunter und lächelte Wretström an.

»Steh auf.«

Er gehorchte.

»Zieh deine Badehose aus.«

Wretströms Atemzüge wurden schwerer. Fast konnte Vera seinen Pulsschlag hören. Der Mistkerl schien in seiner Hose zu kommen.

»Was ist?«, sagte sie. »Es war doch deine Idee, dass wir baden?«

Wretström öffnete das weiße Band seiner Badehose. Mühte sich ab, die Hose über sein erigiertes Glied zu ziehen, und ließ sie bis auf die Kniekehlen herunter. Dann stand er in voller Pracht vor ihr und starrte sie mit einem dämlichen Grinsen im Gesicht an. Wie ein spitzer Köter.

Vera ließ ihren Blick zu seinem Ständer und zurück zu seinen Augen wandern.

Dann zuckte sie mit den Schultern, begann zu lachen, bedeckte ihre Blöße und zog ihr Kleid hoch.

»Das war ein Witz. Ich denke, du bist derjenige, der besser in den Pool springt und sich abkühlt.«

Im Augenwinkel sah sie, wie Wretströms Ständer erschlaffte. Er blickte gepeinigt drein, und sein Hals lief puterrot an. Um nicht vollkommen das Gesicht zu verlieren, rang er sich ein Lachen ab.

»Du hast mich ganz schön auf Touren gebracht, das muss ich dir lassen«, bekam er heraus, während er seine Badehose wieder hochzog.

Ein Hochgefühl durchströmte Vera, fast wie ein Rausch. War es das, was Wretström spürte, wenn er sie drangsalierte? Fühlte sich Macht so an? Doch im nächsten Moment empfand sie mit ihm eine Art zärtliches Mitleid.

»Tut mir leid. Ich konnte nicht widerstehen. Aber danke für deine Hilfe«, sagte sie.

Wretströms Blick flackerte. Seine Stimme klang verunsichert.

»Jederzeit«, erwiderte er.

Es war Viertel nach sieben, als Vera auf der E4 zurück nach Stockholm fuhr. Aus der Gegenrichtung kam ihr ein Lkw mit Schwedenflagge im Fenster entgegen, dann lag die Straße ausgestorben vor ihr. Sie schob eine Kassette ins Autoradio und drehte die Lautstärke auf. Noch immer strömte Adrenalin durch ihren Körper. Ihre Muskeln wollten sich nicht entspannen. Sie musste die überschüssige Energie irgendwie abbauen und erwog, an einer Bar zu halten. Ein paar Shots zu kippen. Vielleicht einen Typen aufzureißen.

Vera kurbelte das Seitenfenster herunter und streckte den Arm aus. Die warme Abendluft streifte ihre Haut, war fast mit den Händen greifbar.

Sie trat aufs Gas und beschloss, zu Tomas Wolf nach Hause zu fahren.

25

Als Vera den Laubengang in der Hornsgatan betrat, saß Tomas Wolf draußen vor der Wohnung, zwei Gläser Hering, eine Plastikgabel und eine Dose Bier vor sich auf dem Tisch.

»Katerfrühstück?«

Wolf hob matt die Hände.

»Ich darf mit Ihnen nicht über die Ermittlung reden, falls Sie deshalb hier sind.«

Er hob die Bierdose an den Mund.

»Haben Sie auch eins für mich?«, fragte Vera.

Wolf langte durchs Fenster, griff ein Falcon-Bier vom Küchentisch und gab es ihr. Sie setzte sich ihm gegenüber und öffnete die Dose.

Die Selbstsicherheit, die sie auf dem Weg hierher verspürt hatte, war mit einem Mal verflogen. Ihr graute vor dem Gespräch und Wolfs Reaktion. Wenn sie recht hatte und Wolf in irgendeiner Weise in die Fälle verwickelt war, konnte es gefährlich sein, ihm das Messer auf die Brust zu setzen. Aber sie musste das Wagnis eingehen.

»Also, warum sind Sie hier?«

Vera nahm einen großen Schluck Bier. Die Kohlensäure staute sich wie ein Kloß in ihrem Hals.

»Ich bin auf etwas gestoßen«, sagte sie.

Sie angelte eine Zigarette hervor und griff sich Wolfs Feuerzeug vom Tisch. Auf der gegenüberliegenden Straßenseite schob eine obdachlose Frau einen mit ihren Habseligkeiten bepackten Einkaufswagen vor sich her.

»Aha?«, sagte Wolf.

»Es ist doch korrekt, dass in der Malmöer Vergewaltigung dilettantisch ermittelt wurde und der Fall zu den Akten gelegt wurde, bis ich die Parallele zum Märsta-Mord aufgedeckt habe?«

»Ja.«

»Und dass Mersiha Selimovic spurlos verschwindet, kurz nachdem ich Ihnen von dieser Ermittlung erzählt habe?«

Ihre Blicke begegneten sich. Wolf schien auf der Hut zu sein.

»Ja«, sagte er tonlos. »Sieht ganz so aus.«

»Eine Woche vergeht. Ich erzähle Ihnen, dass Mersiha Selimovic vom Täter eine Zeichnung angefertigt hat. Und wie der Zufall spielt, wird diese Zeichnung wenig später aus meiner Wohnung gestohlen.«

Tomas Wolf schüttelte heftig den Kopf.

»Verstehen Sie, worauf ich hinauswill?«, sagte Vera. »Das sind ziemlich viele Zufälle.«

»Sie reden dummes Zeug.«

»Ach ja? Ich kann gerne weitermachen. Sie haben Ihrem Bruder Geld gegeben, damit er nach Bosnien fahren und Muslime abschlachten kann. Sie selbst waren früher Neonazi. Plötzlich werden landesweit Frauen ermordet, die zufälligerweise Migrantinnen sind. Ihr Bruder legt in einem der Morde sogar ein Geständnis ab. Aber schwupps kommen Sie ihm zu Hilfe und jagen anderen möglichen Tätern nach, ohne Ihre Kollegen davon in Kenntnis zu setzen. Da fällt es mir schwer, nicht misstrauisch zu werden.«

»Hören Sie auf, solche …«

»Sie haben Ihren Brüdern häufiger aus der Klemme geholfen, nicht wahr? Das ist allgemein bekannt.«

»Das ist lange her.«

»Das letzte Mal ist noch keinen Monat her. Am Nationalfeiertag haben Sie im Kungsträdgården die Verhaftung Ihres jüngeren Bruders verhindert. Man könnte fast meinen, Sie wollen, dass er weiter Ausländer zusammenschlägt.«

Wolf funkelte sie an, antwortete nicht.

»Und dann die zahlreichen Anzeigen gegen Sie. Von Ausländern, die Sie als Streifenpolizist misshandelt haben, die ihre Anzeigen aber allesamt plötzlich wieder zurückgezogen haben.«

»Sie haben keine Ahnung, wovon Sie reden. Das sind nichts als Gerüchte.«

»Ach ja? Sagen Sie mir eins. Angenommen, Sie ermitteln in einem Mordfall. Die Opfer sind Musliminnen, und Sie haben zwei Verdächtige. Der eine ist ein versoffener Theaterdarsteller, der andere ein UN-Soldat mit rechten Sympathien, dafür bekannt, Ausländer zu verprügeln. Gerücht oder nicht. Mit wem reden Sie zuerst?«

»Ich würde mit beiden reden. Das unterscheidet mich von Ihnen. Ich jage keinen Skandalschlagzeilen hinterher, ich jage einen Mörder aus Fleisch und Blut. Und das erfordert Wahrheit, keine schmierige Schmuddelstory.«

»Wenn ich nur dummes Zeug rede, dann können Sie mir sicher sagen, wo Sie waren, als die Frau in Falun ermordet wurde. Das dürfte Ihnen nicht schwerfallen.«

Wolf antwortete nicht. Er wirkte abwesend, in sich gekehrt.

»Können Sie mir nicht einfach eine Antwort geben?«

Er schrak zusammen und sah sie an.

»Ich weiß es nicht. In meinem Auto.«

»Wo genau?«

»Auf dem Weg nach Rättvik.«

Rättvik lag dreißig, höchstens vierzig Autominuten von Falun entfernt, dachte Vera.

»Die Eltern meiner Frau haben da ein Sommerhaus«, fuhr Wolf fort.

»Sind Sie auf dem Weg dorthin durch Falun gefahren?«

»Ja, die Straße führt durch Falun.«

»War jemand mit Ihnen im Auto?«

»Nein.«

»Hat jemand gesehen, wie Sie in Rättvik angekommen sind?«

Wolf machte einen tief konzentrierten Eindruck, als strenge er sich an, ihre Fragen zu beantworten.

»Nein. Oder ich glaube es nicht. Es war schon spät, als ich von Stockholm losgefahren bin.«

»Und am nächsten Morgen sind Sie auf Leichenjagd gegangen? Wie man es an einem Samstag so macht als Kriminalkommissar.«

Unter Wolfs schwarzem T-Shirt spielten die Muskeln. Er hatte seine Emotionen nicht unter Kontrolle, war eindeutig auf hundertachtzig.

»Wenn Sie auch nur eine Zeile darüber veröffentlichen, sind Sie erledigt, das wissen Sie. Dann haben Sie in den Reihen der Polizei keine einzige Quelle mehr.«

»Dann erzählen Sie mir vom März«, sagte Vera.

»Vom März?«

»Ja. Vom sechsten März, als Mersiha Selimovic vergewaltigt wurde. Wo waren Sie da?«

Wolf öffnete eine neue Bierdose, stellte sie jedoch wieder ab, ohne einen Schluck zu trinken. Auf seiner Stirn erschien eine steile Falte.

»Der sechste März war ein Sonntag. Ich nehme also an, dass Sie nicht bei der Arbeit waren.«

Wolf hob die Hände und sah ihr geradewegs in die Augen.

»Ich möchte, dass Sie jetzt gehen«, sagte er mit Nachdruck.

»Ich gehe, sobald Sie meine Fragen beantwortet haben.«

»Nein, Sie gehen jetzt.«

»Ist Ihre Frau zu Hause?«

Wolfs Blick bekam etwas Wildes, als ließe er sich mehr von Impulsen als von rationalen Entscheidungen leiten.

»Ist sie zu Hause?«

»Nein«, presste er zwischen den Zähnen hervor.

»Wo ist sie?«

»Diese Frage beantworte ich nicht.«

»Wenn Sie mir nicht sagen, wo Sie zum Zeitpunkt des Mordes waren, muss ich Ihre Frau fragen. Das ist Ihnen doch klar. Aber vielleicht waren Sie gar nicht mit ihr zusammen? Vielleicht weiß sie gar nicht, was Sie die ganze Zeit so treiben?«

Wolf sprang so abrupt auf, dass Vera zusammenfuhr. Der

Gartentisch wackelte, die Bierdosen kippten um, Heringssud spritzte auf Wolfs Shorts.

»Wagen Sie es nicht, in die Nähe meiner Familie zu kommen«, sagte er und machte einen Schritt auf sie zu. Seine Körpersprache hatte etwas Verzweifeltes. Ein Betrunkener, der mit aller Macht demonstrieren wollte, dass er nüchtern war. Übertrieben kontrollierte Gesten.

Vera bereute, ihn zu sehr in die Enge getrieben zu haben. Jetzt hatte sie keine Chance mehr, zu erfahren, ob Wolf am Mittwoch in ihrer Wohnung gewesen war.

Sie rückte mit ihrem Stuhl nach hinten. Die Kunststoffbeine schabten quietschend über den Betonfußboden. Als sie einen Meter weit gekommen war, stand sie auf und schob den Stuhl beiseite, um freie Bahn zu haben.

An Wolfs Unterarmen wölbten sich die Sehnen, als wollten sie durch die Haut brechen. Er stand mit vorgerecktem Brustkorb und schwer atmend da. Starrte sie an. Sie konnte nicht mehr sagen, ob er wütend war oder panisch.

»Haben Sie gehört, was ich gesagt habe? Halten Sie sich von meiner Familie fern.«

Vera wusste, dass sie sich für den Rest ihres Lebens an Wolfs Gesichtsausdruck erinnern würde. Es war, als wenn etwas in ihm eingestürzt wäre. Ein Fundament, das ihn zusammenhielt. Seine Züge waren verzerrt, zerbrochen.

Langsam wich sie weiter zurück. Sie musste hier weg. Mit jedem Schritt wuchs ihre Gewissheit, dass Tomas Wolf etwas verheimlichte und dass er bereit war, dieses Geheimnis um jeden Preis zu schützen. Das Letzte, was sie sah, bevor die Tür des Treppenhauses zufiel, war, wie er auf den weißen Gartenstuhl sank.

Sonntag, 26. Juni 1994

26

Schweißgebadet erwachte Tomas auf dem Wohnzimmersofa. Klara und die Kinder waren noch nicht zurück. Er setzte sich nackt in die Küche und sortierte seine Gedanken bei einem Frühstück aus Orangensaft und Knäckebrot mit Hering.

Micael Bratt war nach wie vor verschwunden, allerdings hegte er den Verdacht, dass Vera Berg wusste, wo der Schauspieler sich aufhielt. Ihr Besuch hatte bei ihm ein eigenartiges Gefühl hinterlassen. Sein anfänglicher Zorn war in Resignation und Sorge umgeschlagen. Vera Berg hatte recht: Er erinnerte sich nicht, wo er gewesen war, als Carmen Diaz in Falun erdrosselt worden war. Seine Erinnerung an die Nacht des fünften Juni, in der Nadija Alihodzic ermordet worden war, war ebenfalls ausgelöscht. Und auch an den Abend des sechsten März, an dem sich in Malmö der Überfall auf Mersiha Selimovic ereignet hatte, besaß er keine deutliche Erinnerung.

Und es gab noch viele weitere Tage, an die er sich nicht erinnerte. Schuld daran war der Krieg. Das wusste er. Seit einiger Zeit spielten auch die Tabletten mit hinein. Was Vera Berg gesagt hatte, war entsetzlich, aber unmöglich. Er war kein Mörder, allerdings drauf und dran, den Verstand zu verlieren, das stand außer Frage. Die kräftezehrende Ermittlung, gepaart mit der Hitze und dem Stress wegen seiner Geheimniskrämerei um Azra, machten ihn wahnsinnig.

Tomas zwang seine Gedanken zurück zur Ermittlung. Bratt war verschwunden. Zingo würde morgen die Hotels und Pensionen in der Nähe der Tatorte zusammenstellen und die Gästelisten der fraglichen Abende anfordern. Was Jörgen Waltz anging, stand zweifelsfrei fest, dass er die Morde an Carmen Diaz und Nadija Alihodzic nicht begangen hatte. Der Alkoholschmuggel, den er während seiner Fahrten betrieben hatte, war so umfassend gewesen, dass ihm am Abend des fünften Juni gleich zwei Teams der Trelleborger Polizei auf den Fersen gewesen waren. Das hatte ein stark verkaterter Ermittler, den Karl Rapp im Verlauf des Mittsommertags endlich an die Strippe bekommen hatte, bestätigt, womit Waltz für den Mord in Märsta ein hieb- und stichfestes Alibi besaß.

Nach seiner Festnahme hatte er mit den Trelleborger Kollegen zusammengearbeitet und sich vor dem Kopf der Schmugglerbande verstecken müssen, was der Grund für seine lange Krankmeldung gewesen war. Seitdem der Anführer jedoch in Erwartung der Anklageerhebung in U-Haft saß, war Waltz in seine Hütte zurückgekehrt, und als Tomas und Zingo bei ihm aufgetaucht waren, hatte er sie für Handlanger des Schmugglerrings gehalten, die gekommen waren, um ihn zum Schweigen zu bringen.

»Neben einem weiteren Beleg für die mangelhafte Kommunikation der schwedischen Polizei über Bezirksgrenzen hinweg können wir Waltz also als falsche Fährte abhaken«, stelle Ylva Zethraeus fest, als Tomas anrief, um sie davon in Kenntnis zu setzen, dass der Lkw-Fahrer von der Liste der Verdächtigen gestrichen werden konnte.

Tomas räumte sein Frühstück weg, wischte den Tisch ab und wollte gerade duschen gehen, als das Telefon klingelte.

Es war erst halb zehn, und er war überzeugt, dass es Klara wäre. Seit er ihr von der Körperverletzung erzählt hatte, hatte er das Gefühl, dass zwischen ihnen ein Waffenstillstand herrschte. Doch es war nicht Klara. Im ersten Moment gelang es Tomas nicht, die Bedeutung dessen zu erfassen, was die erregte Frau am anderen Ende hervorstieß.

»Von wo aus rufen Sie an, sagten Sie?«, fragte er.

»Aus der Flüchtlingsunterkunft in Hallstahammar.«

Eiseskälte befiel ihn. Die Frau schluchzte.

»Azra hat Sie als Notfallkontakt angegeben. Deshalb rufe ich an. Sie liegt im Krankenhaus.«

»Ist sie krank?«

»Sie wurde überfallen. Jemand hat sie angegriffen. Unten am See. Sie ist schwer verletzt.«

Tomas umklammerte den Hörer, bemühte sich, seine Stimme fest klingen zu lassen.

»Wo ist sie jetzt?«

»Sie wurde nach Köping ins Krankenhaus gebracht. Sie ... Die Ärzte sagen, ihr Zustand ist kritisch. Sie stirbt vielleicht.«

27

Um Viertel nach zehn am Sonntagmorgen bog Vera Berg erneut in den Schotterweg zu Bengt J. Lindwalls Sommerhaus. Sie fuhr bis zum Kiefernwäldchen und parkte im Schatten der riesigen Tannen.

»Was machen wir hier? Hier gibt es kein Wasser«, stellte Sigge mit skeptischer Miene fest.

Unter seinem viel zu großen Schwedentrikot lugte eine lilafarbene Badehose hervor, die Jurassic-Park-Kappe saß wie immer schief auf seinem Kopf.

»Ich muss nur zu einer kurzen Besprechung.«

»Aber wir wollten baden. Du hast es versprochen.«

»Du wirst noch baden. Komm.«

Sigge verschränkte die Arme vor der Brust und rührte sich nicht vom Fleck.

Vera streckte ihre Hand aus.

»Meine Hand drauf.«

Bockig schlug Sigge ein und öffnete widerwillig die Autotür.

»Lauf nur nicht zu weit weg«, ermahnte ihn Vera.

»Ich darf spielen gehen?« Sigge sah sie mit großen Augen an. Seit Jonny sie in Stockholm aufgespürt hatte, hatte er sich nicht aus ihrem oder Birgittas Blickfeld bewegen dürfen.

»Ja, solange du nicht zur Straße läufst«, sagte Vera. Doch Sigge rannte schon den Pfad zum Meer hinunter.

Vera lief das Kiefernspalier zum Haus hinauf und kletterte über die Klippen. Die Luft war schwül, und die leichte Brise vom Wasser brachte kaum Linderung. Sie klopfte an die Vordertür.

»Kommen Sie rein«, rief Lindwall aus dem Haus.

Das zum Ende der Sechzigerjahre erbaute Sommerhaus verfügte über einen offenen Grundriss. Große Fenster rahmten den Meerblick ein, Wände und Dach bestanden aus Baumstämmen wie in einer Gebirgshütte. Die Einrichtung war minimalistisch und elegant. Wie ein Kontrast zum warmen Holzton.

»Sie müssen die Schuhe nicht ausziehen«, erklang es irgendwo aus den Tiefen des Anwesens.

»In Ordnung.«

Vera ging zu einer Sitzgruppe mit Blick aufs Meer, wo sie Bengt J. Lindwall an einer Bloody Mary nippend vorfand.

»Guten Morgen«, begrüßte sie ihn.

»Wenn Sie meinen.«

Er bot ihr einen Drink an, aber sie lehnte ab.

»Haben Sie etwas herausbekommen?«

Vera lieferte ihm einen kurzen Bericht über Tomas Wolf.

»Das kommt mir verdammt kurios vor. Den Kerl müssen Sie im Auge behalten. Weiß der Teufel, vielleicht manipuliert er die Beweise.«

»Ja. Aber davon abgesehen habe ich nichts Konkretes. Haben Sie noch mehr Hinweise für mich?«

»Nein, ich habe Ihnen beim letzten Mal alles gegeben, was ich habe.«

Lindwall meinte die schludrig zusammengeschusterte Mappe mit einer nur wenige Seiten langen Zusammenfassung der Polizeivernehmung mit Bratt. Bis auf die Tatsache, dass Tomas Wolf Bratt zu einem schwarzen Stringtanga befragt hatte, den sie in Bratts Hotelzimmer gefunden hatten, sowie dass die Polizei in der Wohnung des Schauspielers eine große Anzahl Damenslips sichergestellt hatte, war sie darin auf keine nennenswert neuen Informationen gestoßen.

»Warum sammelt Bratt Damenslips?«, fragte sie.

»Ja, da fragen Sie mich was. Das tut er schon immer, oder jedenfalls solange ich ihn kenne. Als er gerade frisch von der Schauspielschule kam und wir uns im Sturehof zur Vertragsunterzeichnung getroffen haben, hat er mir zwei Slips auf den Tisch geknallt und gesagt, er hätte am Vorabend zwei Schwestern gevögelt. Nachdem die eine eingeschlafen wäre, sei er zu der anderen geschlichen. Sie haben ihm am Morgen eine gewaltige Szene gemacht.«

Lindwall trank seine Bloody Mary aus und schenkte sich aus einer Karaffe nach.

»Ich denke, dieser Spleen hängt damit zusammen, dass er ein verflucht einsamer Mensch ist. Am Anfang fand er es wohl einfach cool und wollte vor seinen Kommilitonen eine Show abziehen. Aber ich glaube, dass er schon damals etwas brauchte, an dem er sich festhalten konnte. Einen Beweis dafür, dass er erfolgreich war, etwas wert.«

Vera schwieg eine Weile und versuchte, einen Gedanken zu fassen zu kriegen, der langsam Gestalt annahm. Lindwall schien ihr Schweigen nicht zu bemerken, widmete sich wieder seinem Glas.

Was, wenn jemand Bratt etwas anhängen wollte? Jemand, der ihm schaden wollte?

»Hat Micael irgendwelche Feinde?«, fragte sie.

Lindwall begann zu lachen.

»Sie klingen wie einer dieser Fernseh-Detectives.«

»Ich weiß. Aber diese Slips geben mir zu denken. Was ist, wenn jemand von Micaels Sammelleidenschaft weiß?«

»Das ist ziemlich weit hergeholt.«

»Vielleicht. Aber momentan ist Wolf meine einzige Spur. Gibt es Menschen, die Micael abgrundtief hassen?«

Lindwall zuckte mit den Schultern.

»Das gewöhnliche schwedische Neidertum, Sie wissen schon. Micael hat Geld und sieht gut aus. Das genügt vielen schon.«

»Aber Ihnen fällt niemand Konkretes ein?«

Lindwall zögerte. Er kratzte sich im Nacken.

»Doch«, sagte er und stand auf.

Er ging zu einem Sekretär auf der anderen Seite des Zimmers und kramte darin herum. Als er zurückkam, hielt er eine durchsichtige Plastiktüte in der Hand. In der Tüte lag ein Briefumschlag.

»Den hat Micael vor einigen Jahren bekommen. 1990, wenn ich mich nicht irre. Fanpost. Irgendeine Liselotte, die wollte, dass er eines seiner Fanfotos signiert. Dem Schreiben lag ein Rückumschlag bei. Frankiert. Sauber und ordentlich. Micke hat sein Autogramm draufgekritzelt, das Foto in den Rückumschlag gesteckt, die Lasche angeleckt und den Brief zugeklebt. Aber die Lasche hat nicht gehalten. Also hat er das Ganze wiederholt. Ohne Erfolg. Dann hat er plötzlich einen ätzenden Geschmack im Mund gespürt. Danach kann er sich an nichts mehr erinnern, sagt er.«

»Was ist passiert?«

»Der Umschlag war vergiftet. Micke lag einen Tag lang im Krankenhaus. Es war verdammtes Glück, dass er eine Frau bei sich hatte, als es passierte. Sie hat den Notarzt gerufen.«

Lindwall reichte Vera die Tüte.

»Haben Sie Anzeige erstattet?«

»Natürlich. Aber es gab weder Fingerabdrücke noch irgendwelche anderen Spuren. Und wie sich herausstellte, existierte diese Liselotte nicht. Nach einem Jahr hat die Polizei den Vorfall zu den Akten gelegt, ohne dass es ihnen gelungen wäre, auch nur einen einzigen Verdächtigen zu ermitteln.«

Vera drehte den Umschlag um, musterte die Beschriftung. Die Handschrift war schnörkelig, aber etwas schlampig. Als gehöre sie jemandem, der keinen Wert darauf legte, sich Mühe beim Schreiben zu geben.

»Gab es noch andere, die nicht gut auf Bratt zu sprechen waren?«

»Da war natürlich die Geschichte mit der Maulwurfoper.«

Vera erinnerte sich vage daran, vor einigen Jahren davon gelesen zu haben.

»Die Maulwurfoper. Ging es darin nicht um die Besetzung des Mariatorget?«

»Ganz genau. Micke hat in der Oper selbst keine Rolle übernommen, aber er war an der Inszenierung beteiligt. Er hat Beleuchter und andere ehrenamtliche Helfer organisiert.«

»Warum hat er das gemacht?«

»Heute mag man es kaum glauben, aber Micke war in den Siebzigern und Anfang der Achtziger überzeugter Linksaktivist. Das ist vielen bis zum heutigen Tag ein Dorn im Auge. Die NRP hatte lange Zeit ein Foto von ihm in ihrer Parteizentrale hängen. Auf einer Tafel mit der Überschrift ›Vaterlandsverräter‹.«

»NRP, die Nazipartei?«

»Ja. Micke hat nicht nur die Oper unterstützt, er war auch bei der eigentlichen Besetzung dabei. Als die Polizei das Viertel gestürmt hat, pinkelte er gerade auf eine NRP-Flagge. Sie wissen schon, die mit dem Sonnenrad?«

Vera nickte.

»Micke war schon damals ein Showman und hatte dafür gesorgt, dass FIB-Aktuell seine Festnahme auf einem hübschen Schnappschuss festhielt. Ein Fotograf stand mit der Kamera parat, und das Foto erschien in der nächsten Ausgabe. Zwei Polizisten zerren an einem grinsenden Micke, während der mit dem

Pimmel in Habtachtstellung auf die rote Fahne uriniert. Wie Sie sich denken können, wurde das in manchen Kreisen nicht gerne gesehen.«

»Könnten Mitglieder der NRP den Brief geschickt haben?«

»Vielleicht, aber die Polizei hielt das nicht für wahrscheinlich. Als Micke den Brief bekam, war die Partei auf dem absteigenden Ast, viele Mitglieder wanderten zu anderen Organisationen ab. Und Micke war als charismatischer Bulle im Fernsehen zu sehen. Meiner Meinung nach kam der Brief von irgendeinem Verrückten.«

Lindwall dachte einen Augenblick nach.

»Außerdem hat die rechte Szene wohl nicht kapiert, was allen anderen schon damals klar war.«

»Nämlich?«

»Dass Mickes Interesse an der Linksbewegung mehr mit der Botschaft der freien Liebe zusammenhing. Er hat es in den Kommunen ordentlich krachen lassen. Die linken Bräute haben sich nicht geziert, ihre Höschen auszuziehen. Wenn sie überhaupt welche trugen.«

Vera lachte, wurde aber gleich wieder ernst. Erneut schien die Spur in rechtsextremistische Kreise zu führen. Ihre Gedanken kehrten zu Tomas Wolf und seinen Brüdern zurück.

Sie schob den Umschlag in die Tüte und wollte sie gerade aus der Hand legen, als sie innehielt. Zuerst verstand sie nicht, woran ihr Blick haften geblieben war, aber ihr Gehirn hatte eine Abweichung registriert.

»Auf dem Umschlag klebt keine Briefmarke«, sagte sie.

»Nein, und er ist auch nicht abgestempelt. Das fand ich schon damals sonderbar.«

»Wurde der Brief in Bratts Briefkasten eingeworfen?«

»Nein. Micke hat ihn bei der Post abgeholt. Seine gesamte Korrespondenz geht an ein Postfach.«

Vera blickte auf den Umschlag. Lediglich Bratts Name stand darauf. Keine Anschrift, keine Postfachnummer. Irgendwo hatte sie mal gelesen, dass Prominente ihre Post auch ohne Anschrift zugestellt bekamen. Aber eine Briefmarke musste die Post doch wohl verlangen?

»Wo befindet sich das Postfach?«

»In der Hornsgatan. Ecke Rosenlundsgatan. Seit einiger Zeit bin ich der Einzige, der es leert.«

Vera richtete sich auf.

»Dieser Polizist, Tomas Wolf.«

»Ja?«

»Er war früher Neonazi, und er wohnt in der Hornsgatan.«

Lindwall beugte sich vor, mit einem Mal nüchtern.

»Scheiße.«

»Ganz recht.«

»Das sieht nicht gut für uns aus. Sie haben eine Woche, dann schauen wir, was Sie herausgefunden haben, und schalten meinen Anwalt ein. Vielleicht können wir bewirken, dass Wolf vom Fall abgezogen wird.«

Vera verabschiedete sich und verließ das Schärenhaus. In der Stunde, die sie bei Lindwall zugebracht hatte, waren die Temperaturen weiter nach oben geklettert. Am Himmel zeigte sich kaum eine Wolke. Sie hätte Sigge mit Sonnenmilch eincremen müssen.

»Siggis!«, rief sie.

Einen Moment später entdeckte sie ihn ein Stück entfernt neben einem Busch. Er hockte in seinem gelben Brolin-Trikot im Schneidersitz auf der Erde und beobachtete etwas. Widerwillig drehte er sich um und legte einen Finger auf die Lippen.

»Du verjagst die Schlange«, wisperte er.

Vera stürzte zu ihm hin und riss ihn am Arm in die Höhe. Eine Sekunde lang glaubte sie, Vincent vor sich zu sehen. Seine arglosen Augen und seine sommersprossige Haut. Sie zwang das Bild beiseite. Dann fiel ihr Blick auf den geringelten Körper, der einen Meter von Sigge entfernt im Gebüsch lag. Eine Blindschleiche.

»Das ist keine Schlange. Das ist eine Echse.«

»Aber sie hat doch gar keine Füße?«

»Ich weiß. Das ist eine ganz dumme Echse.«

Sigge lachte.

»Deswegen durfte ich sie vielleicht auch streicheln.«

Dann wurde sein Gesicht mit einem Mal traurig.

»Wann hilft uns der Motorrad-Mann endlich, Papa zu treffen?«

»Bald, Großer. Und jetzt ab mit dir ins Auto, wir wollen doch baden fahren.«

Auf dem Weg zum Auto fasste Vera einen Beschluss. Sie würde mit Tomas Wolfs Frau sprechen. Sie wusste, dass sie damit ein Risiko einging, aber sie musste herausfinden, wer Wolf in Wahrheit war. Wozu er fähig war.

28

Tomas brauchte eine halbe Stunde zum Krankenhaus in Köping. Dort angekommen, stellte er sein Auto achtlos auf dem Parkplatz ab und stürzte zum Empfangsbereich. An der Rezeption erklärte ihm eine Frau mit starkem Sonnenbrand, dass Azra auf der Intensivstation lag. Kurz darauf brachte ihn eine Krankenschwester zu ihr. Am Kopfende des Bettes überwachte ein schwarzer Monitor Azras Puls. Ihre Wangen waren eingefallen, ihre Augen geschlossen. Der Großteil ihres Haars war abrasiert und ihr Kopf mit einem großen Verband umwickelt. Blauschwarze Schwellungen an den Wangenknochen entstellten ihr Gesicht bis zur Unkenntlichkeit, ihr rechtes Auge war komplett zugeschwollen. Tomas beugte sich vor, streckte die Hand aus, wollte sie berühren, wagte es jedoch nicht. Azra wirkte so geschwächt, dass er das Gefühl hatte, die winzigste Berührung könnte ihr Herz zum Stillstand bringen.

»Wer hat dir das angetan?«, flüsterte er.

Als er ein Räuspern hörte, schnellte er herum. Ein Arzt in weißem Kittel stand hinter ihm, eine Krankenakte an die Brust gepresst. Der Mann schob seine Brille in die Stirn, stellte sich als Azras behandelnder Arzt Hans Schantz vor und bedeutete ihm dann mit einer Geste, dass sie sich draußen vor der Tür unterhalten könnten. Tomas folgte ihm hinaus auf den Korridor.

»Was ist passiert?«, fragte er.

»Das herauszufinden ist Aufgabe der Polizei, meine Aufgabe besteht darin, ihr Leben zu retten«, antwortete der Arzt.

Tomas blickte durch das Fenster in der Tür auf Azras Bett.

»Ist es so ernst?«

»Sie wird vermutlich überleben. Aber sie hat ernsthafte innere Blutungen und schwere Frakturen am Schädel und im Gesicht. Wir haben sie operiert und halten sie seitdem im künstlichen Koma.«

»Wann wurde sie eingeliefert?«

Schantz warf einen Blick in die Krankenakte.

»Ankunftszeit des Rettungswagens war 21:13 Uhr gestern Abend.«

»Ist die Polizei hier gewesen?«

»Sie haben den RTW begleitet und sind dann nach Hallstahammar zurückgekehrt. Sie wollten sich heute im Lauf des Tages melden. Ich muss jetzt leider weiter, aber ich werde später noch eine Folgeuntersuchung vornehmen.«

Die Schritte des Arztes entfernten sich den Korridor hinunter. Tomas ging zurück zu Azra, sank auf einen Stuhl am Fenster und vergrub das Gesicht in den Händen. Wer hatte Azra das angetan? Und warum? War es ein Raubüberfall, der aus dem Ruder gelaufen war? Eine versuchte Vergewaltigung? Er dachte an den Einbruch bei Vera Berg und seinen Verdacht, ihr Täter könnte in die Wohnung eingedrungen sein, um Mersiha Selimovic' Zeichnung zu entwenden. Er setzte den Gedankengang fort, zu Mersiha Selimovic' Verschwinden. Hingen die Ereignisse miteinander zusammen? Ausgeschlossen war es nicht.

Die Untätigkeit machte ihn rastlos. Er stand auf und ging zum Handwaschbecken. Es gab keine Plastikbecher. Er drehte den Wasserhahn auf, formte die Hände unter dem Strahl zu einer Schale und trank. Nachdem er sich den Mund abgewischt hatte, blickte er hinaus in den Korridor und beschloss, ein Telefon zu suchen und die Kollegen in Hallstahammar anzurufen. Er brauchte Antworten und gleichzeitig jemanden, an dem er seinen Zorn auslassen konnte.

»Ich komme bald wieder«, versprach er Azras regloser Gestalt und ging aus dem Zimmer.

Als er auf der Suche nach einer Krankenschwester den leeren Korridor hinunterlief, öffnete sich der Aufzug, und zwei junge, uniformierte Beamte stiegen aus. Sie bewegten sich auf Azras Zimmer zu. Tomas rief ihnen nach.

»Seid ihr aus Hallstahammar?«

»Ja«, bestätigte der eine.

»Ich bin ein Kollege von euch. Und ein Freund der Frau, die zusammengeschlagen wurde.«

Die Beamten tauschten einen raschen Blick.

Er kannte keinen der beiden, und sie schienen ihn nicht zu kennen. Vor zehn Jahren hätten sie es garantiert getan, dachte er. Aber die Kollegen, die ihren Dienst in Hallstahammar verrichteten, betrachteten die Kleinstadt häufig als Sprungbrett zu etwas Größerem. Sie blieben selten länger als ein paar Jahre, ehe sie sich auf attraktivere Posten versetzen ließen.

»Ich arbeite bei der Stockholmer Mordkommission«, fuhr er fort, weil er wusste, dass das ihre Kooperationsbereitschaft steigern würde.

Tomas zog sein Portemonnaie aus der Gesäßtasche und zückte seinen Dienstausweis.

»Erzählt mir, was vorgefallen ist«, sagte er, klappte das Portemonnaie wieder zu und schob es zurück an seinen Platz.

Der Größere der zwei nickte eifrig.

»Eine Familie hat sie gefunden«, berichtete er. »Sie war übel zugerichtet. Nicht ansprechbar. Aber sie hatte Glück im Unglück. Der Vater hatte ein Handy dabei und hat den Notruf alarmiert.«

»Wo wurde sie gefunden?«

»Am Skantzsjön, wenn Ihnen das was sagt.«

Tomas' Herz hämmerte in der Brust.

»Ich weiß, wo der See liegt.«

Er dachte daran, wie Azra und er am Ufer spazieren gegangen waren, und zwang sich in die Wirklichkeit zurück.

»Ich schätze, es gibt noch keinen Verdächtigen?«

»Nein. Sie hat eine ganze Weile dagelegen. Arme Frau. Vielleicht war es ein Skinhead. Davon haben wir eine Menge in Hallstahammar. Wütende und brutale Typen. Klar darf man über Ausländer seine Meinung haben. Der eine oder andere Krawallmacher sollte mit dem erstbesten Flugzeug in die Heimat zurückbefördert werden. Aber eine Frau derart zuzurichten, das ist unbegreiflich. Woher kennen Sie sie?«

Tomas ignorierte die Frage. Die beiden Beamten wussten derzeit nicht viel mehr als er selbst. Mit einem Mal wollte er nichts anderes als allein sein.

»Ich will euch nicht länger aufhalten«, sagte er. »Ihr seid bestimmt hier, um mit dem behandelnden Arzt zu sprechen. Aber ich wäre euch dankbar, wenn ihr mich über den Stand der Ermittlung auf dem Laufenden hieltet. Schreibt euch meine Telefonnummer auf und teilt mir jeden noch so kleinen Fortschritt mit.«

Der Größere zog einen Notizblock hervor, und Tomas diktierte ihm sowohl seine Durchwahl im Präsidium als auch seine private Festnetznummer. Als sie sich voneinander verabschiedet hatten, rief er ihnen nach und holte sie noch einmal ein.

»Ich nehme an, ihr kennt Micael Bratt, den Schauspieler?«

»Klar, den kennt doch jeder.«

»Er war nicht zufällig kürzlich in Hallstahammar?«

Seine beiden Kollegen starrten ihn verblüfft an. Ihm war klar, dass sie die Frage für einen Scherz hielten.

»Warum hätte er in Hallstahammar sein sollen?«

»Keine Ahnung.«

»Uns ist jedenfalls nichts dergleichen bekannt.«

Tomas verabschiedete sich erneut und ging zum Café unten am Eingang, um sich etwas zu trinken zu kaufen, während die beiden Polizeibeamten Azras Zimmer betraten und mit dem Arzt sprachen. Das Café hatte geschlossen. Tomas setzte sich auf eine Bank. Eigentlich sollte er Klara anrufen, aber er wollte sie nicht anlügen, wo er gerade war. Erneut ging ihm der Gedanke durch den Kopf, der Überfall auf Azra könnte mit der laufenden Ermittlung zusammenhängen. War es ein gegen ihn gerichteter Racheakt? Eine Warnung? Doch das würde bedeuten, dass der Täter von seiner Beziehung zu Azra wusste. Das ergab keinen Sinn.

Er fragte sich, wo Micael Bratt steckte. Er würde Bratts Agenten anrufen und eine Liste von Bratts Engagements anfordern. Falls Dreharbeiten zu einem neuen Film bevorstanden, konnte Bratt sich nicht ewig verstecken. Irgendein Punkt in seinen Grübeleien um den Schauspieler ließ ihm keine Ruhe. Irgendein Detail an der äußersten Peripherie, das er nicht klar erkennen konnte, die Umrisse waren verschwommen und nicht greifbar.

Nach einer halben Stunde gab er auf und kehrte mit schweren Schritten zu Azras Zimmer zurück. Vorsichtig öffnete er die Tür. Der Arzt und die beiden Polizisten waren nicht mehr da. Er ging hinein.

»Nein, nein!«

Er stürzte ans Bett.

»Nein. Nein. Nein.«

Auf dem Laken unter Azra breitete sich ein großer roter Fleck aus. Mit zitternder Hand beugte Tomas sich vor, riss ihr die Decke vom Körper und berührte das Blut, das aus ihrem Unterleib strömte. Alle Kraft wich aus ihm, und er sank neben der Bettkante auf die Knie, während er das warme Blut auf seinen Fingerspitzen anstarrte.

TEIL IV

Freitag, 1. Juli 1994

1

Tomas schlug die Augen auf, war schlagartig hellwach. Horchend versuchte er herauszufinden, was ihn geweckt hatte. Lautes Poltern aus dem Flur. Irgendjemand befand sich in der Wohnung. Im Nebel der Tabletten, die er gestern vor dem Schlafengehen geschluckt hatte, versuchte er, sich zu orientieren. Konnte es ein Einbrecher sein? Einbrüche waren in dieser Gegend gang und gäbe, vor allem in den Sommermonaten, wenn viele Anwohner verreist waren. Doch im nächsten Moment kam ihm ein anderer Gedanke in den Sinn. War es womöglich dieselbe Person, die Azra überfallen hatte? Dieselbe Person, die in Vera Bergs Wohnung eingebrochen war? Sein Kopf war schwer und träge, und er konnte nicht klar denken.

Mühsam setzte er sich im Bett auf, während er versuchte, sein Gehirn in Gang zu bringen. Ein paar verworrene Sekunden lang wusste er nicht zu sagen, ob das mit Azra Wirklichkeit war oder ob er einen Albtraum gehabt hatte. Doch dann fiel ihm das Blut auf dem Laken zwischen ihren Beinen wieder ein. Azra war so schwer misshandelt worden, dass sie das Kind verloren hatte, und nun war irgendjemand in seine Wohnung eingedrungen. Das war Realität, es musste Realität sein.

Sein Blick blieb auf dem Stuhl vor Klaras Schreibtisch haften. Seine gestrige Kleidung und sein Schulterholster mitsamt Dienstwaffe hingen über der Lehne. Seit dem Überfall auf Azra bewahrte er sie, entgegen allen Regeln und Vorschriften, zu Hause auf. Tomas stellte die Füße auf den Boden, griff nach der Sig Sauer, entsicherte sie und schlüpfte in seine Boxershorts. Diesmal würde er nicht zu spät reagieren wie in Jörgen Waltz' Hütte. Sein Zögern hätte Zingo und ihn das Leben kosten können.

Hatte der Eindringling gemerkt, dass jemand zu Hause war, und das Weite gesucht? Er hoffte es. Vorsichtig drückte er die Klinke nach unten und schlich hinaus in den Flur. Als er das dunkle Schlafzimmer verließ, ging ihm auf, dass es Morgen war, nicht Nacht, wie er geglaubt hatte. Langsam bewegte er sich mit der Waffe in der Hand durchs Wohnzimmer, spürte den Luftzug von der offen stehenden Eingangstür auf der Haut.

»Hallo?«, rief er.

Vor dem Fenster zum Laubengang huschte ein Schatten vorüber. Instinktiv hob er die Waffe. Einen Augenblick später tauchte Klara im Türrahmen auf. Sie hielt mitten in der Bewegung inne und starrte ihn mit weit aufgerissenen Augen an.

Tomas ließ die Sig Sauer sinken.

»Was machst du da?«, fragte Klara. »Was machst du mit der Pistole?«

Sie stellte die Tasche ab, die sie in der Hand hielt, und griff sich an die Brust.

»Entschuldige, ich dachte, es wäre jemand eingebrochen.«

»Steck die Waffe weg«, fauchte Klara. »Die Kinder kommen gleich.«

»Wie viel Uhr ist es?«

»Halb drei. Hast du getrunken? Du stinkst nach Alkohol.«

Tomas sank aufs Sofa, legte die Sig Sauer auf der Lehne ab und rieb sich die Augen. Er hatte seit acht Uhr gestern Abend geschlafen. Kopfschmerzen und Übelkeit wurden stärker, als die Anspannung von ihm abfiel. Er fühlte sich wie gerädert.

»Ich wusste nicht, dass ihr heute nach Hause kommt«, sagte er.

Im Laubengang erklangen die fröhlichen Stimmen der Kinder. Alexander und Ebba stürzten zur Tür herein und auf ihn zu. Tomas umarmte sie. Ebba kletterte auf seinen Schoß, während Alexander an seinem Arm zerrte und ihn bestürmte, draußen mit ihm Fußball zu spielen. Beide trugen die gelben Schwedentrikots, die er ihnen geschenkt hatte.

»Kinder, könnt ihr bitte kurz in eure Zimmer gehen? Ich muss mit Papa reden«, sagte Klara.

Alexander und Ebba gehorchten widerwillig. Klara senkte die Stimme.

»Ich habe den ganzen Vormittag versucht, dich zu erreichen, aber du hattest offensichtlich anderes zu tun. Mein Vater liegt im Söderkrankenhaus, er hatte einen Herzinfarkt.«

Tomas starrte sie an. Rasch stand er auf und nahm sie in die Arme, doch Klara wand sich aus seiner Umarmung.

»Entschuldige, Liebling. Ich habe das Telefon nicht gehört. Wie geht es ihm?«

»Er wird überleben. Aber ich muss jetzt zu ihm. Mama ist vollkommen durch den Wind. Du musst dich um die Kinder kümmern. Mach ihnen etwas zu essen. Sie haben nur gefrühstückt. Hast du was im Haus?«

Tomas nickte rasch.

»Ich kümmere mich darum. Fahr du ins Krankenhaus und umarme Roland von mir.«

Klara maß ihn mit einem langen Blick, dann drehte sie sich um und verschwand aus der Tür.

Tomas riss sich zusammen. Er würde sich um seine Kinder kümmern, um die zwei, die noch am Leben waren, bei denen er noch die Chance hatte, sie großziehen und lieben zu dürfen. Das würde ihm guttun. Der Abstand zwischen ihm und den Kindern war seit seinem Bosnien-Einsatz immer größer geworden, und auch nach seiner Rückkehr war die Kluft weiter gewachsen. Das war allein seine Schuld. Er hatte sie von sich gestoßen. Er spürte ihre Sehnsucht nach ihm, ihre Freude, wenn er Zeit mit ihnen verbrachte, aber er konnte ihre Liebe nur für kurze Phasen annehmen. Das würde er von heute an ändern.

Tomas ging in die Küche und inspizierte Vorratsschränke und Kühlschrank. Es würde Makkaroni und Tiefkühl-Fleischklößchen geben. Er rief nach Alexander und Ebba, die in die Küche gerannt kamen.

»Wir kochen uns jetzt was Leckeres!«, rief er enthusiastisch und nahm Ebba auf den Arm. »Habt ihr Hunger?«

Seine fünfjährige Tochter roch wunderbar. Tomas drückte sein Gesicht in ihr von der Sonne ausgebleichtes Haar. Ebbas nach Seife duftende Haut gab ihm das Gefühl, schmutzig zu sein. Er sehnte sich nach einer Dusche, aber zuerst würde er dafür sorgen, dass seine Kinder satt waren.

»Du kannst kochen?«, fragte Alexander voller Skepsis.

»Ich habe früher in einem Restaurant gearbeitet«, antwortete Tomas, während er sich bückte und nach einer Bratpfanne griff.

»Wann?«

»Als ich fünfzehn war. In einer Spelunke in Hallstahammar, wo sogar der Wind in der Tür kehrtgemacht hat.«

Tomas verschwieg, dass er gefeuert worden war, nachdem Kristian und er eines Nachts nach Feierabend in das Büro des Lokals eingebrochen waren und die Tageskasse geklaut hatten. Der Eigentümer hatte ihm nichts nachweisen können, ihn aber zwei Tage später hochkant rausgeworfen.

»Was ist eine Spelunke?«, fragte Ebba.

Tomas gab ihr lächelnd einen Kuss auf die Wange.

»Ein Restaurant, in dem das Essen nicht besonders gut schmeckt.«

»Und was hast du da gekocht?«, bohrte Alexander weiter, immer noch mit einer erheblichen Portion Skepsis in der Stimme.

»Ich war Spülhilfe, hab mir bei den Köchen aber den einen oder anderen Trick abgeguckt. Jetzt braten wir Fleischklößchen. Das ist nicht schwer. Mit eurer Hilfe kriege selbst ich das hin.«

Tomas setzte Ebba auf der Spüle ab, gab ein Stück Margarine in die Pfanne und schüttete die Fleischklößchen dazu.

Er genoss es, seine Kinder wenig später essen zu sehen. Vielleicht lag es an der Zeit in Bosnien, dass es ihn jedes Mal mit einer tiefen Zufriedenheit erfüllte, wenn seine Kinder vor einem vollen Teller saßen.

Nach dem Essen wusch Tomas das Geschirr ab und sagte Alexander und Ebba, sie sollten ihre Badesachen anziehen. Es war vier Uhr nachmittags. Noch Zeit genug, um einen Ausflug an den Badestrand in Hornstull zu machen. Die Kinder rannten jubelnd in ihre Zimmer.

Tomas trocknete sich die Hände ab und ging in den Flur, um Azra anzurufen. Die Kollegen aus Hallstahammar hatten ihn gestern informiert, dass sie aus dem Krankenhaus entlassen worden war. Er hatte sie nicht gleich anrufen wollen, um ihr so viel Ruhe wie möglich zu lassen.

Aber er musste wissen, wie es ihr ging. Bei ihrem letzten Telefonat vor einigen Tagen, als sie gerade aus dem Koma aufgewacht war, hatte sie kaum auf seine Ansprache reagiert.

Nach einigen Klingelzeichen meldete sich der Leiter der Flüchtlingsunterkunft und bat ihn zu warten.

Ein paar Minuten später erklangen Azras schlurfende Schritte.

»Ich bin's«, sagte er, als sie den Hörer in die Hand nahm.

Sie antwortete nicht, aber er hörte ihre Atemzüge.

»Wie geht es dir?«, fragte er.

Die Kinder tobten in Alexanders Zimmer herum. Aufgedreht. Voller Vorfreude. Tomas wölbte die Hand um die Sprechmuschel, um den Lärm abzuschirmen.

»Nicht besonders gut«, sagte Azra.

Ihre Stimme klang angestrengt, als seien die drei Worte das Erste, was sie seit Stunden über die Lippen brachte. Tomas suchte nach einer Erwiderung, die Trost oder wenigstens Linderung spendete, doch es war, als hätte er ihre gemeinsame Sprache vergessen. Dabei war es ihnen immer so leichtgefallen, miteinander zu reden.

»Isst du regelmäßig?«, fragte er und kam sich vor wie ein Idiot.

»Ich kann jetzt nicht reden«, sagte Azra.

»Warum nicht?«

»Weil mir die Kraft fehlt. Ich möchte nicht, dass du mich weiter anrufst.«

»Was meinst …?«

Azra legte auf. Tomas blieb ratlos mit dem Hörer in der Hand stehen. Die Kinder kamen in den Flur gestürmt. Umgezogen und fertig. Alexander stellte sich an die Wohnungstür.

»Komm jetzt, Papa«, forderte er.

Tomas' Kopf dröhnte. Ihm war schwindelig. Sein Körper schwankte langsam vor und zurück, und er musste sich an der Kommode festhalten, um nicht das Gleichgewicht zu verlieren, während er seinen Sohn aus zusammengekniffenen Augen zu fixieren versuchte.

»Papa, warum kommst du nicht? Wir wollen doch baden fahren.«

Alexanders Stimme klang blechern, entfernt. Tomas richtete seinen Blick auf Ebba, die schon ihre orangen Schwimmflügel übergestreift hatte.

Sie sah ihn an und sagte etwas. Der Mund seiner Tochter bewegte sich, aber er konnte den Sinn ihrer Worte nicht begreifen.

Tomas schluckte krampfhaft. Der Speichel schmeckte fremd, metallisch.

»Wartet kurz«, stieß er hervor.

Er stolperte ins Schlafzimmer, machte die Tür zu, drehte den Schlüssel um. Dann legte er sich bäuchlings auf das ungemachte Bett. Alexanders und Ebbas enttäuschte Stimmen drangen zu ihm in die Dunkelheit. Er musste sich beruhigen. Die Situation unter Kontrolle bekommen. Aus dem Wohnzimmer tönte das Geräusch des Fernsehers. Tomas zog die Nachttischschublade auf und griff nach dem Blisterstreifen. Er enthielt nur noch drei

Tabletten. Er drückte eine nach der anderen heraus, schob sie sich in den Mund, kaute und schluckte sie herunter.

Er erwachte von einem Schrei. Benommen setzte er sich im Bett auf. Im ersten Moment glaubte er, geträumt zu haben, doch dann erklang der herzzerreißende Schrei ein zweites Mal.

Er kam aus dem Wohnzimmer.

Von Klara.

Er musste zu ihr, ihr helfen, seine Familie beschützen.

Tomas sprang aus dem Bett, stürzte zur Tür und wollte sie aufreißen. Als ihm klar wurde, dass sie abgeschlossen war, geriet er in Panik, hatte keine Ahnung, wie er sie aufbekommen sollte. Wo war der Schlüssel? Klara schrie wieder, lauter diesmal. Tomas begann zu brüllen. Er begriff, dass der Schlüssel im Schloss steckte, drehte ihn um und drückte die Tür mit der Schulter auf.

Der Anblick, der sich ihm bot, würde für den Rest seines Lebens wie funkelnde Glassplitter in seiner Netzhaut stecken.

Ebba hielt seine Sig Sauer in beiden Händen und richtete sie mit ausgestreckten Armen auf Alexander. Klara schrie besinnungslos. Alexander stand mit offenem Mund da, die Hände über dem Kopf. Mit erhobenen Handflächen bewegte sich Tomas langsam auf Ebba zu.

»Lass die Pistole los, Ebba, Schatz. Leg die Pistole weg«, flehte er.

2

Die Zeit existierte nicht mehr. Tomas befand sich in einem Vakuum, in einem Rabbit Hole, in dem alles gleichzeitig geschah – überall und nirgends.

»Die Pistole ist echt, Schätzchen. Das ist kein Spielzeug«, sagte er, bemüht, seine Stimme fest klingen zu lassen.

Er machte einen Schritt auf Ebba zu, näherte sich ihr von der Seite und sah flüchtig zu Alexander hinüber, der seine

Schwester mit offenem Mund anstarrte, die Augen weit aufgerissen und voller Angst. Er war alt genug, um zu verstehen, was passieren konnte. Sein Sohn, sein kleiner Sohn, hatte Todesangst.

Tomas fiel ein, dass er die Waffe vorhin, im Glauben, jemand sei in die Wohnung eingebrochen, entsichert hatte. Das Klicken, mit dem die Kugel in den Lauf gerutscht war, hallte in seinem Kopf, während er auf seine Tochter zuging, die die Pistole nach wie vor in den Händen hielt, die Arme ausgestreckt.

»Wenn du schießt, stirbt dein Bruder«, sagte Tomas so ruhig, wie er nur konnte.

Er hatte keine Ahnung, was Klara tat. Er konzentrierte sich auf Ebba, darauf, sie dazu zu bewegen, die Sig Sauer wegzulegen. Der Abstand zwischen ihnen betrug jetzt keinen Meter mehr. Seine Verzweiflung wuchs. Er spürte, dass seine Stimmbänder arbeiteten, hörte aber nicht, was er sagte.

»Sollen wir Eis essen gehen, Schätzchen? Was hältst du davon, wenn wir uns ein Eis kaufen? Und Süßigkeiten, wenn du willst. Und dann fahren wir baden. Das haben wir ja vorhin nicht gemacht. Aber draußen ist es immer noch warm. Und heute Abend leihen wir uns einen Film aus. Mehrere Filme. Disneyfilme. Vielleicht gibt es einen Film, den du gucken möchtest? Du darfst dir so viele Filme ausleihen, wie du willst.«

Er schwitzte stark.

Ebba drehte sich zu ihm um, weg von Alexander, die Augen zusammengekniffen und fokussiert. Ihre Arme zitterten vor Kraftanstrengung, und mit einem Mal sanken sie herab. Tomas machte einen Satz auf sie zu, legte seine rechte Hand auf die Mündung der Pistole und wand sie behutsam aus Ebbas Griff. Er atmete angestrengt durch den Mund aus und sicherte die Waffe. Dann nahm er Ebba auf den Arm und drückte sie fest an sich.

Klara stürzte zu dem starr vor Angst dastehenden Alexander und presste ihn an ihre Brust. Alexander begann zu weinen.

Klara ebenfalls. Schluchzend und am ganzen Leib zitternd, strich sie ihm übers Haar.

Ebba flüsterte Tomas irgendwas ins Ohr. Er verstand einzelne Wörter wie Eis und Videofilme, doch er hörte nicht zu, er spürte Ebbas warmen Atem, sah, dass sein Sohn noch lebte und dessen Brustkorb unversehrt war. Das war alles, was er aufzunehmen imstande war.

Nach einer Weile drehte Klara den Kopf in seine Richtung und maß ihn mit einem Blick abgrundtiefer Abscheu. Er begriff, dass ihre Ehe vorbei war. Vielleicht hatte sie den Entschluss noch nicht laut ausgesprochen, doch er wusste, dass sie es tun würde. Eine Frau konnte mit einem Mann zusammenleben, den sie hasste, sogar mit einem Mann, vor dem sie Angst hatte, nicht aber mit einem Mann, den sie verachtete.

Die Erkenntnis machte ihn traurig. Er drückte Ebba fester an sich, spürte, wie der Schweiß auf seiner Brust von ihrem T-Shirt aufgesogen wurde.

Abends um halb zehn schliefen die Kinder ein. Tomas und Klara trugen sie in ihre Betten und schlossen die Zimmertüren.

»Lass uns draußen reden«, sagte Klara dann und deutete auf den Laubengang.

Das waren die ersten Worte, die sie an ihn richtete. Tomas nickte und ging ihr voraus zur Wohnungstür. Sie setzten sich. Von der Hornsgatan wehte ein warmer Wind herauf. Tomas holte seine Prince und das Feuerzeug unter dem Blumentopf hervor, steckte sich eine Zigarette an, lehnte sich im Stuhl zurück und blickte Klara schuldbewusst an.

»Ich weiß nicht, was ich sagen soll«, begann er. »Aber ich hoffe, dass du mir glaubst, dass ich mich schäme … Scheiße, nein, es ist viel mehr als Scham. Ich würde die Kinder niemals absichtlich in Gefahr bringen. Und dich auch nicht.«

»Das weiß ich, Tomas. Trotzdem hast du es getan.«

In der Wohnung gegenüber wurde eine Party gefeiert. Die

Bässe wummerten über die Straße, wurden vom lichten Abend verschluckt. Hinter sperrangelweit offen stehenden Fenstern zeichneten sich tanzende Silhouetten ab.

»Ich habe keine Vorstellung davon, was du in diesem Krieg erlebt hast, aber der Mann, den ich geheiratet habe, ist nicht mehr da. Vielleicht bist du vom Kopf her immer noch in Bosnien. Vielleicht halten dich die Geschehnisse, die du gesehen und miterlebt hast, da fest. Ich habe keine Ahnung. Ich war nie in einem Krieg, und ich möchte es nie sein.«

Klara sah ihn an. Tomas forschte nach Zeichen von Feindseligkeit in ihrem Gesicht, fand aber keine. Ihr Blick war voller Mitgefühl.

»Es ist eine Sache, den Kindern zuliebe zusammenzubleiben, das schaffen die meisten Paare, das schaffe ich. Aber unsere Liebe wird nie wieder das sein, was sie einmal war. Du hast unsere Kinder in Gefahr gebracht. Du hast eine Waffe offen herumliegen lassen und bist eingeschlafen. Unsere Tochter hat eine Waffe auf unseren Sohn gerichtet, in unserem Zuhause. In unserem Zuhause, Tomas!«

Bei den letzten Worten war Klaras Stimme scharf geworden. Sie holte tief Luft und sammelte sich.

»Das kann ich unmöglich akzeptieren. Ich brauche Zeit, um darüber nachzudenken, wie ich weitermachen will. Wie wir weitermachen sollen.«

»Das verstehe ich, Klara. Ich verstehe, dass du nicht so leben kannst. Ich mache dir keinen Vorwurf, wie sollte ich? Nach allem, was du für mich getan hast. Nach allem, was du mir gegeben hast.«

Sie hat es verdient, glücklich zu sein, dachte er, als er Klaras traurigen Blick sah.

Sie hatten viele schöne Jahre miteinander verbracht, glückliche Jahre. Die besten in seinem Leben.

»Vielleicht kann ich mit den Kindern für einige Tage bei einer Freundin wohnen, bis ich eine Entscheidung getroffen habe.

Solange Papa im Krankenhaus liegt, kann ich nicht nach Rättvik fahren.«

Tomas nickte.

»Wir machen es so, wie es für dich am besten ist.«

Er zog an seiner Zigarette, streckte seine rechte Hand aus und legte sie auf Klaras.

»Es tut mir leid, dass es so gekommen ist. Es ist ganz allein meine Schuld. Und wenn es mir möglich wäre, nicht ich zu sein, sondern ein anderer, dann würde ich mich ändern. Ich will euch nicht verletzen. Weder dich noch die Kinder. Aber ich kann nicht. Ich kann nicht aus meiner Haut. Das verstehst du doch?«

Klara lächelte ihn traurig an.

»Ich verstehe es.«

»Ich werde die Sache mit dem Haus regeln. Ich werde das Geld auftreiben, damit ihr das Haus bekommt, das du dir erträumt hast. Das verspreche ich dir. Du musst mir nicht glauben.«

»Ich will keine Versprechungen mehr, Tomas.«

Klara stand auf, ging um den Tisch herum, setzte sich auf seinen Schoß und schlang die Arme um ihn. Tomas legte die Zigarette im Aschenbecher ab und erwiderte ihre Umarmung. Klaras Lippen suchten seine, und sie küssten sich. Er berührte ihre Zunge mit seiner, sog gierig ihren Speichel auf, wollte den Kuss so lange wie möglich ausdehnen. Klaras Art, ihn zu küssen, gab ihm zu verstehen, dass sie das Gleiche wollte – sie wussten beide, dass es ihr letzter Kuss sein würde und dass der letzte Kuss entscheidender und bedeutungsvoller war als der erste.

Sonntag, 3. Juli 1994

3

Zwei Penner hatten sich in der Bushaltestelle an der Hornsgatan häuslich eingerichtet, Bierdosen und ein Brot zwischen sich, das sie mit den Händen in Stücke rissen. Vera saß auf der gegenüberliegenden Straßenseite bei laufendem Motor in ihrem Saab und ließ die Klimaanlage arbeiten. Eiskalte Luft strömte ins Wageninnere. Die Temperaturanzeige im Armaturenbrett zeigte zweiunddreißig Grad. Die Hitzewelle hatte Schweden weiterhin fest im Griff. Im Radio kam ein Bericht über die neue gesetzliche Regelung zum Schuldenerlass, die am 1. Juli in Kraft getreten war. Wie wohl ein Gerichtsvollzieher reagierte, wenn sie an seine Tür klopfte und um Hilfe bei ihrer Schuldentilgung bei Pål und seinen Bikerkumpels bäte, dachte Vera.

»Wie lange bleiben wir hier noch stehen?«, fragte Sigge, der ausgestreckt auf der Rückbank lag und eine Dose Oliven futterte.

Vera warf einen Blick auf die Uhr. Es war kurz vor drei.

»Nur noch zwanzig Minuten.«

»Das ist eine Ewigkeit«, maulte Sigge.

»Nein, zwanzig Minuten gehen ganz schnell um, Großer.«

»Der Sommer ist bald vorbei, und wir haben nichts Lustiges gemacht«, murrte Sigge weiter.

Eigentlich hatte Vera vorgehabt, nur einen kurzen Blick auf Tomas Wolfs Wohnung zu werfen. Die Hoffnung, dass Klara Wolf zu Hause wäre, hatte sie fast aufgegeben. Doch heute hatte sie tatsächlich die Silhouette einer Frau am Küchentisch sitzen sehen. Und eine Sekunde später war Wolf neben ihr erschienen. In der Hoffnung, sich ihm bei irgendeiner Unternehmung an die Fersen heften zu können, war sie geblieben.

Vera drehte den Zündschlüssel um, Motor und Klimaanlage erstarben. Die Penner im Bushäuschen schienen in Streit geraten zu sein. Der eine, der eine Texaco-Kappe trug, stand auf und musterte seinen Kumpel.

»Ich kann dich in zwei Minuten abmurksen«, sagte er dann.

»Träum weiter. Ich hab mal einen einbeinigen Rumänen vermöbelt, und da reden wir von einem Kampf auf Leben und Tod.«

In diesem Moment ging Wolfs Wohnungstür auf, und er kam heraus. Eine Minute später fuhr er in seinem Volvo in Richtung Hornstull davon.

Vera wartete zwei Minuten für den Fall, dass er drehen und in die Gegenrichtung fahren würde, dann stieg sie aus.

»Ich bin gleich wieder da, Großer. Wenn es dir im Auto zu heiß wird, kannst du die Tür aufmachen.«

Sie überquerte die Hornsgatan und stieg die Treppe zum Laubengang hinauf.

Klara Wolf öffnete ihr mit verärgerter Miene die Tür.

»Tomas ist nicht da«, sagte sie.

Dunkle Ringe lagen unter ihren Augen, und das weiße Trägertop, das sie trug, machte sie blass, als wäre die Sonne nicht imstande, auf ihrer Haut Fuß zu fassen.

»Ich möchte nicht zu Ihrem Mann.«

Klara Wolf sah sie forschend an. Dann trat sie zur Seite und ließ sie herein.

Vera setzte sich an den Küchentisch. Klara Wolf schenkte ihnen aus einer Thermoskanne Kaffee ein und seufzte vernehmlich, als sie keine Milch im Kühlschrank fand. Die Lamellen waren heruntergelassen. Im Raum war es stickig, und ein leichter Abfallgeruch hing in der Luft. Klara Wolf ließ sich schwer auf den anderen Küchenstuhl sinken.

»Werde ich dieses Gespräch bereuen?«

Sie strich mit der Hand über die orange Wachstuchtischdecke, griff nach einer Serviette und fingerte zerstreut daran herum.

»Das weiß ich nicht«, erwiderte Vera.

»Dann bringen wir es hinter uns.«

Vera bekam das Gefühl, auch Klara Wolf suchte nach Antworten, die ihren Mann betrafen.

»Wissen Sie, ob Ihr Mann in Kürze wieder nach Hause kommt?«

»Nein, er bleibt länger weg. Er wollte sich mit einem Kollegen in der Stadt treffen.«

»Ich habe eigentlich drei Fragen. Und alle drei betreffen Ihren Mann.«

»Warum fragen Sie nicht ihn?«

»Er will mir keine Antworten geben.«

Klara Wolf presste die Lippen aufeinander und hob die Augenbrauen.

»Das klingt ganz nach ihm.«

»Erinnern Sie sich an den fünften Juni dieses Jahres?«

Klara Wolf drehte sich zum Kühlschrank und betrachtete den Kalender, der daran hing. Das Kästchen des fünften Juni war leer, das Kästchen des Folgetags enthielt einen Eintrag: *Bank 10 Uhr.*

»Ja«, sagte sie.

»Erinnern Sie sich, wo Ihr Mann am Abend und in der Nacht war?«

»Nein.«

»Sie erinnern sich nicht?«

»Ich weiß es nicht. Ich erinnere mich, dass er müde war und sich am nächsten Tag sonderbar verhalten hat. Nach unserem Banktermin hat er im Auto einen Aussetzer bekommen. Ich habe ihn in der Nacht davor nicht nach Hause kommen hören. Ich dachte, er wäre bei der Arbeit. Aber ich habe ihn nicht gefragt, was genau er gemacht hat.«

Vera zog ihr Notizbuch hervor und notierte, dass Tomas Wolf für den Mord an Nadija Alihodzic kein Alibi zu haben schien, es sei denn, ein Kollege konnte bezeugen, wo er gewesen war. Das würde sie überprüfen.

Sie fragte Klara Wolf, ob sie mitbekommen hätte, wann ihr Mann in der Nacht auf den elften Juni in Rättvik eingetroffen war.

»Ich hatte keine Ahnung, dass er kommen wollte. Als ich aufgewacht bin, war er plötzlich da, schien aber selbst nicht zu wissen, wie er hergekommen war.«

Also hatte Wolf kein Alibi für den Mord an Carmen Diaz. Vera nahm Witterung auf.

»Sie wussten nicht, dass Ihr Mann nach Rättvik kommen würde?«

»Nein, und ich hatte den Eindruck, dass er es genauso wenig wusste. Er hatte kein Gepäck dabei. Warum stellen Sie diese Fragen? Was hat Tomas gemacht?«

Klara Wolf schien mit ihren Kräften am Ende zu sein. Ihre blauen Augen flackerten umher, fanden nirgends Halt, als seien sie auf der Flucht.

Vera begriff, dass sie etwas Entscheidendem auf der Spur war.

4

»Ich kenne ihn nicht mehr.« Klara Wolf vergrub das Gesicht in den Händen.

Unten auf der Hornsgatan klingelte ein Eiswagen. Als sie Vera wieder ansah, hatte sie Tränen in den Augen.

Klara Wolfs Abwehrmechanismen waren zusammengebrochen. Vera hatte das schon häufiger bei Menschen erlebt, die sie interviewte und die eine Last mit sich herumtrugen, die ihre Kräfte überstieg. Das Gefühl, dass jemand zuhörte, war das Einzige, was nötig war, damit sie zu reden begannen. Falls Klara

Wolf etwas wusste, würde sie die Wahrheit sagen. Jedenfalls so lange, wie Vera ihr keine Angst machte.

Sie sah Klara Wolf mitfühlend an, schwieg aber. Wenn sie sie zu sehr drängte, würde sie sich verschließen.

»Nicht, seit er von seinem Kriegseinsatz zurückgekommen ist«, fuhr Klara fort.

»Hat Ihr Mann sich verändert? Inwiefern?«

»Es geht schneller, wenn ich die Punkte aufzähle, in denen er sich nicht verändert hat. Er ist nicht mehr der Mann, den ich geheiratet habe. Und ich glaube, dass er unter Gedächtnislücken leidet.«

»Warum glauben Sie das?«

»Das ist nur so ein Gefühl. Manchmal, wenn ich ihn frage, wo er gewesen ist oder was er gemacht hat, sieht er mich mit vollkommen leerem Blick an, als würde er nicht verstehen, was ich meine, oder sich nicht erinnern können. Und dann tischt er mir irgendeine Erklärung auf, die keinen Sinn ergibt. Einmal habe ich ihm zwei Tage hintereinander dieselbe Frage gestellt, um ihn auf die Probe zu stellen, und habe gefragt: An welchem Fall arbeitest du gerade? Er hat mir zwei verschiedene Antworten gegeben.«

»Haben Sie ihn darauf angesprochen?«

Klara Wolf begann erneut zu weinen.

»Ich habe mich nicht getraut. Aus Angst, die Antwort nicht zu verkraften. Wenn ich mich irre und Tomas nicht vergisst, sondern mich bewusst belügt, dann … Ich habe das Gefühl, dass er ein Verhältnis hat.«

Vera erwog, nach der muslimischen Frau zu fragen, von der Tomas Wolfs Brüder gesprochen hatten, doch damit riskierte sie, dass Klara Wolf sich verschloss. Außerdem wusste sie nicht, wie das Gespräch der Brüder gemeint gewesen war. Ob sie von einer Affäre oder einem Übergriff gesprochen hatten.

»Gibt es dafür irgendwelche Anzeichen?«, fragte sie stattdessen.

»Wir haben neulich ein Kaufangebot für ein Haus abgegeben. Für ein hübsches Reihenhaus, das unseres werden sollte. Aber als wir mit der Bank gesprochen haben, stellte sich heraus, dass unser Geld nicht mal für die Anzahlung reicht, und die Bank wollte uns keinen Kredit mehr bewilligen. Das war ein Schock für mich. Ich hatte geglaubt, wir hätten Ersparnisse und würden jeden Monat einen kleinen Betrag auf die hohe Kante legen. Aber es kam heraus, dass Tomas überhaupt kein Geld angespart hat.«

»Was hat er mit dem Geld gemacht?«

»Als ich unsere Konten durchgegangen bin, habe ich festgestellt, dass er seit Jahren jeden Monat zweitausend Kronen abhebt.«

»Auch während der Zeit, in der er in Bosnien gewesen ist?«

»Nein, aber direkt davor hat er eine große Summe abgehoben. Zwölftausend Kronen. Und er war sechs Monate weg. Es scheint irgendeine Art Abzahlung gewesen zu sein, oder … ich weiß nicht, als hätte er jemand anderen. Das habe ich jedenfalls gedacht.«

»Sie haben ihn nicht gefragt, was er mit dem Geld gemacht hat?«

Unwirsch wischte sich Klara mit der Serviette die Tränen aus dem Gesicht, was ihre verweinten Augen noch röter machte.

»Doch. Er hat gesagt, er hätte es … einem Ausländer gegeben.«

»Einer Frau oder einem Mann?«

Klara Wolf runzelte die Stirn. Eine neue Erklärung schien ihr in den Sinn zu kommen. Eine Erklärung, die sie nicht wahrhaben wollte.

»Er sagte, es sei ein Mann. Ich habe ihm geglaubt. Ich will ihm glauben. Aber ich bin mir nicht mehr sicher.«

»Wer ist dieser Mann?«

»Tomas sagte, es sei jemand, den er und sein älterer Bruder Kristian vor vielen Jahren misshandelt haben. Tomas war früher Skinhead. Er sagte, Kristian hätte die Frau des Mannes belästigt.

Als der Mann Kristian angegriffen hat, hat Tomas ihn zusammengetreten. Der Mann sitzt heute im Rollstuhl. Kristian und Tomas sind beide ungeschoren aus der Sache rausgekommen.«

»Erkauft er sich mit dem Geld Schweigen?«

»Er sagt, er macht es aus schlechtem Gewissen.«

»Glauben Sie ihm?«

Klara Wolf holte tief Luft.

»Ich weiß gar nichts mehr. Ich hatte gehofft, Sie könnten mir sagen, was los ist. Deshalb habe ich Sie reingelassen.«

Vera lächelte gequält.

»Ich wünschte, ich könnte es. Aber ich habe keine Antwort. Noch nicht. Vielleicht kann ich Ihnen eine Antwort geben, wenn ich herausfinde, wie alles miteinander zusammenhängt. Wenn es das überhaupt tut.«

»Wie was miteinander zusammenhängt?«

Vera senkte den Blick auf den Tisch. Ein bohrendes Gefühl, auf dem Holzweg zu sein, ergriff von ihr Besitz. Was, wenn am Ende alles darauf hinauslief, dass Tomas Wolf lediglich einen Haufen Geheimnisse aus seiner Vergangenheit mit sich herumtrug? Seltsames Verhalten war nicht ungewöhnlich, wenn man von alten Geistern heimgesucht wurde. Das musste nicht bedeuten, dass Wolf ein Mörder war oder versuchte, seine Brüder vor den Konsequenzen eines Mordes zu schützen. Gott weiß, dass meine Vergangenheit mich noch immer straft, dachte sie.

Aber warum war er ohne Gepäck in Rättvik aufgetaucht?

»Darf ich diese Frage vorerst überspringen? Ich möchte keine Behauptungen aufstellen, für die ich keine Beweise habe. Was ich sagen kann, ist, dass Ihr Mann und ich demselben Verbrechen nachgehen. Und ich habe einige Bedenken hinsichtlich der Art und Weise, wie Ihr Mann seine Arbeit verrichtet.«

»Etwas Ernsteres steckt nicht dahinter?«

»Möglicherweise. Aber wie gesagt, ich weiß es noch nicht.«

Sie wirkt fast enttäuscht, dachte Vera. Sie will Bestätigung, dass ihr Mann eine Affäre hat oder etwas, das dem zumindest gleichkommt. Die Erleichterung spüren, endlich eine Antwort zu haben.

»Wir haben uns getrennt. Deshalb stinkt es hier so. Es ist erst zwei Tage her, und schon lässt er die Wohnung verkommen.«

»Das tut mir leid.«

»Es muss Ihnen nicht leidtun. Es ist am besten so. Ich kann kaum darüber sprechen. Tomas war betrunken oder stand unter Drogen, als er mit den Kindern alleine war. Als ich nach Hause gekommen bin, hat Ebba mit Tomas' Dienstwaffe auf Alexander gezielt. Tomas hat im Bett gelegen und geschlafen. Er hatte sich im Schlafzimmer eingeschlossen.«

Klara Wolf wandte den Blick ab. Sie schluckte krampfhaft.

»Ich bin nur hier, um ein paar Sachen für mich und die Kinder zu holen. Ich muss gleich wieder los. Meine Freundin passt gerade auf sie auf. Ich will sie nicht noch mehr belasten. Ich habe ohnehin schon ein schlechtes Gewissen, weil wir bei ihr wohnen müssen.«

»Ich verstehe. Nur noch eine letzte Frage. Wann ist Ihr Mann aus Bosnien zurückgekommen?«

Klara Wolf stand auf, ging zum Kühlschrank und blätterte im Kalender.

»Im März. Am siebten«, sagte sie dann.

Ein Gefühl der Leere erfasste Vera. Sie war tatsächlich auf dem Holzweg gewesen. Der Überfall auf Mersiha Selimovic hatte sich am sechsten März ereignet. Da war Tomas Wolf vermutlich gerade mit letzten Vorbereitungen für seinen Rückflug nach Stockholm beschäftigt gewesen.

»Haben Sie irgendetwas, was das beweist? Einen Beleg oder etwas Ähnliches?«, fragte sie trotzdem.

»Ja, vielleicht.« Klara Wolf verließ die Küche.

Als sie zurückkam, hielt sie ein Blatt Papier in der Hand, das sie Vera reichte. Eine Gehaltsabrechnung. Vera überflog die Seite, entdeckte aber keinen Eintrag zum siebten März.

»Hier steht, dass er seinen Sold bis einschließlich fünfundzwanzigsten Februar bezogen hat. Ist Ihr Mann nach Beendigung seiner Dienstzeit noch ein paar Tage länger in Bosnien geblieben?«

»Nein, aber jetzt, wo Sie es sagen. Das hatte ich völlig vergessen. Er ist nicht sofort nach Hause gekommen.«

Veras Energie kehrte schlagartig zurück.

»Warum ist er nicht gleich nach Schweden zurückgekehrt?«

»Er sagte, er wolle sich Europa ansehen, und hat den Bus genommen. Er musste mehrmals umsteigen. Von Deutschland aus hat er eine Fähre genommen und ist von Malmö aus mit dem Zug weitergefahren.«

»Er war also in Malmö?«

»Ja, er hat da übernachtet und am nächsten Morgen den Frühzug nach Stockholm genommen. Das weiß ich noch, weil ich ihn mit dem Auto aus Malmö abholen wollte, damit wir zusammen über Nacht zurückfahren. Aber Tomas wollte das nicht. Ich war maßlos enttäuscht und habe mich gefragt, warum er mich nach der langen Trennung nicht vermisst.«

Was Klara Wolf da sagte, war von entscheidender Bedeutung. Es hieß, dass Tomas Wolf für keinen der drei Überfälle ein Alibi besaß. Und er war nicht nur in der Nacht, in der Carmen Diaz ermordet worden war, durch Falun gefahren, sondern er hatte sich obendrein zu dem Zeitpunkt, an dem Mersiha Selimovic vergewaltigt worden war, in Malmö aufgehalten.

»Und Sie sind sich sicher, dass Ihr Mann am sechsten März in Malmö übernachtet hat?«

»Ja.«

Klara Wolf nahm eine Streichholzschachtel von der Dunstabzugshaube und gab sie Vera.

»In diesem Hotel hat er gewohnt.«

Vera las den Aufdruck. Hotel Kramer. Und eine Telefonnummer. Das zu überprüfen war ein Kinderspiel.

»Ich kam mir so dämlich vor. Ich hatte rote Spitzenunterwäsche gekauft. Stay ups. Mir vorgestellt, wie ich ihn nur mit

Slip und BH bekleidet am Bahnhof abhole. Und dann wollte er mich nicht mal treffen.«

»Sie waren und sind nicht dämlich.« Vera legte Klara Wolf eine Hand auf den Arm. »Darf ich mir die Gehaltsabrechnung ausleihen? Sie bekommen sie zurück, sobald ich eine Kopie davon gemacht habe.«

»Wenn Sie versprechen, mir zu erzählen, was Sie herausfinden.«

»Versprochen. Aber jetzt will ich Sie nicht weiter behelligen.«

Bevor Vera die Küche verließ, legte sie Klara die Hand auf die Schulter, dann ging sie hinaus in den Laubengang, klaute eine Zigarette aus der Schachtel Prince, die im Blumentopf auf dem Tisch lag, und inhalierte ein paar tiefe Züge.

Im Grunde ist es gar nicht Tomas Wolf, den ich jage, dachte sie, als sie die Zigarette am Balkongeländer ausdrückte und hinunter zum Auto ging, um mit Sigge ins Freibad zu fahren. Sondern Männer, die ihre Nächsten im Stich lassen. Die ihr eigenes Leben führen. Ohne Rücksicht auf andere. Tomas Wolf und Jonny unterschieden sich nicht groß voneinander. Ihren Vater konnte sie ebenfalls zu dieser Sorte Mann hinzuzählen. Sie logen und betrogen. Traten andere Menschen mit Füßen.

Vera umklammerte die Streichholzschachtel, die Klara Wolf ihr gegeben hatte. Bald habe ich dich, du Schwein, dachte sie und schob die Schachtel in die Brusttasche ihres Hemdes.

5

Eine lateinamerikanische Sieben-Mann-Combo mit Federschmuck auf dem Kopf sorgte in der Fußgängerzone vor dem Kaufhaus Åhléns für Stimmung. Tomas und Zingo liefen die Drottninggatan weiter Richtung PUB entlang. Die Außenbereiche der Restaurants und Parks waren von Schwedentrikots, Wikingerhelmen oder Pippi-Langstrumpf-Perücken tragenden

Fußballfans bevölkert. Etliche davon mit gelb-blauer Gesichtsbemalung. Auf dem Pflaster boten fliegende Händler ihre auf Decken ausgebreitete Ware an, Haarreifen, Zöpfe, Kupferschmuck, Sandalen und Kassetten. In nicht einmal einer Viertelstunde traf Schweden im Cotton Bowl Stadium in Dallas im Achtelfinale auf Saudi-Arabien. Anders als bei den Gruppenspielen war der Anstoß für zwölf Uhr mittags Ortszeit anberaumt, sodass das Spiel in Schweden um fünf Uhr nachmittags begann. Die schwedischen Sportexperten orakelten, die drückende Hitze, die über dem Fußballstadion lag, könnte den Saudis einen Vorteil verschaffen. Auch in Schweden hielt die Hitze unverändert an.

Es war zwei Tage her, dass Ebba mit seiner Dienstwaffe auf Alexander gezielt hatte. Bei dem Gedanken daran brach Tomas jedes Mal der kalte Schweiß aus. Er zwang das Bild beiseite und versuchte, an Azra zu denken. Er hatte mehrmals in der Flüchtlingsunterkunft angerufen, doch der Leiter hatte ihm ausgerichtet, dass Azra nicht mit ihm sprechen wollte. Von den Kollegen in Hallstahammar hatte er erfahren, dass sie sich nicht an den Überfall erinnerte und keinen Hinweis auf den Täter geben konnte.

Die Jagd nach dem Mann, der Carmen Diaz und Nadija Alihodzic erdrosselt hatte, mit seinem Mordversuch an Mersiha Selimovic jedoch gescheitert war, ging nicht voran. Mit Zingo hatte er sich der trostlosen Aufgabe gewidmet, die Gästelisten sämtlicher Hotels und Pensionen in der Nähe der drei Tatorte durchzugehen. Aber sie hatten keine einzige Namensgleichheit entdeckt. Zum zweiten Mal binnen einer Woche hatten sie beschlossen, wieder bei null anzufangen oder zumindest einen anderen Kurs einzuschlagen. Zingo hatte, obwohl heute Sonntag war und sie beide freihatten, einen Spaziergang durch die Stadt vorgeschlagen, um neue Ansatzpunkte und Ideen zu diskutieren. Als Tomas gefragt hatte, wo er spazieren gehen wollte, hatte seine Antwort Drottninggatan gelautet. Bisher aber hatte ihre Diskussion sie keinen Schritt weitergebracht, und Tomas registrierte, dass Zingo zunehmend durstigere Blicke auf die schattigen Außenbereiche der Restaurants warf.

»Wir suchen also einen Nomaden. Einen Nomaden mit Sehbeeinträchtigung, der weder im Hotel noch in einer Pension absteigt«, sagte Zingo.

»Vielleicht ist er Lkw-Fahrer wie Jörgen Waltz, oder er kehrt im Anschluss an die Taten mit dem eigenen Pkw nach Hause zurück«, erwiderte Tomas. »Von den Flüchtlingsunterkünften könnte er auch aus den Medien erfahren haben.«

Zingo hob die Schultern.

»Was diese Kontaktlinse angeht, konnten uns die Malmöer Kollegen ja leider nicht mit weiterführenden Informationen dienen«, fuhr Tomas fort.

Als er heute Morgen trotz seines freien Tages ins Büro gefahren war, hatte auf seinem Anrufbeantworter eine Nachricht geblinkt, in der ihm ein Malmöer Kollege lapidar mitteilte, die Analyse der Kontaktlinse, die nach dem Überfall auf Mersiha Selimovic sichergestellt worden war, habe – abgesehen davon, dass die Kontaktlinse aus Glas und ihr Träger kurzsichtig sei – keine weiteren Erkenntnisse erbracht.

Zingo wollte gerade antworten, als ihn ein sturzbetrunkener Fußballfan in die Seite rempelte. Tomas bezweifelte, dass der Mann, der mit nichts als einer schwedischen Fahne als Lendenschurz bekleidet war, den Anstoß bei Bewusstsein erleben würde. Sie liefen an einem verrammelten Kino vorbei. Die Filmplakate warben für *Schindlers Liste* und *Free Willy*. Unweigerlich dachte er an Micael Bratt, der weiterhin verschwunden blieb. Wieder einmal beschlich ihn das Gefühl, etwas zu sehen, ohne es zu verstehen. Sie überquerten die Kungsgatan. Eine Gruppe betrunkener Fans mit Gesichtsbemalungen in den schwedischen Nationalfarben grölte »Wenn wir in den USA nach Gold graben«. Nachdenklich blickte Tomas zurück auf die Kinoplakate. Zingo ging weiter. Tomas griff nach seinem Notizbuch, stellte jedoch fest, dass er es nicht bei sich hatte. Er holte Zingo ein, der verwirrt nach ihm Ausschau hielt.

»Wo warst du?«

»Wenn du irgendwo einkehren willst, ist das okay«, sagte Tomas. »Da drüben ist ein freier Tisch.«

Zingo grinste.

»Fast, als stünde mein Name darauf.«

Sie kämpften sich zu dem Tisch durch. Verwundert stellte Tomas fest, dass er auf den Namen Lars Johansson reserviert war.

»Also deshalb wolltest du unbedingt in die Drottninggatan?«

»Ja, oder jedenfalls nicht wegen der Panflötenspieler«, erwiderte Zingo. »Ich geh rein und bestell uns ein paar Bier. Der Besitzer ist ein alter Trabrennkumpel von mir. Es kommt günstiger, wenn ich es mache.«

»Kannst du ihn auch um Papier und Bleistift bitten?«, fragte Tomas und zog einen Stuhl unter dem Tisch hervor.

Von seinem Platz aus hatte er die Frontansicht des Kinos im Blick. Der Gedanke, der am Rand seines Bewusstseins schwebte, nahm feste Gestalt an, schob sich in sein Blickfeld und schoss geradewegs auf ihn zu. Dreharbeiten und Theaterinszenierungen. Das war der gemeinsame Nenner, der die Fälle miteinander verband. In Malmö war es eine Theateraufführung gewesen. In Märsta ein Bier-Werbespot fürs Fernsehen. In Falun die Dreharbeiten zum Film *Die Jagd*. Daran war eigentlich nichts Neues, Micael Bratt hatte bei sämtlichen Produktionen mitgewirkt. Trotzdem ... Tomas' Gehirn arbeitete auf Hochtouren. Sie hatten die Namen der Hotelgäste in Erfahrung gebracht und verglichen, jetzt mussten sie herausfinden, wer alles an den Produktionen beteiligt gewesen war.

Der Geräuschpegel um ihn herum schwoll immer weiter an.

Zingo kam zurück, im Schlepptau eine Kellnerin im Schwedentrikot und mit einem Tablett mit vier Biergläsern. Zingo setzte sich, die Kellnerin stellte die Biergläser auf den Tisch und nahm Papier und Stift aus ihrer Schürzentasche.

»Mein tüchtiger kleiner Junge will etwas malen«, sagte Zingo und deutete auf Tomas.

Die Kellnerin lächelte höflich und entfernte sich. Tomas beugte sich über den Tisch, damit Zingo ihn verstehen konnte.

»Mir ist eine Idee gekommen, die ich gerne mit dir durchspielen möchte. Du hast unseren unbekannten Täter als Nomaden bezeichnet. Wir haben sämtliche Hotels abgeklappert, ohne Erfolg. Aber an allen Tatorten haben, soweit wir wissen, Dreharbeiten stattgefunden, oder, in Malmö, eine Theaterinszenierung.«

Zingo nickte und leerte sein erstes Glas in großen Zügen. Bier rann seine Mundwinkel herunter und tropfte auf sein Hawaiihemd. Auch wenn er es nicht zeigte, Tomas war sicher, dass er konzentriert zuhörte.

»Vielleicht haben wir das Pferd am falschen Ende aufgezäumt«, fuhr er fort. »Vielleicht steht sein Name nicht auf den Gästelisten, weil die Produktionsgesellschaften die Übernachtungen unter ihrem Namen buchen.«

Zingo stellte sein Glas auf dem Tisch ab.

»Du hast recht«, sagte er und deutete mit dem Finger auf ihn. »Aber du machst das Ganze komplizierter, als es ist. Wir müssen nur die Namen der Film- und Theaterleute überprüfen, die bei den Produktionen mitgearbeitet haben, und sie abgleichen. Es muss doch Gehaltsnachweise geben.«

»Wie finden wir diesen Personenkreis heraus?«

»Bei dem Filmdreh in Falun müsste uns das Schwedische Filminstitut weiterhelfen können. Was diesen Bierwerbespot angeht, solltest du die Brauerei anrufen. War es nicht Falcon? Irgendjemand da wird schon Bescheid wissen.«

»Und dann wäre da noch das Malmöer Stadttheater«, sagte Tomas.

Er wollte keine Zeit mehr verlieren. Bis zum Anstoß waren es noch fünfundvierzig Minuten. Und zu seinem Erstaunen stellte er fest, dass er ihn nicht verpassen wollte.

»Gibt es hier drin ein Telefon?«

»Ja. Glaubst du, ich schleppe dich in irgendwelche Spelunken?«

Tomas stand auf. Der Gastraum war genauso brechend voll wie der Außenbereich. Neben der Toilettentür hing ein Münzfernsprecher an der Wand. Er drängte sich an den Fußballfans, denen die Blase drückte, vorbei, schlug das Telefonbuch auf, das neben dem Apparat lag, suchte die Nummer des Schwedischen Filminstituts heraus, schob Kleingeld in den Schlitz und wählte. Doch niemand meldete sich. Er wählte die Nummer ein zweites Mal, mit dem gleichen Ergebnis. Dann suchte er die Nummer von Falcon heraus, aber auch in der Brauerei nahm niemand ab. Im Malmöer Stadttheater versuchte er es gar nicht erst. Vermutlich war das ganze Land, er ausgenommen, mit den Gedanken gerade beim bevorstehenden Achtelfinale.

Tomas hängte den Hörer ein und wollte gerade zu Zingo zurückgehen, als er innehielt.

Diese Kontaktlinse. Den Malmöer Kollegen zufolge war sie aus Glas. Wie weitverbreitet war diese Art Kontaktlinsen eigentlich?

Tomas schlug die Gelben Seiten auf und fuhr mit dem Finger die Liste der Optiker entlang. Er entdeckte ein Brillengeschäft im Sveavägen und rief an. Auch dort nahm niemand ab, aber ein Anrufbeantworter teilte ihm mit, dass der Laden bis siebzehn Uhr geöffnet war. Tomas hastete auf die Drottninggatan, beugte sich über das Geländer des Außenbereichs und rief Zingo zu, er sei gleich wieder da.

6

Die Schlange vor dem Eingang des Vanadis-Bads war bestimmt fünfzig Meter lang. Vermutlich standen an die hundert Leute vor ihnen, dachte Vera.

»Da kommen wir nie rein«, quengelte Sigge.

Er trug sein Lieblingsschwedentrikot mit Tomas Brolins Namen auf dem Rücken und hatte seine Jurassic-Park-Kappe aufgesetzt. Badesachen steckten in seinem Rucksack. Vera widerstand dem Impuls, an seiner sonnenwarmen Haut zu schnuppern.

»Soll ich dir einen Trick zeigen?«, fragte sie stattdessen.

»Du kannst überhaupt keine Tricks.«

»Du wirst schon sehen.«

Vera nahm ihn bei der Hand. Gemeinsam verließen sie ihren Platz am Schlusslicht der Schlange und spazierten, vorbei an unzähligen Familien mit Kindern, die in der Hitze dahinflossen, schnurstracks zur Kasse.

Im Augenwinkel entdeckte Vera etwas, das sie beunruhigte. Ihr Gehirn hatte ein Gesicht registriert, das ihr vage bekannt vorkam. Doch als sie sich umdrehte, war der Mann verschwunden. Was sollte sie tun, wenn Jonnys Bikergang ihr wieder im Nacken saß? Instinktiv zog sie Sigge dicht an sich heran. Sie hatte das Gefühl, beobachtet zu werden.

Als sie die beiden Halbwüchsigen an der Spitze der Schlange erreichten, schob Vera sich demonstrativ an ihnen vorbei. Eine korpulente Frau mit drei Sprösslingen, die ebenso breit wie hoch waren, schüttelte erbost den Kopf über das dreiste Vordrängelmanöver.

»Manche Leute haben kein Benehmen«, keifte sie.

Vera ignorierte sie und suchte mit den Augen erneut die Umgebung ab.

Hatte sie sich das Gesicht nur eingebildet?

Doch dann entdeckte sie den Mann. Er stand, ganz in Weiß gekleidet, im Schatten der Stefanskirche. Er kam ihr unverändert bekannt vor, doch er schien weder an ihr noch an Sigge interessiert zu sein. Vielleicht hatte sie ihn irgendwann einmal interviewt, oder es war ein Schauspieler, den sie mal im Fernsehen gesehen hatte?

Sie atmete auf. Ihre Paranoia war vermutlich nur eine Folge

der Unterhaltung mit Klara Wolf. Ihr Verdacht gegen Tomas Wolf ließ sie überall Gefahren wittern.

»Der Nächste«, blaffte der Kassierer.

Vera trat an den Tresen und wurde von einem wütenden Mittvierziger im Schwedentrikot abgekanzelt.

»Ich habe gesehen, was Sie gemacht haben, Lady. Die Schlange endet an der Kirche.«

»Mein Name ist Vera Berg, und ich komme von der *Kvällsposten*. Wir machen eine Reportage über die besten Freibäder dieses Sommers. Aber vielleicht legen Sie keinen Wert darauf, daran teilzunehmen? Ich kann mich an Ihren Chef wenden, wenn Sie wollen?«

Sie hielt dem Mann ihren Presseausweis unter die Nase und legte Sigge den Arm um die Schultern.

»Und das hier ist unser Kinderreporter. Den müsst ihr überzeugen.«

Die Miene des Mannes hellte sich auf.

»Wenn das so ist.«

Unter seiner Oberlippe wölbte sich ein Snus-Beutelchen.

»Hereinspaziert. Ich organisiere zwei Sonnenliegen für euch. Und Eis.« Der Kassierer schob die klebrige braune Tabakmasse mit der Zunge nach oben.

Sigge drehte sich verblüfft um und blickte die lange Schlange entlang, an der sie sich vorbeigemogelt hatten. Die korpulente Frau starrte sie wütend an.

»Darf man das?« Er zupfte Vera am Kleid.

»Nein«, flüsterte sie und grinste verschwörerisch.

Der Kassierer verließ seinen Posten an der Kasse und holte zwei Sonnenliegen, die er unmittelbar am Pool aufstellte.

»Ist Ihnen der Platz recht?«

»Ja, vielen Dank«, sagte Vera.

Der Mann verschwand, und Sigge ließ seinen Rucksack zu Boden fallen.

»Darf ich vom Sprungturm springen?«

Er bebte förmlich vor Glück.

»Klar darfst du. Aber nur vom kleinen. Und nicht tauchen.«

»Versprochen. Ich übe nur meine Arschbombe.«

Sigge schlüpfte in seine Badehose, riss sich das Schwedentrikot vom Leib und rannte davon.

Vera zog ihren Bikini an, breitete Handtücher auf den Sonnenliegen aus und machte es sich bequem. Aus einem Transistorradio drangen die Nachmittagsnachrichten zu ihr herüber. Im spanischen Murcia war ein Hitzerekord gemessen worden: siebenundvierzig Grad im Schatten.

Sie nahm die Flasche Kokossonnenmilch aus ihrer Badetasche. Heute würde sie sich eine schöne Bräune zulegen. Als sie gerade begonnen hatte, sich einzucremen, klingelte ihr Handy. Mit klebrigen Händen griff sie danach.

»Hallo, hier ist Mersiha. Mersiha Selimovic«, sagte die Stimme am anderen Ende.

Für eine Sekunde blieb die Zeit stehen, dann kehrte die Wirklichkeit zurück.

»Ich habe mir Sorgen um Sie gemacht«, erwiderte Vera atemlos. »Wo sind Sie gewesen?«

»Bei Freunden in Småland. Da leben viele Bosnier. Wie geht es Ihnen?«

»Gut. Es ist nur so verflucht heiß.«

Mersiha lachte.

»Das ist noch gar nichts. In Mostar steigen die Temperaturen im Sommer auf über vierzig Grad. Dann fühlt man sich, als hätte man einen Dauerschwips.«

Vera lächelte.

»Das klingt herrlich. Aber der Grund, warum ich Sie gebeten habe, mich zurückzurufen, ist der: Ihre Zeichnung ist weg. Sie wurde gestohlen. Es tut mir unendlich leid.«

»Das muss es nicht. Ich habe mehrere Zeichnungen. Ich wusste nicht, wohin mit meiner Wut, und habe sein Gesicht wieder und wieder gemalt.«

Mersiha Selimovic' Stimme klang vollkommen neutral. Vielleicht liegt es am Krieg, dachte Vera. Wenn man alles verliert, lernt man womöglich, dass das Leben trotzdem weitergeht. Oder sie hatte einfach aufgegeben.

»Haben Sie die Möglichkeit, mir eine Zeichnung zu faxen?«, fragte sie.

»Ja, von der Flüchtlingsunterkunft aus. Die Leute da können mir helfen. Zu Hause habe ich kein Faxgerät.«

Vera stand auf und ging in Richtung Freibad-Café.

»Das ist nett von Ihnen. Warten Sie bitte einen Moment.«

Sie drängelte sich an den wartenden Kioskbesuchern vorbei, zeigte ihren Presseausweis vor, ließ sich die Faxnummer des Freibads geben und diktierte sie Mersiha Selimovic.

»Ich mache es sofort. Es dauert ungefähr eine Viertelstunde.«

»Danke, Mersiha. Ich werde alles tun, um dieses Schwein zu schnappen.«

Kurz darauf führte sie ein etwa zwanzigjähriger Schlaks mit Mittelscheitel in ein winziges Büro. Vera machte es sich in dem kühlen Raum bequem und starrte das Faxgerät an. Die Minuten krochen dahin. Der Stuhlsitz klebte an ihren nackten Oberschenkeln. Sie bemühte sich, ihre Hände von der klebrigen Sonnenmilch zu befreien.

Sie hatte sich Mersihas Zeichnung zwei-, vielleicht dreimal angesehen und sie dabei mit realen Personen verglichen. Das letzte Mal war über zwei Wochen her. Ihre Erinnerung an den Mann auf der Zeichnung war verblasst, die Konturen flossen auseinander, verschwammen.

Was, wenn das Faxgerät gleich tatsächlich Tomas Wolfs Gesicht ausspuckte? Was sollte sie dann tun?

Der Mittelscheiteltyp, der im Café an der Kasse arbeitete, gaffte sie ununterbrochen durch die geöffnete Tür an, zog sie förmlich mit seinen Blicken aus.

Schließlich hatte sie die Nase voll.

»Wie wär's, wenn du dich verziehst und dir irgendwo einen runterholst? Dann kannst du dich hinterher vielleicht auch auf deine Arbeit konzentrieren.«

Im nächsten Moment klingelte das Faxgerät.

Vera hob den Hörer ab, und das Gerät erwachte zum Leben. Sie hielt den Atem an, während die Seite langsam zum Vorschein kam. Haare. Stirn. Augen. Nase. Gefolgt von Mund und Kinn. Am Ende war ein vollständiges Gesicht zu erkennen. Vera nahm das Blatt aus dem Gerät und betrachtete es. Die Tonertinte hatte die Kontraste und Schattierungen von Mersihas Bleistiftzeichnung verstärkt. Das Gesicht, das ihr entgegenstarrte, wirkte noch bedrohlicher, als sie es in Erinnerung gehabt hatte.

Der Mann, dessen tote Augen ihren Blick erwiderten, war nicht Tomas Wolf.

Vera nahm die Zeichnung mit hinaus ans Schwimmbecken, unschlüssig, wie sie weiter verfahren sollte. Sie hatte das Gefühl, wieder ganz am Anfang zu stehen.

Trotzdem stieß dieser Mann irgendetwas in ihrem Unterbewusstsein an. Sie war sich fast sicher, ihn schon einmal gesehen zu haben. Zum x-ten Mal kehrte das Gefühl zurück, dass sie etwas übersah.

Sie machte es sich auf der Liege bequem und hielt nach Sigge Ausschau. Er war nirgends zu sehen. Vera blickte zum Springturm. Auch da war er nicht.

Für einen besseren Überblick stieg sie auf die Liege. Ihr Herz klopfte wie wild, ihre Kehle schnürte sich zusammen.

Sie fand Sigge nirgendwo. Er war verschwunden.

7

Das Optikergeschäft lag nicht weit von der Stelle entfernt, an der acht Jahre zuvor Ministerpräsident Olof Palme erschossen worden war. Als Tomas dort ankam, schloss ein glatzköpfiger Mann mit runder Brille gerade das massive Eisengitter vor der Ladentür ab.

»Sind Sie der Inhaber?«, fragte Tomas.

Der Mann, der in den Fünfzigern zu sein schien und ungewöhnlich klein war, wandte sich um und musterte ihn.

»Ja. Aber ich habe geschlossen. Sie können gerne morgen wiederkommen.«

Amüsiert registrierte Tomas, dass der Mann unter seinem hellen Sommeranzug ein Schwedentrikot trug.

»Ich dachte, Sie hätten bis siebzehn Uhr geöffnet.«

»Normalerweise ja. Aber heute ist das Spiel.«

Auf dem Sveavägen fuhr ein alter Chevrolet vorbei. Aus dem Seitenfenster wehte eine große Schwedenfahne.

»Ich brauche jetzt Ihre Hilfe.« Tomas zückte seinen Dienstausweis. »Ich komme von der Stockholmer Mordkommission und habe einige Fragen, die nicht warten können. Spiel hin oder her.«

Das Gesicht des Mannes nahm einen gequälten Ausdruck an. Er schloss ab, steckte den Schlüssel in seine Aktentasche und stellte sie auf dem Bürgersteig ab.

»Ich würde gerne wissen, warum man Kontaktlinsen aus Glas einsetzt«, sagte Tomas.

»Das frage ich mich auch. Ich rate meinen Kunden zu modernen Hydrogel-Kontaktlinsen. Sie können besser Feuchtigkeit aufnehmen. Kontaktlinsen aus Glas reizen die Augen und können Brennen und Jucken verursachen.«

»Haben Kontaktlinsen aus Glas irgendwelche Vorteile oder Vorzüge?«

»Eigentlich nicht. Ich habe drei Kunden, die Kontaktlinsen aus Glas tragen. Allesamt ältere Semester. Vermutlich tragen sie sie aus Gewohnheit.«

»Gibt es Verzeichnisse darüber, welche Personen welche Art von Kontaktlinsen tragen?«

»Nein.«

Der Optiker sah auf die Uhr.

»Kontaktlinsen aus Glas sind heutzutage kaum noch erhältlich. Die Käufer bestellen sie per Post im Ausland.«

»Woher?«

»Überwiegend aus Deutschland.«

»Gibt es viele Hersteller?«

»Drei oder vier. Aber ich muss jetzt wirklich los. Ich will das Spiel nicht verpassen. Wir können es ins Viertelfinale schaffen. Sieht ganz danach aus, als würden wir da auf Argentinien treffen. Ich glaube, dass die Argentinier die Rumänen schlagen, auch ohne Maradona.«

»Warum? Spielt er nicht?«

Der Optiker sah Tomas an, als hätte er ihn beleidigt.

»Er ist wegen Dopings gesperrt. Haben Sie noch weitere Fragen?«

Tomas empfand fast Mitleid mit dem Mann. Sein nächstes Anliegen würde den im Fußballfieber befindlichen Optiker auf die Palme bringen.

»Ich benötige die Kontaktdaten dieser Hersteller.«

»Dann muss ich den Laden wieder aufschließen.«

»Danach lasse ich Sie sofort gehen«, versprach Tomas.

»Sicher?«

»Sicher.«

Der Optiker sah ihn durchdringend an, wie um festzustellen, ob er die Wahrheit sagte, dann griff er hastig nach seiner Aktentasche, nahm den Schlüssel heraus, schloss das Gitter auf, schob es hoch, riss die Ladentür auf und verschwand hinter dem Kassentresen. Tomas verzog amüsiert den Mund, als er hörte, wie der Mann fluchend in den unteren Regalen kramte.

»Hier habe ich sie.« Der Optiker schlug einen schwarzen Aktenordner auf. »Vier Hersteller. Zwei in Berlin, einer in Hamburg und einer in Stuttgart.«

Tomas beugte sich über die Anschriften.

»Hätten Sie …?«

Der Optiker griff unter den Tresen, riss ein Stück Papier ab und reichte Tomas einen Stift. Nachdem Tomas sich Namen und Telefonnummern der Hersteller notiert hatte, schubste der Optiker ihn regelrecht hinaus. Auf dem Bürgersteig ließ er nicht einmal das Gitter herunter, sondern begnügte sich damit, die Ladentür abzusperren.

»Wollen Sie nicht gründlich abschließen?«

»Ich glaube sowieso nicht, dass irgendwelche Diebe sich die Mühe machen, Brillen zu stehlen«, rief der Optiker im Davoneilen über die Schulter.

Tomas ging zurück. Als er in die Drottninggatan einbog, schallte ihm die Nationalhymne entgegen, sie kam von überallher, drang aus offenen Fenstern, aus den Restaurants und aus den Fernsehgeräten, die auf den umliegenden Balkons liefen. Hunderte Kehlen, vereinigt in einer schwermütigen Melodie zu Ehren einer Nation, deren Bedeutung in der Welt immer geringer wurde.

Tomas blieb stehen und nahm den Moment in sich auf.

Obwohl er spürte, dass er dem Täter dicht auf den Fersen war, dass er ihn so weit eingeholt hatte, dass er fast dessen fliehende Schritte hören konnte, erfasste ihn eine starke Wehmut. Er dachte an seine Kinder, die er im Stich ließ, an seine Frau, die er betrogen hatte, und an Azras reglose Gestalt im Krankenhaus in Köping.

Trotzdem machte er weiter und verfolgte den Täter. Einen Täter, der eine Bedrohung für junge, dunkelhaarige Frauen darstellte, indirekt aber auch für ihn selbst und die Menschen, die ihm nahestanden. Sind meine Motive wirklich so edel? Ist die Suche nach diesem Mann all das wert?

Um mich herum geht alles in die Brüche, was mir lieb und teuer ist, trotzdem bin ich nicht imstande, mich um meine Nächsten zu kümmern – weder um meine Familie noch um Azra –, bis die Jagd ein Ende hat. Ich werde nicht aufgeben. Ich werde diesen Dreckskerl weiter jagen, während die Welt in die Brüche geht und sich verändert, auch wenn es hinterher zu spät ist, das Zerbrochene zu kitten.

Er würde den Täter aufspüren, ihm in die Augen sehen, und erst dann würde er Befriedigung empfinden.

Ihn trieb kein edleres Motiv, als Gewissheit erhalten zu müssen.

Er tat es für niemand anders als sich selbst.

Er tat es, um eines Tages an einen Mörder zurückdenken zu können.

8

Vera drängte sich durch die Horden von Freibadbesuchern und hielt verzweifelt nach Sigge Ausschau. Überall waren Menschen, unmöglich, einen Überblick zu bekommen. Sie geriet zunehmend in Panik.

Vom Café schallte plötzlich frenetischer Jubel zu ihr herüber, breitete sich über die Liegewiese aus und schwoll immer weiter an. Vom Sveavägen antworteten Tausende Stimmen.

Schweden musste ein Tor geschossen haben.

Der Lärm und die Hitze machten Vera schwindelig. Sie hatte das ganze Freibad abgesucht, nur das Café, wo sie gewesen war, kurz bevor sie Sigges Verschwinden entdeckt hatte, hatte sie ausgespart. Sie konnte ihn beim Hinausgehen doch unmöglich übersehen haben?

Kurz entschlossen bahnte sie sich einen Weg durch das Gedränge. Draußen vor dem Café war ein Fernsehapparat aufgestellt worden, der das Epizentrum des Lärms, der Auslöser der fiebrigen Stimmung war, die das Freibad erfasst hatte. Das Achtelfinale gegen Saudi-Arabien lief erst wenige Minuten, und Schweden führte bereits mit eins zu null.

»Schwedens erster Vorstoß in den saudi-arabischen Strafraum endet mit einem Tor von Martin Dahlin«, schallte es aus dem Fernseher, wo die Wiederholung des Führungstreffers lief.

Vera ließ ihren Blick über die Außentische schweifen und

kämpfte sich durch eine Mauer aus gelb gekleideten Fußballfans ins Innere des Cafés.

Sigge hockte in tropfnasser Badehose in der hintersten Ecke. Vera stürzte zu ihm hin, vor lauter Erleichterung war sie den Tränen nahe.

»Du darfst nicht einfach weglaufen.«

»Aber …«

Vera nahm ihn bei der Hand, atmete tief durch.

»Ist schon gut. Hauptsache, ich habe dich gefunden. Komm.«

Sie gingen hinaus auf die Liegewiese. Erst als sie das brechend volle Café verlassen hatten, bemerkte Vera das Softeis in Sigges Hand.

»Hast du das von dem Mann an der Kasse, der unsere Liegen aufgestellt hat?«

Sigge sah sie unsicher an.

»Sigge? Hat er dir das Eis gegeben?«

Sigge presste die Lippen aufeinander. Sein Blick flackerte, als überlege er, nicht die Wahrheit zu sagen.

»Nein«, murmelte er schließlich. »Ein anderer Mann hat es mir gegeben, aber er hat gesagt, dass er hier arbeitet.«

Veras Herz schlug bis zum Hals.

»Wo ist der Mann jetzt?«

Sigge zeigte zum Ausgang.

»Er ist nach Hause gegangen, glaube ich.«

Vera kniete sich vor ihn hin und fasste ihn bei den Schultern.

»Sigge. Du darfst nicht mit Fremden mitgehen. Hörst du? Das ist gefährlich.«

Der Junge starrte zu Boden, doch Vera sah, dass Tränen über seine Wangen kullerten. Eis tropfte sein Handgelenk herab.

»Ich wollte doch nur ein Eis, und du warst mal wieder nicht da. Es tut mir leid.«

Vera war wütend, aber es war nicht Sigges Schuld. Sie nahm ihn fest in die Arme.

»Wie sah der Mann aus?«

»Ich weiß es nicht.«

»Das ist wichtig, Sigge. Was hatte er an?«

»Eine weiße Hose. Und ein Hemd.«

Vera erstarrte.

»War das Hemd weiß?«

»Ja.«

»Pack deine Sachen. Wir müssen gehen.«

Das Gefühl, beobachtet zu werden, das sie seit Wochen verspürte, war berechtigt gewesen. Und jetzt wusste sie, wer sie beobachtete. Der weiß gekleidete Mann, der vorhin vor der Kirche gestanden hatte. Deshalb war er ihr bekannt vorgekommen.

Sie nahm ihr Handy aus der Badetasche und wählte Tomas Wolfs Nummer. Wolf ähnelte vielleicht nicht dem Mann auf Mersihas Zeichnung, aber irgendetwas stimmte nicht mit ihm. Seit sie ihm begegnet war, häuften sich unerklärliche Ereignisse. Die Einbrüche bei ihr, ein Mann, der sie verfolgte, und die gestohlene Zeichnung. All das musste irgendwie miteinander zusammenhängen.

Tomas Wolf wusste, dass sie in seiner Vergangenheit stocherte und Geheimnisse zum Vorschein brachte, die er um jeden Preis unter Verschluss halten wollte. Die mysteriöse Frau aus der Flüchtlingsunterkunft in Hallstahammar, dass er sich nicht so weit aus der rechten Szene zurückgezogen hatte, wie er vorgab, dass er seine Brüder vor dem Arm des Gesetzes schützte und im Dienst Ausländer misshandelte; all diese Dinge kamen nun ans Licht – ihretwegen.

Wolf musste jemanden auf sie angesetzt haben. Niemand außer ihm hatte einen Grund, sie zu bewachen.

Er war vielleicht nicht der Mörder, den sie suchte. Aber konnte er mit dem Täter gemeinsame Sache machen, ihn decken?

Mit jedem verhallenden Klingelzeichen wuchs ihre Wut. Am liebsten hätte sie ihm in die Eier getreten. Am anderen Ende der Leitung sprang der Anrufbeantworter an.

Sie überlegte einen Moment, dann kam ihr eine Idee, wie sie

Wolf anlocken konnte. Mit der Muslimin, die er seinen Brüdern zufolge gevögelt hatte.

»Hier ist Vera Berg. Wenn Sie sich nicht mit mir treffen, werde ich Ihrer Frau Ihr Geheimnis verraten«, sagte sie.

Montag, 4. Juli 1994

9

Mit heftigen Kopfschmerzen klopfte Vera an Tomas Wolfs Wohnungstür. Die Sonne schien sich in ihre Augen zu bohren und kleine Krater in ihr Hirn zu brennen.

Sie hatte heute Nacht kein Auge zugetan, sich schlaflos hin und her gewälzt und an den Unbekannten gedacht, der Sigge im Freibad weggelockt hatte. Bevor sie Tomas Wolf nicht in die Augen gesehen und ihn gefragt hätte, ob er Sigge und sie verfolgen ließ, würde sie keine Ruhe finden.

Der Laubengang vor Wolfs Tür wirkte verlottert. Der Aschenbecher auf dem Tisch quoll über, auf dem Boden lagen zwei leere Bierdosen. Die Vorhänge waren zugezogen, und niemand öffnete.

Vera legte das Ohr an die Tür und lauschte. Aus der Wohnung drang kein Laut. Dann steckte sie sich eine von Wolfs Zigaretten an, die auf dem Tisch lagen. Sie würde einfach so lange warten, bis er auftauchte.

Nach dem zweiten Zug ließen ihre Kopfschmerzen ein wenig nach. Die messerscharfen Stiche wichen einem dumpfen Pochen hinter den Schläfen. Mit einem plötzlichen Gefühl von Unbehagen begann sie, auf und ab zu laufen.

Irgendwo in ihrem Unterbewusstsein schrillte eine Alarmglocke. Sie fühlte sich beobachtet. Wieder. Hastig drehte sie sich um, aber der Laubengang war leer.

Was hatte sie gesehen?

Ihr Herz raste. Die Kopfschmerzen hallten wie Hammerschläge in ihrem Schädel, ließen sie keinen klaren Gedanken fassen. Sie beugte sich über das Balkongeländer und blickte die Hornsgatan entlang, bis zu der Stelle, wo sie ihren Saab geparkt hatte.

Vera schrak zusammen. Neben ihrem Auto stand ein Mann. Er spähte durchs Seitenfenster und schien etwas in der Hand zu halten.

Auf die Entfernung konnte sie nicht erkennen, ob es der Fremde vom Freibad war. Aber wer sollte es sonst sein? Rasch duckte sie sich hinter die Balkonbrüstung. Hatte sie das Auto abgeschlossen? Das vergaß sie gerne.

Nach einem letzten tiefen Zug von der Zigarette drückte sie den Stummel aus und traf eine Entscheidung. Auf der Hornsgatan konnte ihr nichts passieren, da waren zu viele Menschen. Sie würde zum Saab gehen und ihren Verfolger in Augenschein nehmen.

Im Schutz der Balkonbrüstung lief sie ins Treppenhaus. Am Fuß der Treppe holte sie tief Luft und spähte aus der Tür. Doch parkende Autos versperrten ihr die Sicht auf die andere Straßenseite.

Sie schlüpfte aus der Tür und joggte von den parkenden Pkws verdeckt die Straße hinunter. Als sie eine Autotür klappen hörte, duckte sie sich hinter einen weißen Volvo, lugte um die Ecke und sah, wie sich jemand an der Beifahrerseite ihres Saab zu schaffen machte.

Vera rannte weiter. Auf Höhe ihres Wagens hielt sie hinter einem grünen Spendrups-Lkw nach Luft ringend inne. Sobald sie herausgefunden hatte, ob es sich um den Mann vom Freibad handelte, würde sie umdrehen und sich im Supermarkt die Straße hinunter verstecken. Langsam schlich sie um die Ladefläche des Lkw. Ihre schweißnassen Handflächen klebten an der Karosserie.

Sie trat hinter dem Lkw hervor, überquerte im Laufschritt die Straße und ging hinter dem Auto zwei Parklücken vor ihrem Saab in Deckung. Sie blickte zur Beifahrerseite, wo sie den Mann gerade eben gesehen hatte.

Verdammt.

Der Fremde war weg.

Das verwirrte sie. Der Sprint in der Sonne hatte sie außer Atem gebracht, und sie konnte keine Ordnung in ihre Gedanken bringen.

Hatte der Mann sie entdeckt?

Vera lief zum Saab und blickte sich um. Ein Stück die Hornsgatan hinunter bog ein Radfahrer gerade nach rechts in die Lignagatan. Sie spurtete ihm nach, gab jedoch nach einigen Metern auf. Es war sinnlos. Sie ging zurück zum Saab und zog an der Tür. Wie vermutet hatte sie nicht abgeschlossen.

Ihre Recherchemappe lag aufgeschlagen auf dem Beifahrersitz. So hatte sie sie nicht zurückgelassen. Ganz sicher. Sie griff nach ihrem Handy und rief Tomas Wolf an. In der Leitung klingelte es, aber er meldete sich nicht.

Was wäre passiert, wenn Sigge im Auto gesessen hätte? Was würde ihr Verfolger mit den Informationen, auf die er in ihrer Mappe gestoßen war, anstellen?

Sie hatte keine Ahnung. Das Einzige, was sie wusste, war, dass sie Tomas Wolf zur Rede stellen musste, bevor Sigge etwas zustieß.

Mittwoch, 6. Juli 1994

10

Tomas hatte den Überblick verloren, wie viele Nachrichten Vera Berg auf seinem Anrufbeantworter hinterlassen hatte. Und eigentlich spielte es keine Rolle, ob sie versuchte, mit Klara zu sprechen, die mit den Kindern derzeit bei einer Freundin wohnte. Doch weil er befürchtete, die Journalistin könnte am Ende wieder bei ihm zu Hause aufkreuzen, hatte er die Arbeit mit in die Zinken Bar genommen. Außer seinem waren nur zwei weitere Tische belegt. An einem hockte ein älterer Mann, der mit dem Gesicht auf der Tischplatte lag und lautstark schnarchte.

In dem heruntergekommenen Schankraum war es stickiger denn je. Die Klimaanlage hatte kapituliert, wie ihm der Barmann erklärt hatte, und sämtliche Fenster standen offen. Damit sie nicht wegflogen, hatte Tomas die Unterlagen auf seinem Tisch mit vier leeren Gläsern beschwert. Im Fernseher an der Wand lief eine Wiederholung der Achtelfinalpartie Rumänien gegen Argentinien.

Die Filmgesellschaft Drei Herzen hatte ihm gestern Vormittag die Gagenliste der Dreharbeiten zum Thriller *Die Jagd* geschickt, und auch die Gagenliste der *Hamlet*-Inszenierung des Malmöer Stadttheaters, in der Micael Bratt die Hauptrolle gespielt hatte, war eingetroffen, gefolgt von der Gehaltsliste des Falcon-Werbespots, der seit Mittsommer im vierten Programm ausgestrahlt wurde.

Er hatte die Listen gestern sofort nach Namensübereinstimmungen überprüft, jedoch keine finden können. Und auch jetzt, nach zwei Stunden Arbeit in der Zinken Bar, hatte er – abgesehen von Bratt – keinen Namen entdeckt, der sich wiederholte. Aber Bratt gehörte nicht zum Kundenkreis der deutschen Glaskontaktlinsenhersteller.

Tomas brauchte eine Pause. Die Hitze weichte sein Gehirn auf, und seine Augen brannten vor Müdigkeit. Er stand auf, ging zum Tresen, griff nach ein paar Servietten und wischte sich den Schweiß von der Stirn. Bevor er an seinen Tisch zurückkehrte, bat er den lethargischen Barmann, dessen volle Konzentration der Spielwiederholung galt, ihm ein neues Lightbier zu bringen.

»Das ist noch nicht kalt«, erwiderte der Mann, ohne den Blick vom Geschehen auf der Mattscheibe zu wenden.

Tomas schaute hinter den Tresen, wo die volle Kiste Lightbier unverändert vor dem Kühlschrank auf dem Boden stand.

»Dann geben Sie mir eben ein paar Eiswürfel, und stellen Sie die anderen Flaschen in den Kühlschrank, damit sie kalt werden.«

Der Barmann griff eine Flasche aus der roten Kiste, hebelte den Kronkorken ab, gab Eis in ein Glas und schob es ihm hin.

»Ich arbeite seit drei Jahren in dieser Spelunke, und Sie sind der Erste, der Lightbier bestellt«, sagte er, ehe er seine Aufmerksamkeit wieder dem Spiel zuwandte.

»Drei zu zwei«, sagte Tomas verärgert und schenkte sich das Bier selbst ein.

Der Barmann drehte den Kopf.

»Was?«

»Das Spiel. Die Rumänen gewinnen drei zu zwei. Wir treffen Sonntag auf Rumänien.«

»Glauben Sie, das weiß ich nicht? Ich seh mir die Partie nur an, um einen Eindruck vom Spiel der Rumänen zu kriegen.«

Die Antwort überraschte Tomas.

»Wie lautet Ihre Analyse?«, fragte er.

»Auf die Nummer zehn, Gheorghe Hagi, müssen wir aufpassen, vielleicht auch auf die Nummer elf. Keine Ahnung, wie der Kerl heißt.«

Tomas kehrte an seinen Tisch zurück, öffnete noch einen Knopf seines luftig sitzenden Hemdes und rieb seine schweißnasse Brust mit einer Serviette trocken, während er darauf wartete, dass die Eiswürfel das Bier abkühlten.

Das Gefühl, vorschnell geurteilt zu haben, nagte an seinem Ego. Er war sich hundertprozentig sicher gewesen, auf den Listen der Produktionsgesellschaften oder der Liste des Malmöer Stadttheaters auf den Namen eines Kontaktlinsenkunden zu stoßen. Er musste mit Zingo sprechen, erörtern, wie sie weiter vorgehen sollten, neue Ansatzpunkte finden, doch seit dem Achtelfinale gegen Saudi-Arabien schien sein Partner sich in Rauch aufgelöst zu haben. Wenn Zingo zu Hause war, ging er nicht ans Telefon, sobald Tomas anrief.

Am Tresen bestellte eine Frau ein Mineralwasser. Die Stimme kam ihm bekannt vor. Er drehte sich um. Es war Vera Berg, die jetzt auf seinen Tisch zusteuerte. Wutentbrannt.

»Ich kann jetzt nicht mit Ihnen reden. Ich bin mit einer Mordermittlung beschäftigt. Und wie Sie sehen, habe ich einiges zu tun«, sagte er mit einer ausholenden Geste über den Wust auf seinem Tisch.

Seinen Kommentar ignorierend, griff sie nach der Stuhllehne und setzte sich.

»Das hier wollen Sie hören, glauben Sie mir. Ich habe nämlich mit Ihrer Frau gesprochen.«

11

Vera entging nicht, dass Tomas Wolf sich eine Schweißperle von der Stirn wischte. Er trank einen Schluck von seinem Bier.

»Wollen Sie mir erzählen, warum Sie hier sind und was Sie Klara gesagt haben?«, fragte er.

Vera verglich Wolfs Gesichtszüge mit Mersiha Selimovic' Zeichnung. Inzwischen wunderte sie sich über die Ähnlichkeit, die sie zu sehen geglaubt hatte.

»Dazu kommen wir später.«

Der Barmann ging zu dem Schlafenden an einem der entfernteren Tische, klopfte ihm auf die Schulter und teilte ihm mit, die Zinken Bar sei kein Übernachtungsbetrieb. Der Mann schrak schnarchend hoch, starrte sein Gegenüber einen Moment lang verblüfft an, dann rappelte er sich auf und schwankte zum Ausgang.

»Ich zahl beim nächsten Mal«, lallte er, bevor er auf den Ringvägen hinaustorkelte.

Der Barmann hob resigniert die Hände.

»Zuerst reden wir darüber, was ich von Ihrer Frau erfahren habe«, fuhr Vera fort.

Wolfs Miene nahm einen gequälten Ausdruck an.

»Sie waren in Malmö, als Mersiha Selimovic vergewaltigt wurde, und haben im Hotel Kramer übernachtet.«

Vera nahm die Streichholzschachtel, die Klara Wolf ihr gegeben hatte, aus der Brusttasche ihres Hemdes und schwenkte das Hotellogo demonstrativ vor Wolfs Gesicht.

Auch wenn er nicht der Mann auf der Zeichnung war, konnte sie nicht ausschließen, dass er irgendetwas mit dem Überfall auf Mersiha zu tun hatte. Es gab so viele Fragen und kaum Antworten. Sie wurde das Gefühl nicht los, dass in dem Moment, als sie diesem Polizisten begegnet war, etwas Übles ins Rollen geraten war.

»Diese Streichhölzer haben Sie mit nach Hause genommen. Das Hotel hat Ihren Aufenthalt bestätigt.«

Das sollte ihn wenigstens so weit aus der Deckung locken, zuzugeben, jemanden auf sie und Sigge angesetzt zu haben.

»Das beweist gar nichts«, erwiderte Wolf.

»Vielleicht nicht. Aber die Tatsache, dass Ihre Frau keine Ahnung hat, wo Sie sich zum Zeitpunkt der drei Überfälle befunden haben, halte ich für auffällig. Zumal Sie sich weigern, meine Fragen zu beantworten.«

»Ich sitze vor Ihnen. Fragen Sie.«

Entweder war Wolf inzwischen gelassener geworden, oder er hatte kapituliert.

»Warum sind Sie erst am siebten März vom Balkan zurückgekommen? Ich weiß, dass Ihr Dienst am fünfundzwanzigsten Februar geendet hat. Hätten Sie nicht zusammen mit Ihrer Einheit nach Hause fliegen sollen?«

Wolf vergrub einen Moment lang die Stirn in den Händen, dann holte er tief Luft und sah sie an.

»Auf meinem Anrufbeantworter haben Sie gedroht, meiner Frau mein Geheimnis, oder wie auch immer Sie es bezeichnet haben, zu verraten. Ich habe keine Ahnung, was Sie zu wissen glauben, aber die Wahrheit ist die.«

Wolf sprach leise.

Vera lehnte sich über den Tisch näher zu ihm hin. Die stickige Luft im Gastraum brachte sie zum Schwitzen, und ihr Hemd klebte am Körper.

»Ihr Name ist Azra. Meine Frau weiß nichts von ihr. Wir haben uns in Bosnien kennengelernt. Oder besser gesagt: Ich habe sie in den Trümmern ihres Heimatdorfs gefunden. Sie war die einzige Überlebende. So etwas bezeichnet man für gewöhnlich als Wunder, aber es war kein Wunder. Ich glaube, sie wäre glücklicher gewesen, wenn sie dort gestorben wäre.«

Wolf blickte Vera resigniert an.

»Wir haben uns ineinander verliebt. Ich habe ihr einen Platz in einem der Busse verschafft, die Bosnien verlassen haben, und die Schlepper bezahlt. Als mein Dienst zu Ende war, bin ich in das kroatische Flüchtlingslager gefahren. Ich musste sie wiedersehen. Klara habe ich gesagt, ich würde mit dem Bus nach Hause kommen, weil ich Zeit bräuchte, um die Erlebnisse auf dem Balkan zu verarbeiten. Das war nicht gelogen, aber auch nicht die volle Wahrheit.«

»Sehr ergreifend. Aber jetzt haben Sie eine andere, hier in der Heimat?«

Wolf zuckte unmerklich zusammen. Vera konnte nicht sagen, ob seine Verblüffung echt oder gespielt war. Sollte sie ihm erzählen, dass sein Bruder Peter ihn in Hallstahammar mit einer Muslimin gesehen hatte? Doch sie beschloss, damit noch zu warten. Sie wollte Wolfs Glaubwürdigkeit auf die Probe stellen, testen, ob er die Wahrheit sagte.

»Sie wurden in Begleitung einer Frau gesehen.«

»Das ist Azra. Ich habe herausgefunden, dass sie in einer Flüchtlingsunterkunft in der Nähe meines Elternhauses in Hallstahammar wohnt. Wie hätte ich nicht zu ihr fahren können?«

»Ist das Geld für Azra? Die zweitausend Kronen, die Sie jeden Monat abheben?«

»Hat Klara Ihnen davon erzählt?«

»Ja.«

»Dann wissen Sie, dass das Geld nicht für Azra ist. Ich habe es einem Mann aus Hallstahammar gegeben. Er heißt Mauricio Ortega, und ich habe ihn vor vielen Jahren zum Krüppel geschlagen. Klara weiß davon.«

»Ihre Frau scheint Ihnen nicht zu glauben.«

Wolf hob erschöpft die Hände.

»Ich kann ihr keinen Vorwurf machen. Aber es ist die Wahrheit. Sie können hinfahren und mit seiner Frau sprechen, wenn Sie wollen.«

»Was ist mit den anderen Ausländern, die Sie als Streifenpolizist misshandelt haben? Die Sie angezeigt haben, ihre Anzeige aber wieder zurückgezogen haben. Zahlen Sie denen auch Geld?«

Wolf stöhnte irritiert.

»Damals gab es regelmäßig Ärger in einem Jugendzentrum in Akalla. Einmal bin ich einen der Jugendlichen zu hart angegangen. Aber er war ein richtiger Dreckskerl, hat die Mädchen belästigt und ist zudringlich geworden. Bei so etwas sehe ich rot. Ich habe ihm den Arm gebrochen.«

»Das kann nicht das einzige Vorkommnis gewesen sein.«

»Nein. Danach haben mich die anderen Jungs jedes Mal angezeigt, wenn wir auf der Bildfläche erschienen sind, und haben Verletzungen erfunden, um mir eins reinzuwürgen. Wenn Sie die internen Ermittlungsakten anfordern, sehen Sie, dass ich unschuldig bin. Aber sie haben trotzdem gewonnen. Ich durfte mich nicht mehr in dem Jugendzentrum blicken lassen. Und kurz darauf machte das Gerücht die Runde, ich hätte sie mit Drohungen zum Schweigen gebracht.«

»Selbst wenn sich das, was Sie sagen, als zutreffend erweisen sollte, finde ich es extrem sonderbar, dass Sie Ihrem Bruder Kristian Geld gegeben haben, damit er im Bosnienkrieg kämpft. Ich meine, Sie haben schließlich auf entgegengesetzten Seiten gestanden.«

»Glauben Sie etwa, ich hätte ihm das Geld gegeben, damit er da unten Söldner spielt?« Erneut nahm Wolfs Gesicht einen gequälten Ausdruck an. »Er hat behauptet, er bräuchte das Geld, um sein Haus zu renovieren.«

Vera dachte einen Augenblick nach. Als Journalistin hatte sie gelernt, den Wahrheitsgehalt einer Aussage einzuschätzen. Wahre Geschichten besaßen eine entscheidende Gemeinsamkeit: Sie waren nicht perfekt. Was wie eine Ungereimtheit wirkte, konnte die Glaubwürdigkeit im Gegenteil untermauern.

Ein Lügner wollte sämtliche Löcher stopfen und war darauf vorbereitet, Ungereimtheiten klarzustellen. Wolf war es nicht. Seine Geschichte klang wie eine Aneinanderreihung tragischer Zufälle. Fehler, die begangen worden waren, gefolgt von dilettantischen Versuchen, sie wieder geradezubiegen.

Das Muster, das ihr anfangs suspekt erschienen war, empfand sie jetzt nur noch als bedauernswert.

Doch eine entscheidende Frage war noch nicht geklärt. Um Wolf ein für alle Mal als Täter ausschließen zu können, musste sie wissen, wo er zum Zeitpunkt des Märsta-Mordes gewesen war.

»Warum haben Sie Ihre Frau angelogen, was Ihren Aufenthaltsort in der Nacht des Mordes an Nadija Alihodzic betrifft?«

»Ich glaube nicht, dass ich gelogen habe.«

»Sie haben Klara gesagt, Sie müssten arbeiten. Aber Ihre Frau hat mir erzählt, sie hätte Sie nicht nach Hause kommen hören. Und am nächsten Morgen, als Sie einen Banktermin hatten, waren Sie vollkommen durch den Wind. Aber Sie haben nicht gearbeitet, Sie hatten frei. Das hat mir eine meiner Quellen bestätigt.«

Vera hatte Jerker Wretström überredet, ihr die Dienstpläne des fraglichen Abends zu besorgen. Tomas Wolfs Name glänzte darauf durch Abwesenheit.

»Warum haben Sie gesagt, Sie müssten arbeiten?«

»Ich weiß weder, was ich gesagt habe, noch wo ich an dem Abend gewesen bin.«

»Das ist noch nicht allzu lange her.«

Wolf wand sich hin und her, schien mit sich zu debattieren.

»Manche Dinge lassen sich nicht so einfach erklären.«

Er suchte nach Worten und fuhr schließlich mit fester Stimme fort.

»Seit ich aus Bosnien zurückgekommen bin, vergesse ich Dinge. Und ich werde jähzornig. Es trifft mich wie ein Blitzschlag, und ich erinnere mich an nichts mehr. Wenn Klara mich dann etwas fragt, sage ich ihr das Erste, was mir in den Sinn kommt. Wahrscheinlich habe ich im Auto gesessen und mir gewünscht, ich wäre da unten krepiert. Wenn die Kinder nicht wären, weiß ich nicht, ob … Ich bin nicht der Einzige, dem es nach einem Kriegseinsatz so geht.«

Wolf zuckte erschöpft mit den Schultern. Vera machte dem Barmann ein Zeichen, Nachschub zu bringen. Kurz darauf stellte er ein Mineralwasser und ein Lightbier auf ihren Tisch. Tomas umfasste die Bierflasche mit beiden Händen und warf dem Mann einen gereizten Blick zu.

Sie schwiegen eine Weile, wie um abzuschätzen, wohin ihre

Unterhaltung geführt hatte. Draußen auf dem Ringvägen ertönte die Sirene eines Rettungswagens, der in Richtung Mariatorget fuhr.

»Ich glaube, ich bin dicht dran«, sagte Wolf schließlich.

»An Bratt?«

»Es gibt eine andere Spur. Eine Kontaktlinse, die nach der Vergewaltigung in Malmö sichergestellt wurde.«

»Millionen Menschen tragen Kontaktlinsen.«

»Ja, aber bei dieser Linse handelt es sich um ein altes Modell aus Glas, das in Schweden nicht mehr erhältlich ist und nur per Postversand aus Deutschland bestellt werden kann.«

Wolf deutete auf die Unterlagen, die vor ihm auf dem Tisch lagen.

»Ob Bratt nun unser Mann ist oder nicht: Sämtliche Überfälle haben sich in der Nähe von Dreharbeiten oder, in Malmö, einer Theaterinszenierung ereignet. Ich habe die Kundenlisten der Kontaktlinsenhersteller mit den Gagenlisten der Filmgesellschaften und des Malmöer Stadttheaters verglichen.«

»Und haben Sie jemanden gefunden?«

»Leider nein. Trotzdem habe ich das Gefühl, dass er da irgendwo ist. Ich weiß, dass ich auf der richtigen Spur bin, aber ich blicke nicht durch.«

Wolf klopfte mit den Fingerknöcheln auf die Unterlagen.

»Die Lösung liegt hier vor mir. Sein Name muss hier stehen. Ich weiß, dass es so ist.«

Vera griff nach ihrer Tasche, die sie neben ihren Stuhl gestellt hatte. Doch dann fiel ihr ein, wie wütend sie bei ihrem Eintreffen in der Zinken Bar gewesen war. Es gab noch immer eine Frage, die sie Wolf stellen musste.

»Haben Sie mich verfolgt? Oder mich beschatten lassen?«

Wolfs Verblüffung wirkte echt.

»Nein. Sie haben mein Wort. Warum hätte ich das tun sollen?«

»Ein Mann war in meiner Wohnung. Nach dem Einbruch. Eine Nachbarin hat ihn aus der Tür kommen sehen. Sie dachte, er wäre mein Freund. Und als ich am Wochenende mit Sigge im Freibad war, hat ihn ein fremder Mann weggelockt und ihm ein Eis gekauft. Sagen Sie einfach, wenn Sie es waren. Der Grund ist mir egal, ich will nur, dass es aufhört.«

»Ich war es nicht.«

»Bevor wir losgefahren sind, um Mersiha Selimovic' Zeichnung zu holen, sind Sie auf die Toilette verschwunden. Eine ganze Weile. Sie waren der Einzige, der von der Zeichnung wusste. Und als wir in meiner Wohnung ankamen, war sie weg.«

Wolf wirkte beschämt.

»Mir ist klar, wie das aussehen muss. Ich … Ich nehme manchmal Tabletten. Um den Tag durchzustehen. Ich kaufe sie von einem Typen, der hier abhängt. Wir haben uns auf dem Klo getroffen.«

Wolf sackte auf dem Stuhl zusammen, richtete sich jedoch gleich wieder auf.

»Wenn ich es nicht war …«, sagte er mit neuer Schärfe in der Stimme.

»Ja?«

»Und ich war es nicht.«

»Okay.«

»Dann war es vielleicht der Täter.«

Vera dachte an den Einbruch. Der Einbrecher hatte die Wohnung verwüstet, aber nur das Geld und die Zeichnung mitgenommen. Auf dem Küchentisch hatte eine Systemkamera im Wert von über zehntausend Kronen gelegen. Diverse Schmuckstücke im Badezimmer. Trotzdem waren nur Geld und Zeichnung verschwunden.

Ich muss mir eine neue Bleibe suchen, dachte sie. Ich muss Sigge schützen. Nicht nur vor Jonny, sondern auch vor dem Unbekannten auf der Zeichnung. Wolf und seine Kollegen müssen mir helfen. Und ich muss ihnen helfen. Es geht nicht mehr nur um eine Story, sondern um Sigges und meine Sicherheit.

»Glauben Sie mir?«, fragte Wolf.

Vera blickte zum Bartresen hinüber, antwortete nicht. Dann griff sie nach ihrer Tasche, öffnete sie, nahm ein Blatt Papier heraus und schob es Wolf hin.

»Hier haben Sie unseren Täter«, sagte sie.

Zwischen ihnen auf dem Tisch lag Mersiha Selimovic' Zeichnung ihres Peinigers.

Sonntag, 10. Juli 1994

12

Es war der bislang heißeste Abend des Sommers. Vera Bergs Nachbarn, die noch in der Stadt waren, hatten sich auf dem begrünten Innenhof vor einem großen Fernsehapparat versammelt und verfolgten das Viertelfinale gegen Rumänien. Die zweite Halbzeit hatte gerade begonnen, und die Stimmen der Kommentatoren und das Raunen der Stadionmenge hallten zwischen den Häuserfassaden wider.

Tomas und Vera saßen ein Stück abseits an einem Gartentisch, mit Listen und der Zeichnung des unbekannten Täters befasst, die inzwischen den Kern der Ermittlung bildeten. Tomas war überzeugt, dass die Lösung vor ihnen lag. Doch trotz mehrtägiger Anstrengungen war es ihm nicht gelungen, einen Durchbruch zu erzielen. Er brauchte jemanden, mit dem er seine Ideen diskutieren konnte, aber Zingo schien sich mal wieder in einer seiner dunklen und feuchten Phasen zu befinden.

Deshalb hatte er Vera Berg angerufen und sie gebeten, einen frischen Blick auf das Material zu werfen. Neben ihm war sie die Person, die dem Täter am dichtesten auf die Spur gekommen war. Vielleicht war es von Vorteil, dass sie das Material nicht mit Polizisten-, sondern mit Journalistenblick betrachtete. Während der ersten Halbzeit hatten sie eine Chronologie der drei Überfälle erstellt und versucht, Muster zu erkennen, jedoch ohne Erfolg. Gerade gingen sie die Kundenliste des deutschen

Kontaktlinsenherstellers Jansen & Koch durch. Tomas war sich sicher, irgendetwas übersehen zu haben.

»Er ist hier. Zwischen diesen Zeilen. Was aber nicht heißt, dass sein Name schwarz auf weiß da stehen muss.«

»Wie meinen Sie das?«, fragte Vera Berg.

Tomas drehte sein Pepsi-Glas in der Hand. Die Eiswürfel waren geschmolzen, und die Cola schmeckte wässrig.

»Ich meine … Ich habe keinen Schimmer, was ich meine.«

Er verstummte, nahm einen neuen Anlauf.

»Wie ich schon in der Kneipe sagte, gehe ich davon aus, dass die Kontaktlinse vom Täter stammt«, sagte er und deutete auf die Zeichnung. »Ich meine, wir müssen davon ausgehen, oder nicht?«

Vera Berg nickte.

»Außerdem haben wir allen Grund zu der Annahme, dass er in irgendeiner Form an den Dreharbeiten in Märsta und Falun und an der Theaterinszenierung in Malmö beteiligt war. Aber er hält sich verborgen. Aus irgendeinem Grund können wir ihn nicht sehen. Mein Kollege hat ihn als Nomaden bezeichnet, und …«

Tomas verstummte erneut. Das Wort Nomade stieß irgendetwas in ihm an. Vera Berg musterte ihn forschend.

»Freistoß, das ist verflucht noch mal ein Freistoß!«, brüllte einer der Nachbarn vor dem Fernseher.

Aus Frust, den Gedanken nicht zu fassen zu bekommen, schlug Tomas mit der Faust auf den Tisch. Desinteressiert blickte er zum Fernseher, wo Schweden einen Freistoß im offensiven Mittelfeld erhalten hatte. Die Rumänen waren dabei, ihre Mauer zu organisieren. Seufzend legte er den Kopf in den Nacken und blickte in den hellen Abendhimmel empor. Er rieb sich die Augen.

»Man braucht keine zwei Mann, um einen Strafstoß auszuführen«, ereiferte sich ein Mann, von dem Tomas nur den Rücken sehen konnte. »Rein mit einem von euch in den Strafraum!«

Im nächsten Moment zerschnitt ein Freudenjubel den Abend, und die um den Fernseher versammelten Nachbarn sprangen auf, hüpften auf und ab und fielen sich im kollektiven Begeisterungstaumel in die Arme. Tomas und Vera standen auf, um einen Blick auf das Spielgeschehen zu werfen. Brolin rannte, gefolgt von seinen Mannschaftskameraden, über den Rasen, die Faust in die kalifornische Sonne gereckt. Dann vollführte er seinen inzwischen patentierten Torjubel, der seit Wochen die Fernsehbilder dominierte und die Titelseiten der Zeitungen schmückte.

Sie kehrten zurück an ihren Tisch, und Tomas sah auf die Uhr. Halb neun. Er ließ seinen Blick durch den Innenhof schweifen, dann blickte er auf seine Unterlagen. Der Mann auf der Skizze grinste ihn höhnisch an. Zingos Bemerkung, der Täter sei ein Nomade, ging ihm nicht aus dem Sinn.

Schweigend verfolgten sie eine Weile das Match.

»Sie sagten, Micael Bratt wurde mit einer Vergiftung ins Krankenhaus eingeliefert, nachdem er einen Briefumschlag angeleckt hatte?«, fragte Tomas schließlich.

»Ja.«

»Wie war der Brief adressiert? Wurde er direkt zu ihm nach Hause geschickt?«

»Nein. Bratt hat ein Postfach in der Hornsgatan.«

Sie sahen sich an. Dann blickten sie auf die Listen, die vor ihnen lagen.

»Ich glaube, ich habe einen Kunden gesehen, dessen Post an ein Postfach geht«, stieß Tomas hervor. »Irgendwo auf Södermalm. Das muss nichts heißen, aber …«

»Ich habe auch einen gesehen«, fiel Vera Berg ihm ins Wort.

Sie griffen sich jeder eine Kundenliste der deutschen Kontaktlinsenhersteller. Tomas fuhr mit dem Finger die Adressen entlang, bis er gefunden hatte, wonach er suchte. Eine Frau namens Johanna Grönborg besaß ein Postfach in der Hornsgatan.

»Hier ist noch jemand!«, rief Vera Berg. »Ein Börje Gustavsson. Dieselbe Anschrift, aber ein anderes Postfach.«

Sie fanden auch noch einen dritten Kunden, der die Postfiliale in der Hornsgatan als Lieferadresse angegeben hatte.

Tomas griff sich die Gagenlisten des Filmdrehs in Falun. Sie hatten lediglich die Namen der Mitwirkenden erfragt, keine Anschriften oder Versandadressen. Dasselbe galt für die Crew des Falcon-Werbespots sowie für das Ensemble der *Hamlet*-Inszenierung des Malmöer Stadttheaters. Alles, was sie hatten, waren drei lange Spalten mit Namen von Leuten, denen Gagen und Gehälter ausbezahlt worden waren.

Er lehnte sich über den Tisch.

»Wir sind auf die Jagd gegangen, ohne zu wissen, wonach wir jagen. Wir suchen keinen Namen, wir suchen eine Adresse. Die Frage ist nicht, an *wen* die Gehaltsabrechnungen geschickt wurden, sondern *wohin*. Wir müssen morgen unverzüglich die Anschriften in Erfahrung bringen.«

Im selben Moment geschah in Kalifornien etwas, das die Zuschauer vor dem Fernsehapparat zuerst enttäuscht fluchen und dann in stumme Resignation verfallen ließ.

Zwei Minuten vor Ende der regulären Spielzeit glich Rumänien zum eins zu eins aus. Tomas stellte fest, dass der Torschütze die Nummer neun trug, nicht die Nummer elf oder zehn, vor denen der Barmann der Zinken Bar gewarnt hatte.

Das Spiel ging in die Verlängerung, und Tomas und Vera rückten ihre Stühle zu der Zuschauermenge vor dem Fernseher. Ein Nachbar reichte ihnen aus einer Kühltasche zwei eiskalte Biere. In Minute elf der Verlängerung erzielte der rumänische Spieler mit der Nummer neun ein weiteres Tor. Sechzig Sekunden später, als Schweden drauf und dran war, den Ausgleich zu erzwingen, musste der schwedische Mittelfeldspieler Stefan Schwartz nach einer zweiten Gelben Karte vom Platz. Die Stimmung im Innenhof sank. Alle waren davon überzeugt, dass die Weltmeisterschaft damit für Schweden beendet war.

»Das ist traurig«, murmelte der Mann, der Tomas das Bier spendiert hatte. »Das ist einfach traurig.«

Doch als der schwedische Stürmer Kennet Andersson sich im nächsten Moment in einem Kopfballduell in die Höhe schraubte, höher stieg als der rumänische Torwart und den Ball ins Tor nickte, brach wilder Jubel aus. Inmitten von Freudengebrüll, verschwitzten und glücklichen Menschen ertappte Tomas sich dabei, wie er Vera Berg umarmte.

Die Verlängerung wurde abgepfiffen. Das Elfmeterschießen begann mit einem schwedischen Patzer. Doch dann griff der viel gescholtene Torhüter Ravelli ins Geschehen ein und killte zwei rumänische Elfer. In der Sekunde, als er den letzten Ball wegfaustete, setzte Siegestaumel ein. Tomas dachte an Ebba und Alexander und fragte sich, was sie gerade machten. Ob sie ihre Schwedentrikots trugen?

Wenig später lief er zu Fuß durch die von feiernden Menschen bevölkerte Stockholmer Innenstadt nach Hause. Kneipen, Pubs und Restaurants waren zum Bersten voll. »Wenn wir in den USA nach Gold graben« schallte ringsum aus den Lautsprechern. Es war kurz vor Mitternacht, aber noch immer hell draußen. Autokorsos hupten. Fußballfans in Schwedentrikots zogen durch die Straßen, Fremde lagen sich in den Armen. Im Brunnen am Mariatorget badeten Leute.

Schweden stand im Halbfinale, wo der dreifache Weltmeister Brasilien wartete. Und Tomas war sich sicher, bevor die kommende Woche zu Ende ging, hätte er den Namen des Täters, den er jagte.

Montag, 11. Juli 1994

13

Nach der allmorgendlichen Teambesprechung der Mordkommission saßen Tomas und Zingo in Ylva Zethraeus' Büro. Tomas war auf dem Weg zur Arbeit bei Zingo vorbeigefahren, hatte an der Wohnungstür geklingelt, bis sein Kollege aufmachte, ihn unter die Dusche gezerrt und ihn anschließend mit ins Präsidium geschleppt, froh, dass sein Partner am Ende eingelenkt hatte. Er brauchte ihn.

Die Uhr an der Wand zeigte zehn vor elf am Vormittag. Zwei Wespen schwirrten durch den Raum, doch niemand nahm von ihnen Notiz. Tomas hatte die Listen auf Ylvas Schreibtisch ausgebreitet.

»Okay, schießen Sie los«, forderte sie ihn auf.

Tomas sah von einem zum anderen. Zingo wirkte mitgenommen, auch wenn die Dusche ihn ein wenig belebt hatte. Seine Haut war aufgedunsen und gerötet, sein Blick übernächtigt. Ylva Zethraeus war trotz ihrer Sonnenbräune stark geschminkt und machte ein verbissenes Gesicht. Er selbst empfand eine tiefe Gelassenheit, überzeugt, mit seinen Vermutungen richtigzuliegen. Endlich war es ihnen gelungen, die Barriere zu durchbrechen, die die Ermittlung seit Tag eins umgeben und den Täter geschützt hatte, dessen Existenz sie nur hatten ahnen können, anhand der Leichen, die seinen Weg pflasterten, und des Leids, das er verursachte.

Er deutete auf die Listen, auf denen er die Namen der Kontaktlinsenkunden eingekreist hatte, die als Lieferadresse ein Postfach in der Hornsgatan angegeben hatten.

»Wie ihr seht, haben drei der Personen, die Glaskontaktlinsen aus Deutschland bestellen, ihre Sendungen an diese Postfiliale schicken lassen«, sagte er und tippte mit dem rechten Zeigefinger auf die betreffenden Namen.

Ylva Zethraeus und Zingo nickten.

»Die Produktionsfirmen und das Stadttheater ergänzen die Gehalts- und Honorarabrechnungslisten in diesem Moment mit den Versandadressen der Empfänger. Sie werden uns die aktualisierten Listen zufaxen. Ich habe ihnen Ihre Faxnummer gegeben, Ylva. Ich möchte, dass wir alle drei hier sind, wenn sie kommen. Ich bin überzeugt, dass mindestens eine Person auch ihre Gehaltsabrechnungen an die Postfiliale in der Hornsgatan schicken lässt. Und dann haben wir ihn. Dann haben wir unseren Mann.«

Tomas hatte kaum geendet, als Ylva Zethraeus' Telefon läutete.

»Bringen Sie sie rein«, sagte sie kurz angebunden.

Sie sah Tomas an.

»Die Listen sind da.«

Die Sekunden dehnten sich aus. Keiner von ihnen sagte etwas. Tomas trank einen Schluck von seinem Kaffee. Hatte er vorschnell geurteilt und zu viel versprochen? Wie so oft wanderten seine Gedanken zu Azra. Er hatte keine Ahnung, wie es weitergehen, ob sie je wieder sie selbst sein würde. Ob sie jemals wieder mit ihm sprechen würde.

»Ich brauche verflucht noch mal eine Zigarette!«, stieß Ylva Zethraeus aus.

Tomas griff nach seinen Prince und ließ die Schachtel herumgehen. Zingo gab ihnen Feuer. Rauchend hingen sie jeder ihren eigenen Gedanken nach. Dann klopfte es, und eine Sekretärin erschien. Sie händigte Ylva einen Papierstoß aus und entfernte sich wieder. Stumm blickten Tomas und Zingo auf die Seiten in der Hand ihrer Vorgesetzten.

»Wir machen es zusammen.«

Ohne eine Antwort abzuwarten, teilte sie den Stoß in drei Stapel, reichte Tomas den einen und Zingo den anderen. Sie begannen, die Adressen durchzugehen. Von Zeit zu Zeit ließ einer von ihnen ein enttäuschtes Murmeln hören. Tomas sah von seinen Listen auf und begegnete Zingos Blick, der resigniert den Kopf schüttelte. Tomas atmete tief durch. Ylva Zethraeus hatte ihre Listen bereits beiseitegelegt. Sie saß zurückgelehnt auf ihrem Stuhl und rauchte.

Tomas fühlte sich vernichtet. Er hatte sich geirrt. Und nicht nur das. Er hatte vor seinen Kollegen das Gesicht verloren. Um nicht zu zeigen, wie sehr er sich schämte, stützte er die Ellbogen auf den Schreibtisch und verbarg das Gesicht in den Händen.

»Das kann nicht wahr sein«, stöhnte er.

Zingo legte ihm eine Hand auf den Arm.

»Jeder von uns irrt sich mal. Dein Gedanke war gut, richtig gut. Aber diesmal ist er nicht aufgegangen.«

Ylva Zethraeus schwieg. Geistesabwesend folgte sie einer Wespe mit dem Blick.

»Ich irre mich nicht«, sagte Tomas. »Nicht diesmal.«

Er griff nach seinem Notizbuch, das auf dem Schreibtisch lag, und suchte die Telefonnummer einer der Produktionsfirmen heraus. Zingo und Ylva Zethraeus schwiegen. Ohne um Erlaubnis zu bitten, benutzte er das Telefon auf Ylvas Schreibtisch. Als sich dieselbe Frau meldete, mit der er am frühen Morgen gesprochen hatte, stand er auf, wandte seinen Kollegen den Rücken zu und betrachtete die Aktenordner im Wandregal.

»Sind das wirklich alle Namen?«

»Entschuldigung, mit wem spreche ich?«, fragte die Frau.

»Mit Tomas Wolf von der Polizei Stockholm. Wir haben vor zwei Stunden miteinander telefoniert. Ich habe die Liste bekommen, die Sie uns zugefaxt haben. Stehen darauf die Namen aller Personen, die an dem Dreh beteiligt gewesen sind?«

»Ja.«

»Und die Anschriften sind korrekt?«

»Natürlich.«

Ihr gekränkter Tonfall machte Tomas erst recht streitlustig.

»Und die Liste umfasst die gesamte Crew? Kameraleute, Schauspieler, Regisseure, Produzenten? Was für Leute arbeiten noch an Filmsets? Drehbuchschreiber? Tontechniker? Stehen die Tontechniker auf der Liste?«

Tomas konnte seine Wut nicht zügeln und redete viel zu schnell. Er spürte die Blicke seiner Kollegen, scherte sich jedoch nicht darum.

»Wie ich bereits sagte: Auf der Liste steht jeder, der an der Produktion beteiligt war. Wobei …«

»Ja?«

Die Frau verstummte. Tomas umklammerte den Hörer fester.

»Was wollten Sie sagen?«

In der Leitung blieb es still. Eine der Wespen landete auf seinem Hemd. Tomas erstarrte.

»Die Gagen der Statisten zahlen wir per Postanweisung aus, weil die Beträge so geringfügig sind.«

»Die Namen der Statisten stehen also nicht auf der Liste, die Sie uns gefaxt haben?«

»Nein.«

»Haben Sie ein Verzeichnis dieser Leute?«

Hinter Tomas' linkem Ohr flammte ein brennender Schmerz auf. Er kratzte sich frenetisch.

»Ja. Soll ich es Ihnen auch zufaxen?«

Tomas drehte sich um. Ylva Zethraeus und Zingo musterten ihn aufmerksam.

»Erstellen Sie bitte eine Liste der Postauszahlungen, die an die Statisten der Filmproduktion geleistet wurden. Mich interessieren vor allem die *Anschriften*, an die sie geschickt wurden. Ich möchte, dass Sie nachsehen, ob eine Anweisung an eine Postfiliale in der Hornsgatan in Stockholm ging.«

»Moment.«

Tomas hörte, wie die Sekretärin aufstand. Er legte den Hörer beiseite und suchte auf der Tastatur des Telefons die Lautsprecherfunktion. Die Schritte der Frau hallten aus dem Mikrofon. Ein Stuhl wurde gerückt und schabte über den Fußboden. Tomas drückte seine Zigarette im Aschenbecher aus, den Ylva Zethraeus auf den Schreibtisch gestellt hatte, und zündete sich eine neue an. Die Sekretärin blätterte jetzt in einem Ordner.

»Hornsgatan, sagten Sie?«

Tomas' Kehle war staubtrocken.

»Ja.«

Weitere Sekunden verstrichen.

»Hier ist eine Person, die darum gebeten hat, die Postanweisung an diese Filiale zu richten. Der Mann heißt Göran Gammelgaard.«

Tomas nickte. Eine Woge der Erleichterung durchströmte ihn. Er hatte sich nicht geirrt. Es dauerte einen Moment, bis er die Sprache wiederfand.

»Hat er auch eine Meldeadresse angegeben?«

»Leider nein.«

Tomas bedankte sich für die Hilfe und legte auf. Zingo deutete auf das Regal hinter ihm. Als er sich umdrehte, fiel sein Blick auf ein Telefonbuch. Er zog es heraus, legte es auf den Schreibtisch, befeuchtete seinen Zeigefinger und blätterte zum Buchstaben G.

Es gab nur einen Göran Gammelgaard in Stockholm.

Und er wohnte in der Wollmar Yxkullsgatan 2 auf Södermalm.

14

Die Postfiliale lag an der Kreuzung Hornsgatan Ecke Rosenlundsgatan im Erdgeschoss eines Zwanzigerjahre-Hauses mit grüner Fassade. Vera hatte ihren Saab ein Stück die Straße runter in der Nähe des Mariatorget geparkt. Auf dem Weg zum Eingang passierte sie die großen Schaufenster, die aussahen wie Zahnlücken in einem Gebiss, leere Löcher ohne Werbeplakate oder Auslegeware. Einzig die blauen Markisen mit dem gelben Posthorn unter einer Krone verrieten, welches Unternehmen sich in dem Ladenlokal befand.

Sigge hatte sich, mit der Begründung, die Post wäre der langweiligste Ort auf der Welt, geweigert, mitzukommen. Als Vera zum Auto zurückblickte, hockte er auf der Motorhaube und spielte gedankenverloren mit seinem roten Jo-Jo.

Sie ging hinein und zog eine Wartenummer. Die Angestellten an den Schaltern waren durch Sichtscheiben geschützt. In den hinteren Räumen schien das Sortieren der Postsendungen zu erfolgen. Die Postfächer befanden sich auf der linken Seite des Kundenbereichs, wo eine Personaltür offen stand. Was seit der Welle von Postraubüberfällen, die vor einigen Jahren über das Land geschwappt war, vermutlich nicht mehr den Vorschriften entsprach, dachte Vera.

Außer ihr befanden sich noch drei weitere Kunden in der Filiale, zwei ältere Damen um die siebzig, die am Fenster miteinander plauderten, und ein leicht verwahrlost aussehender Herr am Kassenschalter, der die achtzig überschritten haben musste. Er trug eine Baskenmütze und eine verfilzte Strickjacke, die einen muffigen Geruch verströmte.

Vera setzte sich mit Blick auf die Postfächer auf eine unbequeme Holzbank. Sie wollte sich erkundigen, ob einer der Angestellten den Mann auf Mersiha Selimovic' Zeichnung als Postfach-Kunden wiedererkannte. Tomas Wolf arbeitete daran, den

Namen des Mannes herauszufinden, aber sie konnte nicht untätig herumsitzen und Däumchen drehen.

Lindwall hatte sie heute Morgen angerufen und unter Druck gesetzt. Wenn sie nicht bald einen Beweis fand, der Bratt unwiderruflich freisprach, konnte sie das vereinbarte Honorar vergessen. Doch das Geld, das sie benötigte, um Pål auszuzahlen, war nicht mehr ihr einziger Antrieb, den Mann mit den toten Augen dingfest zu machen. Inzwischen bedrohte er auch Sigges Sicherheit.

Nachdem Tomas Wolf sie gestern davon überzeugt hatte, dass es sich bei dem Unbekannten, der in ihre Wohnung eingebrochen war und Sigge und sie ins Freibad verfolgt hatte, um den Täter handelte, hatte sie beschlossen, dass Sigge nicht mehr zu Hause schlafen durfte. Bis der Mörder gefasst war, musste er bei Birgitta übernachten.

Die Nummernanzeige sprang mit einem vernehmlichen Klicken um.

»Der Nächste!«, rief eine Kassiererin.

Vera ging zum Schalter mit der Nummer zwei. Die barsche Frau hinter der Scheibe musterte sie. Sie war in den Fünfzigern, trug eine kurze Lockenfrisur, und ihr matronenhaftes Äußeres ließ Vera unwillkürlich an eine Kantinenköchin denken.

Ein Namensschild auf der rechten Brust teilte ihr mit, dass die Frau Maj-Lis hieß.

»Wie kann ich Ihnen weiterhelfen?«

Vera nahm Mersiha Selimovic' Zeichnung aus der Handtasche.

»Mein Name ist Vera Berg, ich komme von der *Kvällsposten*. Haben Sie diesen Mann schon einmal gesehen?«

Sie hielt die Skizze an die Plexiglasscheibe, auf der ein vergilbter Aufkleber stolz das 350-jährige Jubiläum der schwedischen Post verkündete. Der Aufkleber stammte von 1986.

Vera gab der Frau Zeit, das Gesicht zu studieren. Als sie die Zeichnung sinken ließ, blickte sie zu ihrem Erstaunen in zwei freundliche Augen.

»Die Zeichnung sieht ihm ziemlich ähnlich«, sagte Maj-Lis. Vera durchfuhr es wie ein Stromschlag.

»Sie sind diesem Mann also schon einmal begegnet?«

Maj-Lis lachte.

»Ja, jeden Tag.«

Ehe Vera sie davon abhalten konnte, drehte sie sich um.

»Das ist Stig.«

Vera versuchte, die Situation zu erfassen. In der Postfiliale war es warm und stickig, die Luft schien nicht genügend Sauerstoff zu enthalten. Maj-Lis hielt weiter nach jemandem Ausschau.

»Er arbeitet hier.«

Vera war wie gelähmt, unfähig, zu reagieren, bevor es zu spät war.

»Da ist er«, sagte Maj-Lis.

Vera hatte den Mann ebenfalls entdeckt. Sie versuchte zu schlucken, aber ihre Kehle war wie zugeschnürt. Sie blickte auf die Zeichnung und dann wieder auf den Mann, der aus den hinteren Räumen kam und einen Wagen mit sortierten Postsendungen vor sich herschob. Er sah nicht hundertprozentig aus wie auf der Zeichnung. Sein Gesicht war weniger aufgedunsen. Trotzdem bestand kein Zweifel.

Er war es.

Der Mann von der Zeichnung.

15

Das Erste, worauf Tomas' und Zingos Blick im Wohnhaus in der Wollmar Yxkullsgatan 2 fiel, war ein Zettel an der Fahrstuhltür mit der Aufschrift »Aufzug defekt«. In dem steinernen Treppenhaus war es schwül und stickig. Außer Atem und schweißgebadet erreichten sie den vierten Stock. Vor der Tür mit dem Namensschild Gammelgaard blieben sie stehen. Zingo legte das Ohr ans

Holz und lauschte einen Moment, dann schüttelte er den Kopf. Überrascht stellte Tomas fest, dass er seine Dienstwaffe trug.

»Bereit?«, fragte Zingo.

»Ja.«

Zingo fuhr sich mit der Hand durch sein verschwitztes Haar, dann drückte er auf den Klingelknopf.

Tomas tastete nach seiner Sig Sauer, ließ sie jedoch vorerst im Schulterholster stecken. Im Inneren der Wohnung näherten sich rasche Schritte, und die Tür wurde geöffnet. Vor ihnen stand ein etwa achtzehnjähriger verpickelter Jugendlicher mit braunem Haarschopf.

»Bist du Göran Gammelgaard?«, fragte Tomas.

»Nein.«

Tomas trat einen Schritt vor und legte die Hand an seine Waffe.

Der Junge starrte ihn verschreckt an.

»Göran ist mein Großvater. Ich heiße Tobias. Sind Sie Polizisten?«

Tomas spähte über Tobias' Schulter in die Wohnung. Er konnte keine Bewegung ausmachen.

»Ja. Wir müssen mit deinem Großvater sprechen.«

»Kommen Sie rein. Wir spielen gerade Schach.«

Tomas und Zingo tauschten einen kurzen Blick, dann betraten sie die Wohnung. Tomas behielt die Hand weiter an seiner Waffe. Es war eine Zweizimmerwohnung. Im Wohnzimmer standen alle Fenster weit offen, zusätzlich mühte sich ein lauter Standventilator redlich ab, die Luft aufzuwirbeln. An den Wänden hingen zahlreiche Gemälde. Die Möbel waren dunkel und altmodisch. Als beträte man eine andere Zeit, dachte Tomas. Er konnte auch nirgends einen Fernseher entdecken. Auf dem Sofa saß ein nur mit einer weißen Unterhose bekleideter hagerer, älterer Herr. Tomas schätzte ihn auf fünfundsiebzig, achtzig Jahre. Neben dem Sofa stand ein Rollator, auf dem Couchtisch vor ihm war ein Schachbrett aufgebaut.

Als Tomas und Zingo hereinkamen, hob er den Kopf und sah sie mit zusammengekniffenen Augen an.

»Wer sind Sie?«, fragte er.

»Wir kommen von der Polizei. Wir müssen mit Ihnen sprechen. Sind Sie Göran Gammelgaard?«

»Das bin ich.«

Der alte Mann tastete neben dem Schachbrett nach seiner Brille, fand sie und setzte sie auf.

»Warum wollen Sie mit Opa sprechen?« Der Enkel legte seinem Großvater eine Hand auf die Schulter.

Die beschützende Geste des Enkels rührte Tomas. An seinen eigenen Großvater erinnerte er sich als einen nach Alkohol und Tabak stinkenden Kerl mit groben, schwieligen Händen und schwarzen Rändern unter den Fingernägeln. Er war bei einem Arbeitsunfall auf einer Baustelle in Örebro ums Leben gekommen, als Tomas klein gewesen war.

Zingo gab ihm ein Zeichen, das Gespräch zu führen. Er überlegte, an welchem Ende er beginnen sollte. Die Situation verwirrte ihn. Der alte Mann auf dem Sofa war zweifelsfrei nicht in der Lage, Frauen zu vergewaltigen und zu ermorden.

»Haben Sie als Statist in einem Film mitgespielt?«, fragte er.

»Als Statist?«

Göran Gammelgaards Blick flackerte beunruhigt zwischen seinem Enkelsohn und Tomas und Zingo hin und her.

»Nein.«

»Aber Sie besitzen ein Postfach in der Hornsgatan?«

»Ja, das ist richtig.«

»Warum haben Sie dieses Postfach eingerichtet, wenn ich fragen darf? Es erscheint mir ein wenig unpraktisch, wenn Sie sich die Post doch einfach direkt nach Hause schicken lassen können?«

Der alte Mann fuhr sich mit der Zunge über die Lippen.

»Tobias holt die Post für mich ab, oder ich gehe selbst. Es dauert ein Weilchen, aber die Bewegung tut mir gut. Ich habe das

Fach seit Mitte der Fünfzigerjahre. Ich bin ab 1929 zur See gefahren, hatte keinen festen Wohnsitz und brauchte eine Anschrift, an die ich meine Post schicken lassen konnte.«

Göran Gammelgaards Hand wanderte zu einer Tätowierung an seinem linken Unterarm; ein Schiffsanker, der im Lauf der Jahre einen grünlichen Farbton angenommen hatte. Erst jetzt fiel Tomas auf, dass die Gemälde an den Wänden ausnahmslos maritime Motive zeigten.

Er musterte den Enkelsohn. Konnte er der Täter sein? Verstohlen blickte er zu Zingo hinüber, der vermutlich dieselbe Überlegung anstellte. Doch der Junge, der neben seinem Großvater aufs Sofa gesunken war, wirkte vollkommen unbefangen. Außerdem ähnelte er kein bisschen dem Mann auf Mersiha Selimovic' Skizze.

»Wo bewahren Sie den Schlüssel für das Postfach auf?«

»In der Kommode im Flur. Oberste Schublade.«

Zingo verließ das Wohnzimmer, und Tomas hörte, wie er im Flur eine Schublade aufzog.

Ein Gedanke rumorte in seinem Unterbewusstsein, drängte an die Oberfläche, doch sosehr er sich auch anstrengte, er bekam ihn nicht zu fassen.

»Es ist der mit dem Segelboot als Anhänger«, rief Göran Gammelgaard.

Zingo kam zurück und schwenkte einen kleinen Schlüssel in der Luft.

»Ist es dieser hier?«

Der alte Mann nickte.

»Und es ist der einzige Schlüssel?«, fragte Zingo.

Tomas ließ seinen Blick durch das Wohnzimmer schweifen, betrachtete die Gemälde, das uralte Radio und die düsteren, schweren Möbel, während er weiter dem Gedanken nachjagte, der ihm immer wieder entglitt. Auch diesmal erwischte er keinen Ansatzpunkt, aus dem er schlau wurde. Aber er wusste, dass dieses Detail wichtig war.

»Ja. Ich brauche keine weiteren«, antwortete Göran Gammelgaard.

Tomas bat Großvater und Enkel, auf dem Sofa sitzen zu bleiben, während er mit Zingo hinaus in den Flur ging. Zingo legte den Schlüssel zurück in die Kommode und schloss die Schublade.

»Wir zeigen ihm die Zeichnung. Vielleicht erkennt er den Mann, dann gehen wir«, sagte er resigniert.

Tomas' Blick blieb an der Kommode haften.

»Was ist?«, fragte Zingo.

»Wer bestückt die Postfächer?«, murmelte Tomas. Zingo starrte ihn an, dann nickte er langsam. Tomas spann den Gedankengang, der sich nun deutlich in seinem Bewusstsein zu manifestieren begann, weiter.

Endlich hatte er ihn zu fassen bekommen und entschlüsselt.

16

Der Mann, nach dem Maj-Lis rief, kam mit einem Paketwagen aus dem Sortierraum und steuerte die Postfächer rechts von Vera an. Die Erkenntnis durchfuhr sie wie ein Messer. Es war nicht nur der Mann von Mersihas Skizze, es war auch der Mann, der Sigge und ihr ins Freibad gefolgt war.

Ihre Lungen füllten sich nur mühsam mit Luft. Sie musste schnell handeln und Maj-Lis davon abhalten, den Mann auf sie aufmerksam zu machen.

»Ist schon gut«, wiegelte sie ab.

Doch es war zu spät.

»Stig!«, rief Maj-Lis erneut, den Blick in den hinteren Bereich der Filiale gerichtet.

Das Geklapper des Paketwagens schien anzuschwellen und unter der Decke widerzuhallen, als der Mann sich ihnen zuwandte, Vera entdeckte und ihr geradewegs in die Augen blickte.

In seiner ausdruckslosen Miene ging eine Veränderung vor. Er erkannte sie.

Dann geschah alles rasend schnell. Der Mann stieß den Postwagen um, stürzte durch die offen stehende Personaltür in den Kundenraum und auf Vera zu.

Ohne recht zu wissen, warum, wich sie vom Schalter zurück und stellte sich ihrem Angreifer in den Weg.

Eine Sekunde später wurde ihr der Grund klar. Sigge war da draußen. Der Mann durfte Sigge nicht zu nahe kommen.

Zu spät registrierte Vera, dass er zum Schlag ausholte. Er boxte sie ins Zwerchfell. Der Hieb nahm ihr die Luft, sie stürzte und schlug sich unsanft den Ellbogen auf.

Am Boden liegend, sah sie, wie der Mann aus der Tür floh und sich auf der Straße nach rechts wandte, wo ihr Auto stand.

Eine Eiseskälte erfasste sie, ihr Herz schlug bis zum Hals. Mühsam kämpfte sie sich auf die Knie und schrie:

»Nein, Sigge!«

17

Als Tomas und Zingo auf die Postfiliale zugingen, wurde ihnen klar, dass dort irgendetwas vorgefallen war. Vor dem Eingang hatte sich eine Menschentraube versammelt. Sie beschleunigten ihre Schritte, rannten die letzten Meter. Im Näherkommen entdeckte Tomas Vera Berg, die an die Hauswand gelehnt auf dem Gehsteig saß und einen kleinen Jungen an sich drückte, vermutlich ihren Sohn, von dem sie gesprochen hatte. Sie schien in heller Panik zu sein. Rasch hasteten sie zu ihr.

»Was ist passiert?«, fragte Tomas.

Mit weit aufgerissenen Augen blickte sie zu ihm auf. Sie atmete schnell und stoßweise.

»Er war hier. Ich habe ihn gesehen. Ich habe in seine kranken, toten Augen gesehen.«

»Er war hier, gerade eben?«

Vera Berg hob die Hand und deutete in Richtung Rosenlundsgatan.

»Er ist rausgerannt. Ich dachte, er würde Sigge etwas antun.« Sie strich dem Jungen übers Haar.

Tomas drehte sich zu Zingo.

»Wir müssen sofort eine Großraumfahndung einleiten.«

Zingo fuhr mit den Händen in die Hosentaschen seiner Jeans.

»Scheiße«, fluchte er. »Ich hab mein Handy im Wagen liegen lassen. Ich geh in die Postfiliale und telefoniere von da.«

Als Zingo in der Post verschwunden war, ging Tomas vor Vera Berg in die Hocke und legte ihr sanft die Hand auf die Schulter. Er wollte nicht, dass neugierige Schaulustige ihre Unterhaltung mitbekamen.

»Wann?«, fragte er leise.

»Gerade eben, vor ein, zwei Minuten.«

Der Junge, den sie immer noch fest an sich drückte, blickte ihn neugierig an.

»Er arbeitet hier«, fuhr Tomas fort. »Habe ich recht?«

»Woher wissen Sie das?«

»Es ist mir vorhin klar geworden. Leider zu spät.«

Tomas richtete sich auf. In ihm tobte ein Wechselbad der Gefühle. Einerseits war er froh, dass Vera Berg und ihr Sohn unverletzt waren, andererseits war er stinkwütend über ihr eigenmächtiges Vorgehen. Ohne ihr Auftauchen hätten sie den Täter geschnappt, davon war er überzeugt.

Sirenen erklangen, und im nächsten Moment bog ein Streifenwagen in die Hornsgatan.

»Was hatte er an?«

»Das rote Poloshirt der Post. Jeans. Eine blaue Baseballkappe.«

»Alter?«

Vera Berg dachte einen Augenblick nach.

»Zwischen vierzig und fünfzig, würde ich sagen.«

Tomas stand auf, ging zu den eingetroffenen Kollegen, teilte ihnen die Personenbeschreibung des Flüchtigen mit und wies sie an, per Funk alle Streifenwagen zu informieren.

Zingo kam mit einem schwarzen Aktenordner unter dem Arm aus der Postfiliale. Er machte ihm ein Zeichen, ihm zu folgen, und sie stellten sich ein Stück abseits in den Schatten der Markise eines Juweliergeschäfts. Zingo schlug den Ordner auf und deutete auf eine Zeile.

»Wir haben seine Meldeadresse«, sagte er.

»Stig Hoffsten, Gullmarsplan 6«, las Tomas laut.

Zingo blickte auf die Straße, wo inzwischen weitere Streifenwagen eingetroffen waren.

»Ich rufe die Kollegen noch mal an«, beschloss er. »Wir müssen Leute zu der Adresse schicken. Ein Empfangskomitee, das dem Kerl eine hübsche Begrüßung bereitet.«

Vera Berg war aufgestanden und kam mit ihrem Sohn an der Hand auf sie zu. Der Anblick des Jungen ließ Tomas' Wut verrauchen.

»Da ist noch etwas«, sagte sie.

Tomas musterte sie und wartete auf die Fortsetzung.

»Ich habe ihn wiedererkannt. Es ist der Mann, der mich verfolgt hat, genau wie Sie gesagt haben.«

18

Tomas und Zingo saßen auf der Rückbank eines Einsatzwagens, der mit heulender Sirene die Hammarby-Schleuse passierte. Vor ihnen ragte die Kuppel der Globen-Arena auf. Das Funkgerät knackte. Die Streifenkollegen, die in Stig Hoffstens Wohnung eingedrungen waren, hatten einen Verdächtigen gestellt. Tomas bat den Polizeibeamten auf dem Beifahrersitz, den Kollegen zu sagen, sie sollten den Mann bis zu ihrem Eintreffen festhalten.

Am Gullmarsplan parkten fünf Streifenwagen vor der Eingangstür eines vierstöckigen beigefarbenen Backsteinhauses. Im Erdgeschoss lagen ein kleiner Supermarkt und ein Friseursalon. Die Friseurmeisterin, eine Frau mit feuerrotem Haar, stand ein Stück abseits und verfolgte das Spektakel gemeinsam mit einer Handvoll Parkbank-Säufern mit teilnahmsloser Miene. Tomas und Zingo stiegen aus. Als aus einem geöffneten Fenster im dritten Stock Rufe und Schreie drangen, hielten sie inne, nickten dem vor der Tür postierten Polizeibeamten kurz zu und eilten ins Haus. Das Gebrüll wurde immer lauter, je weiter sie die Stufen erklommen. Tomas legte einen Schlussspurt ein. Die Wohnungstür stand offen. Im Wohnzimmer rangen vier Polizeibeamte mit einem massigen Kerl. Der Mann hatte eine Vokuhila-Frisur und war in Shorts und ein weißes Muskelshirt gekleidet. Drei der Polizisten lagen auf ihm und mühten sich, seine Arme und Beine unter Kontrolle zu kriegen. Der vierte hockte mit blutender Nase zusammengesunken auf dem Sofa.

»Der Satansfinne hat sich losgerissen. Plötzlich hat er sich aus meinem Griff gewandt und mir einen Kopfstoß versetzt«, sagte er zu Tomas.

Blut tropfte ihm aus dem Gesicht und bildete auf dem Laminatfußboden eine kleine dunkelrote Pfütze.

Zingo erschien im Wohnzimmer und schaute sich um.

»Was für ein Affenzirkus«, murmelte er und blickte zwischen dem blutenden Polizisten und dessen drei Kollegen hin und her, denen es endlich gelungen war, dem Mann die Arme auf den Rücken zu drehen.

Einer von ihnen drückte ihm ein Knie zwischen die Schulterblätter. Das Keuchen des Mannes ging in ein Jammern über.

»Stellt ihn auf die Füße«, instruierte Tomas.

Mit gemeinsamen Anstrengungen hievten sie den Hünen in die Senkrechte. Tomas baute sich vor ihm auf. Ihm war augenblicklich klar, dass er nicht den Mann von Mersiha Selimovic' Zeichnung vor sich hatte.

»Wie heißen Sie?«

»Das geht dich einen Scheißdreck an, Bullenschwein«, stieß der Mann mit finnischem Akzent hervor.

Seine Oberlippe war aufgeplatzt, und Blut tropfte auf sein weißes Muskelshirt.

»Entweder Sie sagen mir, wie Sie heißen, oder ich drehe mich um, verlasse diese Wohnung und überlasse die Klärung der Frage diesen vier Jungs hier.«

Die Augen des Mannes flackerten umher. Die vier Polizisten waren auf hundertachtzig und würden ihm nur zu gern mit ihren Schlagstöcken zu Leibe rücken. Sein Blick nahm einen resignierten Ausdruck an.

»Jarmo. Jarmo Koivu, Bullenschwein«, sagte er und spuckte Blut auf den Boden.

»Bleiben Sie ruhig, wenn ich meine Kollegen bitte, Sie loszulassen?«

Koivu zog die Nase hoch und nickte. Tomas bohrte seinen Blick in Koivus, dann machte er den Beamten ein Zeichen, zurückzutreten. Er packte Koivu beim Arm, führte ihn in Handschellen in die kleine Küche, drückte ihn auf einen der Stühle am Küchentisch, füllte ein Glas mit Leitungswasser, hielt es Koivu an den Mund und half ihm zu trinken. Zingo lehnte sich an den Türrahmen.

»Zigarette?«, fragte Tomas und hob die Schachtel.

»Und ob, Bullenschwein.«

Tomas zündete eine Zigarette an, schob sie Koivu zwischen die Lippen, goss ein wenig Wasser in einen Becher und stellte ihn auf den Tisch. Dann steckte er sich selbst eine Zigarette an und setzte sich Koivu gegenüber an den Tisch.

»Sie wohnen hier?«

Koivu nickte.

»Wir suchen einen Stig Hoffsten. Kennen Sie den Mann?«

Koivu schüttelte den Kopf und blies Rauch aus der Nase.

»Wer hat Ihnen diese Wohnung vermietet?«

Koivu grinste breit. Seine obere Zahnreihe war blutverschmiert.

»Bruno.«

»Bruno?«

Tomas und Zingo tauschten einen Blick. Zingo schüttelte missmutig den Kopf.

»Ja. Bruno Coppola, Bullenschwein.«

Zingo trat zu Koivu hin, zog ihm die Zigarette aus dem Mund, aschte sie in der Spüle ab und steckte sie ihm wieder zwischen die Lippen.

»Seit wann wohnen Sie hier?«

»Seit Oktober 93, Bullenschwein. Was soll diese Fragerei? Wollt ihr etwa hier einziehen?«

Tomas ignorierte den letzten Kommentar.

»Haben Sie irgendwelche Kontaktdaten von diesem Bruno?«

Koivu zuckte mit den Achseln.

»Eine Telefonnummer? Eine Anschrift?«, fragte Tomas.

»Ich miete seine Wohnung, ich ficke ihn nicht«, murmelte Koivu.

Tomas stand auf, zog die zusammengefaltete Zeichnung aus seiner Gesäßtasche und legte sie auf den Tisch.

»Ist es dieser Mann?«

Desinteressiert betrachtete Koivu das Phantombild. Trotzdem meinte Tomas, im unbewegten Gesicht des Finnen ein Zeichen des Erkennens wahrzunehmen.

»Wissen Sie, was dieser Bruno Coppola beruflich macht?«

»Wie gesagt, ich fi...«

Tomas hob die Hand.

»Nein, ihr zwei fickt euch nicht, und ich bin ein Bullenschwein. Ich hab's kapiert. Aber Sie scheinen mir ein kommunikativer und aufgeweckter Bursche zu sein, also ist Ihnen vielleicht irgendwas zu Ohren gekommen.«

Er wartete, während Koivu nachzudenken schien.

»Werft ihr mir irgendwas vor?«, fragte er schließlich.

»Erst seitdem Sie einen Polizeibeamten tätlich angegriffen haben.«

Koivu schwieg. Er nickte mit dem Kopf, um seine Zigarette zu aschen, verfehlte jedoch den Becher. Die Asche fiel auf den Tisch.

»Hören Sie zu, Jarmo. Wir werden mit dem Kollegen reden, den Sie verletzt haben. Vielleicht kann er die Sache vergessen, wenn Sie mir helfen. Ich will jedes Detail, das Sie von diesem Bruno Coppola wissen.«

»Ist das dein Ernst, Bullenschwein?«

»Versprochen.«

»Kannst du die hier aufmachen?« Koivu drehte den Kopf in Richtung Handschellen.

»Bleiben Sie dann ruhig?«

»Versprochen, Bullenschwein.«

Zingo rief den Kollegen zu, Koivus Handschellen aufzuschließen. Der Beamte, der in der Küche erschien, protestierte zunächst, doch Zingo blaffte ihn an, die Schnauze zu halten und zu tun, was man ihm sagte. In der darauf folgenden angespannten Atmosphäre rieb Koivu seine Handgelenke. Tomas reichte ihm eine neue Zigarette. Als Koivu danach griff, konstatierte Tomas, dass der Finne die größten Pranken besaß, die er je gesehen hatte.

»Er hat gesagt, er wäre Schauspielagent und würde in London leben«, sagte Koivu. »Deswegen hat er mir die Wohnung vermietet.«

»Und seitdem haben Sie nichts mehr von ihm gehört?«

Koivu befühlte seine aufgeplatzten Lippen und betrachtete anschließend seine Hand.

»Nein«, sagte er nach einer Weile.

»Und wie bezahlen Sie die Miete?«

»Per Postanweisung.«

»An ein Postfach in der Hornsgatan?«

Koivu nickte.

Tomas dachte nach. Dann besaß der Mann, ob er nun Stig Hoffsten oder Bruno Coppola hieß, in der Filiale ein eigenes Postfach, das Informationen über ihn enthalten könnte. Vor seiner überstürzten Flucht war er ganz sicher nicht dazu gekommen, es zu leeren.

»Wie sind Sie mit diesem Bruno in Kontakt gekommen?«, fragte er.

Koivu nahm einen tiefen Zug, ließ den Rauch entweichen und aschte in den Becher.

»Er hatte unten in der Pizzeria einen Zettel ausgehängt.«

»Haben Sie diesen Zettel noch?«

»Nein.«

Tomas stellte weitere Fragen, bis er überzeugt war, dass Koivu tatsächlich nichts mehr über den Mann wusste, der sich Bruno Coppola nannte, und sie brachen auf. Nach einiger Diskussion konnten sie den Polizeibeamten mit der blutenden Nase noch dazu bringen, von einer Anzeige gegen Koivu abzusehen.

Unten auf der Straße blieben sie stehen.

»Die Ermittlung ist zu einer Jagd geworden«, sagte Tomas. »Nach Bruno Coppola oder Stig Hoffsten.«

»Wenn einer dieser Namen sein richtiger Name ist«, gab Zingo zu bedenken.

»So oder so brauchen wir Hilfe. Ich glaube, es ist an der Zeit, weitere Beamte hinzuzuziehen. Mittlerweile fragen sich zu viele Kollegen, was wir eigentlich treiben. Etwaige undichte Stellen müssen wir in Kauf nehmen. Lass uns mit Ylva Zethraeus reden.«

19

Sigge kam mit ihrer braunen Recherchemappe in der Hand aus dem Haus gerannt. Vera lehnte rauchend an der Motorhaube ihres Saab. Der Sechsjährige bedachte die Zigarette mit einem angewiderten Blick und gab ihr die Mappe.

Das Drama in der Postfiliale, bei dem sie Stig Hoffsten, dem Mann, den sie den ganzen Sommer gejagt hatte, Auge in Auge gegenübergestanden hatte, war erst eine halbe Stunde her.

Ihr Ellbogen pochte noch schmerzhaft von dem Sturz, als Hoffsten sie auf seiner Flucht zu Boden gestoßen hatte.

»Du hast versprochen, dass du nicht mehr rauchst«, sagte Sigge.

»Ich rauche nicht mehr. Guck.«

Vera warf die Zigarette weg.

»Davon fängt der Asphalt Feuer.«

Vera lachte. Sigge funkelte sie wütend an.

»Ich bin nur ein paar Stunden weg«, sagte sie.

»Darf ich nicht mitkommen?«

»Diesmal nicht. Kannst du alleine zu Birgitta hochlaufen und bei ihr klingeln? Sie hat bestimmt auch noch ein leckeres Mittagessen für dich.«

»Wieso soll ich das nicht allein können?«, gab Sigge trotzig zurück.

Vera nahm ihn in die Arme und drückte ihn fest an sich. Das Bild, wie Stig Hoffsten in seine Richtung rannte, war unauslöschlich auf ihrer Netzhaut eingebrannt. Die Sekunden der Ungewissheit, ihre Angst, er könnte Sigge etwas antun.

Sigge wehrte sich und erwiderte ihre Umarmung nicht.

»Ist was?«, fragte sie.

»Nö.«

Sie drückte ihm einen Kuss auf die Stirn und sah ihm nach, wie er ins Haus zurücklief. In der Tür drehte er sich noch einmal zu ihr um. Vera sah, dass ihn irgendetwas bedrückte.

»Du bist immer weg«, sagte er schließlich, lehnte sich mit der Schulter an die Tür und schien zu überlegen.

»Du bist genau wie Papa geworden.«

Dann rannte er die Treppe hoch, und die Tür fiel hinter ihm ins Schloss.

Vera hatte das Gefühl, zu schwanken, hin- und hergerissen

zwischen zwei widersprüchlichen Impulsen: sich um Sigge zu kümmern. Und Stig Hoffsten zu finden.

Der Name hatte eine vage Erinnerung in ihr geweckt. Sie hatte ihn irgendwo schon einmal gesehen. Das Wissen rumorte ununterbrochen in ihrem Hinterkopf, als würde ihr Gehirn manisch versuchen, in eine verborgene Schicht ihres Unterbewusstseins vorzudringen, in der die Antwort lag.

Vera machte ein paar halbherzige Schritte in Richtung Eingangstür, dann änderte sie ihre Meinung.

Sie würde Sigge nicht nachlaufen. Schließlich tat sie das alles seinetwegen, versuchte sie sich weiszumachen.

In den letzten Tagen war in ihr ein Entschluss herangereift. Sie würde versuchen, das Sorgerecht für Sigge zu bekommen. Sie hatte keine Ahnung, wie das funktionieren sollte, doch sie musste es versuchen. Und um es überhaupt versuchen zu können, musste sie ihren Job wiederkriegen. Einer arbeitslosen Achtundzwanzigjährigen vertraute das Jugendamt garantiert kein Kind an.

Und Stig Hoffsten das Handwerk zu legen, war der Schlüssel.

Vera rutschte hinters Lenkrad, angelte eine neue Zigarette aus der Schachtel und drückte den Zigarettenanzünder am Armaturenbrett. Als er mit einem Klick heraussprang, hielt sie das aufgeheizte Ende an die Zigarettenspitze, kurbelte das Fenster herunter und blies den Rauch nach draußen.

Sie schlug ihre Recherchemappe auf, die Sigge für sie geholt hatte, und breitete den Inhalt auf ihren Knien aus.

Die Mappe enthielt alles, was sie über Micael Bratt in Erfahrung gebracht hatte. Irgendwo hatte sie den Namen Stig Hoffsten gesehen, sie war sich ganz sicher. Hastig blätterte sie ihre Aufzeichnungen durch. Doch als sie bei der letzten Seite angelangt war, hatte sie keine Notiz über einen Stig Hoffsten entdeckt. Sie nahm sich die Polizeiermittlungen vor, auch wenn sie keine Hoffnung hatte, Hoffstens Namen darin zu finden.

Trotzdem las sie Seite um Seite und legte die Blätter anschließend aufs Armaturenbrett. Auch hier gab es keine Spur von ihm.

Erneut blätterte sie den Inhalt der Mappe nach einem Anhaltspunkt durch, den sie übersehen hatte, und griff nach den alten Zeitungsartikeln, die sie bei ihrer Hintergrundrecherche über Micael Bratt in der Königlichen Bibliothek im Mikrofilm-Archiv kopiert hatte.

Soweit sie sich erinnerte, handelte keiner von ihnen von etwas anderem als Micael Bratt, trotzdem nahm sie sich selbst die Artikel vor, auf die Påls Handlanger ihr Bier ausgeleert hatte. Vorsichtig löste sie die zusammenklebenden Seiten voneinander, stieß aber auch hier auf keinen Hinweis. Die beiden letzten Blätter waren in so schlechtem Zustand, dass sie bei dem Versuch, sie voneinander zu trennen, zerrissen. Der Großteil des Textes pappte weiter aneinander.

Die vorhandenen Stücke konnte sie jedoch zu zwei fast durchgängig lesbaren Artikeln zusammenfügen. In dem ersten ging es um einen Streit über einen Sportwagen, den Bratt erworben hatte. Sie hatte keine Ahnung mehr, warum sie diese Meldung kopiert hatte. Der zweite Artikel stammte aus der *Dagens Nyheter* und handelte vom Abschlussjahrgang 1974 der Schauspielschule. Aber der Großteil des Textes haftete an der Rückseite des Sportwagen-Artikels. Diese Zeilen ließen sich unmöglich entziffern, und in den lesbaren Abschnitten tauchte nirgends ein Stig Hoffsten auf.

Vera sank auf dem Sitz zusammen, warf die Kippe aus dem Fenster und sah dabei zu, wie sie über die Straße rollte und durch die Streben eines Abwassergitters fiel. Vermutlich hatte sie sich nur eingebildet, den Namen schon einmal gelesen zu haben. Ihr Ellbogen pochte schmerzhaft. Sie ballte die Hand zur Faust, besaß aber nicht die Kraft, aufs Lenkrad zu schlagen.

Als sie ihren Blick erneut auf die Zeitungsartikel auf ihren Knien richtete, fiel ihr das Foto über dem letzten Artikel auf. Sie beugte sich vor, um die Bildunterschrift zu lesen. Die Druckerschwärze war durch das Bier in großen Teilen verwischt.

Die Seite ins Licht haltend, konnte sie einige weitere Wörter entziffern. Mithilfe des Ausschlussverfahrens ergänzte sie die fehlenden Buchstaben, bis die Bildzeile komplett war.

Als sie zum vorletzten Namen kam, lief ihr ein Schauer über den Rücken.

Die Abschlussinszenierung der Schauspielschule. Von links: Göran Thorell, Lisa Hammarström, Peter Ström, Micael Bratt, Mia Gustavsson, Stig Hoffsten, Sonja Wijk.

Sie las die Bildzeile ein zweites Mal.

Stig Hoffsten. Und Micael Bratt.

Ihr Blick wanderte zu der körnigen Aufnahme. Micael Bratt hatte den Arm um Mia Gustavsson gelegt. Beide lächelten. Neben Mia Gustavsson stand Stig Hoffsten. Vera hatte den Eindruck, dass er unsicher zu Bratt hinübersah.

Sie legte die Mappe beiseite und drehte den Zündschlüssel um. Der Anlasser hustete einige Male, dann sprang der Motor an.

Irgendwie hing alles miteinander zusammen. Die Frage war nur, wie.

Stig Hoffsten kannte Micael Bratt oder hatte ihn zumindest einmal gekannt. Beide waren tatverdächtig. Was sprach eigentlich dagegen, dass die beiden unter einer Decke steckten? Der Gedanke war schwindelerregend, aber plausibel.

Vera erwog, Tomas Wolf anzurufen und ihm von der Verbindung, auf die sie gestoßen war, zu erzählen, entschied sich jedoch dagegen. Ihre größte Chance, ihren Job zurückzubekommen, bestand darin, exklusiv über jeden Ermittlungsschritt unterrichtet zu sein. Sie bog nach rechts auf die Hantverkargatan und drehte die Klimaanlage auf die höchste Stufe.

Sie musste Micael Bratt in die Augen sehen, wenn sie ihn nach Stig Hoffsten fragte.

20

Bengt J. Lindwall erschien in der Tür seines Sommerhauses mit einer Miene, als hätte sie ihn bei etwas ertappt. In einem schlampig zugeknoteten Bademantel, der seinen Wanst sehen ließ, wirkte er fetter denn je. Seine Unterhose schien etwas zu kaschieren, das wie eine Windel aussah, doch Vera vermutete, dass es die Art von enormem Hodensack war, den manche Männer mit zunehmendem Alter entwickelten. Hinter Lindwall lief eine junge Frau auf und ab. Sie war nur mit einem Slip bekleidet und hielt ein Weinglas in der Hand.

»Wir können draußen reden.« Lindwall trat zu ihr auf den Treppenabsatz.

»Wissen Sie, wo ich Micael finde?«, fragte Vera ohne Umschweife.

»Nein, und ich denke, Sie sollten aufhören, ihn zu behelligen.«

»Sie haben mich beauftragt, Beweise für seine Unschuld zu finden. Da wäre es hilfreich, wenn ich mit ihm sprechen könnte.«

Lindwall zog den Gürtel seines Bademantels strammer.

»Okay, die Sache ist die. Micael hat keine Ahnung, dass Sie für mich arbeiten. Für ihn war Ihr Job mit dem Artikel über den fingierten Vergewaltigungsvorwurf beendet.«

Vera sah Lindwall skeptisch an.

»Micke würde einer Journalistin nie über den Weg trauen. Dasselbe gilt für mich. Aber ich weiß, dass Sie in der Scheiße sitzen und Geld brauchen. Und wenn auf etwas Verlass ist, dann auf Verzweiflung. Aber das kann ich Micke natürlich nicht sagen. Dann feuert er zuerst Sie und dann mich.«

Vera dachte einen Augenblick nach. Sie musste vorwärtskommen. Gekränkte Eitelkeit, weil Lindwall gelogen hatte, durfte sie nicht ausbremsen.

»Sagt Ihnen der Name Stig Hoffsten etwas?«

Lindwall runzelte die Stirn.

»Hoffsten?«

Er lachte auf.

»Dieser Verrückte. Was ist mit ihm?«

»Genau darüber muss ich mit Micael reden.«

»Erzählen Sie es mir. Dann entscheide ich, ob es in Micaels Interesse liegt. Die Wahrung seiner Interessen ist mein Job.«

»Die Polizei verdächtigt Hoffsten, für die Überfälle verantwortlich zu sein.«

»Dann ist Micke doch aus dem Schneider. Gratuliere. Damit haben Sie Ihre fünfzigtausend.«

Vera wusste, dass sie nur eine Chance hatte, Lindwall zu überzeugen. Wenn sie ihm keinen absolut stichhaltigen Grund lieferte, würde er sie nicht zu Bratt lassen.

»Nicht ganz. Weil Micael und Hoffsten sich kennen, zieht die Polizei eine Verbindung zwischen ihnen. Ihre Theorie ist, dass sie die Taten gemeinsam begangen haben.«

Lindwalls Gesicht schien plötzlich mit einer Schicht Zement überzogen zu sein. Eine graue und starre Masse blickte sie hohläugig an.

»Darum frage ich Sie noch mal: Wo finde ich Bratt?«

»Ich suche die Adresse raus«, antwortete Lindwall, als das Blut in seine Wangen zurückgekehrt war.

Während der Agent im Haus verschwand, nahm Vera ihr Handy aus der Tasche und rief Anita Alsén in der *Kvällsposten*-Redaktion an.

Seit ihrer Suspendierung hatte sie nicht mehr mit ihrer Chefin gesprochen. Sie hatte keine Ahnung, wie die Revision wegen ihrer Mauschelei mit den Tippgeberhonoraren ausgegangen war. Doch sie war jetzt so weit, Anita in ihre Recherchen einzuweihen. Sie sah den Aufmacher vor sich, hörte, wie Anita sie bat, zurück zur Arbeit zu kommen.

Die Redaktionsleiterin hob nach dem ersten Klingeln ab.

»Vera, du bist mein schlechtes Gewissen. Ich wollte dich längst anrufen.«

Die physische Stressreaktion, die Anitas Eröffnung in ihr auslöste, traf Vera völlig unvorbereitet. Aufgeputscht von ihrer Entdeckung, hatte sie ohne nachzudenken das Gespräch gesucht. Doch jetzt wurde ihr klar, dass die *Kvällsposten* ihre Entscheidung womöglich längst gefällt hatte. Würde sie gefeuert werden?

»Glans ist im Urlaub«, fuhr Anita fort. »Die Sache zieht sich hin. Ich weiß nicht, wie lange ich dir die Wohnung noch zur Verfügung stellen kann.«

»Ich verstehe.«

»Sieh dich nach etwas anderem um. Das ist nur ein Tipp, in aller Freundschaft. Zur Sicherheit. Unser lieber Chefredakteur ist Ende August zurück. Davor wird keine Entscheidung fallen, fürchte ich.«

»Okay. Aber deshalb rufe ich nicht an. Ich habe eine Story für euch. Über Micael Bratt. Ich kann momentan nicht mehr sagen, aber ich garantiere dir, dass die Sache wochenlang auf Seite eins stehen wird. Ich würde …«

»Ich muss dich leider stoppen«, fiel Anita ihr ins Wort. »Glans war deutlich. Wir dürfen keine Artikel von dir annehmen. Firmenpolitik, du weißt. Ist man eingefroren, taut man nicht über Nacht auf, wenn du verstehst, was ich meine. Es sei denn, man ist ein Schinken. Aber bei der *Kvällsposten* läuft der Hase anders.«

Vera umklammerte das Handy.

»Kannst du dir meine Story nicht wenigstens anhören?«

»Nein, Vera. Du weißt, dass ich das nicht kann. Denn wenn ich sie mir anhöre, werde ich nicht ablehnen, und dann liege ich ab morgen auf Eis. Ich muss jetzt eine Redaktionssitzung leiten. Wir hören uns.«

Ein Tuten in der Leitung machte Vera unmissverständlich klar, dass das Gespräch beendet war.

Kurz darauf kehrte Lindwall mit einem Dokument in der Hand zurück.

»Ich kann Micke nicht erreichen. Also habe ich den Kaufvertrag rausgesucht.«

Er reichte Vera das Dokument.

»Das ist die Adresse von Mickes Sommerhaus auf Yxlan. Da versteckt er sich. Der Kaufvertrag läuft auf meinen Namen, damit ihn niemand dort aufspüren kann.«

»Danke.«

Vera merkte sich die Anschrift, gab das Dokument zurück und wandte sich zum Gehen.

Nach ein paar Schritten die Klippen hinunter hielt sie inne.

»Haben Micael und Hoffsten Kontakt?«, fragte sie.

»Nein, das kann ich mir nicht vorstellen«, antwortete Lindwall.

»Wissen Sie, wann die beiden sich das letzte Mal begegnet sind?«

»Ja, das ist noch gar nicht so lange her.«

Vera spürte, wie eine Ahnung in ihr aufstieg, eine Art Witterung.

»Sie sind sich in Falun über den Weg gelaufen.«

»Am Anfang des Sommers?«

»Ja, in der Woche von Flinks Massaker. Sie waren für denselben Film engagiert.«

21

Tomas saß in der hintersten Ecke in einem der engen Besprechungsräume des Präsidiums zusammen mit elf anderen Ermittlern. Es war kurz vor halb neun am Abend. Ylva Zethraeus hatte alle Anwesenden soeben über die informelle Ermittlung ins Bild gesetzt, die Zingo und er seit fast einem Monat führten. Missmutiges Gemurmel breitete sich aus, und die Blicke der Kollegen wandten sich Tomas und Zingo zu.

Ylva Zethraeus hob die Hand und bat um Ruhe.

»Wenn jemand Beschwerde einreichen will, kann er sich an die Gewerkschaft wenden. Aber bitte erst, nachdem wir den Täter geschnappt haben.«

Ihr Blick wanderte nachdrücklich durch den Raum, dann winkte sie Tomas nach vorn. Langsam stand er auf und stellte sich neben sie. Sein Mund war trocken, und das Herz schlug ihm bis zum Hals. Er hasste es, vor Leuten zu sprechen.

Seit dem missglückten Einsatz am Gullmarplan vor einigen Stunden lagen neue Informationen über den Mann vor, der sich Stig Hoffsten oder Bruno Coppola nannte. Beide Namen waren im Rahmen einer routinemäßigen Personenkontrolle überprüft worden.

Tomas faltete das Blatt auseinander, auf dem er das Ergebnis zusammengefasst hatte. Er räusperte sich und blickte sehnsüchtig auf die Wasserflasche, die ein Kollege in der vordersten Reihe in den Händen hielt.

»Wir haben einige interessante Details über den Mann in Erfahrung gebracht, der bis 1993 Stig Hoffsten hieß und seinen Namen dann in Bruno Coppola geändert hat«, begann er und hielt das Blatt hoch.

»Zunächst einmal besitzt er keine feste Meldeadresse. Wir wissen also nicht, wo er wohnt. Er hat um sich herum Schutzwälle errichtet. Seine Post geht an ein Postfach in der Hornsgatan, in dem wir nichts von Bedeutung sicherstellen konnten, nur ein paar Werbeprospekte und ein Filmmagazin. Dinge, die ihn mit seinen Taten in Verbindung bringen, hat er an andere Kundenpostfächer in derselben Filiale schicken lassen. Weitere Informationen dazu findet ihr in unserem schriftlichen Bericht.«

Er warf den versammelten Kollegen einen kurzen Blick zu.

»Interessant wird es erst, wenn wir in seinem Leben weiter zurückgehen. Er arbeitet bei der Postgesellschaft oder, wie die offizielle Bezeichnung neuerdings lautet, der Post AB und übernimmt nebenher Statistenrollen in Theaterstücken und Filmen. Er war zusammen mit Micael Bratt auf der Schauspielschule. Wir haben mit ihren Kommilitoninnen und Kommilitonen von damals gesprochen, und daraus hat sich etwas ergeben, was man als Tatmotiv bezeichnen kann. Auch wenn es mir persönlich momentan noch äußerst vage erscheint.«

Tomas räusperte sich und wechselte das Standbein.

»Den Klassenkameraden zufolge war Hoffsten damals mit einer Kommilitonin liiert. Die Frau heißt Mia Gustavsson. Die Beziehung zerbrach nach einem Seitensprung mit Bratt. Danach verschwand Hoffsten von der Schauspielschule und wurde nicht wieder gesehen. Was seine Anstellung bei der Post betrifft, scheint er häufig krankgeschrieben gewesen zu sein, angeblich wegen Panikattacken.«

»Wo ist diese Mia Gustavsson?«, fragte ein Kollege in der hintersten Reihe.

»Das wissen wir nicht. Sie arbeitet als Zahnarzthelferin oder Prophylaxeassistentin, aber sie ist zurzeit im Urlaub. Wir suchen nach ihr und hoffen, sie bald ausfindig zu machen. Aber falls sie sich im Ausland aufhält, kann das, wie ihr wisst, eine Weile dauern.«

Tomas warf Ylva Zethraeus einen Seitenblick zu, die ihm ein Zeichen gab, fortzufahren.

»Aber wir haben noch mehr. Eine Casting-Agentin namens Lisette Rolfsdotter hat vor einigen Jahren Anzeige gegen Hoffsten erstattet. Den genauen Sachverhalt kennen wir noch nicht. Zingo, ich meine, Lars und ich sprechen morgen früh mit ihr.«

Zwanzig Minuten später endete die Besprechung damit, dass Ylva Zethraeus das Wort ergriff und die anstehenden Aufgaben verteilte. Ein zweiköpfiges Ermittlerteam sollte Mia Gustavsson ausfindig machen, die ehemalige Schauspielerin, die in jungen Jahren mit Stig Hoffsten liiert gewesen war. Zwei weitere Kollegen sollten in Hoffstens Vergangenheit bohren und herausfinden, ob es noch weitere Frauen gab, die er belästigt hatte oder denen gegenüber er gewalttätig geworden war, und wenn möglich den Grund für seine Namensänderung in Erfahrung bringen. Diese Frage hatten Tomas, Zingo und Ylva Zethraeus im Vorfeld der Besprechung besonders ausführlich diskutiert und waren sich einig, dass die Ursache von Bedeutung war. Die übrigen Kollegen fahndeten nach Micael Bratt, um ihn zu seiner Verbindung zu Stig Hoffsten zu vernehmen.

Als Tomas an diesem Abend ins Bett ging, konnte er nicht einschlafen. Die helle Nacht sickerte ins Schlafzimmer. Um zur Ruhe zu kommen, bemühte er sich, Ordnung in seine Gedanken zu bringen, doch die zahllosen unbeantworteten Fragen rund um die Ermittlung machten ihn rastlos. Am Ende stand er auf, setzte sich in die Küche und goss sich ein Glas Wasser ein. Er musste noch einmal mit Vera Berg sprechen. Die Journalistin schien einiges zu wissen, was ihnen weiterhelfen konnte. Einen Moment lang erwog er, sie anzurufen. Aber es war fünf nach drei in der Nacht. Er zündete sich eine Zigarette an und versuchte, die Gesichter der ermordeten Frauen vor sich zu sehen, doch sie wurden von Azras Gesicht überlagert. Und die vielen Fragezeichen rund um die Ermittlung wichen der Sorge um die Ereignisse in seinem eigenen Leben. Machte Azra ihn für das, was geschehen war, verantwortlich, weil er sie und das Kind nicht verteidigt hatte? Gab es irgendetwas in ihm, das bewirkte, dass er die Menschen, die er liebte, wieder und wieder enttäuschte? Binnen eines Monats hatte er seine Familie zerstört, und nun wollte auch die Frau, die der Grund dafür war, nichts mehr von ihm wissen.

Es ist so viel einfacher, Polizist als Mensch zu sein, dachte Tomas seufzend.

Ich habe keine Ahnung, ob man das eine ebenso gut beherrschen kann wie das andere. Ich habe es mal geglaubt, doch inzwischen bin ich klüger. Obwohl ich von fähigen Polizisten umgeben bin, die geschieden sind, die zur Flasche greifen und einsam sind, war ich überzeugt, anders zu sein.

Er stand auf und kehrte mit schweren Schritten ins Bett zurück. Als der Morgen anbrach, hatte er kein Auge zugetan.

Dienstag, 12. Juli 1994

22

Um neun Uhr am Dienstagmorgen brach die Sonne durch die Wolkendecke, und ganz allmählich verabschiedete sich die stickige Luft. Die Temperaturen waren in der Nacht kaum gesunken. Eine tropische Schwüle hing über Furusund, als Vera auf das Deck der Autofähre M/S Yxlan fuhr.

Sie drückte ihre Zigarette aus und faltete ihre neu erworbene Straßenkarte der Schäreninsel Yxlan auseinander. Micael Bratts Haus im Hälsingshamnsvägen 63 konnte nicht mehr als ein paar Hundert Meter vom Anleger entfernt sein.

Vier Minuten später legte die Fähre auf Yxlan an. Vera fuhr an einem kleinen Krämerladen mit mintgrüner Fassade vorbei und bog nach rechts in den Köpmanholmsvägen ein. Verblühte Fliederbüsche und Holzhäuschen säumten den Straßenrand, und kurz darauf bog sie auch schon nach rechts in den Hälsinghamnsvägen.

Auf dem Beifahrersitz klingelte ihr Handy, sie nahm ab.

»Spreche ich mit Vera Berg?«

»Am Apparat.«

Der Mann am anderen Ende klang so selbstgefällig, wie es nur Verwaltungsangestellte taten.

»Mein Name ist Kent Forsberg, und ich arbeite bei Aquacool.«

»Ja?«

»Sind Sie die Erziehungsberechtigte von Sigge Möller?«

Vera zögerte.

»Nein, aber ich bin die Lebensgefährtin seines Vaters.«

»Dann möchte ich Sie davon in Kenntnis setzen, dass wir dem Jugendamt einen Verdacht auf Kindeswohlgefährdung gemeldet haben.«

»Wie bitte?«

»Ja. Sigge hätte am vergangenen Wochenende einen Schwimmkurs bei uns beginnen sollen. Weil wir seinen Vater nicht erreichen konnten, haben wir heute das Jugendamt informiert. Das ist in solchen Fällen Praxis. Aber dann haben wir einen Vermerk entdeckt, dass Sie ebenfalls als Kontaktperson eingetragen sind. Deshalb rufe ich an.«

Alle Kraft wich aus Veras Körper. Den Schwimmkurs, dessen Anmeldebestätigung sie am Morgen ihrer Abreise aus Malmö mit einem Messer am Küchentisch festgenagelt hatte, hatte sie vollkommen vergessen. Wenn das Jugendamt Jonny erreichte, flog ihr Geheimnis auf. Er würde erfahren, dass Sigge sich nicht in Obhut des Jugendamtes befand.

»Es besteht kein Grund zur Sorge. Sigge geht es ausgezeichnet. Jonny und ich haben wohl aneinander vorbei kommuniziert. Ich dachte, der Schwimmkurs fängt nächstes Wochenende an. Würden Sie die Anzeige bitte zurückziehen?«

»Das überlassen wir den Behörden. Das ist ebenfalls Praxis. Ich wollte Sie nur davon in Kenntnis setzen und Sie daran erinnern, dass die Kursgebühr noch beglichen werden muss. Momentan nimmt Sigge anderen Kindern den Platz weg. Einen neuen Überweisungsträger inklusive Mahngebühr erhalten Sie mit der Post. Ich danke für das Gespräch!«

An ihrem Ohr tutete es unheilvoll, nachdem die Verbindung beendet worden war. Sie würde das Jugendamt anrufen und die Sache regeln, sobald sie mit Bratt geredet hatte.

Mit dem Gefühl, dass ihr das Leben aus den Händen glitt, fuhr sie weiter. Den ganzen Sommer über hatte sie Brände gelöscht, die andere entfacht hatten. Wie lange würde es dauern, bis dieses Feuer sich zu einem unkontrollierbaren Flächenbrand auswuchs? Ihr Handy hatte begonnen, ihr Angst einzujagen. Jedes Mal, wenn es klingelte, war irgendeine Katastrophe eingetreten.

Ein paar Minuten später erreichte sie ein rotes Holzhaus mit Strandlage. Auf dem Briefkasten stand die Nummer 63. Sie parkte am Straßenrand und betrat das Grundstück. Hinter dem Haus ragte eine Finnlandfähre empor. Ein obszöner Vergnügungskoloss, der auf dem Weg hinaus ins offene Meer den engen Sund zerteilte. Ohne zu wissen, weshalb, verstimmte sie der Anblick des Schiffes.

Mit einem Mal erschien es ihr falsch, hergekommen zu sein. Sie hätte Tomas Wolf anrufen sollen. Wenn Micael Bratt und Stig Hoffsten gemeinsame Sache machten, würde Bratt nicht zögern, sie anzugreifen. Aber für einen Rückzieher war es nun zu spät.

Sie umrundete einen Schuppen und erreichte das Holzhaus, das zwei Stockwerke umfasste und vor der Jahrhundertwende gebaut worden zu sein schien. Vera schlich näher heran, stellte sich vor einem Fenster auf die Zehenspitzen und spähte durch eine nachlässig zugezogene Gardine ins Innere des Hauses. An den Wänden hingen verblichene Mustertapeten. Auf einem Tisch stand ein Weinglas mit eingetrockneten Rotweinflecken. Micael Bratt war nirgends zu sehen.

Vera ging auf die Rückseite des Hauses, wo eine verglaste Veranda mit Sprossenfenstern angebaut worden war. Die Verandatür stand offen. Sie ging die Stufen hinauf und drückte die Klinke nach unten. Die Tür war unverschlossen.

Sie ließ ihren Blick über das Grundstück wandern. Die Fähre war vorbeigefahren, der Sund lag spiegelblank da. Vor dem Haus stand kein Auto, und Vera konnte sich kaum vorstellen, dass Bratt mit dem Bus angereist war, wenn er vorgehabt hatte, unterzutauchen. Alles sprach dafür, dass das Haus leer war. Vielleicht entdeckte sie dort Spuren, die sie weiterbrachten.

Behutsam drückte sie die Klinke herunter, und die Tür schwang knarrend auf. Um nicht mehr Geräusche als nötig zu verursachen, ließ sie sie offen stehen und schlich den Flur entlang. Die Holzdielen knarrten unter ihren Stoffturnschuhen.

Am Ende des Flurs lag die Küche. Irgendetwas stimmte nicht. Im ersten Moment konnte sie nicht den Finger darauf legen, was sie stutzig machte. Der Geruch, dachte sie dann. In der Luft hing ein leichter Kaffeeduft.

Vera ging zur Arbeitsfläche und legte die Hand an die Kaffeemaschine. Sie war weder warm noch kalt. Dann beugte sie sich vor und schnupperte. Der Kaffee war nicht sauer. Sie öffnete den Filter, kein Schimmel. Vor nicht allzu langer Zeit musste jemand im Haus gewesen sein. Bei dieser Hitze bildete sich Schimmel schnell.

Ihr mulmiges Gefühl verstärkte sich. Sie vernahm ihre eigenen Atemzüge. Das Knarzen der Holzdielen klang wie Pistolenschüsse. Sie steckte den Finger in den Kaffeesatz. Er war noch feucht.

Scheiße.

Im selben Moment hörte sie vom Flur her ein Geräusch, das ihr Gehirn nicht zuordnen konnte. Die Tür? Das Fenster hinter der Spüle stand auf Kipp. War die Tür vom Luftzug zugefallen?

Doch dann folgte ein Klicken. Ein metallisches Klicken. Wie von einem Schloss oder einer Klinke.

Jemand war im Haus. Nur Meter von ihr entfernt. Panisch blickte sie sich nach einem Gegenstand um, mit dem sie sich verteidigen könnte. Ein Messer oder ein Nudelholz, was auch immer. Doch sie entdeckte nichts.

»Die Tür ist abgeschlossen. Du kommst hier nicht raus«, sagte eine Stimme im Flur.

Vera griff nach der Kaffeekanne, wich zum Tisch zurück und duckte sich hinter eine Bank. Vielleicht konnte sie aus der Hintertür fliehen. Gebückt schlich sie darauf zu.

Doch es war zu spät.

»Ich kann dich sehen«, sagte die Stimme.

Vera hielt mitten in der Bewegung inne, unschlüssig, was sie tun sollte. Dann richtete sie sich auf, bereit, ihrem Angreifer die Kaffeekanne entgegenzuschleudern, sollte die Situation eskalieren.

Als sie aufblickte, sah sie Micael Bratt. Sein Brustkorb hob und senkte sich. In der Hand hielt er eine Axt.

23

Tomas und Zingo parkten auf einer Wiese im Stadtzentrum von Norrtälje, wo gerade die Dreharbeiten zum beliebten Kinderferienprogramm »Nichts verschwindet, alles bleibt« beendet worden waren. Tomas erkannte die beiden Moderatoren sofort, die, mit ihren typischen Baseballkappen auf dem Kopf, im Schatten unter einem Baum saßen. Alexander und Ebba verpassten keine Folge der Umweltserie und hockten jeden Morgen gebannt vor dem Fernseher. Sie fragten nach Lisette Rolfsdotter und wurden an eine hochgewachsene Frau verwiesen, die am Fuß eines Kamerakrans mit einem Kameramann sprach. Rolfsdotter beendete ihre Unterhaltung und führte sie ein Stück beiseite.

»Ich möchte nicht, dass mein Team davon erfährt«, sagte sie, während sie den Kai des kleinen Jachthafens hinunterliefen.

»Wir sind Ihnen dankbar, dass Sie sich die Zeit nehmen, mit uns zu sprechen«, erwiderte Tomas.

Lisette Rolfsdotter war für eine Frau außergewöhnlich groß, bestimmt über eins achtzig, und ihre hohen Absätze machten sie noch größer. Sie hatte einen blassen Teint und ernste Gesichtszüge.

»Sollen wir uns einen Moment setzen?«

Sie deutete auf eine Bank mit Blick auf die Bootsstege. Sie

setzten sich. Zwei Segler trugen Taschen auf ein kleines Boot, ein Kioskbetreiber öffnete seinen Stand, ansonsten war der Hafen wie ausgestorben.

»Sie haben Stig Hoffsten 1991 wegen Belästigung angezeigt«, begann Tomas. »Möchten Sie uns erzählen, was damals genau vorgefallen ist?«

Lisette Rolfsdotter schaute ausdruckslos auf die auf den Wellen schaukelnden Boote.

»Ja, das ist korrekt. Ich arbeite als Casting-Agentin, und …«

»Was macht eine Casting-Agentin?«, warf Zingo ein.

»Man besetzt im Auftrag von Film- und Theaterproduktionen Rollen mit den passenden Gesichtern. Die Schauspieler sprechen mit vorgegebenen Passagen aus den Drehbüchern vor. Das ist für die Schauspieler natürlich belastend. Aber für uns Agenten ist es auch nicht leicht, weil wir den meisten Kandidatinnen und Kandidaten natürlich eine Absage erteilen müssen.«

Sie verstummte.

»Erzählen Sie bitte weiter«, bat Tomas. »Stig Hoffsten.«

Lisette Rolfsdotter nickte.

»Er hat für eine Rolle vorgesprochen, aber es war das reinste Desaster. Er verhaspelte sich permanent und war ungeheuer nervös. Womöglich der nervöseste Kandidat, der jemals bei mir vorgesprochen hat. Ich … ich schäme mich dafür, aber am Ende habe ich angefangen zu lachen. Es wurde einfach zu komisch. Er hat gestottert und gurgelnd versucht, Worte zu artikulieren. Und ich … ich musste einfach lachen.«

Tomas und Zingo sahen sie an und warteten auf die Fortsetzung. Sie fuhr sich mit den Fingernägeln durch ihre Kurzhaarfrisur, als riefe die Erinnerung einen Juckreiz hervor.

»Daraufhin hat er mich mit einer Abscheu angesehen, die mir schon damals eine Todesangst eingejagt hat. Ich halte mich nicht für einen Menschen, der leicht zu ängstigen ist, aber dieser Blick war so voller Hass, dass ich wusste, ich hatte mir einen Feind fürs Leben gemacht.«

»Wie ging es weiter?«, fragte Tomas.

»Er ist gegangen.«

»Er hat nichts gesagt?«

Lisette Rolfsdotter schüttelte den Kopf.

»Nein.«

Sie legte die Hände in den Schoß und sah sie an.

»Einige Tage später wurden meine Autoreifen zerstochen. Es war ein Oktoberabend und dunkel draußen. Ich bekam ein mulmiges Gefühl und war überzeugt, dass mich jemand beobachtete. Als ich mich umsah, stand Hoffsten in einiger Entfernung und hat gelacht. Es war ein geisteskrankes Lachen.«

»Aber er hat Sie nicht körperlich angegangen?«, fragte Tomas.

»Nein.«

»Und das war alles? Danach ist nichts mehr vorgefallen?«

Lisette Rolfsdotter sah auf ihre Armbanduhr, ein silberfarbenes Omega-Damenmodell. Tomas fragte sich, wie viel Produzenten von Kinderserien eigentlich verdienten.

»Ich habe nicht mehr an Stig Hoffsten gedacht, seit ich dieses *Expressen*-Interview mit Micael Bratt gelesen habe.«

Tomas spürte, wie Zingo sich neben ihm anspannte.

»Welches *Expressen*-Interview?«, fragte er.

»Wann mag das gewesen sein? Irgendwann im Herbst. Es ging um dieses Theaterstück *Bildnis eines Sommers*, das abgesetzt wurde«, antwortete Lisette Rolfsdotter, als müssten Tomas und Zingo wissen, wovon sie sprach.

»Können Sie das bitte genauer erläutern?«

Sie setzte sich aufrecht hin. Der Kioskbetreiber stellte eine winkende Langnese-Werbefigur auf das Rasenstück neben seinem Stand.

»Wie war das noch gleich? *Bildnis eines Sommers* sollte im Frühjahr 1990 im Stadttheater Göteborg laufen. Micael Bratt hatte die Hauptrolle bekommen, Hoffsten eine kleine, aber bedeutende Nebenrolle. Doch nur eine Woche vor der Premiere ist Bratt abgesprungen. Er war für irgendeinen Film gecastet worden, und die Dreharbeiten überschnitten sich mit dem Spielplan des Theaters. Bratt reiste von jetzt auf gleich ab, und der Regisseur beschloss, Hoffsten die Hauptrolle zu übertragen. Das war natürlich die Chance seines Lebens, ein Sprungbrett für weitere Hauptrollen.«

»Was ist passiert?«

»Das Stück wurde von den Kritikern zerrissen. Sie waren einstimmig der Meinung, dass Hoffsten die Hauptursache des Flops war. Die Rezensionen waren vernichtend. Am Ende wurde das Stück nach nur zwei Vorstellungen abgesetzt.«

Dieses *Expressen*-Interview mit Bratt mussten sie sich genauer ansehen, dachte Tomas. Er würde im Präsidium anrufen und jemanden bitten, ins Zeitungsarchiv zu fahren.

»Rückblickend wurde mir klar, dass er sich deshalb nicht als Stig Hoffsten bei dem Vorsprechen angemeldet hatte, von dem ich Ihnen erzählt habe«, fuhr Rolfsdotter fort.

Tomas sah sie fragend an.

»Er hat sich als Bruno vorgestellt«, lachte sie. »Bruno Coppola.«

Tomas nickte langsam. Stig Hoffsten hatte seine Namensänderung erst im vergangenen Jahr offiziell registrieren lassen, doch begonnen hatte seine Verwandlung schon kurz nach Scheitern dieses Theaterstücks. Er hatte noch einmal ganz von vorn anfangen wollen.

Zingos Handy klingelte und riss ihn aus seinen Überlegungen. Zingo stand auf und entfernte sich ein Stück.

»Ich glaube, es gibt noch mehr Frauen«, sagte Lisette Rolfsdotter unvermittelt.

Sie drehte sich zu ihm, ihre Miene war ernst.

»Die er belästigt oder denen er noch weitaus Schlimmeres angetan hat. Auch wenn diese Frauen sich nicht getraut haben, Strafanzeige zu erstatten.«

»Das werden wir untersuchen«, sagte Tomas.

»Aber das werfen Sie ihm doch vor? Deswegen sind Sie doch hier? Oder etwa nicht?«

Tomas räusperte sich.

»Darauf darf ich momentan nicht näher eingehen.«

Rolfsdotter ließ ihren Blick über das Wasser schweifen.

»Kann ich gehen, oder haben Sie noch weitere Fragen?«

»Sie können gehen. Aber sollte Ihnen noch etwas einfallen, würde ich Sie bitten, sich bei uns zu melden.«

Sie stand auf und entfernte sich. Tomas blieb auf der Bank sitzen und sah ihr nach. Dann schaute er zu Zingo hinüber, der telefonierend auf und ab lief. Schließlich legte er auf, schob das Handy in die Hosentasche und kam zurück.

Er ließ sich auf die Bank sinken und schlug die Beine übereinander.

»Die Kollegen haben Micael Bratts Wagen gefunden«, sagte er und zündete sich eine Zigarette an. »Mit drei Damenslips, die mit den Slips der Opfer übereinstimmen. Ich habe sie abfotografieren lassen und die Kollegen instruiert, die Bilder nach Malmö zu schicken, damit Mersiha Selimovic bestätigen kann, dass einer der Slips ihr gehört.«

Tomas sah Zingo verständnislos an.

»Was zum Teufel bedeutet das?«, fragte er.

»Ich habe keinen Schimmer«, antwortete Zingo resigniert. »Das wirft zweifellos eine ganze Reihe von Fragen auf. Und eine davon lautet, ob Bratt und Hoffsten gemeinsame Sache machen.«

24

Bratt hielt die Axt auf Hüfthöhe, zum Ausholen bereit. Vera starrte ihn an. Dann ließ sie ihren Blick zur Hintertür wandern, die Kaffeekanne mit festem Griff drohend zur Waffe erhoben.

»Wie gesagt, die Tür ist abgeschlossen«, sagte Bratt.

Er ging einen Schritt auf Vera zu und hob die Axt höher. Im Zurückweichen stieß Vera unsanft gegen die Kante der Arbeitsfläche. Der Schmerz fuhr ihr von der Lendengegend in die Beine, als Bratt ihr unvermittelt den Rücken zuwandte und die Axt beiseitelegte.

»Sind Sie etwa hier und klauen Kaffee?«, fragte er.

Dann begann er zu lachen und nahm Vera die Kanne aus der Hand.

»Sie hätten Ihr Gesicht sehen sollen«, wieherte er. »Ich dachte, Sie wären ein Einbrecher.«

Vera schoss das Blut ins Gesicht, als ihre Angst in Scham umschlug. Bratt hörte nicht auf zu lachen.

»Was zum Teufel machen Sie hier?«, fragte er, während er die Kaffeekanne ausspülte und frisches Pulver in den Filter füllte.

»Es geht um Stig Hoffsten«, antwortete Vera schließlich mit belegter Stimme.

»Stig … Was ist mit ihm? Ist der Mistkerl abgekratzt, oder was?«

Vera atmete tief durch und versuchte sich zu fokussieren. Die nächsten Minuten wären entscheidend. Jetzt würde sie erfahren, ob Bratt ein Mörder war. Oder ein Opfer.

»Er steht unter Mordverdacht.«

Vera forschte nach Anzeichen von Nervosität in Bratts Gesicht, konnte jedoch keine Reaktion ablesen. Aber Bratt war ein geschickter Schauspieler.

»Das kann nicht stimmen, oder? Der Kerl besitzt null Courage.«

Bratt schob die Kaffeekanne auf die Wärmeplatte, klappte den Filter zu und stellte die Maschine an.

»Die Indizien sprechen dafür«, erwiderte Vera. »Es sind dieselben Morde, die man Ihnen anlastet.«

Bratt erstarrte und drehte sich zu ihr um. Er sah aufrichtig überrascht aus. Dann blickte er stirnrunzelnd aus dem Fenster.

»Sie scheinen über etwas nachzudenken«, sagte Vera.

»Nein«, gab Bratt abwesend zurück. »Nein.«

Zerstreut stellte er zwei Becher auf Untertassen.

»Sie waren zusammen auf der Schauspielschule, oder?«

»Ja.«

»Was für eine Beziehung hatten Sie damals zueinander?«

»Ja, wie soll ich das beschreiben? Eine Weile waren wir wohl Freunde. Aber solche Dinge ändern sich rasch, wenn man jung ist. Wir waren beide ziemlich selbstverliebt. Am Ende haben wir kein Wort mehr miteinander gesprochen.«

»Waren Sie Konkurrenten?«

Micael Bratt grinste schief.

»Als Konkurrenten konnte man uns kaum bezeichnen. Ich habe jedes Mal gewonnen. Obwohl Stig als Schauspielergenie gehandelt wurde.«

Die Maschine war durchgelaufen. Ohne Vera zu fragen, ob sie einen Kaffee trinken wollte, schenkte Bratt zwei Tassen ein und stellte sie auf den Küchentisch. Sie setzten sich einander gegenüber.

»Warum hat Ihre Freundschaft nicht gehalten?«

»Aus dem ältesten Grund der Welt: einer Frau. Das hübscheste Mädchen in unserer Klasse. Mia … Gustavsson hieß sie, glaube ich. Unglaubliche Brüste. Und sie war mit Stig zusammen. Damit kam mein Ego absolut nicht klar. Und eines Abends im letzten Semester haben wir bei ihr eine Fete gefeiert. Unsere Klasse ist geschlossen zu ihrer Gartenlaube auf Kungsholmen gezogen, aber aus irgendeinem Grund war Stig nicht mit dabei. Irgendwann habe ich vorgeschlagen, eine Szene aus unserem Abschlussstück zu spielen. Sie war einverstanden.«

Bratt lächelte.

»Stig und ich waren darin Rivalen und Mia die Frau, um die wir buhlten. Ich habe natürlich eine Szene ausgewählt, in der ein Kuss vorkam. Alle haben gejubelt, als ich mit ihr rumgemacht habe. Dann habe ich ihre Hand genommen und sie ins Schlafzimmer geführt. Sie kam mit. So stand es im Drehbuch. Ein paar Minuten später kniete sie vor mir.«

»Hat Hoffsten davon erfahren?«

»Dazu wollte ich gerade kommen. Als wir fertig waren, habe

ich ihren Slip genommen, ihn einfach in die Tasche gesteckt. Es war eine spontane Eingebung. Und am nächsten Tag habe ich in der Maske damit vor Stig herumgewedelt und ihn gefragt, ob Mia ihre Unterwäsche vermisst hätte, als sie gestern nach Hause gekommen sei.«

»Wie einfühlsam.«

»Das war kein schöner Zug, ich weiß. Aber die zwei haben sich so verflucht überlegen aufgeführt. Geglaubt, sie würden Stars werden. Stig stammt aus einer Schauspielerfamilie. Er schien zu glauben, es genüge, Kunst mit der Muttermilch aufzusaugen, um ein Superstar zu werden. Er hatte nicht kapiert, dass das Aussehen die eine Hälfte ausmacht und die andere zu gleichen Teilen aus Arbeit und Glück besteht. Damals war mir das genauso wenig klar. Ich fühlte mich unterlegen, weil ich keine Schauspielervorfahren hatte, die seit Generationen auf der Bühne standen.«

»Wie hat Hoffsten reagiert?«

»Er hat keinen Ton gesagt. Und kurz darauf ist er nicht mehr zum Unterricht gekommen. Ich glaube, das hat ihm den Rest gegeben. Er spielte in unserem Abschlussstück eigentlich die Hauptrolle. Am Ende habe ich sie bekommen und er irgendeine Nebenrolle.«

Offensichtlich gefiel es Bratt nicht, dass die Geschichte ihn in ein schlechtes Licht rückte. Was für ihn spricht, dachte Vera. Er schien vorauszusetzen, dass sie ihm glaubte. Entweder er war ein Psychopath, oder er sagte tatsächlich die Wahrheit, wenn er seine Beteiligung an den Überfällen abstritt.

»Haben Sie Hoffsten später noch einmal getroffen?«, fragte sie, um zu testen, ob Bratt zugeben würde, in Falun mit Hoffsten gedreht zu haben.

»Scheiße, ja. Irgendwann haben wir sogar zusammen gearbeitet, vor … drei, vier Jahren, ungefähr.«

»Vor drei, vier Jahren?«

Darauf war sie bei ihren Recherchen nicht gestoßen.

»Bei einem Stück im Stadttheater Göteborg. Ich hatte die Hauptrolle und Stig eine ziemlich große Nebenrolle. Ich glaube, er dachte, das würde sein Durchbruch werden. In der Branche war allgemein bekannt, dass er unter Lampenfieber litt und deswegen bei den Vorsprechen oft leer ausging. Dann wurde ich für einen Film gecastet, der sich mit dem Theaterstück überschnitt. Ich konnte nicht ablehnen, die Rolle war zu gut bezahlt. Also bin ich abgesprungen, und Stig übernahm die Hauptrolle.«

»Wie ging es weiter?«

Bratt lachte.

»Ich habe das Stück nie gesehen. Aber nach allem, was ich gehört habe, war es ein Fiasko. Während der Proben ging alles gut. Stig ist im Grunde kein schlechter Schauspieler. Aber bei der Premiere bekam er einen kompletten Blackout, vergaß seinen Text, fing an zu stottern oder schwieg. Einmal hat er dreimal hintereinander denselben Satz wiederholt. Wie Sie sich denken können, waren die Kritiker in ihren Rezensionen nicht gnädig. Ich glaube, das Stück wurde fast unmittelbar abgesetzt.«

»Glauben Sie, Hoffsten macht Sie für sein Versagen verantwortlich?«

Micael Bratt antwortete nicht, er schien mit seinen Gedanken woanders zu sein. Ein leichtes Zusammenziehen der Augenbrauen verriet, dass ihm etwas durch den Kopf ging.

»Vielleicht«, sagte er.

Dann verfiel er wieder in Schweigen.

»Ich habe einmal einen Brief bekommen«, fuhr er nach einer Weile fort.

»Den vergifteten?«

»Woher wissen Sie davon?«

Bratt sah sie misstrauisch an. Vera wurde klar, dass sie Lindwalls Vertrauen enttäuschen musste, um Bratts zu gewinnen.

»Ihr Agent hat mich engagiert, um Beweise für Ihre Unschuld zu finden. Er hat mir die Geschichte erzählt.«

»Ach so.«

»Was wollten Sie über diesen Brief sagen?«, hakte sie nach, als Bratt erneut in Gedanken zu versinken schien.

»Keine Ahnung. Es fiel mir nur ein. Was, wenn es Stig war?«

»Sie meinen, Stig könnte Ihnen den Brief geschickt haben?«

»Ja. Der Gedanke ist mir nie gekommen. Aber der Brief kam im Sommer 1990. Da bin ich sicher. Es war mitten während der WM. Schweden hat gespielt, als ich im Krankenhaus lag. Und in dem Sommer hätte das Stück laufen sollen. Die Premiere war Anfang Juni. Vielleicht wollte er sich an mir rächen?«

Bratt lehnte sich auf seinem Stuhl zurück, der unter seinem Gewicht knarrte, und blickte wieder aus dem Fenster. Vera glaubte, Bratt vertrauen zu können, aber sie hatte im Lauf ihrer Recherchen viele falsche Entscheidungen getroffen und traute ihrem Bauchgefühl nicht hundertprozentig über den Weg.

In ihrem Hinterkopf rumorte irgendein Detail, das sie übersehen hatte. Eine Frage, die sie vergessen hatte zu stellen.

»Sie schienen auf irgendetwas zu reagieren, als ich sagte, Hoffsten stehe wegen der Morde unter Verdacht. Aber auf meine Nachfrage meinten Sie, es wäre nichts«, sagte sie schließlich.

»Ich weiß nicht … Ich habe dem *Expressen* im Herbst ein Interview gegeben, in dem ich ziemlich über dieses Stück hergezogen bin. Der Gedanke lässt mich nicht los. Es mag eitel klingen, aber ich finde es seltsam, dass der Mörder die Slips der Opfer mitnimmt. Die Polizei hat mich im Verhör danach gefragt. Als Sie Stigs Namen nannten, habe ich gleich an Mia gedacht und wie ich Stig ihren Slip unter die Nase gehalten habe. Vielleicht hat er in der Branche auch von dem Gerücht gehört, dass ich die Unterwäsche meiner Eroberungen sammele.«

»Sie meinen …?«

»Ja.«

Bratt sah sie mit klarem Blick an. Ein scharfer Ausdruck trat in seine blauen Augen.

»Stig will, dass es so aussieht, als wäre ich der Täter.«

Dann zuckte er mit den Schultern.

»Vielleicht bin ich einfach nur paranoid.«

Er stand auf, um ihnen Kaffee nachzuschenken.

»Mit Schuss?«, fragte er.

»Schuss?«

»Ein stärkender Tropfen. Whisky oder so.«

»Ja, warum nicht.«

Bratt goss je einen Schluck Hochprozentiges in ihre Tassen, kehrte zum Tisch zurück und lachte.

»Ich war draußen im Schuppen, als Sie gekommen sind. Wollte mir was zu trinken holen. Ich bekam eine scheiß Angst und hab Ihr Auto durchsucht, bevor ich ins Haus gegangen bin, um nachzusehen, was für ein Typ mich hier drinnen erwartet. Als ich gesehen habe, was in Ihrem Kofferraum liegt, habe ich beschlossen, die Axt mitzunehmen. Ich dachte, Sie hätten den Supermarkt ausgeraubt.«

»Sie meinen die Konserven?«

»Ja. Warum fahren Sie damit durch die Gegend?«

Vera seufzte.

»Wegen Jonny. Dem Vater meines Sohnes. Oder eigentlich ist er nicht mein Sohn, aber … Egal. Ich hoffe, dass er bei mir bleiben darf. Diese Konserven waren sozusagen Jonnys Abschiedsgeschenk. Die Reste einer seiner vielen missglückten Raubüberfälle. Er und seine Kumpel wollten mit Automatikgewehren einen Lastwagen überfallen, der auf dem Weg in ein Expert-Warenlager war. Blöderweise haben sie den falschen Lastwagen erwischt und statt Fernsehern Katzenfutter und Oliven erbeutet.«

Bratt grinste.

»Ihr Freund wäre eine optimale Besetzung für einen meiner Fernsehkrimis. Die Gangster darin sind genauso hoffnungslos wie die Drehbücher.«

»Der Unterschied ist nur, dass Filmbanditen gefasst werden. Im wirklichen Leben muss ich mich mit Jonny rumschlagen. Wobei es das Beste für meinen Jungen wäre, wenn sein Vater in den Knast wanderte. Wenn Jonny nicht bald ins Gefängnis kommt, verliere ich ihn.«

Bratt schaute sie verständnislos an.

»Warum sorgen Sie nicht dafür, dass die Bullen Ihren Freund drankriegen?«, fragte er.

Vera runzelte die Stirn.

»Wie meinen Sie das?«

Micael Bratt sah sie an, als wäre sie eine Idiotin.

»Sie haben einen ganzen Kofferraum voll Beweismaterial. Und wenn es ein bewaffneter Überfall war, sind Sie den Kerl für mindestens fünf Jahre los. Vielleicht zehn.«

Vera blickte ihn verblüfft an. Für jemanden, der seinen Kaffee schon vor zwölf Uhr mittags mit Whisky anreicherte, waren Bratts graue Zellen erstaunlich auf Zack.

»Man lernt so einiges, wenn man einen Kommissar spielt«, sagte er und leerte seine Tasse.

Als Vera ausgetrunken hatte, verabschiedeten sie sich. Sie instruierte Bratt, im Sommerhaus zu bleiben, sich nicht in der Öffentlichkeit blicken zu lassen, und versprach, ihn anzurufen, sobald sie etwas Neues in Erfahrung gebracht hätte. Erstaunlicherweise schien er ihre Anweisungen zu akzeptieren.

Im Auto wählte sie Tomas Wolfs Nummer.

»Ich kann Ihnen Micael Bratt ausliefern, ich habe ihn gefunden.«

Wolf erwiderte nichts. Sie hatte seine Aufmerksamkeit.

»Aber ich fordere eine Gegenleistung«, fuhr sie fort.

Sie wusste, dass Wolf der Ansicht war, sie pushe ihre Karriere auf Kosten des Unglücks anderer. Aber was tat er selbst?

»Wo ist Bratt?«

»Eigentlich fordere ich zwei Dinge.«

»Was wollen Sie haben?«

»Ich will vollen Zugang zu der Ermittlung, bei allen Einsätzen dabei sein und Einblick in sämtliche Unterlagen erhalten. Ich verspreche, keinen Artikel zu veröffentlichen, bevor Sie den

Täter gefasst haben. Und Sie genießen vollständigen Quellenschutz.«

In der Leitung blieb es einen Moment lang still.

»Okay.«

»Und dann möchte ich Sie um einen Gefallen bitten. Es geht um Sigge. Angenommen, sein Vater hätte eine Straftat begangen, auf die Gefängnis steht, und ich könnte der Polizei anonym Informationen darüber zuspielen, inklusive Beweisen, die ihn mit der Tat in Verbindung bringen. Könntet ihr ihn dann festnehmen?«

»Kann ich mich darauf verlassen, dass die Beweise nicht fingiert sind?«

»Ja.«

»Ein Kollege namens Zingo wird Sie anrufen. Haben Sie alles parat.«

Als Vera aufs Deck der M/S Yxlan fuhr, kam ihr der Gedanke, dass sie zum dritten Mal in diesem Sommer überzeugt war, den Täter entlarvt zu haben. Die Frage, die ihr Sorgen bereitete, war, wie lange es diesmal dauern würde, bis sie einsah, dass sie wieder falschlag.

Mittwoch, 13. Juli 1994

25

Noch eine Stunde bis Mitternacht. Tomas verzehrte am Tisch im Laubengang ein spätes Abendessen aus zwei gekochten Eiern und Senfheringen. Auf der Hornsgatan waren nur vereinzelt Autos und noch weniger Menschen unterwegs. Anspannung lag in der Luft. In einer halben Stunde traf Schweden im Halbfinale auf Brasilien. Die TV-Kommentare im Vorfeld des Anstoßes drangen aus der Nachbarwohnung hinaus in den schwülen Abend. Doch die Anspannung, die er empfand, kam nicht allein vom bevorstehenden Match. Mindestens ebenso sehr rührte sie von der jüngsten Entwicklung in der Jagd nach Stig Hoffsten.

Sie hatten einen Täter, aber keine Ahnung, wo er sich befand. Im gleichen Augenblick, in dem sie seinen Namen herausgefunden hatten, hatte er sich in Luft aufgelöst. Micael Bratt befand sich in Gewahrsam, seit Vera Berg ihm seinen Aufenthaltsort verraten hatte, doch sein Gefühl sagte ihm, dass der Schauspieler unschuldig war. Mersiha Selimovic hatte zwar bestätigt, dass einer der Slips, die sie in Bratts Wagen gefunden hatten, ihr gehörte, andererseits jedoch, nachdem man ihr Fotos von beiden Verdächtigen gezeigt hatte, ausgesagt, von Hoffsten überfallen worden zu sein. Bratt wiederum hatte in den einleitenden Vernehmungen, die sie mit ihm geführt hatten, behauptet, sein ehemaliger Kommilitone versuche, ihm etwas anzuhängen. Wie es um die Wahrheit dieser Behauptung bestellt war, würden weitere Ermittlungsschritte zeigen. Doch Tomas war überzeugt, dass Hoffsten alleine gehandelt hatte.

Als in der Wohnung das Telefon klingelte, stand er auf und ging an den Apparat im Flur. Es war Zingo.

»Sie ist verschwunden.«

»Wer?«

»Die Prophylaxeassistentin. Mia Gustavsson. Stig Hoffstens Freundin, die von Bratt vernascht wurde.«

Tomas lauschte auf Anzeichen, dass Zingo betrunken war, konnte jedoch nichts dergleichen feststellen. Seine Stimme klang glasklar.

»Sie ist im Urlaub. Das wussten wir doch schon«, erwiderte er.

»Das ist mir klar, aber sie hätte gestern Abend zurück sein müssen. Sie war mit einer Freundin in einer Pizzeria in Sätra verabredet, wo sie wohnt. Aber sie ist nicht aufgetaucht. Die Freundin hat sie vor ein paar Stunden als vermisst gemeldet.«

Tomas blickte sich in der leeren Wohnung um. Das konnte kein Zufall sein. Mia Gustavssons Verschwinden, vorausgesetzt, sie war tatsächlich verschwunden, hing mit der Ermittlung um Stig Hoffsten zusammen. Es gab keine andere Erklärung.

»Er hinterlässt verbrannte Erde«, fuhr Zingo fort.

Zingo hat recht, dachte Tomas. Hoffsten weiß, dass er entlarvt ist. Er hat nichts mehr zu verlieren.

»Wie willst du vorgehen?«, fragte Zingo.

Tomas zuckte zusammen. Es war das erste Mal, dass Zingo ihm unmissverständlich die Führung überließ. Doch im nächsten Moment ging ihm auf, dass in den vergangenen Wochen, ja, seit Beginn dieser Ermittlungen, er die entscheidenden Beschlüsse getroffen hatte.

»Wir müssen mit der Freundin reden. Am besten in Mia Gustavssons Wohnung. Falls Stig Hoffsten sie entführt hat, müssen wir wissen, wo und wann die Entführung stattgefunden hat. Außerdem spricht ein Kidnapping dafür, dass Hoffsten über ein

Fahrzeug verfügt. Er kann mit ihr nicht in aller Öffentlichkeit durch die Gegend laufen.«

»Du liegst goldrichtig«, stimmte Zingo zu. »Ich spreche mit dem Kollegen, der den Anruf der Freundin entgegengenommen hat.«

Eine Stunde später standen sie in Sätra vor dem Mietshaus, in dem Mia Gustavsson wohnte, und kurz darauf kam auch schon eine Frau mit braunen Locken und Hornbrille auf sie zu und gab ihnen die Hand.

Das Glück war auf ihrer Seite. Wie sich herausstellte, hatte Yvonne Bengtsson für die Dauer von Mia Gustavssons Urlaub ihren Kater gefüttert und ihre Blumen gegossen und einen Schlüssel zur Wohnung ihrer Freundin.

Yvonne Bengtsson zog den Schlüsselbund hervor, schloss die Eingangstür auf und hielt sie für Tomas und Zingo auf. Schweigend fuhren sie mit dem Fahrstuhl nach oben. Yvonne Bengtsson schloss Mia Gustavssons Wohnungstür auf und knipste das Flurlicht an. Ein schwarz-weißer Kater betrachtete sie neugierig. Yvonne ging in die Hocke und kraulte ihn zwischen den Ohren. Tomas und Zingo setzten sich an den Küchentisch, während Yvonne Bengtsson den Katzenfressnapf mit frischem Futter füllte.

»Ihre Freundin hätte also gestern zurück sein sollen, und Sie beide waren verabredet?«, begann Zingo.

Yvonne Bengtsson nickte.

»Ja. Wir wollten uns um neun Uhr in unserer Stammpizzeria treffen«, antwortete sie mit deutlichem Stockholm-Dialekt. »Das hatten wir schon vor Mias Urlaub vereinbart. Sie wollte mich einladen, als Dankeschön, weil ich ihre Blumen gegossen und Nelson gefüttert habe.« Yvonne Bengtsson deutete auf den Kater, der gierig sein Futter verschlang.

»Und Mia könnte ihren Urlaub nicht einfach verlängert haben?«, fragte Tomas.

»Nicht, ohne mir Bescheid zu sagen. Mia ist ein verantwortungsbewusster Mensch.«

»Wohin ist sie verreist?«

»Nach Härjedalen. Sie hat da ein kleines Häuschen gemietet.«

»Allein?«

Yvonne Bengtsson nickte.

»Sie wollte lesen und sich entspannen. Aus der Stadt wegkommen. Sie hat sich im Winter scheiden lassen. Karl, ihr Mann, hat sie betrogen, und sie hat eine harte Zeit durchgemacht.«

Tomas dachte an Klara, verdrängte ihren vorwurfsvollen Blick und zwang sich, sich auf die Frau zu konzentrieren, die ihm gegenübersaß. Zingo schien seinen Stimmungswechsel nicht zu bemerken.

»Sehen Sie irgendwelche Anzeichen dafür, dass jemand hier gewesen ist?«, fragte er.

»Hier in der Wohnung?«

Yvonne Bengtsson runzelte die Stirn und sah sich beunruhigt um.

»Wer hätte das sein sollen?«

»Ich weiß es nicht.«

»Nein, ich habe nichts Auffälliges bemerkt. Die Tür war abgeschlossen, als ich gekommen bin. Und die große grüne Tasche, mit der Mia nach Härjedalen gefahren ist, ist nicht hier. Ich bin sicher, dass sie nicht zu Hause gewesen ist.«

»Sagt Ihnen der Name Stig Hoffsten etwas?«

Yvonne Bengtsson schüttelte den Kopf.

»Nein, wer ist das?«

Für Tomas' Geschmack kam die Antwort zu schnell.

»Denken Sie bitte ganz genau nach. Stig Hoffsten. Mia hat diesen Namen nie erwähnt?«

»Ich bin sicher, dass sie das nicht getan hat. Wer ist das?«

Tomas überging ihre Frage.

»Und Micael Bratt?«

»Der Schauspieler?«

Tomas nickte.

»Mia hat erzählt, dass sie mit ihm auf der Schauspielschule gewesen ist und dass die beiden … Sie wissen schon. Etwas am Laufen hatten, oder wie man es nennen soll.« Yvonne Bengtsson grinste. »Da wurde man natürlich ein kleines bisschen neidisch.«

Tomas kam eine Idee.

»Wissen Sie, ob Mia Fotos aus dieser Zeit besitzt?«

»Haufenweise.«

»Können Sie sie mir zeigen?«

Yvonne Bengtsson stand auf, und Tomas folgte ihr. Auf dem Weg ins Wohnzimmer fiel sein Blick ins Schlafzimmer. Am Fußende des Bettes türmte sich ein Stapel Umzugskartons.

»Mia hatte noch nicht die Kraft, alles auszupacken«, sagte Yvonne Bengtsson und schloss die Tür.

Die Geste hatte etwas Beschützendes, als wollte sie die Situation ihrer Freundin abschirmen. Tomas fragte sich, wie lange er zwischen unausgepackten Kartons leben würde, wenn er aus Klaras und seiner gemeinsamen Wohnung auszog.

»Vor einem Monat hat Mia erfahren, dass die Frau, mit der Karl sie betrogen hat, von ihm schwanger ist. Verstehen Sie? Fünfzehn Jahre lang hat er ihr erzählt, dass er keine Kinder will, und behauptet, das würde ihre Beziehung zerstören. Und dann … Ja, ich begreife einfach nicht, wie ihr Kerle tickt.«

Tomas spürte, dass er rot anlief, und senkte den Blick. Yvonne Bengtsson öffnete den Kiefernschrank, auf dem der Fernseher stand, kniete sich hin und zog ein paar Fotoalben heraus. Sie nahm sie mit zum Couchtisch und blätterte sie der Reihe nach durch.

»Das hier ist es«, sagte sie schließlich und reichte Tomas ein rotes Album.

Er räusperte sich.

»Darf ich das Album mitnehmen?«

»Warum sollten die Fotos darin wichtig sein? Das ist alles über zwanzig Jahre her.«

»Wir müssen allen Eventualitäten nachgehen.«

»Solange Mia das Album hinterher zurückbekommt.«

Tomas nickte. Er zwang seine Emotionen in die Schranken und ermahnte sich, professionell zu sein.

»Und Sie haben keine Adresse, keine Telefonnummer von dem Ferienhaus, das Mia gemietet hat?«

»Nein, wie gesagt, sie wollte ihre Ruhe haben.«

Tomas dachte an die unausgepackten Umzugskartons, an Mia Gustavssons Kummer.

Ihm schoss eine furchtbare Möglichkeit durch den Kopf.

»Könnte sie … Halten Sie es für möglich, dass Mia sich etwas angetan hat?«

»Um Gottes willen, nein.«

In der Küche hatte Zingo sich eine Zigarette angezündet.

»Sollen wir aufbrechen?«

Vor dem Haus verabschiedeten sie sich von Yvonne Bengtsson und gingen zum Auto zurück. Tomas fragte Zingo, ob er glaube, dass Mia Gustavsson, Yvonne Bengtssons Reaktion zum Trotz, Selbstmord begangen haben könnte.

»Ich hoffe es nicht, aber man weiß nie. Wir müssen einen Kollegen darauf ansetzen, das gemietete Ferienhäuschen ausfindig zu machen. Das Beste wird sein, wir sprechen morgen früh mit ihrer Bank. Vielleicht hat sie eine Kaution überwiesen.«

Tomas reichte Zingo das Album und ließ den Motor an. Zingo fummelte am Radio herum. Vermutlich um zu erfahren, wie die Partie zwischen Schweden und Brasilien ausgegangen war, dachte Tomas.

»Wie zum Teufel geht das Ding an?«, fluchte er.

Tomas blickte auf den ausgestorbenen Parkplatz. Klaras Gesicht flimmerte an ihm vorbei. Gefolgt von Alexanders und Ebbas.

»Was ist los mit dir?«, fragte Zingo, der es aufgegeben hatte, das Radio zum Leben zu erwecken.

»Nichts.«

Tomas setzte rückwärts aus der Parklücke und fuhr los, doch nach wenigen Metern übermannte ihn der Kummer. Überrollte ihn, ohne dass er sich dagegen wehren konnte. Sein Körper begann, unkontrolliert zu zittern. Er hielt an.

Zingo saß reglos neben ihm und betrachtete ihn.

»Ich habe alles kaputt gemacht«, sagte Tomas. »Mein Leben ist zerstört.«

Er bemühte sich, die Fassung wiederzugewinnen, das Zittern unter Kontrolle zu bekommen.

»Ich habe Klara betrogen«, flüsterte er. »Ich habe mich in Bosnien in eine Frau verliebt. Inzwischen ist sie in Schweden. Ich habe Klara und die Kinder betrogen, und ich habe mich selbst betrogen. Ich bin all das geworden, was ich nie sein wollte.«

Zingo schwieg.

»Scheiße. Alles, was ich will, ist, mit Azra zusammen zu sein. Aber sie will nichts mehr mit mir zu tun haben. Und Klara hat mich verlassen und die Kinder mitgenommen. Was zur Hölle soll ich tun. Hilf mir.«

Zingo zog seine Chesterfields aus der Tasche, zündete sich eine an, reichte die Schachtel an Tomas weiter, klemmte sich die Zigarette zwischen die Lippen und kurbelte das Seitenfenster herunter.

»Selbstmitleid steht dir nicht, Tomas.«

Er zog an der Zigarette.

»Ich bin dein Freund, und als dein Freund sage ich dir, was ich wirklich denke«, fuhr er fort. »Du bist kaum der erste Mann, der fremdgeht, und wohl kaum der letzte. Über den moralischen Kern können wir ein andermal diskutieren. Irgendwann sind wir alle einmal fremdgegangen. In deinem Fall warst du Tausende Kilometer von zu Hause entfernt, mitten in einem Krieg. Vielleicht brauchtest du Trost, vielleicht etwas anderes. Über deine Beweggründe können wir auch ein andermal diskutieren. Aber jetzt sitzt du hier, auf diesem hässlichen, langweiligen, urschwedischen Parkplatz und sagst, du hättest dich verliebt.

Dann bring die Dinge mit dieser Frau ins Reine und sei mit ihr zusammen. Der Rat, den ich dir geben kann, ist folgender: Versuch nicht, Klara zurückzubekommen, nur um deinem Selbstbild des Mannes zu entsprechen, der du sein möchtest. Klara verdient es nicht, mit einem Mann zusammenzuleben, der eine andere liebt. Niemand tut das.«

Tomas wischte sich eine Träne von der Wange.

»Ich habe ihr ein Haus versprochen. Wir haben ein Angebot für ein Reihenhaus in Enskede abgegeben. Und jetzt kann ich es ihr nicht geben.«

»Was hindert dich daran, es ihr zu kaufen, selbst wenn ihr nicht mehr zusammenlebt, wenn es das ist, was dein Gewissen beruhigt?«

»Ich kann es mir nicht leisten. Ich habe das Geld, das für die Anzahlung vorgesehen war, ausgegeben.«

»Wofür?«

»Mauricio Ortega.«

»Den Chilenen, den du vor über zehn Jahren zusammengeschlagen hast?«

»Ja.«

Zingo hob erstaunt die Augenbrauen, und Tomas erzählte ihm dasselbe wie Klara drei Wochen zuvor.

»Du bist ein Trottel«, urteilte Zingo. »Aber ein Trottel mit einem großen Herzen. Mein Herz ist vielleicht nicht ganz so groß, aber mein Portemonnaie dafür umso größer. Wie viel brauchst du?«

Tomas schüttelte den Kopf.

»Ich kann dein Geld nicht annehmen. Das wäre nicht richtig. Ich weiß nicht einmal, wann ich es dir zurückzahlen kann.«

»Ich habe gesagt: Selbstmitleid steht dir nicht. Hier ist die Lösung für deine Probleme, und du wehrst dich dagegen. Wie viel brauchst du, habe ich gefragt.«

»Fünfundzwanzigtausend.«

»Und meine Ex-Frau hat immer gesagt, Trabrennwetten machen niemanden glücklich. Sie sollte uns jetzt sehen. Ich leihe dir das Geld.«

Tomas starrte Zingo an.

»Bist du sicher?«

»Ja. Aber ich habe zwei Bedingungen. Erstens: Rede mit Klara. Erzähl ihr so viel, wie du willst. Aber sag ihr, was in Bosnien geschehen ist, bevor du aus heiterem Himmel mit der anderen Frau zusammenlebst. Sie soll sich nicht den Kopf darüber zerbrechen müssen, was du wann und für wie lange gemacht hast.«

Tomas nickte.

»Versprochen. Was ist die zweite Bedingung?«

»Dass du das Radio anschaltest, damit ich erfahre, wie das Spiel läuft.«

Tomas beugte sich vor und drehte den Ton lauter. Im selben Moment pfiff der Schiedsrichter das Match ab. Ein heiserer Kommentator verkündete enttäuscht, dass Schweden nach einem Tor von Superstar Romário null zu eins gegen Brasilien verloren hatte.

Die schwedische Mannschaft hatte den Einzug ins Finale verpasst, nun blieb nur noch das Spiel um Bronze.

Schweigend fuhren sie auf den ausgestorbenen südlichen Zufahrtsstraßen zurück in die Innenstadt.

Donnerstag, 14. Juli 1994

26

Vera warf Kieselsteine über den Zaun des Clublokals des Odin MC in Bromma. Nach einer Minute ertönte Gebrüll.

»Zum Teufel, Vera! Leute sind hier schon für weniger draufgegangen!«, rief Pål.

»Dann solltest du besser abnehmen, wenn ich anrufe.«

Die Stacheldrahtrollen schwankten, als das Tor im Zaun aufglitt und hinter ihr wieder zuging.

»Was ist so wichtig, dass es nicht bis morgen warten kann?«, blaffte Pål wütend.

Er trug schwarze Jeans und seine übliche Lederweste. In seinem Brusthaar glänzten Schweißperlen. Die Sonne schien auf seine Stirn.

»Ich muss Jonny finden. Ich war bei dieser Tittentussi in Rissne, aber die beiden scheinen Schluss gemacht zu haben.«

Pål stieß ihr grob mit dem Zeigefinger gegen die Brust.

»Du kannst hier nicht einfach aufkreuzen. Du gehörst nicht zu unserem Club. Warum glaubst du, soll ich dir helfen?«

»Weil ich nützlicher für dich bin, jetzt, wo Jonny in den Knast wandert«, erwiderte Vera.

Pål blickte sich um. Dann trat er einen Schritt vor und öffnete den Reißverschluss ihres Kleids. Vera geriet ins Stolpern, als er ihren Körper abtastete. Der Biker drehte sie um und wiederholte die Prozedur. Vera merkte, dass er gestresst war. Diesmal grabschte er sie nicht an, sondern nahm nur eine Leibesvisitation vor. Ihre Brüste schien er nicht einmal zu sehen.

Als er fertig war, richtete sie ihr Kleid und drehte sich zu ihm um. Dass er die Gelegenheit nicht ausnutzte, zudringlich zu werden, verlieh ihr Oberwasser.

»Glaubst du wirklich, die Polizei könnte eine Journalistin beschwatzen, Wanzen zu tragen?«, fragte sie.

»Eins habe ich gelernt«, sagte Pål. »Euch Bräuten kann man nie über den Weg trauen.«

»Vielleicht nicht der Sorte, mit der ihr euch umgebt. Sklaven sind schließlich dafür bekannt, dass ihre Loyalität endet, sobald sie eine Chance zur Flucht wittern.«

Pål ignorierte den Kommentar.

»Woher weißt du, dass Jonny in den Bau geht?«, fragte er.

»Die Polizei hat Fragen über ihn gestellt. Und weil ich weiß, was dahintersteckt, weiß ich auch, dass sie genug Beweise haben. Zwischen den Zeilen haben sie durchblicken lassen, dass er einfährt, sobald sie ihn finden.«

Das war nicht die volle Wahrheit, aber so gut wie. Tomas Wolfs Kollege Zingo hatte die Konservendosen bereits sichergestellt. Und weil bei dem missglückten Raubüberfall Waffen im Spiel gewesen waren, drohten Jonny bis zu zehn Jahre Gefängnis. Um ihn für eine Festnahme aus der Versenkung hervorzulocken, musste sie Pål dazu bekommen, ein Treffen zwischen ihnen zu organisieren.

»Wie du weißt, kümmere ich mich um Jonnys Sohn. Und wie du dir vielleicht denken kannst, möchte ich deshalb, dass die Festnahme ruhig verläuft, ohne dass wir in die Schusslinie geraten, sozusagen. Die Polizei wird Jonny festnehmen, so oder so. Also ist es besser, das Ganze läuft kontrolliert ab. Ohne dass Jonny mit einer Waffe rumfuchtelt, auf der sich zum Beispiel die Fingerabdrücke eines deiner Kumpel befinden.«

Pål kratzte sich im Nacken, eindeutig beunruhigt.

»Kann irgendwas davon zu mir führen?«, fragte er.

»Nein. Das war eine Sache in Malmö. Ein bewaffneter Raubüberfall.«

»Dann wird es nicht billig.«

»Ich tue dir damit einen Gefallen, das weißt du.«

»Das macht noch mal zehntausend«, erwiderte Pål. »Aber du lässt dir eine Lösung einfallen, wie wir Jonny zum gewünschten Treffpunkt locken. Und wenn er fragt, bist du diejenige, die ihn reingelegt hat. Ich wasche meine Hände in Unschuld, okay?«

»Du kannst doch einfach sagen, dass du dich mit ihm treffen willst?«

»Die Situation ist gerade ein bisschen heikel. Als ich neulich in Malmö war, bin ich mit einer seiner Tussis im Bett gelandet. Wir sind zurzeit nicht die besten Kumpel.«

»Ach, bitte.«

»Jungs sind eben Jungs. Wir haben gewisse Bedürfnisse.«

Vera dachte einen Augenblick nach, versuchte, sich auf das eigentliche Problem zu fokussieren und nicht darauf, dass Jonny neben Anette Rydén in Rissne offenbar noch weitere Eisen im Feuer hatte.

»Jonny weiß nicht, dass Sigge bei mir ist. Verkauf es ihm als Versöhnungsgeschenk. Sag ihm, dass Sigge dabei sein wird, wenn ich euch euer Geld gebe, und dass die Übergabe Sonntag stattfindet. Dass ihr später in die Zinken Bar kommt, damit er mir vorher Sigge wegnehmen kann. Und dann taucht ihr nicht auf, weil ihr gesehen habt, wie die Bullen in die Bar gegangen sind.«

Pål nickte beifällig.

»Kein schlechter Plan für eine Braut.«

»Stimmt.«

Vera nickte in Richtung Tor.

»Mach das Tor auf, damit ich deine Visage nicht mehr sehen muss. Und gib mir Bescheid, sobald alles gedeichselt ist.«

Draußen auf der Straße rief sie Tomas Wolfs Kollegen mit dem seltsamen Namen Zingo an.

»Habt ihr Stig Hoffsten gefunden?«, fragte sie.

»Fehlanzeige. Ist die Sache mit Ihrem Ex geregelt?«

»Zinken Bar. Sonntag, 12:30 Uhr.«

»Wunderbar. Da kann man sich ja anschließend ein flüssiges Mittagessen genehmigen.«

Samstag, 16. Juli 1994

27

Zur Halbzeit des Sommers ließ das heiße Wetter kein Anzeichen von Erbarmen erkennen. Tomas fiel in der stickigen, leeren Wohnung die Decke auf den Kopf, und er war den ganzen Samstagnachmittag auf Södermalm spazieren gegangen. Zuerst unten in Hornstull, wo Junkies und Säufer die einzigen Lebewesen zu sein schienen, die während des Sommers nicht aus der Stadt geflohen waren. Dann war er der Hornsgatan bis hinunter nach Slussen gefolgt, wo er zwischen Horden von Touristen mit Stadtplänen in den Händen und Kameras um die Hälse auf Stockholms Skyline geblickt hatte.

Ich bin wie diese Leute, dachte er. Ich bin ein Tourist in meinem eigenen Leben, aber keine Karte der Welt kann mir helfen, den richtigen Weg zu finden.

Trotz des Versprechens, das er Zingo gegeben hatte, hatte er es noch nicht fertiggebracht, mit Klara zu reden. Zingos Geld dagegen hatte er angenommen und ans Maklerbüro überwiesen. Klara sollte endlich ihr Reihenhaus bekommen, er selbst würde nicht darin wohnen. Aus Richtung Slussen führte sein Heimweg an der Zinken Bar vorbei, und um nicht den ganzen Abend über alleine zu Hause zu hocken, ging er hinein und orderte ein Bier. Der fußballverrückte Barmann vom letzten Mal war nirgends zu sehen, stattdessen nahm ein junges Mädchen in schwarzem T-Shirt seine Bestellung mit gelangweilter Miene entgegen. Er entdeckte einen freien Tisch, setzte sich und nippte an seinem Glas.

Die innere Rastlosigkeit, die er seit Tagen verspürte, wollte sich nicht legen. Die Fahndung nach Stig Hoffsten verlief ergebnislos, ebenso wie die Versuche, Licht in Mia Gustavssons Verbleib zu bringen. Anhand einer Banküberweisung, die sie Mitte Juni ausgeführt hatte, war es ihnen gelungen, den Besitzer des Ferienhäuschens in Härjedalen ausfindig zu machen. Mia Gustavsson hatte die Hütte am vereinbarten Abreisetag verlassen und die Schlüssel wie abgesprochen in den Briefkasten geworfen. Zeugen hatten sie außerdem in einem Zug nach Stockholm gesehen. Doch am Stockholmer Hauptbahnhof verlor sich ihre Spur. Tomas, Zingo und die anderen Beamten, die inzwischen in dem Fall ermittelten, waren sich darin einig, dass Stig Hoffsten in ihr Verschwinden involviert war.

Tomas stand auf, ging zum Münztelefon an der Wand, steckte Kleingeld hinein und wählte die Nummer der Flüchtlingsunterkunft in Hallstahammar. Als Kim Malm sich meldete, bat er darum, mit Azra zu sprechen, erhielt wie üblich die Auskunft, dass sie nicht zu sprechen sei, und legte auf.

Weitere Kneipenbesucher strömten zur Tür herein, und Tomas erfuhr, dass Schweden heute Abend gegen Bulgarien um Bronze spielte. Er reihte sich in die Schlange vor dem Tresen, um ein frisches Bier zu bestellen, als das Mädchen einem Mann in einem abgetragenen Siebzigerjahre-Sakko zurief: »Nimm heute gefälligst endlich deine Post mit, Uno!«

Der Angesprochene schlurfte heran und nahm einen Stapel Briefe entgegen. Auf dem obersten prangte das Amtssiegel eines Gerichtsvollziehers. Der Mann blätterte den Packen durch, fragte nach dem Papierkorb und ließ die Briefe ungeöffnet hineinsegeln.

Plötzlich wurde Tomas bewusst, dass seit Montag niemand mehr Stig Hoffstens Postfach überprüft hatte. Seither konnte neue Post eingetroffen sein, die ihnen helfen könnte, Hoffsten ausfindig zu machen. Die Postfiliale hatte längst geschlossen, doch die Sache duldete keinen Aufschub. Hastig ging er zum Münztelefon, zog sein Notizbuch aus der Gesäßtasche und suchte darin nach der Nummer von Stig Hoffstens Chefin. Als er sie nicht finden konnte, schlug er das Telefonbuch auf. Die Frau hieß Carina Feldman. Es gab zwei Personen dieses Namens in Stockholm. Die eine wohnte in Hässelby, die andere im Strandvägen. Er wählte die Nummer in Hässelby. Als sich am anderen Ende eine Männerstimme meldete, bat er darum, mit Carina zu sprechen, und erklärte ihr, dass er unverzüglich in die Postfiliale müsse.

»Kann das nicht bis morgen warten?«, entgegnete sie.

»Leider nein«, beharrte er.

Carina Feldman seufzte.

»Ich brauche eine Stunde. Ich habe meinen Samstags-Grog getrunken und muss die U-Bahn nehmen.«

Tomas lächelte.

»Ich warte draußen vor der Filiale.«

Sie beendeten das Gespräch. Tomas beglich seine Zeche, und in dem Moment, als er die Bar verließ, pfiff der Schiedsrichter das Spiel an.

28

Als Tomas vor der Postfiliale ankam, brach in den umliegenden Restaurants und auf den Balkonen infernalischer Jubel aus. Er überquerte die Straße zum Bysistorget und stellte sich in die geöffnete Tür eines Pubs.

»Wer hat das Tor geschossen?«, erkundigte er sich bei einem Mann, der alleine an einem Tisch hockte.

»Brolin, wer sonst?«

Er würde noch eine Weile auf Carina Feldman warten müssen. Tomas bestellte ein Mineralwasser und gesellte sich mit Blick auf den Eingang der Postfiliale zum Mann an den Tisch.

Die schwedische Mannschaft spielte überragend. Beim Halbzeitpfiff führten sie mit vier zu null.

»Wenn wir so gegen Brasilien gespielt hätten, wären wir im Finale«, seufzte sein Tischgenosse.

»Da haben Sie vermutlich recht, auch wenn ich das Spiel verpasst habe«, erwiderte Tomas.

»Sie haben unser Halbfinalspiel gegen Brasilien verpasst?«, fragte der Mann ungläubig. »Was sind Sie? Ein sowjetischer Agent?«

Tomas wollte gerade antworten, als er Carina Feldman vor der Postfiliale entdeckte. Sie trug ein Schwedentrikot und lief ungeduldig auf dem Bürgersteig auf und ab.

Er ließ einen menschenleeren Bus passieren, dann überquerte er die Hornsgatan, gab Carina Feldman die Hand und dankte ihr für ihr Kommen. Sie schloss die Tür auf, schaltete die Alarmanlage ab, nahm die Briefe aus Stig Hoffstens Postfach, steckte sie in eine blaue Plastiktüte und händigte sie Tomas aus.

»Ist das alles, was Sie brauchen?«, fragte sie.

»Ja.«

Sie verließen die Filiale, Carina Feldman sperrte die Tür ab und hastete im Laufschritt in Richtung U-Bahn-Station davon.

Tomas machte es sich auf einer der Bänke vor dem geschlossenen Imbiss am Bysistorget bequem und inspizierte die Tüte. Zwei Filmzeitschriften, eine US-amerikanische und eine schwedische. Drei Briefe. Zwei davon waren an Bruno Coppola adressiert. Ein erwartungsvolles Kribbeln lief ihm über den Rücken, als er die Umschläge näher betrachtete. Auf einmal glaubte er, Stig Hoffsten so nah zu sein wie noch nie seit Beginn der Ermittlungen. Fast meinte er, ihn leibhaftig vor sich stehen zu sehen. Vorsichtig, mit einem Gefühl von Feierlichkeit, öffnete er den ersten Brief. Eine Stromrechnung für die Wohnung am Gullmarsplan. Tomas legte sie beiseite. Der zweite Umschlag enthielt eine Mahnung für zwei Filme, die Hoffsten in einer Videothek im Valhallavägen entliehen hatte. *Bodyguard* und *Basic Instinct*.

Beide Filme hätten vor drei Tagen zurückgegeben werden müssen.

Irgendwo ging ein Fenster auf. Laute Musik drang heraus. Im ersten Moment dachte er, es wäre *Jolene* von Dolly Parton, doch dann ging ihm auf, dass es eine schwedische Coverversion war und die Interpretin im Refrain *Brolin* sang.

Grinsend wandte er sich wieder den Briefen zu. Der Valhallavägen war die längste Straße der Innenstadt und erstreckte sich drei Kilometer lang zwischen Roslagstull und Gärdet, auf der anderen Seite von Stockholm. Ob Hoffsten dort irgendwo wohnte?

Der letzte Brief war an Stig Hoffsten adressiert und ein weiteres Mahnschreiben wegen Überschreitung einer Leihfrist, diesmal für vier Bücher aus der Bibliothek am Fältöversten. Dem Anschein nach ausnahmslos Titel zum Thema Filmgeschichte, deren Leihfrist am zehnten Juli geendet hatte. Die Bibliothek lag ebenfalls am Valhallavägen. Tomas' Gefühl, dass Stig Hoffsten entweder auf Gärdet oder Östermalm untergetaucht war, verstärkte sich.

Er stand auf und war im Begriff, die Filmzeitschriften in den Mülleimer zu werfen, als er innehielt. Auf der anderen Straßenseite zog eine Gruppe grölender Fußballfans entlang. Ein Taxi fuhr vorbei. Tomas betrachtete die Cover, dann rollte er die Zeitschriften zusammen und steckte sie zurück in die Tüte.

Morgen würde er sich im Videoladen und in der Bibliothek erkundigen, ob Filme und Bücher noch immer nicht zurückgegeben worden waren, und vor den Filialen verdeckte Ermittler postieren, für den Fall, dass Stig Hoffsten sich dort blicken ließ.

Er näherte sich, davon war er überzeugt.

Während er durch eine Stadt, die den dritten WM-Platz der Fußballnationalmannschaft feierte, nach Hause in eine leere und verlassene Wohnung lief, kreisten seine Gedanken um seine Familie. Er hatte sie verloren. Das wusste er. Und er konnte nur hoffen, dass Verlust und Trauer leichter zu tragen sein würden, sobald der Frauenmörder Stig Hoffsten nur noch eine Erinnerung war. Er dachte an Azra und an die Kluft, die sich zwischen ihnen aufgetan hatte. Jede Sekunde ließ den Abgrund tiefer und unüberwindlicher werden. Warum kam er nicht dahinter? Irgendetwas übersah er, irgendetwas an der Peripherie des Überfalls, das er nicht begriff.

Zu Hause nahm er eine Dose Bier aus dem Kühlschrank und ging damit in den Laubengang hinaus. Unten auf der Hornsgatan hupte ein Autokorso. Er stellte sich an die Brüstung und blickte auf den kollektiven Freudentaumel hinab. Eine Erkenntnis stieg in ihm auf, wuchs und reifte zu einem Gedankengang, der ihn vollständig aus der Bahn warf. Er zwang sich dazu, den Überfall auf Azra aus einem anderen Blickwinkel zu betrachten. Nicht als Angehöriger, sondern als Polizist. Während sich die Nacht auf die feiernde Stadt senkte, wurde ihm mit einem Mal klar, wie sich die Puzzlestücke ineinanderfügten. Eins nach dem anderen fielen sie an ihren Platz. Der Überfall. Azras Schweigen. Ihre Angst. All das hing miteinander zusammen. Als Tomas den letzten Schluck lauwarmen Biers trank, beschloss er, den Täter nicht als Repräsentant des Rechtsstaats zu strafen, sondern als ein Vater, der sein Kind verloren hatte.

Sonntag, 17. Juli 1994

29

Tomas fuhr erneut durch die Straßen seiner Kindheit. Aus dem Autoradio strömte *Kleiner blauer Vogel* von Staffan Hellstrand. Mit jedem zurückgelegten Meter wuchs seine Gewissheit. Er war auf dem Weg in die Flüchtlingsunterkunft, um das zu bestätigen, was er bereits wusste. Er würde mit Azra sprechen. Auch wenn sie sich weiter weigerte, mit ihm zu reden, würde er die Antwort in ihrem Gesicht lesen können. Er parkte vor dem Eingang, angelte eine Zigarette hervor, zündete sie an und rauchte, den Ellbogen gegen die Innenseite der Fahrertür gestützt. Er versuchte, den Moment auszudehnen, die Entscheidung hinauszuzögern. Es war noch früh am Tag. Er hatte noch niemandem von seiner gestrigen Entdeckung in Hoffstens Postfach erzählt. Das würde er später tun, nachdem er den Videoladen aufgesucht hatte, der um elf Uhr öffnete. Die Bibliothek war sonntags geschlossen.

Tomas öffnete die Tür und stieg aus. Vor dem Eingang warf er die Kippe weg und ging den Flur hinunter. Aus den Zimmern drangen Stimmen, die in Sprachen redeten, die er nicht verstand.

Vor Azras Zimmer blieb er stehen, zupfte seinen Hemdkragen zurecht und klopfte an.

»Wer ist da?«

»Ich bin es, Tomas.«

Stille. Er wusste, dass Azra überlegte, ob sie ihn hereinlassen sollte. Einen Augenblick lang befürchtete er, sich geirrt zu haben. Vielleicht liebte sie ihn ganz einfach nicht mehr. Vielleicht gab es jemand anderen. Den Mann, der sie begleitet hatte, als er sie heimlich beobachtet hatte? Einen Landsmann? Jemanden, den sie im Supermarkt kennengelernt hatte, an irgendeinem der heißen Sommertage?

»Azra, ich muss mit dir reden«, sagte er.

Hinter ihm erklangen Kinderstimmen, und er drehte sich um. Ein Junge und ein Mädchen schoben ein verrostetes Fahrrad zwischen sich her und diskutierten eifrig auf Bosnisch. Tomas meinte zu verstehen, dass sie aushandelten, wer das Fahrrad zuerst haben dürfe, doch er war nicht sicher. Er klopfte ein zweites Mal.

»Azra, mach bitte die Tür auf.«

Ein Schlüssel wurde herumgedreht, und ihr Gesicht erschien im Türspalt. Sie trug ein gelbes Longshirt mit dem Logo der Supermarktkette ICA. Die Prellungen und Schwellungen waren fast verheilt, aber die Trauer in ihren Gesichtszügen war unverändert.

Tomas ging hinein. Das Zimmer war klein und stickig. Die Einrichtung bestand aus einem schmalen Bett, einem weißen IKEA-Kleiderschrank, einem kleinen Schreibtisch an der Wand am Fußende des Bettes und einem Stuhl. Ein Ventilator drehte müde seine Kreise. Azra ließ sich aufs Bett sinken, schlug die Beine übereinander und zog das T-Shirt über die Knie. Tomas griff nach dem Stuhl und stellte ihn so, dass er ihr direkt gegenübersaß.

»Ich verstehe, dass du nichts mehr mit mir zu tun haben willst«, sagte er. »Am Anfang habe ich es nicht verstanden. Ich war außer mir, bin immer noch am Boden zerstört. Aber es ist deine Entscheidung. Ich werde dich nicht unter Druck setzen, aber ich glaube, ich habe begriffen, wie es einen Sinn ergibt.«

Azra schwieg und starrte auf ihre Hände.

»Kannst du nicht irgendetwas sagen?«, bat er verzweifelt.

»Was willst du mich sagen hören, Tomas? Was soll ich deiner Meinung nach verflucht noch mal sagen?«

Azra sprach leise, aber mit deutlich unterdrückter Wut. Der bosnische Akzent in ihrem Englisch wurde stärker, wenn sie aufgebracht war. Tomas konnte sich nicht daran erinnern, sie schon einmal fluchen gehört zu haben.

»Ich weiß es nicht. Irgendwas. Irgendwas, das bewirkt, dass ich das hier durchstehe.«

Azra wandte den Blick zum Fenster. Ein fetter Brummer summte an der Scheibe. Draußen wuchs ein Hagebuttenstrauch, über dem ein paar Hundert Meter entfernt das schwarze Dach einer Sporthalle aufragte.

»Fahr nach Hause zu deiner Frau und deinen Kindern. Denn wie ich dich kenne, hast du ihnen noch nicht von mir erzählt.«

Tomas wartete auf eine Fortsetzung, die nicht kam. Azra stand auf, öffnete das Fenster und ließ den Brummer hinaus.

»Hat er dich bedroht?«, fragte Tomas.

»Was spielt das für eine Rolle?«

Azra setzte sich wieder aufs Bett.

»Ich muss es wissen, ich muss es verstehen.«

»Weil du Polizist bist oder weil du mich liebst?«

»Muss das eine das andere ausschließen?«

Sie sah ihm geradewegs in die Augen.

»Ich will es wissen, weil ich glaube, dass einer meiner Brüder dich zusammengeschlagen hat. Einer meiner Brüder hat dich so sehr misshandelt, dass er unser Kind getötet hat, Azra. Aber nicht nur das. Er hat auch uns beide getötet. Sieh uns doch nur an, hör uns zu.«

Für einen kurzen, intensiven Augenblick erwachte etwas in ihr, und Tomas sah einen Schimmer des Blicks, mit dem sie ihn früher stets angesehen hatte. Er fragte sich, ob sie ihn jemals wieder auf diese Weise ansehen würde. Ob ihn jemals wieder *irgendjemand* auf diese Weise ansehen würde.

»Ich muss wissen, welcher meiner Brüder es war«, beharrte er.

»Er wird dich niemals wieder verletzen. Das verspreche ich dir. War er älter oder jünger als ich?«

Azra blickte ihn trotzig an, doch dann schien sie mit einem Mal aufzugeben. Als sie zu reden begann, war ihre Stimme so leise, dass er sich vorbeugen musste, um sie zu verstehen. Er nahm ihre Worte einen Moment lang in sich auf, dann erhob er sich und stellte den Stuhl zurück an den Schreibtisch. Wenn er sich früher von seiner Vergangenheit und seinen Brüdern befreit hätte, wäre das alles nie passiert.

»Es tut mir unendlich leid, dass es so gekommen ist«, sagte er. »Was geschehen ist, war meine Schuld. Ich hätte dich vor meiner Familie schützen müssen.«

Azra antwortete nicht.

Tomas öffnete die Tür, um zu gehen, Azra blieb mit gesenktem Kopf auf dem Bett sitzen.

»Ich bin mit einem anderen zusammen gewesen.«

Sie sah ihn an.

»Mit ihm«, fuhr sie fort. »Mit dem Mann, mit dem du mich gesehen hast, bevor du mich aufgesucht hast.«

Tomas ließ die Tür wieder ins Schloss gleiten. Er sagte nichts, bewegte sich nicht. Azra sah ihn abwartend an. Tomas nickte langsam, ohne ihren Blick zu erwidern.

»Sag was!«, stieß Azra hervor. »Willst du mich nicht fragen, warum? Willst du mir keine Vorwürfe machen?«

»Es ist mir egal, warum du es getan hast und dass es geschehen ist.«

Azra blickte ihn verständnislos an.

»Wir Menschen tun manchmal Dinge, ohne dass es einen Grund dafür gibt. Weil es uns in den Sinn kommt, weil wir es in dem Moment für das Richtige halten. Wir tun Dinge, weil wir Angst haben, traurig, wütend oder glücklich sind. Wenn du diesen Mann liebst, musst du mit ihm zusammen sein. Liebst du mich und kannst mir vergeben, dass ich unser Kind habe sterben lassen, möchte ich mit dir zusammen sein. Ganz gleich, ob du mit ihm geschlafen hast. Ganz gleich, ob du mit hundert anderen Männern geschlafen hast. Nichts, was du mit einem anderen Mann tun könntest, bewirkt, dass ich aufhöre, dich zu lieben. So funktioniert meine Liebe zu dir nicht. Sie bezieht sich nur auf dich, nicht auf andere.«

Tomas streckte die Hand aus, öffnete die Tür und ging in den Flur hinaus.

30

Um Viertel nach zwölf am Sonntagmittag betrat Vera die Zinken Bar. Sie setzte sich an einen Tisch mit Blick auf den Eingang und bestellte einen doppelten Whisky. Schaler Biergeruch hing in der Luft. Vermutlich waren reichlich rauchende Stammgäste nötig, um die Schankraum-Duftpalette in ein ausgewogeneres Gleichgewicht zu bringen, dachte sie. Doch die Trinker weilten noch nicht unter den Lebenden.

Sie steckte sich eine Zigarette an, nahm ihr Handy aus der Handtasche und rief Cornelia Bergman vom Jugendamt in Malmö an.

Nach einigen Höflichkeitsfloskeln über den Zeitungsartikel, für den sie Cornelia Bergman bei ihrer letzten Begegnung interviewt hatte, brachte Vera das Gespräch auf ihr eigentliches Anliegen.

»Ich wollte Sie fragen, wie Sie bei der Unterbringung von Kindern vorgehen. Angenommen, es geht um ein achtjähriges Mädchen. Der Vater ist kriminell. Die Mutter lebt nicht mehr, und das Mädchen hat keine anderen Verwandten. Aber die Lebensgefährtin des Vaters war in den letzten Jahren die feste Bezugsperson des Kindes. Wenn der Vater zu einer langen Gefängnisstrafe verurteilt wird, wie wahrscheinlich ist es, dass das Mädchen bei der Lebensgefährtin bleiben darf?«

Veras Mund war staubtrocken. Sie atmete tief ein, hatte aber trotzdem nicht das Gefühl, genug Luft zu bekommen.

»Fragen Sie für einen Artikel? Falls ja, dürfen Sie mich nicht zitieren. Das Verfahren variiert von Fall zu Fall.«

»Es ist ein reales Szenario. Nichts, worüber ich schreibe.«

»Geht es um jemanden aus Ihrem persönlichen Umfeld?«, hakte Cornelia Bergman nach.

»Ja.«

»Gut. Folgendes: Wir versuchen grundsätzlich, das Kind bei einer Vertrauensperson aus dem Umfeld zu platzieren. Das gibt dem Kind mehr Sicherheit, und für uns ist es, krass ausgedrückt, einfacher. Es gibt temporäre und dauerhafte Unterbringungen. Die Regeln dafür sind verschieden, aber in beiden Fällen kann das Kind zu Verwandten oder Freunden kommen. Vorausgesetzt natürlich, wir finden ein geeignetes Zuhause. Wir betrachten die Situation immer aus der Perspektive des Kindes heraus.«

»Glauben Sie, ich wäre eine geeignete Kandidatin?«

Vera hielt die Augen geschlossen, als sie die Worte aussprach.

»Die Frage habe ich fast erwartet. Wie Sie sicher verstehen, kann ich Ihnen nichts versprechen. Aber was die temporäre Unterbringung angeht, ist davon auszugehen, dass der Junge bei Ihnen bleibt. Und nach dem zu urteilen, was Sie erzählt haben, halte ich auch eine dauerhafte Unterbringung für möglich. Sitzt der Vater bereits im Gefängnis?«

»Nein, aber es wird nicht mehr lange dauern.«

»Gut. Dann haben Sie Zeit.«

»Was sollte ich als Nächstes tun?«

»Sobald Ihr Lebensgefährte in Polizeigewahrsam ist, wenden Sie sich an unser Jugendamt. Aber warten Sie, bis ich wieder im Büro bin. Ich bin in einer Woche aus dem Urlaub zurück.«

»Danke.« Vera umklammerte ihr Handy. »Ich danke Ihnen.«

Die Bedienung brachte den Whisky an ihren Tisch, und Vera nahm einen großen Schluck. Doch die Angst, die ihr seit dem Aufwachen wie ein Kabelbinder die Brust zuschnürte, ließ sich nicht mit Alkohol vertreiben.

Wie beendete man eine Beziehung?

In einer normalen Partnerschaft führte man eine Aussprache, umarmte sich, weinte und ging anschließend seiner Wege. Mit Jonny schien kein anderes Ende möglich zu sein als das, was sich gleich hier abspielen würde.

Vier Jahre lang hatte Jonny zu ihr gehört, und nun würde er für immer aus ihrem Leben verschwinden. Erst als sie sich heute Morgen schlaflos im Bett hin und her gewälzt hatte, war ihr aufgegangen, was passieren würde. Was sie im Begriff war zu tun. Jonny war für sie da gewesen, als ihr Vater begonnen hatte, sie für das, was geschehen war, zu strafen. Als ihre Mutter ihre Schwester gebeten hatte, Vera aus der Wohnung zu werfen, die sie in zweiter Hand von ihrer Tante mietete.

Sie war ein Wrack gewesen, als Jonny in ihr Leben getreten war, verschuldet und unglücklich. Und in dem verzweifelten Versuch, vor den schrecklichen Geschehnissen zu fliehen, hatte sie mit einer Leere in der Brust, die ausgefüllt werden musste, den Studienkredit und die Wohnungsmiete verfeiert.

Jonny hatte sie damals gerettet, ihr mit seinem treuseligen Augenaufschlag versprochen, die Dinge wieder ins Lot zu bringen. *Sie* wieder ins Lot zu bringen.

Jetzt war er derjenige, der am Boden war.

Vera angelte eine neue Zigarette aus der Schachtel und zündete sie an der Glut der alten an.

Sie hatte Jonny geliebt. Vielleicht liebte sie ihn noch immer. Aber es war eine in die Brüche gegangene Liebe, voll unheilbarer Wunden. Sein Welpenblick und sein unsicheres Lächeln konnten sie nicht wieder zusammenfügen.

Vera verspürte einen Druck hinter den Augen, kämpfte gegen die Tränen an und versuchte sich einzureden, dass die bevorstehenden Ereignisse geschehen mussten. Jonny war schuld, dass sie ihren Job bei der *Kvällsposten* verloren hatte. Er war unter Drogen und aggressiv nach Hause gekommen. Er hatte ihr Pål auf den Hals gehetzt.

Sie sah Sigge vor sich. In zwei Jahren. In fünf Jahren. In zehn Jahren.

Ich tue das Richtige, dachte sie. Ich tue verflucht noch mal das Richtige.

Als sie ihre Zigarette ausdrückte, näherte sich auf der Hornsgatan das widerhallende Röhren eines Motorrads ohne Schalldämpfer.

Ihr Pulsschlag beschleunigte sich, obwohl sie wie erstarrt dasaß.

Im selben Moment begann ihr Handy auf dem Tisch zu klingeln. Es wog schwer in ihrer Hand, als sie sich meldete.

»Passen Sie auf. Ich glaube, er ist gleich da«, informierte sie Tomas Wolfs Kollege Zingo.

»Ich behalte Sie in der Leitung.«

»Gut.«

Kurz darauf hörte Vera, wie das Motorrad abbremste und gleich darauf wieder beschleunigte.

»Er ist an der Kreuzung nach rechts abgebogen. Sie müssten ihn gleich sehen«, sagte Zingo.

Einen Moment später sah sie durch das Fenster zum Ringvägen, wie ein Motorrad auf den Bürgersteig fuhr und vor dem Außenbereich parkte.

Noch bevor der Fahrer den Helm absetzte, wusste sie, wen sie vor sich hatte.

»Das ist er«, bestätigte sie Zingo.

»Wir kommen, sobald er reingegangen ist.«

Zingo beendete das Gespräch, und Vera blieb mit dem Handy in der Hand sitzen.

Die Tür ging auf, und vor ihr stand Jonny, in helle Jeans und ein weißes T-Shirt gekleidet. Er sah gut aus. Nüchtern.

»Wo ist Sigge?«, fragte er.

Ein triumphierendes Grinsen lag auf seinem Gesicht, als hätte er sie bei etwas ertappt und wartete darauf, wie sie reagierte.

»Auf dem Klo«, antwortete sie.

Jonny kam an ihren Tisch.

»Du trinkst? Um diese Uhrzeit?«

»Ich musste mich stärken.«

Ihr Plan schien aufzugehen. Doch sie empfand nicht die erhoffte Genugtuung. Bloß ein bohrendes Loch in der Brust, das sekündlich größer wurde.

Jonny zuckte mit den Schultern und winkte die Bedienung herbei.

»Ein großes Bier mit vier Zentilitern Wodka.«

Er schaute Vera an und schien für einen Moment zu vergessen, warum er hier war.

»Hast du mich vermisst?«, fragte er.

»Ja«, antwortete Vera, von ihrer eigenen Aufrichtigkeit überrascht.

Sie trank ihren Whisky aus, brachte es nicht über sich, Jonny in die Augen zu sehen, und begann, an ihrer Nagelhaut herumzuknibbeln.

»Es hätte nicht so kommen müssen«, sagte Jonny leise.

»Nein.«

Für einen kurzen Moment verspürte Vera den Wunsch, das Ganze abzubrechen. Hinter Jonny aufs Motorrad zu springen, Sigge zu holen und nach Malmö zurückzukehren. In ihr altes, neues Leben. Sie drei gegen den Rest der Welt.

Dann blickte sie Jonny in die Augen. Sah die unberechenbare Wechselhaftigkeit, die sie so oft verletzt hatte und die Sigge mit jedem Jahr, das verging, mehr schaden würde.

Während sich hinter Jonny die Kneipentür auftat, brachte die Bedienung sein Bier. Er nahm es direkt in die Hand.

»Genieß es«, sagte Vera. »Nimm einen großen Schluck.«

Jonny sah sie verblüfft an, hob das Glas aber an den Mund und trank. Ein dünnes Rinnsal lief ihm übers Kinn und tropfte auf sein T-Shirt.

Dann ging alles sehr schnell. Zingo und zwei jüngere Beamte in Zivil rangen Jonny auf den Tisch nieder, das Bierglas fiel zu

Boden. Die Polizisten legten Jonny Handschellen an und lasen ihm seine Rechte vor. Er leistete Widerstand, stieß beim Gerangel zwei Stühle um. Der Tisch, der im Boden verschraubt war, löste sich aus der Halterung.

Als die Polizisten Jonny wieder auf die Füße gezerrt hatten, warf er Vera einen flehenden Blick zu.

»Sigge soll das nicht mitkriegen. Bitte, sorg dafür, dass er auf dem Klo bleibt«, sagte er.

»Sigge ist gar nicht hier«, erwiderte sie. »Pass auf dich auf, Jonny.«

Die zwei jüngeren Polizeibeamten führten ihn ab. Das Letzte, was Vera von ihm sah, war sein Welpenblick, der besagte, dass in Wahrheit er das Opfer war. Dann fiel die Kneipentür hinter ihm zu.

Zingo reichte Vera eine Serviette. Sie hatte gar nicht bemerkt, dass sie weinte.

Dann wandte sich der Polizist mit dem sonderbaren Vornamen an die Bedienung. Er sah müde und ausgelaugt aus, als würde ihm etwas fehlen.

»Wir brauchen zwei Drinks. Zwei Blue Ladys wären gut. Aber machen Sie den Ladys Beine.«

Die Bedienung blickte ihn verwirrt an.

»Heißt das, Sie wollen mehr Alkohol?«

»Oh ja.«

31

Noch vor zwölf Uhr mittags, zweieinhalb Stunden nach seinem Gespräch mit Azra, fuhr Tomas den Valhallavägen entlang. Er passierte die Technische Hochschule und die Musikhochschule, zu seiner Rechten erhob sich der rote Ziegelsteinklotz des Fältöversten. Er bog links in den Värtavägen ein, setzte am Straßenrand in eine freie Parklücke und ging in Richtung Videothek, die unten auf der Ecke in einem grauen Bauhausgebäude untergebracht war. Vor dem Eingang blieb er stehen und blickte durch die Schaufenster. Am Tresen bediente ein junges Mädchen mit grünen Haaren. Neben der Kasse stand ein Computer. Zwei Kunden stöberten in den Regalen. Tomas ging hinein und trat zu dem grünhaarigen Mädchen. Dem Namensschild auf ihrer Brust nach hieß sie Therese.

»Ich benötige Informationen über einen Kunden von euch. Sein Name ist Stig Hoffsten«, sagte er und zeigte ihr seinen Dienstausweis.

Das Mädchen bedachte ihn mit einem desinteressierten Blick.

»Was wollen Sie wissen?«

An ihrer Zungenspitze blitzte ein Piercing auf.

»Zuallererst, ob er noch eine andere Adresse angegeben hat als die, an die ihr seine Mahnungen schickt.«

»Stig Hoffsten, sagten Sie? Mit Doppel-F?«

»Ja.«

Sie begann, auf der Computertastatur herumzutippen.

»Nein, die einzige Adresse, die wir von ihm haben, ist ein Postfach. Box 104 in der Hornsgatan.«

Tomas nickte. Hoffsten verstand es, seine Spuren zu verwischen. Im Grunde hatte er keine andere Antwort erwartet.

»Können Sie bitte nachsehen, ob Sie unter Ihren Kunden einen Bruno Coppola haben?«

»Coppola? Wie der Regisseur?«

»Ich glaube schon.«

Das Mädchen wandte sich wieder der Computertastatur zu und schüttelte kurz darauf den Kopf.

Ein Räuspern zwang Tomas dazu, sich umzudrehen. Hinter ihm stand eine ältere Dame mit einer Videokassette in der Hand. Er ließ sie vor. Als sie den Laden verlassen hatte, trat er wieder an den Tresen.

»Kennen Sie Stig Hoffsten? Haben Sie ihn schon einmal gesehen?«

»Haben Sie ein Foto?«

Tomas zog ein zusammengefaltetes Foto von Hoffsten aus der Gesäßtasche, strich es glatt und legte es auf den Tresen. Das junge Mädchen beugte sich vor und betrachtete es.

»Ja, er kommt ziemlich regelmäßig.«

»Haben Sie ihn bedient, als er das letzte Mal hier war?«

»Ich glaube, ja.«

»Wie würden Sie ihn beschreiben?«

»Sein Aussehen?«

»Nein, als Person, als Mensch.«

Sie dachte einen Moment nach.

»Ich kenne ihn nicht näher. Aber er ist schweigsam. Kauzig, irgendwie ein Sonderling. Auf mich macht er immer einen ziemlich einsamen Eindruck.«

»Ist es schon mal vorgekommen, dass er Filme zu spät zurückgegeben hat?«

Das Mädchen schüttelte den Kopf.

»Nicht dass ich wüsste.«

Das muss bedeuten, dass er sich in die Enge getrieben fühlt und sich verborgen hält, dachte Tomas. Aber er liebt Filme. Früher oder später wird er auftauchen. Hier oder anderswo, wo er Filme ausleihen kann. Er kann nicht ewig untätig in seiner Wohnung hocken und in Dauerschleife *Basic Instinct* oder *Bodyguard* gucken. Hier werden wir ihn schnappen. Irgendwann taucht er hier auf, und dann sind wir bereit.

»Wissen Sie, in welche Richtung er geht, wenn er die Videothek verlässt?«

Sie dachte wieder einen Augenblick nach.

»In Richtung Gärdet«, sagte sie dann.

»Geht er zu Fuß?«

»Nein, er kommt mit dem Fahrrad. Er lehnt es immer da draußen an den Laternenpfahl.« Sie deutete zum Fenster.

Tomas drehte sich um und betrachtete den Laternenpfahl auf dem Bürgersteig.

»Ich möchte, dass Sie diese Unterhaltung für sich behalten. Sie dürfen auf keinen Fall jemandem erzählen, dass ich hier gewesen bin.«

Tomas rechnete mit den üblichen Gegenfragen – warum er sich nach dem Mann erkundigte und was er verbrochen hatte.

»Soll ich irgendeine Telefonnummer anrufen, wenn er hier auftaucht?«, wollte das Mädchen stattdessen wissen.

»Nein, das ist nicht nötig«, erwiderte er.

Nachdem Tomas die Videothek verlassen hatte und wieder im Wagen saß, griff er zum Autotelefon und wählte Vera Bergs Nummer.

»Wir lassen die Videothek im Valhallavägen ab sofort observieren«, sagte er.

TEIL V

Montag, 18. Juli 1994

1

Es war kurz vor vier Uhr nachmittags, und die schwedische Fußballnationalmannschaft war vor zwei Stunden gelandet. Große Teile der Stockholmer Innenstadt waren zu Ehren der Spieler, die in einem Autokorso zum Rålambshovspark geleitet werden sollten, abgesperrt. Zehn Oldtimer würden sich in wenigen Minuten von Norrtull aus in Bewegung setzen und langsam durch die Stadt rollen. Ein Großaufgebot der Polizei mit Hunderten Beamten begleitete das Ganze. Doch die Bronzehelden wurden nicht nur am Boden geehrt. Vor einer Weile war am Himmel das Dröhnen zweier Richtung Süden fliegender Viggen-Kampfjets zu hören gewesen, die gestartet waren, um die Boeing 767 der Nationalmannschaft das letzte Stück zum Flughafen Arlanda zu eskortieren.

Aber auch im östlichsten und wohlhabendsten Stadtteil Stockholms, auf Södermalm, fand seit gestern ein Polizeieinsatz statt, wenn auch in deutlich geringerem Umfang.

Tomas und Zingo standen auf der Fußgängerbrücke zwischen Fältöversten und Tessinpark, direkt oberhalb des Valhallavägen. Unauffällig deutete Tomas auf die Positionen der Wagen der observierenden Beamten.

»Wenn er hier auftaucht, haben wir ihn«, sagte er. »Er hat keine Chance.«

»Ich hoffe, du hast recht«, erwiderte Zingo.

Vera Berg war ebenfalls vor Ort, in ihrem Saab, so, wie Tomas es ihr versprochen hatte. Zusätzlich zu ihrem Exklusivartikel über die langwierige und denkwürdige Mörderjagd sollte sie Stig Hoffstens Festnahme auf Zelluloid festhalten.

Unter ihnen strömten Menschenmassen in Richtung Innenstadt, ein nahezu einfarbiges Meer aus gelben Schwedentrikots. Tomas und Zingo liefen die Stufen hinunter und gingen am U-Bahn-Eingang vorbei. Tomas öffnete die Fahrertür des zivilen Streifenwagens, von dem aus sie den Eingang der Videothek im Blick hatten. Eine erwartungsvolle Spannung erfasste ihn. Doch Zingo schien mit seinen Gedanken woanders zu sein.

»Ist irgendwas?«, fragte Tomas.

»Es ist so verflucht schade, dass es vorbei ist.«

»Die WM, meinst du?«

»Nicht nur die WM. Hast du nicht den Wetterbericht gehört? Das Hoch, das seit sechs Wochen wie eine Glocke über uns liegt, wandert ab. Es ist vorbei. Bald heißt es wieder Regen und Dunkelheit und Ermittlungen in tristen Mietwohnungen von kürzlich geschiedenen Selbstmördern. Ein Sommer wie dieser kommt kein zweites Mal.«

Zingo drehte sich um und blickte hinüber zum Tessinpark, wo in den feinen Wassertropfen der Springbrunnenfontäne ein Regenbogen schimmerte.

»Heute ist erst der 18. Juli«, wandte Tomas ein.

»Der schwedische Sommer wird niemals alt, er stirbt immer jung«, erwiderte Zingo. »Ich habe mir im September ein paar Tage freigenommen. Ich fahre nach Tallinn. Mit dem Schiff.«

»Tallinn?«

»Ja, die Hauptstadt von Estland. Ich habe mir vorhin das hier geholt.« Zingo zog ein Fährticket aus seiner Brusttasche. Estonia, las Tomas. Ein schöner Name für eine Fähre, dachte er. Er gab Zingo das Ticket zurück und sah ein paar mit selbst gebastelten Schildern und Schwedenfahnen ausgestatteten Jugendlichen hinterher.

Er teilte Zingos optimistisches Urteil über den vergangenen Sommer nicht. Er dachte an die heißen Junitage in Falun, an den dunklen Schatten von Mattias Flinks Irrsinnstat. An seine eigene Orientierungslosigkeit und seinen Anteil am endgültigen Zerfall seiner Familie. An die Streitereien mit Klara. An die gewaltsamen Zusammenstöße zwischen Neonazis und jugendlichen Migranten am Kungsträdgården. Die Polizeikolonnen. Die panische Angst in Peters Augen, als er ihn am Skinnarviksberget über die Klippenkante gehalten hatte. Die aufgefundenen Frauenleichen. Den Mörder Stig Hoffsten, den sie noch immer jagten. Die hellen, langen und einsamen Nächte im stickigen Schlafzimmer in der Hornsgatan. Er dachte an Azra. Daran, als sie sich geliebt hatten, als hätten sie nur noch eine Minute zu leben. An das düstere Krankenzimmer im Krankenhaus von Köping. Die Blutflecken zwischen ihren Beinen. An Ebba, wie sie mit seiner Dienstwaffe auf Alexander zielte.

Es war ein ereignisreicher Sommer gewesen, der ihm auf ewig in Erinnerung bleiben würde, jedoch nicht in lichten Farben. Er würde sich vor allem an die Schwärze und die Trauer erinnern, die er in sich gehabt hatte während des heißesten und hellsten Sommers, den Schweden je erlebt hatte.

Alles erschien ihm so unendlich nah und gleichzeitig so unendlich weit weg.

Inmitten seines Gefühlschaos aus Emotionen und Erinnerungen fiel sein Blick auf einen Mann auf einem grünen Fahrrad. Er kam aus Richtung Gärdesfältet, überquerte auf Höhe Värtavägen die Straße, stieg vom Rad, schob es einige Meter, lehnte es vor der Videothek an den Laternenpfahl und ging hinein.

***

»Mist!«, fluchte Vera.

Sie hatte zu spät reagiert, als der Mann die Videothek betreten hatte. Sie hatte ihre Kamera mit Teleobjektiv vom Armaturenbrett gerissen, doch ehe sie den Objektivdeckel entfernt hatte, war Stig Hoffsten im schummrigen Laden verschwunden. Ein weißes Rechteck auf dunklem Hintergrund, dann war die Tür hinter ihm zugefallen.

Vera blickte zu dem zivilen Streifenwagen auf der anderen Straßenseite, in dem Tomas Wolf saß, und schlug mit der Hand aufs Lenkrad.

»Verfluchter Mist.«

Wolf, dessen Position einen besseren Überblick bot, hatte versprochen, sie anzurufen, wenn Stig Hoffsten sich näherte. Er hatte sein Versprechen nicht eingelöst und sie die Chance verpasst, die letzten Schritte des Serienmörders Stig Hoffsten in Freiheit abzulichten. Ein historisches Zeitungsbild, das niemals eine Titelseite schmücken würde.

»Was glaubst du, was Papa grade macht?«, fragte Sigge vom Rücksitz.

Vera hatte ihm noch nicht erzählt, dass Jonny festgenommen worden war. Doch das unumgängliche Gespräch rückte Tag für Tag näher.

»Ich glaube, er ist im Freibad und schwimmt«, antwortete Vera abwesend.

Sie richtete das Objektiv auf den Eingang der Videothek, schaute durch den Sucher und machte sich bereit. Dieses Mal würde sie den Moment nicht verpassen. Solange die Polizei nicht zu schnell mit der Tür ins Haus fiel, würde sie zwei oder drei gute Schüsse bekommen. Ein Ganzkörperbild und zwei Nahaufnahmen. Hoffstens Gesichtsausdruck, wenn ihm aufging, was als Nächstes geschehen würde, und die eigentliche Festnahme.

»Papa kann nicht gut schwimmen. Er liegt wahrscheinlich im Schatten und trinkt Bier«, überlegte Sigge.

»Ja, bestimmt. Aber Großer, ich muss mich jetzt konzentrieren.«

Auf der Rückbank ertönte ein tiefer Seufzer. Zwei Füße traten trotzig gegen ihren Sitz, und Veras Oberkörper schnellte nach vorne, wobei die Kamera aufs Lenkrad prallte. Birgitta hatte versprochen, als Babysitterin einzuspringen, aber Migräne bekommen. Vera hegte jedoch den leisen Verdacht, dass es sich bei der Migräne eher um einen Kater handelte. Sie versuchte sich einzureden, dass Sigge nicht in Gefahr war. Was sollte mit einem Dutzend Polizisten im Umkreis von zehn Metern schon passieren?

»Ich habe einen Job für dich. Einen echten Polizistenjob«, sagte sie.

Den Blick auf den Eingang der Videothek gerichtet, hörte sie, wie Sigge sich aufsetzte. Sie machte zwei Aufnahmen von Stig Hoffstens Fahrrad und versuchte dann, ihn durch das Schaufenster hindurch zu fotografieren.

»Behalt den Polizisten in dem schwarzen Auto auf der anderen Straßenseite im Auge. Wenn er losfährt, müssen wir ihm folgen. Dann sagst du mir Bescheid.«

»Auf wen warten wir eigentlich?«, fragte Sigge.

»Auf einen Mörder.«

Sigge schnappte nach Luft, gleichermaßen verängstigt wie begeistert.

»Ich wünschte, Papa wäre jetzt hier.«

***

Aus dem Polizeifunk drang lautes Stimmengewirr. Tomas musste um Ruhe bitten, um sich Gehör zu verschaffen und seine Anweisungen erteilen zu können.

»Das Zielobjekt trägt einen weißen Kapuzenpulli, hellblaue Jeans und eine Brille. Haben ihn alle identifiziert?«

»Ja.«

»Ja.«

»Ja.«

Stig Hoffsten lief in der Videothek zwischen den Regalen entlang und nahm einen Film heraus.

»An alle Einheiten«, sagte Tomas. »Denkt dran. Der Zugriff erfolgt nicht hier. Hoffsten hat mit größter Wahrscheinlichkeit eine Frau in seiner Gewalt. Wir müssen abwarten und darauf hoffen, dass er uns zu seinem Versteck führt. Wir nehmen ihn im Treppenhaus fest, falls es eins gibt. Wir wollen auf gar keinen Fall, dass er in die Wohnung gelangt und es zu einer Geiselsituation kommt. Verstanden?«

»Verstanden.«

»Verstanden.«

»Verstanden.«

Tomas drückte die Sprechtaste.

»Jeder auf seine Position. Team vier, seid ihr in der Gyllenstiernsgatan? Er wird auf dem Rückweg vermutlich an euch vorbeikommen.«

»Wir sind bereit.«

Ein zweiköpfiges Ermittlerteam am Ende des Valhallavägen würde Hoffstens Verfolgung mit dem Fahrrad aufnehmen.

»Team vier? Habt ihr ihn auf dem Hinweg vorbeifahren sehen?«

»Nein.«

Das wunderte Tomas. Konnte Hoffsten aus einer anderen Richtung gekommen sein? Hatte er eine Abkürzung über den Schulhof der Gärdesskolan genommen? Oder war er den Strandvägen entlang und durch den Gustav-Adolfs-Park gefahren? Doch er schob seine Überlegungen beiseite. In dieser Phase spielte es keine Rolle, welchen Weg Hoffsten genommen hatte. Sie durften ihn nicht mehr aus den Augen verlieren, darauf kam es an. Und acht Personen würden dafür sorgen, dass das nicht geschah. Das sollte mehr als ausreichend sein. Tomas wischte sich den Schweiß von der Stirn und kurbelte das Fenster herunter. Obwohl der Wagen im Schatten stand, wurde es allmählich heiß.

Fünf Minuten später kam Stig Hoffsten mit einer Tüte in der Hand aus der Videothek, klemmte sie auf den Gepäckträger und sah sich um. Dann schob er sein Fahrrad in Richtung Värtavägen und Gärdesfältet und stieg auf. Doch anstatt nach Gärdet abzubiegen, radelte er in Richtung Karlaplan.

Tomas und Zingo sahen sich erstaunt an. Zingo faltete eine Straßenkarte auseinander. Tomas beugte sich darüber und erteilte über Funk neue Anweisungen.

»Zielobjekt fährt auf Värtavägen Richtung Karlaplan. Team zwei. Nehmt die Verfolgung auf. Sorgt dafür, dass er nicht die Wittstocksgatan nimmt. Team vier, ihr müsst euch neu positionieren. Begebt euch sofort zum Strandvägen.«

»Verstanden.«

»Verstanden.«

Tomas drehte sich zu Zingo. Er sah die Absperrungen in der Innenstadt vor sich. Das gelbe Menschenmeer, das die Gehwege blockierte, und bezwang das Gefühl aufsteigender Panik. Wenn Hoffsten in die Innenstadt fuhr, würden sie ihn in der Menschenmenge verlieren. Er sah auf seine Armbanduhr. Zwanzig nach vier. Der Oldtimer-Korso mit den Spielern befand sich wahrscheinlich irgendwo auf dem Sveavägen.

»Was zum Teufel machen wir?«, fragte er.

»Wir passen uns an. Oder willst du die Aktion abblasen, nach Hause fahren und auf einen Tag warten, an dem sich unser Mörder nach unseren Plänen richtet? In dem Fall gehe ich gerne zum Rålambshovspark.«

Tomas ließ den Motor an und lenkte den Wagen auf den Valhallavägen, erst nach gut zweihundert Metern fand er eine Möglichkeit, nach links abzubiegen. Er griff zum Funkgerät.

»Wie ist die Lage, Team zwei.«

»Karlavägen.«

»Welche Richtung?«

»Humlegården.«

»Verdammt!«, fluchte Tomas.

Er warf einen Blick auf die Straßenkarte, auf der Zingos Zeigefinger Stig Hoffstens Route nachzeichnete. Tomas bremste abrupt, als ein Bus vor ihnen anhielt. Zingo, der keinen Gurt angelegt hatte, wurde gegen die Windschutzscheibe geschleudert.

»Bist du in Ordnung?«

Zingo verzog das Gesicht und griff wieder nach der Straßenkarte.

»Dreh um. Wir müssen in die andere Richtung.«

Tomas gab Gas, überholte den Bus, bog am Värtavägen erneut links ab, beschleunigte und befolgte Zingos Anweisungen. Im Rückspiegel sah er, dass Vera Berg dicht hinter ihnen war.

»Positionen?«, funkte er die Kollegen an, während Zingo sich anschnallte.

»Team zwei. Karlavägen. Zielobjekt passiert in diesem Moment Östra Real.«

»Team drei. Unmittelbar hinter Team zwei. Biegen gleich in Richtung Östermalmstorg ab.«

»Team vier. Fahren auf Strandvägen Richtung Nybrokajen.«

»Verstanden. Danke.«

Tomas warf Zingo einen Seitenblick zu.

»Irgendwelche Einwände?«

»Nein.«

Tomas fuhr auf dem Valhallavägen mit hundertzehn Sachen über eine rote Ampel. Ein paar Meter hinter ihnen folgte Vera Berg seinem Beispiel. In Höhe Sturegatan vollführte er ein verbotenes Wendemanöver über beide Fahrbahnen.

»Hat er uns gesehen?«

»Weiß der Teufel.« Zingo rieb sich die Stirn.

Tomas raste am Sturepark vorbei. Als er sich dem Humlegården näherte, drosselte er das Tempo. In dem Moment entdeckte er Stig Hoffstens Rücken. Er war vom Karlavägen abgebogen und fuhr in Richtung Stureplan. Die Menschenmenge auf den Gehsteigen wurde immer dichter, je näher sie der Innenstadt kamen.

»Team zwei hier. Zielobjekt ist vor Humlegården nach links abgebogen. Befindet sich jetzt auf Sturegatan, parallel zum Park.«

»Verstanden. Team vier, Position?«

»Haben Birger Jarlsgatan erreicht. Das Gedränge wird immer dichter. Überlegen, die Verfolgung zu Fuß fortzusetzen.«

»Macht, was ihr für das Beste haltet«, sagte Tomas.

Er wartete eine Lücke im Verkehr ab und bretterte dann über den Karlavägen.

»Die Kungsgatan ist ab dem Rigoletto für den Autoverkehr gesperrt«, sagte Zingo.

Tomas seufzte und bremste, als eine Gruppe Jugendlicher die Sturegatan überquerte.

»Wir fahren so weit wie möglich mit dem Auto, dann gehen wir zu Fuß weiter. Das ist ein Albtraum, ein verfluchter Albtraum.«

***

Vera stieg auf die Bremse, als Tomas Wolf auf der Humlegårdsgatan nach rechts abbog.

Was in aller Welt tat er?

Soweit sie es hatte erkennen können, war Hoffsten geradeaus die Sturegatan hinuntergefahren. Sie hatte ihn nicht abbiegen sehen, und inzwischen war er aus ihrem Blickfeld verschwunden.

An der Kreuzung krampften sich ihre Hände ums Lenkrad, sie musste eine Entscheidung treffen. Die Polizeibeamten waren zu acht und standen in Funkkontakt. Sie konnten mehrere Positionen abdecken. Wollte Wolf Hoffsten von der Birger Jarlsgatan aus den Weg abschneiden? Hatten sich Kollegen von ihm auf der Sturegatan positioniert?

Vera folgte ihrem Bauchgefühl, drückte das Gaspedal durch und überquerte die Humlegårdsgatan in Richtung Stureplan.

»Du verlierst den Polizisten!«, rief Sigge.

»Ich weiß.« Vera schaltete in den zweiten Gang.

Sie fuhr an der Sturecompagniet und am Svampen vorbei. An der Ampel an der Kreuzung Birger Jarlsgatan bremste sie und blickte zum Stureplan, konnte Stig Hoffsten jedoch nirgends entdecken.

Fieberhaft dachte sie nach. Wollte man untertauchen, tat man das am besten in einer Menschenmenge. Was in diesem Fall hieß: über die Kungsgatan mitten ins Gedränge hinein. Aber Hoffsten verhielt sich nicht wie ein Gejagter. Er schien die Polizeibeamten nicht bemerkt zu haben. Und dass er vom Karlavägen abgebogen war, ließ darauf schließen, dass er in südlicher oder westlicher Richtung unterwegs war. Was wiederum bedeutete, dass er hier nach links abgebogen sein musste.

Vera blinkte und riss das Lenkrad herum, als Sigge auf dem Rücksitz rief:

»Da ist er!«

»Der Polizist?«

»Nein, der Mörder. Direkt vor uns.«

Da entdeckte Vera Stig Hoffsten auf der anderen Straßenseite. Er war im Gedränge vom Rad gestiegen, schwang sich gerade wieder auf den Sattel und radelte langsam durch das Menschenmeer.

Vera riss abermals das Lenkrad herum und schaltete in den ersten Gang. Im selben Moment sprang die Ampel auf Rot. Sie drückte das Gaspedal durch. Der Motor heulte auf.

Von links kam ein Bus. Ein schrilles Hupen gellte über den Stureplan. Der Bus rammte die Stoßstange des Saab, der Wagen geriet ins Schlingern und rutschte auf die Menschenmassen in der Kungsgatan zu.

***

Tomas fuhr in der Humlegårdsgatan rechts ran, griff nach dem Funkgerät, und sie stiegen aus. Er hatte die Stadt noch nie so voller Menschen gesehen.

»Team zwei hier. Wir setzen die Verfolgung zu Fuß fort. Zielobjekt befindet sich auf Kungsgatan inmitten der Menschenmenge, bewegt sich in Richtung Sveavägen.«

»Verstanden«, meldete Tomas.

»Zielobjekt steigt auf Höhe Rigoletto vom Fahrrad ab.«

Vor der Burger-King-Filiale am Stureplan spielte eine Band. Beide großen Boulevardzeitungen waren vor Ort und verteilten Extrablätter, Fußbälle und – zu Ehren von Kennet Anderssons ikonischer Torjubelgeste – riesige Schaumstoffhandschuhe.

Auf der Suche nach Stig Hoffsten oder einem seiner Kollegen blickte Tomas hinüber zur Kungsgatan, wo die Menschenmenge dichter und dichter wurde.

»Siehst du was?«, fragte er.

»Nicht das Geringste«, antwortete Zingo.

***

Nach dem Zusammenstoß mit dem Bus hatte Vera die Kollision mit einem Laternenpfahl um Haaresbreite abwenden können. Jetzt fuhr sie im Schritttempo durch das Menschenmeer auf der Kungsgatan.

Vor dem Rigoletto torkelte ein Mann mit nacktem Oberkörper und Wikingerhelm auf dem Kopf vor ihr über die Straße. Sie machte eine Vollbremsung, lenkte den Saab auf die Gegenfahrbahn und wich einer jungen Frau im Bikini und mit blau-gelber Körperbemalung aus. Sigge wurde in seinem Gurt nach vorne geschleudert. Die Kamera rutschte vom Beifahrersitz in den Fußraum.

»Alles in Ordnung?«, rief Vera.

»Du fährst wie ein Henker«, kommentierte Sigge.

Sie lenkte den Wagen an den Straßenrand und streckte sich nach der Kamera. Die Reifen schrammten gegen den Bordstein, und sie zog die Handbremse an, um den Saab zum Stillstand zu bringen.

»Du bleibst hier«, instruierte sie Sigge, während sie rasch ihre Sachen zusammensuchte.

Vera stieg aus, lief die Kungsgatan in Richtung Sveavägen

hoch und suchte das Menschenmeer ab. Stig Hoffsten war nirgends zu sehen.

Als sie die Absperrungen am Sveavägen fast erreicht hatte, hörte sie durch den Lärm der Menge eine Jungenstimme rufen. Augenblicklich wusste sie, dass es Sigge war. Panisch drehte sie sich um und sah, wie er einige Meter hinter ihr auf der Straße stand und wild gestikulierend auf etwas vor ihr deutete.

Sie wandte den Kopf wieder in Richtung Sveavägen, wo nichts als gelb gekleidete Menschen zu sehen waren. Vera hatte keine Ahnung, worauf Sigge zeigte.

Ein Mann rempelte sie im Gedränge an. Als sie das Gleichgewicht zurückerlangte, begriff sie, wovor Sigge sie warnen wollte.

Stig Hoffsten war vom Fahrrad abgestiegen und hatte seinen weißen Kapuzenpullover ausgezogen. Jetzt stand er in einem beigefarbenen Unterhemd nur wenige Meter von ihr entfernt und drehte sich langsam zu ihr um.

***

Sie kämpften sich zum Sveavägen vor; Tomas zuerst, Zingo ein paar Schritte hinter ihm. Sie liefen am Kino Rigoletto vorbei, unter den Brückenbogen hindurch und passierten das Saga-Kino. Das Gedränge wurde immer dichter, der Lärm intensiver. Plötzlich brach lautstarker Jubel aus und pflanzte sich wellenartig durch die Menschenmenge fort. Tomas erhaschte einen Blick auf den Oldtimer-Korso. Drei Spieler winkten vom Rücksitz eines prunkvollen roten Chevrolet. Sie trugen Cowboyhüte und Mannschaftstrikots. Der Abstand war so groß, dass Tomas nicht erkennen konnte, welche Spieler es waren. Hinter ihnen folgte der nächste Wagen. Eine Frau durchbrach die Absperrung und versuchte, sich dem Oldtimer zu nähern. Ein kurzer Tumult entstand, ehe es einem Sicherheitsbeamten gelang, die Frau abzuführen.

Tomas hob das Funkgerät an den Mund.

»Team zwei. Wo seid ihr? Wo befindet sich das Zielobjekt?«

Keine Antwort. Erneut drückte Tomas die Sprechtaste und wiederholte die Frage. Ein paar Meter vor sich entdeckte er Vera Berg. Sie starrte wie gebannt auf etwas in ihrer unmittelbaren Nähe. Tomas versuchte zu erkennen, was es war. Da entdeckte er Stig Hoffsten, der dem Autokorso den Rücken zuwandte und Vera Berg anblickte. Er hatte sie eindeutig erkannt.

»Scheiße«, fluchte Tomas.

Stig Hoffsten ließ sein Fahrrad zu Boden fallen und floh, weg von Vera Berg.

Einen Moment lang stand Tomas wie festgewachsen da, dann setzte er Hoffsten nach.

»Polizei!«, brüllte er. »Stehen bleiben!«

***

Stig Hoffsten war vom Sveavägen verschluckt worden. Von Norden her brandete Jubel durch die Menschenmassen, die die Straßen säumten. Kurz darauf rollte ein Oldtimer mit zwei Fußballhelden vorbei, die Vera nicht kannte.

Ein Stück entfernt entdeckte sie Tomas Wolf, der Funkkontakt zu seinen Kollegen aufzunehmen versuchte. Offensichtlich hatte auch die Polizei Hoffsten aus den Augen verloren.

Sigge kam zu ihr gerannt und warf sich in ihre Arme. Sie hob ihn hoch und drückte ihn fest an sich. Vor einer Minute war sie überzeugt gewesen, dass Hoffsten sie angreifen würde, dass das Spiel aus wäre. Dass er erst ihr und dann Sigge etwas antun würde. Doch stattdessen war er geflohen, hatte die gelbe Menschenmauer durchbrochen und war im Festzug verschwunden.

»Entschuldigung, dass ich gesagt habe, Papa soll hier sein«, schluchzte Sigge.

»Klar willst du, dass Papa hier ist«, sagte Vera. »Deswegen musst du dich nicht entschuldigen.«

»Ich dachte, der Mörder würde dich töten.«

»Ich sterbe nie, Großer.«

Vera vergrub das Gesicht in Sigges Haar. Dann zwang sie sich dazu, sich zusammenzureißen.

Sie blickte sich nach Tomas Wolf um, doch er war nicht mehr da. Sie musste sich ein eigenes Bild der Lage verschaffen.

Vera sah hinunter zum Stureplan. Hoffsten war verschwunden, aber vielleicht lieferte seine bisherige Route einen Hinweis darauf, wohin er unterwegs gewesen war. Sie war überzeugt, dass er nichts von der Verfolgungsjagd geahnt hatte, bevor er sie entdeckt und die Flucht ergriffen hatte. Bis zu dem Moment war er seinen gewohnten Weg gefahren. Die Straßen, die er bis hierher gewählt hatte, führten an sein Ziel, sie waren kein Täuschungsmanöver.

Der Sveavägen gehörte noch zu seiner üblichen Route.

Aber wie ging sie weiter?

Vera schloss die Augen und orientierte sich auf einem mentalen Stadtplan. Der Sveavägen führte in Richtung Norrtull. Hätte Hoffsten nach Norden gewollt, wäre er nicht so früh vom Karlavägen abgebogen, und weil der Sveavägen in Richtung Sergels torg gesperrt war, konnte er sich auch nicht nach links gewandt haben, nachdem er im Gedränge verschwunden war.

Es gab nur einen Weg, den er genommen haben konnte.

Vera öffnete die Augen, spürte, wie ihre Anspannung wuchs, und schob Sigge in Richtung Auto vor sich her. Hoffsten hatte den Sveavägen überqueren und die Kungsgatan nehmen wollen. Das war von vornherein sein Plan gewesen. Er war auf dem Weg nach Kungsholmen.

Doch was gab es da?

Sie durchforstete ihre Erinnerung, suchte nach Spuren in Stig Hoffstens Leben, die dorthin führten. Aber sie wusste zu wenig über ihn. Das Einzige, was ihr einfiel, war ihre eigene Wohnung in der Pilgatan.

Ein Gedanke schwebte unmittelbar an der Grenze ihres Bewusstseins. Sie wusste, dass er da war, bekam ihn aber nicht zu fassen.

Sie erreichten das Auto. Sigge öffnete die Tür auf der Beifahrerseite, klappte den Vordersitz zurück und kletterte auf die Rückbank. Vera setzte sich hinters Lenkrad. Ihr Blick fiel auf das Papierchaos im Fußraum des Beifahrersitzes. Ihre Recherchemappe war während der Verfolgungsjagd vom Sitz gerutscht, und die Seiten lagen auf dem Boden verteilt.

Wir nähern uns dem Endpunkt, dachte sie. Hoffsten ist entlarvt. Er ist verzweifelt. Wohin geht man da?

Sie holte tief Luft. Schloss die Augen.

An die Wurzel, dachte sie.

Zurück an den Anfang.

Mia Gustavsson.

Der Gedanke, der die ganze Zeit millimeterweit außer Reichweite geschwebt hatte, stand plötzlich glasklar vor ihr. Vera drehte den Zündschlüssel um. Der Motor sprang stotternd an, sie legte den ersten Gang ein und wendete.

Jetzt zählte jede Minute.

Um 17:16 Uhr am Sonntag, den 18. Juli, nahm Vera ihr Handy in die Hand und wählte Micael Bratts Nummer. Die Verbindung kam zustande, und er meldete sich nach dem vierten Klingeln. Im selben Moment bog Vera in die Birger Jarlsgatan ein, jede Sekunde überzeugter, dass sie wusste, wo Stig Hoffsten sich verborgen hielt.

2

Während Tomas sich durch die dicht gedrängte Menge zum Sveavägen vorkämpfte, funkte er seine Kollegen an.

»An alle Einheiten. Das Zielobjekt hat uns entdeckt und überquert in diesem Moment den Sveavägen.«

Er duckte sich unter der Absperrung hindurch und sprintete zwischen zwei Oldtimern über die Straße.

»Wir müssen ihn jetzt schnappen. Nehmt ihn unverzüglich fest, wenn sich die Möglichkeit bietet.«

Er hörte, dass die Teams antworteten, konnte jedoch nicht verstehen, was sie sagten.

Ein Sicherheitsbeamter versuchte, ihn aufzuhalten, doch es gelang ihm, die Absperrungen auf der anderen Straßenseite zu erreichen. Suchend blickte er sich nach Stig Hoffsten um, aber er war verschwunden, verschluckt vom gelben Menschenmeer. Er lief weiter in Richtung Hötorget, als ihm plötzlich jemand eine Hand auf die Schulter legte. Er fuhr herum und blickte in das rotverschwitzte Gesicht eines hünenhaften Sicherheitsbeamten.

»Ich bin Polizist!«, schrie Tomas, aber seine Worte gingen im ohrenbetäubenden Jubel unter.

Er stieß den Sicherheitsbeamten zur Seite, zückte seinen Dienstausweis und hielt ihn dem aufgebrachten Mann unter die Nase. Der Mann entschuldigte sich. Tomas wandte sich wortlos um, schob sich grob zwischen ein paar Fans hindurch, die ihn unflätig beschimpften, und hastete die Treppe zur U-Bahn-Station Hötorget hinunter, um sicherzugehen, dass Stig Hoffsten nicht dorthin geflüchtet war. Die unterirdischen Luftzüge kühlten angenehm auf der Haut.

Der Fahrkartenkontrolleur am Schalter, ein Mann mit dunklem Haarkranz auf dem Schädel, las in einer Ausgabe des *Expressen*.

»Ist ein Mann um die fünfzig in einem weißen Kapuzenpullover oder einem beigen Unterhemd hier durchgekommen?«, fragte er.

Der Fahrkartenkontrolleur sah ihn teilnahmslos an und zuckte mit den Schultern.

»Wenn, dann ist er über das Drehkreuz gesprungen.«

Tomas war im Begriff, die Kollegen anzufunken, damit einer von ihnen den Bahnsteig kontrollierte, als ihm einfiel, dass er hier unten keinen Empfang hatte. Er lief die Stufen wieder hinauf. Hitze schlug ihm entgegen. Unschlüssig blieb er auf der Straße stehen. Am Himmel kreiste ein Hubschrauber. Das Gedränge begann sich zu lichten. Der letzte Oldtimer musste vorbeigefahren sein. Die Fans zogen in Richtung Kungsholmen zu der großen Bühne im Rålambshovspark. Zählungen zufolge befanden sich fast hunderttausend Menschen in der Stadt. Und die Veranstalter rechneten mit zehntausend Fans, die die Fußballhelden im Park in Empfang nehmen würden.

Wenn Hoffsten geistesgegenwärtig genug war, sich bei einem der zahlreichen Verkäufer an den Straßenrändern ein Fußballtrikot zu kaufen, würden sie ihn nie finden. Er würde ihnen durch die Maschen schlüpfen, sich in sein Versteck zurückziehen, und dann würde es Tage, wenn nicht Wochen dauern, bis sich ihnen eine neue Chance böte.

Tomas verfluchte sich innerlich dafür, dass sie ihn nicht gefasst hatten. Sie waren so dicht dran gewesen. Jetzt war es zu spät.

»Alle Einheiten zum Rålambshovspark«, instruierte er. »Gebt Hoffstens Personenbeschreibung an jeden Kollegen weiter, den ihr unterwegs trefft. Team vier, seht zu, dass ihr ins Präsidium kommt. Wir brauchen Kopien von seinem Passfoto. Jeder Polizist, der heute in Stockholm auf den Beinen ist, bekommt ein Exemplar, um uns zu helfen. Habt ihr verstanden?«

***

Vera fuhr vor dem Riche über eine rote Ampel und bog rechts in die Hamngatan ein. Sie hatte vor, über Södermalm zu fahren und so die Absperrungen zu umgehen, die wegen des Autokorsos der Nationalmannschaft zum Rålambshovspark errichtet worden waren. Stig Hoffsten verbarg sich irgendwo auf Kungsholmen. Davon war sie überzeugt.

In der Leitung knisterte es.

»Wo haben Sie und Mia Gustavsson gevögelt?«, fragte sie Bratt ohne jede Vorrede.

Sie klemmte das Handy zwischen Schulter und Ohr und

schaltete in den zweiten Gang. Im Rückspiegel sah sie, dass Sigge die Augenbrauen hochzog.

»Vera, sind Sie das?«, erwiderte Bratt. »Sie können doch nicht ernsthaft erwarten, dass ich auf Ihre Fragen antworte, nachdem Sie mich an die Bullen verpfiffen haben? Ich habe wegen Ihnen in Untersuchungshaft gesessen, verflucht noch mal.«

»Umarmen und versöhnen können wir uns später. Das hier ist wichtiger. Denken Sie nach, Micael. Wo haben Sie beide miteinander geschlafen?«

»Das ist zwanzig Jahre her. Wie zum Teufel soll ich mich an die Adresse erinnern?«

»In Ihrem Sommerhaus haben Sie mir erzählt, dass es in einer Gartenlaube gewesen ist. Lag diese Laube auf Kungsholmen?«

»Ja.«

Ihre Erinnerung hatte sie nicht im Stich gelassen. Sie fuhr auf einen der Busparkplätze am Schloss, nahm das Handy in die Hand und sprach den Gedanken, der ihr im Kopf herumspukte, zum ersten Mal laut aus.

»Alles deutet darauf hin, dass Hoffsten Mia entführt hat. Ich glaube, dass er sie in der Laube festhält. Ich muss sofort dahin. Versuchen Sie, sich an den Weg zu erinnern. Sie haben sich doch bestimmt währenddessen an ihr aufgegeilt. An irgendetwas müssen Sie sich erinnern.«

Sigge setzte seinen Kopfhörer auf und schaltete seinen Walkman an. Sein Gesicht war rot wie eine Tomate.

»Ja«, sagte Bratt zögernd.

Er schien nachzudenken.

Vera nahm einen Stockholm-Stadtplan aus dem Handschuhfach und breitete ihn auf dem Schoß aus.

»Stadshagen«, fuhr Bratt nach einer Weile fort. »Wir sind mit der blauen U-Bahn-Linie nach Stadshagen gefahren. Von da war es nicht mehr weit. Wir sind nur runter ans Wasser gegangen.«

Vera fuhr mit dem Finger über den Stadtplan. Am untersten

Zipfel von Kungsholmen lag Hornsbergs Strand. Dort gab es ein Naherholungsgebiet, direkt unterhalb der U-Bahn-Station.

»Könnte es Hornsbergs Strand gewesen sein?«

»Ja, richtig. So hieß es.«

Mit dem Finger zeichnete sie den Weg nach, den Hoffsten gefahren war. Karlavägen, Sturegatan, Kungsgatan. Das war mit dem Rad die kürzeste Strecke von der Videothek zum Hornsbergs Strand. Das muss sein Ziel gewesen sein, dachte Vera. Die Frage war nur, ob er seinen Plan geändert hatte, nachdem er gemerkt hatte, dass sie ihm auf den Fersen waren. Und was würde jetzt mit Mia Gustavsson geschehen?

»Was ist mit der Laube. Wie finde ich die?«

»Was weiß ich, sie war gelb.«

»Erinnern Sie sich an irgendein auffälliges Detail?«

»Soweit ich weiß, war es die einzige gelbe Laube, und sie hatte zwei Zimmer. Die meisten Lauben sind nicht größer als ein Schuhkarton.«

»Danke.«

Vera legte auf und wählte die Nummer von Tomas Wolfs Autotelefon, doch dann ging ihr auf, dass er wohl kaum im Auto saß. Sie wählte die Handynummer seines Kollegen Zingo. Aber die Verbindung kam nicht zustande. Das Netz am Sveavägen musste überlastet sein.

Sie sah auf die Uhr. Es konnten nicht mehr als zehn Minuten vergangen sein, seit Hoffsten im Gedränge am Sveävägen untergetaucht war. Sein Fahrrad hatte er in der Kungsgatan zurückgelassen. Die Polizei war ihm auf den Fersen. Auf Kungsholmen wimmelte es von Beamten. Selbst mit einem gestohlenen Rad würde er mindestens zwanzig Minuten zur Schrebergartenkolonie brauchen. Sollte Hoffsten sie wirklich dort gefangen halten, war Mia Gustavsson momentan vermutlich alleine in der Laube.

Vera konnte sie noch immer retten.

Sie erwog, die 90 000 zu wählen. Aber was sollte sie sagen?

Und wie lange würde es dauern, bis die Polizei aufgrund eines vagen Verdachts ausrückte?

Erneut wählte sie die Handynummer von Wolfs Kollegen Zingo. Danach Wolfs Anschluss im Präsidium. Mehrmals. Die Klingelzeichen schienen kein Ende zu nehmen. Dann sprang der Anrufbeantworter an.

»Scheiße.«

Vera sprach eine Nachricht aufs Band, informierte Wolf, wohin sie wollte und warum. Dann legte sie den ersten Gang ein und fuhr auf die Skeppsbron.

Sie musste vor Hoffsten in der Schrebergartenkolonie sein.

***

Tomas hatte am Rand des Rålambshovspark drei uniformierte Beamte um sich versammelt.

Ein Stück entfernt, am Riddarfjärden, lief Zingo mit dem Handy am Ohr wütend auf und ab.

Sie hatten die Operation in den Sand gesetzt. Jetzt galt es, das Fiasko in etwas Konstruktives umzumünzen und aus dem Polizeigroßaufgebot vor Ort Nutzen zu ziehen.

»Sie müssen jeden Moment hier sein«, informierte er die drei Beamten.

Auf der Bühne rief der Moderator Martin Dahlins Namen ins Mikrofon, der daraufhin an den Rand der Bühne tänzelte und den Frauen in der ersten Reihe Kusshände zuwarf.

In diesem Augenblick hielt neben ihnen ein Streifenwagen, ein Beamter kurbelte das Fenster herunter und reichte einen Stoß Kopien von Stig Hoffstens Passfoto heraus.

Tomas nahm den Stapel entgegen, teilte ihn in drei kleinere und reichte sie an die drei Polizisten weiter.

»Verteilt die Fotos an jeden Polizeibeamten und Ordner, der heute hier arbeitet, und weist sie darauf hin, dass Hoffstens Personenbeschreibung, die wir vorhin ausgegeben haben, nicht mehr stimmen muss. Er hat höchstwahrscheinlich die Kleidung gewechselt. Er muss unverzüglich festgenommen werden.«

Er wandte sich an eine junge Polizeibeamtin, die er nicht kannte, die aber einen kompetenten Eindruck machte.

»Ich möchte, dass Sie das Bild jedem Händler zeigen, der Schwedentrikots verkauft. Wir haben allen Grund zu der Annahme, dass unser Täter ein Trikot gekauft oder gestohlen oder sich irgendeine andere Verkleidung zugelegt hat. Viele der Händler verkaufen gefälschte Ware. Machen Sie ihnen klar, dass uns das nicht interessiert. Sonst könnte es schwierig sein, Informationen von ihnen zu bekommen.«

Die Beamtin nickte.

»Und fragen Sie die Ordner, ob ein Fahrraddiebstahl gemeldet wurde. Falls ja, lassen Sie sich die Personenbeschreibung geben.«

Tomas klatschte in die Hände.

»Okay, an die Arbeit.«

Die Polizisten teilten sich auf und verschwanden im gelben Fanmeer.

Zingo kam mit hochrotem Gesicht zurück.

»Ich habe mit TV2 telefoniert. Sie haben unsere Pressestelle angerufen und wollten Informationen über den Mann, der am Sveavägen die Absperrungen durchbrochen hat. Aber als ich darum gebeten habe, ihre Kamerabilder zu sehen, um festzustellen, wohin Hoffsten verschwunden ist, hat man mir eine Abfuhr erteilt. Das sei ein ›Verstoß gegen die journalistische Integrität‹«, sagte er mit kindischem Unterton in den letzten Worten. »Wir müssen uns also bis zu den Spätnachrichten gedulden, wenn wir den Fluchtweg unseres Täters erfahren wollen.«

Tomas zwang das Gefühl der Erschöpfung beiseite, das sich in ihm ausbreitete.

»Hinter der Bühne steht ein Übertragungswagen von TV2«, fuhr Zingo fort. »Vielleicht können wir sie dazu bringen, uns die Aufnahmen zu zeigen. Und diese Reportertussi hat angerufen, aber dafür haben wir jetzt keine Zeit.«

Sie tauchten in die gelbe Menschenmasse ein, Tomas zuerst, Zingo hinterdrein. Zwei missmutige Männer im Freudenmeer.

Und irgendwo inmitten Tausender feiernder Menschen: ein Serienmörder auf verzweifelter Flucht.

***

Die gelbe Laube lag, umgeben von roten Schrebergartenhäuschen, am Ende eines begrünten Kieswegs.

Die Laube wirkte verlassen. Die Fensterläden waren geschlossen, der vertrocknete Rasen stand hoch. Die Beete waren verwildert. An der Hauswand schien ein in der Hitze verwelkter Rosenbusch kurz vor dem Zerfall zu sein.

Vera schaute über die Schulter den ausgestorbenen Kiesweg entlang. Hoffsten konnte jeden Augenblick zurückkommen. Sie hatte Sigge im Auto zurückgelassen, die halbe Rückbank zurückgeklappt, ihn dahinterkriechen lassen und ihm gesagt, er solle sich im Kofferraum verstecken. Doch jetzt war sie sich nicht mehr sicher, ob diese Vorsichtsmaßnahme ausreichte.

Sie musste sich beeilen.

Vera kletterte über den weißen Lattenzaun. Die Jeans kniffen im Schritt, und das T-Shirt klebte ihr am Rücken. Die Luft war heiß und stickig wie kompakter Rauch.

Vom Rålambshovspark schwappte wellenförmiger Jubel zu ihr herüber, gefolgt von einer durchdringenden Moderatorenstimme, deren Worte nicht zu verstehen waren. Die Bronzehelden mussten die Bühne betreten haben. Aufbrandende Hurrarufe ließen sie zusammenzucken.

Sie suchte im Gras nach Fußspuren. Vom Gartentor zur Vordertür der Laube verlief ein schmaler Trampelpfad.

Jemand war hier gewesen. Die Frage war nur, ob die Spuren entstanden waren, als Hoffsten die Laube verlassen hatte, oder ob er vor ihr zurückgekommen war.

Vorsichtig schlich sie zur Tür und drückte die Klinke herunter. Die Tür war abgeschlossen. Sie öffnete den Fensterladen neben der Vordertür und spähte ins Innere der Laube, konnte jedoch keine Bewegung ausmachen. Auf der Vordertreppe lag ein Stein, ein Türstopper, wie es schien. Er war mit einem Marienkäfer bemalt, dessen Farben im Lauf der Jahre abgeplatzt waren.

Neuer Jubel vom Rålambshovspark durchschnitt die Luft. Er schien kein Ende nehmen zu wollen, bis er im Intro von »Wenn wir in den USA nach Gold graben« unterging.

Vera schlug mit dem Stein die Fensterscheibe ein, entfernte die gröbsten Scherben vom Rahmen, griff um die Ecke und entriegelte die Vordertür. Als sie die Hand zurückzog, schnitt sie sich an einem Splitter. Blut tropfte über ihren Handrücken. Im Park begann die Band GES zu singen.

Vera öffnete die Tür und ging hinein. In der dunklen Laube war es, falls möglich, noch wärmer als draußen. Der saure Geruch eines menschlichen Körpers schlug ihr entgegen. Sie lauschte nach Geräuschen, hörte aber nur die Musik. Eine Wespe umschwirrte sie. Allmählich gewöhnten sich ihre Augen an die Dunkelheit.

Auf einmal hörte sie einen erstickten Jammerlaut und entdeckte die Frau, die in dem engen Raum gefesselt vor dem Sofa lag. Sie musste versucht haben, sich zu befreien, und dabei heruntergefallen sein. Ihr Blick war voller Panik, ihr Mund mit Klebeband verschlossen. Obwohl Vera sie nicht von dem Foto aus ihrer Schauspielschulzeit wiedererkannte, wusste sie, dass es Mia Gustavsson war.

Einen Moment lang stand sie wie erstarrt da, dann stürzte sie zu Mia, ging vor ihr in die Hocke und riss ihr das Klebeband von den Lippen.

»Alles wird gut«, sagte sie.

Wohl auch und vor allem zu ihrer eigenen Beruhigung.

Im selben Moment, als sie Mia Gustavsson eine Hand an die Wange legte, verdunkelte ein Schatten den Raum. Im nächsten

Augenblick kehrte das Licht zurück. Mia Gustavssons verzweifelter Blick verriet Vera, was sich hinter ihr abspielte. Jemand hatte den Lichteinfall von der Tür blockiert.

Ihr Kopf schnellte herum, und sie musste sich am Sofa festhalten, um nicht das Gleichgewicht zu verlieren.

Hinter ihr stand ein Mann im Schwedentrikot. Er machte eine rasche Handbewegung, und etwas Helles blitzte im Dunkeln auf.

Vera begriff, dass er ein Küchenmesser von der Anrichte unweit der Tür genommen hatte.

Sie drehte sich um und versuchte, auf die Füße zu kommen, als der Mann einen Schritt auf sie zumachte und das Licht vom Fenster auf sein Gesicht fiel.

Zum ersten Mal schienen Stig Hoffstens tote Augen zum Leben zu erwachen.

3

Hoffsten hatte sie mühelos übermannt.

Mit dem Küchenmesser in der Hand hatte er ihr befohlen, sich bäuchlings auf den Fußboden zu legen, hatte ihr die Arme auf den Rücken gedreht und ihre Handgelenke mit Klebeband gefesselt, während Mia Gustavsson vor Panik geschrien hatte.

Das graue Isolierband schnitt ihr ins Fleisch, als Hoffsten sie auf die Füße zerrte und aufs Sofa stieß.

Im Fallen bogen sich ihre Arme nach hinten, und Vera spürte, wie es in ihrer Schulter gefährlich laut knackte. Der aufflammende Schmerz ging in ein Taubheitsgefühl über, als wäre ihr rechter Arm vom Körper abgetrennt.

Hoffsten ließ Mia Gustavsson am Boden liegen und begann, in der engen Laube rastlos auf und ab zu laufen. Vera sah, dass er Selbstgespräche führte. Seine schmalen Lippen bewegten sich unaufhörlich. Aber die Geräuschkulisse vom Rålambshovspark machte es unmöglich, zu verstehen, was er sagte.

Er schien irgendeinen Plan zu wiederholen, den er sich zurechtgelegt hatte.

Hatte Hoffsten ihr Auto entdeckt? Und Sigge in seinem Versteck? Sie konnte ihn schlecht fragen.

Suchend blickte sich Vera nach etwas um, mit dem sie sich befreien könnte. Doch sie wusste, dass es sinnlos war. Selbst wenn sie ein geeignetes Werkzeug in die Finger bekäme, würde Hoffsten ihren Versuch vereiteln. Das Klebeband war zu dick. Es zu zerschneiden würde bestimmt eine Minute dauern.

Sie richtete sich im Sofa ein wenig auf, versuchte, durch den geöffneten Fensterladen zu blicken.

Ihre einzige Hoffnung war, dass jemand vorbeikam und sie um Hilfe rufen konnte. Warum auch immer hatte Hoffsten ihr nicht den Mund zugeklebt.

Aber solange aus dem Rålambshovspark die Musik der Siegesfeier der Bronzehelden herüberdröhnte, würde niemand sie hören. Ihre Hilferufe würden mit dem Jubel, der über die Stadt gellte, verschmelzen.

Sie rieb ihre Handgelenke aneinander, um das Klebeband zu lockern.

»Sitz still«, blaffte Hoffsten, warf ihr einen gereizten Blick zu und wandte sich dann wieder ab. Er schien auf etwas zu horchen. Vera spürte seine Anspannung.

Sie schöpfte neue Hoffnung. Hielt sich ein Nachbar in der Nähe der Laube auf? Oder hatte Tomas Wolf sich endlich bequemt, ihr zu Hilfe zu kommen?

Sobald sie sicher war, dass jemand in der Nähe war, würde sie schreien. Sie hatte nur eine Chance. Sie würde sich auf den Bauch rollen und aus Leibeskräften schreien. Dann musste Hoffsten sie erst wieder auf den Rücken drehen, ehe er sie zum Schweigen bringen konnte.

Vera machte sich bereit. Wenn sie sich zu Boden warf, hätte Hoffsten noch mehr Mühe, sie wieder ruhigzustellen.

Hoffsten trat ans Fenster und spähte hinaus. Vera spannte die

Beine an, wappnete sich und versuchte, einen Blick aus dem Fenster zu werfen. Irgendetwas war dort draußen, aber sie konnte nicht erkennen, was.

Dann sah sie, dass Hoffsten lächelte.

Die Stufen der Vordertreppe knarrten.

Im selben Moment hörte sie eine vertraute Stimme.

»Vera? Hallo?«

Alles in ihrem Innern stürzte ein. Jeder Muskel gab auf. Sie sank im Sofa zusammen.

Im nächsten Moment tauchte Sigge im engen Flur auf. Er schob seine Jurassic-Park-Kappe aus der Stirn und blickte unsicher auf das Messer in Stig Hoffstens Hand.

***

»Wenn wir in den USA nach Gold graben« schallte über das wogende gelbe Menschenmeer. Aber Tomas hatte keinen Blick für Brolin, Dahlin, Ingesson, Ravelli und die anderen Spieler auf der Bühne. Er ging am Absperrgitter entlang, vorbei an den braun gebrannten jungen Leuten, die die Fußballhelden, die ihnen einen Sommer beschert hatten, an den sie sich ihr Leben lang erinnern würden, mit leuchtenden Augen anstrahlten. Doch mitten unter ihnen befand sich auch etwas anderes. Ein gefährlicher Mann, dessen Motiv noch immer im Dunkeln lag, der jedoch ermordete und zu Tode verängstigte Frauen, trauernde Familien und verzweifelte Eltern hinterließ. Tomas und Zingo begaben sich in die Fanmenge.

»Es sollen zwischen fünfundsechzig und achtzigtausend Menschen im Park sein«, sagte Zingo.

Tomas' Resignation wuchs.

Es gab keine Möglichkeit, die Fahndung zu strukturieren. Sie bewegten sich auf gut Glück durch die Massen, in der Hoffnung, irgendwo Stig Hoffstens Gesicht zu entdecken. Das war inakzeptabel. Sie ließen sich vom Zufall leiten.

Er dachte an Vera Berg. Wo steckte sie? War sie auch hier im Park? Wann hatte er sie zuletzt gesehen? Das musste im Sveavägen gewesen sein, als Hoffsten zwischen den Oldtimern hindurch über die Straße gelaufen und entkommen war.

Er packte Zingo an der Schulter.

»Hast du dein Handy dabei?«, schrie er.

Zingo schüttelte den Kopf und machte ihm ein Zeichen, dass er ihn nicht verstanden hatte. Tomas formte mit der Hand einen Telefonhörer. Zingo griff in seine Hosentasche und gab ihm das Handy. Tomas wählte Vera Bergs Nummer, die er auswendig gelernt hatte, presste das Telefon ans Ohr und schirmte das andere mit der Hand ab. Er hörte nichts. Die Bässe ließen seinen Körper vibrieren.

»Ich gehe ein Stück weg«, schrie er Zingo zu.

»Was?«

»Ich muss hier weg. Ich kann hier nicht telefonieren«, schrie er und deutete in Richtung Västerbron.

Er kämpfte sich durch die Menschenmasse, die lichter wurde, je weiter er sich von der Bühne entfernte. Trotzdem spürte er Panik in sich aufsteigen. Er fasste sich an die Brust und stolperte weiter, runter ans Ufer, wo Kajaks aufgereiht am Strand lagen. Der Verleih hatte geschlossen, der Betreiber stand wahrscheinlich irgendwo in der jubelnden Menge. Zwei Luftballons schwebten am Himmel über Långholmen. Tomas versuchte, sich zu sammeln, und wählte erneut Vera Bergs Nummer. In der Leitung tutete es, ohne dass sie abnahm. Ihre Mailbox sprang an. Er sprach ihr eine gehetzte Nachricht aufs Band, der Druck auf seiner Brust verstärkte sich. Hatte er keine Tabletten dabei? Tomas tastete seine Taschen ab. Er musste sich beschäftigen, sich vom Abgrund fernhalten. Er griff wieder zum Telefon und wählte die Nummer seines Dienstanschlusses im Präsidium, um seinen Anrufbeantworter abzuhören. Er hatte eine neue Nachricht – von Vera Berg. Als er ihre Stimme hörte, presste er das Handy dichter ans Ohr, um zu verstehen, was sie sagte.

»… eine gelbe Laube in der Schrebergartenkolonie, vermutlich am Hornsbergs Strand. Ich fahre jetzt dahin.«

Fort. Er musste fort.

Tomas schloss die Augen, folgte einem mentalen Stockholmer Stadtplan. In Stadshagen gab es mehrere Schrebergartenkolonien. Die musste sie gemeint haben. Tomas blickte zurück zum Park und hielt nach Zingo Ausschau. Aber es war zwecklos. Er griff zum Funkgerät und funkte die Kollegen an, bekam jedoch keine Antwort. Niemand hörte ihn. Der Lärm war zu groß. Seine Unruhe wuchs. Irgendetwas hatte er übersehen. Nur was? Er fand keinen Zusammenhang. Hatte es mit Micael Bratt zu tun? Er glaubte es, war sich aber nicht sicher. Einen Moment lang blieb er unschlüssig stehen, dann wandte er sich um und lief zur Treppe, die auf die Lilla Västerbron hinaufführte. Abseits der Menschenmenge fiel ihm das Atmen leichter. Auf der Brücke begann er in Richtung Stadshagen zu laufen, die Bässe vom Rålambshovspark begleiteten ihn.

Auf Höhe des Sankt-Görans-Krankenhauses funkte er die Kollegen erneut an, bekam aber auch diesmal keine Antwort.

***

In der engen Laube war es unerträglich stickig. Veras Kehle fühlte sich so eng wie ein Strohhalm an. Unter dem T-Shirt brach ihr der kalte Schweiß aus.

Hoffsten hatte Sigge gezwungen, sich neben sie aufs Sofa zu setzen, hatte ihn an Händen und Fußgelenken mit einem Seil gefesselt und seinen Mund mit Klebeband verschlossen. Verzweifelt versuchte das Kind, durch die Nase zu atmen.

Hoffsten lehnte an der Küchenanrichte. Das Schwedentrikot war ihm zu groß und beulte an den Schultern aus. Auf Brust und Rücken leuchteten Schweißflecken. Er blickte auf die Mora-Standuhr an der Wand und schien nachzudenken.

Mia Gustavsson lag vor ihnen am Boden und schwebte von

einer Ohnmacht in die nächste. Vera ahnte, dass Hoffsten sie unter Drogen gesetzt hatte.

»Wo sind deine Autoschlüssel?«, fragte er.

Als Vera keine Antwort gab, nahm er das Messer von der Anrichte und ging seelenruhig auf Sigge zu. Der Junge keuchte auf, als Hoffsten ihm die Klinge an die Wange hielt.

»Ich brauche die Schlüssel und dein Handy«, sagte er und sah sie durchdringend an.

Sigge drückte sich an sie, versuchte, so weit weg wie möglich vom Messer zu kommen.

Hoffsten presste die Spitze tiefer in seine Haut.

»Hören Sie auf«, flehte Vera.

»Die Schlüssel und das Handy. Wo sind sie?«

Vera deutete mit dem Kopf auf ihre Beine.

»Die Schlüssel sind in meiner Hosentasche. Das Handy liegt im Auto.«

Hoffsten schob die Hand in Veras Hosentasche, das Messer unverändert an Sigges Wange, und zog den Schlüssel des Saab hervor.

Dann nahm er die Messerspitze von Sigges Wange, der zusammensackte und sich fest an Vera schmiegte.

Hoffsten trat einen Schritt zurück und betrachtete sie.

»Die große Party im Rålambshovspark ist bald zu Ende. Ich wechsele die Nummernschilder an deinem Auto aus, lege den Jungen in den Kofferraum, und dann fahren wir. Wir sind auf der Autobahn, bevor sich die Blechlawinen bilden, und tauchen im Chaos unter.«

Sigge zitterte unkontrolliert an ihrer Schulter. Hoffsten hob eine kleine Sporttasche vom Boden auf und stellte sie auf die Küchenanrichte.

»Dich und Mia lasse ich hier. Von unterwegs rufe ich mit deinem Handy die Polizei an und sage ihnen, dass ich mich stellen will und wo ich bin. Wenn sie zur Laube kommen, sind wir schon halb in Södertälje. Die Bullen werden so damit beschäftigt sein, eure Leichen zu sichern, dass ihnen gar nicht auffällt, dass der Knirps auch hier war.«

Hoffsten warf ihr einen prüfenden Seitenblick zu, wie um die Wirkung seiner Worte zu testen. Dann nahm er einen Schraubenzieher aus einer Küchenschublade, steckte ihn zusammen mit dem Autoschlüssel in die Sporttasche und packte zwei Wasserflaschen dazu. Das Messer hatte er auf die Anrichte gelegt.

Vera wusste, dass sie Hoffsten dazu bringen musste, weiterzureden. Jedes Wort erhöhte die Chance, dass sie und Sigge überlebten. Tomas Wolf würde ihre Nachricht auf dem Anrufbeantworter abhören und herkommen. Die Frage war nur, wann. Und ob es dann zu spät wäre.

Sie wagte einen Schuss ins Blaue.

»Ich weiß, warum wir hier sind. Ich weiß von Micael und Mia. Was in dieser Laube zwischen ihnen geschehen ist.«

Jedes Wort, das ihren Mund verließ, war mit Angst behaftet. Sie hatte keine Ahnung, wie Hoffsten reagieren würde. Aber er hatte einen Fehler gemacht, als er ihr zu verstehen gegeben hatte, dass er Sigge auf seiner Flucht als Geisel benötigte. Jetzt wusste sie, dass er nicht vorhatte, ihm etwas anzutun. Zumindest nicht hier.

»Aber was ich nicht verstehe, ist, warum Sie zwanzig Jahre gewartet haben«, fuhr sie fort.

Hoffsten griff nach dem Messer und ging mit entschlossenen Schritten auf sie zu. Vera zuckte zusammen. Das Klebeband schnitt schmerzhaft in ihre Handgelenke. Ihre Arme bogen sich nach hinten, und ihr Schultergelenk knackte erneut.

Hoffsten schlug Sigge die Kappe vom Kopf und packte ihn bei den Haaren. Sigge schrie auf und trat um sich. Hoffstens Verhalten war erschreckend unberührt.

»Du weißt gar nichts«, sagte er und ließ Sigge los, der unsanft aufs Sofa zurückfiel.

Hoffsten wies mit der Messerspitze auf ihn. Veras krampfhaft beherrschte Miene zerbrach. Sie begann, hemmungslos zu weinen, hatte nichts mehr entgegenzusetzen.

»Warum tun Sie das?«, fragte sie verzweifelt.

Hoffsten schüttelte den Kopf und nahm das Messer herunter.

»Weißt du, wie es sich anfühlt, ausgelacht zu werden? Oder nicht einmal gesehen zu werden?«

Er begann, wieder auf und ab zu laufen.

»Leute von deiner Sorte gehen durchs Leben, ohne einen Schimmer davon zu haben, was für eine Macht ihr habt, und treten andere Leute mit Füßen. Leute wie mich.«

»Ich dachte, es geht um Micael Bratt«, presste Vera hervor.

Hoffsten schnaubte und sah sie an, als hätte sie rein gar nichts verstanden.

»Micael … Er hat mein Leben zerstört. Aber er spielt euer Spiel mit.«

»*Unser* Spiel?«

»Von euch Frauen. Ihr spielt die Opfer, obwohl ihr es seid, die bestimmen, wie die Welt aussieht. Männer wie Micael lasst ihr mit Diplomatenkennzeichen durchs Leben reisen, seht ihnen alles nach. Männer wie mich schaut ihr nicht mal an. Und wenn, dann mit Ekel im Blick.«

Vera versuchte, ihre Tränen an der Schulter zu trocknen. Sie musste Hoffstens Redefluss ausnutzen.

»Aber warum dann die Slips?«

»Die erste Frau habe ich in Västerås getötet. Das war ein Versehen. Ich wollte ihr nur die Kehle zudrücken, damit sie aufhört, sich zu wehren, aber plötzlich war sie tot.«

Veras Hoffnung bekam neue Nahrung. Sie musste Hoffsten am Reden halten, bis ihnen jemand zu Hilfe kam.

»Wie ging es weiter?«

»Ich geriet in Panik, bin zum Zug gelaufen. Habe mich auf der Toilette übergeben. Aber ich wusste gleich, dass ich es wieder tun würde. Irgendetwas in mir hatte sich geöffnet. Doch das Risiko, dass die Bullen mir auf die Schliche kommen würden, wurde täglich größer. Ich musste mich schützen.«

»Und da wollten Sie Micael drankriegen?«

»Nicht sofort. Zuerst wollte ich meine Spuren nur großräumig verteilen. Du weißt, dass die Polizei nicht über Bezirksgrenzen hinweg zusammenarbeitet, oder? Es ist ein Kinderspiel, ihnen durch die Maschen zu schlüpfen. Ich musste nur in Bewegung bleiben, mir meine Opfer in verschiedenen Landesteilen suchen. Niemand hat eins und eins zusammengezählt. Aber dann fiel mir Micael ein. Seit zwanzig Jahren wollte ich der Welt klarmachen, was für ein durch und durch widerliches Schwein er ist. Er wurde meine zusätzliche Sicherheit. Wenn jemand für meine Taten ins Gefängnis wanderte, dann er, und alle würden endlich sehen, was ich sah. Wer er in Wahrheit ist.«

Hoffsten erzählte, wie er damit begonnen hatte, sich in Filmen, in denen Micael die Hauptrolle spielte, unter falschem Namen als Statist zu bewerben, und wie Bratt ihn kaum bemerkt hatte. Nach den Dreharbeiten hatte er sich nachts das Gesicht mit Theaterschminke geschminkt, sich auf Frauenjagd begeben und die Slips seiner Opfer als Trophäen behalten, damit alles auf Bratt deutete, der, wie er wusste, die Unterwäsche seiner weiblichen Eroberungen sammelte.

»Der Plan war perfekt. Bis du aufgetaucht bist.«

Hoffsten beugte sich über sie. Vera kämpfte gegen einen Brechreiz an.

»Warum haben Sie Migrantinnen gewählt?«

Hoffsten zuckte mit den Schultern.

»Einfache Zielscheiben und schlechte Zeuginnen. Jeder hierzulande weiß, wer Micael Bratt ist, mit Ausnahme der Kanaken.«

Ein zufriedenes Lächeln breitete sich auf seinem Gesicht aus.

»Man könnte das hier als mein letztes Interview bezeichnen. Mein erstes und einziges.«

Vera hörte, wie Sigge neben ihr aufschluchzte.

»Wie viele Frauen waren es?«

»Vier.«

»Warum haben Sie die Frau in Malmö am Leben gelassen?«

»Ich dachte, sie wäre tot. Mein Fehler.«

Hoffsten zog einen Schlüssel aus seiner Hosentasche und ließ ihn triumphierend vor Veras Augen baumeln.

»Du scheinst nicht auf deine Ersatzschlüssel zu achten. Als du diesen Artikel über Micael geschrieben und dich auf seine Seite geschlagen hast, wollte ich dir nur ein bisschen Angst einjagen. Aber dann habe ich die Zeichnung gefunden, und da wurde mir klar, dass sie lebt und du mir auf der Spur bist.«

Vera lief ein Schauder über den Rücken.

»Du schläfst nackt«, grinste Hoffsten.

Dann schoss sein Blick unvermittelt zur Standuhr. In seinen Augen ging eine kaum wahrnehmbare Veränderung vor. Es war, als würden sie dunkler werden, sich zusammenziehen.

»Oh«, sagte er abwesend. »Es ist Zeit.«

Er griff nach der Sporttasche und stellte sie in den Flur, bereitete den Aufbruch vor.

Nein. Nein. Wo zum Teufel bleibt Wolf?

Hoffsten hob das Messer, trat zu ihr hin und beugte sich so dicht zu ihr, dass sie seinen sauren Atem roch.

Vera rutschte auf dem Sofa zurück, versuchte, Sigge wie ein menschlicher Schild mit ihrem Körper zu schützen.

»Das Interview ist beendet«, sagte Hoffsten. »Steh auf.«

***

Die Schrebergartenkolonie am Hornsbergs Strand lag still und verlassen da. Doch bei dem Anblick, der sich ihm bot, sank Tomas' Hoffnung, Vera Berg schnell zu finden. Die Häuschen waren allesamt gelb oder weiß. Sie müssen neu gestrichen worden sein, dachte er und spürte erneut Panik in sich aufsteigen. Die von einem braunen Lattenzaun umsäumte Schrebergartenkolonie umfasste mehrere Dutzend Lauben. Kalter Schweiß brach ihm aus, und er fuhr sich über die Stirn.

Dann öffnete er das quietschende Gartentor und zog es behutsam wieder hinter sich ins Schloss. Es war unerträglich heiß, und seine Zunge fühlte sich pelzig und geschwollen an. Lauschend blieb er stehen und horchte auf Geräusche. Irgendetwas stimmte nicht. Es war leise.

Viel zu leise. Aus irgendeinem Grund fühlte er sich nach Stupni Do zurückversetzt. Er wischte seine Hand am Hosenbein ab und zog seine Dienstwaffe aus dem Holster. Das Metall war warm und fühlte sich fremd an. Tomas entsicherte die Sig Sauer und bewegte sich zwischen den Gärten hindurch. Die identischen Häuschen machten einen verlassenen Eindruck. Die Gärten waren gepflegt. Langsam schlich er zu den Lauben und spähte durch die Fenster, konnte jedoch nirgends ein Anzeichen von Leben erkennen. Vor einem gelben Häuschen mit weißen Giebeln und schwarzem Schrägdach, dessen Garten weniger umhegt wirkte als die anderen, blieb er stehen. Die Sträucher waren vertrockneter, die Zweige hingen schlaff herab, viele Blätter waren bereits verwelkt.

Ein niedriger Zaun umgab die kleine Parzelle. Tomas stieg darüber hinweg, duckte sich und lief mit vorgehaltener Waffe auf die Rückseite der Laube, um durch eines der hinteren Fenster zu spähen. Die Laube war leer. Aufatmend ließ er die Waffe sinken und lief so leise wie irgend möglich zum nächsten Häuschen. Es war ebenfalls leer. Ein Gefühl der Machtlosigkeit stieg in ihm auf. Er würde zu spät kommen.

4

Stig Hoffsten stellte einen Stuhl vor Vera hin, die wie eine Decke über Sigge lag, um jeden Zentimeter seines Körpers vor Hoffstens Messer zu schützen.

»Es ist so weit«, sagte er mit mechanischem Tonfall. »Ich habe viel zu tun.«

Sigge schloss die Augen. Er weinte nicht mehr, schien aufgegeben zu haben.

»Bitte«, flehte Vera.

Wolf musste bald hier sein.

»Steh auf«, befahl Hoffsten und presste ihr das Messer in den Nacken.

Vera gehorchte. Sie bewegte sich durch den Raum und stellte sich so, dass sie durch den geöffneten Fensterladen sehen konnte, suchte nach Zeichen von Leben, einem Nachbarn, der ihr zu Hilfe kommen könnte.

Doch es war niemand da.

»Lassen Sie wenigstens den Jungen frei.«

Hoffsten stieß sie in den Raum zurück. Vera zitterte.

»Ich brauche ihn. Er ist meine Versicherung, um von hier wegzukommen.«

Vera sah, dass Sigge sein Gesicht an den rauen Polsterbezügen rieb, um das Klebeband von seinem Mund zu lösen.

Sie machte einen Schritt auf Hoffsten zu. Sie musste ihn ablenken, damit er nicht zu Sigge blickte.

»Nehmen Sie mich mit«, flehte sie. »Und lassen Sie den Jungen gehen.«

Hoffsten trat mit erhobenem Messer auf sie zu und brachte sein Gesicht dicht an ihres heran. Eine neue Entschlossenheit war in seinen Blick getreten.

»Setz dich auf den Stuhl da«, sagte er mit Nachdruck.

Vera wich zurück, schluckte krampfhaft, stolperte und stieß gegen den wackligen Stuhl. Hoffsten packte sie am Ausschnitt ihres T-Shirts und presste ihr das Messer an den Hals.

»Das habe ich schon lange tun wollen«, sagte er. »Seit ich dir beim Schlafen zugesehen habe.«

***

Tomas suchte weiter die gelben Häuschen ab, als er plötzlich mitten in der Bewegung innehielt.

Es gab eine zweite Schrebergartenkolonie, hundert Meter

weiter zum Wasser hin gelegen. Er war sich sicher. Kurz vor seinem Bosnieneinsatz hatte ein Mann in einer der Lauben bei einem Streit seine Frau erschlagen. Zingo hatte in dem Fall ermittelt. Tomas rannte den Kiesweg hinunter, sprang mit der Waffe in der Hand über den Zaun, lief einen kleinen Abhang hinunter und blieb stehen. Vor dem Eingang der zweiten Schrebergartenanlage parkte Vera Bergs verrosteter Saab. Er warf einen Blick auf das Chaos im Wageninneren, dann sah er sich um.

Er war klatschnass geschwitzt, und der Dauerlauf hatte ihn außer Atem gebracht. Rasch wischte er sich über die Stirn, damit ihm der Schweiß nicht in die Augen lief.

Zwischen identischen roten Häuschen leuchtete ein gelbes auf.

Im Näherkommen sah er, dass das Fenster neben der Eingangstür eingeschlagen war. Vera Berg musste dort drinnen sein. Möglicherweise auch Stig Hoffsten. Tomas duckte sich und schlich auf die Rückseite. Als er hinter einem Fenster eine Bewegung wahrnahm, warf er sich flach in ein Gemüsebeet, um nicht gesehen zu werden. Irgendetwas, vermutlich eine Wespe, stach ihn in den Unterarm. Er biss die Zähne zusammen, stand auf und schlich geduckt näher ans Fenster. Drei Meter von der Hauswand entfernt hörte er plötzlich eine Männerstimme. Die Stimme klang rau, und die Worte waren nicht zu verstehen.

Lauschend hielt er inne.

Die Stimme erklang wieder. Tomas horchte auf. Der Mann schien Selbstgespräche zu führen, jedenfalls antwortete niemand. Tomas hatte die Stimme noch nie gehört, trotzdem wusste er, dass sie Stig Hoffsten gehörte.

***

Warme, saure Atemluft schlug Vera entgegen. Aus dem Augenwinkel sah sie, dass es Sigge gelungen war, sich von seinem Klebebandknebel zu befreien.

Blinzelnd versuchte sie, ihm ein Zeichen zu machen, dass er fliehen sollte, flehte ihn stumm an, nicht um Hilfe zu rufen, damit Hoffsten nicht bemerkte, was er getan hatte.

Vom Rålambshovspark drang die Nationalhymne herüber, zehntausend Stimmen, im Chor vereint.

Ich will leben, ich will sterben im Norden.

Vera sah den Jungen an, den sie ihren Sohn nannte. Das braune Haar, das ihm feucht in der Stirn klebte. Die Sommersprossen auf seiner Nase und seinen Wangen. Die leuchtend grünen Augen.

Das war das Letzte, was sie im Leben sehen würde. Und es gab nichts, was sie lieber gesehen hätte.

Sigge stand vorsichtig vom Sofa auf und hüpfte mit gefesselten Beinen in Richtung Tür. Hoffsten bemerkte es nicht. Der Gesang vom Rålambshovspark übertönte seine Bewegungen.

Vera schloss die Augen, spürte das Messer an ihrer Kehle und versuchte, das Bild von Sigge auf dem Weg in die Freiheit in sich zu bewahren.

Sobald Sigge außerhalb der Laube war, würde sie einen Mordstumult veranstalten, um ihm Zeit zur Flucht zu verschaffen. So sollte es enden. Das war okay. Solange Sigge entkam.

Vera atmete tief durch, bereitete sich darauf vor, zu sterben. Der Druck der Messerspitze an ihrem Hals ließ ein wenig nach. Sie ahnte, dass der tödliche Stich bald kommen würde. Ein dumpfer Aufprall erklang. Vera riss die Augen auf, ihr Puls schnellte in die Höhe, und kalte Schweißbäche tränkten ihr verschwitztes T-Shirt.

Hoffsten fuhr herum und entdeckte Sigge, der zu Boden gefallen war und panisch atmete. Sein Brustkorb hob und senkte sich unkontrolliert.

Hoffstens Augen wurden schwarz. Er packte Vera bei den Haaren und bohrte die Messerspitze tiefer in ihre Haut.

***

Gebückt lief Tomas dichter ans Fenster, um einen Blick auf Hoffsten zu erhaschen. Im nächsten Moment zerriss ein Schrei die Stille. Mit einem letzten Satz hechtete Tomas zum Fenster und blickte ins Dämmerlicht der Laube. Er blinzelte und versuchte zu verstehen, was er da sah.

Stig Hoffsten stand mit dem Rücken zu ihm, beugte sich über einen Stuhl, auf dem Vera Berg saß, und hielt ein großes Küchenmesser in der Hand. Vera Berg starrte voller Angst darauf, während sie verzweifelt versuchte, Hoffsten zur Vernunft zu bringen. Der Junge lag an Händen und Füßen gefesselt am Boden und schrie hilflos. Ihm blieb keine Zeit, um zur Vordertür zu laufen.

Wollte er schießen, musste er es von dieser Position aus tun. Insekten umschwirrten ihn, ohne Bewusstsein für das Drama, das sich in der Laube abspielte.

Im nächsten Moment knackte sein Funkgerät, jemand erstattete Meldung. Stig Hoffsten erstarrte und richtete sich langsam auf.

Tomas stützte die Unterarme auf den Fenstersims und zielte auf Hoffstens Rücken. Wieder dachte er an Stupni Do. Damals war er zu spät gekommen.

Diesmal war noch Zeit.

Diesmal gab es noch Leben, die gerettet werden konnten.

»Polizei! Lassen Sie das Messer fallen!«, rief er.

Die Messerspitze war nur Zentimeter von Vera Bergs Brustkorb entfernt. Verzweifelt presste sie sich an die Rückenlehne des Stuhls, um ihr zu entgehen.

Hoffsten machte keine Anstalten, das Messer fallen zu lassen.

»Lassen Sie das Messer fallen, Hoffsten, oder ich schieße!«, rief Tomas.

Im ersten Moment schien es, als würde er der Aufforderung nachkommen, doch ein kaum wahrnehmbares Zucken in Hoffstens Armmuskulatur ließ Tomas seine Waffe abfeuern.

Die Kugel traf Hoffsten zwischen die Schulterblätter, und er fiel vornüber, auf Vera Berg, die in wilder Panik aufschrie, als ihr Stuhl nach hinten kippte.

***

Der Schuss war aus dem Nichts gekommen. Danach war Totenstille eingetreten.

Vera lag am Boden, mit Stig Hoffsten über sich. Sie spürte einen Schmerz, konnte aber nicht sagen, ob sie von der Kugel getroffen worden war oder ob Hoffsten sie mit dem Messer verletzt hatte. Es tat weh, aber sie wusste nicht, wo.

In ihren Ohren herrschte ein einziges großes Rauschen.

Nahm ihr Leben jetzt ein Ende? Stand die Zeit deshalb still?

Vom Rålambshovspark war kein Laut mehr zu hören.

Sie drehte den Kopf, erhaschte einen Blick auf Sigge, der reglos am Boden lag.

Das Bild hallte durch Jahrzehnte. Erinnerungen zogen an ihrem inneren Auge vorüber. Sie war zurück in jener Nacht vor zwölf Jahren, in der Vincent, ihr kleiner Bruder, gestorben war. Sein regloser Körper. Ein Kind, das nie erwachsen werden durfte. Jetzt war es wieder geschehen.

Es war damals ihre Schuld gewesen. Und auch jetzt war es ihre Schuld.

Vera schluckte krampfhaft, spürte, wie die letzte Hoffnung sie verließ. Wieder hatte sie jemanden, den sie liebte, das Leben gekostet. Tränen liefen ihr über die Wangen. Ihr Vater hatte recht gehabt. Sie vernichtete alle, die ihren Weg kreuzten. Sie schloss die Augen. Und ließ los.

***

Tomas klingelten vom Schuss die Ohren. Er entfernte die restlichen Glassplitter, stützte sich auf dem Fenstersims ab und hievte sich in die Laube.

»Vera!«, rief er.

Benommen stolperte er durch den Raum, während das Pfeifen in seinen Ohren immer stärker wurde.

Sigge, der gefesselt am Boden lag, war verstummt und starrte voller Angst auf die reglos unter Stig Hoffsten liegende Vera Berg. Hoffstens Beine zuckten leicht. Das Blut, das aus dem Einschussloch in seinem Rücken floss, bildete einen immer größer werdenden roten Kreis auf seinem gelben Schwedentrikot. Tomas zerrte ihn unsanft von Vera Berg herunter und stellte erleichtert fest, dass sie, abgesehen von einer oberflächlichen Schnittwunde am Oberarm, unverletzt zu sein schien. Sie atmete keuchend. Tomas richtete seine Aufmerksamkeit wieder auf Stig Hoffsten, der unverändert auf dem Rücken lag. Seine Augen waren weit aufgerissen, sein Kiefer bebte, und Tomas war klar, dass das Leben aus ihm heraussickerte.

Als Polizist war es seine Pflicht, lebensrettende Maßnahmen zu ergreifen, die Blutung zu stoppen, zu verhindern, dass der Tod sich Hoffstens Körpers bemächtigte. Aber er dachte an Mersiha Selimovic, Nadija Alihodzic und Carmen Diaz und brachte es nicht über sich.

Er würde ihn sterben lassen.

Stig Hoffstens schmale Lippen bewegten sich, er versuchte, etwas zu sagen, aber Tomas kontrollierte nur, dass das Messer in sicherer Entfernung von ihm lag, und kehrte ihm dann den Rücken zu.

»Sind Sie in Ordnung?«, fragte er Vera Berg und strich ihr eine Haarsträhne aus dem schweißüberströmten Gesicht.

Sie nickte keuchend.

Erst jetzt merkte er, wie entsetzlich warm es in der Laube war. Die Luft stand still, ließ sich kaum atmen. Tomas richtete den Stuhl auf, griff nach dem Messer und schnitt das Klebeband durch, mit dem Vera Bergs Hände auf den Rücken gefesselt waren. Als er ihr auf die Beine half, schlang sie die Arme um seinen Hals und presste sich zitternd an ihn. Tomas strich ihr beruhigend über den verschwitzten Rücken und spürte, wie ihm die Tränen kamen. Doch er drängte sie zurück.

»Sie ist auch hier.« Vera Bergs Stimme war rau.

Er sah sie verständnislos an.

»Wer?«

»Mia Gustavsson.«

Tomas löste sich von ihr. Vera Berg deutete in eine Ecke der Laube. Neben der Küchenzeile lag eine zusammengekauerte Gestalt am Boden. Tomas hastete zu ihr und stellte erleichtert fest, dass Mia Gustavsson lebte. Ihr Mund war mit breitem Isolierband zugeklebt, das Hoffsten um ihren Nacken geschlungen hatte. Die Sehnen an ihrem Hals bewegten sich, aus ihrer Kehle drangen gurgelnde Laute. Tomas ertastete ein Ende des Klebebands, schuf mit den Fingernägeln einen Anfang, hob Mia Gustavssons Kopf an und begann das Band vorsichtig zu lösen. Das letzte Stück riss er mit einem Ruck ab. An den Stellen, wo das Klebeband gesessen hatte, blieb ein weißer Rand zurück.

»Sind Sie verletzt?«, fragte er.

Mia Gustavsson antwortete nicht. Ihr Blick war glasig und abwesend. Tomas kontrollierte ihren Puls, dann befreite er sie auch von dem Isolierband, mit dem Hoffsten ihre Hand- und Fußgelenke gefesselt hatte, und führte sie zum Sofa. Er holte ihr ein Glas Wasser. Obwohl sie langsam trank, liefen Rinnsale ihren Hals hinunter und tropften auf ihr T-Shirt.

Vera Berg saß bei Sigge am Boden und hielt ihn fest umschlungen. Beide weinten.

Jetzt erst fiel Tomas ein, dass seine Kollegen noch immer im Rålambshovspark nach Hoffsten suchten. Er musste ihnen Bescheid geben und griff nach seinem Funkgerät, aber der Empfang war zu schlecht. Kurzerhand zog er Zingos Handy aus der Tasche und wählte die 90 000.

In knappen Worten erklärte er dem Mitarbeiter am anderen Ende, wer er war und wo er sich befand, und forderte vollen Blaulichteinsatz an. Die stickige Luft machte das Atmen schwer und hatte durch das Blut, das aus Stig Hoffstens Körper rann, einen leicht süßlichen Geruch angenommen. Tomas spürte, wie ihm übel wurde, und er riss die Eingangstür auf, um frische Luft zu bekommen. Dann setzte er sich draußen auf die Verandastufen und wartete auf das Eintreffen seiner Kollegen.

Mit Vera Berg würde er später reden und sich Klarheit darüber verschaffen, was eigentlich geschehen war und ob Hoffsten irgendetwas zu ihr gesagt hatte. Im Augenblick fehlte ihm dafür die Kraft.

Während in der Ferne näher kommendes Sirenengeheul ertönte, dachte er an Klara, an Alexander und Ebba. Er hoffte, dass sie ihn noch immer liebten und ihm verzeihen konnten, dass er ein anderer geworden war. Er sah Alexander vor sich, auf dem Steg mit einer Angel in der Hand und voller Ungeduld. Er sah Ebba und Klara Hand in Hand über den Rasen laufen, mit Sommersprossen im Gesicht, braun gebrannt und lachend, und ihm wurde klar, dass das Leben nie wieder so werden würde wie früher.

Er war zu kaputt, um zu heilen, und er liebte sie zu sehr, um sie von seiner Dunkelheit einhüllen zu lassen. Die Trauer überwältigte ihn. Er stützte den Oberkörper auf die Knie und weinte, ließ all das heraus, was er in sich verschlossen hatte.

EPILOG

September

Micael Bratt saß in einer lärmerfüllten Bar, als sein neues Motorola-Handy klingelte. Er hatte in der Zeitung gelesen, dass dieses Mobiltelefon als Weihnachtsgeschenk des Jahres gehandelt wurde, und beschlossen, sich eins zuzulegen. Er trank einen Schluck von seinem Bier, wandte den Blick vom Fernsehbildschirm an der Wand ab und sah auf das Display. Der Anrufer war sein Agent Bengt J. Lindwall.

»Ich bin in Solvalla auf der Trabrennbahn«, blaffte er. »Was du auch willst, red schnell und fass dich kurz.«

Hey Jude, der Hengst, auf den er fünftausend Kronen gesetzt hatte, befand sich auf dem TV-Bildschirm gerade im Mittelfeld, aber er war dafür bekannt, auf den letzten Metern aufzuholen. Noch war Zeit.

»Sitzt du?«

Micael bekam ein flaues Gefühl im Magen. Was war passiert? Er stand auf. Irgendjemand in seinem Rücken rief, dass er aus dem Bild gehen sollte. Er ignorierte es. Sein einziger Gedanke war, dass seiner Tochter Viktoria nichts zugestoßen sein durfte.

»Raus mit der Sprache!«, brüllte er.

Bengt schien nicht zu merken, dass er ihm eine Mordsangst einjagte. Er gluckste fröhlich.

»Wir haben ein Angebot. Aus Hollywood. Du musst nicht mal vorsprechen.«

Micael atmete erleichtert aus und sank zurück auf seinen Stuhl. Er trank einen großen Schluck Bier, das schal schmeckte, und gab dem Barmann ein Zeichen, ihm ein neues zu bringen.

»Hallo?«, fragte Bengt.

Micael drückte das Mikrofon an den Mund.

»Du gottverfluchter Scheißkerl!«, brüllte er. »Ich dachte, du kommst mit einer Todesnachricht. ›Sitzt du?‹, bist du noch bei Trost?«

Auf dem TV-Bildschirm hatte Hey Jude Boden gutgemacht und lag jetzt an zweiter Position.

»Tut mir leid, aber freust du dich nicht? Gut, es ist keine Hauptrolle, aber eine große Nebenrolle. Wir haben es geschafft, Micke. Wir haben es verflucht noch mal geschafft.«

»Was für ein Film ist es?«

»Ein Actionstreifen. *Con Air* soll er heißen. Es ist noch nicht in trockenen Tüchern, aber sieht ganz danach aus, dass Nicolas Cage die Hauptrolle spielt. Ich schicke dir später das Drehbuch. Und die Gage … Zieh los und kauf dir einen Trab-Gaul oder zwei. Das müssen wir heute Abend ordentlich feiern.«

Die Pferde waren auf der Zielgeraden, Hey Jude schob sich an die Spitze. Micael lächelte. Es war ein seltsames Gefühl, den Traum in Reichweite zu haben. Ein Stern mit seinem Namen auf dem »Walk of Fame«. So fing es an. Mit einer Nebenrolle. Er wusste, wenn er Ja sagte, würde er ganz groß rauskommen. Das Zeug dazu hatte er. Doch jetzt, wo ihm der Weg offen stand, interessierte es ihn nicht mehr. Schweden war seine Heimat. Warum sollte er den Atlantik überqueren und in Los Angeles den Trottel geben? Der Glutsommer, der hinter ihm und dem ganzen Land lag, erschien ihm wie ein ferner Traum, aber er hatte ihn verändert. Sicher, als internationalem Filmstar würden ihm noch mehr Frauen zu Füßen liegen, aber Frauen gab es in Schweden auch. Und Leute, die sich damit auskannten, sagten, Schwedinnen wären die schönsten Frauen der Welt. Geld? Zum Teufel damit. Er besaß mehr Kohle, als er jemals ausgeben können würde. Und er hatte wieder Kontakt zu seiner Tochter geknüpft. Ihre Beziehung war noch nicht reibungslos, zu viel Wasser war den Bach hinuntergeflossen, aber sie waren dabei, sich anzunähern. Wenn er jetzt ging, würde sich das ändern. Er hatte nicht vor, Viktoria erneut zu enttäuschen, nicht, bevor er dieses Vaterding gründlich erforscht hatte.

»Daraus wird nichts.«

»Was sagst du?«

»Sag den Yankees, aus der Sache wird nichts.«

»Aber Micke … verflucht …«

Er legte auf.

Seine Gedanken wanderten zu Stig Hoffsten, der ihn um ein Haar zum Serienmörder gemacht hatte. Stig hatte sich sogar daran erinnert, dass er seine Wohnungsschlüssel immer in der Nähe der Wohnungstür versteckte, damit er sie im Suff nicht irgendwo verlor. Bei dem Gedanken, wie Stig in seiner Wohnung herumgewandert war, wurde ihm ganz anders. Und wie er während der unzähligen Vernehmungen erfahren hatte, die die Polizei mit ihm geführt hatte, hatte Stig bei einer dieser Gelegenheiten auch seine Autoschlüssel an sich genommen und die Slips in seinem Wagen deponiert.

Der Geräuschpegel um ihn herum schwoll an. Hey Jude stürmte über die Ziellinie. Micael stieß jubelnd die Faust in die Luft. Als der Lärm abgeflaut war, griff er zum Handy, rief seine Tochter an und fragte, ob sie Lust hätte, heute Abend mit ihm essen zu gehen. Im Gyldene Freden vielleicht? Viktoria stimmte zu, und er ging zur Kasse und ließ sich seinen Gewinn auszahlen.

***

Auf dem Küchentisch in der Pilgatan lag ein Buch mit Stig Hoffstens Gesicht auf dem Cover: *Der Statist – Erinnerung an einen Serienmörder,* erschienen im Hausverlag der *Kvällsposten* und mit Leif M. Ivarssons Namen in fetten Lettern über dem Titel. Vera hatte es heute Morgen per Kurier direkt aus der Druckerei erhalten. Ab Montag war es im Handel erhältlich und würde landesweit an Zeitungsständern und in Buchhandlungen ausliegen.

Sie blickte aus dem Fenster. Das Laub der Bäume weiter unten an der Straße verfärbte sich, und die Kronen sahen dürrer aus. Aber noch hatte sich die halbjahreslange Dunkelheit nicht auf Stockholm herabgesenkt.

Was für ein scheußliches, bizarres Jahr, dachte sie.

Am Tag nachdem Tomas Wolf Stig Hoffsten erschossen hatte, hatte sie ihren Job zurückbekommen. Die *Kvällsposten* hatte den Artikel, den sie noch in der Nacht der dramatischen Ereignisse in der Schrebergartenkolonie am Hornsbergs Strand verfasst hatte, nicht ablehnen können.

Den Exklusivartikel über die Jagd nach einem schwedischen Serienmörder inmitten der großen Feier zu Ehren der Bronzehelden.

Und seitdem hatte sie an dem Buch gearbeitet. Sie hatte gewusst, dass sie auf Gold saß. Das Buch würde ein Bestseller werden. Ihr großer Durchbruch. Doch vor zwei Wochen war Chefredakteur Ivar Glans in Stockholm erschienen und hatte sie zum Gespräch gebeten.

»Du schreibst gut«, hatte er gesagt und beifällig auf das fertige Manuskript gedeutet, das zwischen ihnen auf dem Schreibtisch lag.

»Das ist wohl der beste Text, den Ivarsson je zustande gebracht hat.«

Vera war unruhig auf ihrem Stuhl hin und her gerutscht und hatte versucht, Glans' Worten einen Sinn abzugewinnen. Dann hatte sich ihr Chef in weitschweifigen Erklärungen darüber verloren, wie unangemessen es sei, wenn sie, nach ihrer eigenmächtigen Einmischung in die Auflösung des Mordrätsels, als Autorin des Buches darüber in Erscheinung trat. So etwas würde die journalistische Integrität der *Kvällsposten* gefährden.

Und aus diesem Grund müsse Ivarsson »für das Team in die Bresche springen«, wie Glans es formuliert hatte.

Vera ahnte, dass das die Bestrafung für ihre Mauschelei mit den Tippgeberhonoraren war. Aber sie hatte keine Kraft mehr für Auseinandersetzungen. Es gab wichtigere Kämpfe auszufechten.

Sie griff nach dem Buch und schlug es auf, roch daran. Sie liebte den Duft druckfrischer Seiten. Ihr Blick fiel auf die unscheinbare Zeile im Impressum. Drei Wörter in der kleinstmöglichen Schriftgröße: *Recherche: Vera Berg.*

Es wollte ihr immer noch nicht in den Kopf, dass der Mörder, den sie den Sommer über gejagt hatte, ein Statist und Postbediensteter war. Ein Mann ohne jede Macht. Die Polizei hatte in Hoffstens Versteck in der Gyllenstiernsgatan stapelweise Zeitungsausschnitte gefunden. Berichte und kritische Leitartikel über die Dezentralisierung des schwedischen Polizeiapparats, auf deren Basis er seinen Plan geschmiedet und die nicht vorhandene Zusammenarbeit der Polizeidistrikte zu seinem Vorteil genutzt hatte. Indem er in verschiedenen Städten zugeschlagen hatte, war er der Polizei durch die Maschen geschlüpft. Hätten sich ihr und Tomas Wolfs Weg nicht sozusagen durch Zufall gekreuzt, wäre Hoffsten womöglich noch immer auf freiem Fuß.

Vera legte das Buch zurück auf den Küchentisch und nahm eine Tüte Wokgemüse aus dem Gefrierfach. Das Hühnchenbrustfilet lag schon fertig gewürfelt auf einem Schneidebrett.

Die Redaktionsleitung feierte das Erscheinen des Buches heute Abend mit einem Essen im Sturehof. Sie hatte nicht vor, hinzugehen.

»Schaffst du das allein?«, fragte sie.

Sigge, der auf einem Hocker vor dem Herd stand und Öl in eine Wokpfanne goss, schaute sie bestürzt an.

»Warum sollte ich nicht?«

Vera lächelte besorgt.

»Pass nur auf, dass du diesmal nicht zu viel Öl nimmst«, sagte sie. »Das letzte Mal, als du mit Öl hantiert hast, mussten wir dich in die Notaufnahme bringen.«

»Aber es ist so lustig, wenn es spritzt«, erwiderte Sigge und ließ das Hühnchenbrustfilet schwungvoll in die heiße Pfanne rutschen.

Vera hatte sich Hilfe suchend an Cornelia Bergman vom Malmöer Jugendamt gewandt und einen Antrag auf Sorgerecht für Sigge gestellt. Nur eine Woche nach Jonnys Festnahme war der Bescheid eingetroffen. Bis zum Gerichtsurteil blieb Sigge in ihrer Obhut.

Jonnys Prozess näherte sich, und alles sprach dafür, dass er eine lange Gefängnisstrafe erhalten würde. Cornelia Bergman zufolge konnte sie damit rechnen, dass Sigge dauerhaft bei ihr bleiben durfte, sobald das Urteil in Kraft trat.

Ein Chaosjahr neigte sich endlich dem Ende entgegen. Das war es, was sie heute Abend feierte. Sigge hatte entscheiden dürfen, was es zu essen gab, und sie war in die Stadt gefahren, um eine Wokpfanne zu kaufen.

Sie schenkte sich gerade ein Glas Wein ein, als ihr Handy auf der Küchenanrichte klingelte.

Sigge reichte es mit ölverschmierten Fingern an sie weiter und gab das Wokgemüse in die Pfanne.

»Vera Berg, *Kvällsposten*«, meldete sie sich.

Es war herrlich, das wieder sagen zu dürfen.

»Zingo hier.«

»Hallo. Geht es Ihnen gut?«

»Das kann ich nicht behaupten. Ich habe schlechte Neuigkeiten.«

»So?«

»Jonny darf gehen.«

»Was?«

Ein diffuser Schwindel erfasste sie, befiel ihre Arme und kribbelte und stach am ganzen Leib.

»Der Bescheid ist eben gekommen. Offenbar hat der Lkw-Fahrer, den er ausgeraubt hat, den ganzen Vorfall vergessen und behauptet auf einmal, von einem Araber überfallen worden zu sein. Sie können sich denken, wie das zugegangen ist.«

»Sie haben ihn bedroht.«

»Ja«, seufzte Zingo. »Vielleicht können wir Jonny wegen Hehlerei drankriegen, weil er die Beute verhökert hat. Aber ich glaube es kaum.«

Unten auf der Pilgatan näherte sich ein Motorrad ohne Schalldämpfer. Das Röhren schwoll an, hallte zwischen den Häuserfassaden der engen Straße wider.

»Wann wird er freigelassen?«, fragte Vera.

»Er durfte vor einer Stunde gehen. Ich dachte, Sie sollten es wissen. Es tut mir wirklich leid.«

»Danke, Zingo. Ich weiß, dass Sie Ihr Möglichstes getan haben.«

»Ich verreise morgen. Aber ich rufe Sie Ende der Woche an. Denken Sie bis dahin nach. Vielleicht fällt Ihnen etwas anderes ein, wofür er sich einen Platz im Gefängnis verdient hat.«

Vera beendete das Gespräch, blieb mit dem Handy in der Hand stehen und betrachtete Sigge, der in der Wokpfanne das Hühnchen massakrierte. Heißes Öl spritzte zischend auf seine Finger. Lachend zog er seine Hand zurück.

Ihr Magen krampfte sich zusammen. Alles, wofür sie gekämpft hatte, könnte nun dahin sein. Sie griff nach dem Weinglas und nahm einen großen Schluck.

Sie hatte ihre Familie verloren. Sie hatte ihren Bruder verloren. Wie sollte sie es fertigbringen, Sigge abzugeben?

Das Motorradgeräusch erstarb. Vera trat ans Fenster und blickte auf die ausgestorbene Straße. Die Häuser standen dicht an dicht, und die kalte Septembersonne sprang von Fenster zu Fenster. Was sollte sie jetzt tun? Woher sollte sie die Kraft nehmen, erneut mit Jonny um Sigge zu kämpfen? Sie wusste, dass er niemals einlenken würde.

Auf der anderen Seite stieg der Motorradfahrer von seiner Harley, nahm den Helm ab und griff in seine Hosentasche.

In der Küche roch es angebrannt.

Vera blickte zu Sigge. »Du solltest die Pfanne besser von der Platte nehmen«, sagte sie.

Im selben Moment begann das Handy in ihrer Hand zu klingeln.

Sie las die Nummer auf dem Display immer und immer wieder. Das Telefon schrillte. Sie bekam keine Luft.

»Willst du nicht drangehen?«, fragte Sigge auffordernd.

Vera blickte zu ihm, dann hinaus auf die Straße.

»Hallooooo«, sagte Sigge gedehnt.

Der Motorradfahrer hatte sich umgedreht und überquerte die Straße. Als er Vera am Fenster entdeckte, hob er grüßend die Hand.

Vera drückte auf das grüne Hörer-Symbol und presste das Handy ans Ohr. Ihr war speiübel.

»Wirf den Schlüssel runter«, sagte Jonny. »Ich bin hier, um meinen Sohn abzuholen.«

***

Das Laub der Bäume hatte sich gelichtet, und die Blätter leuchteten in Orange und Gelb, die Luft war kühler, die Nächte dunkler und länger. Der Sommer war, ebenso wie Stig Hoffsten, eine ferne Erinnerung. Ein windiger und regnerischer Herbst hüllte Schweden ein. Dunkle Wolken zogen am Himmel auf, ein neues Regenunwetter war im Anmarsch.

Tomas saß am Steuer seines Volvo, sein Bruder Kristian neben ihm auf dem Beifahrersitz. Rechts und links der Straße zogen die Wälder Västmanlands an ihnen vorüber.

»In der Zeitung stand heute Morgen, dass der Planet sich erwärmt«, sagte Kristian. »Dass die Sommer heißer und länger werden. Genau wie der Herbst. Dass in ein paar Jahren im Winter kaum noch Schnee fällt und am Nordpol die Gletscher schmelzen. Ich hätte nichts dagegen, wenn die Sommer in Zukunft immer so sein würden wie der letzte.«

Tomas antwortete nicht und scherte aus, um einen mit Baumstämmen beladenen Lkw zu überholen. Die Straße war mit

Wasserpfützen übersät. Er konzentrierte sich darauf, den Wagen im Fahrtwind unter Kontrolle zu halten. Als sie an dem Lkw vorbei waren, blinkte er und fuhr zurück auf die rechte Fahrbahn.

»Wie geht es Klara und den Kindern?«, erkundigte sich Kristian.

»Gut.«

»Gefällt es ihnen in Enskede?«

»Ja. Klara hat sich schon immer ein Haus gewünscht.«

Kristian sah aus dem Fenster, und Tomas kontrollierte den Rückspiegel, wo die Scheinwerfer des Lkw immer kleiner wurden.

»Und wie geht es dir?«

»Ich bin okay.«

»Willst du in der Wohnung in der Hornsgatan wohnen bleiben?«

Tomas schüttelte den Kopf.

»Nein, sie ist zu groß für mich allein. Und zu teuer. Ich suche nach etwas Kleinerem.«

»Hast du jemand Neues?«

»Nein.«

Stille breitete sich aus. Kristian suchte nach Worten, nach einem Thema, um die holprige Unterhaltung in Gang zu halten.

»Wir sollten Mama öfter besuchen.«

Tomas drehte die Autoheizung ein wenig herunter. Er hatte Zingo heute Morgen zur Fähre gebracht. Und als die Estonia ausgelaufen war, durch die Schären hinaus ins offene Meer, hatte er sich aus Stockholm fortgesehnt. Fort von sich selbst. Aber wohin sollte er gehen? Die Welt wandelte sich. Rasend schnell. Seit den glühend heißen Julitagen galt das nicht mehr allein für sein Leben. Die Menschheit befand sich im Aufbruch, auf dem Weg in eine neue Zeit. Carl Bildt war nicht mehr Ministerpräsident. Die Sozialdemokraten hatten bei der Wahl über fünfundvierzig Prozent der Stimmen errungen und bildeten im

Bündnis mit der Linkspartei die Mehrheit. Ingvar Carlsson würde ohne Zweifel die Regierung bilden. In Großbritannien hatte die IRA die Waffen niedergelegt. Die letzten russischen Soldaten waren aus Estland und Lettland abgezogen. Und in zwei Tagen würde Mattias Flink seine Strafe erhalten. Aber auf dem Balkan wütete der Krieg weiter, Sarajevo befand sich nach wie vor im Belagerungszustand. Tomas dachte an Stupni Do, und wie so oft fragte er sich, wie es wohl jetzt, in diesem Moment, dort aussah, und kehrte in Gedanken an die Orte zurück, an denen er gewesen war.

»Du weißt, dass du mit mir reden kannst, wenn irgendwas ist«, sagte Kristian. »Scheiße. Eine Scheidung ist nicht leicht. Wir stehen uns vielleicht nicht mehr so nahe wie früher. Aber wir sind trotz allem Brüder.«

»So läuft es nicht«, erwiderte Tomas.

»Wie?«

»Brüder zu sein ist kein Freibrief für Vertrauen. Dasselbe Blut zu teilen, haftet nichts Göttliches an. Wir sind verschieden. Wir sehen die Welt und ihre Bewohner mit unterschiedlichen Augen.«

»Was tun wir dann hier? Das Ganze war deine Idee.«

»Wir besuchen unsere Mutter. Sie ist das Einzige, was uns verbindet.«

Bis Hallstahammar waren es noch fünfzehn Kilometer. Ein Stück entfernt sah er das Waldstück, das er ausgewählt hatte. Er fuhr langsamer.

»Ich muss pinkeln.«

»Jetzt? Wir sind doch gleich da. Kannst du nicht so lange warten?«

»Nein.«

Tomas fuhr von der Schnellstraße ab und bog rechts in einen Seitenweg. Aus Asphalt wurde ein Schotterpfad, der sich immer tiefer in den Wald hineinschlängelte. Nach hundert Metern, als das Auto von der E18 aus nicht mehr zu sehen war, hielt er an, schaltete den Motor aus, öffnete die Tür und stieg aus. Die Luft war feucht, duftete aromatisch. Schon bald würde Regen einsetzen und eventuelle Spuren verwischen. Tomas ging zum Kofferraum und öffnete die Klappe.

»Was machst du?« Kristian drehte den Kopf in seine Richtung.

Tomas griff nach dem Moramesser, das er unter einer von Alexanders Regenjacken verborgen hatte, schlug die Kofferraumklappe zu, ging zur Beifahrertür und riss sie mit der linken Hand auf.

»Was zur Hö...?«, brüllte Kristian, verstummte jedoch, als Tomas ihn am Kragen packte und ihn aus dem Auto zerrte. Er hielt ihn weiter am Kragen und richtete die Messerspitze auf Kristians Brust.

Kristian starrte ihn an.

»Was machst du?«

»Du hast dich an der Frau vergriffen, die ich liebe. Du hast sie fast umgebracht«, erwiderte Tomas.

»Ich ...«

»Mein Kind ist vor meinen Augen in einem Krankenhausbett in Köping gestorben.«

Kristian schien protestieren zu wollen, schloss den Mund jedoch wieder. Tomas suchte in seiner Miene nach Anzeichen von Angst, fand aber keine. Wie oft hatten sie sich als Heranwachsende geprügelt? Hatten in blinder Raserei aufeinander eingeschlagen, dass Nasen geblutet hatten und Zähne aus Kiefern geflogen waren? Einmal hatte Kristian ihm den Zeigefinger gebrochen. Dies ist unser letzter Kampf, dachte Tomas. Einer von uns wird ihn nicht überleben.

»Die Hände in den Nacken. Eine Bewegung, und ich stech dich ab, verstanden?«

Kristian gehorchte, hob langsam die Arme und verschränkte sie hinter seinem kahl rasierten Schädel. Schnell kontrollierte Tomas, dass er keine Waffe versteckt hatte.

»Und jetzt?«, fragte Kristian.

»Jetzt gehen wir in den Wald.«

Tomas stieß ihn in den Rücken.

»Was hast du vor, kleiner Bruder?«, fragte Kristian, als sie die ersten Baumreihen hinter sich ließen.

Tomas antwortete nicht. Ein Vogel floh mit wildem Flügelschlag. Sie passierten eine moosbewachsene Steinformation. Von der Schnellstraße drang das ferne Geräusch eines vorbeifahrenden Autos zu ihnen herüber, während sie weiter in den Wald hineingingen. Tomas atmete tief durch und befahl Kristian, stehen zu bleiben. Sein Bruder gehorchte.

»Dreh dich um«, sagte Tomas.

Langsam wandte Kristian sich um. Sie maßen einander mit dem Blick. Tomas spürte, wie das Adrenalin in ihm pulsierte. Er warf das Messer zur Seite, weit weg, damit keiner von ihnen es erreichen konnte.

»Nur einer von uns wird diesen Ort lebend verlassen«, sagte er.

Ein Lächeln erschien auf Kristians Gesicht. Sie standen reglos da. Unvermittelt beugte Kristian sich vor und zog ein Armeemesser mit dunkler Klinge aus seinem Hosenbein.

»Du hättest mich gründlicher durchsuchen sollen«, sagte er.

Tomas betrachtete das Messer in der Hand seines Bruders. Sein eigenes lag zu weit weg, als dass er es hätte erreichen können. Er empfand keine Angst, nur Resignation. Höchstwahrscheinlich würde er derjenige sein, dessen Leben hier, im Wald, endete.

»Du wusstest, was ich vorhabe?«, fragte er.

Kristian zuckte mit den Achseln.

»Ich hab's geahnt.«

»Und du willst dein Messer benutzen, obwohl ich unbewaffnet bin. Obwohl ich mein Messer weggeworfen habe, damit dieser Kampf zumindest irgendeine Art von Gerechtigkeit in sich birgt?«

Kristian nickte langsam. Seine Augen glühten. Tomas war klar, dass er sich gleich auf ihn werfen würde.

»Du hast es gesagt: Wir sind Brüder. Aber wir sind verschieden.«

Nachwort und Dank der Autoren

Sommersonnenwende spielt im Sommer 1994, einer Zeit, mit der viele Schwedinnen und Schweden starke Emotionen verbinden. Wir wollten unsere Leserinnen und Leser in die mythisierten, glühend heißen Monate zurückführen, in denen die schwedische Nationalmannschaft bei der WM in den USA Erfolge erzielte, während Mattias Flinks Irrsinn gleichzeitig einen Schatten über das Land warf. Es ist ein völlig anderes Schweden, eine völlig andere Zeit, die vielen von uns noch immer im Gedächtnis geblieben ist. Wir haben uns bemüht, diese Zeit so korrekt und respektvoll wie möglich zu schildern. Hin und wieder haben wir uns jedoch zum Wohle der Geschichte gewisse Freiheiten erlaubt.

Wir danken unseren Familien, die immer für uns da sind. Unseren Testleserinnen und Testlesern für ihr Feedback und gedanklichen Austausch. Wir danken dem Forum-Verlag, insbesondere unserem Verleger John Häggblom und unserer Lektorin Carolina Croona, sowie der Nordin Agency, die alles dafür tut, um *Sommersonnenwende* Flügel zu verleihen. Und nicht zuletzt danken wir unseren Leserinnen und Lesern – für euch ist dieses Buch entstanden.